Der Bergpfarrer

Der gute Hirte von St. Johann

Besuchen Sie uns im Internet:
www.weltbild.de

Genehmigte Lizenzausgabe für Verlagsgruppe Weltbild GmbH,
Steinerne Furt, 86167 Augsburg
Copyright © 2001 by Martin Kelter Verlag GmbH & Co., Hamburg
Umschlaggestaltung: Atelier Seidel, Neuötting
Umschlagmotiv: Mauritius Images, Mittenwald
(© mauritius / Pöhlmann)
Gesamtherstellung: Oldenbourg Taschenbuch GmbH, Hürderstraße 4,
85551 Kirchheim
ISBN 3-8289-7958-0

2008   2007   2006   2005
Die letzte Jahreszahl gibt die aktuelle Lizenzausgabe an.

TONI WAIDACHER

Der Bergpfarrer

Der gute Hirte von St. Johann

6 ROMANE
IN EINEM BAND

Weltbild

Vronis Sehnsucht nach der Heimat 7

Intrigen um Tobias 97

Du bist mein ganzes Glück 189

Wohin das Schicksal dich trägt 281

Irrweg ins Glück 373

Dein Bild in meinem Herzen 469

Vronis Sehnsucht nach der Heimat

...bringt Aufregung nach St. Johann

Die Kirchturmspitze von St. Johann lag noch im Dunst des frühen Nebels, und die Menschen in dem idyllischen Bergdorf schliefen den Schlaf des Gerechten.
Nur ein Mann war in dieser Herrgottsfrühe schon unterwegs. Der sauber geharkte Kies knirschte unter den Schritten seiner Wanderstiefel, als er über den Weg zum Kirchenportal ging. Rechts und links wurde der Weg von einer niedrigen Buchsbaumhecke begrenzt, dahinter lag ein sorgfältig gemähter Rasen, der bis zu den Blumenrabatten vor der weißen Kirchenmauer reichte.
Der Mann schloß die Kirchentür auf und trat in das kühle Gotteshaus ein. Seinen Hut und den Rucksack, den er in der Hand getragen hatte, legte er am Eingang ab. Drinnen war es noch nicht richtig hell, lediglich ein paar Strahlen der eben aufgehenden Sonne warfen ihr Licht durch die hohen Fenster. Staubpartikel tanzten darin.
Der frühe Besucher in Wanderkleidung durchschritt das Kirchenschiff, kniete vor dem Altar und schlug das Kreuz. Einen Moment verharrte er im stummen Gebet, dann stand er auf und wandte sich der Sakristei zu, einem Raum, in dem alte Kirchenbücher aufbewahrt wurden, aber auch Meßgewänder, Kerzen und andere Dinge. Dort drinnen wurde der Gottesdienst vorbereitet.
Der Blick des Mannes fiel auf ein Gemälde, das unter dem Bogengang vor der Sakristei hing. Es hieß »Gethsemane« und zeigte Christus, im Gebet versunken, am Abend vor der Kreuzigung. Nachdenklich blieb der Mann stehen – etwas war hier anders als sonst…

Die Madonna! durchfuhr es ihn siedendheiß. Neben dem Gemälde hatte eine Madonnenstatue ihren Platz. Es war das handgeschnitzte Kunstwerk eines unbekannten Meisters aus dem siebzehnten Jahrhundert. Vor einigen Jahren war die Skulptur von einem Experten begutachtet worden, der ihr einen nicht unbeträchtlichen Wert zubilligte.
Jetzt war diese Madonnenstatue verschwunden!
Dem Mann stockte der Atem, als er nähertrat. Holzspäne auf dem Steinboden zeugten davon, daß der oder die Täter die wertvolle Statue brutal von ihrem Sockel gesägt hatten. Er drehte den Kopf. Die Tür zur Sakristei war geöffnet. Von dort wehte ein kalter Luftzug. Der Mann schaltete das Licht ein und sah, daß die Scheibe des Fensters eingeschlagen war. Dahinter war der Friedhof, von dort mußten die Diebe eingedrungen sein.

*

Maximilian Trenker rekelte sich in seinem Bett. Wieder war das aufdringliche Klingeln des Telefons zu vernehmen. Mühsam rappelte der junge Mann sich auf. Er hatte sich also nicht verhört. Während er sich streckte und ausgiebig gähnte, ging er in das Dienstzimmer hinüber, das gleich neben seinem Schlafzimmer lag. Er nahm den Hörer ab und meldete sich.
»Polizeistation Sankt Johann, Trenker am Apparat.«
»Ich bin's«, vernahm er die Stimme seines Bruders.
»Gütiger Himmel, weißt du, wie früh es ist?«
»Viertel nach vier«, antwortete Sebastian Trenker. »Max, du mußt sofort kommen. Jemand ist in die Kirche eingebrochen – die Madonna – sie ist gestohlen worden!«
Max Trenker war mit einem Schlag hellwach.
»Ich bin unterwegs«, rief er und warf den Hörer auf die Gabel.

Während der Polizeibeamte in seine Kleider schlüpfte, ging Sebastian Trenker in seinem Arbeitszimmer unruhig auf und ab. Die Madonna gestohlen! Nie hätte er es für möglich gehalten, daß solch ein Verbrechen in dem beschaulichen Bergdorf vorkommen könne – und doch war es geschehen.
Er unterbrach seine ruhelose Wanderung und schaute nachdenklich zu Boden Dabei fiel sein Blick auf die Wanderschuhe, die er immer noch trug. Kopfschüttelnd setzte er sich und zog sie aus. Die Bergtour, die er für den heutigen Morgen geplant hatte, konnte er getrost vergessen. Daraus würde nun nichts mehr werden.
Schade! Pfarrer Trenker war ein begeisterter Bergwanderer und Kletterer. Niemand, der den Geistlichen nicht kannte, hätte geglaubt, daß dieser sportliche, braungebrannte Endvierziger Pfarrer ist. Auf den ersten Blick machte er den Eindruck eines agilen, durchtrainierten Touristen, und doch war es so. Eine unerklärliche Liebe zu den gewaltigen, schroffen und majestätischen Bergen trieb Sebastian Trenker immer wieder in schwindelnde Höhen. Dort oben, wo der Himmel zum Greifen nahe schien, dort war er seinem Herrgott noch näher, konnte er stumme Zwiesprache mit seinem Schöpfer halten. Und dort sammelte er neue Kraft für seinen schweren, aufopferungsvollen Beruf.
Pfarrer Trenker war der gute Hirte seiner Gemeinde, der für jeden und alles ein offenes Ohr hatte. Er wußte Rat und Hilfe in verzwickten, oft ausweglosen Lebenslagen. Er liebte seine Gemeinde, und seine Gemeinde liebte ihn.
Die Liebe zu den Bergen teilte er mit seinem Namensvetter, dem berühmten Bergsteiger, Schauspieler und Regisseur, Luis Trenker, und manchmal neckte ihn der eine oder andere Freund liebevoll mit diesem Vergleich, den Sebastian mit einem Schmunzeln abtat.
Wer nicht über seine Liebe zu den Bergen schmunzelte, war

Sophie Tappert, Sebastians Haushälterin und Perle im Pfarrhaus.
Sie war eine herzensgute Frau, die in ständiger Sorge um »ihren« Pfarrer lebte. Sie verstand nicht nur Ordnung und Sauberkeit zu halten – ihre geradezu himmlischen Kochkünste verlockten dazu, mehr zu essen, als es der Linie guttat. Und würde Pfarrer Trenker sich nicht so viel sportlich betätigen und lieber in der gemütlichen Wohnstube des Pfarrhauses sitzen – er würde sich wohl alle paar Wochen eine neue Soutane zulegen müssen.
Und es gab noch einen, der von Frau Tapperts Kochkünsten provitierte – Sebastians Bruder, Max, oft und gerngesehener Gast in der Pfarrhausküche, wo er sich immer wieder gerne zum Essen einlud. Was man ihm aber net unbedingt ansah. Max war rank und schlank, und das gefiel so manchem Madel... – da half es auch nichts, daß sein Bruder so manches Mal warnend den Finger hob.

*

Mit untrüglichem Gespür dafür, daß etwas Schlimmes geschehen war, wachte Sophie Tappert auf. Zwar konnte sie nicht verstehen, was der Herr Pfarrer sagte, aber daß er aufgeregt telefonierte, war nicht zu überhören. Die Haushälterin schaute auf die Uhr. Nicht einmal halb fünf – wenn der Pfarrer so früh noch im Haus war, dann stimmte etwas nicht. Normalerweise war er schon unterwegs in die Berge – sehr zum Leidwesen seiner Perle, die ihm mehr als einmal prophezeite, er würde dort oben verhungern, oder erfrieren oder noch Schlimmeres.
Inzwischen hatte sie es aufgegeben, mit Engelszungen auf ihn einzureden, allerdings – die stummen Blicke, die sie ihm zuwarf, wenn die Sprache auf das Thema Berge kam, waren deutlich genug.

Frau Tappert stieg aus dem Bett und warf den Morgenmantel über. Dann schlüpfte sie in die blauen Hausschuhe und lief zur Treppe.
»Was gibt's denn, Herr Pfarrer?« fragte sie aufgeregt. »Ist etwas geschehen?«
»In der Tat«, antwortete der Geistliche. »Wir sind bestohlen worden. Man ist in die Kirche eingebrochen und hat die Madonnenstatue geraubt.«
»Was...?«
Die erschrockene Frau bekreuzigte sich.
»Das ist ja... Gotteslästerung ist das ja!«
»Zunächst einmal ist es Einbruch und Diebstahl«, stellte der Pfarrer nüchtern fest. »Und das fällt erst mal in die Zuständigkeit vom Max. Er muß jeden Moment hier sein. Gell, Frau Tappert, sein's so gut und kochen's einen Kaffee für ihn. Wie ich meinen Bruder kenne, kann er mit leerem Magen nicht arbeiten.«
Im selben Augenblick klingelte es an der Tür des Pfarrhauses. Sebastian Trenker öffnete, während die Haushälterin in die Küche eilte.
»Grüß dich, Bruderherz«, sagte Max Trenker kopfschüttelnd. »Das sind ja schöne Neuigkeiten, mit denen du mich weckst.«
»Ich hätt' dich auch lieber ausschlafen lassen«, antwortete Sebastian und schüttelte die dargebotene Hand.
Dann gingen sie zur Kirche hinüber und besahen die Bescherung genauer.
»Da werd' ich die Kollegen von der Kripo verständigen müssen«, meinte Max. »Bestimmt gibt es Spuren, die wir zwei nicht finden.«
»Hoffentlich ist der Madonna nichts weiter geschehen«, meinte sein Bruder voller Besorgnis. »Die Diebe sind nicht gerade zimperlich vorgegangen.«

Max betrachtete das verbliebene Holzstück in der Wand genauer.

»Da ist nur der Sockel beschädigt«, meinte er. »Ich glaub' net, daß sie der Figur selbst schaden. Schließlich wollen sie sie ja irgendwo wieder zu Geld machen. Komm, ich muß telefonieren.«

Vom Pfarrhaus aus benachrichtigte Max Trenker die Kriminalpolizei, dann setzte er sich zu seinem Bruder und der Haushälterin in die Küche.

Der Kaffee duftete herrlich, und auf dem Tisch stand knuspriges Brot, verlockende Marmeladen sowie Butter und Käse. Max, der acht Jahre jünger war als Sebastian, besaß einen ungeheuren Appetit, und ganz besonders die Kochkünste von Sophie Tappert hatten es ihm angetan. Niemals hätte der gutaussehende Bursche eine Mahlzeit abgelehnt. Doch der Madonnenraub war ihm auf den Magen geschlagen. Er trank nur einen Schluck Kaffee. Auch Pfarrer Trenker und seine Haushälterin rührten das Frühstück nicht an.

So rechten Hunger hatte niemand mehr von ihnen.

*

Urban Brandner trieb mit eiligen Rufen die Kühe aus dem Pferch hinter der Hütte. Vierzig Stück waren es, die der alte Senner in seiner Obhut hatte. Die Tiere gehörten drei Bauern unten aus dem Tal, die sie den Sommer über hier oben auf der Alm ließen. Urban versorgte die Herde, morgens und abends wurden die Kühe gemolken, danach verarbeitete er die Milch gleich zu Butter und Käse, die einmal im Monat von den Bauern abgeholt wurden.

Nachdem die Tiere an die Melkmaschine angeschlossen waren, ging der Alte hinüber und öffnete die Sperre an der Tränke. Dazu legte er ein einfaches Rohr, das vom nahen Ge-

birgsbach herübergeführt wurde, um und drehte den Sperrhahn auf.
Seit mehr als sechzig Jahren verrichtete Urban Brandner nun schon diese Arbeit. Tag für Tag die gleichen Handgriffe. Ganz selten einmal fand er den Weg ins Tal hinunter, und die Leute von Sankt Johann begegneten dem Alten mit einer Mischung aus Ablehnung und Respekt.
Die Bauern schätzten seine Arbeit, insbesondere den Käse, den der Senn droben auf der Alm herstellte, und der bei Gastwirten und in Delikateßläden reißenden Absatz fand. Auf der anderen Seite fürchteten sie Urbans Launen. Jähzornig konnte er werden, wenn etwas nicht nach seinem Kopf ging, und ließ es die Leute deutlich spüren, wenn er jemanden nicht mochte. Wenn ein Wanderer in Urbans Sennenwirtschaft erschien, dessen Nase dem Alten nicht paßte, konnte es vorkommen, daß der ihn umgehend – unter deftigen Worten – nach draußen beförderte.
Später saß Urban draußen vor der Hütte und nahm seine erste Mahlzeit ein. Die Kühe grasten bereits wieder unten, bewacht von zwei Schäferhunden, die der Senner selber ausgebildet hatte.
Nach dem Essen kümmerte sich der alte Mann um die Milch, setzte neuen Käse an und ließ einen Teil der frischgemolkenen Milch in den Buttertrog. Es war eine mühselige Arbeit, die Urban mit der Hand verrichtete, und es dauerte eine ganze Weile, bis die Butterklumpen sich endlich absetzten.
Zwischendurch schaute er zum Himmel hinauf. Strahlender Sonnenschein lag über den Bergen, und würzige Luft stieg ihm in die Nase. Tief unter sich sah er das Tal liegen, mit all den Menschen, die in Hektik und Arbeit versanken. Stinkende Automotoren, lärmende Radios und Fernsehgeräte. – Urban atmete tief durch – all das brauchte er nicht. Hier oben war seine Welt, hier war er zu Hause, und es reichte ihm,

wenn ab und an Bergwanderer bei ihm vorbeischauten, oder allmonatlich die Bauern kamen, um ihren Käse abzuholen, und ihm Neuigkeiten von unten berichteten.

Es war schon später Vormittag, als Urban Brandner vor der Hütte saß. Vor sich auf dem Tisch hatte er verschiedene Messer liegen, und in der Hand lag die geschnitzte Figur eines Hundes. In seiner Freizeit stellte der alte Senner viele solcher Figuren her, und manch ein Wanderer kaufte ihm die eine oder andere ab. Das Geld dafür steckte Urban dann in einen alten Strumpf, den er unter seinem Strohbett versteckte. In den Jahren hatte sich so ein ganz hübsches Sümmchen angespart.
Der Mann betrachtete seine Arbeit und wollte sich eben zufrieden zurücklehnen, als er Schritte vernahm. Urban erhob sich und schaute den Weg hinunter. Es war eine junge Frau, die da ganz alleine heraufkam. Der Senner stand auf und wischte die Holzspäne vom Tisch. Dann trug er die Figur und die Messer in die Hütte hinein. Als er wieder heraustrat, war das Madel schon angekommen.
»Grüß Gott«, sagte die junge Frau mit einem freundlichen Lächeln. »Sind Sie der Herr Brandner? Urban Brandner?«
Der Alte nickte.
»Freilich. Was kann ich für Sie tun?«
Urban trat vollends aus der Tür, und erst jetzt konnte er das Gesicht der Besucherin sehen. Mit offenem Mund und aufgerissenen Augen starrte er sie an. Er fühlte, wie sein Puls raste, und ein heißer Blutstrom zu seinem Herzen schoß.
»Maria…, bist du's wirklich…?« stammelte er fassungslos.
Das Madel lachte erleichtert auf und setzte den schweren Rucksack ab, den es auf dem Rücken trug. Sie schnaufte.

»Nein, Maria bin ich nicht, aber Sie ... du kennst sie, nicht wahr?«
Urban hatte sich inzwischen gefaßt. Natürlich konnte das junge Madel net seine Tochter Maria sein, dafür war es ja viel zu jung. Aber diese Ähnlichkeit!
»Wer sind Sie?«
»Kannst du dir das net denken?« fragte die Frau zurück. »Man sagt, ich habe viel Ähnlichkeit mit meiner Mutter. Ich bin Veronika, Großvater, deine Enkeltochter.«
Der alte Senner spürte, wie ihm die Tränen in die Augen schossen. Mein Gott, natürlich! Darum hatte er zuerst geglaubt, seine Tochter sei zurückgekehrt, nach all den Jahren.
Veronika Seebacher sah die Tränen des Alten und hob zaghaft die Hand.
»Wills' mich net willkommen heißen?« fragte sie. Urban breitete beide Arme aus.
»Doch«, flüsterte er. »Sei herzlich willkommen.«
Veronika warf sich in seine Arme, und als sie ihren Kopf an seine Schulter lehnte, spürte sie das Zittern, das den alten Mann durchfuhr.

*

Plötzlich schien es, als wäre das Rad der Zeit zwanzig Jahre zurückgedreht worden. Gerad' so, als wäre es gestern gewesen, tauchten die Bilder der Vergangenheit vor ihm auf.
Maria Brandner war ein junges, hübsches Madel, und die Burschen im Dorf drunten waren alle wild hinter ihr her. Urban, der, nach dem frühen Tode seiner Frau, das Kind ganz alleine großgezogen hatte, führte ein strenges Regiment, und wenn Maria einmal am Samstag abend zum Tanz gehen wollte, dann achtete ihr Vater darauf, daß sie nie alleine ins Dorf ging. Jedesmal war er dabei und paßte auf, daß die Burschen seiner Tochter nicht zu nahe kamen.

Dabei hatte längst einer das Herz des Madels erobert. Als Urban dahinterkam, setzte es ein ungeheures Donnerwetter, und er sperrte Maria eine Woche lang ein.
Und das war der Gipfel. Maria, schon volljährig, wagte es, sich ihrem Vater zu widersetzen, und es kam zu einem bösen Streit, der damit endete, daß Urban seine Tochter verstieß. Bei Nacht und Nebel verließ sie die Sennhütte, in der sie geboren und aufgewachsen war. Urban wußte nicht, wohin sie gegangen war. Er hörte nie wieder von ihr.

Bitterkeit hatte sich in all den Jahren in seinem Herzen eingegraben, und wahrscheinlich führte sie dazu, daß er manchen Leuten gegenüber schroff und ablehnend war.
Kopfschüttelnd betrachtete er nun das Madel neben sich auf der Bank. Er konnte es immer noch nicht glauben. Das also war seine Enkeltochter, das Kind seiner Maria.
»Die Mama war sehr krank«, berichtete Veronika. »Der Papa ist schon früh gestorben, und davon hat die Mama sich net mehr erholt.«
Urban schluckte. Seine Enkelin hatte eine Frage beantwortet, die zu stellen er sich nicht gewagt hatte. – Maria lebte also nicht mehr. Urban schluckte und strich dem Madel über das Haar. Es war genauso blond wie das seiner Tochter, und Veronika hatte dasselbe Gesicht, die blauen Augen, das kleine Stupsnäschen, und sogar das Grübchen auf der rechten Wange – wenn sie lachte, dann war es da.
»Nach einigen Wochen habe ich mich dann um den Nachlaß gekümmert und bin dabei auf einige Papiere gestoßen, in denen dein Name erwähnt ist. Ich habe ja vorher gar net gewußt, daß ich einen Großvater habe.«
Sie schaute ihn liebevoll lächelnd an.
»Und dann hab ich mich auf die Suche nach dir gemacht«, endete sie.

Sie nahm seine rauhe, abgearbeitete Hand und drückte sie fest.
»Ihr hattet wohl Streit?« fragte sie. »Die Mama hat nie über ihre Familie gesprochen.«
Urban wurde verlegen. Natürlich hatte es Streit gegeben, und in all den Jahren hatte er sich mehr als einmal Vorwürfe gemacht, er sei zu streng gewesen. Aber da war es zur Reue längst zu spät.
»Ich hab' viel gutzumachen«, flüsterte er. »Und ich bin froh, daß du gekommen bist.«
Plötzlich durchzuckte ihn ein Gedanke.
»Du liebe Güte«, rief er aus. »Ich bin ein schlechter Gastgeber. Du mußt doch Hunger haben und Durst.«
»Nein, nein, so schlimm ist es nicht«, antwortete Veronika lachend. »Aber ein Glas frische Milch nehme ich gerne.«
Sie war ebenfalls aufgestanden, und schaute sich um. Die Arme um den Großvater legend, strahlte sie den alten Mann an.
»Herrlich hast du's hier droben«, schwärmte sie. »Man möcht' am liebsten gar net mehr weg.«
Urban Brandner strahlte zurück, und die Worte des Madels brannten sich in seinem Kopf fest.

*

Markus Bruckner schaute aus dem Fenster seiner Amtsstube hinüber zum Kirchplatz. Dort sah er die zwei dunklen Wagen der Kriminalpolizei stehen. Der Bürgermeister von Sankt Johann wandte sich wieder seinen Besuchern zu.
»Eine schlechtere Nachricht hätten's net überbringen können, Herr Pfarrer«, sagte er. »Ausgerechnet die Madonna – wer tut bloß so was?«
Sebastian Trenker hob hilflos die Schulter.
»Wir können nur hoffen, daß die Diebe die Statue uns zum

Rückkauf anbieten«, sagte er hoffnungsvoll. »Solche Fälle hat's ja schon gegeben.«

»Schon«, wandte sein Bruder Max ein, »aber in der Regel werden solche sakralen Kunstwerke auf Bestellung gestohlen. Die Täter wissen genau, welcher ›Kunstliebhaber‹ welches Stück haben will. Das stehlen sie ihm dann.«

Der junge Polizist stand auf und wanderte in der Amtsstube des Bürgermeisters hin und her.

»Die Kollegen berichteten von zwei weiteren Einbrüchen«, fuhr er fort. »Drüben in Engelsbach waren es das silberne Altarkreuz und ein Abendmahlskelch, und in Waldeck ein wertvolles Taufbecken. Außerdem wurden im weiteren Umkreis Heiligenstatuen, Silberleuchter und in einem Fall eine dreihundert Jahre alte Bibel gestohlen. So, wie es ausschaut, handelt es sich um eine Bande Kirchenräuber, die gezielte Einbrüche verübt. Dafür, daß es keine gewöhnlichen Diebe sind, spricht außerdem die Tatsche, daß in keinem der Fälle die Kollekte angerührt wurde. Und bei uns wurde das Bild ›Gethsemane‹, net gestohlen.«

Pfarrer Trenker erhob sich.

»Ich muß noch hinüber zum Lärchner-Bauern«, verabschiedete er sich von Markus Bruckner.

»Wie geht's dem Alten denn?« fragte der Bürgermeister.

»Nicht gut«, bedauerte der Geistliche. »Ich hoffe, ihm etwas Trost in seinem Leiden spenden zu können.«

Max schloß sich seinem Bruder an. Vorm Kirchenplatz standen einige Leute. Der dreiste Diebstahl hatte sich in Sankt Johann schnell herumgesprochen.

»Ist dir in den letzten Tagen denn jemand aufgefallen?« fragte der Gendarm. »Ein Fremder vielleicht, der sich verdächtig benommen hat?«

Sebastian überlegte. Ein Gesicht tauchte aus seiner Erinnerung auf, das immer deutlicher wurde.

»Warte«, sagte er, »Ja, das war wirklich jemand. Jetzt, wo du danach fragst, fällt es mir wieder ein. Es muß vor etwa vier Wochen gewesen sein, da kam kurz nach der Abendmesse ein Mann in die Kirche. Ich erinnere mich jetzt genau. Ein älterer, gutgekleideter Herr, der sich interessiert umsah. Er war sehr höflich, fragte, ob er die Kirche besichtigen dürfe, und ob es eventuell etwas Besonderes zu sehen gäbe.«
Max griff nach dem Arm seines Bruders.
»Der hat was mit dem Raub zu tun«, rief er aufgeregt, als habe ihn das Fieber gepackt. »Das spür' ich. Was war denn weiter?«
»Warte. Der Mann fragte also höflich, und du weißt, ich freue mich über jeden Besucher in unserer Kirche. Natürlich habe ich ihm gestattet, sich umzuschauen, und ich habe ihm auch die Madonna gezeigt.«
Der Priester nickte nachdenklich.
»Und ich denke, ich täusche mich nicht, wenn ich jetzt sage, daß der Mann sich sehr für die Statue interessiert hat. Er wollte alles darüber wissen.«
»Siehst du!« triumphierte Max. »Wir haben eine erste Spur. Überleg' mal, entweder ist der Kerl der Auftraggeber der Bande, oder er gehört dazu und hat die ganze Sache ausbaldowert.
»Du könntest recht haben«, stimmte Sebastian Trenker zu. »Immerhin wußten die Diebe genau, wo sie suchen mußten. Schließlich war die Madonna unter dem Bogengang nicht so leicht auszumachen in der Nacht, und weitere Sachen sind nicht gestohlen worden.«
»Du, kannst du den Mann denn nicht noch genauer beschreiben?« wollte Max wissen. »Laß uns doch gleich zu mir ins Büro gehen und eine genaue Täterbeschreibung machen.«
Pfarrer Trenker schaute auf die Uhr von St. Johann.

»Tut mir leid«, sagte er kopfschüttelnd. »Aber ich muß wirklich zum Lärchner.«
Max nickte verstehend.
»Aber heut' abend dann. Ich komm' ins Pfarrhaus.«
»Ja, zum Abendessen«, schmunzelte der Geistliche und machte sich auf den Weg.
Manchmal fragte er sich, ob er wirklich der wahre Grund war, warum Max so oft ins Pfarrhaus kam. Waren es nicht viel mehr die Kochkünste von Sophie Tappert?

*

»Schau, Madel, dieses Gerät nennt man Harfe, oder genauer gesagt, Käseharfe.«
Sie standen in der Käserei der Sennerhütte, und Urban Brandner zeigte seiner Enkelin das Werkzeug. Es sah aus wie ein übergroßer, eckiger Tennisschläger, der an einem langen Stiel befestigt war. Urban tauchte ihn in die Milch.
»Damit schneidet man den Käsebruch«, erklärte er.
Seit geraumer Zeit befanden sie sich hier schon, und es schien, als tue sich eine völlig neue Welt für Veronika Seebacher auf. Bisher kannte sie Käse nur von der Theke aus dem Supermarkt, und wenn sie ehrlich war, mußte sie zugeben, daß sie sich nie Gedanken darüber gemacht hatte, wie aus der Milch der Kühe Käse wurde.
»Das macht das Lab«, hatte der Großvater zuvor erklärt und ihr erläutert, wie die Milch erhitzt, mit dem Ferment versetzt und schließlich der Bruch geschnitten wurde.
Anschließend schöpfte er den Käsebruch mit großen Tüchern aus der Wanne und preßte ihn in die bereitstehenden Formen. So lernte das Madel alles, was es mit der Herstellung des Käses auf sich hatte, und natürlich ließ Urban Brandner es sich nicht nehmen, ihr seine »geheimen« Rezepte zu verraten, mit denen er das Rohprodukt weiter veredelte.

»Das ist wirklich alles sehr interessant gewesen«, bedankte Veronika sich.
Sie saßen vor dem Haus und ließen sich das Mittagessen schmecken. Die Enkelin staunte nicht schlecht – ihr Großvater war nicht nur ein Käsefachmann, er konnte auch sehr gut kochen.
»Ach weißt, Madel, wenn man allein auf sich gestellt ist, dann lernt man so etwas schnell«, wehrte er bescheiden ihr Lob ab. »Und außerdem kommen oft Wandersleut' vorbei, die net immer nur Rührei mit Speck essen wollen.«
Später saß Urban alleine auf der Bank. Er hatte seine Pfeife angezündet und rauchte gemütlich, während er stillvergnügt Veronika beobachtete, die mit den Hunden herumtollte. Immer noch war er von dieser frappierenden Ähnlichkeit verblüfft, die das Madel mit seiner Mutter hatte. Dieselbe Grazie und Anmut. Der alte Senner spürte, daß es feucht wurde in seinen Augen, als er Veronika betrachtete. Und er spürte einen leisen Stich in seinem Herzen, als er einmal den flüchtigen Gedanken hatte, er könne sie wieder verlieren. Aber das durfte niemals geschehen! Er würde alles dransetzen, daß er nicht den gleichen Fehler machte, wie damals, als er Maria für immer verlor.
Er war froh, daß heute keine Wandergäste gekommen waren. Sie hätten nur gestört, und Urban war sich nicht sicher, ob er sie nicht vielleicht sogar wieder fortgeschickt hatte. Nun, vielleicht hätte er sich diese Unartigkeit heute verkniffen. Er wußte selber, daß er manchmal unausstehlich sein konnte. Doch vor Veronika wollte er sich benehmen. Schließlich sollte sie einen guten Eindruck von ihm haben – und bei ihm bleiben... so, wie sie es ja gesagt hatte.
Als sie dann am Abend im Schein der Petroleumlampe in der Hütte saßen, holte Urban einen alten Schuhkarton hervor. In ihm bewahrte er etliche Fotografien auf. Zum Karton

stellte er eine Flasche Veltliner und zwei Gläser, und dann betrachteten Großvater und Enkelin den ganzen Abend die Bilder und schwelgten in Erinnerungen. Bewegt sahen sie die Fotografien von Maria und Theresa Brandner, Urbans Frau und Veronikas Großmutter an, und so manche Träne floß.

*

Die Abendmesse war gerade vorüber. Langsam leerte sich die Kirche. Pfarrer Trenker stand an der Tür und verabschiedete die Gläubigen. Es war niemand darunter, der von dem Einbruch und dem Raub nicht erschüttert gewesen wäre. Nachdem der letzte gegangen war, drehte der Geistliche sich um und schritt hinüber zur Sakristei. Unwillkürlich fiel sein Blick auf die Stelle im Bogengang, wo bis gestern noch die Madonna ihren Platz gehabt hatte.
»Eine Schande ist das!« vernahm Sebastian Trenker die Stimme des Mesners. »Eine Sünde und ein Verbrechen an Gott.«
»Der oder die Täter werden die gerechte Strafe bekommen«, sagte der Priester und legte Stola und Soutane ab.
Alois Kammeler, der Mesner von St. Johann, nahm den Meßdienern die Gerätschaften ab und verstaute diese im Regal. Dann beugte er sich verschwörerisch zum Pfarrer hinüber.
»Ich weiß ja net, ob's stimmt«, sagte er leise, damit die beiden Buben nichts mitbekamen, »aber die Leut' behaupten, die Anderer hätten etwas damit zu tun.«
Er hob die Schulter.
»Ich weiß es ja net – aber es war von denen auch niemand in der Messe. Auch die Burgl net...«
»So ein Schmarr'n«, schimpfte Sebastian Trenker. »Wer behauptet denn solch einen Blödsinn? Die Polizei verfolgt bereits eine Spur, und die führt gewiß net zu den Anderern!

Die Leut' soll'n sich bloß mit ihren dummen Anschuldigungen zurückhalten!«

Die Anderer waren eine wenig angesehene Tagelöhnerfamilie. Der Alte, Jacob Anderer, war als Raufbold und Trinker verschrien, Walburga, seine Frau, schuftete von früh bis spät, um die Familie über Wasser zu halten, zu der auch noch ein Sohn gehörte. Allerdings war ihr Thomas der Typ, der lieber den Madeln hinterherstieg, als einer vernünftigen Arbeit nachzugehen.

Trotz aller Vorbehalte, die man ihnen gegenüber vielleicht haben mochte, war Sebastian Trenker weit davon entfernt, die Familie des Kirchenraubes zu verdächtigen. Das sagte er auch seinem Bruder, der schon von diesem Gerücht gehört hatte. Max winkte ebenfalls kopfschüttelnd ab.

Sie saßen in der gemütlichen Pfarrhausküche und ließen sich das Abendessen schmecken. In der Aufregung des Tages war das Mittagessen ausgefallen, und so hatte Frau Tappert es kurzerhand wieder aufgewärmt.

»Es schmeckt köstlich«, lobte Pfarrer Trenker seine Haushälterin.

»Wie immer«, fügte Max hinzu und stopfte sich eine Gabel Rotkraut in den Mund.

Sophie Tappert registrierte das Lob, antwortete aber nicht. Sie sprach überhaupt nicht viel. Reden ist Silber – Schweigen ist Gold, war ihre Devise, oder gar nicht. Wer viele Worte macht, läuft Gefahr, viel Dummes zu schwätzen.

Nein, redefleißig war die Perle des Pfarrhaushaltes wahrlich nicht, und wenn sie überhaupt einmal etwas zu einer Sache zu sagen hatte, dann tat sie es kurz und knapp. Meistens begnügte sie sich mit einem Blick, der, je nachdem, Zustimmung oder Mißbilligung ausdrückte.

»Also, wie gesagt, das mit dem Anderern ist völliger Unsinn«, bemerkte Max, als sie später bei einem guten Tropfen im Arbeitszimmer des Pfarrers saßen. »Aber dieser Mann, von dem du erzählt hast – der ist interessant. Beschreib' ihn doch einmal.«

Sebastian kramte in seiner Erinnerung und beschrieb den Mann, so wie er ihn vor sich sah.

»An wen erinnert er mich bloß«, fragte Max und dachte angestrengt nach. »Diese Beschreibung – irgendwo hab' ich den Kerl schon mal gesehen. Wenn ich nur wüßt' wo.«

Sebastian schenkte von dem Wein ein.

»Also, wenn er mir gegenüber stände, ich würd' ihn sofort wiedererkennen. Jetzt, wo ich an ihn denke, kommt er mir gar nicht mehr so sympathisch vor, wie damals.«

Die beiden Brüder saßen noch bis spät in der Nacht und dachten an den Mann, der sich so intensiv die Madonnenstatue angesehen hatte.

»Ich fahr morgen in die Kreisstadt«, sagte Max zum Abschied. »Vielleicht wissen die Kollegen dann schon mehr.«

Sebastian nickte und brachte ihn zur Tür. Einen Moment noch stand er dann draußen und atmete die laue Nachtluft ein. Dann ging er in sein Arbeitszimmer zurück und setzte sich nachdenklich an den Schreibtisch.

Zum einen ging ihm natürlich der Kirchenraub nicht aus dem Kopf – was waren das nur für Menschen, die sich zu solchen niedrigen Taten hinreißen ließen! – zum anderen dachte er an den Besuch, den er am Nachmittag auf dem Lärchnerhof gemacht hatte.

Als wäre ein Wunder geschehen, ging es dem Altbauern bedeutend besser, als bei dem letzten Besuch. Sebastian war der Überzeugung, daß dies in erster Linie Toni Wiesinger zu verdanken war. Der junge Arzt hatte sich erst vor kurzer Zeit in Sankt Johann niedergelassen und kämpfte immer noch um seine Anerkennung bei den Dörflern. Viele von ihnen waren der Meinung, wenn einer nicht mindestens graue

Haare hatte und gebeugt ging, dann konnte er kein richtiger Doktor sein!
Sebastian und Dr. Wiesinger waren sich auf Anhieb sympathisch gewesen, und der Geistliche tat alles, den jungen Mann in den ersten Schritten seiner Selbständigkeit zu unterstützen.
Der Erfolg, den der Arzt mit seiner Behandlung des Lärchner Bauern erzielt hatte, würde hoffentlich sein Ansehen in Sankt Johann stärken. Obwohl – bei seinen Schäfchen war der Geistliche sich da nicht ganz sicher... Der Pfarrer freute sich jedenfalls darauf, den Mediziner beim nächsten Stammtisch wiederzusehen.

*

»Madel, wie dir das alles von der Hand geht«, staunte Urban Brandner.
Mit Freuden schaute er seiner Enkeltochter zu, die, als habe sie ihr Leben lang nichts anderes getan, die Kurbel des Butterfasses drehte.
»Puh, das ist ganz schön schwer«, stöhnte Veronika. »Besonders wenn die Butter anfängt zu klumpen.«
»Nicht wahr?« lachte der alte Senner. »Aber du machst das perfekt. Sollt mal sehen, in ein paar Wochen bist du soweit, dann kann ich mich zur Ruhe setzen.«
Veronika stimmte in das Lachen ein.
»Da muß ich dich enttäuschen, Großvater, so lang' bleib' ich net«, antwortete sie. »In drei Tagen ist mein Urlaub zu Ende. Dann muß ich wieder fort.«
Urban schaute sie ungläubig an.
»Fort...?« murmelte er.
»Ja, freilich. Und außerdem – ich glaub' net, daß der Christian damit einverstanden wäre, wenn ich für den Rest meines Lebens Sennerin spielen wollte.«

»Christian? Welcher Christian?«
Er schaute das Madel verständnislos an.
»Christian Wiltinger, mein Verlobter«, antwortete Veronika und schlug sich plötzlich vor die Stirn.
»Hab' ich denn gar nichts von ihm erzählt?«
Urban Brandner hörte gar nicht mehr zu. Fortgehen würde sie, hatte Veronika gesagt. Fort, genau wie damals Maria. Aber das würde er niemals zulassen. Das Kind wußte ja gar net, was er tat, kannte doch die Gefahren gar net, die da draußen lauerten. Er mußte sie beschützen, jetzt, da er ihr einziger Verwandter war, den sie noch hatte. Er konnte sie doch nicht fortlassen!
»Großvater, hörst du mir überhaupt zu?«
Ihre Stimme riß ihn in die Wirklichkeit zurück. Da stand sie vor ihm, so zart und zerbrechlich...
»Ja... ja, natürlich«, stammelte er, drehte sich um und schlurfte hinaus.
Draußen setzte er sich auf die Bank und stützte den Kopf in die Hände. Immer wieder hörte er seine Enkelin diesen Satz sagen: »Ich muß wieder fort...«
Aber das konnte doch net richtig sein, dachte Urban Brandner gequält. Er schaute zum Himmel hinauf. Hatte ER es so bestimmt? War dies die Strafe dafür, daß er, Urban, vor so langer Zeit falsch gehandelt hatte?
So mußte es wohl sein. Erst schenkte Gott ihm eine Enkeltochter, dann nahm er sie ihm wieder fort.
Aber das würde er sich net gefallen lassen! Niemand nahm Urban Brandner etwas fort – auch Gott net!
Tränen traten ihm in in die Augen, und um ihn herum schien sich alles zu drehen. Der Alte wischte sich über das Gesicht. Dabei hörte er Veronika drinnen immer noch die Kurbel am Butterfaß drehen. Er war froh, daß sie ihn so, in dieser Verfassung, nicht sah. Benommen stand er auf und holte tief Luft.

Er würde – er mußte verhindern, daß das Madel wieder von ihm ging. Unter allen Umständen! In seinem Kopf reifte ein Plan heran. Ein vager Gedanke zunächst, doch je mehr er darüber nachdachte, um so sicherer war der alte Senner sich. Drei Tage, hatte Veronika gesagt – dann würde er seinen Plan in die Tat umsetzen.

*

Sepp Reisinger rieb sich die Hände und strahlte. Wie an jedem Samstag abend herrschte Hochbetrieb im »Goldenen Löwen«, dem größten Hotel in Sankt Johann. Zum einen waren etliche Touristen abgestiegen, die die Schönheit Sankt Johanns und seiner Umgebung entdeckt hatten, zum anderen fand immer am Wochenende der große Ball auf dem Saal statt, und keiner der Dorfbewohner ließ es sich nehmen, dem Fest beizuwohnen.
Mehr als vierzig Tische standen um die Tanzfläche herum, und auf einer kleinen Bühne hatte die Musikkapelle ihren Platz. Von Walzer bis Polka, jeder Musikwunsch wurde erfüllt. Die Paare drehten sich zu den schmissigen Klängen, und Wein und Bier flossen in Strömen.
Natürlich waren auch hier der schändliche Einbruch und der Madonnenraub das Gesprächsthema des Abends.
Später vermochte niemand mehr zu sagen, wer eigentlich das Gerücht aufgebracht hatte – doch immer wieder war der Name der Familie Anderer im Zusammenhang mit dem Verbrechen zu hören.
Besonders an einem Tisch ging es hoch her. Dort saßen der Sterzinger-Bauer und seine Familie mit denen vom Nachbarhof, den Bachmeiers. Während die Alten sich lautstark über den Kirchendiebstahl erregten, versuchte Anton Bachmeier die Sterzingertochter, Katharina, in ein Gespräch zu verwickeln. Das dunkelbraune Madel schaute gelangweilt

zur Tanzfläche hinüber und strafte den jungen Bachmeier mit Nichtachtung.
Schon seit Wochen versuchten die Eltern sie dazu zu bewegen, Antons Frau zu werden. Noch hatte sie es geschafft, sich dem unter fadenscheinigen Ausflüchten zu entziehen, doch heute hatte der Vater ein ernstes Wort mit ihr geredet. Noch länger würde er sich nicht hinhalten lassen, hatte er gesagt. Wenn sie net bald einwilligte, dann würde der Vater sie über ihren Kopf hinweg mit Anton Bachmeier verheiraten!
Kathi seufzte lautlos auf. Was sollte sie bloß tun? Sie konnte Anton net heiraten. Nicht nur, weil sie ihn überhaupt net mochte – ihr Herz gehörte ja längst einem anderen!
Aber, wenn das herauskam... Kathie wagte gar nicht daran zu denken. Dann gab es eine Katastrophe!
»Magst net tanzen?« vernahm sie Antons Stimme, der ihr gegenüber saß.
Sie schaute zur Mutter, die ihr aufmunternd zunickte.
»Ich hab' schon immer gewußt, daß sie allesamt Taugenichtse und Tagediebe sind«, sagte der alte Sterzinger in diesem Moment. »Es tät mich net wundern, wenn der Thomas der Einbrecher ist.«
Die anderen nickten bestätigend. Alle bis auf Katharina, die von ihrem Stuhl aufgesprungen war.
»Wie kannst du so etwas sagen?« rief sie empört. »Der Thomas ist ein grundanständiger Kerl, der nur etwas Pech im Leben gehabt hat. Aber, darum dürft ihr ihn net gleich einen Verbrecher schimpfen.«
Das Madel hatte so leidenschaftlich gesprochen, daß alle anderen am Tisch sie erstaunt anblickten.
»Was verteidigst du ihn denn so vehement?« argwöhnte ihr Vater auch gleich. »Hast dich gar in ihn verguckt?«
Katharina spürte, wie sie rot wurde, während die Mutter

erschrocken das Kreuz schlug. Anton Bachmeier und seine Familie schauten sie verwundert an.

»Hock dich wieder hin!« befahl Joseph Sterzinger seiner Tochter. »Und laß dir ja nur keine Flausen wachsen. Du heiratest den Anton und damit basta!«

Er wandte sich seinem Schwiegersohn in spe zu und hob seine Maß.

»Prost, Anton«, sagte er mit breitem Grinsen. »Du bist mir als Schwiegersohn herzlich willkommen, und net dieser dahergelaufene Habenichts. Und jetzt wollen wir eure Verlobung feiern.«

Während alle anderen ihre Gläser hoben und sich zuprosteten, drehte Katharina sich um und lief hinaus.

Die anderen schauten dem Madel ratlos hinterher.

»Kommt, laß uns trinken«, rief Joseph Sterzinger. »Das renkt sich schon alles ein.«

Er schlug Anton auf die Schulter.

»Und wenn erst die ersten Enkelkinder da sind, dann denkt niemand mehr an heute abend.«

*

Katharina schoß durch die Saaltür und lief Thomas Anderer genau in die Arme.

»Holla, wohin so stürmisch?« rief er lachend und zog sie an sich.

Kathie schluchzte auf und warf sich an seine Brust. Zärtlich strich der Bursche ihr über das Haar. Hier draußen, auf dem langen, schwach beleuchteten Flur waren sie einen Moment alleine.

»Was ist denn geschehen?« fragte Thomas.

Katharina berichtete es ihm mit hastigen Worten.

»Geh«, sagte er. »Warte draußen bei meinem Motorrad. Ich komm' gleich hinterher.«

Er küßte sie auf den Mund und schob sie fort. Dann strich er sich durch den dunklen Haarschopf, atmete tief durch und öffnete die Saaltür. Mit einem grimmigen Lächeln auf den Lippen trat er ein.
Im selben Moment machte die Musikkapelle eine Pause.
Alle Leute sahen auf, als die Tür hinter dem jungen Mann mit einem lauten Knall zufiel.
Langsam schritt Thomas durch den Raum. Er schaute unverschämt gut aus, wie einige Madeln heimlich zugeben mußten. Die dunklen Haare, das freche, hitzköpfige Lächeln in dem markanten Gesicht. Thomas trug ein kariertes Hemd unter der Lederjoppe und dreiviertellange Krachlederne. Die Daumen hatte er hinter den Hosenträgern, vorne an der Brust, verhakt. So schlenderte er über die Tanzfläche, drehte sich im Kreis und hob stolz den Kopf.
»Wer nennt mich einen Dieb?« rief er plötzlich mit schneidender Stimme.
Niemand antwortete.
Thomas ging zu einem der Tische. Die Leute, die daran saßen, wichen unwillkürlich zurück, als er sich zu ihnen beugte.
»Du vielleicht, Hornbacher?«
Der Angesprochene schwieg.
»Oder du? Sterzinger?«
Thomas Anderer hatte sich umgedreht und war direkt an den Tisch gegangen, an dem Kathies Eltern saßen.
»Ja, genau du, Sterzinger-Bauer, du hast mich einen Kirchendieb geschimpft.«
Er schlug mit der flachen Hand auf den Tisch, daß die Gläser sprangen. Der Bauer antwortete nicht.
»Feiglinge seid ihr, allesamt!« rief Thomas und fegte mit einer Handbewegung den Tisch leer. »Große Töne spucken und net das Maul aufmachen, wenn's zur Sache geht.«

Er war so in Rage, daß er nicht bemerkte, daß in seinem Rücken ein paar Burschen aufsprangen und langsam näherschlichen. Anton Bachmeier war ebenfalls aufgestanden. Mit einer energischen Bewegung stieß er den Stuhl um, auf dem er gesessen hatte.
»Jetzt ist's genug, Anderer!« schrie er und ballte beide Hände zu Fäusten.
Dabei flackerten seine Augen böse und sahen in die Richtung, aus der drei Burschen heranschlichen. Thomas Anderer deutete den Blick richtig und drehte sich blitzschnell um. Im selben Moment stürzten sie sich auf ihn. Binnen weniger Sekunden waren sie ein einziges Knäuel, das sich unter dem Gejohle der anderen auf dem Boden wälzte, während Sepp Reisinger eiligst die Gläser und Krüge vom Tresen räumte und in Sicherheit brachte.
Thomas steckte tüchtig ein, aber er teilte auch kräftig aus. Zwei Gegner hatte er zu Boden gestreckt, mit dem dritten rang er keuchend um die Oberhand. Anton Bachmeier umtanzte die Kämpfenden, in der Hand einen Maßkrug, mit dem er zuschlagen wollte.
Thomas Anderer lag auf dem Rücken, und der andere, es war der Wolfgang Herbichler, kniete auf seiner Brust und drückte mit der rechten Hand gegen Thomas' Hals. Der keuchte und rang nach Luft, und einen Moment wurde es rot und schwarz vor seinen Augen. Es krachte und splitterte, als Anton Bachmeier zuschlug und, gottlob, nur den Fußboden traf.
Mit einer Hand stieß Thomas den Herbichler vor die Brust und erreichte so, daß er den Griff um den Hals lockerte, mit der anderen ergriff er Antons Handgelenk. Der hielt immer noch eine Scherbe des Krugs und kam damit Thomas' Gesicht gefährlich nahe.
Mit seiner letzten Willenskraft warf Thomas sich zur Seite

und entging so dem vielleicht tödlichen Stoß. Gleichzeitig rutschte Wolfgang Herbichler von ihm herunter. Wutentbrannt über diesen gemeinen Überfall schlug Thomas blindlings zu. Es war ihm egal, wen und wohin er traf. Die anderen Männer und Burschen waren ebenfalls aufgesprungen und stürzten sich in das Getümmel. Beinahe hätten sie Thomas wieder am Boden gehabt. Mit einem lauten Schrei, Hände und Füße gebrauchend, befreite er sich schließlich und lief zum Ausgang.

Irgend jemand hetzte hinter ihm her. Noch bevor er die Tür erreichte, riß dieser an seiner Joppe. Thomas drehte sich um und schaute in Anton Bachmeiers Gesicht. Mit aller Wucht schlug Thomas zu. Anton taumelte und fiel mit dem Hinterkopf gegen den Türpfosten. Eine Sekunde riß er die Augen auf, dann rutschte er langsam zu Boden. Auf dem Weiß der Wand zeichnete sich eine blutige Spur ab.

Thomas war erschrocken, als er das Blut sah. Die anderen auf dem Saal schwiegen gelähmt, bis jemand seine Stimme wiederfand.

»Holt den Doktor!« rief er. »Doktor Wiesinger.«

Endlich erwachte die Menge aus ihrer Lethargie. Die Leute sahen Anton auf dem Boden liegen, und sie sahen das Blut.

»Mörder!« schrie jemand, und dieser Ruf holte Thomas in die Wirklichkeit zurück.

»Mörder, Mörder«, riefen jetzt auch die anderen. »Haltet ihn fest!«

Thomas wandte sich um und schaute sie entsetzt an.

»Aber... ich... das hab' ich doch net gewollt...«, stammelte er.

Er riß die Tür auf und rannte davon. Hinter sich hörte er den empörten Aufschrei der Leute.

*

Sebastian Trenker lehnte sich zufrieden in seinem Stuhl zurück. Vor ihm, auf dem Schreibtisch, lag der Text für die Predigt am morgigen Sonntag. Der Geistliche nahm einen letzten Schluck aus der Teetasse, die Sophie Tappert ihm vor ein paar Minuten gebracht hatte, und klappte das schwarze Buch zu, in das er immer seine Texte eintrug.
Dann stand er auf, ging zu dem breiten Bücherregal hinüber und nahm einen großen Bildband heraus. Es waren herrliche Fotografien von den größten und schönsten Bergen darin. Am Einband konnte man erkennen, daß Sebastian gern und oft darin blätterte. Bevor er sich wieder setzte, öffnete er das Fenster. Laue Sommerluft wehte herein, und von drüben hörte man die Geräusche aus dem Hotel, wo der Ball stattfand.
Sebastian gönnte seinen Schäfchen dieses Vergnügen von Herzen, wußte er doch, wie hart sie die Woche über arbeiteten. Manchmal nahm er selber daran teil. Doch heute hatte er darauf verzichtet. Immer noch beschäftigte ihn der Raub der Madonna, der auch Inhalt seiner Predigt sein würde, und jetzt wollte er einfach versuchen, sich noch ein wenig abzulenken, bis Max kam. Der Dorfpolizist war in Sachen Kirchenraub unterwegs und befragte Sebastians Amtskollegen in Engelsbach und Waldeck nach dem geheimnisvollen Besucher, den Sebastian so genau beschrieben hatte. Max wollte der Frage nachgehen, ob der Mann die beiden Kirchen ebenfalls vor dem Raub dort besucht hatte.
Pfarrer Trenker wollte sich eben wieder setzen, als er eilige Schritte vernahm, die sich auf dem Pflaster schnell entfernten. Wenig später klingelte es an der Tür. Sebastian öffnete selber, Frau Tappert saß in der kleinen Wohnung im ersten Stock vor dem Fernsehgerät. Wahrscheinlich hörte sie das Klingeln gar nicht.
Vor der Tür stand ein junger Bursche aus dem Dorf.

»Hochwürden, kommen's schnell«, japste er. »Drüben, im Wirtshaus – der Anton, er ist tot. Eine Schlägerei mit dem Anderer Thomas...«
Sebastian reimte sich den Rest zusammen und drängte den Burschen hinaus. Gleichzeitig griff er nach seinem Sakko, das an der Garderobe hing, und eilte hinterher.
»Ist der Doktor verständigt?« fragte er im Laufen.
»Ich glaub' schon. Ja, bestimmt ist er schon da.«
Auf dem Saal herrschte Totenstille, als Sebastian eintraf. Der alte Bachmeier hielt tröstend seine Frau in den Armen, während der junge Doktor Wiesinger am Boden kniete und sich um Anton kümmerte.
Als Pfarrer Trenker eintrat, sah der Arzt kurz auf. Sebastian kniete sich neben ihn und sah auf Anton, der bleich und mit geschlossenen Augen am Boden lag. Unter seinem Kopf hatte sich eine kleine Lache Blut gebildet. Aber der Pfarrer konnte sehen, daß er noch atmete.
»Wie sieht es aus, Doktor, wird er es überleben?«
»Grüß Gott, Hochwürden«, antwortete Toni Wiesinger und nickte. »Ja. Es sieht schlimmer aus, als es ist. Anton ist halt unglücklich gegen die Wand gestoßen. Aber die Blutung ist gestillt. Wir schaffen ihn jetzt in die Praxis, dort werde ich die Wunde nähen, und in ein paar Tagen ist alles vergessen.«
Er schaute in die Runde.
»Von Mord kann also net die Rede sein«, sagte er vernehmlich. »Höchstens von Körperverletzung. Aber das ist net meine Angelegenheit.«
Er wandte sich an ein paar junge Burschen.
»Los, packt mit an«, befahl er. »Aber vorsichtig!«
»Kann mir mal einer erklären, was hier geschehen ist?« verlangte Sebastian Trenker. »Wie kam es zu dieser Schlägerei?«
Unzählige Stimmen prasselten auf ihn ein. Der Pfarrer hob die Arme.

»Um Himmels willen, doch net alle durcheinander. Also, Bachmeier, es ist dein Sohn, was ist passiert?«
Der Bauer berichtete, und die anderen nickten zustimmend. So ganz mochte Sebastian nicht glauben, was der Alte da über Thomas Anderers Schuld an dem Geschehen erzählte, aber er konnte sich ein ungefähres Bild machen.
»Wir wollen hoffen, daß der Anton wieder ganz gesund wird, und daß der Thomas sich seiner Verantwortung net entzieht«, sagte er. »Allerdings bin ich ganz entschieden dagegen, daß hier jemand verurteilt wird, dessen Schuld net einwandfrei erwiesen ist.«
Er schaute in die Gesichter der Leute, die ihn betreten anblickten.
»Vielleicht solltet ihr für heut' Schluß machen«, schlug er vor. »Die Stimmung ist eh' dahin.«
Damit wandte er sich um und ging. Er sah aber nicht, daß sich in einer Ecke ein paar Burschen zusammentaten und verschwörerisch miteinander tuschelten.

*

Thomas rannte, als ginge es um sein Leben. Das Motorrad hatte er gegenüber vom Hotel abgestellt. Im Schein der Laterne daneben, sah er Katharina stehen und auf ihn warten. Gleich, als Thomas so gehetzt herausstürmte, ahnte das Madel, daß etwas Schlimmes geschehen war.
Der Bursche schwang sich auf die Maschine und warf sie an.
»Madel, du mußt dich entscheiden«, rief er durch den Motorenlärm. »Entweder kommst' mit mir oder ... oder es ist alles aus.«
Auffordernd sah er sie an. Katharina wurde ganz schwindelig. Wie sollte sie sich nur entscheiden. Sie schaute zum Hotel hinüber. Dort drinnen waren ihre Eltern – und dort drinnen wartete ein Leben an der Seite Anton Bachmeiers.

Kathie zögerte nicht länger und setzte sich hinter Thomas auf das Motorrad. Ganz eng schlang sie die Arme um seine Brust und schmiegte sich an ihn. Thomas gab Gas und sie fuhren davon, als die Hoteltür aufging und ein paar Männer hinausstürmen.
Einer holte Doktor Wiesinger, ein anderer lief zum Pfarrhaus hinüber, um Pfarrer Trenker zu alarmieren, die anderen suchten Thomas Anderer, doch der brauste, Katharina Sterzinger auf dem Sozius, durch die Nacht.
Er wußte eigentlich gar nicht, wohin er sich wenden sollte. Nach Hause konnte er nicht, dort würden sie ihn zuerst suchen. Blieb nur eine Möglichkeit. Thomas kannte eine abgelegene Holzhütte, droben am Höllenbruch, einem unwegsamen Waldstück, in dem er schon etliche Male heimlich Holz geschlagen und Fallen gestellt hatte. Dort würde man ihn vielleicht vorerst nicht vermuten, und er war für einige Zeit in Sicherheit und konnte sich überlegen, was er nun tun sollte. Natürlich würde er weiter fliehen müssen, eventuell sogar ins Ausland. Hier konnte er ja net bleiben, nach allem, was geschehen war. Herr im Himmel, hilf, ich hab' ihn doch net umbringen wollen, diesen Hirsch, diesen damischen! Warum mußte er auch versuchen, mich aufzuhalten?
All diese Gedanken gingen ihm durch den Kopf, während sie durch die Nacht fuhren. Schließlich erreichte er eine Stelle, wo es mit dem Motorrad nicht mehr weiterging. Er hielt an, und sie versteckten die Maschine im Unterholz und tarnten sie mit Reiser und Blattwerk, daß sie nicht mehr zu sehen war. Dann nahm Thomas Kathie bei der Hand und sie stiegen auf. Endlich hielt das Madel es nicht mehr aus und faßte sich ein Herz.
»Thomas, willst mir net sagen, was im Gasthaus geschehen ist?« fragte sie.
Beide waren stehengeblieben. Es war ein kaum befestigter

Weg, auf dem sie unterwegs waren. Silbern hell leuchtete der Mond durch die Tannen und strahlte auf ihre Gesichter. Thomas berichtete in knappen Worten, was geschehen war und warum er fliehen mußte. Entsetzen zeichnete sich auf Kathies Gesicht ab, als sie das hörte.
»Glaub' mir, Madel, ich hab's net gewollt«, sagte Thomas mit rauher Stimme. »Ich würd' alles drum geben, wenn ich's ungeschehen machen könnt'.«
»Aber... was sollen wir denn jetzt machen?« fragte Kathie. »Wohin sollen wir denn? Sie werden dich doch überall suchen.«
Thomas zeigte zum Höhenbruch hinauf.
»Dort oben net«, sagte er. »Erstmal sind wir dort sicher.«
Er schaute sie eindringlich an.
»Was ist, Madel, hast dich entschieden?« wollte er wissen. »Kannst du dir vorstellen, dein Leben mit einem Mörder zu teilen?«
Kathie hörte deutlich die Bitterkeit, die in diesen Worten mitschwang.
»Ich kann dich verstehen, wenn du lieber umkehren willst«, fuhr Thomas fort. »Ich gebe dich frei, wenn du es willst.«
Katharina schaute in sein Gesicht. Nein, das war nie und nimmer das Gesicht eines Mörders! Sie erinnerte sich an den Augenblick, in dem ihr zum ersten Mal bewußt wurde, daß sie Thomas Anderer liebte. Auf der Kirchweih war es geschehen. Thomas hatte mit dem Luftgewehr einen Preis nach dem anderen geschossen, so daß der Besitzer der Schießbude schon ganz ärgerlich wurde. Den größten Preis – einen riesigen Teddybären – hatte er ihr geschenkt.
Mit ein paar Freundinnen war sie dort gewesen und hatte zugeschaut. Thomas drehte sich um und sah sie lächelnd an. Sie kannten sich bisher nur vom Sehen, und Kathie wußte über ihn nur, was alle im Dorf redeten, daß er ein Tauge-

nichts und Tagedieb sei. Aber als er da so vor ihr stand, den übergroßen Bären in den Händen, und sie anlächelte, da spürte Kathie ihr junges Herz wie wild klopfen.
»Für dich«, sagte Thomas und drückte ihr das Plüschtier einfach in die Hände.
Später sahen sie sich wieder, tanzten sogar in dem Festzelt, und noch später gab er ihr den ersten, heimlichen Kuß. Im Mondschein geschah es, genau wie jetzt.
»Ich weiß, was die Leut' über meine Familie und mich reden«, sagte Thomas. »Aber für dich, Madel, hätt' ich mich geändert. Eine Arbeit hätt' ich mir gesucht, daß wir heiraten können, und ich würd schon für dich sorgen.«
Er schluckte schwer, und auch Kathie spürte einen dicken Kloß in ihrem Hals.
»Du bist kein Mörder, Thomas«, rief Katharina leidenschaftlich. »Es war ein Unfall, und was immer geschieht – ich gehöre zu dir. Nichts und niemand kann uns trennen!«
Wild und ungestüm riß er sie in seine Arme und bedeckte ihr Gesicht mit Küssen.
»Komm«, sagte er dann und zog sie mit sich.
Zum Höllenbruch hinauf.

*

Sebastian Trenker und Max saßen im Wohnzimmer des Pfarrhauses. Der Polizeibeamte war eben von den Besuchen bei den Amtskollegen seines Bruders zurückgekommen und schüttelte ungläubig den Kopf, als er hörte, was sich auf dem samstäglichen Ball abgespielt hatte. Natürlich würde er die Sache weiterverfolgen, zumal der alte Bachmeier angekündigt hatte, Anzeige erstatten zu wollen.
Wegen versuchten Mordes!
Gottlob ging es Anton Bachmeier schon wieder besser, wie ein Anruf bei Dr. Wiesinger erbrachte.

»Sind die denn alle narrisch geworden?« schimpfte der junge Polizist. »Hau'n sich die Schädel ein!«
Dabei schielte er auf den Teller mit belegten Broten, den Sophie Tappert auf den Tisch gestellt hatte. Es waren köstliche garnierte Schnitten, mit kaltem Braten, Schinken und Käse. Ein kühles Bier hatte sie ebenfalls dazugestellt.
»Greif schon zu«, forderte der Pfarrer seinen Bruder auf.
Sebastian meinte dann, daß er wohl noch etwas an seiner morgigen Predigt ändern müsse und kam dann auf den Diebstahl der Madonnenfigur zu sprechen.
»Hast du denn etwas von meinen Amtsbrüdern erfahren können?«
Maximilian Trenker kaute und nickte.
»Stell dir vor, sowohl in Engelsbach, als auch in Waldeck ist der Mann aufgetaucht. Pfarrer Bernhard und Pfarrer Buchinger haben beide exakt denselben Mann beschrieben, wie du. Gleich Montag früh rufe ich bei den Kollegen von der Kriminalpolizei an und lasse mir Bilder von all denen schikken, die wegen solcher Delikte vorbestraft sind. Vielleicht ist unser Mann ja darunter.«
»Gebe es Gott.«
Er schenkte seinem Bruder das Bier ein.
»Wie geht es denn jetzt mit dem Thomas weiter?« kam er dann auf das leidige Thema zurück.
Max zuckte die Schulter.
»Ich werd' ihn vorladen, und dann kann er zur Sache aussagen oder auch net. Jedenfalls muß ich den Fall dann an die Kriminalpolizei weiterleiten, die wiederum die Staatsanwaltschaft einschaltet.«
Er trank einen Schluck.
»Es ist schon ärgerlich, daß so etwas Dummes geschehen mußte«, meinte er dann.
Sebastian konnte ihm nur zustimmen.

Der Saal vom »Goldenen Löwen« war wie leergefegt. Nach dem Unfall mit Anton Bachmeier war den Leuten die Lust auf Musik und Tanz vergangen. Allerdings standen noch etliche im Gastraum und erhoben ihre Stimmen. Es ging ziemlich laut her, und der einstimmige Tenor war, daß man mit diesem Pack aufräumen müsse.
Namentlich Wolfgang Herbichler war es, der die Stimmung aufheizte.
»Wir sollten ihn uns holen«, rief er. »Und dann zeigen wir ihm, wie wir mit seinesgleichen umgehen!«
Beifall wurde laut, und Stimmen, die seiner Meinung waren.
»Jawohl, wir dürfen uns net alles gefallen lassen!«
Und dann wurde schwadroniert, wessen sich die Anderer schon alles schuldig gemacht hätten, Holzdiebstahl, Wilderei, Einbruch, Kirchenraub und jetzt sogar versuchter Mord – das Maß war voll!
Schnell hatte sich eine Gruppe zusammengefunden, und Wolfgang Herbichler wurde ihr Anführer. Unter lautem Gejohle zogen sie los.
Die Anderer bewohnten ein altes, baufälliges Tagelöhnerhaus, das am Rande von Sankt Johann stand.
Niemand wußte so recht, wem es eigentlich gehörte, und so war es auch jedem egal, daß die Familie darin hauste. Die Männer hämmerten gegen die Tür, die bedrohlich lose in den Angeln hing und jeden Moment herauszufallen schien. Sie riefen Thomas' Namen und schrien und pfiffen durcheinander.
Nach einer kurzen Weile zeigte sich ein Gesicht in der Tür. Es war Walburga Anderer, Thomas' Mutter. Abgearbeitet und verhärmt schaute sie aus. Ängstlich sah sie die aufgebrachten Männer an.
»Was wollt ihr denn?« fragte sie. »Was soll der Lärm?«
»Deinen Sohn wollen wir«, rief der Herbichler.

»Der Thomas ist net daheim«, antwortete die Frau.
Sie fürchtete sich vor den Männern, denn auch Jakob, ihr Mann, war nicht zu Hause. Burgi Anderer wußte nicht, was geschehen war, sie sah nur die Männer und fürchtete sich vor ihnen.
»Geh', wir schauen selber nach«, sagte der Anführer der Horde und stieß die Frau beiseite.
Ohne um Erlaubnis zu fragen, drangen sie in die Tagelöhnerhütte ein und stellten dort alles auf den Kopf. Thomas fanden sie freilich nicht.
»Wo kann er sein? Wo kann der Kerl sich versteckt haben?«
Vermutungen wurden laut, hier oder dort, wer konnte es sagen?
Schließlich fiel das Wort Höhenbruch, und irgend jemand wußte auch von der Hütte, die es dort oben gab.
Zwei, drei Autos wurden organisiert, und dann fuhren sie los. Nur einer blieb zurück. Langsam wurde sein Kopf wieder klar, und Martin Burger wurde bewußt, daß die Männer im Begriff waren, einen großen Fehler zu machen. Er sah ihnen hinterher, als sie losfuhren, dann lief er, so schnell er konnte, zur Kirche.
Wenn da noch einer helfen konnte, dann Pfarrer Trenker!
Noch schneller, als Thomas es geglaubt hatte, fanden sie ihn und Kathie in ihrem Versteck.
»Schämst du dich net, Madel«, fuhr einer der Männer Kathie an, »dein Verlobter ringt mit dem Tode, und du tust dich mit seinem Mörder zusammen!«
Katharina rang hilflos die Hände. Ohne eingreifen zu können, mußte sie zusehen, wie die Männer Thomas in Stricke legten und ihn dabei mit Tritten und Hieben traktierten.
So zerrten sie ihn den Weg hinunter, zu der Stelle, wo sie die Autos abgestellt hatten.
Sie wollten den Gefesselten eben in einen der Wagen stoßen,

als zwei Autoscheinwerfer aufflammten. In ihrer Aufruhr hatten die Männer gar nicht bemerkt, daß noch ein Auto mehr dastand.«
»Was, in aller Welt, ist bloß in euch gefahren?« vernahmen sie die Stimme ihres Pfarrers.
Sebastian Trenker stieg aus dem Fahrzeug und ging auf die Gruppe zu, Er zog den Strick von Thomas' Handgelenken.
»Ihr seid ja dümmer, als die Polizei erlaubt«, sagte Max kopfschüttelnd, der ebenfalls ausgestiegen war.
Pfarrer Trenker sah von einem zum anderen, und ihre Köpfe senkten sich unter diesem Blick.
»Wir wollten bloß, daß der Dieb und Mörder seiner gerechten Strafe zugeführt wird«, sagte Wolfgang Herbichler kleinlaut.
»Das ist die Sache der Polizei«, fuhr Max ihn an. »Was ihr da macht, ist Freiheitsberaubung, und das ist strafbar. Ich werd' euch alle anzeigen.«
Sebastian Trenker hob beinahe hilflos die Hände.
»Was soll ich bloß mit euch anfangen«, sagte er dann.
»Selbstjustiz ist das Schlimmste, was man sich denken kann. Sie ist der Anfang von Anarchie und der Untergang von Recht und Gesetz. Wir alle können uns glücklich schätzen, daß wir in einer Demokratie leben, in der auch der Grundsatz gilt, daß niemand für etwas bestraft werden darf, bevor nicht seine Schuld einwandfrei bewiesen ist.«
Er dachte an Martin Burger und war dem Burschen dankbar, daß er ihn und Max rechtzeitig alarmiert hatte.
Rechtzeitig, bevor Schlimmeres geschehen war.
»Ihr könnt euch bei einem eurer Spezis bedanken, daß wir euch von etwas abhalten konnten, das ihr morgen vielleicht schon bereut hättet«, sagte er dann. »Und jetzt seht zu, daß ihr nach Hause kommt.«
Betroffen setzten sich die Männer in die Wagen und fuhren

ab. Sebastian und Max Trenker sahen ihnen hinterher. Dann wandten sie sich an Thomas und Katharina, die, eng umschlungen, beiseite standen.

»Also, Thomas, erst mal laß dir gesagt sein, daß der Anton lebt. Er ist zwar verletzt, aber du bist kein Mörder, wie du vielleicht geglaubt hast«, teilte Sebastian ihnen mit.

Thomas atmete erleichtert auf, und das Madel drückte sich an ihn.

»Trotzdem kannst du dich in dieser Sache noch auf etwas gefaßt machen«, warf Max ein. »Der alte Bachmeier hat Anzeige gegen dich erstattet, und du kommst zumindest wegen Körperverletzung dran.«

Er hob die Hände, als Thomas protestieren wollte.

»Wer weiß, vielleicht erkennt der Richter auf Notwehr, und es wird halb so schlimm«, fuhr er fort. »Jedenfalls kommst' am Montag in mein Büro, dann nehmen wir ein Protokoll auf.«

Thomas nickte und schaute dann Sebastian an.

»Danke, Hochwürden«, sagte er leise.

»Schon gut«, antwortete Sebastian Trenker. »Allerdings würd' ich mir wünschen, dich öfter mal und unter anderen Umständen zu treffen. In der Kirche nämlich.«

Thomas nickte.

»Ich weiß, ich bin gewiß kein eifriger Kirchgänger.«

Er schaute auf Kathie, die er immer noch in den Armen hielt.

»Aber, das wird sich ändern«, meinte er dann. »So wie sich vieles ändern wird.«

»Ihr mögt euch wohl sehr, was, ihr beiden?«

Beide strahlten den Pfarrer an.

»Ja, Hochwürden, und wir wollen heiraten. Ich werd' mir eine Arbeit suchen, und dann wird alles anders sein!«

Sebastian Trenker zog hörbar die Luft ein.

»Aber, bevor es soweit ist, wird es noch einen harten Kampf geben«, prophezeite er.

Katharina seufzte. Sie wußte, was der Pfarrer meinte.
»Können Sie net ... ich meine, wenn Sie mit Vater reden, vielleicht hat er dann ein Einsehen.«
Der Geistliche nickte ihnen aufmunternd zu.
»Ich will sehen, was sich machen läßt«, meinte er dann und klatschte in die Hände. »So, nun laßt uns aber von hier fortkommen.«

*

Natürlich war auf dem Sterzingerhof noch alles in heller Aufregung, die schließlich Erleichterung Platz machte, als Pfarrer Trenker Kathie nach Hause brachte. Für ein klärendes Gespräch mit dem Bauern war es schon zu spät, doch konnte Sebastian ihm das Versprechen abringen, Kathie für ihr Verschwinden nicht zu strafen. Brummend willigte Joseph Sterzinger ein und verschwand in seiner Kammer.
Das Madel bedankte sich noch einmal, und Sebastian versprach, in den nächsten Tagen vorbeizuschauen und mit dem Vater zu reden.
Max fuhr zurück. An der Kirche setzte er den Bruder ab. Es war schon beinahe Morgen, und die ersten Strahlen der Sonne krochen hinter einem Wolkenschleier hervor.
»Schlaf gut«, sagte der Gendarm zum Abschied.
Der Geistliche winkte ihm hinterher und ging dann langsam zur Kirche hinüber. Sebastian schloß auf und trat ein. Eine Weile stand er unter dem Bogengang, wo die Madonna ihren Platz gehabt hatte.
Dann setzte er sich auf eine Bank in der ersten Reihe und schaute nachdenklich auf das Kreuz mit dem Erlöser, das über dem Altar hing. Seine Gedanken wanderten in die Ferne, während er eigentlich an seine Gemeinde denken wollte, und über das, was er ihnen morgen, nein, heute – es war ja schon Sonntag – sagen wollte.

Das Bild der Berge tat sich vor ihm auf. Die geliebten Gipfel, die zu erklimmen sein höchstes Glück war. Frei und unbeschwert fühlte er sich dann, und es schien, als wäre ihm Gott nie so nahe, wie in solchen Momenten. Er mußte unbedingt wieder hinauf. Es war eine Leidenschaft, der er wohl bis an sein Lebensende frönen würde – so es seine Gesundheit zuließ. Aber damit hatte er ja auch, Gott sei's gedankt, keine Probleme. Sportlich war er immer aktiv gewesen, und seine regelmäßigen Touren waren das beste Training.
Sebastian wußte um die Leute, die sich manchmal deswegen ihre Späße erlaubten. »Bergpfarrer« nannten sie ihn dann scherzhaft, und er lächelte über diesen gutgemeinten Spott. Schließlich waren sie seine besten Freunde.
Der Pfarrer verrichtete eine kurze Andacht und bezog Anton Bachmeier in das Gebet mit ein. Dann ging er in das Pfarrhaus hinüber und legte sich schlafen.
Es war ein kurzer, unruhiger Schlaf, und als der Wecker klingelte, hatte Sebastian das Gefühl, gerade eben erst die Augen zugemacht zu haben.

*

»Weißt', Großvater, ich arbeite in einer Bank«, erklärte Veronika Seebacher dem alten Mann. »Die würden ganz schön dumm gucken, wenn ich übermorgen net zur Arbeit käme.«
»So, in einer Bank.«
»Ja, und der Christian – mein Verlobter, Christian Wiltinger, ich hab' dir doch von ihm erzählt – arbeitet auch dort. Wir wollen bald heiraten.«
Das Madel legte den Arm um ihn.
»Das wird der schönste Tag in meinem Leben«, sagte sie. »Und weißt du auch warum? Weil du dabeisein wirst. Ich hab' doch nur dich, als einzigen Verwandten auf der Welt.«
Urban Brandner antwortete nicht. Was hatte das Madel bloß

für Flausen im Kopf! Heiraten – dazu war es doch noch viel zu jung!
»Der Christian ist ein tüchtiger und fleißiger Mann. Er leitet die Bankfiliale.«
Vroni, wie der Alte inzwischen seine Enkeltochter nannte, versuchte ihrem Großvater begreiflich zu machen, daß sie heute wieder abreisen würde, aber sie hatte den Eindruck, daß der Mann sie nicht verstand. Seufzend stand sie auf und ging in die Hütte.
»Ich pack' jetzt meinen Rucksack, und dann tät's mich freuen, wenn du mich noch ein Stückchen bringst.«
Urban antwortete nicht. Die beiden Hunde wachten bei den Kühen, die Milch war zu Butter und Käse verarbeitet worden, und alles schien wie immer zu sein. Doch der Alte wußte, daß es nicht so war.
Die Vroni wollte ihn verlassen, so, wie seine Tochter ihn vor mehr als zwanzig Jahren verlassen hatte. Und was hatte sie davon gehabt, die Maria? Kein leichtes Leben, wie das Madel erzählte, Arbeit, Müh' und Plag'. Witwe war sie geworden und dann wurd' sie krank und ist gestorben.
Das alles hätt' nicht sein müssen, dachte Urban. Wäre sie geblieben, hier droben wär's ihr besser gegangen. Und nun war Marias Tochter im Begriff, denselben Fehler zu tun.
Konnte er da so einfach tatenlos zusehen? Mußte er nicht verhindern, daß das Madel in sein Unglück rannte?
Er stand auf und folgte Veronika in die Hütte. Hinter seiner Schlafkammer hatte er schon alles vorbereitet. Da gab es einen Verschlag. Immer wenn die Maria net folgsam war, dann hatte Urban seine Tochter dort drinnen eingesperrt. Damals hatte es gewirkt – warum also net auch heut'?
Veronika folgte ihrem Großvater ahnungslos, als der ihr erklärte, sie solle mitkommen, er müsse ihr etwas zeigen.
In seiner Kammer stieß Urban Brandner die junge Frau mit

sanfter Gewalt in den Verschlag, in dem sonst allerlei Gerümpel stand, das nicht mehr gebraucht wurde. Urban hatte vorsorglich alles ausgeräumt, als sein Plan, das Madel nicht mehr fort zu lassen, Gestalt annahm. Es war zwar ein wenig eng darin, aber es gab mit Stroh gefüllte Säcke, auf denen man es sich einigermaßen bequem machen konnte.

Veronika verstand die Welt nicht mehr, als der Alte die Tür – es war mehr eine Klappe, die mit einem Schnappschloß von außen gesichert war, hinter ihr zuschlug.

Seltsam vor sich hin kichernd ging der alte Senner nach draußen, ohne auf die Protestrufe seiner Enkeltochter zu hören.

Eine Nacht in dem Verschlag und das Kind würde seine Meinung ändern, dachte er. So war's auch schon bei der Maria gewesen.

*

»Der Mann heißt Egon Rohlinger. Er ist wegen einschlägiger Delikte bekannt«, erklärte Max Trenker und tippte auf das Foto eines Mannes, das er seinem Bruder vorgelegt hatte.

Pfarrer Trenker erkannte darauf eindeutig den Besucher von St. Johann, der sich seinerzeit so sehr für die Madonna interessiert hatte.

»Er ist der Kopf einer Bande von Kirchenräubern, die durch ganz Bayern zieht und immer wieder in Kirchen und Klöster einbricht. Rohlinger hat internationale Kontakte. Die sakralen Kunstgegenstände werden bis nach Asien und Amerika verkauft.«

»Hoffentlich findet sich die Madonna wieder ein«, sagte Sebastian.

»Keine Sorge«, antwortete sein Bruder. »Der Kollege von der Kripo meint, daß da wohl noch ein paar Raubzüge geplant gewesen sind, bevor die Bande sich dann für ein paar Monate ins Ausland absetzen will. Jetzt wird erst mal die letzte bekannte Adresse von Rohlinger überprüft, und dann schlagen die Kollegen zu.«

Während er berichtete, schaute der Polizeibeamte immer wieder zur Tür hinüber. Pfarrer Trenker deutete den Blick richtig.

»Frau Tappert wird uns gleich rufen«, sagte er.

Und richtig. Im selben Moment wurde die Tür geöffnet und die Haushälterin schaute herein.

»Es ist aufgedeckt, Hochwürden.«

»Danke, Frau Tappert. Wir kommen.«

Sie nahmen in der Küche, auf der Eckbank, Platz. Sophie Tappert hatte ein einfaches Mittagsmahl zubereitet – einen bunten Gemüseeintopf. Max leckte sich die Lippen, als stände der feinste Gänsebraten auf dem Tisch. Er wußte ja – alles, was die Perle des Pfarrhaushaltes kochte, schmeckte köstlich!

Sebastian war es ja gewohnt, daß seine Haushälterin wenig sagte, aber daß sie heute so gar nichts von sich gab, wo sie sich doch zumindest an den Tischgesprächen beteiligte, gab ihm doch zu denken. Und er bemerkte den Blick, mit dem seine Perle Max betrachtete.

Ein stiller Vorwurf war deutlich darin zu lesen.

»Sagen's, Frau Tappert, ist irgend 'was?« fragte der Geistliche, nachdem er das Essen gesegnet hatte. »Ich sehe Ihnen doch an der Nasenspitze an, daß es da 'was gibt.«

Die Haushälterin schüttelte den Kopf.

»Nein, eigentlich net...«, erwiderte sie vage.

»Nun kommen S' schon. Heraus mit der Sprache«, forderte der Pfarrer sie auf.

Sophie Tappert legte ihren Löffel in den halbvollen Teller und sah zu Max hinüber.

»Es ist wegen der Franzi«, sagte sie schließlich. »Franziska Burgmüller.«

»Was ist mit ihr?« fragte Sebastian.
»Sie war heut' bei mir und hat mir ihr Herz ausgeschüttet. Sie sollten sich schämen, Maximilian Trenker. Erst brechen Sie dem Madel das Herz, und dann lassen S' links liegen.«
Max hatte sich unwillkürlich geduckt, als die Worte auf ihn herniederprasselten. Jetzt sah ihn auch sein Bruder strafend an.
»Max, Max«, sagte er kopfschüttelnd. »Es wird noch mal ein schlimmes Ende nehmen.«
Maximilian Trenker war wieder einmal seinem Ruf gerecht geworden. »Ich brech die Herzen der stolzesten Frauen...« war sein Lieblingslied, und wo immer Spaß und Gaudi waren, war auch Max zu finden. Seinem Charme konnte kaum eine widerstehen. Brach die Verflossene dann in Tränen aus, weil's vorbei war, konnte der Herzensbrecher so lieb schauen, daß ihm niemand mehr bös' sein konnte.
Auch Sophie Tappert net.
»Ich werd' für Sie beten«, sagte die Haushälterin und stand auf.
»Dank' schön«, antwortete Max verdutzt.
Die Frau war schon an der Tür.
»Und dafür, daß es eines Tages die Theresa Keunhofer sein wird, die Sie zum Traualtar führen«, rief sie im Hinausgehen.
Max erschauderte, während sein Bruder sich köstlich amüsierte – Theresa war ein altjüngferliches Fräulein, das mit aller Macht auf der Suche nach einem Mann war – der Schrecken der männlichen Jugend in Sankt Johann. Jeder war froh, wenn er von Resl's Liebesbezeugungen verschont blieb!
»So ganz unrecht hat die Frau Tappert net!« meinte Sebastian und blickte seinen Bruder strafend an. »Ich fürcht' nämlich auch, daß es noch einmal bös enden wird, wenn net

bald eine kommt, die es schafft, dich in den Hafen der Ehe zu lotsen.«

»Das werd' ich zu verhindern wissen«, versprach Max augenzwinkernd und nahm noch eine Kelle von dem Eintopf.

*

Christian Wiltinger war ratlos. Vor drei Tagen hätte seine Verlobte ihre Arbeit wieder aufnehmen sollen, doch sie schien verschollen, denn sie war weder in dem Zug gewesen, mit dem sie hätte ankommen sollen –, Christian hatte vergeblich auf dem Bahnhof auf sie gewartet – noch hatte sie sich sonst irgendwie gemeldet. Seine Angst und Sorge um das geliebte Madel wuchsen stündlich. Was konnte da nur geschehen sein? Er hatte schon bei der Gendarmerie und in verschiedenen Krankenhäusern angerufen, doch nirgendwo fand sich eine Spur von ihr. Der junge Filialleiter war sicher, daß Veronika nicht in der Lage war, ein Lebenszeichen von sich zu geben. Sie hatte überhaupt keinen Grund, so sang- und klanglos zu verschwinden. Beide waren sich ihrer Liebe sicher, sogar der Hochzeitstermin stand schon fest, und in der Bank, wo Veronika in der Kreditabteilung arbeitete, stand ebenfalls alles zum besten.
Was also war nur geschehen?
Nachdenklich ging Christian Wiltinger an die große Karte, die an der Wand hinter seinem Schreibtisch hing. Sie zeigte den Freistaat Bayern mit den angrenzenden Ländern. Suchend fuhr sein Finger über das Papier.
Wie hieß doch gleich das Dorf, in dem Veronika diesen Verwandten, Urban Brandner, hieß er, vermutete? Richtig – Sankt Johann. Wo mochte das nur liegen?
Typisch, dachte der junge Mann, im Urlaub fliegt man nach Mallorca oder sonstwohin, aber in der Heimat, da kennt man sich net aus. Endlich fand er es, mitten in den Alpen.

Jemand klopfte an seine Bürotür, und auf seinen Ruf traten Ines Ambach und Andreas Föringer ein. Sie arbeiteten ebenfalls in der Bank und waren mit Christian und Veronika auch privat befreundet. Die beiden hatten sich Andreas und Ines als Trauzeugen ausgesucht.
»Noch immer keine Nachricht?« fragte Andreas.
Sowohl er, als auch Ines machten ein besorgtes Gesicht.
Christian schüttelte den Kopf.
»Es ist wie verhext!«
Er deutete auf die Karte.
»Ich überlege, ob ich nicht hinfahren und sie suchen soll«, sagte er.
»Ich glaube, das ist eine gute Idee«, stimmte Ines zu. »Wer weiß, was dahintersteckt, daß Veronika sich nicht meldet. Vielleicht ist es nur dort zu klären.«
»Nur zu«, ermunterte Andreas den Freund. »Die Bank ist bei mir in besten Händen.«
Er war der stellvertretende Filialleiter.
»Ich weiß, daß ich mich auf dich verlassen kann«, erwiderte Christian Wiltinger und schaute auf die Uhr. »Es ist erst zehn. Wenn ich gleich losfahre, kann ich am frühen Abend dort sein.«
Er zeigte den beiden, wo Sankt Johann lag.
»Hoffentlich findest du Veronika«, sagte Ines. »Irgendwie unheimlich ist es schon. Alleine der Gedanke – ein Mensch verschwindet doch net so einfach!«
Christian verabschiedete sich von ihnen und fuhr nach Hause. Eilig packte er ein paar Sachen in eine Reisetasche und stieg wieder in seinen Wagen. Wenig später war er schon auf der Autobahn. Obwohl er sich auf den Verkehr konzentrieren mußte, waren seine Gedanken doch immer wieder bei dem Madel. Er brannte darauf, Veronika zu finden und herauszubekommen, was da geschehen war.

Hoffentlich..., nein, den schlimmsten Gedanken wollte er gar nicht erst denken. Eine innere Stimme sagte ihm, daß es seiner Verlobten gut ging. Diese Hoffnung wollte er nicht verlieren.

*

Wie nach jeder Messe, stand Pfarrer Trenker an der Kirchentür und verabschiedete die Gläubigen. Am letzten Sonntag waren einige von ihnen mit gesenkten Köpfen aus dem Gotteshaus geschlichen, nach dem Donnerwetter, das der Herr Pfarrer auf sie hatte niederprasseln lassen.
Von Selbstherrlichkeit hatte er gesprochen, und von der Dummheit in den Köpfen mancher Leute. Natürlich ohne einen Namen zu nennen, aber die, welche er meinte, wußten Bescheid und fühlten sich auch angesprochen.
Burgl Anderer kam als eine der letzten heraus. Sie gab Sebastian Trenker die Hand.
»Dank' schön, Herr Pfarrer, für alles, was Sie für meinen Buben getan haben«, sagte sie mit Tränen in den Augen.
»Ist schon recht, Burgl«, nickte Sebastian ihr aufmunternd zu.
»Er ist kein schlechter Junge«, sprach Burgl weiter. »Es lief nur net alles so, wie er es sich gedacht hatte.«
»Ich weiß, und ich werd' alles tun, was in meiner Macht steht, um ihm zu helfen.«
»Danke, Hochwürden, vielen, vielen Dank.«
Die verhärmte, vor Kummer und Plag' gebeugte Frau, die ihr ganzes Leben lang gearbeitet hatte und doch nie auf einen grünen Zweig gekommen war, kämpfte sichtbar mit den Tränen.
»Ich wünsch dir noch einen schönen Sonntag«, verabschiedete der Geistliche sie und ging dann in die Kirche zurück.
Die Meßdiener hatten schon ihre Utensilien abgelegt und

warteten darauf, entlassen zu werden. Sebastian steckte jedem von ihnen ein Geldstück zu.
»Für ein Eis. Aber erst nach dem Mittagessen.«
»Dank' schön, Hochwürden«, riefen die beiden und rannten los.
Sebastian hängte die Soutane in den Schrank in der Sakristei und machte sich dann auf den Weg in das Pfarrhaus, wo Sophie Tappert schon mit dem Sonntagsbraten wartete. Natürlich war auch Max da, und eben kam Dr. Wiesinger um die Ecke. Er war heute im Pfarrhaus zum Essen eingeladen, hatte aber nach dem Kirchgang noch nach einem Patienten sehen müssen, der bettlägerig war. Sebastian fiel die kummervolle Miene des Arztes auf.
»Wie geht's dem Teubner Franz?« fragte er.
»Oh, recht gut«, antwortete der Arzt. »Ich denke, in ein paar Tagen ist er wieder ganz gesund.«
Franz Teubner hatte sich bei der Apfelernte einen Hexenschuß zugezogen und war dabei von der Leiter gefallen. Zum Glück hatte er sich nichts gebrochen, aber schmerzhaft war es ohnegleichen.
»Ich dachte schon... Sie schauen ein wenig bedrückt. Ist sonst etwas nicht in Ordnung?«
»Das kann man wohl sagen«, schnaubte der junge Arzt. »Ich mache mir große Sorgen um den Lärchner.«
»Wieso, was ist mit ihm? Er war doch schon wieder auf dem Wege der Besserung.«
Sebastian ließ seinen Gast in das Eßzimmer eintreten, wo Max schon wartete. Dieser Raum wurde meistens nur dann benutzt, wenn weiterer Besuch da war, oder an Feiertagen. Sebastian saß und aß auch gerne in der gemütlichen Wohnküche des Pfarrhauses. Doch heute hatte Sophie Tappert den Tisch im Eßzimmer festlich gedeckt und eine Flasche Wein kalt gestellt. Das Essen dauerte noch ein paar Minuten, und

so hatten die Männer Zeit, sich noch etwas über den Lärchner-Bauern zu unterhalten.
»Man müßte diesem Scharlatan das Handwerk legen«, schimpfte Toni Wiesinger.
Der junge Arzt hatte ohnehin keinen leichten Stand bei den Dörflern, und nun noch dies!
Dem Pfarrer schwante, wen der Arzt mit Scharlatan meinte.
»Doch net etwa der Brandhuber-Loisl?« fragte er.
»Doch, genau der«, nickte der Arzt und nahm dankend das Glas Sherry entgegen, das Max ihm reichte.
Und dann erzählte er, welchen Kummer er mit Alois Brandhuber hatte.
Ähnlich wie die Familie Anderer, hauste der Brandhuber in einer Holzhütte, etwas außerhalb des Dorfes. Niemand wußte, wovon der Alte lebte. Er sah immer unrasiert und schmuddelig aus, und stand in dem Ruf ein »Wunderheiler« zu sein. Angeblich zog er bei Vollmond los, um bestimmte Kräuter und Blumen zu sammeln, die er zu den verschiedensten Tees und Salben verarbeitete, die er an die Leute verhökerte.
Nicht nur Touristen gaben ihr Geld dafür her, auch Einheimische ließen sich immer wieder darauf ein, Loisls-Wunderkuren zu probieren.
Und nun war der Doktor dahintergekommen, daß der Brandhuber ebenfalls den Lärchner-Bauern »behandelte«!
»Eine Lungenentzündung in dieser Jahreszeit ist schon schlimm genug. Aber ich hätte sie beinahe im Griff gehabt«, ärgerte Toni Wiesinger sich. »Und dann muß ich erfahren, daß man sich mehr auf die Erfahrung des ›Heilers‹ verläßt. Ich kann's noch immer net glauben.«
Sophie Tappert hatte inzwischen das Essen aufgetragen.
»Werden die Leute nimmer gescheit?« seufzte Sebastian und deutete auf den Tisch. »Kommen S', Herr Doktor, lassen S'

uns essen. Ich glaub, ich werd' sowohl mit dem Lärchner, als auch mit dem Brandhuber ein ernstes Wörtchen reden müssen.«

*

Dazu hatte der Geistliche schon am Nachmittag Gelegenheit. Eigentlich hatte er den in den Bergen verbringen wollen, doch die Angelegenheit um den Lärchner-Bauern war natürlich wichtiger.
Schweren Herzens verschob er die ersehnte Bergtour. Statt dessen setzte er sich in seinen Wagen und fuhr zu dem Bauernhof hinauf.
Der Lärchnerhof war ein mehr als zweihundert Jahre alter Berghof, der schon immer im Besitz der Familie war. Der Altbauer, Ignazius Lärchner, war schon weit über die sechzig, dachte aber nicht daran, den Hof seinem Sohn zu übergeben.
»Wenn du so weitermachst, brauchst auch net mehr aufs Altenteil zu ziehen«, tadelte Sebastian Trenker den Kranken, an dessen Bett er saß.
Auf dem Nachtkästchen, daneben, standen ein paar Schachteln mit Tabletten und eine große Flasche mit einer dunkelblauen Flüssigkeit darin. Wahrscheinlich das Gebräu vom Brandhuber-Loisl.
»Wie meinen's denn das, Hochwürden?« fragte der Alte mit schwacher Stimme.
Aschgrau sah er aus im Gesicht, und seine Hände zitterten. Beim letzten Besuch hatte er deutlich besser ausgesehen, dachte Sebastian. Er deutete auf die Flasche.
»Wenn du weiterhin das Zeug da säufst, Lärchner-Bauer, dann braucht dein Sohn das Altenteil net mehr herrichten. Dann kannst gleich sagen, an welcher Stelle auf dem Kirchhof du liegen willst. Die Flasche ist doch vom Brandhuber, nicht wahr?«

Ignaz machte ein verzweifeltes Gesicht.

»Ich will's ja gar net«, jammerte er. »Aber meine Alte, die hat sich die Flasche aufschwatzen lassen, weil sie meint, daß der junge Doktor keine Ahnung hat. Es schmeckt überhaupt ganz scheußlich!«

Der Pfarrer hätte lachen können, wenn die Sache nicht so ernst gewesen wäre.

»Der junge Doktor hat immerhin ein paar Jahre studieren müssen, bevor er auf die Menschheit losgelassen wurde. Ich bezweifel, daß der Brandhuber-Loisl jemals eine Universität auch nur aus der Ferne gesehen hat.«

Der Geistliche schüttelte den Kopf über soviel Unverstand.

»Ich nehme die Flasche mit und schütte den Inhalt weg«, fuhr er bestimmt fort. »Und du nimmst wieder die Tabletten, so, wie Doktor Wiesinger es dir gesagt hat. Eine Lungenentzündung ist kein einfacher Schnupfen. Und mit deiner Frau rede ich noch ein ernstes Wörtchen. Ich verstehe sowieso net, warum du auf sie hörst? Das ist doch sonst net deine Art. Hier hätte es einmal Sinn gehabt, nicht das zu tun, was sie will.«

Er wünschte noch eine gute Besserung und verließ das Krankenzimmer. Auf der Diele saß Mechthild Lärchner. Sebastian nahm sie ins Gebet. Die Frau beteuerte zwar, sich nach den Anweisungen des Arztes richten zu wollen, doch der Pfarrer bezweifelte die Ernsthaftigkeit. Ihm fiel auf, daß die Bäuerin immer wieder an ihm vorbei aus dem Fenster schaute. G'rad so, als erwarte sie Besuch...

Als Sebastian durch die Tür ins Freie trat, sah er, auf wen Mechthild Lärchner gewartet hatte. Eben bog der Brandhuber-Loisl um die Ecke des Stalles. Als er den Pfarrer erkannte, wollte er auf der Stelle kehrtmachen.

»Komm nur her, du alter Heide«, rief der Geistliche den Alten.

Loisl zögerte, kam dann aber doch herangeschlurft. Natürlich war er nicht rasiert, und Hemd und Hose waren bestimmt keine Sonntagstracht. Sebastian konnte sich allerdings auch nicht erinnern, Loisl jemals in anderen Sachen gesehen zu haben.
Der »Wunderheiler« stand vor ihm und schielte nach der Flasche, die Sebastian in der Hand hielt.
»Kannst du mir mal erzählen, was das für hier für ein Zeug ist?« forderte er den Alten auf.
»Scha... Scha... Schafgarbe und Brennesselsaft«, stotterte der.
»Igitt, und das soll helfen?«
»So steht's in meinem Buch«, erwiderte Loisl trotzig.
»In welchem Buch denn? Etwa einem medizinischen Werk?«
Loisl zögerte mit der Antwort.
»Nun red' schon.«
»Das sechste und siebente Buch Moses«, sagte er schließlich und duckte sich dabei, als fürchtete er, geschlagen zu werden.
»Ich hätt's mir denken können«, schüttelte der Pfarrer seinen Kopf. »Und für diesen Unsinn geben die Leute ihr Geld aus. Es ist nicht zu fassen!«
Er hielt dem Alten die Flasche unter die Nase.
»Vielleicht hilft dein Gebräu wirklich bei irgend etwas. Ganz bestimmt aber nicht bei einer ausgewachsenen Lungenentzündung, und die hat der Lärchner nämlich. Es tät dir net schaden, wenn du dem lieben Gott dafür danken würdest, daß er dich davor bewahrt hat, einen Menschen vorzeitig ins Grab zu bringen. Das wäre nämlich passiert, wenn der Doktor Wiesinger net dahintergekommen wäre, was du hier treibst. Also, schleich' dich. Deine Medizin behalt' ich besser. Du wärst imstande, sie noch 'mal zu verkaufen.«
Alois Brandhuber drehte sich um und machte, daß er davon-

kam, heilfroh, daß es nicht mehr als diese Standpauke gegeben hatte.
Dabei grinste er über das ganze Gesicht.

*

»Großvater, ich bitt' dich, nimm doch Vernunft an!«
Veronika war der Verzweiflung nahe. Seit Tagen versuchte sie vergeblich, dem alten Senner klarzumachen, daß sie wieder abreisen müsse. Urban wollte einfach nicht zuhören und tat jede ihrer Bitten mit einer unwirschen Handbewegung ab.
Gott sei Dank hatte er sie zumindest wieder aus dem Verschlag herausgelassen. An die Nacht, die sie dort drinnen hatte zubringen müssen, wollte das Madel gar nicht mehr denken.
Was sollte sie nur tun? Fortlaufen?
Davon hielten sie zwei Dinge ab. Zum einen wurde ihr allmählich klar, daß der Großvater krank war und Hilfe brauchte, zum anderen kannte sie sich hier oben überhaupt nicht aus. Als sie vor mehr als einer Woche angekommen war, da hatte ein freundlicher Bauer sie aus dem Tal mit heraufgenommen und bis an den Weg gebracht, der direkt zu der Sennerhütte führte. Veronika hatte damals nicht auf den Weg geachtet, dazu war sie viel zu nervös gewesen. Immerhin sollte sie in wenigen Augenblicken einem nahen Verwandten gegenüberstehen, den sie noch nie gesehen hatte. Jetzt würde sie den Weg zurück alleine niemals finden.
Es war aber auch wie verhext. In den vergangenen Tagen waren fast immer Wanderer zur Hütte gekommen, doch seit dem Wochenende hatte sich niemand mehr blicken lassen. Dann hätte sie Christian zumindest eine Nachricht zukommen lassen können.
Bestimmt machte er sich die größten Sorgen um sie. Er hatte

sie ohnehin nicht allein fahren lassen wollen. Doch war es ihm unmöglich gewesen, sie zu begleiten – zwei Tage später sollte er ein paar wichtige Kunden der Bank empfangen, mit denen er die ganze Woche zu tun hatte –, so daß er schweren Herzens einwilligte.
Immerhin konnte sie sich relativ frei bewegen, Urban Brandner schien sicher zu sein, daß sein Enkelkind nicht fortlaufen würde.

*

Christian war überrascht, wie schön das Dorf gelegen war. Etliche kleine Häuschen, ein paar Läden und die große weiße Kirche prägten das Bild. Mit den majestätischen Bergen im Hintergrund bildete es ein romantisches Panorama – ein richtiges Bergdorf eben.
Veronikas Verlobter fuhr langsam auf den Parkplatz eines Hotels, dessen Schild er schon am Ortseingang gesehen hatte. »Zum Goldenen Löwen«. Er stieg aus und reckte sich. Beinahe sieben Stunden hatte er nun ununterbrochen im Auto gesessen, und er spürte, wie verspannt er war. Bestimmt auch eine Folge seiner inneren Anspannung.
Der Wirt selber stand am Empfang und begrüßte den Gast.
»Wie lange möchten S' denn bleiben?« fragte er.
Christian hatte keine Ahnung, wie lange die Suche nach Veronika dauern würde.
»Erst mal drei Tage«, sagte er. »Eventuell verlängere ich dann noch mal.«
»Ist recht«, nickte Sepp Reisinger und händigte die Schlüssel aus. »Der kleine ist für den Nebeneingang des Hotels, falls wir schon mal geschlossen haben. Der größere ist der Zimmerschlüssel. Es ist im ersten Stock.«
Christian nahm die Schlüssel entgegen und holte seine Reisetasche aus dem Auto. Dann ging er die Treppe hinauf. Das

Zimmer lag am Ende eines langen Flurs, von dem noch weitere abgingen. Der junge Mann schloß auf und trat ein.
Auch hier wurde er angenehm überrascht. Das Zimmer war hell und freundlich, es roch nach Frische und Sauberkeit. Das Bett machte einen verlockenden Eindruck, und auf dem Tisch am Fenster stand eine Vase mit frischen Blumen.
Christian ging in das angrenzende Bad und wusch sich Gesicht und Hände. Derart erfrischt wäre er am liebsten sofort losgezogen, um Veronika zu suchen, doch er wußte, daß es keinen Zweck haben würde, einfach blindlings loszurennen. Er hatte ja überhaupt noch keine Ahnung, wo er nach ihr suchen sollte. Außer den Namen des Mannes, in dem das Mädel seinen Großvater vermutete, hatte er ja gar keinen Anhaltspunkt.
Zudem forderte der Körper sein Recht. Vor lauter Angst und Sorge um Veronika hatte Christian seit Tagen nicht mehr richtig geschlafen und gegessen. Hinzu kam die anstrengende Autofahrt. Das beste würde sein, zunächst etwas im Restaurant zu essen und sich dann auszuruhen. Inzwischen war es beinahe neun Uhr abends geworden. Der Verkehr war enorm gewesen, außerdem hatte es auf der Autobahn zwei Baustellen gegeben, so daß er für die Fahrt doch länger gebraucht hatte, als er zunächst dachte.
Es waren nur wenige Gäste anwesend, als Christian Wiltinger das Restaurant betrat. Eine freundliche Bedienung brachte ihm gleich die Speisekarte und nahm seine Getränkebestellung auf.
Der junge Mann entschied sich für eine kalte Platte, die heimische Wurst- und Käsesorten versprach. Dazu gab es deftiges Bauernbrot und süßen Senf. Erst jetzt bemerkte Christian, wie hungrig er eigentlich war. Trotzdem ließ er sich Zeit beim Essen und dachte über seine weiteren Schritte nach.

Wohin wendete man sich am besten, wenn man jemanden suchte, von dem man wußte, daß er existierte, aber nicht genau, wo?
Am besten in der Kirche, dachte er. Wenn die Polizei nicht helfen konnte – in der Kirche gab es Bücher, in denen alles verzeichnet war. Geburten, Hochzeiten, Beerdigungen.
Diese Idee schien ihm am besten. Gleich morgen früh wollte er den Pfarrer aufsuchen und nach einem Mann namens Urban Brandner fragen. Wenn er wirklich hier geboren war und noch immer lebte, würde der Geistliche wissen, wo Christian ihn finden konnte.
Zufrieden suchte Veronikas Verlobter sein Zimmer auf. Einen Moment stand er am offenen Fenster und schaute hinaus in die Nacht. Die Sterne standen wie gesät am nächtlichen Himmel, und der Mond breitete sein Licht über den Bergen aus. Christian hätte alles darum gegeben, Veronika jetzt in seinen Armen zu halten, und als er sich schlafen legte, da war er in Gedanken immer noch bei ihr.

*

An der Westseite der Kirche St. Johann wuchs ein herrlicher Rosenstrauch. Er reichte von der Kirchenmauer bis an den schmiedeeisernen Zaun, der den Friedhof begrenzte.
Sebastian Trenker war gerade damit beschäftigt, die Rosen zu beschneiden, als ein junger Mann über den Kiesweg ging und auf ihn zukam. Sebastian kannte ihn nicht.
»Grüß Gott, Herr Pfarrer«, sagte er freundlich. »Mein Name ist Christian Wiltinger. Ich komme mit einer Bitte zu Ihnen.«
Er deutete zum Pfarrhaus hinüber.
»Ihre Haushälterin sagte mir, daß ich Sie hier finde.«
Der Geistliche wischte sich die Hand an der grünen Schürze ab, die er zum Schutz seiner Kleidung trug, und reichte dem Mann die Hand.

»Pfarrer Trenker. Was kann ich für Sie tun, Herr Wiltinger?«
»Ich bin auf der Suche nach einem Mann...«
Er brach lächelnd ab.
»Nein, eigentlich bin ich auf der Suche nach meiner Verlobten.«
Christian hob die Hand.
»Also, denken Sie jetzt bitte nicht, sie wäre mir fortgelaufen. Das ist wirklich nicht der Fall. Aber ich suche auch noch einen Mann...«
Jetzt schmunzelte auch der Pfarrer.
»Am besten ist es, wir gehen hinüber in mein Arbeitszimmer, und Sie erzählen mir alles in Ruhe«, schlug er vor.
Christian nickte und folgte dem Geistlichen.
»Möchten Sie etwas trinken?« fragte er Sebastian, als sie im Arbeitszimmer saßen. »Einen Kaffee vielleicht?«
»Gerne«, nickte Christian.
Er hatte zwar im Hotel ein ausgezeichnetes und ausgiebiges Frühstück genossen, aber Kaffee konnte er zu jeder Tageszeit trinken. Wahrscheinlich brachte das sein Beruf so mit sich. In der Bank stand die Kaffeemaschine jedenfalls nie still, wenn dort Privatkunden empfangen wurden.
Pfarrer Trenker bat Sophie Tappert um eine Kanne Kaffee und etwas Gebäck und widmete sich dann seinem Besucher. Veronikas Verlobter hatte es sich in einem Sessel bequem gemacht, der zu der kleinen Sitzgruppe am Fenster gehörte. Der Geistliche setzte sich ihm gegenüber.
Und dann berichtete Christian Wiltinger, was ihn nach Sankt Johann gebracht hatte. Sebastian Trenker hörte ihm aufmerksam zu. Als der Name Urban Brandner fiel, nickte er.
»Ich kenne den alten Urban«, sagte er. »Er wohnt oben in den Bergen in einer Sennerei, die er bewirtschaftet.«
Inzwischen hatte die Haushälterin Kaffee und Kekse gebracht, und der Pfarrer schenkte seinem Besucher ein.

»Ich hab' net gewußt, daß Urban noch Familie hat«, erklärte er dann. »Wobei ich sagen muß, daß der Kontakt net so besonders gut ist. Der Alte ist net immer leicht zu nehmen. Er kann ein ziemlicher Querkopf sein. Er wirft schon mal jemanden hinaus, wenn ihm dessen Nase net paßt.«
»Na, dann kann ich mich ja vielleicht auf etwas gefaßt machen.«
Christian verzog das Gesicht.
»Wie komme ich denn zu der Alm? Ist es weit von hier?«
»Wenn Sie es möchten, dann begleite ich Sie gerne«, bot Sebastian an.
Sein Besucher nickte erfreut.
»Ich nehme Ihr Angebot herzlich gerne an. Allein würd' ich mich wahrscheinlich verlaufen.«

*

»Dort drüben liegt der Himmelsspitz, und der Zwilling daneben ist die Wintermaid«, deutete Sebastian Trenker auf zwei imposante, schneebedeckte Berggipfel, die auf der anderen Seite in die Höhe ragten.
Sie selber standen auf einem Felsplateau und schauten sich um. Über ihnen ragte eine bewaldete Anhöhe. Sebastian drehte sich um und zeigte in die Höhe.
»Dort ist der Höllenbruch, und dahinter führt ein schmaler Weg zur Alm hinauf. Für einen Fremden wäre es gewiß net leicht, sie zu finden. Der große Wirtschaftsweg führt von der anderen Seite heran. Da ist es schon leichter.«
»Nie und nimmer hätt' ich's gefunden«, sagte Christian und japste nach Luft. »Aber schön habt ihr' hier droben!«
»Ich schlage vor, wir machen erstmal eine Pause«, meinte der Pfarrer mit Rücksicht auf Veronikas Verlobten.
»Ja, ja«, nickte Christian. »Ich weiß schon, was Sie jetzt denken: Der Städter! Aber Sie haben ja recht, Hochwürden. Ich

bin ein Büromensch und müßte viel mehr von meiner Freizeit draußen in der Natur verbringen. Wenn ich Sie dagegen anschaue – richtig durchtrainiert sind Sie.«
Sebastian öffnete schmunzelnd seinen Rucksack und entnahm zwei Getränkeflaschen, von denen er eine Christian reichte. Es war nicht das erste Mal, daß er einen Menschen, der ihn nicht näher kannte, mit seiner sportlichen Art verblüffte.
Sie rasteten eine Viertelstunde, dann machten sie sich wieder auf den Weg. Es würde noch eine gute halbe Stunde brauchen, bis sie die Sennerhütte sehen konnten. Je höher sie kamen, um so mehr rang Christian nach Luft. Er nahm sich vor, wirklich mehr für seine körperliche Ertüchtigung zu tun, wenn das hier alles überstanden war. Er konnte nur staunen über den Geistlichen, der beinahe leichtfüßig vor ihm herlief und offenbar jeden Stein, Baum und Strauch kannte.
Nachdem sie den Höllenbruch passiert hatten, gingen sie über einen schmalen, nicht befestigten Weg, der weiter in die Höhe führte. Kurze Zeit später führte dieser Weg aus dem Dickicht heraus, und vor ihnen tat sich eine grüne Wiese auf.
»Dort oben«, zeigte Sebastian hinauf zu der Hütte. »Das ist die Sennerei vom alten Urban.«
Christian spürte sein Herz schneller klopfen, und das kam nicht allein von der Anstrengung. Würde er dort oben endlich seine Veronika wieder in die Arme schließen können?

*

Urban Brandner hatte in all den Jahren, die er hier oben verbracht hatte, einen sechsten Sinn entwickelt. Er wußte nicht wie es geschah, aber manchmal hatte er eine Eingebung, und dann bereitete er ein Mittagessen für mehr als zehn Leute zu, und dann kam mittags wirklich eine große Wandergruppe!

Genauso konnte es umgekehrt der Fall sein – nämlich daß er gar nichts vorbereitete und auch niemand die Sennerei besuchte. Mit der Zeit hatte Urban ein untrügliches Gespür dafür entwickelt, ob Besuch zu erwarten war oder nicht.
Und heute war Besuch unterwegs, spürte er.
Urban saß mit einem Fernglas bewaffnet vor der Hütte und schaute in die Landschaft. Veronika war in der Käserei und bürstete die gelagerten Laibe mit Salzwasser ab. Mit irgend etwas mußte sie sich ja beschäftigen, hatte sie gedacht, und die Arbeit machte ihr sogar Spaß. Dabei sann sie immer noch über einen Ausweg nach. Liebend gerne wäre sie einfach davongelaufen, doch die Furcht, sich zu verirren, war zu groß. Längst hatte sie es aufgegeben, auf den Großvater einzureden und ihn doch noch umzustimmen. Er schien gar nicht mehr zu hören, was sie sagte, und Veronika gewann immer mehr den Eindruck, daß der alte Mann geistig verwirrt war. Manchmal kam es vor, daß er sie mit Maria anredete und dann völlig erstaunt guckte, wenn Veronika darauf bestand, mit ihrem Namen angesprochen zu werden.
Ihre einzige Hoffnung, von hier fortzukommen, blieb eine Wandergruppe, der sie sich anschließen konnte. Doch seit Tagen blieben die Touristen aus, was wohl auch damit zusammenhing, daß die Ferien inzwischen beendet waren. Die andere Möglichkeit, auf die das Madel gehofft hatte, hatte sich zerschlagen. Am Abend nach ihrer Ankunft auf der Alm, hatte Großvater davon erzählt, daß alle paar Wochen die Bauern kamen und Butter und Käse abholten. Das war auch vorgestern der Fall gewesen. Allerdings hatte Urban sie vorsorglich wieder in den Verschlag gesperrt, und ihre Hilferufe waren ungehört geblieben. Denn wenn es auch nur eine Holzhütte war – die Wände waren dick und schluckten jedes Gespräch.
Seufzend legte sie den schweren Käselaib zurück in das Re-

gal, wo er noch ein paar Wochen lagern mußte, bis er die nötige Reife hatte.
Da trat der Großvater ein.
»Komm«, sagte er nur und zog sie mit sich.
Veronika versuchte, sich zur Wehr zu setzen, doch der Alte war stärker als sie. Ohne ein Wort sperrte er sie wieder in den Verschlag hinter seiner Kammer und ging dann hinaus. Veronika trommelte wütend gegen die verschlossene Tür und rutschte dann in die Hocke, wo sie ihr Gesicht in den Händen vergrub. Es war ja sinnlos. Von draußen hörte sie nur dumpfes Gemurmel. Offenbar sprach der Großvater mit jemandem.
Hätte sie nur geahnt, wer da draußen stand…

*

Urban Brandner sah durch das Fernglas und wußte, daß sein Gefühl ihn wieder einmal nicht getrogen hatte. Über den Höhenbruch sah er zwei Gestalten, die heraufkamen und sich der Alm näherten.
Eilig lief er in die Hütte und schloß seine Enkelin ein. Dann setzte er sich auf die Bank und stopfte seine Pfeife.
»Gott zum Gruß, Brandner«, sagte Sebastian, als sie heran waren.
»Pfüat euch«, nickte der Alte.
Der Pfarrer deutete auf Christian.
»Das ist Herr Wiltinger. Er ist auf der Suche nach einer jungen Frau.«
»Und warum sucht er sie hier oben?« gab der Senner gereizt zurück.
»Die Frau heißt Veronika Seebacher und ist die Verlobte von Herrn Wiltinger«, erklärte Sebastian, ohne auf Urbans Ton einzugehen. »Außerdem soll sie deine Enkeltochter sein. Stimmt das?«

Der Alte spuckte aus.
»Wer erzählt denn solchen Schmarr'n?«
»Veronika hat's erzählt«, rief Christian. »Sie hat's aus den Papieren, die sie nach dem Tod ihrer Mutter gefunden hatte.«
Er war mehr als enttäuscht. Hatte er doch gehofft, das geliebte Madel hier zu finden, und nun stand er vor diesem unzugänglichen Alten, und von Veronika keine Spur.
»Sie wollte hierher zu Ihnen, Sie kennenzulernen. Wollen Sie etwa behaupten, sie wäre nicht hiergewesen?«
Urban Brandner schüttelte den Kopf.
»Das muß ein Irrtum sein«, sagte er beinahe sanft. »Bestimmt verwechseln Sie mich mit einem, der ebenso oder ähnlich heißt.«
Pfarrer Trenker strich sich nachdenklich über das Kinn.
Sollte der junge Mann sich so geirrt haben? Dann waren sie wirklich vergeblich hierher gekommen. Dabei schien Christian Wiltinger sich seiner Sache so sicher.
»Da kann man wohl nichts machen«, sagte er zu Christian und wandte sich wieder Urban zu. »Sag' Urban, hättest du denn ein Glas Milch für uns? Das wäre eine gute Stärkung für uns, bevor wir uns wieder an den Abstieg machen.«
»Freilich«, nickte der Alte und deutete auf die Bank. »Hockt's euch nur her. Ich bring' gleich die Milch.«
»Meinen Sie, daß er die Wahrheit sagt?« fragte Veronikas Verlobter, nachdem Urban in der Sennerhütte verschwunden war.
»Was für einen Grund hätte er, zu lügen?« fragte Sebastian zurück. »Wenn's wirklich die Enkelin wär', bräuchte er sie nicht zu verleugnen, oder wüßten Sie einen einleuchtenden Grund?«
Christian zögerte. Immer wieder waren ihm in den letzten Stunden die schlimmsten Gedanken gekommen, doch er wollte ja gar nicht an sie denken.

Allerdings drängten sie sich immer wieder auf.
»Höchstens wenn etwas ganz Schreckliches geschehen ist«, sagte er schließlich. »Dann würde er abstreiten, Veronika zu kennen.«
Er verstummte, denn Urban Brandner trat aus der Tür, zwei Gläser Milch in den Händen. Er setzte sie auf dem Tisch ab.
»Laßt's euch schmecken«, sagte er und schaute zu, wie sie die kühle Milch in einem Zug tranken.
»Das schmeckt, was?« freute er sich.
Der Pfarrer stand auf und gab Christian ein Zeichen.
»Dank schön, Urban«, sagte er und reichte dem Alten die Hand. »Auch für die Auskunft. Wir machen uns wieder auf den Heimweg.«
Der alte Senner winkte ihnen hinterher.
»Ich habe eine Idee«, meinte Sebastian, nachdem sie außer Hörweite waren. »Die Mutter Ihrer Verlobten hieß mit Vornamen Maria, sagten Sie. Ich werde einmal in den Kirchenbüchern nachschauen, ob ich da etwas finde. Ich bin zwar schon ein paar Jahre hier als Pfarrer, aber Ereignisse, die mehr als zehn Jahre zurückliegen, kenne ich nur vom Hörensagen. Eine Maria Brandner ist mir nicht bekannt. Aber, wer weiß – in den Kirchenbüchern wird alles dokumentiert. Wenn der Urban eine Tochter mit diesem Namen gehabt hat, dann werden wir es herausbekommen.«

*

Allerdings kam Sebastian erst am Abend dazu, sein Vorhaben in die Tat umzusetzen. Gleich nach dem Mittagessen fuhr er in den Nachbarort, und besuchte dort ein Altenheim. Dieser wöchentliche Besuch war eine gern vollbrachte Pflicht. Die alten Leute freuten sich, wenn sie ihren Pfarrer sahen, der für manches seelische Wehwehchen einen guten Rat zur Hand hatte, und nachdem er mit einigen gesprochen hatte, saßen sie den ganzen Nachmittag zusammen, tranken Kaffee und sangen und musizierten, oder jemand fand sich bereit, eine Geschichte vorzulesen.

Sebastian fuhr immer mit dem befriedigenden Gefühl nach Sankt Johann zurück, den alten Leuten mit seinem Besuch eine Freude gemacht zu haben.

Gleich nach der Abendmesse vertiefte der Geistliche sich in der Sakristei in den Kirchenbüchern. Seit mehr als dreihundert Jahren wurden in den großen, ledergebundenen Folianten Aufzeichnungen gemacht. Ganze Generationen waren hier bis zu ihrem Ursprung zurückzuverfolgen.

Sebastian suchte den neuen Band heraus.

Er war um die Jahrhundertwende begonnen worden und würde wohl noch einige Jahrzehnte reichen. Sorgfältig suchte er Spalte für Spalte die betreffende Jahreszahl ab.

Etwa vierzig Jahre mußte es jetzt her sein, daß Veronikas Mutter geboren wurde. Wenn dies hier geschehen war, dann stand es auch in diesem Buch.

Endlich fand er einen Eintrag, der sich auf Urban Brandner bezog.

Seine kirchliche Trauung mit der Jungfrau Theresa Brandner, geborene Hofstetter.

Und dann – ein Jahr später – war die Geburt ihrer Tochter Maria in das Kirchenbuch eingetragen worden.

Sebastian Trenker lehnte sich aufatmend zurück. Dies war der eindeutige Beweis, daß der alte Senner ihn und Christian Wiltinger belogen hatte.

Aber warum? Und vor allem, was war mit Veronika Seebacher geschehen?

Er blätterte weiter und fand den Eintrag über den Tod der Theresa Brandner, da war das Kind kaum vier Jahre alt gewesen. Hatte der Alte seine Tochter ganz alleine aufgezogen?

Sebastian klappte das Kirchenbuch zu und stellte es in das Regal zu den anderen. Dann ging er ins Pfarrhaus hinüber. Nachdenklich saß er am Abendbrottisch und überlegte, welche Gründe Urban Brandner wohl haben mochte, zu leugnen, daß er Veronika kannte.
Es konnte doch kein Zufall sein – eine Namensgleichheit, gut, die hätte Sebastian durchaus einsehen können, doch daß der Senner und seine Frau eine Tochter hatte, die denselben Namen trug, wie Veronikas verstorbene Mutter – nein, das konnte kein Zufall sein.
Sophie Tappert spürte, daß den Pfarrer etwas beschäftigte. Ob es mit dem Besuch des jungen Mannes zusammenhing, der heute morgen ins Pfarrhaus gekommen war?
Sebastian bemerkte den forschenden Blick, mit dem seine Haushälterin ihn ansah. Plötzlich hatte er eine Idee. Frau Tappert – wußte sie vielleicht etwas über Urban Brandner und seine Frau Theresa?
»Aber natürlich hab ich die Theresa gekannt«, sagte sie auf Sebastians Frage. »Wir sind ja zusammen in die Schule gegangen. Sie ist früh verstorben. Ich wüßt' gern, was aus dem Madel geworden ist.«
»Aus der Maria, der Tochter der beiden?«
Sophie Tappert sah ihn erstaunt an.
»Ja. Woher wissen Sie etwas von Maria Brandner? Sie ist doch damals verschwunden. Der Alte hat sie fortgejagt, bei Nacht und Nebel.«
»Das hab' ich net gewußt. Aber es ist interessant.«
Er glaubte kein Geheimnis zu verraten, wenn er Frau Tappert den Grund für Christians Besuch erzählte. Die Haushälterin hob warnend die Hand.
»Mit dem Alten stimmt etwas net«, sagte sie. »Der Mensch muß ja wunderlich werden, wenn er jahrein, jahraus da oben herumhockt und net richtig unter Menschen kommt. Hof-

fentlich hat er dem Madel nix angetan. Zutrau'n würd' ich's ihm.«

»Noch ist nicht erwiesen, daß Veronika Seebacher überhaupt bei ihm war oder noch ist«, beruhigte der Pfarrer sie.

Merkwürdig war die Angelegenheit trotzdem.

Das dachte er immer noch, als er zum »Löwen« hinüberging, wo er zum wöchentlichen Stammtisch erwartet wurde. Die Runde bestand aus Sebastian Trenker, aus dem Apotheker, Hubert Mayr, Josef Terzing, dem Bäckermeister und Maximilian Trenker. Manchmal kam der eine oder andere Bauer hinzu, oder der Bürgermeister Markus Bruckner. Seit kurzem zählte auch Toni Wiesinger dazu.

»Na, Doktor, wie steht's mit dem alten Lärchner inzwischen?« erkundigte der Pfarrer sich.

»Dank Ihrer Hilfe, Hochwürden, steht's wieder besser«, antwortete der Arzt. »Der Mann kann froh sein, daß Sie mit seiner Frau ein ernstes Wort gesprochen haben. Wer weiß, was der Brandner denen sonst noch alles angedreht hätte.«

Das Gespräch drehte sich noch eine ganze Weile um den alten Loisl und seine Mixturen. Dann betrat Christian Wiltinger den Gastraum. Er tat Sebastian leid, wie er da so elend ausschauend in seinem Essen herumstocherte. Nachdem der junge Mann seinen Teller beiseite geschoben hatte, holte Sebastian ihn an den Stammtisch.

»Das ist Christian Wiltinger«, stellte er ihn den anderen vor.

»Herr Wiltinger hat ein ganz besonderes Problem.«

Er sah Veronikas Verlobten an.

»Möchten Sie darüber sprechen?« fragte er. »Vielleicht weiß der eine oder andere Rat.«

Christian würde alles getan haben, um weiterzukommen. Hastig erzählte er vom Verschwinden seiner Braut und der vergeblichen Suche auf der Alm.

Allerlei Vermutungen wurden laut, und der allgemeine

Tenor war, daß der Brandner sowieso ein merkwürdiger Kauz sei, dem man nicht über den Weg trauen konnte.
Aber er machte einen verdammt guten Kas'!
Sebastian berichtete, was er in dem Kirchenarchiv herausgefunden hatte.
»Trotzdem bleibt das Madel verschwunden«, sagte einer.
»Von welchem Madel redet ihr?« fragte Markus Bruckner, der eben hinzugetreten war und nur den Rest des Gespräches mitbekommen hatte.
»Aber natürlich hab ich das Madel gesehen«, rief er aus.
Christian sprang auf und hätte beinahe einen Stuhl umgerissen.
»Wann? Wo haben Sie Veronika gesehen?« rief er erregt.
Der Bürgermeister von Sankt Johann setzte sich und winkte nach Sepp Reisinger.
»Vor einer guten Woche. Bei mir drüben, im Rathaus«, erwiderte er auf Christians Fragen. »Sie hat sich nach dem alten Brandner erkundigt.«
Der Wirt nahm die Bestellung auf und Markus Bruckner erzählte, wie er Veronika Seebacher kennengelernt hatte.

*

»Sie kam ins Rathaus und erkundigte sich nach Urban Brandner. Sie sagte, er wäre ihr Großvater, sie sei die Tochter von Maria Seebacher, geborene Brandner«, sagte der Bürgermeister und trank einen kräftigen Zug aus seinem Bierkrug.
Er wischte sich den Schaum von den Lippen.
»Ich hab' ihr den Weg zur Alm beschrieben, und dann hat sie der Lenz, der Knecht vom Sterzinger, ein Stück auf dem Wagen mitgenommen«, fuhr er fort. »Und nun ist das Madel verschwunden?«
»Der Alte behauptet, daß sie nicht dort gewesen wäre«, fuhr Christian auf. »Ja, er kenne sie nicht einmal.«

»Unsinn«, schüttelte der Bruckner-Markus seinen Kopf. »Das Madel ist hinauf zu ihm. Da wett' ich meine beste Kuh drauf.«
Christian hielt es nicht mehr länger aus.
»Den Burschen kauf ich mir«, rief er. »Jetzt gleich!«
Pfarrer Trenker ergriff ihn beim Arm und zog ihn sanft auf den Stuhl zurück.
»Beruhigen Sie sich, Christian«, sagte er. »Heut abend werden S' net mehr viel ausrichten können. Es ist viel zu dunkel, um noch nach oben zu gehen. Morgen früh steigen wir noch einmal hinauf und stellen Urban zur Rede. Dann kann er sich nicht mehr in Ausflüchte retten.«
Natürlich wußte Christian, daß Pfarrer Trenker recht hatte, aber die Sorge um seine Braut raubte ihm jedes logische Denken.
»Aber, Veronika – wenn der Alte sie dort oben gewaltsam festhält, oder Schlimmeres – wenn sie gar nicht mehr lebt...«, protestierte er.
»Nein, nein«, widersprach Sebastian.
Während des Gespräches war ihm ein Gedanke gekommen, den er immer weiter gesponnen hatte.
»Vielleicht liege ich völlig falsch, mit meinen Gedanken«, sagte er. »Aber ich könnte mir vorstellen, daß der Alte Veronika nicht gehen lassen will, weil er nicht noch einmal ein Kind verlieren will.«
Die anderen sahen ihn nicht verstehend an.
»Urban hat vor Jahren seine einzige Tochter Maria davongejagt«, fuhr Sebastian fort. »Maria ist Veronikas Mutter und bestimmt sahen die beiden sich ähnlich. Ich bin überzeugt, daß der alte Brandner in den Jahren, die er nun schon da oben verbringt, mehr als einmal bereut hat, so hart gegen sein eigen Fleisch und Blut gewesen zu sein. Er muß vom Auftauchen seiner Enkeltochter völlig überrascht gewesen

sein. Vielleicht hat er im ersten Moment sogar geglaubt, Maria sei wieder zu ihm zurückgekehrt. Und nun, so könnte ich mir vorstellen, will er an seiner Enkelin wieder gutmachen, was er bei Maria versäumt hat.«
»Das scheint mir eine interessante Überlegung«, gab Christian Wiltinger zu. »Veronika und ihre Mutter hatten wirklich eine große Ähnlichkeit. Man hätte sie für Schwestern halten können.«
»Sehen Sie«, nickte Sebastian Trenker. »Daher glaube ich, daß Ihre Verlobte wohlauf ist. Der alte Fuchs da oben wird sie vor uns versteckt haben, aber ein Leid wird er ihr ganz bestimmt nicht zufügen.«
»Also gut«, stimmte Christian schweren Herzens zu. »Dann versuchen wir es morgen noch einmal.«
»Gleich nach der Frühmesse geht's los«, sagte Sebastian.
»Ich würd' euch ja begleiten«, warf Max ein. »Aber ich muß morgen in Sachen Madonnenraub in die Kreisstadt. Wenn wir Glück haben, bekommen wir das gute Stück schon bald zurück.«
»Vielleicht sollte Doktor Wiesinger mitkommen – vorsichtshalber«, schlug Christian vor.
»Keine schlechte Idee«, stimmte Sebastian zu.
»Ich bin gerne bereit«, erklärte der Arzt. »Auch in Hinsicht auf den Gesundheitszustand des alten Mannes. Ihre Theorie, Hochwürden, hat durchaus etwas für sich. Ich bin zwar kein Psychiater, aber ein paar Semester habe ich dieses Fach studiert. Es ist durchaus möglich, daß Urban Brandner in dem Wahn lebt, seine Enkeltochter vor dem zu bewahren, was seiner Tochter widerfahren ist. Das kann unter Umständen gefährliche Züge annehmen. Daher komme ich selbstverständlich mit, für den Fall, daß medizinische Betreuung erforderlich ist.«
»Gut, dann wäre das ja geklärt«, freute Sebastian sich.

Er schaute auf die Uhr.
»Ich verabschiede mich«, sagte er und stand auf. »Morgen früh klingelt der Wecker erbarmungslos.
Die anderen beschlossen, den Stammtisch aufzuheben und ebenfalls zu gehen.

*

Veronika hatte zum wiederholten Male ihren Rucksack ein- und wieder ausgepackt. Immer noch sann sie über eine Möglichkeit nach, Reißaus zu nehmen. Besonders seit der Großvater sich seit dem gestrigen Besuch noch merkwürdiger benahm. Wer mochte es nur gewesen sein, der den Alten aufgesucht hatte, und was wollte er vom Großvater?
Das Madel trat hinaus. Urban Brandner saß vor der Hütte an seinen Schnitzarbeiten. Veronika setzte sich zu ihm.
»Es sind wunderschöne Figuren, die du da machst«, sagte sie, ihn ehrlich bewundernd.
Urban lächelte und reichte ihr das handtellergroße Werkstück, an dem er gerade arbeitete. Es war ein Mädchenkopf. Als sie ihn näher betrachtete, sah Veronika verblüfft in ihr eigenes Antlitz.
»Das ist ja, als würd' ich in den Spiegel schau'n«, flüsterte sie.
Es war alles da, der Haarschopf, die kleine Stupsnase, sogar das Grübchen auf der rechten Wange fehlte nicht.
»Ich schenk's dir, Maria«, sagte Urban.
Das war zuviel. Wutentbrannt sprang das Madel auf und warf das Schnitzwerk mit einer heftigen Bewegung auf den Boden.
»Ich heiß' Veronika«, schrie sie außer sich. »Geht das net in deinen sturen Schädel 'nein?«
Urban erhob sich. Er schaute sie böse an.
»Schäm' dich, Kind«, schimpfte er. »Wenn du net gehorchst, sperr' ich dich ein.«

»Dann tu's doch«, antwortete Veronika trotzig.
»Du willst es ja net anders«, raunzte Urban und zog sie mit sich.
Wieder der Verschlag. Urban sperrte sie ab.
»Ich laß dich erst wieder raus, wennst artig bist«, drohte er. »Und der Mutter sag' ich auch, daß du net artig warst, Maria.«
»Veronika! Ich heiße Veronika!« schrie sie verzweifelt und brach in Tränen aus.
Der Alte schlurfte hinaus und kümmerte sich nicht um ihr Geschrei.
Veronika beruhigte sich nur langsam. Sie wischte sich die Tränen ab.
»Christian«, flüsterte sie im Selbstgespräch. »Wo bist du nur?«
Er mußte sie doch vermissen! Suchte er denn nicht nach ihr? In den letzten Tagen war die Vorstellung, ihr Verlobter könne sich auf die Suche nach ihr gemacht haben, ihre letzte Hoffnung gewesen. Dann mußte ihn sein Weg doch unweigerlich hierher führen.
Ja, bestimmt würde er kommen und sie aus den Fängen dieses Wahnsinnigen befreien. An diese Hoffnung klammerte sie sich. Sie mußte nur Geduld haben. Vor wieviel Tagen hätte sie wieder zur Arbeit kommen müssen? Veronika wußte es nicht mehr. Sie hatte jedes Gefühl für die Zeit verloren. Aber Christian, er würde sich fragen, warum sie nicht kam und wo sie steckte.
Langsam beruhigte sie sich wieder. Sie lauschte auf die Geräusche, die von draußen hereindrangen. Sie hob den Kopf. Waren da nicht noch andere Stimmen, außer dem Großvater? Ich will hier endlich raus! schrie es in ihr und sie warf sich mit aller Kraft gegen die Tür des Gefängnisses.

*

Als Urban Brandner vor die Tür trat, sah er sich drei Männern gegenüber. Pfarrer Trenker und der andere von gestern, und noch ein dritter, den der Alte nicht kannte. Mißtrauisch sah er sie an.

»Was wollt's ihr denn schon wieder«, fragte er grimmig und zog seine Stirn in Falten.

»Mit dir reden, Urban«, erwiderte Sebastian Trenker.

»Ich hab' nix mit euch zu reden«, gab der Senner zurück und trat in die Tür zurück.

»Nimm Vernunft an, Urban«, sagte der Pfarrer eindringlich. »Wir wissen, daß das Madel, die Veronika, bei dir ist.«

Der Senner machte eine ungeduldige Handbewegung.

»Ich kenn' keine Veronika«, brüllte er. »Ich hab's euch schon gestern gesagt. Bei mir ist nur meine Tochter, die Maria, und die bekommt ihr net!«

Damit sprang er in die Hütte und schlug die Tür zu. Die drei Männer draußen hörten, wie er den schweren Balken vorschob, der die Tür von innen verriegelte. Sie sahen sich vielsagend an.

»Offenbar stimmt unsere Vermutung«, sagte Dr. Wiesinger. »Er hält das Mädchen für seine verstorbene Tochter Maria.«

Christian sprang an die Tür und hämmerte dagegen.

Dabei rief er laut den Namen seiner Braut.

Drinnen stemmte Urban sich zusätzlich gegen die Tür, aus Furcht, die Männer könnten sie einschlagen und ihm seine Maria wegnehmen.

Aber das würd' ihnen net gelingen, eher würd' er sterben und seine Tochter mit ihm!

Der Alte sah sich um. Die Eingangstür führte direkt in den Gastraum der Sennenwirtschaft. Sein Blick fiel auf die Petroleumlampen, die über den Tischen hingen.

Und ihm kam eine furchtbare Idee.

Hastig goß er den flüssigen Brennstoff aus den Lampen über

Tische, Stühle und Fußboden. Sollten sie nur kommen. Sie würden schon merken, was sie damit anrichteten.

*

Pfarrer Trenker und seine Begleiter beratschlagten sich. Ihnen kam es vor allem darauf an, den alten Senner nicht zu einer unbedachten Handlung herauszufordern, was womöglich eine Gefahr für ihn und das Madel bedeuten konnte.
»Ich werde noch einmal versuchen, in Ruhe mit ihm zu reden«, sagte der Geistliche. »Er war zwar noch nie in unserer Kirche, doch immer wenn ich ihn hier mal besuchte, haben wir interessante Gespräche geführt. Urban kennt mich, und ich glaube, daß wir eigentlich ein gutes Verhältnis zueinander aufgebaut haben.«
Er näherte sich langsam der Sennerhütte. Es stimmte, was er gesagt hatte. Irgendwie schien Urban Brandner ihn zu respektieren, was aber seinen Grund nicht in der Tatsache hatte, daß Sebastian Geistlicher war. Der Pfarrer hatte nie versucht, den Einsiedler zu bekehren, sondern immer das Gespräch, den Dialog mit ihm gesucht. Leider, so mußte er einsehen, hatte er dabei zu wenig über den Menschen Urban Brandner erfahren. Sonst hätte die ganze Geschichte vielleicht einen anderen Verlauf genommen.
»Urban, ich bin's, Pfarrer Trenker«, rief er gegen die verschlossene Tür. »Komm heraus. Wir wollen dir nichts Böses. Du weißt doch, daß du mir vertrauen kannst.«
»Macht, daß ihr fortkommt!« rief der Alte zurück. »Sonst geschieht ein Unglück!«
Sebastian spürte sein Herz schneller schlagen. Was hatte der Alte vor?
Christian und Toni waren näher gekommen. Sie hatten mitgehört, was der Senner gedroht hatte.

»Um Himmels willen, was meint er?« fragte Veronikas Bräutigam.
Der Geistliche hob die Arme.
»Ich weiß es nicht.«
»Hört ihr mich?« brüllte Urban Brandner.
»Ja, wir hören dich.«
»Verschwindet endlich, sonst zünd' ich die Hütte an. Das ist mein Ernst.«
Es war, als bliebe ihnen allen das Herz stehen, so groß war der Schock. Verzweifelt rannte Christian um die Hütte herum und rief immer wieder Veronikas Namen.
»Was sollen wir tun?« fragte der Arzt. »Ich fürchte, in seinem Zustand ist der Mann zu allem fähig. Wir dürfen seine Drohung, die Hütte anzuzünden, nicht unterschätzen. Er hat das Gefühl, wir wollen ihm etwas wegnehmen, etwas, das sein größter Besitz ist. Das wird er mit allen ihm zur Verfügung stehenden Mitteln verhindern wollen.«
»Christian, kommen Sie her«, rief Sebastian dem jungen Mann zu.
Nun galt, sich erst einmal zurückzuziehen und zu beraten, wie sie diese gefährliche Situation entschärfen konnten.
Abseits der Hütte standen sie beisammen und überlegten.
»Notfalls schlage ich ein Fenster ein, um hineinzukommen! drohte Christian.
»Besser nicht. Wir wissen nicht, was der Alte da drinnen angestellt hat«, wandte Sebastian ein. »Jede unüberlegte Handlung könnte Veronikas Leben gefährden.«

*

Veronika spürte in ihrem Gefängnis, daß da draußen etwas geschah, das ungewöhnlich war. Mehrere Stimmen, von denen sie nur eine als die vom Großvater heraushörte, stritten miteinander. Eine vage Hoffnung keimte in ihr auf.

War das jemand, der sie hier herausholen wollte? Vielleicht sogar – Christian?

Das Madel rief so laut es konnte, den Namen des Verlobten und warf sich mit aller Kraft gegen die Tür, daß es krachte und splitterte. Sie wollte, sie mußte aus diesem Verschlag heraus, und der Großvater mußte endlich in ein Krankenhaus. Sein Zustand war immer schlimmer geworden und Veronika wußte, daß hier nur noch ein Arzt helfen konnte.

Doch die Tür gab nicht nach. Wütend und verzweifelt hämmerte die junge Frau dagegen und brach dann weinend zusammen. Schluchzend lag sie auf dem Boden ihres engen Verlieses und flüsterte Christians Namen.

Dann wurde es auch draußen still. Veronika hob lauschend den Kopf.

»Großvater?« rief sie, erhielt aber keine Antwort.

Aber sie ahnte, daß da eine Gefahr war, die sich über der Sennerhütte zusammenbraute.

*

»Ich versuche trotzdem, durch eines der hinteren Fenster einzusteigen«, beharrte Christian Wiltinger.

Die Warterei, daß endlich etwas geschehe, zerrte an seinen Nerven.

»Wenn Sie den Alten vorne ablenken, dann merkt er nicht, was hinter ihm geschieht.«

»Also gut«, willigte der Pfarrer ein. »Versuchen wir's.«

Er lief zur Tür und redete auf den alten Senner ein, während Christian um die Sennerhütte schlich. Dahinter war der Pferch, in dem die Kühe nachts standen. Der junge Mann kletterte über den halbhohen Zaun, durchquerte das Gehege und tastete sich vorsichtig an die Rückseite der Sennerhütte heran.

Dort gab es mehrere Fenster und – Christian frohlockte – ei-

nes davon stand halb offen. Vorsichtig schlich er näher und untersuchte das Fenster. Es war von innen mit einem Haken gesichert, der den Flügel festhielt und verhinderte, daß es ganz aufschwang. Christian steckte seine Hand hindurch, und mit einiger Mühe gelang es ihm, den Haken zu lösen. Das Fenster stand weit offen. Es war ein leichtes für ihn, sich hinaufzuschwingen. Er spähte hindurch und sah einen einfachen Raum, eingerichtet mit Tisch und Bettkasten. Eines der Gästezimmer, wie es sie auf jeder Hütte gab, vermutete Christian. Er stieg vollends ein und ging auf Zehenspitzen zur Tür. Sie quietschte ein wenig, als er sie öffnete, Veronikas Verlobter zuckte unwillkürlich zusammen. Er war der Meinung, das Geräusch müsse man in der ganzen Sennerhütte gehört haben.
Einen Moment lauschte er mit angehaltenem Atem, doch es blieb alles ruhig, bis auf die Stimme des alten Urban, der irgend etwas nach draußen rief, das Christian nicht verstehen konnte. Er hoffte, daß der Pfarrer den Alten lange genug in ein Gespräch verstricken konnte, damit er, Christian, unbemerkt nach Veronika suchen konnte.
Flüsternd rief er nach seiner Braut. Er war aus dem Zimmer getreten und stand nun auf einem kleinen Flur, von dem vier Türen abgingen. Die erste, die er öffnete, führte in einen hellen, gekachelten Raum, der größer war, als man von draußen annehmen konnte. Es war die Käserei, wie Christian später noch erfahren sollte. Darin gab es eine weitere Tür, die ins Käselager führte.
Hinter der zweiten Tür war ein kleiner Raum, mit Tisch und Bett. Auf dem Boden lag ein Rucksack, der Christian bekannt vorkam. Mit klopfendem Herzen bückte er sich und hob ihn auf.
Kein Zweifel – dieser Rucksack gehörte Veronika! Er selber hatte ihn ihr in das Zugabteil getragen.

Christian triumphierte innerlich. Das Madel war also hier irgendwo in der Hütte. Der Alte hatte ihn und den Pfarrer belogen, warum auch immer. Nun galt es, so schnell wie möglich, Veronika zu finden und hier herauszubringen, bevor ihr Großvater in seinem Wahn noch ein Unheil anrichtete.
Christian Wiltinger öffnete die dritte Tür und trat ein.
»Christian!« hörte er den Aufschrei seiner Braut.
Verwirrt schaute er sich um. Die Stimme hatte er gehört, das Madel allerdings konnte er nirgends sehen.
»Hilfe, hier bin ich«, rief Veronika und klopfte gegen die Tür ihres Gefängnisses. Plötzlich war sie überzeugt, daß jemand da war. Sie klopfte energischer.
Endlich sah ihr Verlobter die Tür, die sich kaum von der Bretterwand abhob, die den Verschlag vom Rest des Zimmers abtrennte.
»Himmel, wie kommst du denn da hinein?« rief er entsetzt aus und machte sich daran, Veronika zu befreien.
Halb lachend und halb weinend fiel sie ihm um den Hals und drückte ihre Lippen auf seinen Mund.

*

»Der Großvater hat mich dort eingesperrt«, erzählte sie, nachdem sie sich begrüßt hatten.
Christian schüttelte den Kopf.
»Was ist nur in den Mann gefahren?« sagte er. »Der gehört eingesperrt.«
»Du darfst ihm net böse sein«, wendete Veronika ein. »Er ist krank, glaube ich. Er muß unbedingt von einem Arzt untersucht werden.«
Ihr Verlobter sah sich um.
»Wir müssen sehen, daß wir hier rauskommen«, sagte er. »Dein Großvater hat gedroht, die Hütte anzuzünden. Wenn

er bemerkt, daß ich hier drin bin – wer weiß, was er dann alles anstellt.«

Veronika hatte unterdrückt aufgeschrien, als Christian ihr von Großvaters Drohung berichtete. Ihr Verlobter zog sie hastig in das Zimmer, durch das er eingestiegen war, da wurde die Tür aufgerissen und Urban Brandner stellte sich in den Weg. Offenbar hatte er doch etwas gehört.

Er sah schrecklich aus. Die Haare standen wirr von dem Kopf ab, und seine Augen flackerten unstet. Man mußte kein Mediziner sein, um zu erkennen, daß der Mann nicht mehr Herr seiner Sinne war.

Doch am schlimmsten war das brennende Holz, das er in den Händen hielt.

Christian schnupperte. Aus dem Gastraum zog der Geruch von Petroleum herein. Der Alte hatte es also wirklich ernst gemeint mit seiner Drohung, die Hütte anzuzünden.

»Großvater, ich bitt' dich, gib mir das Scheit«, sagte Veronika.

Sie war furchtlos dem alten Senner gegenübergetreten, der sie merkwürdig durchdringend anschaute.

»Maria...?« kam es fragend von den Lippen.

Das Madel sah ihren Verlobten an. Christian nickte ihr aufmunternd zu.

»Ja, Vater«, antwortete sie da. »Was ist denn?«

Der Senner schaute von Veronika auf Christian, und wieder zurück.

»Die Kühe müssen gemolken werden«, sagte er und drehte sich um.

Die beiden jungen Leute sahen sich an, während der alte Urban in den Gastraum zurückging. Immer noch hielt er den brennenden Holzscheit in der Hand. Veronika und Christian folgten ihm vorsichtig. Plötzlich drehte er sich um und stierte sie beide an.

»Du bist net meine Tochter!« schrie er ungestüm und böse und warf das brennende Holz hinter sich.

»Großvater!« schrie das Madel entsetzt.

Hinter dem Alten breitete sich in Sekundenschnelle das Feuer aus.

*

Pfarrer Trenker und Dr. Wiesinger wurden allmählich unruhig. Seit einigen Minuten reagierte Urban Brandner nicht mehr auf ihre Rufe. Zuvor hatten sie sich noch mehr oder weniger unterhalten. Die Unterhaltung bestand im wesentlichen darin, daß Sebastian versuchte, Vorschläge zu machen, damit der Alte die Tür freiwillig öffnete, während Urban dies kategorisch ablehnte und weiterhin drohte, das Haus in Brand zu setzen.

Und von Christian Wiltinger war auch nichts zu sehen oder zu hören.

»Was geschieht darinnen nur?« sagte Toni Wiesinger. »Diese Stille ist beinahe unheimlich.«

Und Sekunden später schien die Hölle loszubrechen. Schreie und Gepolter waren aus der Hütte zu hören. Die beiden Männer sahen sich kurz an, dann stürzten sie zur Tür.

Sie war immer noch geschlossen, aber von irgendwoher drang Brandgeruch.

»Das Fenster«, zeigte der Arzt neben sich.

Ohne weiter zu fragen, nahm er den Ellenbogen und schlug die Scheibe ein. Den Haken zu lösen und das Fenster zu öffnen war eins. Dicker Rauch quoll nach draußen. Sebastian schwang sich nach dem Arzt in die Hütte hinein.

Die Flammen hatten sich weiter ausgebreitet, während Christian und Urban miteinander rangen. Toni Wiesinger kam Veronikas Verlobtem zur Hilfe, während Pfarrer Trenker sich dem Madel anschloß, das aus der Küche Wasser,

Feuerlöscher und Decken heranschleppte, um das Feuer zu löschen.

Urban schlug und trat um sich. Es schien, als verleihe ihm seine Wut auf die Eindringlinge Bärenkräfte. Doch gegen zwei Männer konnte er nichts ausrichten. Gemeinsam brachten sie den Alten nach draußen, wo er vor der Hütte zusammenbrach.

Die beiden Männer liefen wieder hinein, und halfen das Feuer unter Kontrolle zu bringen. Gottlob gelang es ihnen schnell und sie konnten verhindern, daß noch größerer Schaden angerichtet wurde. Der Gastraum sah zwar schlimm aus mit den verkohlten Balken und den Spuren von Rauch, aber alles andere war heil geblieben. Lediglich der Brandgeruch würde noch einige Zeit bemerkbar sein.

Erschöpft, aber glücklich trat Veronika ins Freie. Dr. Wiesinger hatte sich um den Großvater gekümmert und ihm eine Spritze gegeben. Beinahe apathisch saß er auf der Bank, in eine Decke gehüllt, die der Arzt aus seinem Wagen geholt hatte.

»Wird er wieder gesund werden?« fragte das Madel angstvoll.

»Es braucht alles seine Zeit«, erwiderte der Arzt. »Aber ich habe gute Hoffnung. Wenn man Ihren Großvater begreiflich machen kann, daß er Sie nicht verlieren wird, was auch immer geschieht, wenn Sie ihm das sagen, und er Sie wirklich versteht, dann glaube ich, daß er eines Tages wieder ganz gesund sein wird.«

Veronika wischte die Tränen aus den Augen und nahm Christians Hand. Zusammen traten sie vor Urban Brandner.

»Großvater, das ist Christian, mein Verlobter«, sagte das Madel. »Ich hab' dir doch von ihm erzählt. Du mußt jetzt schnell gesund werden, Großvater. Der Christian und ich wollen doch heiraten, und du mußt unbedingt dabeisein.«

Urban hob den Kopf und schaute nur stumm.
»Es stimmt, was die Veronika gesagt hat«, bestätigte Christian. »Und wir wollen Sie net nur bei unserer Hochzeit dabei haben. Wenn Sie es wollen, dann würden die Vroni und ich uns freuen, wenn Sie ganz zu uns kämen.«
Das Madel drückte die Hand ihres Verlobten ganz fest. Es schien, als habe er ihre geheimsten Gedanken erraten. Denn, den Großvater zu sich zu nehmen, daran gedacht hatte sie auch schon, aber nicht gewagt, es auszusprechen.
Daß Christian es nun von sich aus vorschlug – war das schönste Geschenk, das er ihr machen konnte.
Sebastian Trenker klopfte dem alten Brandner auf die Schulter.
»Was sagst' zu diesem Vorschlag?« fragte er. »Lang' genug hast' ja gearbeitet. Wird Zeit, daß du dich zu einem geruhsamen Lebensabend zurückziehst.«
Urban sah erst ihn an, dann schaute er auf Veronika und ihren Bräutigam, und ein leises Lächeln huschte über seine Lippen.

*

Ich dank dir, Herr, daß du noch alles zum Guten gewendet hast, betete Sebastian stumm. Allerdings steht mir noch ein schwerer Gang bevor.
Es war noch vor der Abendmesse, als der Pfarrer dieses Gebet verrichtete, und der schwere Gang, an den er dachte, sollte ihn zum Sterzinger-Bauern führen. Er hatte ja Kathie versprochen, sich für sie bei ihrem Vater einzusetzen. Sebastian wußte, daß das kein leichtes Unterfangen werden würde.
Er setzte sich in seinen Wagen und fuhr zu dem alten Bauernhof hinauf. Es war ein stolzes Anwesen, zu dem eine weitere Alm gehörte, die der Bauer verpachtet hatte, und mehrere Äcker, die er mit zwei Knechten bearbeitete.

Einen Sohn hatte der Sterzinger nicht, obgleich dies sein größter Wunsch gewesen ist. Statt dessen hatte seine Frau ihm ein Madel geschenkt, das der ganze Stolz des Vaters geworden ist.
Und das machte die Angelegenheit so schwierig. Wer immer auf dem Hof einheiratete – er würde schon etwas Geld mitbringen müssen, oder mit anderen Worten – so einer wie der Thomas Anderer kam für den Sterzinger schon gar nicht in Betracht!
Daran dachte Pfarrer Trenkel, als er den Wagen vor der großen Scheune abstellte und ausstieg. Katharina Sterzinger kam aus dem Haus gelaufen und begrüßte ihn.
»Der Vater ist in der Wohnstube«, sagte sie, und ihre Augen flackerten aufgeregt.
»Sei ganz ruhig«, klopfte der Pfarrer ihr auf die Schulter.
»Ich hab solche Angst!«
»Das mußt du net.«
Sie gingen hinein. Über die große Diele gelangten sie in das Wohnzimmer. Es war im typischen Stil der bayerischen Bergbauern eingerichtet. Beim Eintreten des Geistlichen stand Joseph Sterzinger auf und kam ihm entgegen.
»Gott zum Gruß«, sagte er und reichte Sebastian die Hand.
Der erwiderte den Gruß und setzte sich auf den angebotenen Sessel.
»Du weißt, warum ich komme, Sterzinger«, begann der Geistliche das Gespräch.
»Weil meine einzige Tochter mit diesem Andererlumpen, diesem Taugenichts, herumzieht«, raunzte der Bauer.
»Nicht ganz«, widersprach Sebastian. »Aber deswegen auch. Zuerst möcht' ich noch ein paar Worte dazu sagen, was mit dem Thomas vorgefallen ist. Versteh' mich richtig, was in der Nacht geschehen ist, daran hast du keine unmittelbare Schuld, aber an dem Gerede vorher, der Thomas sei

der Kirchenräuber – daran bist auch du net ganz unschuldig.«
Der Sterzinger rutschte unruhig auf seinem Sessel hin und her. Er wußte, daß der Pfarrer recht hatte.
»Es tut mir ja auch leid«, sagte er. »Wenn ich's mit einer Spende wieder gutmachen könnt'…«
»Ich bin kein Ablaßverkäufer«, antwortete Sebastian.
Er machte eine Pause und schmunzelte über das enttäuschte Gesicht des Bauern.
»Allerdings glaube ich net, daß unser Herrgott etwas gegen eine Spende einzuwenden hat, wenn sie von Herzen kommt.«
Dann kam er zum eigentlichen Grund seines Besuches.
»Du weißt, Sterzinger, daß deine Kathie den Thomas liebt. Die beiden wollen heiraten, und der Thomas will sich eine Arbeit suchen. Meinst net, daß du deine Einwilligung geben solltest?«
Der Bauer zog ein Gesicht, als habe er in eine Zitrone gebissen.
»Meine Frau liegt mir schon seit Tagen in den Ohren«, antwortete er. »Aber, ich kann doch mein Madel net einem dahergelaufenen Schläger, wie der Thomas einer ist, geben. Was ist, wenn er eines Tages die Hand gegen die Kathie erhebt?«
»Das wird er gewiß net«, erwiderte Sebastian. »Dafür leg' ich meine Hand ins Feuer. Außerdem ist der Thomas kein Schläger. Das was da im ›Löwen‹ geschehen ist, ist kein Maßstab, woran man den Anderer messen kann. Ich will ihn net in Schutz nehmen, den Thomas, gewiß ist er kein Musterknabe, und ich hab' ihn auch viel zu selten in der Kirch' gesehen. Aber er hat mir versprochen, daß er sich ändern wird.
Und was den Prozeß angeht, den der Bachmeier gegen ihn

angestrengt hat – da wird wohl alles auf Notwehr hinauslaufen. Immerhin mußte Thomas sich gegen eine Übermacht wehren. Wenn er überhaupt bestraft wird, dann kann man wohl davon ausgehen, daß diese Strafe zur Bewährung ausgesetzt wird.«

Der Sterzinger-Bauer stand auf und ging an den Wohnzimmerschrank.

Mit einer Flasche Enzian und zwei Stamperl kam er wieder.

»Also gut«, willigte er ein. »Bevor ich mich noch mit meiner Frau herumstreite – der Thomas fängt bei mir auf dem Hof an, als einfacher Knecht, ohne Sonderrechte, nur weil er mein Schwiegersohn wird. Wenn er tüchtig ist, dann werd' ich, vielleicht, eines Tages den Kindern den Hof übergeben. Wenn sich herausstellt, daß er nix taugt, dann muß er gehen.«

Sebastian nahm das angebotene Glas.

»Das ist eine kluge Entscheidung, Sterzinger«, lobte er. »Und was deine Spende angeht, die du so großzügig angeboten hast – der Spielkreis im Gemeindehaus benötigt dringend neue Tische und Stühle. Vielleicht kannst dich ja da irgendwie mit einbringen.«

Joseph Sterzinger schluckte, machte aber lieber eine gute Miene zum bösen Spiel.

»Ich werd sehen, was ich da machen kann.«

Pfarrer Trenker verabschiedete sich und ging hinaus.

Auf der Diele wartete Katharina mit bangem Herzen.

»Was hat der Vater gesagt?« fragte sie. »Man hat ja nix gehört.«

»Du hast gelauscht?« tadelte der Pfarrer sie.

»Nur ein bißchen...«

Sebastian lächelte. Er hatte Verständnis dafür, daß Menschen ihre Schwächen eingestanden, und besonders in diesem Fall.

»Der Vater ist einverstanden mit deiner Wahl«, sagte er, »Zwar gibt es da die eine oder andere Bedingung, aber das geht schon in Ordnung.«
Kathie fiel ihm um den Hals.
»Danke, Hochwürden, tausend Dank«, rief sie und lief los, ihrem Thomas zu sagen, daß der Vater wirklich und wahrhaftig einverstanden war.

*

Arm in Arm spazierten Veronika und Christian durch Sankt Johann. Es war ein wundervoller Sommerabend, und die beiden Verliebten genossen ihn wie einen letzten Urlaubstag. Morgen würden sie nach Hause fahren.
Sie überquerten die Straße und kamen an der Kirche vorbei. Drinnen brannte noch Licht, und durch die geschlossene Tür erklang Orgelmusik.
»Sollen wir?« fragte Christian.
Veronika nickte, und sie betraten das Gotteshaus. Die Abendmesse war vorüber, und der Organist nutzte noch ein wenig die Zeit, um in Übung zu bleiben. Die beiden Verlobten setzten sich in eine Bank und lauschten den Klängen. Wie ein Orkan brausten sie durch das hohe Kirchenschiff.
Veronika und Christian bewunderten die Innenausstattung der St. Johannkirche. Rot- und Blautöne herrschten vor, und unendlich viel Blattgold. Rechts und links der Bänke hatten die Apostel ihre Plätze, und an den Wänden hingen Gemälde verschiedenster Epochen, die Szenen aus dem Leben der Heiligen wiedergaben. Beeindruckend war das große, schmiedeeiserne Kreuz, das über dem Altar hing mit der Figur des Erlösers darauf.
Die Musik verstummte, und wenig später kam der Organist die Empore herunter. Er verabschiedete sich von den beiden Besuchern mit einem Kopfnicken und ging hinaus.

Veronika und Christian vermuteten, daß sie die letzten wären und wollten ebenfalls gehen, als Pfarrer Trenker aus der Sakristei trat.

»Guten Abend«, begrüßte er sie. »Das ist aber schön, daß Sie unsere Kirche besuchen. Ich freue mich immer, wenn Fremde hereinkommen.«

»Sie ist aber auch ausnehmend schön«, versicherten Veronika und Christian.

»Haben Sie schon Nachricht von Ihrem Großvater?« erkundigte Sebastian sich.

»Ich habe heute abend mit dem Professor gesprochen, der Großvater behandelt«, nickte das Madel. »Er hat mir Hoffnungen gemacht, daß er wieder ganz gesund wird. Großvater hat sogar schon nach mir gefragt. Stellen Sie sich das vor, nach Veronika, net nach meiner Mutter.«

»Wie schön«, freute Sebastian Trenker sich mit den beiden. »Dann wollen wir dankbar sein, daß sich alles so gefügt hat. Ich habe heute übrigens auch eine gute Nachricht erhalten.«

Er führte sie zu dem Bogengang, unter dem die Madonna ihren Platz hatte, und erzählte, was mit der Statue geschehen war.

»Gottlob hat man die Einbrecher ausfindig machen und verhaften können«, berichtete er. »Man hat die Madonna und andere sakrale Gegenstände, die aus weiteren Kircheneinbrüchen stammen, bei den Männern gefunden. In einigen Wochen, wenn die Ermittlungen der Staatsanwaltschaft beendet sind, bekommen wir unsere Madonna zurück. Natürlich werden wir das mit einem großen Dankgottesdienst feiern.«

»Das ist wirklich ein guter Tag heute«, meinte Christian. »Und ich habe noch einen Wunsch, Herr Pfarrer.«

»Nur zu. Äußern Sie ihn.«

»Sie wissen ja, daß Veronika und ich heiraten wollen, und

ich glaube, ich spreche auch im Namen meiner Verlobten, wenn ich Sie bitte, die Trauung vorzunehmen. Wir würden gerne in Ihrer herrlichen Kirche heiraten.«
Sebastian lächelte erfreut.
»Das ist ein Wunsch, den ich Ihnen gerne erfüllen will«, sagte er. »Ich weiß schon heute, daß Sie beide ein glückliches Paar sein werden. Der alte Urban hat es für seinen Lebensabend glücklich getroffen.«
Er reichte ihnen die Hand und verabschiedete sich.
»In einem Vierteljahr sehen wir uns wieder«, versprachen die beiden.

*

Sebastian Trenker hätte jauchzen mögen, so gut ging es ihm. Noch bevor die Sonne aufgegangen war, war er losgezogen. Über steile Hänge und blumenübersäte Wiesen führte sein Weg. Murmeltiere und Marder, Gamsböcke und Wildschafe kreuzten seinen Weg, und der Pfarrer konnte sich gar net satt sehen an der Vielfalt der göttlichen Schöpfung.
Auf einer bewaldeten Anhöhe rastete er. In der Thermoskanne war heißer Kaffee, und in einer Dose befanden sich Speck und Käse. Dazu gab es das herrliche Brot, das die Haushälterin selber buk. Sebastian machte es sich am Stamm einer Birke bequem und ließ es sich schmecken. Er war mit sich und der Welt zufrieden. Wieder einmal hatte sich alles zum Guten gefügt, und Kummer und Sorgen waren vergessen.
Schon bald würde die Madonnenstatue wieder ihren Einzug in die Kirche feiern, und dann stand ja das große Fest an, an dem Urbans Enkeltochter vor den Traualtar trat.
Auch Kathie und Thomas hatten ihre Hochzeit schon angemeldet, und Sebastian war überzeugt, daß es eine glückliche Ehe werden würde.

Überhaupt war er mit seinen Schäfchen zufrieden, wenn es auch das eine oder andere schwarze Schaf darunter gab – wie den Brandhuber-Loisl mit seinen Arzneien.
Dennoch, das Schicksal meinte es gut mit den Leuten von Sankt Johann, dem liebenswerten Dorf in den Bergen, und wenn doch mal etwas schief lief, dann hatten sie ja immer noch ihren Bergpfarrer...

– ENDE –

Intrigen um Tobias

Haben sich alle in ihm getäuscht?

Es war eine laue Vollmondnacht, als eine dunkel gekleidete Gestalt durchs schlafende Sankt Johann schlich. Immer wieder schaute sie sich um und vergewisserte sich, daß ihr niemand folgte.
Alois Brandhuber, allgemein nur der »Brandhuber-Loisl« genannt, hatte seine Gründe dafür. Wider einmal war es – nach den Geboten seines geheimnisvollen Zauberbuches – an der Zeit, auf die Suche nach Kräutern, seltenen Pflanzen und Wurzeln zu gehen, die der selbsternannte Wunderheiler des kleinen Bergdorfes zur Herstellung seiner Tees, Salben und Tinkturen benötigte. Um die Wirksamkeit dieser Heilmittel zu garantieren, bedurfte es bestimmter Faktoren, von denen das gesamte Gelingen abhing. Zum einen mußte es der rechte Zeitpunkt sein – unbedingt Vollmond –, es mußten die richtigen Worte gesprochen werden, um die Pflanzenkräfte zu beschwören, und es durfte niemand dabeisein und die Zauberworte hören, der nicht ein Eingeweihter war. Deshalb schlich Loisl kurz nach Mitternacht los – in der Hand einen Korb aus Weidenruten – wenn er sicher sein konnte, daß die Leute friedlich in ihren Betten lagen und schliefen.
Der Wunderheiler, wie er sich gerne von seinen Kunden nennen ließ, hatte schon sehnlichst auf diese Nacht gewartet, war sein Vorrat an Salben und Tees seit der letzten Dekade doch beträchtlich geschrumpft. Dies verdankte er weniger seinen dubiosen Künsten, als vielmehr seiner Fähigkeit, den Leuten Krankheiten einzureden, die sie gar nicht hatten, und ihnen dann seine Mittelchen zu verkaufen.

Nicht wenige seiner »Patienten« sorgten durch Mundpropaganda für reißenden Absatz. Sehr zum Leidwesen des jungen Dorfarztes Dr. Toni Wiesinger.
Der sympathische Mediziner hatte größte Mühe, die Leute davon zu überzeugen, daß er ein »richtiger« Arzt war. In Sankt Johann war man der Meinung, wer keine grauen Haare hatte und nicht gebückt ging, konnte kein Arzt sein. So war nämlich das Bild des verstorbenen Arztes, Dr. Bechtinger, gewesen, der mehr als vierzig Jahre in Sankt Johann praktiziert hatte. Vor einem guten halben Jahr war Dr. Bechtinger gestorben, noch bevor er den verdienten Ruhestand antreten konnte, und Dr. Wiesinger hatte die Praxis übernommen. Seitdem kämpfte er um seine Anerkennung gegen Aberglaube und Kurpfuscherei. Ein scheinbar aussichtsloser Kampf, denn immer wieder mußte er erleben, daß die Leute, anstatt zu ihm in die Praxis zu kommen, die armselige Tagelöhnerhütte aufsuchten, in der der Brandhuber-Loisl hauste.
Immerhin wurde Toni Wiesinger in seinem Kampf von Sebastian Trenker unterstützt. Der Pfarrer der St. Johanniskirche und der junge Dorfarzt waren sich schon beim ersten Augenblick ihres Kennenlernens sympathisch gewesen, und Pfarrer Trenker wurde nicht müde, von der Kanzel herunter gegen die Dummheit der Leute anzureden.
Doch nickten sie in der Kirche noch beifällig und schüttelten den Kopf über den Leichtsinn anderer, sich dem Loisl anzuvertrauen, so liefen sie bestimmt nach dem Kirchgang in seine Hütte, wenn ein Zipperlein sie plagte.

*

Toni Wiesinger wälzte sich schlaflos in seinem Bett hin und her. Das Haus mit der Praxis stand in einer kleinen Straße, die zum Kirchplatz führte, und genau darüber stand der volle Mond, dessen Licht in das Schlafzimmer des Arztes fiel.

Dr. Wiesinger sah auf den Wecker auf dem Nachtkästchen. Gerade Mitternacht vorbei. Vielleicht würde es etwas helfen, wenn er ein Glas Milch trank und dann noch ein wenig in der Zeitung blätterte. Seufzend warf er die Bettdecke ab und setzte sich auf. Die Hausschuhe standen vor dem Bett. Der Arzt schlüpfte hinein und ging hinunter in die Küche. Mit dem Milchglas in der Hand öffnete er die Tür zum Wohnzimmer. Den Lichtschalter brauchte er nicht zu betätigen, das Mondlicht erhellte den Raum genügend. Neben dem Fenster stand ein Tisch, auf dem allerlei Zeitungen und Illustrierte lagen, darunter auch eine medizinische Fachzeitschrift, die zu lesen Toni noch nicht die Zeit gehabt hatte.

Während er nach der Zeitschrift suchte, fiel sein Blick aus dem Fenster. Stirnrunzelnd nahm er die dunkle Gestalt wahr, die eben an seinem Haus vorbeischlich, in Richtung Kirche.

Dr. Wiesinger wurde sofort aufmerksam. Wenn jemand um diese Zeit so durch das Dorf ging, konnte das nichts Gutes bedeuten, und vor nicht allzu langer Zeit hatte es erst einen Einbruch in die Kirche gegeben, bei dem eine wertvolle Madonnastatue geraubt worden war.

Die Polizei hatte die Diebe zwar dingfest machen können, und die Statue war längst wieder an ihrem angestammten Platz, doch Nachahmer gab es immer wieder. Allerdings wollte der Doktor, ohne einen konkreten Verdacht, nicht gleich die Pferde scheu machen, darum beschloß er, die merkwürdige Gestalt zunächst einmal alleine zu verfolgen und herauszufinden, wer sie war und was sie vorhatte.

Er eilte ins Schlafzimmer und zog sich blitzschnell an. Dann rannte er die Treppe hinunter, schloß die Haustür auf und lief auf die Straße. Von der Gestalt war nichts zu sehen, doch der Arzt ahnte die ungefähre Richtung, in die sie gegangen sein mußte. Und richtig – als Toni Wiesinger an der Kirche um die Ecke bog, schlurfte sie in einigen Metern Entfernung vor ihm.

Die Kirche war also nicht das Ziel, dennoch war Toni neugierig geworden, zumal ihm die geheimnisvolle Gestalt zumindest von der Statur her bekannt vorkam. Der Arzt folgte in einigem Abstand und achtete darauf, immer im Schatten der Häuser und Bäume zu bleiben, an denen er vorüberkam. Es war schon sehr merkwürdig, wie der Dunkelgekleidete sich verhielt. Ab und zu blieb er stehen, schaute sich um, warf einen Blick zum Himmel und schlurfte dann weiter, aus dem Dorf hinaus. Einmal, als er wieder zum Himmel hinaufschaute, drehte er sich dabei in Tonis Richtung, und der Arzt erkannte, wen er da vor sich hatte.

Den Brandhuber-Loisl!

Na, Bursch, dir bleib' ich auf den Fersen, dachte der junge Mediziner, wenn du hier nächtens durch die Gegend schleichst – dann willst' bestimmt irgendeinen Schabernack aushecken!

*

Der Brandhuber war an einer großen Wiese angekommen, die bis an den Berghang heranreichte. Unmengen von Blumen und Wildkräutern wuchsen auf ihr. Bärlauch und Enzian, Rittersporn und Fingerhut, Ringelblumen. Loisl hüpfte von einer Stelle zur anderen, pflückte Pflanze um Pflanze und gab dabei ein beschwörend klingendes Gemurmel von sich.

Toni Wiesinger hatte sich hinter den Pfosten eines Weidezaunes gedrückt, der einen Teil der Wiese begrenzte. Zuerst konnte er gar nicht verstehen, was der Alte da vor ihm tat, doch dann dämmerte es ihm allmählich, und er wußte nicht, ob er lachen oder sich ärgern sollte. Schließlich war das, was Loisl da machte, auch gegen ihn, den Mediziner, gerichtet. In erster Linie sogar.

Nach einer guten Weile hatte der Wunderheiler offenbar seinen Korb gefüllt, denn er reckte und streckte sich, um seinen vom vielen Bücken angestrengten Rücken zu entspannen. Dann jedoch machte er sich nicht auf den Heimweg, wie Toni annahm, sondern Loisl stellte den gefüllten Korb mitten auf der Wiese ab, so daß er vom vollen Licht des Mondes beschienen wurde, und tanzte dann einen sonderbaren Reigen um den Korb herum. Dabei sprang er von einem Bein auf das andere und rief irgendwelche Worte, die der Arzt zwar hören, deren Sinn er aber nicht verstehen konnte.

Toni richtete sich auf und schlich näher heran.

»Summcum – rummdum, Kräfte des Mondes, Geister der Nacht – gebt diesen Pflanzen eure Kraft«, rief der Alte und stierte dabei den Mond an, so daß er gar nicht bemerkte, daß Toni Wiesinger hinter ihm stand.

Alois Brandhuber meinte, sein Herz rutschte ihm in die Hose, als er plötzlich eine Stimme vernahm, die ihm ins Ohr brüllte.

»Da schau her«, rief Dr. Wiesinger ärgerlich. »Mummenschanz und fauler Zauber. Damit willst' also Kranke heilen, du Scharlatan!«

Er stieß wütend mit dem Fuß gegen den Korb, der samt Inhalt umkippte und sich entleerte.

Loisl hatte sich von seinem ersten Schrecken erholt und erkannt, daß es net der Leibhaftige' war, der ihn in seiner Zeremonie störte. Trotzdem stand er immer noch verdattert da und rang mühsam nach Fassung. Endlich hatte er sich wieder in der Gewalt.

»Meine Kräuter, meine Blumen«, jammerte er, und plötzlich wuchs ein unerbittlicher Haß gegen den Arzt in ihm.

»Des wirst' mir büßen«, sagte er mit gefährlich klingender Stimme.
Der Arzt schaute ihn nur spöttisch lächelnd an. Einen Moment lang fixierten sie sich mit ihren Blicken, schienen einen stummen Kampf auszufechten, dann drehte Dr. Wiesinger sich um, ging davon.
Loisl sah ihm hinterher, dann schaute er auf den umgestürzten Korb, und erneute Wut stieg in ihm auf. Nicht nur, daß dieser Arzt ihn in seiner Handlung gestört hatte – Dr. Wiesinger war zudem kein Eingeweihter, und somit hatte er durch seine Anwesenheit die Kräfte, die auf die Pflanzen übergegangen waren, unwiederbringlich zerstört! War dies schon schlimm genug, so kam hinzu, daß Loisl nun bis zum nächsten Vollmond warten mußte, bevor er erneut auf die Suche gehen konnte.
Und sein Vorrat schrumpfte zusehends.
Loisl ballte die Hände zu Fäusten und blickte in die Richtung, in die der Arzt gegangen war.
»Des zahl' i' dir heim!« rief er. »Bis auf den letzten Heller!«

*

»Hochwürden, einen müssen S' aber noch mittrinken«, rief Vinzenz Leitner und schwenkte die Flasche mit dem Obstler in Sebastians Richtung.
»Laß' gut sein«, schüttelte der Pfarrer den Kopf. »Einen hab' ich gern' mitgetrunken, aber der reicht mir.«
Sebastian Trenker war anläßlich des achtzigsten Geburtstages der Altbäuerin, Maria Leitner, Gast auf dem Bauernhof. Seit dem Nachmittag hatte sich dort eine fröhliche Gesellschaft versammelt, die die Jubilarin hochleben ließ. Und dazu mußte immer mit Selbstgebranntem angestoßen werden. Das Rezept dazu stammte noch vom Großvater selig, der es von seiner Wanderschaft in Tirol mitgebracht hatte,

als er sich seinerzeit als Knecht verdingte, bevor er den alten, maroden Hof, in der Nähe von Sankt Johann, erwarb und wieder auf Vordermann brachte.

Heute war Vinzenz der Bauer. Er hatte den Hof nach dem Tode des Vaters übernommen und bewirtschaftete ihn zusammen mit seiner Schwester Theresa, während sich die noch rüstige Mutter auf dem Altenteil ausruhte.

Beinahe das ganze Dorf war auf den Beinen, und man hatte die große Scheune ausräumen müssen, um Platz für alle Gäste zu schaffen. Sebastian Trenker hatte man, so wie es sich gehörte, den Ehrenplatz neben Maria Leitner zugewiesen, während sein Bruder Max am anderen Ende der langen Tafel saß.

Der Dorfpolizist war bester Laune und feierte kräftig mit. Schon bald hatte sich ein Kreis junger Burschen um ihn geschart, und die Stimmung war auf dem Höhepunkt. Da war Max in seinem Element. Der Bruder des Pfarrers war noch nie ein Kind von Traurigkeit gewesen, und man konnte ihn überall finden, wo eine Gaudi war.

Witze wurden gerissen und nach den Madeln geschaut, und schließlich marschierte die Blaskapelle ein, um der Altbäuerin ein Ständchen zu bringen. Danach spielten die Musikanten zum Tanz auf.

Max wirbelte nur so über die Tanzfläche, und sein Übermut riß das Leitner-Resl mit. Mit feurigen Augen schaute das Madel ihn an, während es sich in seinen Armen wiegte, und ebenso glutvoll sah Max zurück.

»Der nächste Tanz gehört mir auch«, rief er, als die Musik endete und er sie an die Bar führte.

Resl warf stolz die braunen Haare zurück. Sie fühlte sich geschmeichelt, daß der gutaussehende Polizist sie so umwarb.

»Mit einem Schnapserl ist's aber net getan«, sagte sie kokett und sah ihn augenzwinkernd an.

»Ich bleib' nix schuldig«, lachte Max zurück. »Was immer du willst – du bekommst es.«
Theresas Herz pochte schneller. Schon immer hatte sie ein Aug' auf den feschen Max geworfen, doch bisher schien er sie noch net so recht wahrgenommen zu haben. Bis heute.
»Für's erste reicht mir ein Busserl«, flüsterte sie in sein Ohr und schaute sich verstohlen um.
Ihr älterer Bruder stand drüben bei der Musik und sah nicht herüber. Bestimmt hätte er es net gelitten, wenn sie sich so eng an den Bruder des Herrn Pfarrer schmiegte.
Die Bar war eine provisorische Theke am anderen Ende der Scheune, hinter der Lorenz, der Altknecht, stand und Bier und Schnaps ausschenkte. Daneben führte ein schmaler Gang in den Kuhstall hinüber. Max drängte das Madel in diesen Gang, und gleich darauf fanden sich ihre Lippen zum Kuß.
»Max, Max, schenkst du mir dein Herz?« seufzte Theresa zwischen zwei Küssen.
»Ich tät' dir auch zwei schenken, wenn ich zwei hätte«, lachte Max Trenker und schwenkte sie herum.
»Ist das wirklich wahr?« fragte das Madel. »Du hast mich wirklich gern?«
»Aber natürlich«, nickte der Dorfpolizist und lugte durch den Gang in die Scheune.
Es wäre ihm unangenehm gewesen, wenn Vincenz Leitner sie beide so gesehen hätte. Es war im Dorf allgemein bekannt, daß der Bauer keinen Spaß verstand, wenn es um die Ehre seiner Schwester ging, und Resl's Liebesschwüre gingen selbst dem guten Max, der wahrlich kein Kostverächter war, zu weit. Aber bevor er sich verabschieden konnte, hing sie sich bei ihm ein und seufzte:
»Ich hab' mein ganzes Leben auf dich g'wartet.« Max rieb sich nervös das Ohr, in das sie eben geseufzt hatte.

Sie kamen gerade aus dem Gang und standen wieder an der Bar. Max sah sich um und schaute geradewegs in das Gesicht des Bauern, der verschwörerisch grinste und ihnen beiden zuzwinkerte.
Puh, dachte der junge Polizeibeamte, so langsam mußt' aber wieder einen klaren Kopf bekommen! Er schlug das angebotene Glas aus und wand sich aus Theresas Arm. Leicht wankend suchte er den Weg nach draußen.
»Wo willst denn hin?« rief das Madel ihm nach.
»An die Luft«, gab er zurück. »Ist so heiß hier drinn'.«
»Na komm', ich bring dich heim«, sagte sein Bruder, der neben ihn getreten war und ihn am Arm packte.
Sebastian Trenker schüttelte halb belustigt, halb bös' den Kopf und setzte Max in seinen Wagen.
Wann würde der Bruder Leichtfuß endlich vernünftig werden?

*

Unter den Feiernden war auch ein junges Madel, das etwas abseits des ganzen Trubels saß. In der Hand hielt es ein Weinglas und schaute zu den Tanzenden hinüber. Gern hätte Christel Hornhauser sich ebenfalls in den Armen eines feschen Burschen über den Tanzboden gleiten lassen, doch bisher hatte niemand sie aufgefordert. Dabei war Christel wahrlich kein Mauerblümchen. Mit den dunkelbraunen Augen wirkte sie zwar wie ein scheues Reh, doch das kleine kecke Näschen und die vollen roten Lippen konnten einen Mann schon verzaubern.
Das mußte wohl auch Tobias Hofer gedacht haben. Der Bursche, Knecht im dritten Jahr auf dem Lechnerhof, schob sich an den Tanzenden vorbei, direkt auf das Madel zu, das er schon eine ganze Weile im Blick hatte.
»Möchtest' tanzen?« fragte er Christel.

Die schaute ihn überrascht an.
»Wie bitte?«
»Ob du tanzen möchtest?«
Das Madel sprang auf und stellte das Glas ab.
»Sehr gerne.«
Die Kapelle spielte gerade einen Walzer, und Christel glaubte zu schweben. Stundenlang hätte sie so tanzen mögen, und dazu mit solch einem feschen Partner.
Unverschämt gut schaute er aus, der Tobias. Christel hatte ihn einige Male gesehen, wenn sie auf den Hof kam.
Das Madel war mehr als sechs Monate im Jahr droben auf der Jenner-Alm, wo es zusammen mit der Mutter die Sennenwirtschaft betrieb. Nur heuer, zum Geburtstag der Altbäuerin, war sie heruntergekommen.
Ja, fesch ist er schon, und du mußt aufpassen, daß du dich net in ihn verguckst, dachte Christel. So einer war doch bestimmt schon in festen Händen. Die anderen Madeln mußten ja mit Blindheit geschlagen sein, wenn sie so einen frei herumlaufen ließen!
Sie seufzte innerlich. Was soll's, morgen war sie wieder droben auf der Alm, und der Tobias würde sie sicher schon nach diesem Tanz vergessen haben.
Aber Tobias dachte gar nicht daran. Er tanzte diesen Walzer mit ihr, und den nächsten Tanz und den übernächsten, und Christel spürte ihr Herz vor Aufregung pochen. Dann führte er sie an die Theke, und sie tranken prickelnden Sekt, und nach dem zweiten Glas ging es zurück auf die Tanzfläche.
»Wirst' gar net müd?« fragte das Madel lachend, als Tobias auch weiterhin auf dem Tanzboden blieb.
»Du etwa?« fragte er zurück und zwinkerte mit dem Auge.
»Nein, aber ich glaub' ich muß bald gehen, es ist schon spät.«

»Schad'. Wo wohnst denn? Ich bring' dich heim.«
»Eigentlich auf der Jenner-Alm, aber heut' übernachte ich bei der Tante, drüben, in Sankt Johann.«
Wie selbstverständlich hakte er sie unter und brachte sie aus der Scheune.
»Da drüben steht mein Wagen«, zeigte er auf ein kleines rotes Auto.

*

Christels Herz klopfte noch schneller, als sie neben ihm saß. Viel zu schnell waren sie in Sankt Johann angekommen, und nun hielt der Wagen vor dem Haus der Tante.
»Ja, also, ich geh' dann mal«, sagte sie und reichte ihm zum Abschied die Hand. »Vielen Dank fürs Herbringen.«
Tobias nahm ihre Hand und zog sie ganz zu sich heran.
»Weißt du eigentlich, daß du wunderschöne Augen hast?«
Christel erschauerte unwillkürlich. Langsam zeichnete sein Finger die Konturen ihres Gesichts nach, und seine Augen schienen auf den Grund ihrer Seele zu blicken. Sie ließ es geschehen, daß er sie in die Arme nahm, und sein suchender Mund fand ihre Lippen.
Christel löste sich aus seinen Armen. Sie lächelte.
»Ich muß gehen.«
»Sehen wir uns wieder?« fragte er hoffnungsvoll.
»Wenn du willst...«
»Ob ich will?« rief Tobias aus. »Madel, ich bin bis über beide Ohren in dich verliebt. Natürlich will ich dich wiedersehen. Morgen, übermorgen – jeden Tag, den der Herrgott werden läßt!«
Er hielt inne und schaute sie fragend an.
»Magst' mich auch? Vielleicht ein bissl'?«
Christel nickte glücklich.
»Ja, Tobias, und net nur ein bissel, sondern sehr.«

Er küßte sie noch einmal, und für Sekunden war die Welt um sie herum versunken.
Daher bemerkten sie auch nicht die Gestalt, die in einiger Entfernung hinter einem Baum stand und den kleinen roten Wagen beobachtete.
Ein paar Meter weiter stand ein anderes Auto, das dem der Christel und Tobias vom Lechnerhof gefolgt war. Lore Inzinger kochte vor Wut, als sie Tobias den ganzen Abend mit dem anderen Madel tanzen sah, und als er dann die andere auch noch nach Hause brachte, da war der Kessel kurz vorm explodieren. Tobias war ihr Freund, seit mehr als einem Jahr! Gut, sie hatte, wie schon so oft, einen Streit vom Zaun gebrochen und ihn wieder einmal zum Teufel gejagt. Aber das war doch nicht ernst gemeint, und Tobias wußte das! Sich gleich an eine andere heranzumachen – wart' Bursche, so haben wir net gewettet.
So leicht wirst' mich net los, dachte Lore. Du wirst noch an mich denken – ihr beide werdet an mich denken. Die Flausen werd' ich euch austreiben!
Wütend stieg sie in ihren Wagen und brauste davon. Die beiden jungen Menschen, die sich gerade erst gefunden hatten, ahnten nichts von der dunklen Wolke, die da auf sie zuschwebte.

*

Das beständige Klopfen an die Tür seiner Dienststelle riß Max Trenker aus tiefstem Schlummer. Um ihn herum drehte sich alles, und sein Schädel dröhnte, als marschiere eine ganze Armee darin.
Verschlafen zog er seine Uniform an und eilte zur Tür.
»Was gibt's denn?« rief er und drehte den Schlüssel um.
Draußen stand Dr. Wiesinger. Er sah ziemlich wütend aus.
»Herr Doktor, ist was passiert?«

»Das kann man wohl sagen«, schnaubte Toni. »Ich möchte eine Anzeige erstatten.«

Max gähnte und sah auf die Uhr, während er Toni Wiesinger eintreten ließ. Schon halb acht. Wäre der Arzt nicht gekommen, dann hätte er glatt seinen Dienst verschlafen!

Mühsam versuchte der Polizeibeamte sich zu erinnern, was am Vortag geschehen war, und langsam fiel es ihm auch wieder ein – die Geburtstagsfeier bei Maria Leitner ...

»So, eine Anzeige wollen Sie erstatten«, wiederholte er die Worte des Arztes. »Gegen wen denn, und warum?«

Sie waren mittlerweile im Dienstzimmer angekommen, und Max bot den Stuhl vor seinem Schreibtisch an, während er sich auf seinen dahinter setzte.

»Gegen Alois Brandhuber«, sagte Toni erregt. »Wegen Kurpfuscherei und Scharlatanerie.«

Max sah den Beamten nichtverstehend an.

»Was ist denn vorgefallen?« fragte er.

Dr. Wiesinger schilderte, wie er den selbsternannten Wunderheiler verfolgt und beobachtet hatte.

»In der Nacht zu gestern, sagen Sie?«

Max Trenker zuckte die Schulter. Zwar hatte er ein Blatt Papier in die Schreibmaschine eingespannt, um das Protokoll aufzunehmen, aber noch kein Wort geschrieben.

»Also wissen S', Herr Doktor, ich glaub' net, daß wir weit damit kommen«, sagte er und riß das Papier wieder aus der Maschine. »Es gibt kein Gesetz, das dem Brandhuber-Loisl verbietet, nachts Kräuter zu sammeln, egal ob bei Mondschein oder Regen.«

Er hob beide Hände, als der Arzt protestierend den Mund öffnete.

»Ich weiß, die Sache mit dem Lärchner-Bauern.«

Ignaz Lärchner, ein Bauer aus Sankt Johann, wäre beinahe an den Folgen einer Lungenentzündung gestorben, weil seine Frau mehr an die Künste des Brandhuber-Loisl geglaubt hatte, als an die des Mediziners Toni Wiesinger. Erst das Eingreifen des Pfarrers hatte das Schlimmste verhüten können.

»Aber sehen Sie, Herr Doktor, der Lärchner ist wieder gesund, und er selber müßte Anzeige gegen den Loisl erstatten, wegen Körperverletzung, oder was weiß ich – dann gäbe es vielleicht einen Staatsanwalt, der sich damit befaßt. Aber so – Blumenpflücken im Mondenschein und Beschwörungsformeln – das mag zwar verrückt sein, verboten ist's aber net.«

Toni Wiesinger atmete tief durch. Er hatte beinahe geahnt, daß er mit seinem Vorhaben, den Brandhuber anzuzeigen, keinen Erfolg haben würde. Aber, nachdem er in der Nacht wieder nach Hause gegangen war, hatte er kein Auge mehr zugebracht, und den ganzen Sonntag über hatte er sich so geärgert, daß er sich endlich Luft machen mußte. Doch im Grunde wußte er, daß der Polizist recht hatte.

»Ich seh's ein«, nickte er resigniert und stand auf. »Aber die Leut' soll'n sich net wundern, wenn sie wie die Fliegen wegsterben, weil sie sich solch dubiosen Künsten anvertrauen.«

Auf dem Weg in seine Praxis schaute er in der Kirche vorbei. Betrübt erzählte er Pfarrer Trenker von seinen Erlebnissen mit dem alten Kauz. Sebastian konnte auch nicht mehr tun, als verständnislos mit dem Kopf schütteln.

»Des Menschen Dummheit ist oft grenzenlos«, sagte er tröstend und lud den Arzt für den Abend auf ein Glas Wein ein.

Toni Wiesinger sagte freudig zu und verabschiedete sich.

*

Nachdem der Arzt gegangen war, steckte Max Trenker seinen Kopf erst einmal unter den Wasserhahn. Schnaufend

und prustend ließ er sich das kalte Wasser darüber laufen.
Der Tag fängt ja gut an, dachte er, wenn man wegen solch einer Lappalie aus dem Bett geholt wird. Das einzig Gute daran war, daß er so seinen Dienst nicht verschlafen hatte. Vielleicht hätte es sogar niemand bemerkt, Max arbeitete in der Dienststelle alleine, doch war es in den beinahe fünfzehn Dienstjahren, die Max nun schon Polizeibeamter war, noch nie vorgekommen, daß er zu spät kam.
Wäre ja auch noch schöner, wenn so ein bißchen feiern einen von seinen Pflichten abhalten könnte!
Das Telefon klingelte. Max trocknete sich das Haar mit einem Tuch ab und nahm gleichzeitig den Hörer ab.
»Polizeidienststelle Sankt Johann, Maximilian Trenker am Apparat«, meldete er sich.
»Grüß Gott, Max, ich bin's, die Theresa«, vernahm er die fröhliche Stimme seiner gestrigen Tanzpartnerin.
»Grüß' dich, Resl«, sagte er, ein wenig verdutzt. »Was verschafft mir die Ehre deines Anrufes?«
»Du warst gestern plötzlich verschwunden«, klagte das Madel. »Ohne dich zu verabschieden. Das war net schön von dir!«
Max schmunzelte, eingedenk der wilden Küsse im Gang hinter der Bar. Busseln konnte das Madel, das mußte man ihm lassen.
»Tut mir leid, Resl«, entschuldigte er sich. »Weißt', mir war net gut. Mein Bruder hat mich nach Haus' gefahren.«
»Aber, das versteh' ich doch«, flötete Theresa. »Aber sag', wann sehn' wir uns denn wieder?«
Max schluckte schwer. Mit so etwas hatte er nicht gerechnet. Sollte sich das Madel wirklich in ihn verliebt haben?
Heiliger Valentin, steh' mir bei, nur das net!
»Ja…, also weißt'…«, stotterte er. »Eigentlich hab' ich gar

kein' rechte Zeit. Heut' net und morgen auch net. Mein Bruder, also, der Herr Pfarrer, ja also, der braucht mich unbedingt in einer wichtigen Angelegenheit. Da braucht er meine Hilfe ...«
Theresa schwieg einen Augenblick.
»Also gut, dann übermorgen«, sagte sie entschieden. »Am Abend. Der Vinzenz hat was mit dir zu bereden, meint er. Wegen uns – da gäb' es noch allerhand zu regeln.«
Max glaubte, nicht recht verstanden zu haben.
»Was meinst du?« rief er ins Telefon. »Wieso wegen uns? Was heißt das?«
Er spürte, wie es ihm heiß und kalt wurde, aber Theresa antwortete nicht mehr. Statt dessen hauchte sie ihm einen Kuß durch die Leitung und legte auf.
Max stand einen Moment wie ein begossener Pudel da und starrte den Telefonhörer an, den er immer noch in der Hand hielt. Was das Madel da gerade gesagt hatte – das verhieß nichts Gutes. Der junge Polizist spürte förmlich körperlich, wie sich da eine Falle um ihn zusammenzog.

*

»Sind wir net bald da?« fragte Hubert Brunnenmayr und verzog das Gesicht vor Schmerzen.
Er saß auf der hintersten Bank des kleinen Reisebusses und hoffte, daß die Fahrt bald zu Ende sein möge. Lange würde er es nicht mehr aushalten, die Schmerzen im Bauch wurden immer unerträglicher.
»Ich frag' mal«, sagte Heinrich Burghaller.
Der junge Mann stand auf und ging nach vorne zum Busfahrer. Die zehn anderen Reisegefährten bekamen von alledem nichts mit. Es war eine fröhliche Runde von zwölf gestandenen Mannsbildern, Mitglieder des Kegelclubs »Alle Neune«, die zu einem Ausflug unterwegs waren. Ihr Ziel

war St. Johann, wo sie im Hotel »Zum Löwen« Zimmer gebucht hatten. Sie wollten einmal ein Wochenende ohne ihre Ehefrauen verbringen. Dementsprechend ging es in dem Reisebus hoch her, und die Stimmung war gleich nach der Abfahrt auf dem Höhepunkt angelangt.
Hubert Brunnenmayr plagte es bereits seit ein paar Tagen arg Bauchweh, und er hatte schon überlegt, ob er nicht besser zu Hause bleiben sollte« Doch dann hatten die Kegelbrüder auf ihn eingeredet, und die Schmerzen waren zeitweise sogar ganz fort gewesen, so daß er sich entschloß, doch mitzufahren. Nun war das Bauchweh wiedergekommen, ärger als zuvor. Hubert verzog wiederholt das Gesicht und krümmte sich.
»Der Fahrer meint, in einer Viertelstunde sind wir da«, verkündete Heinrich Burghaller und setzte sich wieder. »Sind wohl sehr schlimm, die Schmerzen, was?«
Hubert Brunnenmayr nickte nur stumm.
»Komm, trink' einen Schluck, das hilft«, meinte Heinrich und hielt ihm die Enzianflasche hin.
Hubert schüttelte den Kopf.
»Besser net«, antwortete er. »Ich leg' mich gleich ins Bett, wenn wir da sind. Vielleicht hilft ein Kamillentee.«
Heinrich schüttelte sich, mußte dem Kegelbruder aber recht geben – Enzian war vielleicht doch nicht die richtige Medizin.
Endlich hielt der Bus auf dem Parkplatz des Hotels. Die Männer stiegen aus, und der Fahrer holte das Gepäck aus der Luke an der Seite.
»Also, dann wünsche ich ein schönes Wochenende«, sagte er zum Abschied. »Am Sonntag abend hol' ich euch wieder ab.«
Der Löwenwirt, Sepp Reisinger, und seine Frau, Irma, begrüßten die Gäste und verteilten die Zimmer. Hubert Brunnenmayr bestellte ein Glas Kamillentee und legte sich gleich

ins Bett, während die anderen der Reisegruppe es sich erst einmal im Gastraum gemütlich machten. Heinrich Burghaller, der das Zimmer mit Hubert teilte, vergewisserte sich, daß es dem Kegelbruder etwas besser ging, bevor er sich zu den anderen gesellte.

»Brauchst' wirklich nix mehr? Oder sollen wir besser einen Arzt kommen lassen?«

»Nein, nein«, wehrte Hubert ab. »Es geht schon. Wirklich, mach' dir keine Gedanken.«

Die Gruppe hatte für den morgigen Tag eine Wanderung in die Berge geplant, und Hubert freute sich schon riesig darauf. Bestimmt würden die Schmerzen nach ein paar Stunden Schlaf wie fortgeblasen sein.

*

Im Gastraum herrschte Hochstimmung. Die beiden feschen Kellnerinnen, die große Platten und Schüsseln mit Braten, Knödeln und Kraut servierten, fanden den Beifall der männlichen Gäste.

»Wie geht's dem Hubert?« fragte einer, nachdem Heinrich sich gesetzt hatte.

Er winkte ab.

»Er sagt zwar, daß es ihm besser geht, aber ich weiß net recht…«, erwiderte Heinrich Burghaller. »Vielleicht sollten wir doch besser einen Arzt rufen.«

»Ach was«, rief ein anderer. »Der Hubert braucht bloß einen ordentlichen Schnaps, dann ist er schnell wieder auf den Beinen.«

»Bloß nicht!« rief der nächste dazwischen. »Mit solchen Magenkrämpfen ist net zu spaßen.«

Drüben von der Theke stand einer auf und trat zu der Gruppe.

»Entschuldigen S', wenn ich mich einmische«, sagte er. »Ich

hab' da Ihre Unterhaltung mit angehört. Habt's ihr einen Kranken dabei?«

»Wieso?« fragte Joseph Vierlinger. »Sind Sie am End' gar ein Doktor?«

Der Mann gefiel ihm nicht so recht, er sah ein bißchen heruntergekommen aus.

Der Alte schüttelte den Kopf.

»Net direkt«, meinte er. »Aber ich versteh' ein bissel was davon.«

Er zog eine Tüte aus der Jackentasche.

»Dieser Tee wirkt wahre Wunder«, pries er sein Kraut an. »Ich hab' ihn selbst zusammengestellt.«

»Meinen Sie, das Zeug wirkt?« fragte Heinrich eine der Kellnerinnen.

Die blonde Ines nickte.

»Ja, freilich«, rief sie im Brustton der Überzeugung. »Das ist der Brandhuber-Loisl. Der ist doch so etwas wie ein Wunderdoktor.«

»Was soll der Tee denn kosten?« wollte Heinrich wissen.

Loisl grinste innerlich, offenbar hatte er es wieder einmal geschafft, einen von seinen Zaubertränken zu überzeugen.

»Fünfzig Mark«, sagte er frech und hielt die Hand auf.

»Ein stolzer Preis«, meinte Heinrich Burghaller und zückte seine Geldbörse. »Aber wenn's hilft ...«

»Sie werden's sehen«, versprach der Brandhuber-Loisl. »Es sind ganz seltene Kräuter darin, die muß man lange suchen. Deshalb ist's auch so teuer – und wegen der Wirkung.«

Heinrich gab den Tee an die Kellnerin weiter.

»Bitt' schön, sein S' so gut, und lassen S' etwas davon aufbrühen und meinem Kollegen aufs Zimmer bringen«, bat er. Ines nickte und verschwand, während Alois Brandhuber mit einem Grinsen auf den Lippen zurück an den Tresen ging, wo er einen weiteren Enzian bestellte.

Sophie Tappert goß das Gemüse ab und schwenkte es anschließend in reichlich Butter. Dann arrangierte sie die gedämpften Pastinaken auf der Platte mit dem gekochten Fisch und träufelte zusätzlich etwas Butter darüber. Auf dem Tisch dampften schon die Kartoffeln, und Max Trenker bekam große Augen, als die Haushälterin seines Bruders die Platte dazustellte. Ein herrlich blau gekochter Waller lag darauf. Der Gendarm war froh, es wieder einmal so eingerichtet zu haben, daß er rechtzeitig zum Mittagessen im Pfarrhaus ankam.
Allerdings hatte Frau Tappert die Portionen ohnehin so berechnet, daß es immer für einen Esser mehr reichte.
Sebastian Trenker schaute seinen Bruder an. Irgendwie machte Max an diesem Tag einen merkwürdig abwesenden Eindruck auf ihn.
»Ist etwas?« fragte der Geistliche.
Max schüttelte den Kopf.
»Was soll sein?« fragte er zurück.
»Ich weiß nicht«, sagte der Pfarrer. »Du wirkst so nachdenklich.«
Max aß augenscheinlich langsamer als sonst.
»Also, net direkt...«
»Nun komm, ich seh' dir doch an der Nasenspitze an, daß dich etwas beschäftigt.«
Max warf einen Blick zu Sophie Tappert hinüber, es wäre ihm mehr als unangenehm gewesen, würde die Haushälterin erfahren, in was er da hineingeraten war. Der Bruder des Pfarrers war beinahe so etwas wie ein Sohn für die Frau, und Sophie Tappert ließ es sich nicht nehmen, Max zurechtzuweisen, wenn sie der Meinung war, daß er wieder einmal allzusehr über die Stränge geschlagen habe.
Doch gerade in diesem Moment stand sie auf und räumte die Schüsseln und Teller ab. Dann verschwand sie in der

Speisekammer, wo sie den Pudding zum Auskühlen hingestellt hatte.
»Ich bräuchte da mal deinen Rat«, druckste Max herum und schielte dabei auf die Speisekammertür.
Sebastian Trenker verstand.
»Wir reden nachher in meinem Arbeitszimmer«, raunte er seinem Bruder zu.
Sophie Tappert kam mit dem Pudding zurück. Max Trenker schaute sie forschend an. Hatte sie etwas bemerkt? Wohl nicht. Die Haushälterin füllte ihm seinen Dessertteller besonders voll und goß reichlich von dem Himbeersirup über den Vanillepudding.
»Das Essen war wieder einmal ein Genuß«, bedankte der Geistliche sich bei seiner Haushälterin.
»Es schmeckt himmlisch!« bestätigte auch Max und nahm sich noch einen Löffeln voll.
Sophie Tappert sah ihn eine Sekunde schweigend an, dann stand sie auf.
»Essen Sie nur, Max, Sie werden es brauchen«, sagte sie und ging hinaus.
Der Gendarm sah seinen Bruder verdutzt an.
»Wie, wie meint sie denn das?« fragte er.
Sebastian hob die Schulter.
»Keine Ahnung«, antwortete er.
»Vielleicht weiß Frau Tappert mehr als du ahnst...«

*

Beim Abendessen ging es Hubert Brunnenmayr schon sehr viel besser.
»Dieser Tee hat wahre Wunder bewirkt«, meinte er.
»Na ja, teuer genug war er auch«, sagte Heinrich Burghaller.
»Dann stimmt das also mit dem Wunderdoktor?« fragte ein anderer, zwischen zwei Bissen Schinkenbrot. »Dann muß ich

unbedingt für meine Frau was von dem Tee mitbringen. Vielleicht hilft's ja auch bei ihrem Ischias.«

Alle waren sich einig, am nächsten Morgen unbedingt den Wunderdoktor aufzusuchen und dieses oder jenes für die Ehefrauen daheim zu kaufen.

»Wer weiß«, witzelte einer, »vielleicht wirkt das Zeug ja auch verjüngend.«

»Oder unsere Frauen werden so schön, wie die Madel, die immer bei den Modeschauen herumlaufen.«

»Bloß net«, schrie ein anderer dazwischen. »Dann wollen's auch die teuren Klamotten anziehen. Des kann i mir net leisten.«

Sie lachten und witzelten durcheinander, und hinter dem Tresen stand Sepp Reisinger und rieb sich die Hände. Diese Truppe lohnte! Was die allein an Schinkenbroten verzehrte, war unglaublich – von den Getränken ganz zu schweigen. Und für morgen hatten sie alle Privatpakete geordert – doppelte Portionen!

Nach dem Abendessen hatte die Gruppe zwei der vier Kegelbahnen reserviert, da würden bestimmt noch mal etliche Maß getrunken werden. Insgeheim bedankte Sepp sich bei seiner Frau.

Irma war es nämlich gewesen, die den Vertrag mit einem Reisebüro abgeschlossen hatte, um in der Nebensaison die Zimmer nicht leerstehen zu haben. Alles in allem lag der Tourismus in St. Johann noch ziemlich brach. Es gab außer dem Hotel noch einige Pensionen, aber das richtig große Geschäft mit Sommer- und Winterurlaubern, wurde in den Orten gemacht, in denen es Attraktionen wie Seilbahnen, Skilifte und Eisbahnen gab.

Sepp schaute nachdenklich auf das Treiben der Kegelbrüder – noch ein paar von der Sorte konnte das Hotel ganz gut vertragen. Außerdem hatte der Bürgermeister – unter der

Hand natürlich – so einiges anklingen lassen. Der Bruckner-Markus hatte noch allerhand vor mit dem kleinen aufstrebenden Ort St. Johann. Dazu war es natürlich notwendig, daß er wieder in sein Amt gewählt wurde. Nun, an Sepp Reisinger sollte es net liegen, seine Stimme würde der amtierende Bürgermeister bekommen, und der Löwenwirt war sicher, daß die anderen Geschäftsleute sich seiner Meinung anschlossen. Schließlich profitierte jeder davon, wenn noch mehr Touristen hierher kamen.
Mit diesen Gedanken zog der Wirt sich in sein Büro zurück und überließ die Arbeit seinen Angestellten. Bei einem Glas Rotwein träumte er vom Ausbau des Tourismusgeschäftes und von den satten Gewinnen, die er einstreichen würde.

*

Auf der Jenner-Alm ging alles seinen gewohnten Gang. Maria und Christel Hornhauser betrieben die Almwirtschaft seit dem Tode des Mannes und Vaters nun schon sechs Jahre alleine. Besonders Maria zog es vor, hier droben zu bleiben, wo alles an den geliebten Mann erinnerte. Sie mochte net hinunter ins Dorf ziehen, wenngleich sie wußte, daß es für das Madel net gut war, hier in der Einsamkeit der Berge zu sein, ohne all die anderen jungen Leute, die an den Wochenenden ihren Vergnügungen nachgingen. Darum hatte sie der Christel auch gerne erlaubt, zum Geburtstag der Leitner-Bäuerin ins Tal hinunter zu gehen.
Doch etwas beunruhigte die Sennerin. Seit ihrer Rückkehr aus St. Johann, wo sie bei Kathie Herlinger, Marinas Schwester, übernachtet hatte, schien Christel irgendwie verändert. Sie wirkte manchmal abwesend und schaute oft versonnen lächelnd vor sich hin, und Maria argwöhnte, daß das Madel sich verliebt haben könnte …
Net, daß sie ihr das net gönnen täte – aber vielleicht schwang

auch ein bisserl Furcht darin mit, eines Tages hier oben alleine bleiben zu müssen.
Beim Mittagessen, es gab eine einfache, aber köstliche Mahlzeit aus Pellkartoffeln und Quark, versuchte Maria behutsam ihre Tochter auszufragen.
»Wie war's denn auf, dem Geburtstag der Leitnerin?« fragte sie. »Du hast ja noch nichts erzählt. Und die Tante Kathie, hat sie keine Grüße ausrichten lassen?«
Christel wurde mitten aus ihren Gedanken gerissen, in denen sie natürlich beim Tobias war. Es war ein herrliches Gefühl, verliebt zu sein. Das Herz klopfte schneller, und die Welt schien noch bunter und schöner zu sein, als sie es ohnehin schon war.
»Schön war's«, beantwortete das Madel die Frage seiner Mutter. »Und natürlich soll ich Grüße von der Tante ausrichten.«
Maria Hornhauser schaute Christel eindringlich an. War sie nicht leicht rot geworden, fragte sich die Mutter.
»Und sonst war nix?«
»Was meinst' denn?«
Christel spürte, wie ihr die Röte heiß ins Gesicht schoß.
»Geh', Madel, stell dich net so an. Du weißt genau, was ich meine.«
Christel sah das Schmunzeln im Gesicht der Mutter und konnte nicht anders. Sie fiel Maria um den Hals.
»Wie heißt er denn?« fragte die Sennerin.
»Tobias. Tobias Hofer. Er arbeitet im dritten Jahr auf dem Leitnerhof.«
Maria Hornhauser strich der Tochter über das Gesicht.
»Dann möchtest morgen wohl wieder ins Tal hinunter?«
Christel nickte.
»Aber nur, wenn du nix dagegen hast«, sagte sie »Ich würd' schon gerne mit Tobias zum Tanzen gehen.«

»Ach, woher«, antwortete ihre Mutter. »Die Arbeit ist getan, und so viele Wandersleut' erwarte ich in dieser Saison net mehr. Geh nur, wenn die Tante dich wieder bei ihr schlafen läßt, weiß ich, daß du in guten Händen bist. Und vielleicht stellst ihn mir mal vor, deinen Tobias.«
»Bestimmt«, nickte Christel. »Er will mich ja abholen.«
Fröhlich und beschwingt brachte sie den Rest des Tages hinter sich. Heut' war ja schon Freitag, und schon morgen abend würde sie in Tobias' Armen liegen.

*

Auch Tobias Hofer dachte jede Minute an das Madel. Er war nie ein Kind von Traurigkeit gewesen und hatte so mancher das Herz gebrochen. Aber bei Christel hatte es ihn selbst zum erstenmal so richtig erwischt. Sein Herz brannte lichterloh, und er freute sich unbändig auf den morgigen Tag, an dem er sie wiedersehen würde. Bereits am Nachmittag wollte er zur Jenner-Alm hinauf und Christel abholen, und für den Abend hatten sie verabredet, zum Tanzen in den »Löwen« zu gehen.
Himmel, was würden die anderen für Augen machen! Besonders Lore Inzinger.
Einmal hatte Tobias geglaubt, Lore sei die Liebe seines Lebens. Das attraktive Madel arbeitete in einem großen Hotel in der Kreisstadt. Dorthin war es gegangen, nachdem Lore ihre Lehre beim Löwenwirt absolviert hatte. Doch immer wieder zog es sie nach St. Johann zurück, und jeden freien Tag, den sie hatte, verbrachte sie hier. So hatten sie und Tobias sich eines Samstags kennengelernt. Bei beiden schien es Liebe auf den ersten Blick zu sein. Doch schon nach ein paar Monaten war der erste Zauber verflogen, und Lore zeigte, daß sie launisch und zänkisch sein konnte. Immer öfter wurde Tobias zur Zielscheibe ihrer Streitlust. Einmal

war es völlig unbegründete Eifersucht, die sie dazu trieb, ein anderes Mal gefiel ihr das momentane Wetter nicht und war deshalb Anlaß für einen Streit, der damit enden konnte, daß sie Tobias den Laufpaß gab.
So war es auch vor einer guten Woche gewesen.
Aus dem Nichts heraus hatte Lore wieder einmal einen Streit vom Zaun gebrochen. Tobias, der gute Miene zum bösen Spiel machte, versuchte nicht darauf einzugehen, doch darüber wurde das Madel nur noch böser, und schließlich und endlich sagte Lore ihm, es sei aus!
Das hatte sie schon einige Male getan, aber dann hatte es sich doch immer wieder eingerenkt, was zum großen Teil an Tobias' Gutmütigkeit lag, mit der er Lores Launen ertrug … Doch so langsam hatte sich auch seine Geduld erschöpft. Er war es leid, immer wieder den Anfang zu machen und hatte sich nicht wieder bei Lore gemeldet.
Für ihn war es wirklich beendet.
Als er dann auf der Feier der Leitner-Bäuerin dieses junge, scheue Madel entdeckte, das da so abseits saß, da verschwendete er keinen Gedanken mehr an Lore Inzinger.
Tobias hatte gerade den großen Traktor in die Scheune gefahren, als Monika Leitner, Vinzenz' Frau, nach ihm rief.
»Tobias, Telefon für dich«, sagte sie, als er an der Haustür ankam. »Lore möchte dich sprechen.«
Der Knecht verzog in gespielter Verzweiflung das Gesicht. Monika wußte um die Geschichten der beiden und quittierte sein Mienenspiel mit einem Lächeln.
»Hallo, Tobias«, vernahm er ihre Stimme, nachdem er sich gemeldet hatte. »Ich hab' solche Sehnsucht nach dir. Warum meldest du dich net?«
Tobias schüttelte den Kopf.
»Was soll das, Lore?« fragte er ärgerlich. »Wenn ich mich recht erinnere, dann ist es aus mit uns beiden. Du selber hast

gesagt, ich soll mich zum Teufel scheren. Hast du das schon vergessen.«

»Ach, geh«, säuselte sie durch das Telefon. »Das war doch net so gemeint. Du kennst mich doch. Ich bin eben temperamentvoll und manchmal ein bissel leicht reizbar. Aber, darüber können wir doch ein anderes Mal reden. Weißt', ich rufe an, weil ich morgen den Dienst tauschen könnt'. Dann hätt' ich am Abend und Sonntag frei und könnte nach Sankt Johann rüberkommen. Was hältst du davon. Wir waren schon lange net mehr im Löwen tanzen.«

Tobias verzweifelte innerlich. Das war das letzte, was er wollte. Und das sagte er auch recht deutlich.

»Da halte ich gar nichts davon«, sagte er energisch. »Ich werd' zwar morgen abend im Löwen tanzen, aber net mit dir. Und wenn's das immer noch net begreifst – ich werd' dich nimmer wiedersehen!«

Damit hängte er ein.

Er hatte so laut gesprochen, daß Monika Leitner, die in der Küche wirtschaftete, jedes seiner Worte verstehen konnte. Als Tobias aus dem Wohnzimmer kam, wo das Telefon stand, nickte sie ihm aufmunternd zu.

»Recht so«, meinte sie. »Die Christel paßt auch viel besser zu dir.«

Ihr Knecht sah sie überrascht an.

»Du weißt...?«

»Freilich«, lachte sie. »Ich hab' euch beide doch am Geburtstag meiner Schwiegermutter gesehen und beobachtet. Du hast ja keinen Tanz auslassen wollen. Und später hast du die Christel heimgefahren. War's denn schön?«

Den letzten Satz hatte sie mit einem Augenzwinkern gesagt. Tobias schmunzelte. Seit er auf dem Hof angefangen hatte, war Monika Leitner so etwas wie eine große Schwester für ihn geworden, mit der er über alles reden konnte, was ihn

bedrückte. Und so manches Mal hatte er ihr sein Leid geklagt, wenn er wieder unter Lores Launen zu leiden hatte.
»Wunderschön«, gestand er. »Weißt du, die Christel ist genau das Madel, das ich mir immer gewünscht habe. Ich kenn' sie zwar erst seit ein paar Tagen wirklich richtig, aber es ist, als hätte der liebe Gott sie für mich gemacht. Ich weiß gar net, wo ich früher meine Augen hatte. Gesehen hab' ich sie zwar, aber net so richtig wahrgenommen.«
»Du hast dich schon richtig entschieden«, sagte Monika.

*

»Nur noch eine Stunde, dann machen wir Rast«, sagte Heinrich Burghaller, der die Spitze der Wandergruppe übernommen hatte.
Er trug nun den großen Rucksack mit Wanderkarten und Proviant. Eine der Karten hatte er in der Hand und verfolgte darauf den Weg.
»Wenn wir dort drüben weitergehen, dann müßten wir eigentlich gleich die Zwillinge sehen«, deutete er dann nach Osten.
Mit den Zwillingen meinte er das imposante Bergmassiv mit dem Himmelsspitz und der Wintermaid, das beinahe dreitausend Meter in die Höhe ragte.
»Nach zwei Kilometern kommt eine Berghütte, wo wir uns ausruhen.«
Heinrich warf einen besorgten Blick auf Hubert Brunnenmayr. Der nickte ihm aufmunternd zu.
»Alles in Ordnung«, sagte er und klopfte auf die Brusttasche seines Anoraks. »Den Tee hab' ich auch dabei.«
In einer Thermoskanne, die in einem der anderen Rucksäcke steckt, hatte Irma Reisinger ihnen heißes Wasser mitgegeben, damit Hubert sich während der Wanderpausen von dem Wundertee aufbrühen konnte. Vorsichtshalber hatte er

am Morgen weitere zwei Tüten vom Brandhuber-Loisl erstanden.
Überhaupt war der Morgen ein gutes Geschäft für den Hallodri gewesen. Beinahe seinen gesamten Vorrat an Kräutern und Mixturen hatten die Männer des Kegelvereins ihm abgekauft, und Loisl verfluchte Dr. Wiesinger, der ihm die Grundlage seines Geschäftes zerstört hatte. Natürlich waren durch diese »Engpässe« in der Kräuterbeschaffung auch die Marktpreise gestiegen…
So hatte er nur bedauernd mit der Schulter gezuckt, als die Nachfrage nach dem Wundertee seinen Vorrat überstieg.
Hubert Brunnenmayr indes war davon überzeugt, ein wahres Wundermittel gekauft zu haben, und so reute ihn auch das Geld nicht. Schon zum Frühstück hatte er, statt des üblichen Kaffees, Kräutertee getrunken und fühlte sich blendend. Auch jetzt spürte er nichts mehr von den gräßlichen Bauchschmerzen, und er freute sich jetzt schon auf den deftigen Bauernspeck, den es zum Mittagessen geben sollte.
Der Weg zur Berghütte führte über schmale Pfade und ausgetretene Wege. Die Männer mußten immer wieder aufpassen, daß sie nicht daneben traten.
»Im Dunkeln möcht' ich aber net hier langlaufen«, meinte einer, und die anderen gaben ihm recht.
Schließlich kamen sie bei der Hütte an. Während das Essen und die Getränke verteilt wurden, schaute Heinrich mit zwei anderen die Wanderroute auf der Karte nach.
»Bis jetzt sind wir gut drei Stunden unterwegs«, sagte Heinrich Burghaller. »Die müssen wir für den Rückweg unbedingt einkalkulieren, sonst kommen wir in die Dunkelheit.«
»Richtig«, nickten die beiden anderen. »Also jetzt ist es zwölf – wenn wir gegen eins weitergehen, dann sollten wir uns überlegen, wann wir wieder im Hotel sein wollen. Ich denk', bis sieben wird's einigermaßen hell sein.«

»Das hat der Reisinger-Sepp auch gesagt«, bestätigte Hubert Brunnenmayr, der sich zu ihnen gesellt hatte. »Allerdings hat er auch gemeint, daß es manchmal zu plötzlichen Wetterumschwüngen kommt. Dann sollten wir sehen, daß wir wieder im Tal sind. Mit einem Gewitter in den Bergen ist net zu spaßen.«

In der einen Hand hielt er ein kerniges Bauernbrot, in der anderen den Becher der Thermoskanne mit Tee gefüllt.

»Eigentlich schmeckt das Zeug ja abscheulich«, meinte er. »Aber es scheint zu helfen. Seit gestern abend sind die Schmerzen wie weggezaubert.«

Die Männer kamen überein, nicht weiter als zwei Stunden zu marschieren. Die Warnung vor einem Unwetter hatte den einen oder anderen nachdenklich werden lassen, und sie wollten kein Risiko eingehen. Zumal sie das, was sie bisher gesehen hatten, schon reichlich für die Strapazen ihrer Bergtour entschädigte.

Die majestätischen Gipfel, deren Spitzen den Himmel zu kitzeln schienen, das satte Grün der Berghänge und die Vielfalt an Pflanzen und Tieren erstaunte sie immer wieder. Beinahe alle hatten Fotoapparate dabei, und was immer es an Sehenswürdigkeiten gab, wurde im Bild festgehalten.

*

Gegen drei Uhr nachmittags gab Heinrich Burghaller das Zeichen zur Umkehr. Die Gruppe hatte noch einmal Rast gemacht und lagerte auf einer Wiese, die bis an einen bewaldeten Hang reichte. Oberhalb davon ragten zerklüftete Felsen in die Luft. Ein Bussardpaar kreiste davor.

Noch einmal wurde der Proviantrucksack geöffnet, doch die meisten hatten keinen Hunger mehr. Ein paar Brote blieben übrig. Schließlich machten sich die Männer wieder auf den Rückweg. Heinrich Burghaller, der fast am Ende der Gruppe

marschierte, sah sich nach Hubert Brunnenmayr um. Der Freund war in der letzten Stunde immer schweigsamer geworden. Sollten die Schmerzen zurückgekehrt sein?
Heinrich wußte, daß der Freund eher schweigen würde, als es zuzugeben.
Er wartete, bis die anderen vorbei waren und hielt Hubert dann am Arm fest. Der schaute ihn aus glasigen Augen an und krümmte sich.
»Halt! Anhalten!« rief Heinrich den anderen zu.
Eiligst kamen sie zurückgelaufen.
»Was ist los?«
Hubert preßte die Hände auf den schmerzenden Leib. Um ihn herum schien sich alles zu drehen.
»Ich ... ich kann net mehr«, stöhnte er und brach zusammen.
Hilfreiche Hände fingen ihn im letzten Moment auf und ließen ihn zu Boden gleiten.
Dann standen sie um ihn herum und sahen sich ratlos an.
Hubert Brunnenmayr zitterte am ganzen Körper.
»Wir müssen ihn zudecken«, rief einer. »Bis der Fieberanfall vorüber ist. Dann müssen wir sehen, daß wir ins Tal zurückkommen.«
Glücklicherweise hatten sie eine Rettungsfolie dabei, die sie über den Kranken legten. Einer goß noch einmal von dem Tee auf und sie flößten Hubert vorsichtig davon ein.
Ein paar schlugen vor, sich zu trennen und aus dem Tal Hilfe zu holen. Andere waren dagegen. Sie meinten, man solle lieber zusammenbleiben. Die Diskussion wurde beendet, als ein Blitz die anbrechende Dämmerung durchfuhr, und gleich darauf ein Donnerschlag von den Berghängen wiederrollte.
»Gütiger Himmel«, murmelte jemand. »Jetzt kommt ein Wetter!«
»Es hilft nichts«, ergriff Heinrich Burghaller die Initiative. »Wir müssen sehen, daß wir die Berghütte erreichen.«

Er warf einen Blick auf Hubert.
»Und dann müssen wir beten, daß es nicht schlimmer wird mit ihm.«
Abwechselnd stützten sie den Kranken, während sie den Weg zur Hütte suchten. Bei einigen machten sich die Anstrengungen der Wanderung jetzt auch bemerkbar. Sie rangen nach Luft, und Pausen mußten öfter eingelegt werden. Das Gewitter setzte schließlich schneller ein, als sie erwartet hatten. Es überraschte sie, als die Männer gerade wieder weitergehen wollten. Bis zur Hütte mußte es nach ihrer Einschätzung noch eine gute Stunde zu laufen sein. Der Himmel öffnete seine Pforten, und der Regen fiel sintflutartig zur Erde. Dazu blitzte und krachte es, und jeder Donner hallte als vielfaches Echo von den Bergen zurück.
All dies war noch nicht so schlimm. Das größte Übel war, daß es urplötzlich dunkel wurde und man kaum mehr die Hand vor den Augen sehen konnte. Es war mehr ein Tasten, als ein Gehen, und jeder Schritt mußte genau abgewägt werden.
Die Gruppe hatte einen schmalen, vom Regen ausgewaschenen Pfad betreten. Vorsichtig, jeden Fuß einzeln vor den anderen setzend, kam sie voran. Dabei mußten sie noch mehr auf Hubert Brunnenmayr acht geben, der immer noch gestützt wurde. Seine Kräfte alleine reichten nicht mehr aus.
Ewald Obermeyer, der als letzter ging, trug den Rucksack mit den Resten des Proviants und den Wanderkarten über der rechten Schulter. Wie alle anderen, war er bis auf die Haut durchnäßt. Der Regen war so stark, daß er sogar die Windjacken durchdrungen hatte. Die Gruppe schob sich langsam über den Pfad, rechts davon ging es in die Tiefe. Aufgrund der Dunkelheit konnte man nicht erkennen, wie tief es hinunter reichte. Ewald tastete sich langsam an der Felswand entlang, seine Finger rutschten über den nassen Stein. Plötzlich blendete ihn ein greller Blitz, und für einen

Moment achtete er nicht darauf, wohin er trat. Sein rechter Fuß trat ins Leere. Ewald schrie auf und griff instinktiv nach einem Halt. Er bekam seinen Vordermann zu packen und krallte sich an ihm fest. Dabei rutschte der Rucksack, der nur locker über der Schulter gehangen hatte, herunter und glitt von seinem Arm. Vergeblich versuchte Ewald, danach zu greifen, er konnte nicht verhindern, daß der Rucksack in der Tiefe verschwand.
Der Vordermann hatte ihn festgehalten. Zitternd lehnte Ewald an dem Felsen und atmete tief durch.
Irgendwo dort unten, wo der Rucksack lag – dort hätte auch er liegen können...

*

Mit merkwürdig weichen Knien stieg Max Trenker aus seinem Dienstwagen. So lange wie möglich hatte er den Besuch auf dem Leitnerhof hinausgeschoben, doch nun gab es kein Zurück.
Beinahe drohend stand das alte Bauernhaus vor ihm in der Abenddämmerung. Keine Menschenseele war zu sehen, und über dem Hof lagen dunkle Wolken. Es schien sich ein Unwetter zusammenzubrauen – und Max hatte das unbestimmte Gefühl, nicht nur über dem Leitnerhof, auch über seinem Kopf könnte heute ein Donnerwetter niedergehen.
Langsam ging er zum Haus hinüber und klopfte an die Tür. Er mußte nicht lange warten, schon nach wenigen Sekunden wurde ihm geöffnet.
»Grüß' dich, Max«, sagte Vinzenz Leitner und streckte ihm die Rechte entgegen. »Komm herein.«
Max war zwar mit dem Dienstwagen gekommen, trug aber Zivil. Damit es nicht allzu feierlich wirkte, hatte er sich allerdings leger gekleidet. Der gute Anzug hing zu Hause im Schrank.

Vinzenz führte den Gendarm in das Wohnzimmer. Max machte große Augen, als er den gedeckten Kaffeetisch sah.
»Grüß Gott, miteinander«, nickte er.
Um den Tisch herum saßen Monika und Resl Leitner. Ein Gedeck war für den Besucher vorgesehen. Es stand neben Theresas. Max hatte keine andere Wahl, als sich neben das Madel zu setzen. Resl strahlte ihn liebevoll an, und ihr Bruder schmunzelte so merkwürdig, daß es Max immer unbehaglicher wurde.
Monika Leitner schenkte Kaffee ein, und Resl verteilte den Kuchen. Dabei achtete sie darauf, daß Max ein besonders großes Stück bekam. Sie unterhielten sich über dieses und jenes, und Max glaubte schon, einem Irrtum unterlegen zu sein. Offenbar hatte er Resl am Telefon falsch verstanden, und die Einladung hatte gar nichts mit der Geburtstagsfeier und dem, was da zwischen ihm und dem Madel gewesen war, zu tun.
Erleichtert aß er seinen Kuchen und sagte auch nicht nein, als ihm ein zweites Stück angeboten wurde. Schließlich kam das Unausweichliche dann doch auf ihn zu.
Die beiden Frauen erhoben sich.
»Wir lassen euch jetzt alleine«, sagte Monika. »Ihr habt ja einiges zu besprechen.«
Resl blinzelte Max zu und folgte ihrer Schwägerin nach draußen. Vinzenz stand ebenfalls auf. Er ging an den alten Bauernschrank und holte eine Flasche Enzian und zwei Gläser heraus. Damit kam er an den Tisch zurück.
»So, Max«, sagte er, nachdem er den Schnaps eingegossen und seinem Gast ein Glas hingestellt hatte, »jetzt wollen wir mal über den eigentlichen Grund für diese Einladung reden.«
Er setzte sich wieder, während dem Polizisten immer mulmiger zumute wurde.

»Obwohl«, winkte Resl's Bruder ab, »soviel zu bereden gibt's ja auch wieder net. Wie die Resl sagt, seid ihr euch einig. Was soll ich mich da noch groß einmischen. Geld genug verdienst du, um eine Familie zu ernähren, und eine kleine Mitgift bekommt das Madel natürlich auch.«
Er hob sein Glas und prostete Max zu.
»Also, als Schwager bist mir willkommen. Meinen Segen habt ihr, und den von der Mutter werdet ihr auch bekommen.«
Max hatte sein Glas nicht angerührt. Er räusperte sich.
»Also, wenn ich da auch mal was sagen dürft'… ich… ich glaub', da liegt ein Irrtum vor…«
Vinzenz Leitner beugte sich vor und schaute ihn aus großen Augen an.
»Was? Wie meinst' denn das, ein Irrtum?«
»Ja,… ich glaub', die Resl, die…, also, ich weiß net, aber wir haben doch nur getanzt«, stammelte er.
Vinzenz stand auf und baute sich vor Max auf. »Nur getanzt?« brüllte er so laut, daß der arme Max unwillkürlich zusammenzuckte. »Willst du etwa bestreiten, daß ihr euch geküßt habt? Daß du ihr dein Herz schenken wolltest, daß du ihr die Ehe versprochen hast? Ist das alles net wahr?«
Max hob beschwichtigend die Hände.
»Ein Bussel vielleicht«, gab er zu. »Aber das war doch ganz harmlos.«
»So, harmlos nennst du das, einem Madel die Ehre zu nehmen und es dann sitzenzulassen«, rief Vinzenz Leitner, immer noch erregt. »Weißt du, wie man das nennt, Max Trenker? Brechen eines Eheversprechens nennt man das, und das kommt dich teuer zu stehen. Jawohl!«
Max sprang jetzt auch auf.
»Ich hör' mir diesen Unsinn net mehr länger an«, sagte er empört. »Ich laß' mich doch net für etwas verantwortlich

machen, das ich gar net zu verantworten habe. Hör' zu, Leitner-Bauer, da war nix mit deiner Schwester, und da wird auch nie was mit ihr sein. Ich fahr' jetzt heim, und wenn ich noch einmal diesen Quatsch höre, dann steck' ich dich wegen groben Unfugs in die Zelle. Und die Resl gleich mit!«
Sprach's und verschwand durch die Tür. Vinzenz Leitner schaute ihm verdattert hinterher.
Draußen auf der Diele stand Resl und schaute Max angstvoll an.
»Was hat's denn gegeben?« fragte sie. »Der Vinzenz hat ja so laut gebrüllt.«
»Ein Donnerwetter hat's gegeben«, antwortete Max und sah sie erbost an. »Und wenn dieser Blödsinn net aufhört, gibt's ein noch viel schlimmeres!«
Mit diesen Worten schlug er die Haustür hinter sich krachend ins Schloß, und wie zur Bestätigung seiner Worte, entlud sich am Himmel ein rollender Donner.

*

Sebastian Trenker saß in seinem Arbeitszimmer und schrieb an seiner Predigt für den nächsten Tag. Allerdings war er nicht so recht bei der Sache. Was Max ihm da gebeichtet hatte, ging ihm einfach nicht aus dem Kopf. Wenn das stimmte, was der Bruder befürchtete, dann saß Max ganz schön in der Tinte. Sebastian wußte, daß mit Vinzenz Leitner nicht zu spaßen war, und wenn der Bauer annahm, die Resl und Max wären sich einig, dann würde er auch auf eine Hochzeit bestehen. Max konnte sich nicht erklären, was der Leitner-Bauer sonst von ihm wollte. Gut, er hatte mit der Resl geflirtet und getanzt, aber mehr war doch net gewesen. So recht glauben, daß an der Geschichte etwas dran wäre, mochte der Geistliche auch nicht. Dazu kannte er seinen Bruder viel zu gut. Max würde niemals leichtfertig einem

Madel die Ehe versprechen, und wenn es so gewesen wäre – ihm, dem Pfarrer und Bruder, würde er die Wahrheit gesagt haben, davon war Sebastian Trenker überzeugt.
Es klopfte an der Tür, und Sophie Tappert trat ein. Sie brachte den abendlichen Tee. Schon lange hatte Sebastian Trenker es sich angewöhnt, abends, besonders dann, wenn er irgendwelche Bücher studierte, oder seine Predigten schrieb, einen duftenden Tee zu trinken. Erst recht bei solch einem Wetter, wie es heute herrschte. Der Regen hatte erst vor ein paar Minuten nachgelassen.
Die Haushälterin stellte die Kanne auf ein Stövchen, das sie vor Jahren als Urlaubsandenken aus Ostfriesland mitgebracht hatte. Es war einer ihrer wenigen Urlaube gewesen, die sie wirklich weit fort verbracht hatte. Zum ersten Mal war sie damals an der Nordsee gewesen. Es hatte ihr zwar gefallen, im hohen Norden, aber viel lieber fuhr sie in die nähere Umgebung. Weiter, als bis Passau oder Regensburg mochte sie nicht fahren. Dazu hing sie viel zu sehr an der Heimat.
»Vielen Dank, Frau Tappert«, sagte Pfarrer Trenker, während er scheinbar geistesabwesend den Stoß Papiere sortierte, der da vor ihm auf dem Schreibtisch lag.
Die Haushälterin blickte ihn forschend an. In den Jahren, die sie nun schon in seinen Diensten stand, hatte Sophie Tappert ein untrügliches Gespür dafür entwickelt, wenn Pfarrer Trenker mit irgendeinem Problem nicht weiterkam, und Sebastian hatte so manches Mal dankbar auf ihren Ratschlag zurückgegriffen.
»Beschäftigt Sie etwas, Hochwürden?« fragte sie denn auch.
Sebastian kannte seine Perle nur zu gut und wußte, daß er nichts vor ihr verheimlichen konnte.
»Ja«, sagte er. »Die Sache mit Max geht mir nicht aus dem Kopf. Ich glaube ihm, daß er der Resl nix versprochen hat.«
Er schaute auf die Uhr.

»Eigentlich müßte er ja bald da sein«, meinte er. »Ich hoffe nur, daß der Vinzenz keine Dummheiten macht.«

Sophie Tappert war froh, daß es nichts Schlimmeres war, das den Pfarrer bedrückte. Das war ein Problem, mit dem man fertig werden konnte, und über Max hatte sie ihre eigene Meinung.

Sie mochte ihn, aber jedes Mal, wenn er es zu arg trieb, hätt' sie ihn am liebsten übers Knie gelegt. Das schadet ihm gar nichts, wenn er mal ein bissel schmoren muß, dachte sie – sagte es aber nicht.

»Das renkt sich schon alles ein«, meinte sie nur und ging hinaus.

Kurz darauf klingelte es, und wenig später stürmte Max herein.

Er schnaubte wütend und setzte sich auf den Stuhl vor dem Schreibtisch. Sebastian schmunzelte.

»Ja, lach' du nur«, sagte Max grimmig, als er das sah.

»Was war denn?« wollte sein Bruder wissen.

»So ein Hirsch, so ein damischer«, raunzte der Polizist. »Hat der wohl allen Ernstes geglaubt, ich käme zum Verlobungskaffee.«

Er berichtete von dem Gespräch zwischen ihm und Vinzenz Leitner, und Sebastian blieb nichts anderes übrig, als ungläubig zuzuhören.

»Aber sag' mal, wie kann die Resl denn so etwas erzählen?« sagte er schließlich. »Das Madel kann doch net behaupten, du hättest ihr die Ehe versprochen.«

»So muß es aber gewesen sein. Wie käme Vinzenz sonst auf den Gedanken, ich würde seine Schwester heiraten wollen?«

Sebastian strich die Papiere glatt, auf denen er sich Notizen für seine Predigt gemacht hatte, dann stand er auf.

»Ich denke, ich werd' einmal mit dem Madel sprechen«, meinte er. »Nicht, daß die Resl sich da in etwas hineinstei-

gert, was nachher nicht wieder gutzumachen ist. Aber jetzt wird es Zeit für die Spätmesse.«
Gemeinsam gingen sie zur Kirche hinüber. Sie wollten eben durch die hohe Tür eintreten, als jemand nach Max rief.
Es war Sepp Reisinger, der über den Kiesweg herangelaufen kam. Er war völlig außer Atem.
»Die Reisegruppe«, japste er. »Sie sind noch immer net zurück, und es ist doch schon dunkel. Wenn da nur nix passiert ist.«
Sebastian und Max brauchten einen Moment, bevor sie aus seinen Worten schlau wurden.
»Eine Reisegruppe?« fragte der Pfarrer. »Sind die etwa auf Bergtour? Bei dem Unwetter vorhin?«
Der Löwenwirt nickte.
»Ja, und – ich weiß ja net, wie es ihm geht, aber einer war dabei, der hatte gestern ziemliche Bauchschmerzen. Er hat dann einen Tee gekauft, beim Loisl, und die Schmerzen waren wohl auch weg…«
Er schaute Sebastian und Max an.
»Aber – es ist ja so eine Sache mit dem Loisl seinen Kräuterkuren…«, sagte er dann.
»Allerdings.«
Sebastian Trenker hatte sich schon öfter den Brandhuber vorgeknöpft, doch leider immer wieder ohne Erfolg.
Er schaute zur Kirche hinüber.
»Dann muß Vikar Mooser die Messe lesen«, entschied er kurzerhand und wandte sich an seinen Bruder. »Max, sag' Dr. Wiesinger Bescheid, wir treffen uns in fünf Minuten beim Hotel. Bring' noch ein paar Männer mit und Lampen – eben alles, was wir brauchen. Du weißt schon.«
Der Polizist nickte und eilte mit dem Wirt fort. Sebastian lief in die Küche und unterrichtete den Vikar. Dann ging er ins Pfarrhaus hinüber und zog sich für die Bergtour um.

»Wir können nur hoffen, daß sie einen Unterschlupf gefunden haben«, sagte er, als er beim Hotel angekommen war.
Dort warteten schon Max und Toni Wiesinger, mit weiteren vier Männern.
»Eine Höhle vielleicht, oder eine Berghütte.«
Sie breiteten eine Karte aus.
»Diese Route wollten sie nehmen«, sagte Sepp Reisinger, der sich ebenfalls anschloß, und zeigte den Weg auf der Karte.
»Also, dann los«, gab Sebastian Trenker das Zeichen zum Aufbruch. »Hoffentlich finden wir sie bald, und hoffentlich geht's dem Kranken einigermaßen.«
»Ja, sonst kann sich jemand auf etwas gefaßt machen!« knurrte Dr. Wiesinger.

*

Auf dem Tanzsaal, im Hotel »Zum Löwen«, hatte keiner der Gäste etwas um die Aufregung über die vermißte Wandergruppe mitbekommen. Lediglich ein gedeckter Tisch mit einem Reserviert-Schild darauf, an dem niemand saß, deutete darauf hin, daß die Männer des Kegelvereins noch nicht wieder im Hotel waren.
Irma Reisinger hatte mit ihren Saaltöchtern ihre Hände voll zu tun. Dummerweise war gerade an diesem Abend eine Aushilfe erkrankt und hatte abgesagt. Dazu kam, daß vorne im Restaurant eine Tafelrunde von zwanzig Gästen saß, die ebenfalls bedient werden wollte. Der sonst immer gut gelaunten Wirtin war das Lachen vergangen, schließlich war auch ihr Mann nicht da, so daß vier helfende Hände fehlten. Irma seufzte erleichtert auf, als die Saaltür geöffnet wurde, und Lore Inzinger eintrat. Die Wirtin eilte auf das einstige Lehrmädchen zu.
»Lore, du bist meine Rettung«, sagte sie bittend. »Wir sind

völlig unterbesetzt. Die Kathrin ist krank geworden, und mein Mann ist los, eine Wandergruppe suchen, die immer noch net zurück ist. Kannst du uns net ein wenig unter die Arme greifen?«

Lore Inzinger trug einen schicken Hosenanzug und war besonders sorgfältig geschminkt. Am Nachmittag war sie noch beim Friseur gewesen.

»Aber gerne, Frau Reisinger«, antwortete sie. »Wenn es Sie net stört, daß ich keine passende Arbeitskleidung anhab'. Ich hab' ja net damit gerechnet, daß ich heute ...«

»Schon gut«, unterbrach Irma Reisinger sie. »Das ist schon recht so, mit der Kleidung. Wenn du gleich die drei Tische drüben bei der Musik übernehmen willst.«

»Mach ich, Frau Reisinger«, nickte Lore und verstaute ihre Handtasche unter dem Tresen.

Dann schnappte sie sich Block und Stift, und steckte das Portemonnaie mit dem Wechselgeld ein.

»Zapft's schon mal ein paar Maß vor«, rief sie den beiden Saaltöchtern zu, die Tresendienst hatten, und rauschte über das Parkett.

Irma Reisinger ging erleichtert nach vorn. Wenigstens hatte sie auf dem Saal jetzt genug Personal. Sie schaute in der Küche nach, und auch dort lief alles zu ihrer Zufriedenheit. Sie gönnte sich einen kleinen Moment der Ruhe und setzte sich nach vorne an die Rezeption. Hier, am Hoteleingang, war alles ruhig, und Irma legte dankbar die Füße auf den kleinen Schemel.

Hoffentlich kommen's alle wieder heil herunter, dachte sie, und ihre größte Sorge galt natürlich ihrem Sepp.

*

Christels Herz machte einen Sprung, als sie Tobias' Wagen erkannte, der den Wirtschaftsweg zur Jenner-Alm heraufge-

fahren kam. Zum Glück hatte sich das fürchterliche Unwetter weiter nach Osten verzogen, und der Wind hatte ganz nachgelassen.
Tobias sprang aus dem Auto und lief zu ihr. Sie begrüßte ihn mit einem liebevollen Blick.
»Magst' hereinkommen?« fragte sie. »Die Mutter möcht' dich kennenlernen.«
»Gern«, erwiderte er. »Aber vorher muß ich dir noch sagen, daß ich mich narrisch auf diesen Abend gefreut hab'.«
Er drückte ihr einen Kuß auf den Mund, dann gingen sie in die Sennerhütte.
Maria Hornhauser stand in der kleinen Küche und hatte gerade den Abwasch beendet, als die beiden eintraten. Sie begrüßte Tobias freundlich, während Christel verschwand, um ihren Mantel zu holen.
»Möchten S' einen Schnaps'l, Herr Hofer?« fragte die Sennerin.
Tobias winkte ab.
»Das ist sehr nett, Frau Hornhauser, aber wenn ich Auto fahre, dann trinke ich net.«
Maria war erleichtert, das zu hören. Im selben Moment erschien Christel wieder.
»So, ich bin fertig«, sagte sie und hakte sich bei Tobias ein.
»Viel Spaß«, rief ihre Mutter ihnen hinterher. »Und grüß' die Tante.«
»Mach' ich«, winkte Christel zurück und setzte sich in den Wagen.
Tobias hatte es sich nicht nehmen lassen, ihr galant die Tür zu öffnen.
»Und jetzt los«, sagte er freudig und klatschte in die Hände. »Ich kann's gar net erwarten, mit dir über den Tanzboden zu schweben.«

Christel schmunzelte und drückte einen Moment ihren Kopf an seine Schulter. Dann fuhren sie ins Tal hinunter, voller Freude auf einen schönen Abend ...

*

»Wie geht es dir?«
Heinrich Burghaller beugte sich über den Freund und wischte ihm mit einem Tuch den Schweiß von der Stirn.
Hubert sah ihn aus glasigen Augen an. Offenbar hatte er hohes Fieber, gleichzeitig schlug er auch ständig mit den Zähnen aufeinander. Ein untrügliches Zeichen für Schüttelfrost. Die Rettungsfolie, mit der die Kameraden ihn zugedeckt hatten, spendete nicht genug Wärme.
»Die Schmerzen kommen und gehen«, antwortete Hubert Brunnenmayr. »Jetzt hilft auch der Tee nicht mehr.«
»Wir hätten auch gar kein heißes Wasser mehr, um welchen aufzubrühen«, meinte jemand.
Nachdem der Rucksack mit den Wanderkarten verlorengegangen war, hatte die Wandergruppe mit Mühe und Not zu der Berghütte zurückgefunden, in der sie ihre Mittagsrast gehalten hatte. Es war eine einfache Hütte aus roh gehauenen Stämmen, aber immerhin gab es ein Strohlager, auf das sie den Kranken gebettet hatten.
»Was machen wir jetzt?« fragte Ewald Obermeyer. »Wird Hubert bis zum Morgen durchhalten?«
»Ich weiß net«, antwortete Heinrich. »Es sieht net gut aus. Er muß unbedingt in ein Krankenhaus.«
»Du lieber Himmel«, sagte einer. »Und wir haben noch die ganze Nacht vor uns.«
Sie hatten lange diskutiert und waren übereingekommen, zusammenzubleiben. Keiner von ihnen kannte sich in den Bergen aus, und ohne Wanderkarten und Licht war es zu gefährlich, den Abstieg zu wagen.

»Wir können nur hoffen, daß es schnell Morgen wird«, sagte Heinrich Burghaller.
»Vielleicht ist ja schon Hilfe unterwegs«, meinte jemand hoffnungsvoll. »Schließlich wird man uns im Hotel vermissen.«
Dieser Gedanke richtete die kleine Truppe wieder etwas auf. Sie beratschlagten, was zu tun sei, und kamen überein, daß es das beste wäre, abwechselnd an der Stelle Wache zu halten, an der der Pfad sich teilte. Der eine Weg führte weiter den Berg hinauf, der andere zur Hütte, die aber von der Weggabelung nicht zu sehen war.
»Ich gehe als erster«, schlug Ewald vor und zog sich seinen Anorak über, der mittlerweile etwas getrocknet war. »Zum Glück hat es aufgehört zu regnen.«
»In Ordnung«, stimmte Heinrich zu. »Ich löse dich dann ab. Hoffen wir, daß wirklich Hilfe unterwegs ist...«

*

Die Männer waren mit zwei Wagen losgefahren. Schließlich kamen sie zu einer Stelle, an der es nicht mehr weiterging, von nun an mußten sie zu Fuß gehen. Nach einer halben Stunde erreichten sie einen Platz unterhalb des Höhenbruchs.
»Ich schlage vor, wir teilen uns«, sagte Pfarrer Trenker und deutete auf einen schmalen Pfad. »Hier wird's eng. Wer kein geübter Kletterer ist, sollte lieber auf der anderen Seite suchen. Wer weiß, vielleicht ist die Gruppe dort drüben hochgegangen, dann stecken sie möglicherweise in der Stuberhöhle. Wenn sie hier hoch sind, könnten sie in der Berghütte am Riest heruntergekommen sein.«
Die Männer waren einverstanden. Unter der Führung von Max Trenker stiegen drei den einfacheren Wanderpfad hinauf, während die anderen Sebastian folgten, unter ihnen

Toni Wiesinger. Zuvor verabredeten sie, Signalpistolen abzuschießen, sollte eine der Gruppe auf die Vermißten treffen.
Der Weg war vom Regen ausgewaschen und entsprechend glatt und rutschig. Die Männer des kleinen Suchtrupps waren ständig in Gefahr, auszugleiten und abzustürzen. Sie kamen nur langsam voran. Als Sebastian einmal zwischendurch auf die Uhr sah, stellte er mit Schrecken fest, daß es beinahe schon Mitternacht war.
»Was glauben Sie, Doktor, was der Kranke haben kann?« wandte der Pfarrer sich zwischendurch an den Arzt.
Toni Wiesinger schnaufte. Im Gegensatz zu Sebastian Trenker, den viele den »Bergpfarrer« nannten, hatte der Mediziner nicht soviel Übung im Bergwandern. Obwohl er auch, so oft es ihm seine Zeit erlaubte, Ausflüge in die nähere Umgebung unternahm.
»So wie Sepp es schilderte, deutet alles auf eine Bauchfellentzündung hin, also Blinddarm«, sagte er. »Die Symptome scheinen eindeutig. Im Anfangsstadium verschwinden die Schmerzen oftmals wieder. Kehren dann aber um so stärker wieder zurück, Fieber, Schüttelfrost und Erbrechen sind typisch. Ich kann nur hoffen, daß wir sie bald finden. Auf jeden Fall muß der Mann in ein Krankenhaus.«
Pfarrer Trenker schaute im Schein seiner Stablampe auf die Karte.
»Nicht mehr lange, dann teilt sich der Weg«, erklärte er. »Der eine führt zu der Hütte, von der ich vorhin sprach. Vielleicht sind sie dort...«
Mit neuer Zuversicht setzten sie ihren Weg fort. Es dauerte eine knappe halbe Stunde, dann hatten sie die Gabelung erreicht.
»Hallo, hallo! Hier sind wir!«
Ein Mann stolperte ihnen entgegen.

»Ich hab' Sie schon kommen hören«, sagte er erleichtert. »Mein Name ist Ewald Obermeyer. Wir haben einen Kranken dabei.«
»Ich bin Pfarrer Trenker«, stellte Sebastian sich vor und deutete auf Toni Wiesinger. »Wir haben einen Arzt mitgebracht.«
»Gott sei Dank, ich glaub', dem Hubert geht's sehr schlecht.« Dr. Wiesinger nickte.
»Dann wollen wir sehen, daß wir schleunigst zur Hütte kommen.«

*

Den Männern der Wandergruppe stand die Erleichterung ins Gesicht geschrieben, als Ewald Obermeyer mit dem Suchtrupp eintraf. Toni Wiesinger kümmerte sich sofort um Hubert Brunnenmeyer, während Pfarrer Trenker die anderen begrüßte. Zuvor schossen sie mit der Signalpistole eine weiße Rakete ab, um den anderen anzuzeigen, daß sie die Vermißten gefunden hatten.
»Wir waren schon auf dem Rückweg, als uns das Unwetter überraschte«, berichtete Heinrich Burghaller. »Und kurz zuvor ist der Hubert zusammengebrochen.«
Ebenso berichtete er vom verlorengegangenen Rucksack.
Inzwischen hatten die Männer des Suchtrupps heißen Kaffee und Tee aus Thermoskannen verteilt. Dankbar wärmten sich die Mitglieder der Wandergruppe an den Getränken.
»Das ist eine Verkettung unglücklicher Umstände«, sagte Sebastian Trenker. »Gottlob ist nichts Schlimmeres geschehen.«
Der Geistliche wandte sich an Tom Wiesinger.
»Wie sieht es aus, Doktor?«
Der Arzt machte ein ernstes Gesicht.
»Nicht gut«, sagte er. »Der Unterbauch ist prall und hart.

Wie ich vermutet habe, handelt es sich um eine Blinddarmentzündung. Der Mann muß sofort in ein Krankenhaus gebracht und operiert werden.«
Sebastian war sofort alarmiert.
»Wir können ihn nicht hinunterschaffen«, erwiderte er. »Nicht bei dieser Dunkelheit. Selbst mit unseren Lampen haben wir zu wenig Licht.«
Er schaute sich in der Hütte um.
»Eine Trage zu bauen, wäre das geringste Problem«, meinte er dann. »Es gibt genug Material hier, das wir dazu benutzen können. Aber wir können sie niemals ins Tal bringen.«
»Dann muß jemand hinunter und die Bergwacht benachrichtigen. Notfalls müssen die mit dem Hubschrauber kommen. Es ist höchste Eile geboten. Der Mann stirbt uns sonst.«
Sebastian Trenker überlegte nicht lange. Wenn überhaupt, dann kam nur er dafür in Frage, diese Aufgabe zu übernehmen. Seine Erfahrung als Bergsteiger und Kletterer gab hier den Ausschlag.
»Wenn der Max hier ist, soll er die anderen hinunterführen«, sagte er, bevor er aufbrach.
»Ist gut«, stimmte der Arzt zu. »Ich kümmere mich solange um den Kranken und versuche, das Fieber zu senken.«
»Alles Gute«, wünschten die Zurückgebliebenen, als Sebastian in die Dunkelheit hinausging.

*

Lore Inzinger beobachtete das verliebte Paar, das an einem der Tische saß, die sie bediente, mit wütenden Blicken. Tobias hatte seinen Arm um Christel gelegt und flüsterte ihr etwas ins Ohr. Das Madel schaute ihn verliebt an und lächelte glücklich. Ein Lächeln, das Lores Wut und Ärger nur noch mehr anstachelte. Ausgerechnet diese Sennerstochter hatte sich »ihren« Tobias geangelt. Aber darüber war das letzte Wort noch net gesprochen! Mit energischen Schritten ging sie auf den Tisch zu und stellte sich davor.

»Die Herrschaften wünschen?« fragte sie, und ihr Blick, mit dem sie Christel Hornhauser bedachte, sprach Bände. »Ein Glas Milch vielleicht für das Fräulein Braut? Frisch von der Alm, natürlich.«

Dabei grinste sie frech. Christel schaute einen Moment verdutzt, dann konterte sie. Was bildete sich diese Person überhaupt ein? Tobias hatte sie ja schon gewarnt, als er Lore Inzinger entdeckte, und Christel hatte sich innerlich für einen »Zweikampf« gewappnet.

»Vielen Dank«, antwortete sie. »Heut' nehm ich ausnahmsweise einen Wein. Einen Franken, wenn's recht ist. Aber trocken – falls Sie so etwas haben.«

Sie beugte sich vor und fixierte Lore.

»Sie wissen doch, was ein Frankenwein ist – oder?«

Tobias konnte sich das Lachen nicht ganz verkneifen und prustete los.

Lore drehte sich wutentbrannt um und ging zum Tresen hinüber.

»Ich hätt' noch gern' eine Maß«, rief Tobias ihr hinterher. Die beiden Saaltöchter, die den Tresen bedienten, hatten von der ganzen Angelegenheit nichts mitbekommen. Sie wunderten sich nur über Lores schlechte Laune, und die ärgerte sich noch mehr. Eigentlich war sie hergekommen, um sich mit Tobias auszusöhnen. Statt dessen mußte sie mit ansehen, wie er und diese andere wie verliebte Tauben turtelten. Und sie, Lore, mußte die beiden auch noch bedienen!

Krampfhaft überlegte sie, wie sie ihrer Konkurrentin eins auswischen konnte. Hier auf dem Saal würde sie sich zurückhalten müssen, da konnte sie keinen Streit vom Zaun brechen. Also mußte sie erst einmal gute Miene zum bösen Spiel machen. Aber es war ja noch net aller Tage Abend!

»So, bitt' schön, die Herrschaften«, sagte sie mit einem erzwungenen Lächeln auf den Lippen, während sie die Getränke auf den Tisch stellte. »Eine Maß und ein Schoppen Frankenwein. Trocken, ganz wie die Dame es gewünscht hatte.«

»Komm, wir wollen tanzen«, sagte Tobias, nachdem sie den ersten Schluck getrunken hatten.

Das brauchte er nicht zweimal sagen. Christel sprang auf und zog ihn auf die Tanzfläche. Dort drehten sie sich nach einem flotten Foxtrott.

Lore Inzinger stand an eine Säule des Saales gelehnt und schaute ihnen zu. Wie immer hatte sie geglaubt, leichtes Spiel mit Tobias zu haben. Doch jetzt mußte sie einsehen, daß sie sich offenbar verrechnet hatte. So, wie es den Anschein hatte, standen ihre Chancen schlechter als je zuvor. Dieses Mädel von der Alm hatte Tobias ganz in seinen Bann gezogen.

Lore spürte, wie der Mut, mit dem sie am Abend noch hergekommen war, sie verließ. Doch dann regte sich Widerstand in ihr. Sollte sie Tobias wirklich aufgeben müssen? Das konnte und wollte sie nicht glauben. Bis jetzt hatte sie immer alles bekommen, was sie sich wünschte – und bei Tobias würde es nicht anders sein! Irgend etwas mußte sie sich einfallen lassen...

*

Sebastian Trenker tastete sich vorsichtig an dem Felsen entlang. Unter seinen Bergschuhen rutschte der schlammige Boden weg, und seine Fingerspitzen rissen an dem rauhen und spitzen Gestein auf. Der Aufstieg war um ein Vielfaches leichter gewesen.

Bestimmt wäre er unter anderen Umständen vorsichtiger gewesen, doch die Sorge um Hubert Brunnenmayr trieb ihn zur Eile an. Nach den Worten des Arztes, kam es auf jede Minute an.

Um beide Hände frei zu haben, hatte der Pfarrer auf eine Stablampe verzichtet. Lediglich eine kleine Lampe, die mittels einer Lederschlaufe vor der Brust befestigt war, spendete etwas Licht. Es reichte gerade eben, um den Boden direkt vor den Füßen zu erkennen.

Sebastian schaute zum Himmel hinauf. Wenn es wenigstens aufklaren würde, das Mondlicht hätte für einen sicheren Abstieg ausgereicht. Doch immer noch war der Himmel mit dunklen Wolken verhangen.

Beinahe glaubte er, es schon geschafft zu haben, als es geschah. Der Regen hatte den sandigen Pfad ausgewaschen. Sebastian merkte noch, wie er abglitt und das rechte Bein ins Leere ragte. Bevor er sich jedoch abstützen oder zurückwerfen konnte, stürzte er den Abhang hinunter.

Ein lauter Schrei kam über seine Lippen, dann wurde es für einen Moment dunkel um ihn.

Sekundenlang blieb der Geistliche benommen liegen, dann raffte er sich auf. Arme und Beine schienen heil, auch der Kopf hatte nichts abbekommen. Nur das Gesicht brannte ein wenig. Offenbar hatte er bei dem Fall irgendwelches Astwerk gestreift, Sebastian meinte sich daran zu erinnern. Außerdem war die Kleidung schmutzig geworden, aber das war das kleinere Übel. Pfarrer Trenker nestelte die kleine Lampe ab, die den Sturz ebenfalls heil überstanden hatte, und hielt sie in die Höhe. Da sah er den großen Strauch, der an dem Berghang wuchs. Der Strauch hatte vermutlich den Sturz abgefangen und Schlimmeres verhütet.

Sebastian dankte dem Herrgott für die Fürsorge und schaute sich weiter um. Dabei stellte er fest, daß er Glück im Unglück gehabt hatte – in einiger Entfernung standen die Wagen, mit denen der Suchtrupp hergekommen war. Für eines der Fahrzeuge hatte er einen Schlüssel. Jetzt war es nur noch eine Frage von Minuten, bis er die Bergwacht benachrichtigen konnte.

In weniger als einer Viertelstunde hatte der Geistliche die Kreisstadt erreicht, wo die Bergwacht ihren Stützpunkt hatte. Noch während er die Lage schilderte, alarmierte der Diensthabende den Piloten des Rettungshubschraubers. Von nun an lief alles wie am Schnürchen. Ein eingespieltes Team hatte bereits den Hubschrauber startklar gemacht, als der Pilot eintraf. Zusammen mit dem Notarzt und zwei Rettungssanitätern kletterte Pfarrer Trenker an Bord, und der Pilot startete sofort.

»Es gibt keine Möglichkeit, bei der Hütte zu landen«, erklärte der Geistliche.

»In Ordnung«, nickte der Arzt. »Dann werden wir die Seilwinde nehmen.«

Einer der Sanitäter ging nach vorn und unterrichtete den Piloten, während der Arzt Sebastian erklärte, wie die Winde funktionierte. Dabei wurde eine »Rettungshose« herabgelassen, in der Verletzte transportiert werden konnten.

»Alles kein Problem«, meinte der Mediziner. »Das haben wir schon hundertmal gemacht.«

»Wir sind da«, gab der Pilot über den Bordlautsprecher bekannt.

»Dann wollen wir mal.«

Die Männer der Crew nickten sich zu, und dann saß jeder Handgriff. Während der Hubschrauber in der Luft auf der Stelle stand, öffnete sich eine Luke im Boden und die Winde wurde in Position gebracht.

Dr. Wiesinger war aus der Hütte gekommen, als er den Hubschrauber hörte. Mit Hilfe zweier Stablampen zeigte er an, wo genau die Hütte stand.

Der Notarzt wurde heruntergelassen, dann folgten die Sani-

täter. Die beiden Ärzte sprachen sich ab, dann wurde Hubert Brunnenmayr an Bord gebracht. Das alles lief so schnell und unkompliziert ab, daß Sebastian Trenker nur staunen konnte. Er begrüßte Toni Wiesinger an Bord und deutete auf Hubert, der, ohne Bewußtsein, auf einer Trage lag.
»Wird er durchkommen?« fragte er.
»Ich denke schon«, erwiderte der Arzt. »Das Fieber ist gesunken, und wenn er sofort operiert wird, dann hat er gute Chancen.«
Er sah das zerkratzte Gesicht des Pfarrers.
»Dank Ihrer Hilfe, Bergpfarrer. Aber so ganz einfach dürfte Ihr Abstieg auch net gewesen sein.«
Sebastian schmunzelte, als der Arzt den Spitznamen gebrauchte. Er berichtete von dem Sturz und ließ es zu, daß Dr. Wiesinger eine kurze Untersuchung vornahm.
Dann landete der Hubschrauber auch schon.
Müde und erschöpft, aber rundum glücklich, flogen Pfarrer Trenker und Dr. Wiesinger wieder zurück. Der Arzt, der die Operation durchführte, hatte versprochen, sofort anzurufen, wenn der Eingriff beendet war.
Als Sebastian das Pfarrhaus betrat, graute der Morgen schon. Sophie Tappert saß im Morgenrock schlafend in einem Sessel im Wohnzimmer. Als der Pfarrer eintrat, schreckte sie hoch.
»Um Himmels willen, Frau Tappert, was machen Sie denn hier? Warum liegen Sie denn nicht im Bett?«
»Wie könnt' ich denn schlafen, bei all der Aufregung«, erwiderte sie.
Ihr Blick fiel auf sein Gesicht, erschreckt schlug sie die Hände vor den Mund, als wollte sie einen Schrei unterdrücken.
»Was ist denn mit Ihnen geschehen?«
»Nichts weiter«, winkte Sebastian ab. »Aber sagen Sie, hat der Max sich gemeldet?«

»Ja, darum bin ich ja so unruhig. Er hat 'was von einem Hubschrauber erzählt. Daß Sie da mitfliegen. Tausend Ängste hab' ich ausgestanden.
Sie schüttelte den Kopf, als könne sie es gar nicht glauben. Sebastian Trenker lachte.
»Es ist ja nichts passiert«, sagte er. »Der Hubschrauber ist nicht abgestürzt, und die paar Kratzer verheilen wieder. Aber was ist mit den Wanderern? Sind sie alle gut heruntergekommen?«
»Ach so, ja. Ich bin ganz durcheinander. Ja, sie sind alle wohlbehalten im Hotel angekommen, läßt der Max ausrichten.«
»Schön«, nickte der Geistliche. »Dann seien Sie so gut und kochen Sie uns einen schönen starken Kaffee, und ich gehe erst einmal ins Bad.«

*

Vor der Frühmesse stand Max Trenker in der Tür des Pfarrhauses. Er erzählte, wie der Abstieg verlaufen war, und erkundigte sich nach Hubert Brunnenmayr. Der hatte die Operation gut überstanden, wie Sebastian berichten konnte. Noch bevor er sich am Morgen für ein paar Stunden schlafen gelegt hatte, war der Anruf aus dem Krankenhaus gekommen.
»Er ist zwar noch auf der Intensivstation, aber das ist eine reine Vorsichtsmaßnahme«, erklärte der Geistliche seinem Bruder.
Gemeinsam gingen sie zur Kirche hinüber. Auf dem Weg dorthin trafen sie Toni Wiesinger. Der Arzt war ebenfalls von seinem Kollegen über den Gesundheitszustand des Operierten in Kenntnis gesetzt worden. Wie Sebastian und Max, war auch er erleichtert, daß alles so glimpflich abgelaufen war.
»Seine Kegelfreunde wollen ihn schon heute nachmittag be-

suchen«, sagte Dr. Wiesinger. »Sie haben extra den Bus früher bestellt. Außerdem haben sie Brunnenmayrs Frau informiert. Sie wird wohl ebenfalls am Nachmittag im Krankenhaus sein.«
Vor dem Kirchenportal blieben sie stehen. Sebastian hatte den Eindruck, daß der Arzt noch etwas auf dem Herzen hatte. Als er danach fragte, nickte Toni Wiesinger.
»Ja«, sagte er. »Mich beschäftigt da wirklich etwas. Es geht um meinen ›Freund‹, den Brandhuber. Ich weiß wirklich net, was ich mit dem anfangen soll. Einerseits müßt' ich ihn zur Anzeige bringen. Er hat ohne Erlaubnis einen Heilberuf ausgeübt und dabei einen Menschen in Lebensgefahr gebracht – wobei ich schon sagen muß, daß den Brunnenmayr eine Mitschuld trifft. Hätte er mich rechtzeitig aufgesucht, wäre das alles net passiert.
Der Brandhuber allerdings, der hat sich wirklich strafbar gemacht. So einer gehört vor's Gericht.«
Max konnte ihm da nur zustimmen. Diesmal lag der Fall anders als noch vor einigen Tagen, als der Arzt den Loisl anzeigen wollte. Sebastian enthielt sich indes jeglichen Kommentars.
»Allerdings«, fuhr Toni Wiesinger fort, »fürchte ich, mir jegliche Sympathie bei den Leuten hier zu verderben, wenn ich diesen Scharlatan wirklich vor den Kadi bringe. Ich weiß doch, wie viele meiner Patienten heimlich zu ihm gehen. Bestimmt wären sie mir arg bös', wenn ich ihren angeblichen Wunderdoktor zur Rechenschaft ziehe. Sie wissen ja selbst, Herr Pfarrer, daß ich keinen leichten Stand in Sankt Johann habe. Dabei taugt das Zeug von dem Alten überhaupt nix. Ich habe mir mal was von dem Tee besorgt und analysieren lassen. Das Kraut hilft bei keinem Leiden – allerdings richtet es auch keinen unmittelbaren Schaden an.«
Sebastian nickte. Er hatte sich den Brandhuber-Loisl mehr

als einmal vorgeknöpft und ihm die Leviten gelesen. Brandhuber war ein gerissenes Schlitzohr, das genau wußte, wie wenig seine sogenannten Medikamente halfen. Wenn die Leute sie trotzdem zu Wucherpreisen kauften, dann hatten sie im Grunde selber schuld. Trotzdem mußte etwas gegen den Alten unternommen werden.

»Einmal kommt die Stunde, in der wird der Brandhuber in meiner Praxis sitzen«, sagte Toni Wiesinger, bevor sie die Kirche betraten. »Dann kann er sich auf 'was gefaßt machen!«

*

Schlecht gelaunt wachte Lore Inzinger auf. Die Nacht hatte sie in ihrem Elternhaus, in der Nähe von St. Johann, verbracht, wo immer noch ihr Jungmädchenzimmer eingerichtet war. Das junge Madel hatte bis zum Schluß auf dem Ballsaal bedient und mit ansehen müssen, wie Tobias und diese Christel eng umschlungen hinausgingen. Zwar hatte Lore noch einige Versuche unternommen, Tobias' Aufmerksamkeit auf sich zu lenken, doch der hatte nur Augen für seine Begleiterin gehabt. Schließlich war Lore den beiden wieder gefolgt und hatte beobachtet, wie Tobias Christel zum Haus ihrer Tante brachte. Den innigen Abschiedskuß sah Lore nicht mehr, da war sie schon wieder im Hotel und machte ihre Abrechnung.

Zum Frühstück trank sie nur eine Tasse Kaffee, das leckere Rosinenbrot und die selbstgemachte Marmelade verschmähte sie.

»Kind, du mußt doch etwas essen«, ermahnte ihre Mutter. »Bekommst du auf deiner Arbeitsstelle nicht genug zu essen? Ganz mager bist du geworden.«

Lore überhörte den Vorwurf und ging ins Bad. Die halbe Nacht hatte sie überlegt, wie sie Christel Hornhauser eins auswischen konnte. Viele Ideen waren ihr dabei gekommen,

und eben, als ihre Mutter ihrer Sorge um Lores Gesundheit Ausdruck gab, da hatte das Madel die Idee, die ihr auf Anhieb am besten gefiel.
Christels Mutter würde nicht anders sein, als Lores. Also würde sie dort anfangen, ihre Intrige zu spinnen.
Dieser Einfall steigerte ihre Laune erheblich. Als sie nach einer ganzen Weile aus dem Bad kam, hatte der schon feste Gestalt angenommen. Lore ging in ihr Zimmer hinauf, kleidete sich an und setzte sich in ihren Wagen. Dann fuhr sie zur Jenner-Alm hinauf, jetzt würde Christel noch nicht dort sein...
Maria Hornhauser schaute erstaunt von ihrer Arbeit auf, als das Auto den Weg heraufgefahren kam. Sie kannte weder den Wagen, noch die Fahrerin hinter dem Steuer. Es war ein junges Madel, das ausstieg. Es trug eine Sonnenbrille, die es jetzt absetzte. Maria konnte sehen, daß die Frau geweint hatte. Die Augen waren rot umrandet und tränennaß.
Die Sennerin saß vor der Hütte unter dem Vordach und hatte gerade Bohnen für den Mittagstisch geschnitten. Jetzt legte sie das Messer aus der Hand und ging auf die Frau zu.
»Ist etwas passiert?« fragte sie. »Kann ich Ihnen helfen?«
Die junge Frau schluchzte auf. Maria legte tröstend den Arm um sie und führte sie zu der Holzbank, auf der sie selber gesessen hatte.
»Kommen Sie, setzen Sie sich«, sagte sie fürsorglich. »Warten Sie einen Moment und beruhigen Sie sich, dann erzählen Sie mir, was geschehen ist.«
Die Frau schluchzte auf und holte ein Taschentuch hervor. Sie wischte sich die Tränen ab.
»Danke«, flüsterte sie. »Es... es geht schon wieder.«
»Wollen Sie mir nicht sagen, was Sie bedrückt? Hat es einen Unfall gegeben? Ist jemand verletzt?«
Das Madel schüttelte den Kopf.

»Nein, kein Unfall.«
»Also privater Kummer?«
Ein Kopfnicken war die Antwort.
»Ja, darum bin ich hergekommen. Damit der Christel net das gleiche geschieht wie mir.«
Maria Hornhauser faßte sich erschrocken ans Herz, als sie den Namen ihrer Tochter hörte.
»Christel? Was meinen Sie? Was soll meiner Tochter net geschehen?«
Die junge Frau sah die Sennerin aus traurigen Augen an.
»Ich heiße Lore Inzinger und war ... bis vor ein paar Tagen die ... die Verlobte von Tobias Hofer«, sagte sie mit leiser, stockender Stimme. »Bis zu jenem Tag, an dem mein Verlobter Ihre Tochter kennenlernte.«
»Ja, aber...«
Die Sennerin wußte nicht, was sie sagen sollte.
»Hat Herr Hofer denn die Verlobung gelöst?« wollte sie wissen.
Lore nickte und griff sich an den Leib.
»Ja, von heute auf morgen. Ohne mir einen Grund zu nennen. Obwohl...«
Sie schluchzte erneut auf.
»Obwohl ich ... sein Kind ...«
Sie brach ab und senkte den Kopf. Maria Hornhauser war entsetzt.
»Deshalb bin ich zu Ihnen gekommen, damit es der Christel net so ergeht wie mir«, sagte Lore.
Die Sennerin schlug die Hände zusammen. Das hätte sie nicht für möglich gehalten. Dabei hatte der junge Mann doch solch einen netten Eindruck gemacht!
Christel mußte unbedingt vor diesem Taugenichts gewarnt werden. Wenn es nur nicht – o Gott behüte –, wenn es nur noch net zu spät war ...!

»Wären Sie so nett, mich mit hinunter ins Tal zu nehmen?« fragte sie. »Ich muß sofort zu meiner Tochter.«
»Aber natürlich«, flötete Lore und freute sich diebisch. Die böse Saat, die sie gelegt hatte, schien aufzugehen.

*

Christel schaute ungläubig, als ihre Mutter in der Tür stand.
»Mama, wo kommst du denn her? Ist etwas passiert?« fragte sie.
»Ich hoffe nicht«, antwortete ihre Mutter. »Wo ist Tante Kathie?«
»Ich glaub', noch in der Messe. Aber nun sag' doch endlich, warum bist du von der Alm heruntergekommen?«
Sie setzten sich in das kleine, gemütlich eingerichtete Wohnzimmer. Maria erzählte von Lores Besuch auf der Jenner-Alm, und je mehr sie sagte, um so entsetzter wurde Christels Gesicht.
»Mama, sag', daß das net wahr ist«, flüsterte sie. »Das kann doch net sein.«
Sie schaute ihre Mutter aus tränenverschleierten Augen an.
»Sein Kind, sagst du...?«
Maria Hornhauser strich ihrer Tochter tröstend über den Haarschopf.
»Komm, Madel, laß uns heimgehen«, sagte sie.
Christel nickte stumm. Dann stand sie auf.
»Ich hol' nur meine Tasche und schreib' der Tante einen Zettel, damit sie Bescheid weiß.«
»Ist gut, Madel.«
Früher hatte ihr der Fußweg vom Dorf hinauf zur Alm nichts ausgemacht, doch heute fiel ihr jeder Schritt so unendlich schwer. Eigentlich hätte Tobias sie am Abend nach Hause fahren sollen, wenn sie den Nachmittag zusammen ver-

bracht hatten. So war es jedenfalls geplant gewesen. Doch daraus würde nun nichts mehr werden.
Tobias, warum hast du mir das angetan? dachte Christel in stummer Verzweiflung. Warum hast du mich nur so belogen? Lügen sind es doch gewesen, wenn du mir sagtest, daß du mich liebst. Und eine andere trägt dein Kind unter ihrem Herzen!
Nie, niemals würde sie ihn wiedersehen wollen, auch wenn ihr das Herz dabei zerbrach.
Oben auf der Alm verschwand sie in ihrem Zimmer, warf sich auf das Bett und weinte, bis sie keine Tränen mehr hatte.

*

Tobias Hofer verstand die Welt nicht mehr. Völlig ratlos stand er vor dem Haus, das Christels Tante bewohnte, und überlegte, was er jetzt tun sollte.
Wie es verabredet war, wollte er das Madel am Nachmittag abholen. Am Abend vorher hatten sie sich überlegt, eine kleine Ausfahrt zu unternehmen. Christel, die beinahe das ganze Jahr droben auf der Alm zubrachte, hatte sich darauf gefreut, mal etwas anderes zu sehen.
»Tut mir leid, Herr Hofer, mehr kann ich Ihnen auch net sagen.«
Tante Kathie hob ratlos die Arme.
»Auf dem Zettel stand nur, daß das Madel zurück auf die Alm ist.«
»Und sonst nichts? Keine Nachricht für mich?«
Die Frau schüttelte bedauernd den Kopf.
»Ja, also..., dann vielen Dank auch.«
Tobias drehte sich um und ging mit gesenktem Kopf zu seinem Wagen zurück.
Was war nur in das Madel gefahren? Voller Glück und Freude auf den nächsten Tag, hatten sie sich gestern abend

getrennt. Tobias erinnerte sich an den zärtlichen Kuß, den Christel ihm noch zum Abschied gab.
Schon ganz früh hatte er heute morgen seine Arbeit auf dem Leitnerhof begonnen, nur um rechtzeitig fertig zu sein, und noch nie war sie ihm so leicht von der Hand gegangen.
Da stimmte etwas nicht! Soviel stand für Tobias fest, und er war gewillt, es herauszufinden. Ohne weiter zu zögern, fuhr er los. Sein Ziel war die Jenner-Alm.
Maria Hornhauser eilte hinaus, als sie Tobias' Wagen erkannte. Der junge Mann hielt, öffnete die Tür und stürzte heraus.
»Frau Hornhauser, was ist denn los?« fragte er aufgeregt. »Ich verstehe das net. Warum ist die Christel denn net unten im Tal geblieben? Wir waren doch verabredet.«
Die Sennerin maß ihn mit einem Blick, daß es Tobias ganz unbehaglich wurde – obwohl er sich keiner Schuld bewußt war.
»Was los ist?« sagte Maria. »Das, Herr Hofer, sollten Sie sich besser selbst fragen. Bitte gehen S'. Sie haben schon genug Unglück angerichtet.«
»Aber, wovon reden Sie denn, Frau Hornhauser? Ich weiß gar net, was Sie meinen. Bitte, lassen Sie mich mit Christel sprechen. Das muß alles ein schreckliches Mißverständnis sein.«
»Die Christel wird net mit Ihnen reden. Sie will Sie nie wiedersehen.«
Tobias' Augen weiteten sich vor Entsetzen.
»Hat sie …, hat sie das wirklich gesagt?«
»Ja. Und jetzt fahren Sie endlich!«
Ohne ein weiteres Wort stieg der junge Mann in seinen Wagen und fuhr los. Ununterbrochen zermarterte er sich das Gehirn mit der Frage, was geschehen war, daß Christel, das Madel, das er von ganzem Herzen liebte, ihn so mit Füßen

trat. Er begriff überhaupt nicht, daß er sich irgendeines Vergehens schuldig gemacht haben sollte.
Den Rest des Tages, den sie gemeinsam hatten verbringen wollen, hockte Tobias einsam auf dem Lechnerhof in seiner Kammer und grübelte. Das Abendessen ließ er aus, und als später Monika Leitner nach ihm schaute, weil sie sich um ihn sorgte, da fand sie ein kleines Häufchen Elend vor.
Nach einigem Drängen berichtete Tobias, was ihm an diesem Tag widerfahren war. Monika konnte sich ebenfalls keinen Reim auf die ganze Geschichte machen. Das einzige, was sie vermutete, war der Verdacht, daß jemand Tobias übel wollte und ihn deshalb einer Sache beschuldigte, an der er unschuldig war.
Aber wer kam dafür in Betracht?
Tobias wußte es nicht. Er war bei allen beliebt und Feinde hatte er keine.
»Könnte Lore vielleicht...?« fragte Monika.
Daß seine verflossene Freundin dahinterstecken könnte, daran hatte Tobias auch schon gedacht, obwohl – nein, glauben mochte er es net. Außerdem, wann hätte sie mit Christel reden sollen, um ihr etwas zu erzählen. Sie hatte ja gar keine Gelegenheit dazu gehabt.
»Nein, nein, das glaube ich net«, antwortete er auf Monikas Frage. »Außerdem ist sie doch bestimmt schon wieder in die Stadt gefahren. Sie hat ja nur am Wochenend' frei gehabt.«
Er stand auf und trat ans Fenster. Draußen zog langsam die Nacht herauf. Tobias lehnte seinen Kopf an das kühle Glas der Fensterscheibe und schloß für einen Moment die Augen. Christels Gesicht tauchte vor ihm auf und verschwand wieder, so schnell, wie sie ihm in der Wirklichkeit wieder entglitten war.
Monika legte tröstend den Arm um ihn. Tobias drehte sich um und nickte tapfer.

»Einmal möcht' ich noch mit ihr sprechen«, sagte er leise. »Und dann muß sie mir sagen, was geschehen ist.«

*

Max Trenker glaubte seinen Augen nicht zu trauen. Ungläubig starrte er auf den Umschlag mit der Karte in seiner Hand. »Die besten Wünsche zur Verlobung«, stand auf der Karte, die von einer Familie aus dem Dorf unterschrieben war. Auf dem Umschlag stand zu lesen: »Herrn Maximilian Trenker und Braut«.
»Da soll doch einer …!«
Unmutig schlug der Gendarm mit der flachen Hand auf den Schreibtisch. Hatte Vinzenz Leitner, dieser Dummkopf, etwa herumposaunt, daß er, Max, und Theresa, sich verloben würden? Das konnte doch net wahr sein!
Immer wieder drehte er die Karte hin und her – da stand es, schwarz auf weiß. Also mußte es wahr sein!
Na wart', Bursche, dir werd' ich was erzählen, dachte Max und schlüpfte in seine Uniformjacke. Mit eiligen Schritten lief er zum Pfarrhaus hinüber. Hoffentlich hatte sich diese »Neuigkeit« noch nicht bis hier herumgesprochen.
Als Max allerdings Sophie Tappert gegenüberstand, sah er seine schlimmsten Befürchtungen bestätigt. Die Haushälterin seines Bruders empfing ihn mit einem süffisanten Lächeln. Dabei wedelte er mit einer Karte, ähnlich der, die Max bekommen hatte, vor seiner Nase herum. Allerdings war dies keine Glückwunschkarte, sondern eine Einladung.
»Zu Ihrer Verlobung, Max, komme ich natürlich gerne«, sagte sie in einem honigsüßen Ton, daß man glauben konnte, sie habe einen ganzen Bienenstock leer gegessen. »Die Einladung ist heute morgen gekommen. Ich nehme an, den Herrn Pfarrer laden Sie persönlich ein.«
Sebastian hatte ihr erzählt, was es mit dieser ominösen Ver-

lobung auf sich hatte, aber davon sagte Max natürlich nichts. Es bereitete ihr einen Heidenspaß, ihn ein wenig zappeln zu lassen.
»Hat sich was, mit der Verlobung«, schimpfte der Gendarm denn auch und ging weiter ins Arbeitszimmer seines Bruders.
Sebastian konnte ein Schmunzeln nicht unterdrücken, als Max eintrat.
»An deinem Gesicht sehe ich, daß du schon mit Frau Tappert gesprochen hast«, meinte er. »Die Einladung, die sie erhalten hat, hast du wohl auch schon gesehen.«
Max knallte seine Karte auf den Tisch.
»Die ersten Glückwünsche sind auch schon gekommen«, knurrte er, während er sich setzte. »Wenn ich nur wüßt', was ich mit der Resl und ihrem damischen Bruder machen soll.«
Sebastian Trenker warf einen Blick auf die Karte.
»Vielleicht hilft's was, wenn ich mit den beiden rede«, sagte er.
Max' Miene hellte sich auf.
»Würdest' das für mich tun? Ich weiß gar net, wie ich dir danken soll.«
»Schon gut«, winkte der Geistliche ab. »Das ist doch selbstverständlich.«
Beim Mittagessen wurde nicht weiter über diese leidige Angelegenheit gesprochen. Sophie Tappert hatte sich wieder einmal mehr übertroffen und ein Essen gezaubert, das mit dem aus einem Feinschmeckerlokal mithalten konnte. Erst beim Nachtisch, einer bayerischen Creme mit Haselnüssen und Sahne, kam die Haushälterin auf die Angelegenheit zurück.
»Ich hatte auch net angenommen, daß Sie wirklich heiraten wollen, Max«, sagte sie. »Die Frau, die Sie zähmen könnt', die gib's net. Wär' auch schade 'drum.«

Damit stand sie auf und räumte den Tisch ab. Max sah ihr verdutzt hinterher, während Sebastian schmunzelte.
»Wie hat sie denn das gemeint?« fragte der Gendarm. »Um wen wär' es schad, um mich oder um die Frau, die es net gibt?«
»Wie sie das gemeint hat«, antwortete sein Bruder, »das weiß man bei Frau Tappert nie so genau.«

*

Gleich nach dem Mittagessen fuhr Sebastian Trenker zum Leitnerhof hinaus. Er wollte so schnell wie möglich mit Theresa und ihrem Bruder reden. Der Pfarrer vermutete, daß Vinzenz seiner Schwester mehr Glauben schenkte, als Max. Was nur verständlich war. Dennoch hoffte Sebastian, daß er den Bauern davon überzeugen konnte, daß die Resl sich da in etwas verrannt hatte, und alles ganz anders war.
Der Geistliche hatte Glück. Vinzenz Leitner war noch auf dem Hof. Eigentlich hatte er hinaus in den Wald gewollt, wo der Bruch geschlagen wurde, den das Unwetter vom vergangenen Wochenende hinterlassen hatte. Doch als Sebastian ihn um eine vertrauliche Unterredung bat, konnte er schlecht nein sagen. Er bat den Pfarrer in die Wohnstube. Monika Leitner bot, nachdem sie Sebastian begrüßt hatte, Kaffee an, den er dankend annahm. Nachdem sie ihn gebracht hatte, ließ die Bäuerin die beiden Männer alleine.
»Ich kann mir schon denken, warum Sie kommen, Herr Pfarrer«, sagte Vinzenz. »Sie wollen bestimmt die Einzelheiten der kirchlichen Trauung besprechen. Aber wollen wir net damit warten, bis der Bräutigam da ist? Wo steckt er überhaupt?«
Sebastian hob die rechte Hand.
»Vinzenz, ich glaube, ich muß da mal etwas klarstellen«, er-

widerte er. »Es wird keine Hochzeit geben. Zumindest wird der Max die Resl net heiraten.«
Das Gesicht des Bauern lief vor Zornesröte an.
»So, deshalb ist der Max net dabei. Ist wohl zu feige, Ihr feiner Herr Bruder«, schimpfte er.
»Bevor du dich aufregst, sollten wir lieber in aller Ruhe über diese Angelegenheit reden«, ermahnte der Geistliche ihn. »Es bringt uns net weiter, wenn du schreist. Viel lieber würd' ich mit deiner Schwester sprechen. Läßt sich das einrichten?«
Vinzenz Leitner ging zur Tür und rief nach Theresa. Die hatte schon ein mulmiges Gefühl im Bauch, als sie den Pfarrer auf den Hof hatte kommen sehen, und sich in ihrer Kammer verkrochen. Als ihr Bruder lautstark nach ihr rief, blieb ihr nichts anderes übrig, als diesem Ruf zu folgen. Mit klopfendem Herzen betrat sie die Stube.
»Grüß Gott, Herr Pfarrer«, sagte sie und schaute unsicher von einem zum anderen.
»Grüß' dich, Theresa«, erwiderte Sebastian Trenker. »Setz' dich doch. Ich möchte etwas mit dir besprechen.«
Das Madel trug zwar ihre Arbeitsschürze über einem einfachen Kleid. Trotzdem hatte sie etwas Anmutiges an sich. Man konnte durchaus verstehen, daß da ein Mann den Kopf verlor, wenn er in dieses Gesicht schaute.
Theresa sah ihren Bruder an.
»Nun setz' dich schon«, polterte der.
Das Madel setzte sich auf die Kante des Sofas und legte die gefalteten Hände in den Schoß. Sebastian nickte ihr aufmunternd zu.
»Wenn's dir lieber ist, dann wartet der Vinzenz so lange draußen, bis wir geredet haben«, sagte er zu ihr.
Vinzenz Leitner schnappte hörbar nach Luft, wagte aber keinen Widerspruch. Resl nickte. Sebastian sah den Bauern an.

Mit einem grimmigen Gesicht stiefelte er nach draußen. Der Pfarrer holte tief Luft, dann schaute er das Madel eindringlich an.

»Meinst' net, daß ihr ein biss'l zu eilig wart mit euren Einladungskarten?« fragte er dann sanft.

Resl schluckte. Schon lange war ihr klargeworden, daß es gar keine so gute Idee war, wie sie zuerst geglaubt hatte. Besonders, nachdem Max so wütend davongefahren war. Ja, sie mochte den Polizisten, und liebend gerne wäre sie seine Frau geworden, und darum – ja darum hatte sie ein wenig geschwindelt. Aber sie hat ja net gewußt, daß der Bruder gleich so bei der Sache war und die Verlobung und Hochzeit in Angriff nahm. Als sie es dann merkte, da war es eigentlich schon zu spät. Zaghaft hatte sie versucht, Vinzenz die Wahrheit zu sagen, doch der hatte überhaupt net mehr zuhören wollen, und schließlich hatte Resl es aufgegeben, vielleicht auch in der vagen Hoffnung, Max würde unter dem Druck, den Vinzenz mit seinen Vorbereitungen machte, klein beigeben und einer Hochzeit zustimmen.

»Aber die Ehe versprochen hat der Max dir nie?« forschte Sebastian Trenker nach.

Das Madel schüttelte den Kopf, während die Tränen der Scham und Reue über ihre Wangen liefen.

*

Vinzenz Leitner wußte nicht wohin in seiner Wut. Am liebsten hätte er über das ganze Haus geschrien. Mehr als hundert Einladungen – alles für die Katz'.

Diese Blamage!

»Bist doch selber schuld«, schimpfte seine Frau mit ihm. »Warum mußt' denn auch alles mit Gewalt machen?«

»Noch ist es ja net zu spät gewesen«, tröstete Sebastian ihn.

»Stell' dir vor, das ganze Fest wäre vorbereitet, und der Max hätte nein gesagt, vor dem Altar.«
»Ach, der soll doch zum Teu...«
Im letzten Moment fiel ihm ein, daß ja ein Geistlicher vor ihm stand. Vinzenz Leitner lief rot an, diesmal aber nicht vor Wut.
»Ach, laßt mich doch alle in Frieden«, rief er dann und ging hinaus.
Krachend fiel die Tür ins Schloß.
Monika Leitner entschuldigte sich für das Verhalten ihres Mannes. Der Pfarrer winkte ab. Er hatte absolutes Verständnis für diese menschliche Regung.
»Eine Bitte hätt' ich noch, Herr Pfarrer«, sagte die Bäuerin.
Sebastian nickte.
»Nur heraus damit. Wenn ich irgendwie behilflich sein kann...?«
»Vielleicht, ja. Es geht um unseren Knecht, den Tobias.«
»Was ist mit ihm? Soweit ich weiß, ist er ein fleißiger und ehrlicher Arbeiter.«
»Das stimmt. Und er ist so etwas wie ein kleiner Bruder für mich. Deshalb bin ich auch so besorgt. Der Tobias hat großen Kummer. Er nimmt sich die Sache so zu Herzen, daß er kaum noch ißt und schläft. Dabei weiß ich, daß er wirklich unschuldig ist...«
Monika brach ab und schüttelte den Kopf.
»Vielleicht sollte ich von vorn' beginnen«, fuhr sie dann fort. »Sie wissen ja gar net, worum es geht.«
Sebastian hörte aufmerksam zu. Schließlich stand er auf.
»Ich spreche erst einmal mit Tobias. Dann fahre ich gern' auf die Alm hinauf und versuche, in Erfahrung zu bringen, was da geschehen ist.«
Die Bäuerin war erleichtert.
»Mir fällt wirklich ein Stein vom Herzen, Herr Pfarrer. Tausend Dank.«

»Aber dafür doch nicht, Monika. Ich helfe gerne, wenn ich kann.«

*

»Und du hast wirklich keine Erklärung, warum die Christel sich so verhält?« fragte Pfarrer Trenker den jungen Knecht.
Er hatte Tobias in dem Waldstück gefunden, das zum Leitnerhof gehörte. Zusammen mit einem anderen Arbeiter war er dabei, die Sturmschäden zu beseitigen. Als der Geistliche ihn aufsuchte, unterbrach der Knecht seine Arbeit, und sie setzten sich ein wenig abseits auf einen gefällten Baumstamm.
»Bestimmt net, Herr Pfarrer«, antwortete Tobias verzweifelt. »Dabei hab' ich es doch gern, das Madel.«
Hilflos hob er die Arme.
»Die einzige Erklärung ist, daß jemand etwas über mich erzählt hat, das net stimmt.«
»Du meinst, jemand habe Lügen über dich erzählt?«
Tobias nickte und sprach über seinen Verdacht, Lore Inzinger könne dahinterstecken. »Aber, so recht mag ich es net glauben. So schlecht ist die Lore net.«
»Deine gute Meinung von ihr in allen Ehren«, sagte Sebastian. »Natürlich soll man niemanden beschuldigen, ohne einen wirklichen Beweis für dessen Schuld. Dennoch denke ich, daß wir das Madel fragen sollten, ob sie vielleicht doch mit der Christel oder der Maria Hornhauser gesprochen hat. Wer weiß…«
»Ja, aber Lore ist doch gar net hier. Sie arbeitet in der Kreisstadt, im Hotel ›Zum Hirschen‹.«
»Ich habe morgen sowieso in der Stadt zu tun«, meinte Pfarrer Trenker. »Bei der Gelegenheit werd' ich die Lore mal aufsuchen. Aber zuerst fahre ich auf die Alm hinauf. Mit mir wird Christel schon reden.«
Tobias strahlte den Geistlichen an.

»Also, Hochwürden, daß Sie das für mich tun wollen! Ich weiß gar net, wie ich Ihnen danken soll.«
Sebastian stand auf und klopfte seine Hose ab.
»Dank net mir, Tobias«, sagte er, bevor er zu seinem Wagen ging. »Dank' dem Herrgott. Er ist es, der alle Geschicke lenkt. Also, du hörst von mir.«
Der junge Knecht sah dem Wagen des Pfarrers noch lange nach, und plötzlich spürte er eine unerklärliche Zuversicht, daß sich doch noch alles zum Guten wenden würde.
Sebastian Trenker fuhr ohne Umschweife zur Jenner-Alm hinauf.
Maria Hornhauser war erstaunt, daß der Geistliche mit dem Wagen herauf kam. Sie kannte ihn eigentlich nur auf Schusters Rappen, wenn er wieder einmal seiner liebsten Freizeitbeschäftigung, dem Wandern und Klettern, nachging, oder wenn er in seiner Eigenschaft als Pfarrer zum Almabtrieb oben auf der Alm seinen Segen sprach.
»Nanu, Hochwürden, gar net als Wanderer unterwegs?« begrüßte sie Sebastian.
»Grüß' dich, Maria«, antwortete er. »Das hat sich so ergeben.«
»Hat Ihr Besuch einen besonderen Grund?«
Sebastian nickte.
»So könnte man sagen. Ich bin in einer besonderen Mission hier.«
»Aber setzen S' sich erst mal«, forderte die Sennerin ihn auf. »Mögen S' a Glaserl Milch?«
»Gerne, Maria. Herzlichen Dank.«
Im gleichen Augenblick trat Christel über die Schwelle der Sennerhütte. Lächelnd begrüßte sie Sebastian. Allerdings schien das Lächeln mehr erzwungen, als gewollt.
»Nanu, Madel, täusch' ich mich, oder seh' ich da einen traurigen Blick in deinen Augen?« fragte Pfarrer Trenker.
Christel setzte sich neben ihn auf die Bank.

»Hat es 'was mit dem Tobias zu tun?«
Das Madel schaute überrascht auf.
»Woher wissen Sie...?«
»Na, woher wohl? Von ihm natürlich«, lachte Sebastian.
»Der Tobias hockt d'runten im Tal und schaut genauso traurig wie du.«
»Na, der hat's g'rad nötig!«
Maria Hornhauser war gerade mit dem Glas Milch herausgekommen und hatte die letzten Worte mitgehört.
»Der Bursch' hat's doch faustdick hinter den Ohren«, schimpfte sie.
Sebastian bedankte sich für die Milch.
»Wie meinst' denn das?« fragte er. »Ich kenne den Tobias nur als ehrlichen und fleißigen Burschen.«
»Der ein Madel wegen eines anderen sitzen läßt, obwohl sie verlobt sind. Von dem Kind ganz zu schweigen.«
»Das Kind? Welches Kind?«
»Jenes, das Lore Inzinger unter ihrem Herzen trägt. Hat der Herr Hofer nix davon gebeichtet?«
Marias Augen sprühten Feuer, während Sebastian ratlos von einer zur anderen sah. Christel schlug die Hände vor ihr Gesicht und schluchzte.
Du lieber Himmel, dachte der Geistliche, was ist denn das für ein Durcheinander?
»Also, wenn das wahr wäre, dann hätte Tobias mir bestimmt davon erzählt«, sagte er. »Er hat mir gesagt, wie sehr er dich liebt und dich vermißt, Christel. Er hat so vieles gesagt, was mich überzeugt, daß der Bursche es absolut ehrlich mit dir meint. Und was die Sache mit der Lore angeht..., da ist das letzte Wort noch net gesprochen.«
Beim Abendessen, das Pfarrer Trenker dieses Mal alleine einnahm – Max hatte außerhalb zu tun, und Frau Tappert weilte zu Besuch bei einer Freundin – überdachte Sebastian

die ganze Sache. Ihm wurde immer klarer, daß der Schlüssel zu dieser vertrackten Angelegenheit bei Lore Inzinger liegen mußte. Diesen Schlüssel mußte er finden. Er war gespannt auf den Besuch im Hotel »Zum Hirschen«.

*

Dr. Wiesinger drückte den Knopf der Gegensprechanlage. Sie war der einzig moderne Einrichtungsgegenstand in der Praxis des Dorfarztes. Toni hatte sie angeschafft, um nicht immer zur Tür laufen zu müssen, wie der verstorbene Arzt es noch getan hatte.
»Frau Brunner, den nächsten Patienten bitte«, sagte er in das Mikrophon.
Die Tür zu seinem Sprechzimmer öffnete sich, und zu Tonis Erstaunen kam Veronika Erbling herein – die gefürchtetste Klatschtante von ganz St. Johann.
Die Witwe Erbling war die Frau des verstorbenen Postbeamten Johann Erbling. Jedermann im Dorfe wußte: Wollte man, daß sich etwas schnell herumsprach, dann brauchte man es nur Vroni Erbling unter dem Siegel der Verschwiegenheit anvertrauen, und konnte sicher sein, daß spätestens einen Tag später das ganze Dorf bestens informiert war.
Toni konnte sich nicht erinnern, die Witwe mehr als zwei-, dreimal in seiner Praxis gesehen zu haben, seit er diese übernommen hatte. Er wußte, daß die Frau zu den besten Kunden des alten Brandhuber gehörte. Als sie ihn aufsuchte, da geschah es auch eher aus Neugier, als daß ihr wirklich etwas gefehlt hätte. Jetzt aber kam sie mit langsamen Schritten und gequältem Gesichtsausdruck herein.
»Grüß' Gott, Herr Doktor, ich brauche Ihre Hilfe«, begrüßte sie den Arzt.
Toni stand auf und ging ihr entgegen. Stützend führte er sie zu dem Stuhl vor seinem Tisch.

»Grüß' Gott, Frau Erbling. Was fehlt Ihnen denn?«
Vroni Erbling trug seit dem Tod ihres Mannes – der immerhin schon sechs Jahre zurücklag – nur noch schwarze Kleidung, und ein schwarzer Hut verbarg den größten Teil der schlohweißen Haare. Auf der spitzen Nase saß eine runde Nickelbrille. Dahinter blitzten zwei Augen, mit denen sie den Arzt fixierte.
»Eigentlich wollt' ich's von Ihnen wissen«, sagte sie mit einer unangenehm hohen Stimme. »Sie sind doch der Doktor – oder net?«
Toni Wiesinger verkniff sich eine Bemerkung, die ihm auf der Zunge lag.
»Natürlich, Frau Erbling«, antwortete er statt dessen. »Ich hab' auch bloß fragen wollen, welcher Art Ihre Beschwerden sind.«
»Der Ischias ist's. Was denn sonst«, lautete die Antwort. »Ansonsten bin ich kerngesund.«
»Sehen Sie, und genau das kann ich net wissen. Sie kommen ja sonst net in meine Praxis.«
Er setzte sich auf seinen Stuhl und blätterte in einem Karteiordner.
»Tja, ich habe noch gar keine Krankenakte über Sie«, sagte er schließlich. »Also brauch' ich erstmal ein paar Angaben von Ihnen.«
»Angaben? Was für Angaben?« fuhr die Witwe auf. »Hören S', Herr Doktor, ich brauch nur eine Salbe, die die Schmerzen lindert. Dafür schreiben S' mir ein Rezept, und das bezahl' ich gleich.«
»Bitte sehr, wie Sie wünschen. Ich wußte gar net, daß Sie privat versichert sind.«
»Das ist noch von meinem verstorbenen Gatten«, sagte sie, und hob stolz das Haupt. »Der war nämlich Beamter.«
»Aha«, nickte Toni Wiesinger und schrieb das Rezept aus.

»Seit wann haben S' denn die Schmerzen schon? Gewiß net erst seit heut', oder? Warum kommen S' denn erst jetzt?«
»Eigentlich hab' ich ja sonst eine ganz besond're Salbe, die mir wunderbar hilft. Nur, im Moment, da ... na ja, ist ja auch net so wichtig ...«
»Sie meinen, der Herr Brandhuber kann im Moment net liefern«, meinte der Arzt und freute sich, daß Vronis Gesicht rot anlief.
Die Witwe nahm das Rezept entgegen und stand auf.
»Ich zahl's vorn'.«
»Ist recht«, nickte Toni. »Übrigens, ich glaub net, daß die Salbe viel hilft. Wenn's wirklich der Ischias ist, dann ist da ein wichtiger Nerv betroffen. Da brauchen S' eine Spritze, viel Wärme und Bettruhe. Aber das hätte der Herr Brandhuber Ihnen ja wohl auch geraten.«
Der Blick, mit dem die Witwe ihn bedachte, bevor sie hinausging, wäre beinahe tödlich gewesen.
Brandhuber, Brandhuber, was mach' ich bloß mit dir? überlegte Dr. Wiesinger, als er alleine war. Irgend etwas mußte er unternehmen. Der Besuch der Witwe eben, war ein Paradebeispiel. Erst wenn der Scharlatan nicht mehr helfen konnte, und die Menschen nicht weiterwußten, kamen sie zu ihm in die Praxis.
Immer noch dachte Toni daran, den Alten anzuzeigen. Dabei würde ein ganz schönes Register von Vergehen zutage kommen, deren der Brandhuber sich schuldig gemacht hatte. Und doch schreckte der Arzt vor diesem Schritt zurück. Viele Leute in St. Johann würden es ihm übelnehmen. Wie dann seine Stellung hier im Dorf aussah, das konnte er sich leicht ausrechnen.

*

»Grüß' Gott, Herr Brunnenmayr. Wie ich sehe, geht es Ihnen ja schon wieder besser«, sagte Pfarrer Trenker.
Hubert Brunnenmayr sah von der Zeitschrift auf, in der er geblättert hatte. Vor zwei Tagen war er von der Intensivstation auf die normale Pflegestation verlegt worden. Nun teilte er das geräumige Zimmer im Kreiskrankenhaus mit zwei weiteren Patienten.
»Sie müssen Pfarrer Trenker sein«, rief er freudig, als er an Sebastians Kragen erkannte, daß er einen Priester vor sich hatte. »Die Kameraden vom Kegelclub haben mir erzählt, was Sie getan haben. Herzlichen Dank. Ohne Ihre Hilfe wär' ich vielleicht net mehr am Leben.«
»Das war doch selbstverständlich«, antwortete Sebastian und schüttelte die Hand. »Ich hab' schon gehört, daß Sie auf dem Weg der Besserung sind, und wollte net versäumen, Sie zu besuchen.«
»Das ist wirklich sehr nett. Wissen S', ich hab net viel Abwechslung hier. Meine Frau kann natürlich net jeden Tag herkommen, dazu wohnen wir zu weit weg. Aber in der letzten Woch', bevor ich entlassen werd', da nimmt sie sich ein Zimmer hier in einer Pension.«
»Schön, daß die Sache so glimpflich abgelaufen ist«, freute Sebastian sich. »Sie wissen schon, daß Sie einen Teil Schuld daran tragen, daß es so schlimm gekommen ist, net wahr?«
Hubert Brunnenmayr nickte.
»Ich weiß, was Sie sagen wollen, Herr Pfarrer, die Sache mit dem Wundertee.«
Er winkte ab.
»Ich war schon ziemlich blöd', zu glauben, das Zeug tät' mich gesundmachen. Und erst das viele Geld, das ich dafür ausgegeben hab'. Aber, was soll's. Hinterher ist man immer schlauer, und ... na ja, was soll ich sagen – zuerst hat's ja auch gewirkt. Die Schmerzen waren wie weggeblasen.«

Sebastian Trenker mußte trotz allem schmunzeln. Manche Leut' sind doch unbelehrbar.

*

Sebastian befürchtete, daß dem angenehmen Besuch im Krankenhaus nun ein eher unangenehmer folgen würde. Das Hotel, in dem Lore Inzinger arbeitete, lag im Stadtzentrum. Der Geistliche stellte seinen Wagen in einem Parkhaus ab und schlenderte durch die Straßen. Bald hatte er sein Ziel erreicht. Gegenüber des Marktplatzes erhob sich ein großes weißes Haus. Hotel »Zum Hirschen« stand in goldenen Lettern über dem Eingang, und gleich daneben hing die steinerne Figur eines Zwölfenders. Sebastian betrat die Hotelhalle und fand dort den Hinweis auf das Restaurant. Es lag einen kurzen Gang hinunter im hinteren Bereich der Halle. Der Pfarrer wollte dort einen Kaffee trinken und sich nach Lore erkundigen. Aber das brauchte er gar nicht. Wie sich herausstellte, hatte das Madel Dienst im Restaurant. Sie schaute erst ungläubig, dann hellte sich ihre Miene auf, als sie Sebastian erkannte.

»Herr Pfarrer, grüß Gott. Was machen Sie denn hier?«

»Einen Kaffee möcht' ich trinken«, antwortete Sebastian und schüttelte ihre Hand.

Er sah sich um. Das Restaurant hatte vielleicht vierzig Sitzplätze und war hell und freundlich eingerichtet. Ein paar Tische waren noch mit späten Mittagsgästen besetzt. An einigen anderen wurde schon Kaffee getrunken und Kuchen gegessen.

»Hier arbeitest du also«, sagte der Pfarrer. »Ein wirklich schönes Lokal.«

»Und ein sehr gutes Hotel«, betonte Lore. »Wir werden sogar in mehreren Hotelführern und Feinschmeckerzeitschriften lobend erwähnt. Aber setzen Sie sich doch.«

Lore führte ihn an einen Tisch und reichte ihm eine kleine Karte. Darauf waren einige Sorten Kaffee aufgeführt. Es war alles sehr verlockend zu lesen, aber Kaffee mit Weinbrand oder Likör schien Sebastian nicht das richtige zu sein, zumal er noch die Fahrt zurück nach St. Johann vor sich hatte. Er blieb beim einfachen schwarzen Kaffee ohne Milch und Zucker.
»Ein Kännchen bitte«, sagte er zu Lore und gab ihr die Karte zurück.
»Kuchen auch?« fragte das Madel. »Wir hätten einen Nußkuchen, oder eine Schwarzwälder Kirschtorte.«
»Ich glaub', der Kaffee reicht mir. Weißt', meine Haushälterin kocht so gut und reichlich, da ist für Kuchen eigentlich kein Platz mehr.«
Lore lachte und verschwand durch eine Tür hinter dem Tresen. Dort befand sich die Kaffeeküche. Schon nach kurzer Zeit kam sie wieder zurück. Auf einem silbernen Tablett trug sie das Kännchen und die Tasse. Auf einem kleinen Tellerchen lagen zwei Stückchen Schokolade in Silberpapier eingepackt, auf dem der Name des Hotels stand.
Sebastian bedankte sich. Bevor Lore sich umdrehte, fragte er, ob er sie später noch einmal sprechen könne. Das Madel bejahte.
»In einer halben Stunde habe ich meine Schicht beendet«, sagte sie. »Dann haben wir Zeit.«
Sebastian nickte und widmete sich seinem Kaffee, der wirklich ausgezeichnet schmeckte. Nebenher blätterte er in einer Zeitung, die Lore ihm gebracht hatte.
Schließlich hatte sie ihre Freistunde. Lore Inzinger hatte sich umgezogen und setzte sich zu Sebastian an den Tisch.
»Ich hoffe, dein Chef hat nichts dagegen, daß du hier mit mir sitzt«, sagte der Pfarrer. »Ich weiß, daß das in manchen Hotels net gern' gesehen wird.«

»Das geht schon in Ordnung«, erwiderte das Madel. »Möchten S' noch einen Kaffee?«

Sebastian lehnte dankend ab.

»So, was wollen S' denn eigentlich mit mir besprechen, Hochwürden?«

Der Geistliche sah das Madel einen Moment nachdenklich an. Er kannte Lore seit ihrer Taufe und später von ihrer Kommunion. Er hatte sie eigentlich als freundliches und aufgeschlossenes Madel in Erinnerung. Konnte man ihr wirklich zutrauen, solch ein Gerücht in die Welt gesetzt zu haben?

»Lore, was ich mit dir zu bereden hab', ist eine sehr ernste Angelegenheit«, begann er.

Sie schaute ihn ernst und erwartungsvoll an, und plötzlich spürte sie ein merkwürdiges Gefühl im Bauch und ahnte, was Pfarrer Trenker von ihr wollte.

»Ich hab' mit dem Tobias gesprochen, mit der Christel und ihrer Mutter. Ist es wirklich wahr, was du der Maria Hornhauser erzählt hast? Daß der Tobias dich hat sitzenlassen? Und daß er dich wegen der Christel verlassen hat?«

In Lores Gesicht zuckte es. Sie kämpfte mit den Tränen. Du liebe Zeit, das hatte sie doch alles net so ernst genommen. Ein bißchen rächen wollt' sie sich, für die Schmach, daß der Tobias nichts mehr von ihr wissen wollt'.

Ja, sie hatte gelogen, weil sie der Neuen weh tun wollte.

Lore stützte ihren Kopf in den Händen und schluchzte. Von den anderen Gästen schaute niemand herüber, nur die Kollegin, die das Madel abgelöst hatte, sah ab und zu neugierig vom Tresen zu dem Tisch, an dem die beiden saßen.

»Dann stimmt das also alles net?«

Das Madel schüttelte seinen Kopf.

»Es..., es tut mir furchtbar leid«, flüsterte sie. »Und ich schäme mich so.«

Pfarrer Trenker strich ihr tröstend über das Haar. Eines der

zehn Gebote lautet: Du sollst nicht falsch Zeugnis reden wider deinen Nächsten – aber der Geistliche, der für die Schwächen der Menschen jedes Verständnis hatte, war nicht hergekommen, um dem Madel einen theologischen Vortrag zu halten. Ihm ging es einzig darum, die Wahrheit ans Licht zu bringen, und er spürte, daß Lore ihr Handeln bitter bereute.
»Es hätte einen größeren Schaden geben können«, sagte er. »Der ist, gottlob, net eingetreten. Ich bin überzeugt, daß es für Tobias und Christel noch net zu spät ist, und auch du wirst eines Tages den Mann finden, der einen festen Platz in deinem Herzen haben wird.«
Er verabschiedete sich und ging zurück zu seinem Wagen. Auf der Fahrt nach St. Johann hatte er Zeit genug, über das nachzudenken, wozu verletzte Eitelkeit den Menschen verleiten konnte.

*

Max Trenker ging an diesem Abend mit einem unguten Gefühl zum Pfarrhaus hinüber. Sein Bruder hatte ihn extra eine halbe Stunde eher bestellt, als es dort für gewöhnlich Abendessen gab. Und Max konnte sich schon denken, was Sebastian mit ihm zu besprechen hatte.
Diese angebliche Verlobung mit Resl Leitner hatte mehr Staub in St. Johann aufgewirbelt, als zunächst angenommen. Den ganzen Tag über, jedenfalls, so lange der Gendarm auf dem Revier war, hatte das Telefon geläutet, und die Leute gratulierten. Max redete mit Engelszungen, um ihnen klarzumachen, daß das alles ein einziger Irrtum war.
»Geh'n S' nur hinein, Max«, sagte Sophie Tappert. »Der Herr Pfarrer ist in seinem Arbeitszimmer.«
Sie sagte nie »Ihr Bruder«, sondern immer »Herr Pfarrer«.
Max öffnete die Tür und trat ein. Sebastian Trenker schaute von einem Brief auf, den er gerade las.

»Grüß' dich, Max«, nickte er seinem Bruder zu. »Setz dich doch.«
Der Gendarm nahm Platz. Sebastian legte den Brief beiseite und sah ihn einen Moment schweigend an. Dann schüttelte er den Kopf.
»Max, Max, was fang' ich bloß mit dir an?«
Der rutschte unruhig auf dem Stuhl hin und her.
»Ich weiß schon, was du sagen willst...«
Sebastian Trenker schmunzelte.
»Ich weiß wirklich net, wo das mit dir noch endet«, sagte er, wobei er sich bemühte, seiner Stimme einen strengen Ton zu geben. »Ich fürchte, wenn du net bald den Bund fürs Leben eingehst, kann ich dich net mehr vor wütenden Vätern oder Brüdern retten, bei all den gebrochenen Herzen, die du hinterläßt.«
Max grinste.
»Du, ich kann doch wirklich nix dafür«, versuchte er, sich zu entschuldigen. »Ich hab' der Resl wirklich nix versprochen.«
»Nein, aber ihr schöne Augen gemacht und damit Hoffnung erweckt. Hoffnung, die sich letzten Endes aber nicht erfüllt hat. Ich glaub' schon, daß das Madel dich gern hat. Ob's die Richtige gewesen wär', das kann ich natürlich net entscheiden. Aber vielleicht bemühst du dich einmal ein wenig und siehst zu, daß du die Frau fürs Leben findest.«
»Das, lieber Sebastian, will ich gerne tun«, antwortete Max mit einem treuen Augenaufschlag. »Ich fürcht' nur, es wird eine ziemlich lange Suche werden...«
Pfarrer Trenker hob die Hände und schickte ein Stoßgebet zum Himmel. Bei diesem Burschen war wirklich Hopfen und Malz verloren...
...jedenfalls, was die Madeln anging!

*

Gleich nach dem Abendessen machte der Geistliche sich noch einmal auf den Weg zur Jenner-Alm. Er wollte nicht mehr bis zum nächsten Tag warten, um Christel Hornhauser die gute Nachricht zu überbringen.
Das Madel war gerade mit ihrer allabendlichen Arbeit fertig geworden. Dreißig Kühe und etliche Ziegen mußten gemolken werden, und die Abendmilch, zusammen mit der Morgenmilch in der kleinen Käserei in die Kessel gegeben werden, damit daraus Käse wurde.
Maria Hornhauser war schon damit beschäftigt, im Käselager für Ordnung zu sorgen. Die richtige Käsepflege war ausschlaggebend für die Qualität.
»Ich wollte es dir gleich sagen«, wandte Pfarrer Trenker sich an das Madel. »Ich war heut' in der Stadt und hab' mit Lore Inzinger gesprochen. Sie hat zugegeben, geschwindelt zu haben.«
Christel schaute zuerst ungläubig, dann schluckte sie, und Tränen stiegen ihr in die Augen.
»Dann…, dann hab' ich dem Tobias ja Unrecht getan«, sagte sie mit leiser Stimme.
»Und ich auch.«
Maria Hornhauser, die alles mit angehört hatte, war bestürzt.
»Ich werd' mich bei Herrn Hofer entschuldigen müssen«, sagte sie.
Pfarrer Trenker winkte ab.
»Das hat keine Eile, Maria. Ich denke, der Tobias wird für deine Reaktion Verständnis haben. Schließlich mußtest du davon ausgehen, daß Lore dir die Wahrheit gesagt hat.«
Er wandte sich an Christel.
»Und du, Madel? Willst du net zu ihm gehen und mit ihm reden. Du hast ihn doch noch immer lieb, oder?«
Das Madel schwankte zwischen Lachen und Weinen.

»Ja, ja, natürlich hab' ich ihn lieb.«
»Also, wenn's magst, ich nehme dich gern' mit hinunter«, bot Sebastian an.
Sie schaute ihre Mutter an. Die nickte nur.
»Ich bin gleich soweit«, rief Christel, als sie schon auf dem Weg ins Haus war.
Wenig später saß sie mit klopfendem Herzen neben dem Geistlichen, und je näher sie dem Leitnerhof kamen, um so banger wurde ihr ums Herz.
Was war, wenn Tobias sie zurückwies? Er mußte doch gekränkt sein, nach allem, was man ihm angetan hatte. Aber – es war ja nicht ihre Schuld gewesen!
»Meinst', ich soll erst mal mit ihm reden?« fragte Sebastian.
Christel nickte dankbar. Sie waren auf den Hof gefahren. Der Pfarrer stellte den Wagen vor der Scheune ab. Draußen war niemand zu sehen. Vermutlich saßen sie alle drinnen beim Nachtmahl.
Christel blieb sitzen, als Sebastian das Bauernhaus betrat. Die Minuten vergingen quälend langsam. Schließlich hielt es sie nicht mehr länger in dem Auto und sie stieg aus. Es wurde schon dunkel, als sie ruhelos über den Hof wanderte. Der Abendwind rauschte in den mächtigen Eichen, und langsam schob sich der Mond hinter einem Wolkenband hervor.
Plötzlich war ihr, als hörte sie jemanden ihren Namen rufen. Sie sah zum Haus hinüber, aber dort drüben war niemand. Sie mußte sich wohl getäuscht haben. Doch dann hörte sie die Stimme noch einmal, und ein langer Schatten kam auf sie zu.
»Tobias...!«
Ihre Stimme versagte, als er so plötzlich vor ihr stand. Ja, das war er, ihr Tobias, der Mann, den sie von ganzem Herzen lieb hatte. Er trat aus dem Dunkel in das Licht des Mondes und breitete die Arme aus. Christel stand stockstеif, wagte kaum zu atmen.

»Willst' net zu mir kommen?« fragte Tobias leise.
Mit einem Jubelschrei flog sie in seine Arme. Tobias wirbelte sie herum, vergrub sein Gesicht in ihrem Haar, und schließlich fanden sich ihre Lippen.
»Kannst du mir denn verzeihen?« fragte Christel. »Ich war ja so dumm, zu glauben...«
»Nichts sagen«, schnitt er ihr das Wort ab. »Es gibt nix zu verzeihen. Ich liebe dich, und das alleine zählt. Gleich morgen werd' ich zu euch hinauf kommen und um deine Hand anhalten. Und ich hoffe, daß deine Mutter keine Einwände mehr gegen mich hat.«
Christel schüttelte den Kopf.
»Bestimmt net«, sagte sie. »Ganz bestimmt net.«
Doch dann erschrak sie.
»Vielleicht...«
Tobias sah sie forschend an.
»Was ist? Glaubst, deine Mutter könnt' doch noch etwas gegen mich haben?«
»Nein, nein, das net. Aber wenn wir heiraten, dann hat sie ja niemanden mehr, der sie auf der Alm unterstützt. Daran hab' ich noch gar net gedacht.«
»Aber ich«, beruhigte Tobias sie.
»Du?«
»Ja. Weißt', als Pfarrer Trenker mir seine Hilfe anbot, da hab' ich gewußt, daß noch alles gut werden würd', und da hab' ich mit Vinzenz und der Monika gesprochen. Sie hatten Verständnis für mein Anliegen.
Ich werd' zu euch auf die Alm ziehen und ein richtiger Senn werden.«
Christel war erstaunt.
»Du..., du hast wirklich an alles gedacht«, lachte sie.
»Na, dann ist ja alles in bester Ordnung«, hörten sie die Stimme von Pfarrer Trenker, der hinzugetreten war.

»Wir können Ihnen gar net sagen, wie dankbar wir Ihnen sind, Herr Pfarrer«, sagten beide.
Sebastian nickte.
»Ich freue mich mit euch.«
»Dann werden wir schon bald zu Ihnen kommen«, meinte Tobias, bevor Pfarrer Trenker das Madel zurück auf die Alm brachte. »Um alles für die Trauung zu besprechen.«

*

Ein paar Wochen später wurde Dr. Wiesinger an die Episode mit dem Brandhuber-Loisl erinnert. Es war nämlich wieder Vollmond, und Toni mußte feststellen, daß er mal wieder keinen Schlaf fand. Er saß in seinem Wohnzimmer und las, im Schein der Stehlampe, in einer Pharmazeitschrift. Plötzlich ertappte der Arzt sich dabei, daß er lauschend am offenen Fenster stand und hinausschaute. Ohne es wirklich wahrgenommen zu haben, mußte er aufgestanden sein.
Hab' ich jetzt wirklich erwartet, den Alten hier herumschleichen zu sehen? fragte er sich.
Er schüttelte den Kopf.
»Sieh' bloß zu, daß du ins Bett kommst«, sagte er dann im Selbstgespräch. »Der Brandhuber verfolgt dich wirklich noch bis in den Schlaf.«
Am nächsten Morgen gab es dann die nächste Überraschung für Toni Wiesinger. Als er den ersten Patienten hereinbat, öffnete sich die Tür und herein trat – Alois Brandhuber!
Der junge Arzt schaute, als sehe er ein Gespenst vor sich stehen. Langsam humpelte der Wunderheiler herein und ließ sich ächzend auf den Stuhl fallen.
»Also, wenn ich's net mit eigenen Augen sehen tät' – ich würd's net glauben«, sagte Toni. »Was bringt dich dazu, in meine Praxis zu kommen? Helfen dir deine eigenen Wundermittel net mehr?«

»Du hast gut lachen«, winkte Loisl ab.
Er war wohl schon weit über siebzig, wirkte aber immer noch rüstig, und wenn er sich ein wenig mehr pflegen würde, wäre er sogar eine stattliche Erscheinung. In St. Johann erzählte man sich, daß der Brandhuber-Loisl in jungen Jahren so mancher Dorfschönen den Kopf verdrehte. Geheiratet hatte der alte Schwerenöter aber nie. Früher hatte er ein Stück Land besessen, das er beackerte. Heute hauste er in einer alten Tagelöhnerkate am Rande von St. Johann und lebte von einer kleinen Rente und dem Verkauf seiner obskuren Heilmittel.
»Du brauchst nur Rezepte zu schreiben. Ich dagegen muß die Zutaten für meine Medikamente mühsam suchen«, fuhr er fort. »Aber das weißt du ja…«
Er warf Toni einen finsteren Blick zu und zog das rechte Hosenbein hoch. Der Arzt sah eine böse Verletzung.
»Du lieber Himmel, wie ist denn das passiert?«
Das Bein war dick geschwollen und blutverkrustet.
»Ich hab's ja sagen wollen. In Ausübung meines Berufes«, brummte der Alte und bequemte sich endlich, zu erzählen, wie und wo er sich die schlimme Verletzung zugezogen hatte.
Es war ja Vollmond, und das war, nach dem alten Buch, aus dem Loisl sein »Geheimwissen« bezog, die beste Zeit, um bestimmte Pflanzen zu suchen, die nur am Oberlauf des Gebirgsbaches, unterhalb des Höllenbruchs wuchsen.
Zu seinem Pech hatte Loisl an diesem Abend etwas zu tief in die Biergläser des Löwenwirtes geschaut und war dann ziemlich angesäuselt über Felder und Wiesen gewankt. Dabei war er über einen Stacheldrahtzaun gestolpert und hatte sich das Bein verletzt.
Toni half dem Alten auf die Liege und besah sich die Verletzung näher.

»Tja, Brandhuber, das sieht bös' aus«, sagte der Arzt, nachdem er die Wunde gesäubert, und einen Verband angelegt hatte. »Wenn ich's recht bedenk', dann müßt' ich dich eigentlich ins Krankenhaus einweisen.«
Der Brandhuber-Loisl richtete sich mit einem Ruck von der Liege auf.
»Ins Krankenhaus? Das kommt überhaupt net in Frage«, polterte er. »Ich bin mein Lebtag noch net in einem Krankenhaus g'wesen.«
»Also, da ist net mit zu spaßen«, schüttelte Toni bedenklich den Kopf. »Weißt', immerhin kann Schmutz in die Wunde gekommen sein. Was sogar sehr wahrscheinlich ist, wenn der Draht alt und rostig war. Na ja, und eine Blutvergiftung ist weitaus schmerzhafter, als ein paar Tag' in einem Krankenhaus. Sie kann sogar tödlich sein. Willst' das wirklich riskieren?«
Der alte Quacksalber war blaß geworden.
»Ist das wirklich so schlimm, Doktor?« fragte er argwöhnisch. »Oder willst' mich verkohlen?«
»Nein, nein. Also, wie ich schon sagte – mit so 'was spaßt man net«, erwiderte Toni Wiesinger. »Ich meine, du weißt ja selbst, wie gefährlich solche Verletzungen sein können. Gerade du, der du doch so etwas wie ein Kollege bist...«
Bei den letzten Worten hatte der Arzt sich weggedreht, damit der Alte nicht sah, wie er sich das Lachen verkneifen mußte. Dies war die Stunde, die er herbeigesehnt hatte.
Rache kann so köstlich schmecken!
»Ja, Doktor..., wenn du meinst...«, kam es zögernd über Loisl's Lippen.
»Sieh' mal, so ein Aufenthalt im Krankenhaus ist fast wie ein kleiner Urlaub«, tröstete Toni den Alten. »Dir wird's Essen ans Bett gebracht, und du brauchst dich um nix zu kümmern. Sogar das Rasieren wird dir abgenommen. Wenn du

im Bett liegst und net aufstehen kannst, kommt eine nette Schwester und seift dich von oben bis unten ein. Oder sie bringt dir die Bettpfanne...«
Loisl sah ihn mißtrauisch an und machte Anstalten, von der Liege zu springen.
»Das meinst' net ernst – oder? Ich kann mich immer noch allein' rasieren!«
»Ich glaub's dir ja. Natürlich hab' ich nur gescherzt. Aber, die Wunde ist net ungefährlich. Wir müssen sie im Aug' behalten. Ich geb' dir noch ein Antibiotikum mit. Davon nimmst' einmal täglich eine Tablette. In ein paar Tagen bist wieder ganz gesund. Zwischendurch komm' ich und seh' mir das Bein an. Dann mach ich dir auch einen neuen Verband.«
Erleichtert setzte sich der Alte auf. Er war sein Lebtag noch net im Krankenhaus gewesen, und die Aussicht darauf hatte ihn schon erschreckt. Er reichte dem Arzt die Hand.
»Dann dank' ich schön, Doktor. Eigentlich bist ja doch ein feiner Kerl. Vielleicht sollten wir beide ein biss'l mehr zusammenarbeiten. Was hältst davon?«
Zu diesem Vorschlag sagte der junge Arzt lieber nichts.

*

Christel und Maria Hornhauser konnten vor Aufregung nicht schlafen, denn der große Tag stand bevor. Sie hatten sich im Löwen einquartiert, die Tiere auf der Alm versorgte indes ein Senner aus der Nachbarschaft.
Schon in aller Herrgottsfrühe waren die beiden Frauen auf den Beinen. Zu einem, weil sie es von ihrer Arbeit her gewohnt waren, zum anderen natürlich, weil die Aufregung so groß war.
In dem Zimmer, das sie beide bewohnten, hing das Brautkleid außen am Kleiderschrank. Es war dasselbe, das auch

Maria zu ihrer Hochzeit getragen hatte. Ein wunderschönes Trachtenkleid mit aufwendiger Stickerei und silbernen Ketten verziert. Dazu gehörte ein Kopfschmuck mit roten und grünen Bändern. Maria hatte Tränen der Rührung in den Augen, als sie das Kleid an ihrer Tochter sah.
»Ich wünsch' euch beiden alles Glück der Welt«, sagte sie und umarmte Christel.
Dann nahm sie eine schwarze Schatulle aus ihrer Handtasche und öffnete sie. Sie war innen mit rotem Samt ausgeschlagen, und darauf ruhte eine silberne Halskette mit einem wunderschönen, kunstvoll gearbeiteten Rosenanhänger.
»Die hat der Vater mir zu unserer Hochzeit geschenkt«, sagte sie und legte Christel die Kette um den Hals. »Schau.«
Sie zog das Madel vor den Spiegel. Christel war sprachlos, so schön hatte sie sich selber nie gesehen.
Es klopfte.
»Das wird die Friseuse sein«, meinte Maria Hornhauser und öffnete die Tür.
Die Friseurmeisterin kam aus dem Nachbarort. Dort waren Mutter und Tochter vor zwei Tagen gewesen, um sich für den festlichen Anlaß frisieren zu lassen. Die Meisterin hatte versprochen, heute herzukommen und die Haare noch einmal zu richten.
»Wunderschön!« war ihr einziger Kommentar, als sie die Braut sah. »Ich glaub', wir müssen uns sputen. D'runten läuft ein ziemlich nervöser junger Mann herum. Dem festlichen Anzug nach zu schließen, ist es der Bräutigam.«
Christel schlang die Arme um ihre Mutter.
»Ich bin so aufgeregt«, flüsterte sie.
»Das ist wohl jede Frau in dieser Situation«, sagte ihre Mutter und drückte sie an sich. »Das geht vorüber.«

*

Tobias wartete. Ungeduldig schaute er die Treppe hinauf, die die beiden Frauen jeden Moment herunterkommen mußten. Endlich hörte er Schritte. Sie kamen aber von draußen. Monika und Vinzenz Leitner. Die Bäuerin und ihr Mann sollten die Trauzeugen sein. Sie richteten auch den anschließenden Hochzeitsschmaus aus, der auf dem Leitnerhof stattfinden sollte. Jetzt warteten sie mit dem Bräutigam an der Rezeption.

»Wo bleiben Sie denn nur?« fragte Tobias verzweifelt. »Das kann doch net so lang' dauern.«

»Wart's ab«, meinte Vinzenz Leitner. »Kommst' noch früh genug zu deiner Hinrichtung.«

Monika gab ihm einen Knuff.

»Hör' net auf ihn«, sagte sie an Tobias gewandt. »Auf unserer Hochzeit mußte er sich erst Mut antrinken, bevor er ja sagen konnte.«

»Eine gute Idee«, griff Vinzenz auf und wandte sich an Sepp Reisinger, der eben an den Empfang kam. »Geh', Sepp, bring dem Tobias einen Schnaps, damit er ruhiger wird.«

Er schielte zu seiner Frau.

»Und mir bringst' auch gleich einen mit.«

Sie hatten gerade getrunken, als es endlich soweit war. Maria und die Friseurmeisterin kamen zuerst, wenig später schritt Christel langsam die Treppe hinunter, wo Tobias sie in Empfang nahm.

In seinem Hals steckte ein dicker Kloß. So schön hatte er sich seine Braut nicht vorgestellt.

»Ich weiß gar net, was ich sagen soll«, kam es leise über seine Lippen.

Es war Vinzenz Leitner, der mal wieder witzelte.

»Sag' einfach: Ja!«

Aber das mußte ihm gar net gesagt werden. Sein Herz klopfte ihm bis zum Hals hinauf, als der Bürgermeister von

St. Johann, der Bruckner-Markus, der auch der Standesbeamte des Ortes war, ihm die entscheidende Frage stellte, und der Christel ging es nicht anders.
»Jetzt darfst' die Braut küssen«, sagte Markus, nachdem er zweimal ein deutliches Ja gehört hatte.
Glücklich schauten sich die Brautleute an, Mutter Hornhausen weinte in ihr Taschentuch, und auch Monika Leitner hielt ihre Tränen der Rührung nicht zurück.
Tobias nahm seine Frau in die Arme, und sie gaben sich den süßesten Kuß ihres Lebens.

*

Der Himmelsspitz und die Wintermaid lagen noch im Dunst des frühen Nebels, als der Geistliche schon unterwegs war. In seinem Rucksack steckten wie immer Brot und Schinken und eine Thermoskanne mit Kaffee. Um seinen Hals trug Sebastian ein Fernglas, das er zwischendurch immer wieder vor die Augen hielt.
Langsam, aber stetig ging es bergan. Der Wanderer hatte keine Mühe, dem Pfad zu folgen. Wenn man so im Training war, wie Pfarrer Trenker, dann hatte man sich den Spitznamen »Bergpfarrer« verdient.
Sebastian empfand den Wald wie eine Kirche, und die majestätischen Berge waren ihm wie ein Dom. Immer wieder zog es ihn hinaus in der Einsamkeit, konnte er doch hier Gottes Schöpfung in ihrer ganzen Vielfalt bewundern.
Während einer Rast überdachte er noch einmal die Ereignisse der letzten Tage und Wochen. Vieles hatte es gegeben. Erfreuliches, wie die Hochzeit von Christel und Tobias, oder die Rettung des Kranken, Hubert Brunnenmayr. Aber auch Unerfreuliches, wie die Geschichte mit Resl Leitner und seinem Bruder, Max.
Immerhin konnte Sebastian sich freuen, wenn er an eine

Situation dachte, die sich während der Feier auf dem Leitnerhof abgespielt hatte.
Da war die Resl zum Max gegangen und hatte ihn um Verzeihung gebeten. Der Gendarm hatte gute Miene zum bösen Spiel gemacht und die Entschuldigung angenommen. Mehr noch – er hatte wieder mit Theresa Leitner getanzt, und als sie dabei einmal in die Nähe des Tisches kamen, an dem Sebastian saß, da hatte Max seinem Bruder zugeblinzelt, während der ihm verstohlen mit dem Finger drohte.
Sebastian Trenker schmunzelte in Erinnerung an diesen Moment.
Es war schön zu wissen, daß es einen Gott gab, der wieder alles zum Guten gewendet hatte. Er, Sebastian, war nur sein Werkzeug. Dafür, daß er das sein durfte, war er dankbar und glücklich, und dieses Glück wollte er mit den Menschen teilen.
Wie so oft empfand er ein befriedigendes Gefühl, wenn er an seine Gemeinde dachte. Als er sich entschloß, Pfarrer zu werden, da hatte er schon geahnt, daß es kein leichter Beruf sein würde, dennoch hatte er es nicht einen Augenblick bereut. Wenn es darauf ankam, dann mußte er vierundzwanzig Stunden für seine Schäfchen dasein. Ebenso, wie es sich für einen guten Hirten gehörte.

– ENDE –

Du bist mein ganzes Glück

Kann Elke sein gebrochenes Herz heilen?

Markus Bruckner schaute seine Besucherin verschwörerisch an.
»Gell', Frau Kerner, es ist Ihnen klar, daß das alles unter uns bleiben muß«, sagte er. »Über den wirklichen Grund Ihres Aufenthalts darf kein Wort nach außen dringen.«
Die blonde Mittzwanzigerin, die in einem der bequemen Sessel im Büro des Bürgermeisters von St. Johann saß, schlug die Knie übereinander und strich den Rock glatt. Sie trug ein dunkelblaues Kostüm und eine cremefarbene Bluse. Ein goldenes Kettchen war das einzige Schmuckstück.
»Selbstverständlich, Herr Bruckner«, erwiderte Elke Kerner. »Von mir erfährt niemand etwas. Offiziell mache ich hier ein paar Tage Urlaub. Es ist ja auch ein schöner Ort, Ihr Sankt Johann.«
»Nicht wahr!«
Markus Bruckner war ans Fenster getreten und sah hinaus. Gerade hielt vor dem gegenüberliegenden Hotel ein Reisebus und eine Schar Touristen stieg aus. Der Bürgermeister drehte sich wieder um.
»Und wir werden dafür sorgen, daß das auch in aller Welt bekannt wird«, sprach er weiter. »Finden Sie mir nur einen geeigneten Standort für das Hotel.«
Elke Kerner trank einen Schluck aus der Kaffeetasse, die vor ihr auf dem Tisch stand und legte dann die Fingerspitzen aneinander.
»Hm, sechshundert Betten, ist das nicht ein bißchen zu gewagt für Ihren kleinen Ort«, gab sie zu bedenken. »Immerhin fehlt es hier ja noch an attraktiven Freizeitmöglichkeiten.«

»Das kommt alles noch«, winkte der Bürgermeister ab. »Bis jetzt kommen die Leut' wegen der guten Wandermöglichkeiten, die wir hier haben. Sie soll'n mal sehen, was erst hier los ist, wenn das Hotel steht, mit allen erdenklichen Attraktionen. Ich hab' schon mit dem Reisinger-Sepp gesprochen, das ist der Wirt von dem Hotel, in dem Sie wohnen, der Sepp zieht mit. Das wird vom Allerfeinsten. Schwimmbad, Sauna, Solarium. Einen Golfplatz werden wir anlegen, und eine große Diskothek. Tanz und gute Laune bis in den frühen Morgen – das ist's, was die Leut' wollen. Schauen S' nur einmal, was da auf Mallorca los ist, mit den ganzen Urlaubern. Warum soll das hier net auch geh'n.«

»Also, ob das, was da in Spanien geschieht, hier auch funktioniert, wage ich zu bezweifeln«, versuchte die Frau den Enthusiasmus des Bürgermeisters von Sankt Johann zu bremsen. »Ganz zu schweigen davon, ob so etwas überhaupt erwünschenswert ist. Was ich mit attraktiven Freizeitmöglichkeiten meine, bezieht sich vielmehr auf das hiesige Angebot für Wintersportler. Es fehlen Skipisten, Seilbahn und all die anderen Sachen, die einen Wintersportort für Touristen erst anziehend machen.«

Markus Bruckner schüttelte den Kopf.

»Ich versteh' Ihre Einwände, Frau Kerner. Dennoch, eines zieht das andere nach. Wenn das Hotel erstmal steht, dann finden sich genügend Investoren, um die Skipiste und Seilbahn zu bauen. Wenn Sie sich alles anschauen, werden Sie mir recht geben. Die beiden Gipfel, der Himmelsspitz und die Wintermaid, laden geradezu ein, dort Pisten anzulegen.«

Elke Kerner erhob sich und reichte Markus die Hand.

»Gut, Herr Bruckner, dann machen wir es so, wie verabredet. Ich schaue mir die Gegend an, und in etwa einer Woche erhalten Sie ein ausführliches Exposé, in dem ich meine Vorschläge und Anregungen darlege.«

»Ist recht, Frau Kerner.«
Er legte einen Finger an den Mund.
»Und zu niemandem ein Wort.«
»Selbstverständlich nicht. Sie können sich darauf verlassen.«

*

Ein wenig nachdenklich schlenderte die junge Frau über die Straße. Irgendwie schien dieser ganze Auftrag zu vage und ominös. Allein diese ganze Geheimhaltung! Elke schmunzelte – sie war doch keine Spionin.
Oder doch? Beinahe kam sie sich so vor. Im Auftrag des Bürgermeisters sollte sie herausfinden, an welcher Stelle ein geeigneter Platz für den Bau eines Riesenhotels war. Davon durfte niemand etwas erfahren. Warum, fragte die Frau sich. Gäbe es vielleicht Widerstand gegen ein solches Projekt? Der Gemeinderat würde hinter der Sache stehen, sagte zumindest der Bürgermeister. Aber was war mit den anderen Leuten hier? Würden die Markus Bruckner und seinen ehrgeizigen Plänen Steine in den Weg legen?
Elke Kerner blieb einen Moment stehen und schaute sich um. Ein schöner, beschaulicher Ort, dieses Sankt Johann, dachte sie. Nicht so groß, daß man als Fremder den Überblick verlieren konnte, aber auch nicht zu klein. Ihr Blick fiel bewundernd auf die Kirche, die auf einem kleinen Hügel beinahe in der Ortsmitte erbaut war. Das schneeweiße Gemäuer überragte alle anderen Gebäude. Elke nahm sich vor, die Kirche bei Gelegenheit zu besichtigen.
Sie setzte ihren Weg zum Hotel fort und vernahm plötzlich einen lauten Pfiff. Entgegen ihrer Gewohnheit drehte sie sich um und schaute in das grinsende Gesicht eines jungen Burschen.
»Teifi, Teifi«, sagte er. »Wie kommt so ein hübsch's Madel in unser klein's Dorf?«

»Sie werden es nicht glauben«, antwortete sie. »Mit dem Auto.«

Damit ging sie weiter. Innerlich lachte sie. Es war nicht das erste Mal, daß ihr so etwas passierte. Die attraktive Frau war es gewohnt, die Blicke der Männer auf sich zu ziehen.

Als sie das Hotel betrat, stand der Bursch' immer noch auf der Straße und schaute ihr hinterher.

So ein Madel, so ein blitzsauber's! schoß es dem Fornbacher Martin durch den Kopf. Und so schlagfertig. Hoffentlich war's am Samstag beim Tanz dabei. Dann wird's schon ihr blaues Wunder erleben!

Langsam drehte er sich um und ging weiter. Dabei rieb er sich voller Vorfreude die Hände.

*

In der Hotelhalle herrschte ein dichtes Gedränge. Die gerade angekommenen Gäste belegten ihre Zimmer. Überall standen Koffer und Reisetaschen herum, während es von Stimmen summte und brummte, wie in einem Bienenhaus. Sepp Reisinger stand hinter der Rezeption und gab die Zimmerschlüssel aus.

Elke Kerner, die hinter einem Pulk Gäste stand, bekam plötzlich einen Stoß in den Rücken, als die Eingangstür aufschwang. Ein junger Mann drängte herein, in beiden Händen Koffer.

»Verzeihen Sie, bitte«, entschuldigte er sich. »Ich konnte wirklich nicht sehen, daß jemand so dicht an der Tür steht.«

Elke schaute ihn an. Er lächelte charmant zurück.

»Es ist ja nichts passiert«, sagte sie.

Der neue Gast hatte seine Koffer abgestellt. Er machte eine Verbeugung.

»Carsten Henning«, stellte er sich vor.

Elke nickte und nannte ihren Namen, dann wandte sie sich

wieder der Rezeption zu, an der es merklich ruhiger wurde. Die meisten Gäste hatten ihre Zimmerschlüssel und strebten die Treppe hinauf.
»Ach, Frau Kerner«, sagte Sepp. »Sie möchten bestimmt auch Ihren Schlüssel.«
Er reichte ihn über den kleinen Tresen.
Elke bedankte sich und nickte dem jungen Mann noch einmal zu. Der schaute ihr lange hinterher.
»Sie sind Herr Henning?« fragte der Wirt. »Herzlich willkommen.«
»Ja, ich habe ein Zimmer reserviert. Für eine Woche.«
»Ja, hier steht's. Einzelzimmer mit Dusche. So bitt'schön.«
Er nahm den Schlüssel vom Brett und gab ihn Carsten Henning.
»Vom Hotel ›Stadt Hamburg‹, in Hamburg, gebucht«, stellte Sepp Reisinger mit einem Blick auf seine Unterlagen fest. »Arbeiten Sie gar dort?«
»Ich bin der Geschäftsführer der ›Stadt Hamburg‹.«
Sepps Miene erhellte sich.
»Dann sind wir ja Kollegen. Da müssen wir uns mal am Abend unterhalten. Bei einem Glas Wein vielleicht?«
»Gerne. Aber jetzt bin ich ein wenig müde. Die Fahrt von Norddeutschland hier herunter, war doch recht anstrengend.«
»Natürlich, Herr Henning, einen schönen Aufenthalt in Sankt Johann.«
»Danke«, antwortete Carsten von der Treppe her. »Was ich bis jetzt gesehen habe, war schon sehr vielversprechend.«
Sepp Reisinger schaute ihm nachdenklich hinterher.
Wie mochten die Worte gemeint sein? Der Löwenwirt hatte sehr wohl den Blick bemerkt, den sein neuer Gast der Frau Kerner hinterher geworfen hatte …
Wie auch immer. Sepp freute sich, einen Fachmann im Haus

zu haben, mit dem er sich einmal austauschen konnte. Wer weiß, vielleicht konnte der Herr Henning ihm noch ein paar Tips geben. Immerhin war die »Stadt Hamburg« ein erstklassiges Hotel, das einen weltweiten Ruf genoß. Es war geradezu ein Glücksfall, daß der Geschäftsführer dieses Hauses ausgerechnet zu diesem Zeitpunkt – wo das neue Hotel für St. Johann geplant wurde – hier Urlaub machte.
Nachdem wieder Ruhe eingekehrt war, setzte sich Sepp Reisinger in sein Büro und gab sich den Träumen hin, die er zusammen mit dem Bürgermeister ausgeheckt hatte – St. Johann zu einem touristischen Zentrum zu machen.
Herrliche Zeiten werden kommen, dachte er dabei.

*

Carsten Henning nickte zufrieden, als er das Zimmer betreten hatte. Es war groß und hell, die Einrichtung modern. Außer dem Bett und Kleiderschrank gab es eine Leseecke mit Tisch und Sessel, sowie einen Schreibtisch, der am Fenster stand. Fernsehgerät und Telefon boten zusätzlichen Komfort. Der junge Mann machte sich daran, seine beiden Koffer auszuräumen. Dabei schüttelte er den Kopf. Das war ja viel zu viel Gepäck, das er da für eine Woche Urlaub eingepackt hatte. Wie oft hatte er mit Petra deswegen eine Auseinandersetzung gehabt, weil sie für drei Tage auf Sylt Taschen und Koffer mitnahm, als wolle sie eine Weltreise antreten. Darüber würde er sich jetzt aber nicht mehr aufregen müssen…
Carsten hielt in seiner Tätigkeit inne und setzte sich auf den Rand des Bettes. Petra Hagen, zweite Tochter einer angesehenen Hamburger Kaufmannsfamilie, sie war seine große Liebe gewesen. Doch das schien alles so lange her. Carsten dachte nur noch selten an die junge, dunkelhaarige Frau, mit der er bis vor ein paar Wochen noch verlobt war. Hatte er sie wirklich schon vergessen, oder war es mehr ein Schutz, den

er sich selbst auferlegte, um nicht in Kummer und Verzweiflung zu versinken?
Er hatte Petra geliebt, aus tiefstem Herzen, und war doch bitter enttäuscht worden. Als er sie in den Armen seines besten Freundes überraschte, brach für ihn eine Welt zusammen. Jeder Versuch seines Schwiegervaters in spe, den Riß zu kitten und zu retten, was zu retten ist, scheiterte an Carstens Widerstand. Er hatte seiner Verlobten vertraut, und dieses Vertrauen war gründlich mißbraucht worden. Für ihn gab es keinen Weg zurück, mochte Petra ihr Handeln noch so sehr bereuen, wie sie ihm immer wieder versuchte, am Telefon zu erklären. Ein-, zweimal hörte er zu, ohne ein Wort zu erwidern, die nächsten Male legte er den Hörer auf die Gabel, wenn er ihre Stimme vernahm.
Für eine Weile zog er sich in sein Schneckenhaus zurück, doch seine Tätigkeit als Geschäftsführer eines Hotels von Weltruf, ließ es nicht zu, daß er sich vergrub. Er mußte repräsentieren, Gäste empfangen, Geschäftsessen absolvieren. Carsten beschloß, daß es das beste sei, sich für eine kurze Zeit zurückzuziehen und auszuspannen. Am liebsten irgendwo weit fort. Einen Kochcommis, der in St. Johann zu Hause war, hatte es in den hohen Norden verschlagen, und obwohl er sich in Hamburg wohlfühlte, sprach er doch immer wieder davon, wie schön es in seiner Heimat sei. So kam Carsten auf die Idee, seinen Urlaub in dem kleinen Ort in den Alpen zu verbringen. Und was er auf der Fahrt hierher und seit seiner Ankunft sah, hatte ihm schon sehr gefallen. Damit meinte er aber nicht die junge Frau, der er die Tür so unsanft in den Rücken gestoßen hatte. Sie sah toll aus, ohne Zweifel, aber das Kapitel Frauen hatte sich für die nächste Zeit erledigt. So bald würde er sein Herz nicht wieder verschenken, das stand für Carsten Henning fest.

*

Sebastian Trenker wanderte die Hohe Riest hinauf, einem Waldstück, das unterhalb der Zwillingsgipfel, Himmelsspitz und Wintermaid, lag. Es war ein heller, sonniger Morgen, den der Pfarrer unbedingt für diese Wanderung nutzen wollte. Seit einer guten Stunde war er schon unterwegs, und er hatte beschlossen, seine erste Rast bei der Berghütte zu machen, die er bald erreichen mußte. Dabei freute er sich auf ein ausgiebiges Frühstück mit Kaffee, Brot und Speck.

Nach einer Biegung hatte er sein Ziel erreicht. Vor dem Hintergrund der imposanten Berge stand die Holzhütte, die Wanderern Schutz vor Unwetter, oder auch ein Lager für die Nacht bot. Unmittelbar davor war ein kleines Wiesenstück. Dort machte der Geistliche es sich bequem. Schnell war der Rucksack aufgeschnürt. In der Thermoskanne duftete der heiße Kaffee, und dem Papier, in das der Speck eingewickelt war, entströmte ein appetitliches Aroma nach Rauch. Mit einem Taschenmesser schnitt Sebastian ein gutes Stück davon ab, ebenso von dem krossen Brot, das seine Haushälterin gebacken hatte. Langsam und genußvoll ließ er es sich schmecken. Dabei schaute er auf das herrliche Panorama der Berge und der bewaldeten Höhen.

Er hatte gerade sein Mahl beendet, als ein merkwürdiger Laut ihn aufhorchen ließ. War da wirklich etwas, oder hatte er sich getäuscht?

Nein, da war es wieder. Es klang wie ein unterdrücktes Stöhnen. Sebastian war nicht sicher, aber er glaubte, daß das Geräusch aus der Hütte käme.

Ein wildes Tier vielleicht? Unmöglich war das nicht. Die Hütte hatte zwar eine Tür, aber ein Fuchs oder Marder konnte sich schon mal durch irgend ein Loch dort hinein verirren und dann den Weg hinaus nicht wiederfinden.

Pfarrer Trenker näherte sich vorsichtig der Hüttentür. Den

Gedanken an ein wildes Tier verwarf er jedoch. Solche Geräusche verursachte nur ein Mensch.
Ein Mensch, der Hilfe brauchte.
»Hallo, ist da jemand?« rief er durch die offene Tür.
Die Berghütte bestand aus einem größeren Raum, in dem roh gezimmerte Tische und Stühle standen, und mehreren Nebenkammern, in denen Strohbetten auf müde Wanderer warteten. Von dort kamen die seltsamen Laute.
Sebastian stieß die Tür zu der Kammer auf und trat ein. Auf dem Strohbett lag ein Mann in merkwürdig verkrümmter Haltung. Der Pfarrer näherte sich ihm.
»Grüß' Gott, sind Sie verletzt? Kann ich Ihnen irgendwie helfen?«
Der Mann richtete sich mühsam von seinem Lager auf und lehnte sich mit dem Rücken an die Wand. Er mochte so um die sechzig Jahre alt sein und machte einen recht heruntergekommenen Eindruck. Er war nicht rasiert und roch sehr streng, wie Pfarrer Trenker mit einem Naserümpfen feststellte.
»Mein Bein«, antwortete er und zeigte auf seine zerrissene Hose. »Ich hab's mir bei der Kletterei aufgeschlagen.«
»Lassen S' mal sehen.«
Trotz des Geruchs, der von dem Mann ausging, setzte Sebastian sich an seine Seite und hob vorsichtig die Hosenfetzen von dem Bein ab.
»Du lieber Himmel!« entfuhr es ihm.
Die Wunde sah fürchterlich aus. Blutverkrustet und angeschwollen. Die Haut ringsherum hatte eine bläuliche Färbung angenommen.
»Ich habe zwar ein Erste-Hilfe-Päckchen dabei«, sagte Sebastian. »Aber das hier muß ein Arzt behandeln. Bestimmt tut es sehr weh. Wir müssen schnellstens ins Tal hinunter.«
Er schaute sich um. Neben dem Lager des Mannes lagen

zwei Plastiktüten, in denen sich wohl die ganze Habe des Obdachlosen – um solch einen handelte es sich bei dem Mann – befand.
»Haben S' denn schon 'was gefrühstückt?« erkundigte er sich, weil er nicht den Eindruck hatte, daß der Verletzte etwas zum Essen bei sich hatte.
Der Mann schüttelte den Kopf.
»Seit zwei Tagen lieg' ich hier«, antwortete er. »Gestern mittag hab' ich die beiden letzten Semmeln gegessen.«
»Na, dann müssen S' ja einen richtigen Hunger haben.«
»Und wie!«
Der Geistliche holte den Rucksack herein. Es war nicht nur genug Speck und Brot übrig, in der Thermoskanne gab es auch noch heißen Kaffee. Der Mann schnalzte genießerisch mit der Zunge, als Sebastian ihm davon einschenkte, und der Duft den kleinen Raum durchzog.
»Und Räucherspeck gibt's auch!«
Der Landstreicher schickte einen Blick zur Decke, als schaue er direkt in den Himmel.
»Ich glaub', ich bin im Paradies.«
Sebastian schmunzelte und schnitt Speck und Brot ab. Der Mann verschlang es gierig. Dazu trank er den ganzen Kaffee aus, der noch in der Kanne war. Als er fertig war, strich er sich über den Bauch.
»So, jetzt geht's mir schon wieder besser, herzlichen Dank für dieses fürstliche Mahl«, sagte er und strahlte den Geistlichen dabei an. »Dabei fällt mir ein, daß ich mich noch gar net vorgestellt habe.«
Er deutete im Sitzen eine Verbeugung an.
»Ich bin der Karl Moislinger.«
»Angenehm, Sebastian Trenker«, stellte der Pfarrer sich vor.
»Wie sieht's denn aus, Herr Moislinger, glauben Sie, daß wir zwei es schaffen, heil ins Tal zu kommen, wenn ich Sie stütze.«

Karl machte ein nachdenkliches Gesicht.
»Das schon«, antwortete er. »Allerdings, das mit dem Arzt, das können S' vergessen. Ich bin nämlich in keiner Krankenkasse, müssen S' wissen.«
»Darüber machen S' sich mal keine Gedanken«, winkte Sebastian ab. »Das findet sich schon. Erstmal müssen wir schauen, daß wir Sie heil nach unten bekommen.«

*

Das war leichter gesagt, als getan. Das kranke Bein mußte fürchterlich weh tun. Immer wieder wurde der Abstieg durch Pausen verzögert, die sie einlegen mußten. Schließlich schafften sie es doch. Und sie hatten Glück im Unglück. Gerade als sie die Straße erreicht hatten, kam ein Traktor mit Anhänger angefahren. Sebastian hielt den Bauern an.
»Pfüat dich, Enzinger, sei so gut und nimm uns beide auf dem Anhänger mit. Der Mann hier hat ein verletztes Bein, das sich der Doktor Wiesinger unbedingt ansehen muß.«
Der Bauer nickte.
»Grüß Gott, Herr Pfarrer. Freilich können S' mitfahren. Warten S', ich helf' Ihnen.«
Karl Moislinger riß vor Erstaunen den Mund auf.
»Sie sind Pfarrer?« fragte er, als der Traktor langsam anruckelte. »So sehen S' aber gar net aus!«
Sebastian lachte. Es war nicht das erste Mal, daß jemand, der ihn nicht kannte, erstaunt war und nicht glauben konnte, einen Geistlichen vor sich zu haben. Diese schlanke, durchtrainierte Figur traute man eher einem Sportler zu, als einem Pfarrer.
»Es trügt oft der Schein«, gab er zu bedenken.
Kurze Zeit später erreichten sie St. Johann. Der Bauer fuhr bis vor die Praxis und half, den Verwundeten ins Wartezimmer zu bringen.

»Vergelt's Gott, Enzinger«, bedankte der Seelsorger sich für die Hilfe.

»Hab' ich gern' getan«, verabschiedete der Bauer sich, während Toni Wiesinger das Wartezimmer betrat.

»Kommen S' gleich durch«, bat er Sebastian und Karl in das Sprechzimmer.

Zusammen hoben sie den Kranken auf die Liege, und Toni Wiesinger machte sich an die Arbeit. Karl Moislinger verzog vor Entsetzen das Gesicht, als der Arzt die Utensilien bereitlegte, um die Wunde zu säubern, hielt aber still. Als schließlich der Verband angelegt war, atmete er tief durch.

»So, ich gebe Ihnen jetzt noch eine Tetanusspritze«, sagte Toni Wiesinger, was erneutes Entsetzen hervorrief.

»Bleiben S' noch einen Moment liegen«, riet der Arzt seinem Patienten, nachdem er die Spritze gesetzt hatte.

Sebastian Trenker saß derweil draußen im Wartezimmer. Außer ihm war sonst niemand anwesend. Toni Wiesinger kam aus dem Behandlungsraum und setzte sich zu ihm.

»Wo haben S' denn den gefunden?« erkundigte er sich.

Der Geistliche erzählte, unter welchen Umständen er auf Karl Moislinger gestoßen war.

»Was übrigens Ihr Honorar angeht, das werd' ich wohl bezahlen. Der Mann ist ja net krankenversichert«, erklärte er.

Der Arzt schüttelte den Kopf.

»Das geht schon in Ordnung so«, erwiderte er. »Aber etwas anderes macht mir Sorge. Der Herr Moislinger bräuchte strengste Bettruhe. Das Bein muß geschont werden. Bei dem Sturz hat er sich den Knochen aufgeschlagen. Es ist zwar nix gebrochen, aber es ist auch Schmutz in die Wunde gekommen, und es besteht die Gefahr einer Blutvergiftung. Am besten wär's, wenn ich ihn in ein Krankenhaus einweisen könnt'. Aber das geht ja net, wegen der Kosten.«

Sebastian dachte nach.

»Wenn ich ihn mit hinüber ins Pfarrhaus nehme?« fragte er. »Würde das ausreichend sein?«
»Ich glaub' schon«, nickte der Arzt. »Dann könnt' ich jeden Tag nach ihm schau'n. Er braucht auch täglich eine Trombosespritze, und die Wunde muß gereinigt werden. Wenn S' genügend Platz haben, Hochwürden, dann wäre das geradezu ideal.«
Sebastian Trenker strich sich nachdenklich über das Kinn.
»Am Platz soll's net liegen«, meinte er. »Ich muß nur noch überlegen, wie ich es der Frau Tappert beibringe...«

*

Sophie Tappert nutzte die Stunden, in denen der Pfarrer auf Bergtour war, für den großen Hausputz. Eigentlich wäre es ihr lieber gewesen, Hochwürden verzichtete auf derlei sportliche Betätigungen – im Geiste sah sie ihn schon irgendwo abgestürzt in einer Schlucht liegen –, aber da konnte sie mit Engelszungen reden, Pfarrer Trenker würde sich von seiner Leidenschaft doch nicht abbringen lassen.
Jetzt, wo wieder alles blitzte und blinkte, gönnte sich die Perle des Pfarrhaushaltes eine Ruhepause. Sophie Tappert hatte sich mit einer Tasse Kaffee in die Küche gesetzt und wollte gerade die Zeitung aufschlagen, als sie die Haustür hörte.
Nanu, dachte sie, war der Herr Pfarrer schon wieder von seiner Tour zurück? Das wunderte die Haushälterin. Max Trenker, Hochwürdens Bruder, konnte es nicht sein, denn der hatte erst vor einer halben Stunde angerufen und mitgeteilt, daß er nicht zum Mittagessen käme. Was nur selten geschah – Max, der in St. Johann für Recht und Ordnung sorgte, war den Kochkünsten Sophie Tapperts regelrecht verfallen und er verstand es immer wieder, rechtzeitig zu den Mahlzeiten im Pfarrhaus aufzutauchen. Heute jedoch

mußte er als Zeuge in einer Gerichtsverhandlung aussagen, die in der Kreisstadt stattfand, so daß er mit einigen belegten Broten zum Mittag vorlieb nehmen mußte.
Frau Tappert faltete die Zeitung zusammen und legte sie auf den Tisch. Dann stand sie auf und öffnete die Tür zum Flur. Es war tatsächlich Pfarrer Trenker, der da hereinkam, aber er war nicht allein. Zusammen mit Dr. Wiesinger trug der Geistliche einen Mann auf einer Krankentrage herein.
»Um Gottes willen«, rief die Haushälterin und eilte ihnen entgegen. »Was ist denn passiert?«
»Nicht so schlimm«, winkte der Arzt ab. »Herr Moislinger hat sich verletzt und jetzt braucht er ein paar Tag' Ruhe.«
Sophies Augen weiteten sich ungläubig.
»Was? Etwa hier bei uns?«
Sie sah den Pfarrer an. Das konnte Hochwürden unmöglich ernst meinen. Dieser Mensch hier im Haus? Da sah man doch gleich, woher der kam. Und wie der roch!
Sebastian deutete den Blick seiner Perle richtig.
»Ich dacht', wir haben doch oben die Kammer frei«, wagte er zu sagen. »Ein Bett steht auch drin... Es ist ja net für lang'.«
Sophie Tappert schüttelte innerlich den Kopf. Wir sind doch kein Hotel, sagte sie sich, und ein Krankenhaus gleich gar net!
Aber bitte, Hochwürden mußte ja wissen, was er tat, sie war ja nur die Haushälterin.
Der Mann auf der Trage hatte bisher noch gar nichts gesagt, doch jetzt richtete er sich auf und schaute Sophie mit treuen Augen an.
»Es ist mir außerordentlich peinlich, Ihnen so viele Umstände zu machen, gnädige Frau«, sagte er. »Aber den Mächten des Schicksals sind wir armseligen Menschen hilflos ausgeliefert. Erlauben Sie, daß ich mich vorstelle, ich bin der Moislinger-Karl.«

»Vielleicht sollten wir Herrn Moislinger erstmal ins Bett verfrachten«, mischte sich Toni Wiesinger ein. »Die Trage wird nämlich net leichter.«

»Da haben S' recht, Doktor«, nickte Sebastian.

Vorsichtig balancierten sie den Verletzten nach oben in den ersten Stock des Pfarrhauses. Dort oben, am Ende des langen Flures gab es einen kleinen Raum, der, wenn es erforderlich war, als Gästezimmer diente.

Die Haushälterin war vorausgeeilt und hatte schon das Bett bezogen, als die beiden Männer die Trage hereinschafften.

»So, Frau Tappert, jetzt sein S' so gut und bringen S' dem Herrn Moislinger eine Schüssel Wasser, Seife und Handtücher«, bat Sebastian.

Er wandte sich an den neuen Mitbewohner des Pfarrhauses.

»Ich hoff', Sie fühlen sich recht wohl bei uns. Nachher bringt Frau Tappert Ihnen eine gute Suppe. Die wird Sie wieder kräftigen.«

»Dank' schön, Herr Pfarrer«, sagte Karl Moislinger. »Ich weiß gar net, wie ich das wieder gutmachen kann.«

Sophie Tappert verdrehte die Augen – ausgerechnet die gute Rindssuppe mit den Leberknödeln darin. Naja, dachte sie im Hinuntergehen, es ist ja Christenpflicht, einem in Not geratenen Menschen zu helfen, aber muß der Kerl auch noch hier im Pfarrhaus übernachten? Wer wußte, was der noch alles im Schilde führte? Jeden Tag las man doch in der Zeitung, was für ein Gesindel sich überall herumtrieb!

Auf jeden Fall werd' ich meine Kammer zusperren, wenn ich schlafen geh', dachte sie und machte sich mit grimmiger Miene daran, die Wünsche des Pfarrers zu erfüllen. Und, auf jeden Fall mußte Max Erkundigungen über den Dahergelaufenen einziehen. Wer weiß, vielleicht wurde er sogar irgendwo gesucht?

Noch nie hatte Sophie Tappert den Abend so herbeigesehnt, und damit Max' Rückkehr aus der Stadt.

*

Elke Kerner wanderte zielstrebig den Hang hinauf. Unter ihr breitete sich das weite Tal aus, an dessen Rand das Dorf lag. Die junge Landschaftsarchitektin schaute mit akribischem Blick und sprach immer wieder ihre Eindrücke in ein Diktiergerät, das sie in der Hand hielt. So hielt sie in Stichworten fest, was sie für wichtig und erwähnenswert für das Fremdenverkehrs-Gutachten hielt, das sie erstellen sollte.
Was sie in erster Linie sah, war ein wunderschönes Panorama aus majestätischen Bergen, malerischen Wäldern und saftigen Wiesen voller bunter Blumen und wilder Kräuter. Irgendwo weidete eine Herde Kühe, Rot- und Federwild zeigte sich bisweilen, und darüber spannte sich ein wolkenloser blauer Himmel.
Elke nahm einen Fotoapparat aus der Tasche, die sie um die Schulter trug, und machte ein paar Bilder. Dieser Anblick lohnte, festgehalten zu werden.
Wenig später riß sie sich aus ihren romantischen Betrachtungen. Schließlich war sie hier, um zu arbeiten, und ihr Auftrag war es, herauszufinden, wo der beste Standort für ein Hotel war. Nicht direkt im Dorf, aber auch nicht zu weit davon entfernt. Die rechte Seite des Talkessels konnte durchaus in Frage kommen. Dort war ein breiter Weg hinauf zu den Wanderpfaden, die zu den Zwillingsgipfeln führten. Elke hatte sich diesen Abschnitt zuerst angesehen. Er schien ihr für den Bau der Seilbahn, die auf den Gletscher fahren sollte, am geeignetsten.
Die geplante Größe des Hotels machte ihr einiges Kopfzerbrechen. Sie fragte sich, ob sich wirklich genügend Investoren dafür finden ließen. Immerhin mußten etliche Geldge-

ber bereit sein, auch die Bergbahn zu finanzieren. Alles in allem würde es einige Millionen kosten, die ehrgeizigen Pläne des Bürgermeisters durchzusetzen. Elke hatte eine ungefähre Vorstellung davon, was alleine die ganzen Bauanträge und Genehmigungen an finanziellen Mitteln erforderten. Ganz zu schweigen von den sonstigen Hindernissen, die sich einem solchen Projekt gegenüber aufbauen konnten: Umweltschutz, Bürgerinitiativen oder politisches Kalkül.
Die junge Frau zuckte mit der Schulter. Das alles mußte sie ja nicht interessieren. Sie sollte lediglich den Boden bereiten. Allerdings konnte sie sich des Eindrucks nicht erwehren, daß mit dem Bau eines solchen Touristenzentrums ein nicht wieder gutzumachender Fehler begangen wurde. Hier, so hatte Elke den Eindruck, war die Natur noch intakt, und die Menschen schienen mit sich und dem was sie hatten zufrieden zu sein. Alles machte einen gesunden und urtümlichen Eindruck. War es wirklich notwendig, das zu zerstören? Einer Bettenburg würde die nächste folgen, der Bau der Seilbahn und der Skipisten wären ein Eingriff und Raubbau an der Umwelt. Schwere ökologische Schäden wären die Folgen.
Konnte man das wirklich verantworten?
Wie hatte Markus Bruckner gefragt?
»Wenn das auf Mallorca funktioniert, warum soll das net auch bei uns geh'n?«
Elke Kerner grauste es bei dem Gedanken, und immer mehr kam sie zu dem Entschluß, das geforderte Gutachten gewissenhafter abzufassen, als alle anderen Arbeiten jemals zuvor.
Sie schaute auf die Uhr und war erstaunt, daß es beinahe Mittag war. Gleich nach dem Frühstück hatte sie sich aufgemacht, vor gut vier Stunden. Sie hatte gar nicht bemerkt, wie schnell die Zeit verging. Langsam wollte sie nun den Rück-

weg antreten. Den Nachmittag würde sie wohl in ihrem Hotelzimmer verbringen.

Sie wollte so schnell wie möglich mit ihrer Arbeit fertig werden und noch ein paar Tage wirklich Urlaub machen, wenn ihr Büro es zuließ. Aber ein-, zweimal würde sie noch Streifzüge in die weitere Umgebung unternehmen müssen.

Elke kletterte gerade einen schmalen Pfad hinunter, der zur Dorfstraße führte, als sie in einiger Entfernung eine Gestalt bemerkte, die ihr bekannt vorkam.

War das nicht der junge Mann, der gestern so ungeschickt mit seinen Koffern…? Richtig, sie hatte sich nicht getäuscht. Carsten Henning kletterte den Pfad hinauf, den sie hinunter wollte. Nach ein paar Minuten trafen sie auf einander.

*

Carsten hatte nach der langen Autofahrt von Hamburg nach St. Johann ausgiebig und wohlig geschlafen. Seine innere Uhr, die ihn regelmäßig um sechs in der Frühe weckte, wenn er im Dienst war, hatte sich auf wundersame Weise auf Acht eingestellt. Da war er nämlich aufgewacht und hatte ziemlich verwirrt auf den Reisewecker geschaut, der auf dem Nachtkästchen an seinem Bett stand. Es war kaum zu glauben. Nach einem kleinen Abendessen war er sehr früh zu Bett gegangen und hatte zehn Stunden geschlafen. Das war schon eine Ewigkeit nicht mehr vorgekommen.

Ausgeruht und voller Energie stellte er sich unter die Dusche, rasierte sich hinterher und zog leichte, legere Kleidung an. Fröhlich pfeifend ging er zum Frühstück hinunter, das im Klubraum serviert wurde. Außer von einem Büffet konnte man verschiedene Eierspeisen und kleine Frühstücksgerichte von der Karte bestellen. Carsten entschied sich für zwei Spiegeleier mit Speck.

Die Mitglieder der Reisegruppe hatten ihr Frühstück bereits

hinter sich, so daß es in dem Raum sehr ruhig war. Ein Umstand, der Carsten durchaus gefiel. So konnte er gemütlich in der Zeitung blättern und sich das Essen schmecken lassen.
Nach dem Frühstück, das sich lange hinzog, ließ sich Carsten an der Rezeption eine Wanderkarte für die Umgebung von St. Johann geben. Das junge Madel, das hier Dienst hatte, erklärte ihm bereitwillig diese und jene Besonderheit, und wies auch auf die malerische gelegenen Sennenwirtschaften hin, deren Besuch sich unbedingt lohne.
Carsten sah auf die Uhr. Für solch eine weite Wanderung war es heute vielleicht schon zu spät. Nachdem er so ausgiebig und gemächlich gefrühstückt hatte, war es beinahe elf Uhr. Er beschloß zunächst den Ort selber und seine nähere Umgebung zu erkunden. Die weiße Kirche schräg gegenüber interessierte ihn besonders. Dorthin würde er zuerst gehen.

*

»Freilich ist's geöffnet. Schauen S' nur herein«, sagte Alois Kammeler. »Der Herr Pfarrer freut sich über jeden Besucher.«
»Sehr freundlich«, bedankte sich Carsten Henning bei dem Mesner von St. Johann.
Er betrat das kühle Kirchenschiff und schritt langsam den Kreuzgang hinunter. Dabei staunte er über die reiche Verzierung aus roten und blauen Farben und das viele Blattgold, mit dem Figuren und Bilder beschlagen waren. Rechts unter dem Säulengang hing ein Ölgemälde, das den Heiland darstellte, im Gebet versunken. Daneben stand, auf einem Holzsockel, eine Madonnenstatue.
Der Hamburger war wirklich beeindruckt. Natürlich gab es in seiner Heimat auch schöne Kirchen, doch diese hier

schien etwas Besonderes zu sein. Die Atmosphäre hatte etwas Unvergleichliches.

Alois Kammeler wechselte die heruntergebrannten Kerzen am Altar aus. Als er bemerkte, daß der Besucher sich wohl für die Madonnenstatue interessierte, kam er herüber.

»Gefällt's Ihnen?« fragte er.

»Ja. Wirklich, eine wunderschöne Arbeit«, nickte Carsten. Sein Blick fiel auf den Sockel, der leicht beschädigt schien. Der Mesner seufzte.

»Ach, das war schon eine aufregende G'schicht'.«

Dann erzählte er von den Kirchenräubern, die St. Johann vor einiger Zeit heimgesucht hatten und die wertvolle Statue raubten. Dank der tüchtigen Arbeit der Polizei wurden die Diebe gefaßt, und die Madonna sichergestellt, bevor die Ganoven sie ins Ausland schaffen konnten.

»Unglaublich«, lautete der Kommentar des Hamburgers. »Daß so etwas hier geschehen konnte!«

Alois Kammeler hatte Zeit und war in Gesprächslaune, und so kam Carsten Henning in den Genuß einer ausgiebigen Erklärung über die Kirche St. Johann, und den Ort und seine Menschen. Eine Viertelstunde später wußte er über die wichtigsten Dinge Bescheid. Bevor er die Kirche verließ, bedankte Carsten sich bei dem Mesner und ließ ein paar Geldstücke in den Opferstock gleiten.

Draußen schaute er auf die Wanderkarte. Die Straßen waren rot, die Wanderwege grün eingezeichnet. Einer führte gleich von der Dorfstraße zu den bewaldeten Höhen hinauf. Carsten entschied sich, dorthin einen kleinen Spaziergang zu machen. Für den Nachmittag hatte er sich vorgenommen, auf der Terrasse des Hotels in einem Sonnenstuhl zu liegen und ein wenig zu lesen. Für den Abend hatte Sepp Reisinger ihn eingeladen.

Er fand den Wanderpfad und stieg langsam hinauf. Der Weg

war mehr oder weniger befestigt, allerdings gab es keine Begrenzung zum Tal hinunter, so daß man schon acht geben mußte, nicht auszurutschen.

Carsten sah nach oben. Jemand kam ihm entgegen. Er erkannte die junge Frau Kerner. Sie lächelte ihm zu, als sie nur noch wenige Schritte entfernt war.

»Guten Tag«, grüßte er.

»Hier, sagt man, Grüß Gott«, antwortete sie mit einem charmanten Lächeln.

»Ach, ja natürlich«, lachte Carsten zurück.

Beide waren stehengeblieben.

»Wissen Sie, ich komme aus Hamburg. Bei uns sagt man eigentlich ›Moin, Moin‹«, erklärte er.

»Ja, davon habe ich schon gehört.«

Elke Kerner musterte den jungen Mann verstohlen, aber auch intensiver, als gestern nachmittag. Zwei braune Augen blitzten in einem markanten Gesicht, die dunklen Haare hatten einen modischen kurzen Schnitt. Die schlanke und sportliche Gestalt wirkte trotz der legeren Kleidung elegant und weltmännisch. Der Blick, mit dem er sie ansah, war sympathisch, wie die ganze Erscheinung. Elke spürte plötzlich ihr Herz klopfen, so laut, daß sie meinte, Carsten Henning müsse es auch hören.

»Ein wirklich schöner Ort, um hier Urlaub zu machen«, setzte Carsten das Gespräch fort.

»Da haben Sie recht«, stimmt die junge Frau zu. »Hier scheint die Welt noch in Ordnung zu sein.«

Sie schauten sich an, und es schien, als wären beide verlegen. Elke räusperte sich und machte eine verabschiedende Handbewegung.

»Tja, also dann noch einen schönen Tag«, wünschte sie. »Ich hab' noch ein wenig Arbeit vor mir.«

»Den wünsche ich Ihnen auch«, antwortete Carsten.

Im selben Moment stolperte Elke über eine im Gras verborgene Wurzel eines Strauches und drohte hinzufallen. Carsten reagierte blitzschnell und griff zu. Im letzten Augenblick gelang es ihm, den Sturz zu verhindern.
Für ein paar Sekunden hielt er sie in seinen Armen, nahm den Duft ihres Parfums wahr, spürte ihr Haar in seinem Gesicht.
»Das war ziemlich knapp«, bemerkte er.
Elke merkte, wie eine feine Röte in ihr Gesicht stieg.
»Ja, das hätte schief gehen können. Herzlichen Dank für Ihre Hilfe.«
Carsten hielt ihre Hand etwas länger, als es eigentlich notwendig gewesen wäre, und er fühlte etwas, das er nicht mehr gefühlt hatte, seit jenem Tag an dem er Petra und seinen besten Freund...
»Danke, Herr Henning, es geht schon wieder«, sagte Elke und versuchte, ihm ihre Hand zu entziehen.
»Wie bitte? Ach so, ja natürlich..., entschuldigen Sie...«, stammelte er und ließ die Hand los.
Elke kletterte vorsichtig hinunter. Dabei überlegte sie, was dieser träumerische Ausdruck in seinen Augen bedeuten mochte.
Carsten indes sah ihr hinterher, ratlos über das, was da geschehen war. Hatte er sich wirklich eben in Elke Kerner verliebt?

*

»Herr Doktor, was glauben S', wann ich wieder aufsteh'n kann?« fragte Karl Moislinger. »Ich halt's net mehr aus im Bett.«
»Nanu«, wunderte sich Toni Wiesinger. »Gefällt's Ihnen net hier im Pfarrhaus?«
Der Arzt war wie jeden Tag herübergekommen und hatte sich das Bein angesehen, und dem Patienten die Spritze ge-

geben. Er war erstaunt darüber, wie schnell die Wunde verheilt war, nach nur drei Tagen.
»Doch, doch, es ist ja der reinste Luxus für unsereinen«, beeilte Karl sich zu versichern.
Er wollte auf keinen Fall als undankbar gelten.
»Aber, wissen S', Herr Doktor, ich bin an das ungebundene Leben in der Natur gewöhnt. Ich schlaf' auch viel besser im Freien. Na, und was soll ich sagen – die gnädige Frau Tappert wird auch froh sein, wenn S' mich wieder los sind.«
Er schaute zur offenen Kammertür und vergewisserte sich, daß die Haushälterin des Pfarrers nicht gerade in diesem Moment herein kam, dann beugte er sich zum Arzt.
»Also, das sag' ich Ihnen, die hat einen Blick die Frau – es wundert mich, daß ich net tot umfalle.«
»Na, na, so schlimm wird's schon net sein. Ist doch eine ganz patente Person, die Frau Tappert und eine hervorragende Köchin«, meinte Toni Wiesinger.
Gleichwohl wußte er um die Ängste, die die Haushälterin ausstand, seit Karl Moislinger zu Gast war. Daran änderte sich auch nichts, als Max versicherte, daß der Kranke ein ganz harmloser Landstreicher sei, der nirgendwo von der Polizei gesucht würde.
»Das ist wohl wahr«, stimmte Karl zu. »Der Herr Pfarrer kann sich glücklich schätzen, solch eine Perle gefunden zu haben. Trotzdem möcht' ich so bald wie möglich von hier fort.«
»Also gut«, entschied der Arzt. »Wenn S' denn unbedingt wollen – ich denk' in zwei, drei Tagen können S' das Bett verlassen.«
Er legte einen neuen Verband an und verabschiedete sich.
»Ich schau' dann morgen wieder nach Ihnen.«
»Ist recht, und vielen Dank, Herr Doktor«, rief Karl Moislinger ihm hinterher.
Doch er dachte etwas anderes...

…wenn ich in zwei, drei Tagen aufstehen kann, dann kann ich es auch gleich! Was soll ich noch länger hier 'rumliegen? Schön, das Bett ist weich, und das Essen gut und reichhaltig, aber eigentlich ist das Bett zu weich, solch eines hab' ich sonst net, und das Essen ist zu gut und reichhaltig, soviel und gutes hab' ich sonst auch net.
Nein, Moislinger, deine Zeit hier ist abgelaufen, bevor du noch verweichlichst. Am besten wird's sein, wenn du in der Nacht gehst, wenn alle schlafen, dann braucht's auch keine langen Erklärungen.
Zufrieden mit seinen Gedanken drehte er sich auf die Seite und schlief bald darauf ein. Bis zum Mittagessen war es noch etwas hin.

*

Kurz nach zwölf brachte Sophie Tappert das Tablett mit dem Essen herein. Es gab Rinderbrust in Meerettichsauce und Rote Bete. In einer kleinen Schüssel befand sich Birnenkompott zum Nachtisch.
»Sagen Sie, gnädige Frau, was ich schon seit Tagen fragen wollt', ich vemisse meine Kleidung. Sie wissen net rein zufällig…«
Sophies Augen schossen Blitze auf ihn an.
»Hören S' endlich mit der gnädigen Frau auf«, schimpfte sie. »Die bin ich nämlich net. Und was Ihre ›Kleidung‹ betrifft, wie Sie's nennen – die hab' ich in den Müll geworfen.«
»Was?«
Karl fuhr entsetzt auf.
»Meinen guten Anzug? Ich hatte nur den einen!«
»Seien S' froh, daß Sie ihn los sind«, fuhr Sophie ihm über den Mund. »Es waren eh nur noch Lumpen. Sie bekommen ja einen neuen. Einen, den der Herr Pfarrer getragen hat. Ich hoff', Sie wissen das zu schätzen.«

Sie ging hinaus und kehrte nach einiger Zeit mit einem Bündel Kleidung zurück. Ein dunkelgrauer Anzug, ein weißes Hemd und ein paar kaum getragene schwarze Halbschuhe. Dazu Karls Leibwäsche, die inzwischen gewaschen war. In einer kleinen Plastiktüte waren seine persönlichen Sachen, die sich in dem alten Anzug befunden hatten. Sophie Tappert verschwieg, daß sie sie mit Gummihandschuhen herausgeholt hatte, bevor sie die Lumpen in den Müll warf.
»Den Schlafanzug können S' ebenfalls behalten, hat der Herr Pfarrer gesagt.«
Der Moislinger war ganz verwirrt über diese Großzügigkeit.
»Vielen Dank«, sagte er. »Ich weiß gar net, womit ich das verdient hab'.«
»Ich auch net«, erwiderte Sophie Tappert und rauschte aus der Kammer.

*

Carsten Henning zog das Sakko an und warf einen prüfenden Blick in den Spiegel, bevor er zum Essen hinunterging. Sepp Reisinger hatte ihm einen Tisch reserviert.
»Am Samstag abend ist immer viel los«, erklärte der Wirt. »Net nur das à-la-Carte Geschäft. Am Wochenend' ist auch immer Ball auf dem Saal. Wissen S', wenn die Leut' die ganze Woch' über hart arbeiten, dann wollen's am Samstag ihr Vergnügen. Wenn S' mögen, Herr Henning, dann kommen S' nach dem Essen einfach dazu. Da ist immer eine Mordsgaudi, wenn die Musi' spielt.«
»Mal sehen«, hatte Carsten geantwortet.
Als er jetzt die Treppe hinunterging freute er sich in erster Linie darauf, auf Elke Kerner zu treffen. Zumindest hoffte er es. Gestern abend und heute morgen, beim Frühstück, hatte er sie nicht gesehen, und überrascht festgestellt, wie sehr er dies bedauerte. Die junge Frau mit den blonden Haaren ließ

sich nicht mehr aus seinen Gedanken verdrängen. Er hatte sich fest vorgenommen, sich nicht so schnell wieder zu verlieben, und nun befürchtete er, daß es schon längst geschehen sei. Seit dem gestrigen Zusammentreffen, als er sie in seinen Armen gehalten hatte, da schien die Welt sich anders' rum zu drehen.
Als Carsten das Restaurant betrat, suchten seine Augen vergebens die Tische ab. Nirgendwo war das zauberhafte Gesicht zu entdecken. Statt dessen kam Sepp Reisinger und führte ihn persönlich an den reservierten Tisch. Er stand in einer kleinen Nische, und von dort aus konnte man das Lokal übersehen.
Nach einem kurzen Blick in die Karte wählte er ein Wildgericht und einen Schoppen Rotwein dazu. Zuvor schenkte der Wirt ihm einen alten Portwein als Aperitif ein.
Carsten ließ sich Zeit und aß mit Ruhe und Genuß. Dabei schaute er sich um und betrachtete die Tische, die alle besetzt waren. Nicht nur Touristen speisten hier, auch viele einheimische Gäste ließen sich von den Kochkünsten der Wirtin verwöhnen. Der Hotelkaufmann gab ihnen recht, was Irma Reisinger auf den Tisch brachte, brauchte den Vergleich mit der Küche des renommierten Hauses, in dem er Geschäftsführer war, nicht zu scheuen.
Gleichwohl wurde der Genuß durch die Tatsache, daß Elke Kerner nicht im Restaurant war, ein wenig getrübt.
Carsten verzichtete auf ein Dessert und ließ sich die Rechnung bringen. Als er auf den Flur trat, hörte er vom anderen Ende her die Musiker im Saal spielen. Warum nicht, dachte er. Nicht immer hatte man Gelegenheit, einen zünftigen, bayerischen Abend zu verbringen, schon gar nicht, wenn man aus dem hohen Norden stammte. Er ging den Flur hinunter und blieb abrupt stehen. Aus einer Ecke kamen erstickte Laute. Es war, als würde jemandem der Mund zugehalten.

Carsten ging weiter. Das Licht spendeten ein paar Wandlampen mit kerzenförmigen Leuchtkörpern, die den Flur nur spärlich erhellten. Viel war also nicht zu sehen. Trotzdem erkannte Carsten zwei Gestalten die sich in der Ecke drängten. Es waren ein Mann und eine Frau..., eine Frau, die ihm bekannt vorkam.
»Lassen Sie mich los!« rief Elke Kerner in diesem Moment.

*

Die junge Landschaftsarchitektin hatte lange überlegt, ob sie zum Tanz gehen sollte. Bis zum frühen Nachmittag war sie mit der Arbeit an dem Gutachten beschäftigt. Dann hatte sie sich ein wenig ausgeruht und war früh zum Abendessen gegangen. Schließlich entschied sie sich und bat um einen Platz im Saal. Sie wurde an einen Tisch gesetzt, an dem ein paar Leute in ihrem Alter saßen, und freundlich aufgenommen. Schon nach kurzer Zeit war sie in Gespräche verwickelt und wurde des öfteren zum Tanzen aufgefordert.
Ihre gute Laune änderte sich auch nicht, als Martin Fornbacher hereinkam und sich zu ihnen setzte. Elke erkannte den jungen Mann, der ihr am Tag ihrer Ankunft so bewundernd hinterher gepfiffen hatte.
»Möchten S' tanzen?« fragte Martin auch gleich, nachdem sie kaum fünf Minuten gesessen hatte.
Elke nickte und ließ sich von ihm auf die Tanzfläche führen. Martin griff fest zu, die junge Frau versuchte, etwas auf Distanz zu gehen. Der Bursche wirbelte sie zum Takt einer Polka herum, riß sie wieder in seine Arme und jauchzte dazu aus vollem Herzen. Sogar Elke ließ sich von seiner guten Laune anstecken.
»Komm, Madel, jetzt geh'n wir an die Bar«, rief Martin.
Er bestellte zwei Gläser Sekt.
»Prost, ich bin der Fornbacher Martin.«

Elke prostete ihm zu und nannte ihren Namen. Dann stürzten sie den Sekt hinunter. Er prickelte und erfrischte herrlich.
»Und was ist mit dem Buss'l?« fragte Martin.
Elke war verwirrt über diese Forderung.
»Wie bitte?«
»Na, wir haben doch g'rad Brüderschaft getrunken«, meinte Martin. »Dazu g'hört doch auch ein Buss'l!«
Die junge Frau machte gute Miene zum bösen Spiel und drückte ihm einen Kuß auf die rechte Wange. Martin zog sie fester an sich.
»Soll das schon alles sein?« fragte er enttäuscht.
»War's net genug?« antwortete sie scherzend.
Offenbar hatte Martin schon getrunken, bevor er zum Tanzabend gekommen war. Man hatte es ihm nicht angemerkt, doch jetzt sah Elke in seine glasigen Augen.
»Mir reicht's net. Noch lange net, Madel«, raunte er in ihr Ohr.
»Hören S' doch auf, Martin«, bat die junge Frau und wand sich aus seinen Armen.
Sie ging an den Tisch zurück und nahm ihre Handtasche.
»Ich glaub', ich muß mich etwas erfrischen«, sagte sie zu dem Madel, neben dem sie gesessen hatte, und ging zur Saaltür.
Sie hatte sie kaum geöffnet, als sich jemand an sie drängte und durch die Tür drückte.
Martin Fornbacher!
Er zog sie in eine kaum erhellte Ecke und versuchte, sie zu küssen. Elke wehrte sich gegen diese unerwünschte Liebesbezeugung. Sie wollte laut um Hilfe rufen, aber der Bursche hielt ihr den Mund zu. Es gelang ihr, seine Hand wegzudrücken.
»Lassen Sie mich los!« sagte sie im barschen Ton.
Sie war wirklich wütend auf den angetrunkenen Mann, der

sich etwas herausnahm, wozu er absolut kein Recht hatte. Martin schien das alles noch als ein Riesenspaß zu sehen und versuchte wieder, seinen Mund auf ihre Lippen zu pressen. Da wurde er herumgerissen und sah einem zornbebenden Mann in die Augen.
»Lassen Sie die Frau los!« fuhr Carsten Henning ihn an.
Der Fornbacher-Martin schaute auf die geballte Faust und wurde augenblicklich nüchtern.
»'s ist ja schon gut«, sagte er. »Es sollt' ja nur a Gaudi sein.«
»Machen Sie Ihre Späße woanders«, antwortete Carsten immer noch wütend. »Los, verschwinden Sie endlich!«
Martin machte eilends, daß er davon kam, während Elke Kerner sich die zerzausten Haare richtete.
»Herr Henning, Sie schickt der Himmel«, sagte sie. »Ich weiß nicht, wie ich mich hätte wehren können.«
»Ist Ihnen etwas geschehen?« fragte er besorgt. »Sind Sie verletzt?«
»Nein, nein«, versicherte sie. »Es war eigentlich mehr der Schreck, der mir ein wenig zusetzte.«
Sie legte ihre Hand auf seinen Arm.
»Jetzt waren Sie schon zweimal mein Retter«, sagte sie. »Ich weiß gar net, wie ich das wiedergutmachen kann.«
»Das war doch selbstverständlich«, wehrte er ab.
»Trotzdem danke ich Ihnen, und jetzt brauche ich etwas frische Luft. Haben Sie Lust, ein Stück mit mir zu gehen?«
»Aber ja, oder glauben Sie, ich lasse Sie nach diesem Vorfall alleine, draußen in der Dunkelheit, laufen?«
Elke hakte sich bei ihm ein, und sie gingen, wie ein vertrautes Paar durch das abendliche St. Johann.
Dabei spürte jeder von ihnen das eigene Herz vor Aufregung schneller schlagen.

*

Karl Moislinger wartete, bis die Glocken von St. Johann Mitternacht schlugen. Dann erhob er sich aus dem Bett und stellte sich auf. Es klappte ganz gut. Schon am Nachmittag war er mehrmals aufgestanden und hatte ein paar Schritte Laufen geübt. Die Wunde am Bein schmerzte kaum noch.
Er schlüpfte in die neuen Sachen, die die Haushälterin ihm gebracht hatte. Der Anzug paßte tadellos. Schade, daß kein Spiegel in der Kammer war. Karl hätte sich zu gerne einmal darin bewundert. Seine persönlichen Gegenstände steckte er in die Innentaschen der Anzugsjacke, seine andere Habe befand sich immer noch in den beiden Plastiktüten, die neben dem Bett standen. Karl schnappte sie sich und öffnete vorsichtig die Tür. Lauschend spähte er hinaus. Draußen war alles ruhig. Auf dem Flur brannte ein kleines Lämpchen, dessen Schein bis zur Treppe reichte. Vorsichtig setzte der Mann einen Fuß vor den anderen. Der Boden knarrte ein wenig unter seinen Schritten. Als er an der Tür vorbeikam, hinter der Sophie Tappert schlief, knarrte es besonders laut.
Karl Moislinger blieb stehen und hielt unwillkürlich die Luft an. Aus dem Zimmer der Haushälterin drangen leise Schnarchgeräusche. Beruhigt atmete er weiter und setzte seinen Weg nach unten fort.
Im Erdgeschoß mußte er sich erst einmal orientieren. Karl öffnete eine Tür. Das mußte das Pfarrbüro und Arbeitszimmer des Geistlichen sein. Leise zog er die Tür wieder ins Schloß. Gleich darauf fand er die Küche. Bestimmt würde er hier etwas auftun, das er für seinen weiteren Weg gebrauchen konnte. Licht zu machen, wagte er nicht, der Mondschein mußte, ausreichen. Ohne gegen Tisch oder Stuhl zu stoßen, was verräterische Geräusche erzeugt hätte, tastete der Landstreicher sich bis an den Küchenschrank vor. Im unteren Teil fand er Töpfe und Pfannen. Oben rechts stand das Geschirr, in der Mitte befanden sich Vorräte, wie Zucker und

Mehl. Enttäuscht schloß Karl Moislinger die Türen wieder.
Blieb noch die linke Seite, wenn er dort auch nicht fand, was er suchte...
In der linken Schrankseite fanden sich Kaffee, Kakao- und Puddingpulver, Schokoladentafeln und Gläser mit Backaromen. Der Mann durchstöberte weiter das Fach und schüttelte schließlich den Kopf.
Unter einem Päckchen Vanillepudding lagen zusammengefaltete Hundertmarkscheine.
»'s ist doch unglaublich, wie manche Leute mit ihrem Geld umgehen«, flüsterte Karl Moislinger im Selbstgespräch.
Dieses Problem hatte er nicht – er besaß ja keines.
Karl schloß den Schrank wieder und entdeckte endlich die Tür zur Speisekammer. Erleichtert atmete er auf. Hier fand er endlich, was er gesucht hatte. Sein wertvollster Besitz war ein Taschenmesser. Damit schnitt er eine gute Portion von dem Räucherschinken ab, der an einem Regal hing, ebenso ein Stück Mettwurst. Nachdenklich betrachtete er die zwei Brote.
Ob der Her Pfarrer wohl auch von einem satt würde?
Karl Moislinger ging mal davon aus und legte eines zu der Wurst und dem Schinken. Unter dem Regal lagen Plastiktüten. Er nahm eine und steckte die Sachen hinein. Dann ging er durch die Küche und den Korridor. Die Haustür war verschlossen, aber der Schlüssel steckte. Karl drehte ihn herum und öffnete die Tür. Draußen war keine Menschenseele zu sehen, als er die Haustür hinter sich ins Schloß zog.
»Vergelt's Gott«, murmelte er und ging den Weg zur Hauptstraße hinunter.
Auf der Straße angekommen, schaute er sich rechts und links um und nahm dann den Weg nach Engelsbach.

*

Für Carsten Henning wurde es eine schlaflose Nacht. Unablässig wälzte er sich in seinem Bett hin und her. Schließlich stand er auf. Es war kurz nach halb zwei, und er hatte noch kein Auge zugetan.
Der Grund für Carstens Schlaflosigkeit hieß Elke Kerner.
Der Hotelkaufmann aus Hamburg saß in dem Sessel am Fenster und ließ den Abend noch einmal Revue passieren. Elke hatte sich bei ihm eingehakt, und sie waren nach draußen gegangen. Es war ein ungewöhnlich milder Abend. Aus dem Saal des Hotels drang gedämpfte Musik auf die Straße, und auf dem Parkplatz gegenüber hatten sich ein paar Jugendliche aus dem Dorf versammelt. Offenbar war dort ihr Treffpunkt.
Elke und Carsten gingen langsam die Straße hinunter, an den wenigen Geschäften vorbei, die es in St. Johann gab.
»Wie sind Sie gerade darauf gekommen, hier Ihren Urlaub zu verbringen?« fragte die junge Frau.
Carsten erzählte von dem Koch, der von hier stammt und immer wieder von St. Johann schwärmte.
»Ich bin neugierig geworden«, meinte er. »Und da ich gerade ein paar Tage Urlaub brauchte, habe ich mich kurz entschlossen in das Auto gesetzt und bin hierher gefahren.«
Über den Grund für den Urlaub, seine geplatzte Verlobung mit Petra Hagen, sprach er nicht.
»Und Sie?« fragte er. »Was hat Sie hierher verschlagen?«
Elke hatte schon vorher überlegt, was sie antworten sollte, wenn diese Frage aufkam. Die Wahrheit konnte sie ihm unmöglich sagen, das würde ihre Loyalität gegenüber ihrem Auftraggeber nicht zulassen. Allerdings gab es auch keinen Grund, diesen jungen Mann, der ihr sehr sympathisch war, zu belügen.
»Die schöne Gegend hat mich angelockt«, erwiderte sie ausweichend. »Ich wohne in der Nähe von München, meine An-

reise war also net ganz so weit, wie die Ihre. Aber, sagen Sie, Ihre Tätigkeit im Hotel – ich stelle sie mir wahnsinnig interessant vor. Bestimmt kommen Sie mit vielen berühmten Menschen zusammen. Ihr Haus gehört ja zu den ersten Adressen.«
Carsten bestätigte es. Es war ein schöner und anstrengender Beruf, den er hatte. Es gab großartige Anlässe für Feiern, und interessante Gäste aus aller Welt. Aber es konnte auch nervenaufreibend sein.
»Ich habe nicht einen Tag bereut«, bekundete er.
Sie waren beinahe am Ende des Dorfes angekommen. Hier war alles still, lediglich der Wind rauschte in den Bäumen, und irgendwo sang eine Nachtigall.
Elke hatte seinen Arm nicht losgelassen.
»So, wie Sie das sagen, klingt es, als wären Sie in Ihren Beruf verliebt«, lachte sie. »Ist es Ihre einzige Liebe?«
Carsten schaute sie einen Moment nachdenklich an.
»Zur Zeit ja«, gab er dann zu.
Elke wurde plötzlich bewußt, wie persönlich diese Frage war.
»Entschuldigen Sie, ich wollte nicht indiskret sein«, sagte sie. »Es geht mich natürlich überhaupt nichts an ..., aber Sie sind mir irgendwie so vertraut, als ob wir uns schon seit Jahren kennen.«
»Ist das wirklich wahr?« freute Carsten sich. »Ich ..., ich fühle genau das gleiche ...«
Elke hob den Kopf und bot ihm ihren Mund dar. Carsten sah diese wunderschönen Augen, das verlockende Rot ihrer Lippen, und obwohl er sich geschworen hatte, sich nicht wieder so schnell zu verlieben, wußte er, daß es doch geschehen war.
Als sich ihre Lippen berührten, zog sich das Liebesband, das das Schicksal um sie gewoben hatte, ganz eng zusammen.

Und diese Tatsache ließ ihn keinen Schlaf finden. Carsten Henning überlegte hin und her, ob es richtig war, sich seinen Gefühlen hinzugeben, trotz der schlimmen Erfahrung, die er gemacht hatte. Seine Liebe zu Petra Hagen war erloschen. Gestorben an jenem unseligen Abend.
Konnte er überhaupt jemals wieder einer Frau vertrauen?

*

Der junge Mann aus Hamburg ahnte nicht, daß noch jemand in dieser Nacht keine Ruhe fand.
Elke Kerner warf das Gutachten, in dem sie gelesen hatte, achtlos beiseite. Sie lag im Pyjama auf ihrem Bett, auf dem Nachtkästchen daneben standen ein Kännchen Früchtetee und Tasse, sowie ein Tellerchen mit Keksen. Kurz vor Küchenschluß hatte sie sich diese Sachen noch schnell bestellt. Eigentlich wollte sie die schriftliche Stellungnahme heute abend beenden, doch seit sie wieder auf ihrem Zimmer war, konnte sie keinen klaren Gedanken mehr fassen.
Es bestand kein Zweifel daran, daß sie Carsten Henning liebte.
Doch was würde daraus werden? Vor dem Hotel hatte er sie noch einmal geküßt, aber diese beinahe schüchternen Küsse ließen Zweifel aufkommen. Auch wenn er sagte, daß er ihre Gefühle erwiderte, so spürte Elke doch eine deutliche Distanz, die er zu bewahren schien.
Da mußte etwas sein, das diese Distanz hervorrief!
Doch eine andere Frau? Carsten hatte beteuert, daß es diese nicht gäbe. Aber warum wirkte er dann so merkwürdig, fast, als habe er ein schlechtes Gewissen?
Und wenn sie sich irrte? Wenn da gar nichts war, das ihr Mißtrauen begründete, was würde dann aus ihnen beiden werden? Sollte sie mit ihm nach Hamburg gehen, oder würde er sich eine neue Arbeit in ihrer Nähe suchen? Wenn

sie ginge, was würde Reinhard, ihr Bruder, mit dem sie die Firma teilte, sagen?
Fragen über Fragen, und keine Antworten. Außerdem war immer noch nicht das Problem mit dem Hotelbau gelöst.
Seufzend nahm die junge Frau das Gutachten und blätterte es auf. Ihre Ansicht über das ganze Projekt war klar. Sie konnte nur negativ ausfallen. Dennoch wollte sie die Entscheidung nicht alleine fällen. Also mußte ihr Bruder hierher kommen.
Elke schaute auf die Uhr. Zwei vorbei. Dennoch griff sie zum Telefon neben ihrem Bett. Sie wußte aus Erfahrung, daß ihr Bruder, gerade am Wochenende, oft die ganze Nacht über zu Hause arbeitete. Sie wählte die Nummer seines Privatanschlusses. Wenn sie noch länger wartete, würde er schon wieder andere Termine haben und erst wer weiß wann herkommen können, dachte sie dabei.
»Bei Kerner«, hörte sie kurz darauf die Stimme ihrer Schwägerin Marina.
»Hallo, ich bin's, Elke. Grüß' dich, Marina. Sag' der Reinhard arbeitet doch sicher noch, oder?«
Die Frau am anderen Ende der Leitung lachte.
»Du kennst deinen Bruder ganz genau«, antwortete sie. »Aber heut' abend ist's eine Ausnahme. Wir hatten Gäste, und die letzten sind gerade gegangen. Wart', Reinhard steht schon ungeduldig neben mir, ich geb' den Hörer weiter.«
»Hallo, Schwesterherz«, rief ihr Bruder gleich darauf. »Wie kommst du voran? Ich hoffe, du bist bald fertig dort unten. Ich brauch' dich hier dringend. Es wartet eine ganze Menge Arbeit auf dich.«
»Da muß ich dich enttäuschen«, erwiderte sie. »Ich komme überhaupt nicht weiter. Am besten wird's sein, wenn du dir's hier vor Ort selbst anschaust.«
Sie konnte sich vorstellen, was für ein Gesicht Reinhard jetzt machte, aber sie sah keine andere Möglichkeit, die Sache hier

abzuwickeln. Immerhin hing an diesem Auftrag auch immens viel Geld, das sie für das Fremdenverkehrs-Gutachten verlangen würden. Da mußte alles Hand und Fuß haben.
»Und das bei meinem vollen Terminkalender«, stöhnte ihr Bruder durch das Telefon. »Wart' einen Moment, ich schau' nach, wann ich's einrichten kann.«
Elke hörte, wie er in seinem Kalender blätterte. Sie kannte ihn, ein dickes, in schwarzes Leder gebundenes Buch. Sie selbst besaß einen aus rotbraunem Leder. Sie konnte sich vorstellen, wie er die Seiten umblätterte und dabei überlegte, welche Termine er verschieben könnte.
»Also, frühestens am Freitag«, hörte sie ihn kurz darauf. »Ich komm' ganz früh und fahre gegen Mittag wieder ab. Das muß reichen.«
»Das wird es«, freute Elke sich. »Ich bin froh, daß du es einrichten kannst. Außerdem..., ach nichts.«
»Nanu? Ist da noch etwas, das dich bedrückt?« fragte Reinhard. »Du klingst so merkwürdig.«
»Nicht direkt...«
»Mädchen, sag' die Wahrheit. Ich kenn' dich seit mehr als zwanzig Jahren. Du weißt, daß du mir so leicht nichts vormachen kannst. Ich spür' doch, daß da noch was ist.«
»Schon, aber darüber reden wir, wenn du hier bist.«
»Wirklich dann erst? Nicht eine kleine Andeutung?« Elke schwieg.
»Etwa ein Mann?« platzte es aus ihrem Bruder heraus. »Du hast dich doch nicht etwa verliebt? Marina, stell' dir vor, Elke hat sich verliebt.«
Was ihre Schwägerin antwortete, hörte sie nicht mehr.
Sie rief: »Blödmann!« ins Telefon, warf den Hörer auf die Gabel und vergrub das Gesicht in ihrem Kopfkissen.
Sie wußte nicht, ob sie weinen oder lachen sollte.

*

»Ein undankbarer Patron!« schimpfte Sophie Tappert beim Frühstück.
»Von wem reden Sie denn?« fragte Sebastian Trenker seine Haushälterin.
»Na, von dem Taugenichts, der fast eine ganze Woch' bei uns genächtigt hat.«
»Wieso hat? Ist er fort?«
»Jawohl, und ohne ein Dankeschön für all die Mühe, die wir mit ihm hatten, und gestohlen hat er auch noch.«
Die ansonsten schweigsame Frau kam so richtig in Fahrt und schilderte, wie sie dem Moislinger-Karl das Frühstück hatte bringen wollen.
Sophie Tappert klopfte an die Kammertür und trat ein, ohne ein »Herein« abzuwarten. In der rechten Hand hielt sie ein Tablett, auf dem sich das Frühstück für den Kranken befand.
»Guten Mor...«
Guten Morgen hatte sie sagen wollen, doch das Wort erstarb ihr auf den Lippen. Das Bett, in dem Karl Moislinger liegen sollte, war nämlich leer.
Kopfschüttelnd stellte die Haushälterin das Tablett auf den Tisch. Vermutlich war der Obdachlose im Badezimmer. Sie wandte sich zum Gehen um – und blieb wie erstarrt stehen. Etwas war ihr aufgefallen. Die Plastiktüten, in denen der Moislinger-Karl sein Hab und Gut herumschleppte, die immer neben dem Bett gestanden hatten, waren verschwunden.
Sophie Tappert blickte auf den Stuhl. Dorthin hatte sie Hochwürdens ausgetragenen Anzug hingehängt, zusammen mit dem Hemd und der Leibwäsche. Alles war fort!
Sie ging auf den Flur. Zwei Türen weiter war das Badezimmer. Sophie klopfte an, erhielt aber keine Antwort. Sie lauschte einen Moment und drückte, als sie keine Geräusche vernahm, die Klinke herunter. Wie sie erwartet hatte, war das Bad leer.

»Aus dem Staub gemacht hat er sich, der Herr Moislinger«, schloß sie ihren Bericht.
Das Wort »Herr« betonte sie dabei.
»Ob der Doktor Wiesinger ihm denn schon erlaubt hat, aufzustehen?« wunderte der Pfarrer sich.
»Glauben S' denn, Hochwürden, daß so einer um Erlaubnis fragt?« erwiderte Sophie Tappert. »Wir können ja froh sein, daß er ›nur‹ etwas gestohlen, und uns net umgebracht hat.«
»Bitt'schön, Frau Tappert, übertreiben S' net. Was fehlt denn eigentlich?«
»Ein gutes Stück geräuchten Schinken, eine halbe Mettwurst und ein ganzes Brot!« trumpfte sie auf.
»Nun ja, ich denke, wir werden den Verlust verkraften können«, meinte Sebastian. »Natürlich braucht er eine Wegzehrung. Wenn sonst nichts Schlimmeres geschehen ist.«
Sophie wurde leichenblaß und preßte eine Hand vor den Mund. Eine Geste, die sie immer dann zeigte, wenn sie ihre Fassungslosigkeit ausdrückte.
»Sie sagen da 'was, Hochwürden«, rief sie entsetzt und wandte sich zum Küchenschrank um. »Hoffentlich ist's noch da!«
»Ja was denn?« wollte der Pfarrer wissen.
Seine Haushälterin antwortete nicht. Sie wühlte in dem oberen, linken Schrankfach.
»Es ist weg!« stöhnte sie dann und drehte sich zu Sebastian um. »Hier hat's gelegen. Jetzt ist es fort. Gestohlen!«
»Ja, was denn, um alles in der Welt?«
»Das Geld…, das Haushaltsgeld für die nächste Woch'«, sagte sie leise unter Tränen.
Sebastian sah sie kopfschüttelnd an. Dann stand er auf und drückte sie sanft auf den Stuhl. Er reichte ihr die Kaffeetasse.
»Hier trinken Sie erst mal, und dann beruhigen Sie sich«, versuchte er, sie aufzumuntern.

»Einfach gestohlen!«
Sophie kramte aus ihrer Schürze ein Taschentuch hervor und trocknete die Tränen.
»Was mach' ich denn jetzt nur?« fragte sie. »Das ganze Haushaltsgeld...«
Sebastian räusperte sich.
»Natürlich ist es schlimm, was da vorgefallen ist«, sagte er. »Dennoch kann ich Ihnen einen kleinen Vorwurf nicht ersparen. Wie oft habe ich Ihnen schon gesagt, Sie sollen das Geld vom Pfarrkonto auf der Bank holen, wenn Sie welches brauchen. Wozu haben Sie denn diese Karte dafür?«
»Ach, Hochwürden, Sie wissen doch, daß ich diesen Maschinen net trau', all dieser neumodische Kram. Davon versteh' ich doch nix«, antwortete sie. »Und die Geheimnummer – merken kann ich's mir net, und aufschreiben darf ich's a net.«
Sie stand auf und machte ein entschlossenes Gesicht.
»Aber der Bursche wird mich kennenlernen«, drohte sie.
»Eines Tages läuft er mir wieder über den Weg, und dann...«
Sie sprach nicht aus, was sie dann zu tun gedachte, statt dessen ging sie zum Telefon und wählte die Nummer des Polizeipostens von St. Johann.
Sebastian, der ahnte, daß die Haushälterin seinen Bruder anrufen wollte, schmunzelte. Der Max wird sich freuen, so früh aus dem Bett geholt zu werden!

*

Vergeblich hatte Elke Kerner beim Frühstück auf Carsten Henning gewartet. Dabei hatte sie sich so darauf gefreut, mit ihm zusammen an einem Tisch zu sitzen. Enttäuscht ging sie hinauf und klopfte an seine Zimmertür. Als Carsten nicht antwortete ging Elke auf ihr Zimmer und zog sich um.
Sie wußte nicht, wie sie Carstens Verhalten deuten sollte.

Ging er ihr absichtlich aus dem Weg? Bereute er vielleicht sogar, was gestern abend geschehen war? Die junge Frau überlegte, ob sie noch eine Weile warten solle, doch dann verwarf sie den Gedanken. Um einen abschließenden Eindruck zu gewinnen, mußte sie noch einmal das Gebiet um St. Johann herum in Augenschein nehmen. Eigentlich war sie schon viel zu spät dran. Sie mußte sich beeilen, die Strecke, die sie sich vorgenommen hatte, brauchte ihre Zeit. Elke wollte noch einmal auf die Hohe Riest wandern. Von dort hatte man den schönsten Blick in alle Richtungen. Im Rücken die Berge, und vor sich das weite Tal mit dem Ort darin. Dorthin wollte sie auch ihren Bruder führen. Wenn er dieses Bild sah, konnte Reinhard nur der gleichen Meinung sein, wie sie. Überhaupt war sie sicher, ihren Bruder und Teilhaber der Firma davon überzeugen zu können, daß das ehrgeizige Projekt des Bürgermeisters von St. Johann von Anfang an zum Scheitern verurteilt war. Er konnte sich dem nur anschließen und das Gutachten in ihrem Sinne unterstützen.

Über den Höllenbruch stieg sie hinauf. Der Pfad war schmal, doch die Sohlen der derben Wanderschuhe griffen gut. Im Hotel hatte Elke sich einen kleinen Rucksack geliehen, in dem etwas Proviant und eine Wasserflasche steckten. Der Fotoapparat und ein Fernglas hingen um ihren Hals. Zu Mittag, so hatte die junge Frau sich vorgenommen, wollte sie in einer Sennenwirtschaft einkehren.

Elke schnaufte ein wenig, als sie die Hälfte des Weges geschafft hatte. Sie spürte, wie sehr ihr die Übung fehlte. Zwar joggte sie hin und wieder, doch um sich richtig fit zu halten, ließ die Arbeit ihr einfach zu wenig Zeit.

Schließlich stand sie oben und genoß den herrlichen Rundblick. Beinahe einen ganzen Film verschoß sie und freute sich immer wieder an den herrlichen Motiven. Nachdem sie

ausgiebig gerastet hatte, wobei sie sich ihren Proviant schmecken ließ, wanderte sie weiter. Anhand einer Karte stellte sie fest, daß es in einiger Entfernung eine Alm gab, auf der eine Sennerhütte stand. Sie war als Einkehr für Wanderer gekennzeichnet. Auf dem Weg dorthin begegnete Elke immer wieder Menschen, die gleichfalls den sonnigen Tag genossen und sich an der Natur erfreuten.
Gegen Mittag hatte sie ihr Ziel erreicht. An der Hütte herrschte ein reger Betrieb. Viele Gäste saßen draußen, auf roh gezimmerten Bänken, andere in der kleinen Sennenwirtschaft. Elke fand draußen unter dem Dach einen Platz und bestellte als erstes ein Glas kühle Milch.
Das junge Madel, das die Milch brachte, fragte, ob sie etwas zu essen wünsche. Elke bejahte und erfuhr, daß es nur ein warmes Gericht gäbe, ansonsten müsse sie mit einer Brotzeit vorlieb nehmen. Sie wählte die warme Mahlzeit und erhielt nach ein paar Minuten ein herrliches Schwammerlgulasch mit einem Semmelkloß, der doppelt so groß war, wie ein Tennisball. Es war eine ungeheure Portion, doch Elke schaffte sie.
Der Aufstieg und die frische Bergluft hatten ihren Appetit angeregt.
In dem Fenster hinter ihr standen wunderhübsche geschnitzte Holzfiguren. Elke fragte das Madel, ob sie verkäuflich seien.
»Ja«, lautete die Antwort. »Der Großvater schnitzt sie, wenn grad keine Leut' da sind.«
Sie kaufte einen kleinen geschnitzten Schäferhund, der nur ein paar Mark kostete. Ein nettes Andenken an einen schönen Ausflug. Das Madel, das ihr den Hund brachte, setzte sich zu ihr an den Tisch. Es hieß Katja.
»Schön habt ihr's, hier oben«, sagte Elke.
»Schon, aber immer möcht' ich net da'roben sein«, erwiderte

Katja und erzählte, daß sie in St. Johann wohne und nur am Wochenend' hier oben beim Großvater sei.
Der war schon seit mehr als vierzig Jahren auf der Alm und war entschlossen, bis zu seinem Tode hier zu bleiben.

*

Die meisten Gäste waren schon wieder unterwegs. Es kamen nur noch wenige herauf. Einer von ihnen fiel Elke auf. Es war ein sonnengebräunter sportlicher Typ, den man leicht für einen Sportler halten konnte. Selbst jetzt, nach dem anstrengenden Aufstieg schien er kaum aus der Puste zu sein.
»Das ist unser Pfarrer«, lachte Katja. »Grüß' Gott, Hochwürden, Sind S' auch wieder einmal da'roben?«
Elke staunte. Das sollte der Pfarrer von St. Johann sein? Wenn das Madel es net gesagt hätte – sie würd's net glauben!
»Grüß Gott miteinand'«, nickte Sebastian Trenker und setzte sich zu den beiden. »Katja, ein Glaserl Milch wär' genau das richtige für mich.«
»Kommt sofort, Herr Pfarrer«, antwortete sie und verschwand im Haus.
Der Geistliche wandte sich an Elke Kerner.
»Sebastian Trenker«, stellte er sich vor.
Sie nannte ebenfalls ihren Namen. Das war also der Hirte von St. Johann, dachte sie. Er gehörte somit zu den Honoratioren des Ortes. Vielleicht war dies eine gute Gelegenheit, herauszufinden, wie der Pfarrer zu einem Projekt stand, wie es der Bruckner-Markus anstrebte. Behutsam versuchte sie das Gespräch in diese Bahn zu lenken.
»Ja, es kommen reichlich Touristen hierher«, antwortete Sebastian auf eine diesbezügliche Frage. »Viele von ihnen schon seit Jahren. Sie kommen immer wieder, weil sie hier etwas finden, was es anderswo vielleicht nicht gibt.«

»Nämlich?«
Der Geistliche schaute die junge Frau lächelnd an.
»Ruhe und Erholung.«
»Aber meinen Sie nicht, daß der Ort ein wenig mehr haben könnte, was den Fremdenverkehr noch mehr ankurbelt und Sankt Johann für Touristen noch attraktiver macht?«
»Was könnte das sein?«
Elke Kerner ließ sich einen Moment Zeit mit ihrer Antwort.
»Nun, ich denke da an eine Skipiste, zum Beispiel, eine Bergbahn zum Gletscher hinauf. Oder ein größeres Hotel mit Schwimmbad. Eine Diskothek, vielleicht«, sagte sie schließlich.
Sebastian trank einen Schluck von seiner Milch.
»Sehen Sie, genau das meinte ich, als ich sagte, die Leute finden hier, was sie woanders nicht bekommen – Ruhe und Erholung«, antwortete er. »Die Menschen, die zu uns kommen, wollen keine Skipiste oder eine Diskothek. Gerade deshalb kommen sie immer wieder. Abgesehen davon wäre es eine Schande, unser schönes Tal mit einem großen Hotelkomplex zuzubauen.«
Er hob eine Hand.
»Natürlich gibt es Bestrebungen in diese Richtung«, fuhr er fort. »Doch ich denke, daß sie keine Mehrheit finden werden. Die meisten Mitglieder des Gemeinderats sind vernünftig genug, zu erkennen, welche nicht wieder gutzumachenden Schäden der Natur und Umwelt zugefügt würden, sollte solch ein Projekt jemals in Angriff genommen werden.«
Sebastian schaute Elke Kerner direkt an.
»Sie scheinen sich sehr für diese Dinge zu interessieren«, stellte er fest. »Haben Sie mit der Tourismusbranche zu tun?«
Elke spürte ein unangenehmes Gefühl in sich aufsteigen. Was sollte sie antworten? Durfte sie gegenüber dem Geistli-

chen von ihrer Arbeit sprechen, ohne ihrem Auftraggeber zu schaden?

»Nicht direkt«, antwortete sie, was ja auch der Wahrheit entsprach, wenngleich es nur die halbe Wahrheit war.

Zumindest in diesem Fall hatte sie mit dem Fremdenverkehr zu tun.

»Ich interessiere mich nur ganz allgemein.«

Sebastian Trenker nickte verstehend.

»Ich weiß, daß der Fremdenverkehr Geld in die Kassen bringt, die heutzutage überall leer sind, egal ob in den Kommunen oder bei den Geschäftsleuten. Dennoch kann kein gesunder Menschenverstand es gutheißen, daß um des Profits willens, die Natur und damit der Lebensraum von Mensch und Tier zerstört wird«, schloß er seine Ausführungen.

Elke Kerner erhob sich.

»Vielen Dank, Herr Pfarrer, ich glaube, Sie haben mir noch ein bißchen mehr die Augen geöffnet«, sagte sie und wandte sich zum Gehen. »Auf Wiedersehen. Bevor ich abreise, werde ich Ihre Kirche besuchen.«

»Das freut mich. Sie sind herzlich willkommen.«

Sebastian sah der jungen Frau nach, bis sie nicht mehr zu sehen war. Etwas an dem Gespräch mit ihr hatte ihn nachdenklich gemacht. Für eine Touristin hatte Elke Kerner zu viele gezielte Fragen gestellt.

War es wirklich nur allgemeines Interesse gewesen, das sie zu diesen Fragen veranlaßt hatte?

Sebastian ahnte nicht, daß er mit seiner Meinung Elkes Herz erleichtert hatte. Jetzt würde es ihr nur noch halb so schwer fallen, auch ihren Bruder von der Notwendigkeit zu überzeugen, Bürgermeister Bruckner ein negatives Gutachten zu überreichen.

*

Als Carsten Henning erwachte, bekam er einen Heidenschrecken. Der Reisewecker zeigte halb zwölf an.
»Um Himmels willen«, stöhnte er und sprang aus dem Bett. Er konnte sich nicht erinnern, wann er das letzte Mal so lange geschlafen hatte. Ausgerechnet heute mußte es ihm passieren, wo er doch zusammen mit Elke frühstücken wollte! Sie hatten es zwar nicht ausdrücklich verabredet, aber irgendwie verstand es sich von selbst, und genauso selbstverständlich würden sie den Tag zusammen verbringen.
Daran war nur die schlaflose Nacht schuld! Der Morgen graute schon, als Carsten endlich die Augen zufielen. Da war es vielleicht verständlich, daß er so lange geschlafen hatte. Er hoffte zumindest, daß Elke dieses Verständnis haben würde, wenn er ihr es erzählte.
Das Frühstücksbüfett war natürlich schon abgeräumt, das Hotelpersonal bereitete sich auf den Mittagstisch vor, Irma Reisinger erklärte sich dennoch bereit, ein kleines Frühstück für den Verspäteten zusammenzustellen. Carsten fragte die Wirtin nach Elke.
»Die Frau Kerner? Die ist schon ganz früh heut' morgen losgezogen«, antwortete sie.
»Hat sie denn gesagt, wohin sie wollte?«
Carsten sah das nachdenkliche Gesicht der Frau. Irma Reisinger konnte ja nicht wissen, daß er und Elke..., und er selber würde auf seiner Arbeit auch nicht jedem Gast über einen anderen Auskunft geben.
»Wir waren mehr oder weniger locker verabredet«, erklärte er. »Dadurch, daß ich verschlafen habe, ist nun nichts daraus geworden. Aber vielleicht kann ich sie noch irgendwo treffen.«
»Die Frau Kerner wollte auf die Hohe Riest und später vielleicht auf eine Berghütte hinauf.«

Sie machte ein nachdenkliches Gesicht.

»Warten S', da kommt eigentlich nur die Korber-Alm in Frage. Die Sennerwirtschaft ist die nächste zur Hohen Riest. Wobei – gut zwei Stunden brauchen S' schon, ehe Sie dann an der Hütte ankommen.«

»So weit?«

Carsten machte ein langes Gesicht. Da würde er sich etwas andres einfallen lassen müssen. Wenn er nach dem verspäteten Frühstück aufbrach, war Elke höchstwahrscheinlich schon bald wieder auf dem Rückweg.

Er bedankte sich bei der Wirtin für die Auskunft und widmete sich seinem Essen. Dabei blätterte er, wie er es gerne tat, in der Zeitung, die heute, am Sonntag, besonders umfangreich war. Doch so recht konzentrieren konnte er sich auf das, was er da las, nicht. Seine Gedanken wanderten immer wieder zu Elke. Er stellte sich vor, was sie gerade tat, ob sie vielleicht auf der Hütte saß, oder sich mit jemandem unterhielt. Irgendwie kam ihm in den Sinn, daß sie gar nicht über ihre Arbeit gesprochen hatten. Er hatte viel von seinem Beruf erzählt. Welcher Tätigkeit Elke nachging, war gar nicht Thema ihrer Unterhaltung gewesen. Carsten nahm sich vor, sie danach zu fragen, er wollte alles aus ihrem Leben wissen.

Er beendete sein Frühstück und holte Jacke und Wanderkarte aus dem Zimmer. Dann spazierte er langsam in die Richtung, aus der die junge Frau kommen mußte.

Schon bald hatte er das Dorf hinter sich gelassen und suchte den Weg hinauf zum Höllenbruch. Dabei hoffte er, daß Elke denselben Weg zurück nahm, den sie hinaufgegangen war. Einmal war es ihm, als sehe er sie ihm entgegenkommen, doch dann mußte er feststellen, daß er sich geirrt hatte. Die Gestalt, der er begegnete, war ein junger Mann, der nur von weitem wie Elke ausgesehen hatte.

Ungeduldig schaute er auf die Uhr. Jetzt mußte sie aber bald kommen. Oder sollte er sich so getäuscht haben? Hatte sie vielleicht doch einen anderen Weg genommen?
Nein, da war sie!
Oberhalb des Höllenbruchs erkannte er sie endlich. Sie kletterte vorsichtig hinunter und lachte, als sie ihn erkannte.
»Hallo, hier bin ich«, winkte er ihr zu.
Elke Kerner winkte zurück und sprang Minuten später in seine Arme.
»Hey, das ist ja schön, daß wir uns hier treffen«, sagte sie und küßte ihn auf den Mund.
»Es tut mir fürchterlich leid, wegen heute morgen«, entschuldigte Carsten sich. »Ich habe ganz einfach verschlafen.«
Er erzählte, wie lange er in der Nacht wach gewesen war. Elke schmunzelte.
»Das war die Aufregung«, sagte sie. »Mir ging es ebenso.«
Carsten klatschte in die Hände.
»Auf jeden Fall werden wir den Rest des Tages gemeinsam verbringen«, bestimmte er.
Elke hatte nichts dagegen einzuwenden.

*

Mit Carstens Wagen fuhren sie am Nachmittag in die Kreisstadt, wo sie in einem Café Kuchen aßen und Kaffee tranken. Arm in Arm spazierten sie durch die Stadt, schauten in die Auslagen der Geschäfte und hielten immer wieder inne, um sich zu umarmen und zu küssen.
»Ich weiß gar net mehr, wie es war, als ich dich noch net kannte«, flüsterte Elke, als Carsten sie zärtlich an sich drückte.
Der junge Mann strich ihr über das Gesicht.
»Was wird daraus werden?« fragte er. »Du bist hier unten,

ich in Hamburg. Wird unsere Liebe Bestand haben? Ich weiß so wenig von dir. Weniger, als ich aus meinem Leben erzählt habe.«

Sie hatten einen kleinen Park erreicht und setzten sich auf eine freie Bank. Carsten schob seine Hand in die ihre.

»Was möchtest du denn wissen?« fragte Elke. »Ich hab' keine Geheimnisse vor dir.«

»Alles«, antwortete er. »Wo du lebst und wie du lebst. Was du arbeitest, welche Freunde und Bekannte du hast. Eben alles, was mich an deinem Leben teilhaben läßt.«

Elke erzählte bereitwillig, was er wissen wollte. Sie berichtete von der Firma, die sie zusammen mit dem Bruder leitete, von Freundinnen und Freunden, von denen sie viele schon seit der Schulzeit kannte.

»Nur den Mann für's Leben, den gibt's noch nicht«, meinte sie mit einem schelmischen Seitenblick auf Carsten. »Zumindest gab es ihn bisher net. Seit gestern sieht die Sach' aber anders aus.«

Er schmunzelte.

»Wie meinst du denn das?«

Elke gab ihm einen freundschaftlichen Seitenhieb.

»Geh', du weißt, wie ich's mein'.«

Sie schlang die Arme um seinen Hals, und Carsten erwiderte ihren Kuß.

»Glaubst du wirklich, ich könnte der Mann sein?« fragte er. Elke nickte ernsthaft. Bisher hatte der Beruf ihr keine Zeit gelassen. Bekanntschaften gab es viele, und etliche darunter, die ihr die ganze Welt zu Füßen gelegt hätten. Doch ihre Ansprüche sahen anders aus. So hatte sie sich schon beinahe damit abgefunden, niemals den Mann zu finden, mit dem sie ihr Leben teilen wollte. Bis sie Carsten Henning traf.

Carsten indes war erstaunt über sich selbst. In der Nacht noch wurde er von Zweifeln geplagt, doch jetzt war er sogar

bereit, die entscheidende Frage zu stellen. Zu groß war die Enttäuschung gewesen, die ihm eine Frau bereitet hatte, und doch wagte er es. Vergessen war der Schwur, den er vor gar nicht langer Zeit ablegte.
»Es ist vielleicht verrückt«, sagte er, als er tief in ihre Augen schaute. »Wir kennen uns erst so kurze Zeit, aber ich frage dich trotzdem: Willst du meine Frau werden?«
Elke schluckte. So sehr hatte sie auf diese Frage gewartet. Ja, es war verrückt. Aber wie oft geschah es, daß zwei Menschen sich trafen und sofort wußten, daß sie füreinander bestimmt waren!
»Ja, Carsten, ich will«, flüsterte sie glücklich.
Sie besiegelten ihre Verlobung mit einem langen Kuß.
»Ich wünsche uns, daß die Zukunft immer so schön sein wird, wie dieser Augenblick«, sagte Carsten.
»Niemand von uns kann sagen, was morgen sein wird«, erwiderte sie. »Und vielleicht ist das ganz gut so. Aber ich bin bereit, alles zu tun, damit unsere Zukunft schön wird. Das verspreche ich dir!«

*

Maximilian Trenker, der Dorfpolizist von St. Johann, hob bedauernd die Arme. Er stand in der Küche des Pfarrhauses und hatte Sophie Tappert soeben eine betrübliche Mitteilung gemacht.
»So leid's mir tut«, sagte er, »aber das Geld können S' abschreiben. Ich komm' g'rad aus Waldeck. Da hat's vor ein paar Wochen einen ähnlichen Fall gegeben. Ein Obdachloser hat für ein paar Tag' bei einem Bauern gearbeitet, dem der Knecht krank geworden war. Stall ausmisten, ein Scheunendach reparieren und solche Sachen.
Dafür hat er im Gesindehaus schlafen dürfen.
Am letzten Abend hat er sich den Lohn auszahlen lassen,

weil er schon früh am nächsten Morgen weiterziehen wollt'. Und in dieser Nacht hat er net nur Brot und Schinken gestohlen, sondern auch das ganze Bargeld, das die Bäuerin im Küchenbüfett aufbewahrt hat.«

Sophie Tappert sah sich in ihrem Verdacht nur bestätigt, niemand anderer als dieser Moislinger kam für den Diebstahl in Frage.

»Und, war's derselbe Dieb wie hier?« fragte sie. »Warum haben S' ihn denn noch net verhaftet.«

»Weil der Bursche längst über alle Berg' ist«, antwortete der Gendarm. »Und ob's derselbe ist, ist net gewiß. Obdachlose schau'n doch fast alle gleich aus. Jeder von ihnen kann's gewesen sein. Nein, nein, Frau Tappert, das Geld ist weg. Vielleicht hätten S' doch auf meinen Bruder hören sollen und das Geld vom Bankautomat holen, wenn Sie es brauchen. Der ist doch gleich neben dem Supermarkt.«

»Papperlapapp!« wischte die Haushälterin seinen Rat beiseite. »Ich bewahr' mein Geld seit ich Haushälterin g'worden bin im Küchenschrank auf, und noch nie ist es gestohlen worden, das hat man nun von seiner Gutmütigkeit. Ich weiß, daß es Christenpflicht ist, einem Menschen, der in einer Notlage ist, zu helfen. Aber wenn's einem so gedankt wird!«

Max Trenker hatte durchaus Verständnis für die Frau, dennoch mußte er auch seinem Bruder recht geben, der immer wieder darauf drang, daß seine Haushälterin die Bankkarte benutzte, die er extra für sie hatte ausstellen lassen. Max wußte, daß Sebastian es lästig fand, jeden Freitag Sophie Tappert das Haushaltsgeld für die kommende Woche vorzuzählen. Allerdings hütete der Gendarm sich, sein Wissen auszuposaunen, oder der Frau gar noch mehr Vorwürfe zu machen, wie fahrlässig sie gehandelt habe. Denn er wollte es auf gar keinen Fall mit Sophie Tappert verderben.

Max, der gerne und häufig Gast im Pfarrhaus war, schielte zum Küchenherd hinüber, auf dem ein großer Topf stand, in dem es leise broddelte. Ein appetitlicher Duft stieg ihm in die Nase.

Sophie Tappert, die seinen Blick durchaus bemerkte, zog eine finstere Miene.

»Es gibt heut' nur eine Gemüsesuppe«, sagte sie. »Nachdem der Kerl das Geld gestohlen hat, müssen wir sparen!«

Max vergewisserte sich mit einem Blick in den offenen Topf, daß die Suppe trotzdem für drei Personen reichen würde und atmete erleichtert auf.

»Ist mein Bruder denn daheim?« fragte er.

»Hochwürden ist in seinem Arbeitszimmer«, antwortete die Haushälterin.

Sie sagte nie »Ihr Bruder«, sondern immer Hochwürden oder der Herr Pfarrer.

Der Gendarm nickte ihr zu und ging zu seinem Bruder, der am Fenster stand und nachdenklich hinaussah.

»Grüß' dich, Max«, sagte er, als sein Bruder eingetreten war.

Der Beamte merkte sofort, daß seinen Bruder etwas beschäftigte. Selten hatte er ihn so nachdenklich gesehen.

»Was gibt's Neues im Fall unseres Diebes?« fragte der Geistliche mehr beiläufig.

Max berichtete, was er auch schon der Haushälterin gesagt hatte. Sebastian Trenker seufzte auf und zuckte mit der Schulter.

»Also, es wird uns net gleich an den Bettelstab bringen«, meinte er. »Aber ein biß'l enttäuscht bin ich schon. Menschlich enttäuscht, denn, eigentlich hab' ich den Moislinger-Karl für einen ehrlichen Burschen gehalten. Abgerissen zwar, aber ehrlich. Doch offenbar hat hier meine Menschenkenntnis versagt.«

Er hatte das alles gesagt, ohne den Blick vom Fenster abzuwenden. Max indes war neugierig geworden, wonach sein Bruder so intensiv Ausschau hielt.

»Was gibt's denn da zu seh'n?« fragte er und trat an Sebastians Seite.

Schräg gegenüber stand das Rathaus, daneben ein paar Geschäfte, der Metzger, die Apotheke. Ein paar Menschen gingen auf der Straße entlang. Etwas Besonderes konnte Max nicht entdecken.

»Net viel, im Moment«, antwortete Pfarrer Trenker.

Er setzte sich in den Bürostuhl, während Max vor dem Schreibtisch Platz nahm.

»Na los«, forderte der Gendarm seinen Bruder auf. »Das riecht man doch förmlich, daß dich etwas beschäftigt.«

»Ich hab' gestern mittag, droben auf der Korber-Alm, die Bekanntschaft einer jungen Dame gemacht«, erzählte Sebastian.

Er berichtete, worüber er sich mit Elke Kerner unterhalten hatte, und welches Interesse die Frau an der Entwicklung des Tourismus in dieser Gegend zeigte.

»Und vor ein paar Minuten ist diese Frau Kerner drüben ins Rathaus gegangen«, schloß er.

Max machte ein ratloses Gesicht. Er wußte nicht, was er von dieser Geschichte halten sollte.

»Wie du weißt, gibt es Bestrebungen in unserem Dorf, besonders von Seiten des Bürgermeisters und seiner Fraktion, Sankt Johann weiter für den Tourismus zu erschließen«, fuhr Sebastian Trenker fort. »Der Bruckner-Markus möcht' sich mit dem Ausbau sozusagen ein Denkmal setzen. Wie ich aus sicherer Quelle weiß, ist von einem großen Hotelkomplex die Rede, einer Bergbahn und Skipisten, die angelegt werden sollen.«

»Bist du sicher?« fragte Max entsetzt. »Das darf doch net wahr sein! Ist der Kerl denn übergeschnappt?«

Er beugte sich vor und sah seinen Bruder gespannt an.
»Und was hat diese Frau Kerner mit der ganzen Sach' zu tun?«
»Ich weiß net genau«, antwortete der Geistliche. »Ich werd' nur das unbestimmte Gefühl net los, daß es da einen Zusammenhang gibt, mit den Gerüchten und dem Aufenthalt der Frau in Sankt Johann. So gezielt, wie sie mir gestern ihre Fragen gestellt hat, war es mehr als nur ein allgemeines Interesse.«
»Du meinst, sie ist auf Bruckners Seite? Aber in welchem Verhältnis stehen die beiden zu einander?«
Sebastian hob die Hände.
»Was weiß ich? Vielleicht ist sie mit einer ersten Planung beauftragt. Solch ein Projekt muß schon bis ins Detail geplant sein, wenn es potentiellen Investoren schmackhaft gemacht werden soll. Vielleicht ist die Frau Kerner aber auch vermögend und will hier ihr Geld anlegen. Alles ist möglich.«
Max Trenker schüttelte den Kopf.
»Was denkt der Bruckner sich eigentlich? Das bekommen die doch niemals durch.«
»Solang' ich hier Pfarrer bin gewiß net«, sagte Sebastian bestimmt.

*

Markus Bruckner lief unruhig in seinem Büro auf und ab. Elke Kerner saß indes auf demselben Sessel, auf dem sie schon bei ihrer Ankunft gesessen hatte. Wieder hatte der Bürgermeister Kaffee servieren lassen.
»Ist es denn wirklich nötig, daß Ihr Bruder noch herkommt?« fragte er. »Die Zeit drängt. Anhand Ihres Gutachtens beginnt die Planungsgruppe ihre Arbeit. Die Modelle der Hotelanlage und der Gletscherbahn sollen in sechs Wochen den Investoren präsentiert werden. Da zählt jeder Tag.«

Elke trank einen Schluck Kaffee.
»Mein Bruder ist ja am Freitag pünktlich hier«, sagte sie. »Es handelt sich wirklich nur um ein paar Details, die ich mit ihm abklären muß. Gerade weil es sich um ein solch großes Projekt handelt, verlangt es sorgfältige Arbeit.«
Sie lächelte ihn charmant an.
»Abgesehen davon, kostete es ja auch viel Geld, unsere Firma beauftragt zu haben, da erwarten Sie doch gewissenhafte Arbeit.«
Der Bruckner-Markus nickte.
»Ja, natürlich. Es ist ja nur, weil's halt so drängt.«
Elke Kerner erhob sich und reichte ihm die Hand.
»Also, dann geh' ich jetzt. Freitag früh kommt mein Bruder, und am Nachmittag haben Sie dann das Gutachten.«
»Auf Wiedersehen, Frau Kerner«, verabschiedete Markus Bruckner sie und machte eine verschwörerische Miene. »Und weiterhin zu niemandem ein Sterbenswörtchen.«
Die junge Frau schüttelte den Kopf.
»Sie können sich d'rauf verlassen«, versprach sie.
Draußen, auf dem Gang vor dem Bürgermeisterbüro, atmete sie auf. Elke war nur ungern hergekommen, weil sie noch kein vollständiges Resultat ihrer Arbeit vorweisen konnte. Auf der anderen Seite wußte sie aber, daß der Bürgermeister auf ihren Besuch wartete. Sie mußte zumindest ein paar Worte finden, die ihn auf ein paar weitere Tage vertrösteten. Gott sei Dank, kam ihr Bruder schon bald. Wenn sie die Sache hinter sich gebracht hatte, wollte sie bis zum Anfang der nächsten Woche hierbleiben. Carsten würde am Montag zurück nach Hamburg fahren. Es war noch ungewiß, wann sie sich wiedersahen. Zwar hatte er beschlossen, seine Stellung im »Stadt Hamburg« zu kündigen – eine gleichwertige Position würde er in München oder der näheren Umgebung wohl ohne Schwierigkeiten finden, er hatte beste Referenzen

vorzuweisen – dennoch würde es seine Zeit dauern, bis er in Hamburg frei war. Die Kündigungsfrist mußte eingehalten, ein Nachfolger eventuell eingearbeitet werden, falls es nicht der derzeitige Stellvertreter sein würde.
Elke fand es ausgesprochen großherzig von ihm, und sah es als einen Beweis seiner Liebe an, daß er gewillt war, in Hamburg alles aufzugeben, und nach Süddeutschland zu ziehen. So konnte sie selber Teilhaberin ihrer Firma bleiben und mußte nicht die Heimat verlassen, an der doch ihr Herz hing.
Sie beeilte sich, ins Hotel zu kommen, wo Carsten schon wartete. Sie wollten sich zusammen setzen und Pläne für ihre gemeinsame Zukunft schmieden.
Einer der wichtigsten Punkte dabei war der Termin ihrer Hochzeit.

*

Die Landschaftsarchitektin hatte gerade das Bürgermeisterbüro verlassen, als Markus Bruckner zum Telefon griff. Er wählte eine Nummer und trommelte ungeduldig mit den Fingern auf seinem Schreibtisch herum, bis sich der Teilnehmer am anderen Ende der Leitung endlich meldete.
»Ich bin's, der Bruckner-Markus«, sagte der Bürgermeister. »Hör' zu, Anton, Freitag nachmittag ist das Gutachten fertig. Dann bekommt die ganze Sach' endlich Gesicht. Du kannst deine Freunde schon mal ein biß'l anheizen.«
»Na, das wird auch Zeit«, antwortete Anton Weißender mit dröhnender Stimme. »Die sind ja schon ganz verrückt darauf. Ich sag' dir, wir verdienen uns alle eine goldene Nase. Spätestens in fünf Jahren sind wir alle steinreich.«
Du bist gut, dachte Markus, du hast doch schon Geld wie Heu. Anton Weißender war ein Münchner Bauunternehmer, der es zum mehrfachen Millionär gebracht hatte. Er war der

eigentliche Urheber dieser Idee, aus St. Johann einen Fremdenverkehrsort zu machen. Ein Zufall hatte ihn vor Jahren in das beschauliche Bergdorf geführt. Weißender hatte sich zwar wohlgefühlt, doch waren ihm bestimmte Bequemlichkeiten abgegangen. Dazu gehörten, seiner Meinung nach, eine Seilbahn, damit man net zu Fuß auf die Berge kraxeln mußte, und ein Hotel der Luxusklasse. Während eines bierseligen Abends waren der Baulöwe und der Bürgermeister ins Gespräch gekommen. Weißender hatte nicht gezögert, dem Bruckner-Markus den Floh vom Tourismusboom und Geldscheffeln ins Ohr zu setzen. Und der Kommunalpolitker hatte angebissen. Nicht nur die Aussicht, bei dieser Sache ein reicher Mann zu werden, hatte ihn verlockt – mit dem Bau eines solches Projektes würde er den Leuten bis über seinen Tod hinaus in Erinnerung bleiben. Und er brauchte selber keinen Pfennig Kapital einzubringen.
»Da kenn' ich g'nug Leut', die net wohin wissen mit ihren Millionen«, hatte Weißender erklärt. »Die sind froh, wenn's net dem Finanzamt in den Rachen schmeißen müssen.«
Es hatte noch mehrere solcher Gespräche gegeben, und was zunächst wie eine Schnapsidee geklungen hatte, nahm allmählich Formen an. Und Geld spielt offenbar überhaupt keine Rolle.
Markus Bruckner wußte, daß der Bauunternehmer einer der reichsten von denen war, die hier ihr Geld investieren wollten. Aber er sprach seine Gedanken nicht aus.
»Also, ich denk', in sechs Wochen können wir die Repräsentation machen«, sagte er statt dessen.
»Das ist die Nachricht, auf die ich gewartet habe«, dröhnte Anton Weißender. »Wir gründen ein Konsortium mit etwa sechzig Mitgliedern. Jeder einzelne ist für hundert Millionen gut. Wenn das keine gute Kapitaldecke ist, dann will ich net länger Weißender heißen. Dann kannst' mich Seppl nennen.«

Er lachte laut, als habe er einen besonders guten Witz gemacht. Markus Bruckner stimmte ein.
»Dann, auf eine gute Zusammenarbeit«, sagte er und legte auf.
Eine ganze Weile schaute er vor sich hin und stellte sich dabei vor, wie alles aussehen würde, wenn es erst einmal fertig war. Ihm war durchaus bewußt, daß es noch ein langer Weg bis dahin sein würde. Lang und steinig, denn nicht wenige würden gegen solch eine Unternehmung protestieren. Und Markus Bruckner wußte genau, wer die Gegner waren.

*

Carsten Henning nutzte die Zeit bis zu der Verabredung mit Elke zu einem Telefonat. Sein Stellvertreter im »Stadt Hamburg« hieß Gerdjan Vanderkerk, ein sympathischer Holländer, der mit einer Deutschen verheiratet war. Er war nicht nur Carstens Arbeitskollege, darüber hinaus bestand eine lockere Freundschaft. Carsten und Petra waren oft Gäste bei den Vanderkerks gewesen, die in einem kleinen Dorf in der Nähe von Hamburg wohnten.
Der Holländer meldete sich sofort, als Carsten sich von der Telefonzentrale des Hotels mit ihm verbinden ließ.
»Hallo, schön von dir zu hören«, sagte er. »Wie geht's da unten bei den Lederhosen?«
»Prächtig«, antwortete Carsten. »Ausgesprochen gut. Wie geht's Cordula und den Kindern?«
»Die sind alle wohlauf. Cordula wird sich freuen, daß es dir dort unten gefällt. Du hattest diese Auszeit auch nötig.«
Cordula und Gerdjan Vanderkerk gehörten zu den wenigen Leuten, die um den wahren Grund für Carstens Urlaub wußten.
»Und hier im Hotel läuft alles«, meldete der Holländer.
»Aber das ist sicher nicht der Grund dafür, daß du anrufst.«

»Nein, natürlich nicht...«
Carsten machte eine Pause.
»Ich..., ich mußte es einfach jemandem erzählen«, sagte er dann. »Ich habe mich verliebt.«
»Nein!«
»Doch!«
Gerdjans Jubelschrei drang durch das Telefon.
»Das gibt's doch nicht. Erzähl', wer ist die Schöne, die dich aus deinem Kummer erweckt hat?«
Carsten schilderte ihm, wie er Elke kennengelernt hatte.
»Mensch, so wie du redest, könnte ich ganz schön neidisch werden, wenn ich nicht schon glücklich verheiratet wäre«, sagte Gerdjan. »Du, ich freue mich für dich. Cordula wird staunen, wenn ich ihr heute abend diese Neuigkeit erzähle.«
»Ja, und dann wollte ich dir noch mitteilen, daß ich gleich nach meiner Rückkehr im Hotel kündigen werde«, fuhr Carsten fort. »Und ich werde dich als meinen Nachfolger vorschlagen.«
Gerdjan Vanderkerk verschlug es die Sprache.
»Das willst du wirklich tun?« fragte er, nachdem er sich wiedergefunden hatte. »Das wäre ja wunderbar.«
»Ja, ich werde Elke heiraten und zu ihr herunterziehen«, sagte Carsten. »Sie hat zusammen mit ihrem Bruder eine Firma in München. Da ist es für mich einfacher, in Hamburg alle Zelte abzubrechen und umzusiedeln. Ich denke, eine neue Stelle werde ich schnell finden, und als meinen Nachfolger kann ich mir keinen besseren vorstellen, als dich.«
»Also, diese Frau, die dir so den Kopf verdreht – die muß ich unbedingt kennenlernen.«
»Das sollst du auch. Nämlich wenn wir heiraten. Ihr seid selbstverständlich eingeladen.«
»Na, dafür nehme ich sogar die weitere Anreise in Kauf«, lachte Gerdjan.

»Der Termin steht zwar noch nicht fest, aber ich weiß, wo die Trauung stattfinden wird. Hier gibt es eine wunderschöne Kirche. Ich bin überzeugt, daß sie Elke ebenfalls gefallen wird. Richte dem Hubert aus, sein Tip war absolute Spitze.«
Hubert Ederer war der Koch, der aus St. Johann stammte.
Sie besprachen noch ein paar Dinge, die das Hotel betrafen. Natürlich fühlte Carsten sich auch dann im Dienst, wenn er im Urlaub war, und es war schon ein Wunder, daß er nicht gleich an seinem ersten Tag in St. Johann mit Hamburg telefoniert hatte. Aber er wußte auch, daß er in Gerdjan einen zuverlässigen Stellvertreter hatte.
»Bis nächste Woche dann«, sagte Carsten und legte auf.
Er hatte auf die Uhr gesehen und festgestellt, daß er nur noch ein paar Minuten Zeit bis zur Verabredung mit Elke hatte. Die nutzte er, um sich zu erfrischen und umzuziehen. Als er kurze Zeit später Elke in die Arme schloß, war es ihm, als vermisse er sie schon eine Ewigkeit.
»Wie soll ich das bloß aushalten, wenn ich in Hamburg bin?« fragte er verzweifelt.
Elke tröstete ihn.
»Mir wird's net anders ergeh'n«, sagte sie und gab ihm einen Kuß.

*

Das junge Paar hatte es sich am Fuße der Selchneralm bequem gemacht. Carsten erzählte von seinem Telefonat mit dem Kollegen in Hamburg.
»Sag', was ist das eigentlich für eine Firma, die du mit deinem Bruder teilst?« fragte er.
Elke zögerte einen Augenblick, bevor sie antwortete. Sie wollte nicht länger den Grund dafür verschweigen, warum sie sich in St. Johann aufhielt. Carsten war ihr Verlobter und hatte das Recht, alles zu wissen, was sie betraf. Be-

stimmt würde sie keinen Vertrauensbruch gegenüber Markus Bruckner begehen, wenn sie Carsten von ihrer Arbeit erzählte.

»Es ist ein Büro für Landschaftsarchitektur«, sagte sie. »Und eigentlich mach' ich auch keinen Urlaub, sondern ein Auftrag war es, der mich hierher geführt hat.«

Carsten sah sie nicht verstehend an.

»Ein Auftrag?« fragte er. »Ist denn hier ein größeres Bauvorhaben geplant?«

Elke nickte.

»Geplant ja. Aber ob es jemals realisiert wird, steht in den Sternen. Es geht um den touristischen Ausbau dieser Region. Unsere Firma hat lediglich den Auftrag, den besten Standort für ein großes Hotel mit Freizeitanlagen, Skipisten und einer Seilbahn zu suchen und eine entsprechende Empfehlung abzugeben.

Ich habe nächtelang über meinen Aufzeichnungen gesessen und bin jedes Detail mehrmals durchgegangen. Freitag werde ich dem Bürgermeister Bruckner das Gutachten übergeben.«

Carsten machte keinen begeisterten Eindruck.

»Hier soll ein Ferienzentrum gebaut werden?« fragte er ungläubig. »Um Gottes willen, wer hat sich denn das ausgedacht?«

Elke zuckte die Schulter.

»Der Bürgermeister vermutlich und noch ein paar andere Leut', die genug Geld haben, um es hier zu investieren.«

Der Hamburger schüttelt den Kopf.

»Die müssen doch total verrückt sein, dieses schöne Tal so ruinieren zu wollen.«

»Zu dem Schluß bin ich auch gekommen«, lachte Elke Kerner ihn an.

Carsten zog sie in seine Arme.

»Himmel, bin ich froh, daß du das sagst. Ich hatte schon Angst, du würdest diesen Quatsch mitmachen wollen.«
»Nein, keine Sorge. Mein Gutachten wird dem Herrn Bürgermeister bestimmt net gefallen, und vielleicht beauftragt er noch eine andere Firma, die nach seinen Wünschen arbeitet, aber ich weiß, daß ich ruhig schlafen kann und net schuld bin, wenn im nächsten Jahr hier eine Bettenburg steht.«
Carsten stand auf und zog sie hoch.
»Komm«, sagte er, »laß uns zurückfahren. Ich muß dir unbedingt etwas zeigen.«
Elke war gespannt und erstaunt, als Carsten seinen Wagen vor der Kirche parkte.
»Wo willst du mir denn etwas zeigen? Hier, in der Kirche?«
»Ja. Oder warst du schon darin?«
»Nein, aber ich hatte es noch vor«, antwortete sie.
»Dann wird es aber Zeit«, sagte Carsten. »Das mußt du einfach gesehen haben.«
Hand in Hand betraten sie das Gotteshaus, und Elke blieb unwillkürlich stehen.
»Mei', ist das schön«, flüsterte sie.
»Nicht wahr!«
Carsten führte sie herum und zeigte ihr alles, was er schon bestaunt hatte. Dabei erzählte er, was er von dem Mesner über die Kirche erfahren hatte.
»Welch eine Pracht«, sagte die junge Frau. »So etwas Schönes hab' ich lang' net gesehen.«
Sie standen an der ersten Bankreihe vor dem Altar. Carsten hatte seinen Arm um ihre Schulter gelegt.
»Meinst du nicht auch, daß dies der ideale Ort ist, um den Bund für's Leben zu schließen?«
Elke schloß für einen Moment die Augen, und im Geiste sah sie sich dort am Altar knien, gekleidet in ein weißes Hochzeitskleid.

Sie schaute ihren Verlobten an.
»Das wird der schönste Moment unseres Lebens«, flüsterte sie.
Schritte erklangen und rissen die beiden Verliebten aus ihren Träumereien. Elke erkannte den Mann wieder, den sie auf der Almhütte kennengelernt hatte.
»Guten Abend, Pfarrer Trenker«, sagte sie. »Darf ich Ihnen meinen Verlobten vorstellen? Das ist Carsten Henning.«
Sebastian reichte ihnen die Hand.
»Sie stammen aber net aus Süddeutschland?« fragte er Carsten.
»Nein«, schüttelte der den Kopf. »Ich glaube, das hört man schon an meiner Aussprache. Ich bin ein echter Norddeutscher und wohne zur Zeit noch in Hamburg.«
Er bedachte Elke mit einem liebevollen Blick.
»Aber, das wird sich schon bald ändern«, sprach er weiter. »Wir haben uns hier in diesem schönen Ort kennen- und liebengelernt. Ich werde Hamburg den Rücken kehren. Elke besitzt eine Firma in München. Da ist es für mich einfacher, hierher zu ziehen.«
»Dann wollen Sie also schon bald heiraten?«
»Ja«, antwortete Elke. »Und am liebsten hier, in Ihrer wunderschönen Kirche.«
»Na, das freut mich aber. Lassen S' mich nur rechtzeitig Ihren Termin wissen.«
Sebastian Trenker sah die junge Frau forschend an.
»Eine Frage hätt' ich da noch«, sagte er und hob die Arme. »Natürlich brauchen S' net zu antworten, aber ich denk', ich stell' Sie Ihnen trotzdem.«
Elke machte ein neugieriges Gesicht.
»Nur zu, Hochwürden, fragen Sie.«
»Am Sonntag, als wir uns droben auf der Alm unterhalten haben, da hatte ich den Eindruck, daß hinter den Fragen, die

Sie mir stellten, mehr steckt, als ein bloßes, allgemeines Interesse. Dazu waren sie zu gezielt. Ist mein Eindruck richtig, oder irre ich mich?«
Elke Kerner schaute sinnend zur Seite. Carsten hatte sie die Wahrheit sagen können, doch wie war es in diesem Fall? Markus Bruckner war immer noch ihr Auftraggeber, und er hatte um strengste Diskretion gebeten. Durfte sie die verletzen, indem sie jetzt dem Geistlichen verriet, warum sie sich in St. Johann aufhielt?
Ihr Blick fiel auf den Beichtstuhl, und sie dachte an die Schweigepflicht des Pfarrers, der das Beichtgeheimnis zu wahren hatte. Doch es war ein Unterschied, ob sie von sich aus die Beichte ablegen wollte, weil sie etwas nicht mit ihrem Gewissen vereinbaren konnte, oder ob sie jetzt freimütig über ihren Auftrag erzählte.
»Es war auch ein berufliches Interesse mit meinen Fragen verbunden«, antwortete sie ein wenig ausweichend. »Ich muß Sie bitten, Hochwürden, sich mit dieser Antwort zufrieden zu geben und nicht weiter nachzufragen. Ich unterliege im gewissen Maße ebenso der Schweigepflicht, wie Sie.«
Pfarrer Trenker nickte.
»Gut, das muß ich natürlich akzeptieren. Allerdings kann ich mir denken, was hinter der ganzen Angelegenheit steckt. Ich weiß um die Pläne einiger Leute, die mit unserem Ort bestimmte Dinge vorhaben.«
Elke sah erst ihren Verlobten an, dann Sebastian. Dabei schmunzelte sie.
»Die Leute, von denen Sie sprechen, werden allerdings unangenehm überrascht sein, wenn ich mit meiner Arbeit fertig bin...«, meinte sie schließlich.
Jetzt war es Sebastian, der schmunzelte. Er hatte die junge Frau verstanden. Ohne viel zu verraten oder einen Vertrau-

ensbruch zu begehen, hatte sie ihm etwas mitgeteilt, das ihn beruhigt sein ließ.

»Wie lange bleiben Sie noch?« wechselte er das Thema.

»Ich muß am Freitag wieder zurück nach Hamburg«, antwortete Carsten. »Elke hat sich glücklicherweise entschlossen, ebenfalls so lange zu bleiben.«

»Obwohl mein Bruder, der Teilhaber unserer Firma ist, händeringend auf mich wartet«, sagte Elke. »Er behauptet steif und fest, in Arbeit zu ertrinken. Dabei möchte ich zu gern' wissen, was er anfängt, wenn ich eines Tages nicht mehr so oft für die Firma da sein werde.«

Carsten war erstaunt.

»Willst nur noch halbtags arbeiten?«

Die junge Frau lachte.

»Irgendwann will ich für ein paar Jahre gar nicht arbeiten«, verriet sie. »Dann nämlich wenn ich unsere Kinder großziehe.«

Sebastian lachte mit ihr. Carsten hingegen schloß sie fest in seine Arme.

Als sie die Kirche verließen, sah der Geistliche ihnen hinterher, und er dachte an den Bruckner-Markus und dessen Pläne. Eine innere Stimme hatte ihm verraten, daß es wieder einmal so weit war. Schon oft hatte der Bürgermeister von St. Johann versucht, seine verschiedenen Vorhaben in die Tat umzusetzen. Keines war dabei gewesen, das Sebastian guten Gewissens hätte mittragen können, so daß alle nicht zuletzt an des Pfarrers gewichtiger Stimme im Gemeinderat scheiterten. Sei es, weil die Umwelt gefährdet gewesen wäre, oder eine vernünftige Finanzierung nicht zustande gekommen war.

Diesmal mußte Bruckner sich seiner Sache sehr sicher sein, wenn er sogar schon eine Firma beauftragt hatte. Sebastian konnte sich vorstellen, welcher Art der Auftrag war, den

Elke Kerner hatte, auch wenn sie ihm nichts darüber verraten hatte.
Sebastian respektierte natürlich Elkes Entscheidung. Sie war ihrem Auftraggeber verpflichtet und sonst niemandem. Um so dankbarer war er jedoch für den leisen Hinweis, den sie ihm schmunzelnd gegeben hatte.
Es schien, als könne St. Johann für dieses Mal wieder aufatmen.
Offenbar war es noch einmal Markus Bruckners hochtrabenden Plänen entgangen.

*

Sophie Tappert haderte immer noch mit ihrem Schicksal, das sie so hart getroffen hatte. Selbst ein Besuch bei ihrer Freundin Herta Breitlanger vermochte nicht sie aufzuheitern. Natürlich war der dreiste Diebstahl Gesprächsthema während des Kaffeetrinkens.
»Ich hab's ja gleich g'wußt«, sagte die Haushälterin. »Gleich, als ich den Kerl g'sehen hab', wußt' ich, daß wir nur Ärger mit ihm haben werden!«
Hertha legte ihr ein zweites Stück Mohnkuchen auf den Teller.
»Und was sagt Pfarrer Trenker dazu?« fragte sie.
Sophie Tappert zog die Augenbrauen hoch.
»Der?«
Sie zuckte mit der Schulter.
»Hochwürden hat dem Dieb vergeben. Er meint, es wäre ja nix Schlimmeres passiert. Als wenn's net schlimm genug wär'. Der Lump hat net nur einen Anzug und ein Hemd von unserem Herrn Pfarrer bekommen, dazu auch noch Kost und Logis. Und wie hat er's gedankt?!«
»Die Welt ist schlecht«, nickte Hertha zustimmend.
»Er ist einfach zu gutmütig, der Herr Pfarrer«, wandte

Sophie Tappert ein. »Anzeigen hätt' er's müssen. Wozu hat er einen Bruder, der bei der Polizei ist?«
»Was meint denn der Max? Könnt' man den Kerl überhaupt noch fassen?«
Die Haushälterin schüttelte betrüblich ihren Kopf.
»Wahrscheinlich net. Der Max sagt, daß die Obdachlosen alle gleich ausschau'n. Eine Fahndung würd' net viel nützen. Bestenfalls würd' man zwanzig von ihnen verhaften, und wir müßten den richtigen herausfinden. Dabei wird der schon über alle Berg' sein.«
Hertha Breitlanger stand auf und ging an das Stubenbüffett. Hinter der rechten Seitentür befand sich eine eingebaute Bar, mit rotem Samt, Spiegel und Beleuchtung. Viele Flaschen befanden sich nicht darin. Eigentlich waren es nur zwei, und in beiden befand sich Herthas selbstangesetzter Eierlikör, von dem sie jetzt zwei Gläser einschenkte.
»Aber wirklich nur eins«, mahnte Sophie Tappert.
Was sollte Hochwürden denn denken, wenn sie nach Hause kam und nach Alkohol roch!

*

Elke und Carsten aßen im Restaurant zu Abend. Danach blieben sie noch bei einem Glas Wein sitzen und unterhielten sich.
»Am Freitag hab' ich übrigens noch eine Überraschung für dich«, sagte Elke beiläufig.
»So? Was ist es denn?«
Die junge Frau tätschelte seine Hand und zwinkerte ihm zu.
»Das wird net verraten«, antwortete sie. »Sonst wär's ja keine Überraschung mehr.«
»Das ist unfair«, schmollte er. »Jetzt hast du mich erst recht neugierig gemacht. Bestimmt schlaf' ich bis dahin keine Nacht mehr.«

Er drohte ihr mit dem Zeigefinger.
»Dann komm' ich 'rüber zu dir und weck' dich«, drohte er.
»Versuch's«, gab sie zurück. »Wenn ich meinen Schönheitsschlaf halte, dann kannst's lang' klopfen. Da hör' ich nix.«
Er nahm ihre Hand und küßte sie.
»Weißt du, daß ich sehr glücklich bin?«
Elke schaute ihm liebevoll in die Augen.
»Genau wie ich«, sagte sie leise.
Sepp Reisinger trat zu ihnen an den Tisch, er hatte beide Hände hinter dem Rücken verborgen.
»Guten Abend, die Herrschaften. Darf ich einen Moment stören?« fragte er.
»Natürlich«, erwiderte Carsten.
Elke nickte dem Wirt freundlich zu.
Sepp wirkte ein wenig verlegen.
»Also, meine Frau und ich…, wir haben natürlich mitbekommen, daß Sie beide sich in unserem Haus kennen- und wie ich denke – auch liebengelernt haben. Wir möchten uns daher erlauben, Ihnen dies Flascherl Sekt zu überreichen.«
Mit diesen Worten zauberte er die Flasche hinter seinem Rücken hervor.
Elke und Carsten waren angenehm überrascht.
»Aber nur, wenn Sie und Ihre Frau mittrinken«, bestanden beide darauf, daß die Wirtsleute sich zu ihnen setzten.
Sepp Reisinger winkte seine Frau heran. Irma trug ihren weißen Kittel und wirkte ein wenig verlegen.
»Entschuldigen S', ich hab' bis eben in der Küch' gestanden und noch keine Zeit g'habt, mich umzuziehen.«
»Um so besser wird Ihnen jetzt ein kühler Schluck schmecken«, meinte Carsten, der wußte, wie heiß es manchmal in einer Hotelküche hergehen konnte.
Eine junge Servierin brachte vier Gläser und einen Eis-

kübel. Sie schenkte auch ein und zog sich dann diskret zurück.

»Das ist ja beinahe doch noch eine richtige Verlobungsfeier«, freute sich Elke, nachdem sie sich zugeprostet hatten.

»Was ich Sie immer noch hab' fragen wollen«, wandte Sepp Reisinger sich an Carsten Henning. »Es ist ja noch net offiziell, aber so, wie's ausschaut, werden wir wohl in absehbarer Zeit ein neues, größeres Hotel bauen. Könnt' man da net zusammenarbeiten, wir hier in St. Johann, und Sie in Hamburg? Ich mein', man könnt' sich doch gegenseitig den Gästen empfehlen.«

»Im Prinzip ist nichts dagegen zu sagen«, antwortete Carsten.

»Allerdings werde ich nicht mehr lange im ›Stadt Hamburg‹ sein. Ich plane, hierher, genauer gesagt, nach München zu ziehen. Ich werde aber gerne mit meinem Nachfolger darüber sprechen. Geben Sie mir doch einfach ein paar Ihrer Hausprospekte mit. Ich lege sie gerne bei uns an der Rezeption aus. Unter unseren Gästen sind bestimmt viele, die gerne auch einmal einen ruhigen Urlaub in den Bergen verbringen wollen.«

Sepp Reisinger schaute sich um, ob jemand der anderen Gäste etwas von ihrer Unterhaltung mitbekommen konnte. Dabei machte er eine verschwörerische Miene.

»Ich kann's Ihnen ja schon verraten – aber das muß natürlich unter uns bleiben – es ist schon einiges geplant, um St. Johann für Gäste noch attraktiver zu machen. Sie werden sich noch wundern. Wenn S' in einem Jahr mal wieder herkommen, werden S' den Ort net wiedererkennen.«

Elke und Carsten sahen sich an. Erwiderten aber nichts auf Sepp's begeisterte Ausführungen. Wie hätten sie dem armen Mann auch klar machen sollen, daß aus den Plänen wohl nichts würde.

Statt dessen hoben sie ihre Gläser und prosteten sich zu.
»Auf daß alle guten Wünsche in Erfüllung gehen.«

*

Reinhard Kerner lachte breit, als er seine Schwester in die Arme schloß, ihr erstauntes Gesicht erheiterte ihn. »Grüß' dich, Schwesterherz«, sagte er. »Laß dich anschau'n. Sieht man's dir an, daß du verliebt bist?«
»Blödmann«, antwortete sie. »Deshalb bist ja net hergekommen, um das festzustellen. Aber sag' wieso kommst du heut' schon? Du hattest doch Freitag gesagt, und wir haben erst Dienstag.«
Die junge Frau hatte ihren Bruder zufällig auf dem Parkplatz des Hotels getroffen. Sie war gerade auf dem Weg zu ihrem Auto, als sein Wagen dort einbog. Elke war daher völlig überrascht. Sie küßte ihn liebevoll auf die Wange.
»Am besten fahren wir gleich los«, drängte Reinhard. »Ich konnte es heute morgen noch dazwischen schieben, muß am Nachmittag aber, pünktlich um drei, wieder in München sein. Ich hab' mir halt gedacht, es geht ja auch um einen ganzen Batzen Geld bei der Sache hier, darum wollt' ich's so schnell wie möglich erledigt habe.«
Er warf ihr einen Seitenblick zu.
»Außerdem wollt' ich dir noch ein paar Tage Urlaub gönnen«, meinte er. »Ich könnt' mir denken, daß es dir gerade jetzt gut paßt.«
Elke fiel ihm jubelnd um den Hals und küßte ihn.
»Du bist ein Schatz«, rief sie. »Carsten wird Augen machen! Ich wollt' übrigens gerade zu der Stelle, an der die Talstation gebaut werden soll.«
»So, Carsten heißt er also. Na, dann wollen wir uns mal beeilen und ihn net lange warten lassen. Ich bin schon gespannt auf ihn.«

Sie stiegen in seinen Wagen, und Reinhard Kerner lenkte nach Elkes Angaben. Daß sie aus einem Hotelfenster heraus beobachtet wurden, ahnten sie nicht. Nach einer Viertelstunde ließ die junge Frau ihren Bruder anhalten.

»Hier geht's net mehr weiter, nur noch zu Fuß«, erklärte sie. Die beiden standen unterhalb des Höllenbruchs, und Elke zeigte ihrem Bruder, worauf es ihr ankam.

»Dort oben, die beiden Gipfel, dort sollen Skipisten angelegt werden, da drüben eine Seilbahn, die zum Gletscher hinaufführt, und hier unten müßte die Talstation gebaut werden.«

Reinhard Kerner war lange genug in seinem Beruf, um auf den ersten Blick feststellen zu können, um was für ein abwegiges Projekt es sich hier handelte.

»Allein', was an neuen Straßen gebaut werden müßte«, sagte er kopfschüttelnd. »Dort drüben scheint mir ein Mischwald zu stehen. Der müßte weg, um Raum für die Parkplätze der Talstation zu schaffen. Die Hänge muß man begradigen. Das bekommt man doch niemals genehmigt. Ich möcht' net wissen, wie viele geschützte Tierarten dort im Wald und an den Hängen leben.«

Er nahm das Gutachten zur Hand, das Elke angefertigt und mitgebracht hatte. Immer wieder nickte er, während er darin las. Schließlich legte er seinen Arm um die Schwester.

»Nein, nein«, stellte er fest. »Das hast du schon ganz richtig erkannt. Wir können gar kein anderes Urteil abgeben. Bestimmt wird es dem Herrn Bruckner net schmecken. Aber noch weniger tät's ihm gefallen, aufgrund unserer – besser gesagt deiner – Untersuchung, ein Projekt in Angriff zu nehmen, das schließlich und endlich in einem Fiasko endet.«

Er setzte seine Unterschrift neben Elkes und gab ihr die Mappe mit dem Gutachten zurück.

»So«, sagte er mit einem Augenzwinkern, »und jetzt möcht' ich, bitt'schön, den Herrn kennenlernen, der meiner Schwe-

ster, die vor lauter Arbeitseifer net dazu kommt, einen Mann zu finden, so schnell um den Finger gewickelt hat.«
»Das sollst du«, lachte sie. »Ich hoff', wir treffen Carsten im Hotel.«
Auf der Rückfahrt zeigte sie ihm verschiedene Punkte, die sie ebenfalls bei ihrer Arbeit berücksichtigt hatte. Jeder einzelne wäre ausreichender Grund gewesen, die touristischen Ausbaupläne negativ zu bescheiden.
»Mach' dir keine Gedanken, Madel«, beruhigte Reinhard seine Schwester. »Du konntest gar net anders urteilen.«
Sie erreichten das Hotel und stellten den Wagen ab.
Elkes Bruder sah auf die Uhr. »Naja, für einen Kaffee reicht es noch«, meinte er und betrat neben seiner Schwester den Eingang.
Die junge Frau schaute sich suchend um, konnte Carsten aber nirgendwo entdecken.
»Das verstehe ich nicht«, murmelte sie, nachdem sie auch in das Restaurant geschaut hatte. »Wir waren doch hier verabredet.«
Sie bat ihren Bruder, sich schon einmal ins Restaurant zu setzen, und ging zur Rezeption hinüber, an der ein junges Madel arbeitete.
»Herr Henning ist net auf seinem Zimmer«, sagte es, nach einem Blick auf das Brett, an dem die Zimmerschlüssel hingen. »Warten S' einen Moment. Ich frag' die Kollegin, die heut' früh Dienst hatte. Vielleicht hat sie den Herrn Henning g'sehen, als er das Haus verlassen hat.«
Elke trat ungeduldig von einem Fuß auf den anderen. Wo war Carsten nur geblieben? Hatte er nicht einmal eine Nachricht hinterlassen?
Das junge Madel kam mit der Kollegin zurück.
»Herr Henning ist abgereist«, sagte die Haustochter, die am Morgen den Dienst an der Rezeption versehen hatte.

Elke durchfuhr ein eisiger Schreck. Es war, als spüre sie eine eiskalte Klammer an ihrem Herzen, die sich immer enger zusammenzog.
»Aber ..., das ist doch net möglich«, flüsterte sie und wandte sich an das Madel. »Hat er denn keine Nachricht für mich hinterlassen?«
»Doch, natürlich. Warten S' einen Moment.«
Sie ging hinter die Rezeption und wühlte in einem Stapel.
»Entschuldigen S', Frau Kerner. Wir hatten heut' morgen eine Menge Abreisen«, sagte sie. »Herr Henning hat ein Kuvert für Sie abgegeben. Der muß hier irgendwie d'runtergerutscht sein. Ach, da ist er ja.«
Sie reichte Elke einen Briefumschlag mit dem Aufdruck des Hotels.
»Bitt'schön.«
Die junge Frau nahm den Umschlag mit klopfendem Herzen entgegen und griff mit einer fahrigen Bewegung nach der Tür des Restaurant.
Sie hatte furchtbare Angst, den Umschlag zu öffnen, und vor dem, was darin stehen könnte ...

*

Nur langsam konnte sich Sophie Tappert über den dreisten Diebstahl, der immerhin schon ein paar Tage her war, beruhigen. Jedesmal, wenn sie an den Küchenschrank ging, wurde sie an den Augenblick des Schreckens erinnert, als sie das Haushaltsgeld suchte und feststellen mußte, daß es fort war.
Am besten würde es sein, sie räumte den Schrank aus und putzte ihn gründlich, um jegliche Spur dieses Menschen zu tilgen. Erst dann würde sie wieder ruhigen Herzens an ihre Arbeit gehen können.
Seufzend sah sie von ihrer Tätigkeit auf und überlegte, wann

wohl die beste Zeit sei, um hier in der Küche gründlich reinezumachen. Heute und morgen würd's wohl nichts werden. Schon eher am Freitag. Da gab es eh' nur Kochfisch mit Senfsauce, was wenig Aufwand erforderte. Sophie Tappert nahm sich vor, den Freitag vormittag für diese Tätigkeit zu reservieren.

Sie wollte gerade mit dem Schälen der Kartoffeln für das Mittagessen weitermachen, als es an der Haustür klingelte. Die Haushälterin trocknete sich die Hände an ihrer Schürze und ging auf den Flur.

Wer konnte das sein? Der Postbote war schon durch, und Hochwürden klingelte nicht, der hatte ja einen Schlüssel. Da das Pfarrbüro erst am Nachmittag geöffnet war, kam es auch nicht in Betracht, daß jemand den Herrn Pfarrer oder den Vikar sprechen wollte.

Blieb noch Max, aber der würde erst zum Mittagessen da sein. Dafür hatte der Gendarm eine Nase, er wußte genau, wann das Essen auf dem Tisch stand.

Selbst wenn Sophie Tappert sich einmal damit verspätete!

Der gute Geist des Pfarrhaushaltes öffnete die Tür. Durch die Milchglasscheibe sah sie draußen jemanden stehen, konnte aber nicht erkennen, um wen es sich dabei handelte. Das Lächeln erstarb auf ihren Lippen, als sie in das unrasierte Gesicht des Mannes schaute, den sie am allerwenigsten erwartet hätte.

»Gott zum Gruß, gnädige Frau«, sagte der Moislinger-Karl mit einer galanten Verbeugung, denn niemand anderer war es, der vor dem Pfarrhaus stand und Sophie Tappert anlächelte.

»Sie...?« rief sie empört und schnappte nach Luft. »Sie wagen es, noch einmal hierher zu kommen?«

Die Haushälterin wußte nicht, was sie tun sollte. Am liebsten hätte sie dem Kerl die Tür vor der Nase zugeschlagen,

auf der anderen Seite würde sie ihn auch zu gerne in Ketten legen und Max übergeben. Und natürlich hatte sie Angst, er könne ihr etwas antun. Warum sonst wohl sollte er an den Ort seiner Untat zurückkehren.
Sie schaute an ihm vorbei, den Weg zur Straße hinunter, aber dort war niemand zu sehen. Hochwürden war in der Kirche, wenn sie jetzt um Hilfe rief, würde sie wahrscheinlich nicht einmal jemand hören.
Während ihr dies alles durch den Kopf ging, sah der Landstreicher sie verwundert an.
»Sagen S', gnädige Frau, was haben S' denn? Ist Ihnen net gut? Warum schreien S' denn so?«
Sophie schnappte immer noch nach Luft.
»Sie sollen S' mich net gnädige Frau nennen«, schimpfte sie. »Das hab' ich Ihnen doch schon gesagt. Und warum ich schrei', das kann ich Ihnen sagen. Weil's ein Dieb sind!«
Jetzt war die Empörung auf Karls Seite.
»Was behaupten S' denn da«, fragte er erregt. »Ich ein Dieb? Wegen des biß'l Schinkens und der Mettwurst?«
Dabei schaute er Sophie Tappert mit rollenden Augen an, daß sie schon befürchtete, der Mann könne übergeschnappt sein.
In diesem Augenblick kam Pfarrer Trenker von der Kirche herüber. Sophie atmete auf und schlug im Geiste drei Kreuze.
»Gut, daß Sie kommen, Hochwürden«, rief sie, noch bevor Sebastian den Weg ganz herauf war. »Der Dieb ist doch tatsächlich an den Tatort zurückgekehrt. Wir müssen sofort den Max verständigen, bevor er wieder auf und davon ist.«
»Nun mal ganz ruhig, Frau Tappert«, sagte Sebastian. »So schnell wird der Herr Moislinger uns net wieder verlassen. Net wahr, Karl?«
Der Landstreicher nickte und gab Sebastian die Hand.

Sophie schaute irritiert, als ihr Arbeitgeber den Dieb in das Haus einlud.
»Was macht das Bein?« erkundigte sich der Geistliche, als sie in der Küche saßen.
»Oh, das ist prima verheilt«, strahlte Karl. »Das ist ja auch der Grund, warum ich hier bin. Geld hab' ich ja net, aber ich hab' mir g'dacht, ich könnt's auf andere Weise wiedergutmachen. Net nur Ihre Hilfe. Auch den Proviant, den ich mitgenommen hab'. Vielleicht im Pfarrgarten arbeiten oder hier im Haus, und drüben, beim Doktor natürlich auch.«
»Warum sind S' dann erst weggelaufen, bei Nacht und Nebel?« fragte Sophie Tappert argwöhnisch, ohne auf den Blick zu achten, den Pfarrer Trenker ihr zuwarf.
Karl Moislinger setzte sich in Position.
»Gna..., äh, ich wollt' sagen, gute Frau, ich bin kein Freund von großen Abschiedsszenen«, erklärte er. »Der Herr Doktor war, glaub' ich, noch net so recht damit einverstanden, daß ich wieder loswollte. Ich mußte aber, weil ich, drüben in Engelsbach, einem Bauern versprochen hatte, ihm bei der Heuernte zu helfen. Ein Knecht war ihm krank geworden, und ich wollt' halt ein paar Mark verdienen. Weil ich nun befürchtete, daß Hochwürden mich aus lauter Fürsorge net gehen lassen würde, bin ich halt in der Nacht gegangen. Das ist die ganze Geschicht'.«
Er warf ihnen einen treuherzigen Blick zu.
»Gut, es war net richtig, daß ich mich in der Speisekammer bedient hab'. Aber Hunger ist nun einmal schlimmer als Heimweh. Und ich bin ja nun hier, um meine Schulden abzuarbeiten.«
»Und was ist mit dem Geld, das Sie gestohlen haben?«
Sophie Tapperts Stimme war wie ein Peitschenknall in Karls Ohren. Verwundert schaute er von Sebastian zu Sophie und wieder auf den Pfarrer.

»Geld? Wovon redet sie? Welches Geld?« fragte er den Geistlichen.

»Liebe Frau Tappert«, wandte Sebastian sich an seine Haushälterin. »Am besten lassen S' mich einen Moment mit dem Herrn Moislinger alleine. Sie sind zu aufgeregt, und ich möcht' die Geschicht' jetzt ein für allemal klären.«

Sophie schüttelte den Kopf. Nerven hatte Hochwürden ja, das mußte man ihm lassen. Sie würd' keine Minute mit dem Kerl alleine in einem Raum bleiben wollen. Dennoch ging sie nur widerstrebend aus der Küche. Zuvor setzte sie die Kartoffeln auf den Herd und ließ sich dabei mehr Zeit als sonst.

*

»Also, nun mal raus mit der Sprache«, forderte Sebastian den Obdachlosen auf, nachdem Sophie Tappert endlich aus der Küche gegangen war. »Haben Sie das Geld genommen, oder net?«

Karl Moislinger hob hilflos die Arme und ließ sie wieder fallen. Er schüttelte den Kopf.

»Von welchem Geld ist hier denn bloß immer die Rede!« fragte er verzweifelt.

»Frau Tappert vermißt Haushaltsgeld, das sie im Küchenschrank deponiert hatte«, erklärte der Geistliche. »Und zwar genau seit der Nacht, in der Sie verschwunden sind. Nun nimmt sie an, daß Sie das Geld gestohlen haben.«

Der Landstreicher schlug mit der flachen Hand auf den Küchentisch, an dem sie saßen.

»Da hört sich doch alles auf!« rief er sichtlich erregt. »Ich bin doch kein Dieb! Gut, Brot und Wurst, das laß ich schon mal mitgehen. Aber ich stehl' doch kein Geld!«

»Das hab' ich auch net angenommen«, beruhigte Sebastian ihn. »Ich hab's zwar von Anfang an net geglaubt, aber seit

Sie wieder hier sind, ist's Gewißheit. Sie sind net so dumm, eingesperrt zu werden. Ich denk', Frau Tappert hat sich mit dem Geld geirrt und es irgendwo anders hingetan.«
Er ging zur Tür und bat die Haushälterin wieder herein. Sophie Tappert hörte sich die Erklärung des Geistlichen an, sagte aber kein Wort dazu. Als Sebastian ihr mitteilte, daß Karl wieder für ein paar Tage das Zimmer beziehen und im Garten arbeiten werde, verzog sie keine Miene.
Erst als der Landstreicher aus der Küche ging, um seine beiden Plastiktüten nach oben zu tragen, wandte sie sich an den Pfarrer.
»Ich frag' mich nur, wo das Geld geblieben ist, wenn's der net genommen hat.«
Der Ton, in dem sie es sagte, ließ keinen Zweifel daran, daß sie Karl Moislinger immer noch verdächtigte. Sebastian runzelte die Stirn.
»Bitt'schön, Frau Tappert, ein Mensch gilt so lang' als unschuldig, bis das Gegenteil bewiesen ist«, antwortete er. »Finden Sie den Beweis, daß der Moislinger-Karl das Geld gestohlen hat, und ich laß ihn vom Max verhaften. Bis dahin respektieren Sie ihn als einen Mitbewohner dieses Hauses.«
Er erhob sich und ging hinaus. In der Tür drehte er sich noch einmal um.
»Seien S' so gut und decken S' für vier Personen auf«, bat er freundlich, bevor er die Tür hinter sich schloß.
Die Haushälterin setzte sich erst einmal auf die Eckbank. Sie wußte nicht, was sie von alledem halten sollte. Hatte sie sich wirklich so geirrt? Aber seit Jahr und Tag legte sie das Haushaltsgeld in den Küchenschrank. Sie hatte es noch nie woanders gelassen.
Sie schaltete die Kartoffeln klein und setzte das Gemüse auf. Das Gehäck für die Fleischpflanzen stand fertig im Kühlschrank. Sie hatte also noch etwas Zeit, bis zum Mittag. Die

Haushälterin nahm sich das kleine Heft vor, in das sie immer die Ausgaben eintrug. Zum wiederholten Male rechnete sie alle Posten durch, doch es blieb dabei. Es fehlten genau zweihundert Mark.
Seufzend klappte sie das Heft zu und machte sich daran, das Mittagessen fertigzustellen. Heut' und in den nächsten Tagen würd' es ihr überhaupt net schmecken, das wußte sie ganz genau!

*

Elke Kerner wurde von Weinkrämpfen geschüttelt. Ihr Bruder versuchte vergeblich, sie zu beruhigen.
Nachdem sie den Umschlag geöffnet hatte, waren ihre Augen über das Briefpapier geflogen. Sie las zwar, was da geschrieben stand, konnte die Worte aber nicht begreifen. Von Liebe stand da etwas, aber auch von Enttäuschung und Mißtrauen. Verzweifelt hatte sie Reinhard angesehen und immer wieder den Kopf geschüttelt.
Ihr Bruder nahm den Brief und las ihn kurz.
»Ich weiß nicht, was das alles bedeutet«, sagte er. »Aber ich denke, wir sollten jetzt auf dein Zimmer gehen und über alles nachdenken.«
An der Rezeption ließ er sich Elkes Schlüssel geben und führte seine Schwester nach oben. Dort las er den Brief noch einmal und diesmal gründlicher durch, bevor er ihn an Elke weiterreichte. Ihre Hände zitterten, und sie mußte sich zur Ruhe zwingen, bevor sie selber lesen konnte.
»Ich hab' nur eine Erklärung«, meinte Reinhard Kerner.
»Carsten Henning muß uns beide von seinem Fenster aus auf dem Parkplatz gesehen, und seine Schlüsse daraus gezogen haben. Natürlich völlig falsche. Aber er konnte ja auch net wissen, daß da unten Bruder und Schwester stehen und sich umarmen. Offenbar war er so enttäuscht, daß er sofort

abgereist ist. Hier in seinem Brief schreibt er doch von einer Enttäuschung, die er erlebt hat, und von tiefen Wunden, die noch nicht verheilt sind. Ich fürchte, der Mann ist einem entsetzlichen Irrtum erlegen.«
Elke hob ihr tränennasses Gesicht.
»Was soll ich denn jetzt machen?« fragte sie mit leiser Stimme. »Ich will ihn doch net verlieren!«
Wieder weinte sie heftig, heftiger als zuvor. Reinhard bangte um seine Schwester. Er hoffte, daß ihre Weinkrämpfe nicht in einem völligen Zusammenbruch endeten.
»Ich geh' noch mal hinunter und erkundige mich, wann genau Carsten abgereist ist. Dann haben wir zumindest einen Anhaltspunkt, wo er jetzt sein könnte. Wenn's sein muß, fahre ich ihm eben hinterher.«
Elke versuchte dankbar zu lächeln.
»Und dein Termin?«
Reinhard winkte ab.
»Ach was«, sagte er. »Es gibt Sachen, die einfach wichtiger sind. Ich laß' meine kleine Schwester doch net im Stich.«
Damit verschwand er nach draußen.
Die junge Frau nahm noch einmal Carstens Brief in die Hand. Sie strich das Papier glatt, das sie in ihrer Erregung zerknüllt hatte. Die Buchstaben verschwammen vor ihren nassen Augen, und sie mußte sich zusammenreißen, nicht mehr zu weinen.
»Ich habe geglaubt, die Liebe meines Lebens gefunden zu haben, und wurde doch so bitter enttäuscht!«
Immer wieder las Elke diesen Satz, der so bitter weh tat. Sie war sich beim besten Willen keiner Schuld bewußt, es mußte so sein, wie ihr Bruder vermutete – Carsten hatte sie auf dem Parkplatz gesehen und einen falschen Schluß daraus gezogen. Und nun war er fort, bevor sie alles richtig stellen konnte.

Reinhard kam wieder ins Zimmer. Er war sichtlich erregt.
»Stell' dir vor«, sagte er. »Carsten ist offensichtlich noch gar net abgereist. Sein Wagen steht d'runten auf dem Parkplatz. Zwischen den vielen anderen haben wir ihn vorhin nur net gesehen.«
Wie elektrisiert fuhr Elke hoch.
»Was sagst du da? Er ist noch hier?«
»Ja. Ich wollt's erst auch net glauben. Am Empfang sagte man mir, er habe gegen zehn seine Koffer heruntergetragen und die Rechnung verlangt. Gleich darauf hat er das Hotel verlassen.
Ich selbst bin eben zu meinem Wagen gegangen, um die Telefonnummer meiner Verabredung heut' nachmittag zu holen. Ich muß dem Mann ja absagen, und da seh' ich ein Auto mit Hamburger Kennzeichen. Zwei Koffer auf der Rückbank.«
Er beschrieb das Fahrzeug, und Elke konnte es nur bestätigen. Ja, das war Carstens Wagen.
Unruhig lief sie im Zimmer auf und ab.
»Aber wo steckt er denn nur?« fragte sie immer wieder.
»Ich weiß net, wo er sein könnt', aber überleg' doch mal – gab es einen Platz, an dem ihr beide gewesen seid?«
Elke dachte fieberhaft nach. Sie waren ja sehr oft unterwegs gewesen, verschiedene Plätze kamen in Betracht, aber nur einer wollte ihr passend erscheinen.
Nur, was würde geschehen, wenn sie ihn dort auf suchte? Würde Carsten sie wirklich anhören und, vor allem, ihr Glauben schenken?
Sie zog ihre Jacke über. Ihr Bruder sah sie fragend an.
»Was hast du vor?«
»Ich will zur Kirche hinüber«, erwiderte sie.
»Glaubst du, daß Carsten dort...?«
Elke schüttelte den Kopf.

»Nein, ich muß mit dem Pfarrer sprechen. Vielleicht kann er helfen.«
Reinhard Kerner zuckte die Schulter. Warum net, dachte er, wenn man Hilfe braucht, ist ein Geistlicher meist der richtige Ansprechpartner. Er folgte seiner Schwester hinaus.

*

Carsten Henning saß, dumpf vor sich hinbrütend auf der Parkbank. Es war dieselbe Bank, auf der er Elke gefragt hatte, ob sie sich vorstellen könne, ihr Leben mit ihm zu teilen, ob sie seine Frau werden wolle.
Dieser Tag – vor nicht einmal einer Woche – schien so lange her zu sein. Beinahe kam ihm dies alles, der Urlaub, Elke, ihre große Liebe und diese Enttäuschung, wie ein unwirklicher Traum vor, und Carsten erwartete, jeden Moment zu erwachen und zu Hause in Hamburg in seinem Bett zu liegen. Wie ein grausamer Film lief die Erinnerung vor seinen Augen ab. Elke in den Armen eines anderen Mannes!
Dabei hatte der Tag so glücklich begonnen. Sie hatten zusammen gefrühstückt. Elke erklärte ihm, daß sie den Vormittag bräuchte, um endgültig mit der Arbeit an dem Gutachten fertig zu werden, und dann – sie sagte es mit einem verliebtem Lächeln – würde sie jeden Tag bis zu seiner Abreise nur für ihn dasein.
Doch dann hatte es eine böse Überraschung gegeben.
Es war kein Zufall, daß Carsten ausgerechnet in dem Moment aus dem Fenster sah, als Elke auf dem Parkplatz ging. Er wußte, daß sie mit dem Wagen fahren würde und natürlich hatte er ihr nachwinken wollen.
Carsten hatte die Hand schon am Fenstergriff, um es zu öffnen und Elke einen lieben Gruß hinunter zu rufen, als er den Mann aus dem Auto steigen sah. Verwundert wurde er

Zeuge, wie Elke auf den Mann zuging, ihn umarmte und schließlich sogar küßte.

Ein heißer Blutstrom schoß zu seinem Herzen, und für einen Moment wurde ihm schwindelig. Es war wie bei der bösen Szene, als er Petra aus den Armen des anderen riß. Immer wieder rief er sich diesen Augenblick in Erinnerung. Petras entsetztes Gesicht, als sie ihn' erkannte, und die Angst, die in den Augen seines Freundes flackerte.

Heiß und kalt war es ihm geworden, und er hatte das Gefühl, der Boden gleite ihm unter seinen Füßen weg.

Und genau dieses Gefühl spürte er, als er Elke in den Armen des Mannes sah, den er nicht kannte. Dann fiel Elke ihm ein weiteres Mal um den Hals und küßte ihn. Sie stiegen in das fremde Auto und fuhren davon. Darum also, hatte sie am Vormittag keine Zeit für ihn gehabt!

Voller Wut und Verzweiflung hieb er gegen die Wand, ohne den Schmerz zu spüren. Dann setzte er sich auf das Bett und überlegte, was er tun sollte. Er kam schließlich zu dem Schluß, daß es das einzig richtige war, sofort abzureisen.

Doch das konnte. er nicht tun, ohne die Frau, die ihn jetzt so maßlos enttäuschte, anzuklagen. Briefbogen und Umschlag lagen auf dem Schreibtisch. Carsten setzte sich und schrieb sich seinen Kummer von der Seele. Besser fühlte er sich nicht, aber immerhin würde Elke wissen, was sie ihm angetan hatte.

In Windeseile hatte er seine beiden Koffer gepackt und an der Rezeption seine Rechnung verlangt. Dann hinterließ er den Brief. Er verstaute sein Gepäck und spürte, wie aufgewühlt er innerlich war. So konnte er unmöglich autofahren. In diesem Zustand würde er sich und andere gefährden.

Mit einer fahrigen Bewegung strich er sich über das Gesicht. Sein Blick fiel auf die Haltestelle auf der anderen Straßen-

seite. Carsten wußte, daß von dort der Bus in die Stadt abfuhr, und eine wahnwitzige Idee kam ihm.
Nur einmal noch wollte er den Platz aufsuchen, an dem er so – vermeintlich – glücklich gewesen war. Wo er geglaubt hatte, die Frau für's Leben gefunden zu haben.
Schon nach kurzer Zeit hielt der Bus. Carsten stieg ein, bezahlte den Fahrpreis und setzte sich auf einen der hinteren Sitzplätze. Er schaute aus dem Fenster, ohne wirklich die Landschaft zu sehen, die draußen vorbeizog. Er sah immer nur die gleiche Szene – Elke in den Armen eines anderen Mannes!

*

Sebastian Trenker verließ gerade die Kirche, als Elke und ihr Bruder ihm entgegen kamen. Der Geistliche erkannte an den verweinten Augen der Frau, daß etwas geschehen war.
»Frau Kerner, kann ich Ihnen helfen?«
Elke nickte. Schon wieder war sie den Tränen nahe. Mit stockender Stimme stellte sie ihren Bruder vor und erklärte dann ihr Anliegen. Obgleich vieles wirr klang und ohne Zusammenhang, wurde es für den Seelsorger schnell klar, um was es sich drehte. Selbstverständlich war er sofort bereit, zu helfen.
»Wissen Sie denn, wo Herr Henning sich jetzt aufhalten könnte?« fragte er.
»Meine Schwester glaubt es zumindest«, erwiderte Reinhard Kerner.
»Es ist nur eine Vermutung«, sagte Elke. »Wir haben am Sonntag einen Ausflug in die Stadt gemacht.«
Sie machte eine verzweifelte Handbewegung.
»Ich könnt' mir vorstellen, daß Carsten dort im Park ist, wo wir auf der Bank saßen.«

Elke schloß die Augen und wischte die Tränen von ihrem Gesicht.
»Dort hat er mich gefragt, ob wir beide... ob ich seine...«
Reinhard nahm sie in die Arme, während Pfarrer Trenker nickte. Er hatte verstanden, was Elke sagen wollte.
»Kommen Sie«, sagte er. »Wir fahren einfach hin und suchen ihn dort. Sie möchten sicher, daß ich zuerst mit ihm spreche, nicht wahr?«
»Ja, das wär' schön, Hochwürden«, flüsterte sie. »Er hat so begeistert von Ihnen gesprochen. Wenn er überhaupt auf jemanden hört, dann sind Sie es.«
»Gut, ich sag' nur schnell meiner Haushälterin, daß ich für ein paar Stunden fort bin.«
Bevor er ins Pfarrhaus ging, drehte er sich noch einmal um.
»Kopf hoch, Frau Kerner, wir werden Ihren Carsten schon finden. Und bestimmt wird alles wieder gut. Schließlich hab' ich mir einen Termin für Eure Trauung freigehalten.«
Elke nickte tapfer, doch in ihrem Herzen saß eine beißende Angst.
»Hoffentlich begeht er keine Dummheit«, sagte sie leise zu ihrem Bruder.
Reinhard Kerner schaute sie entsetzt an.
»Um Gottes willen, Madel, das darfst du net einmal denken«, stieß er hervor.
Liebevoll strich er über ihr Haar.
»Du wirst sehen, Pfarrer Trenker wird recht behalten«, sagte er zuversichtlich.
Seine Schwester faltete ihre Hände und schaute stumm zur Kirche hinüber.
»Recht so«, nickte Reinhard. »Ein Gebet kann Wunder bewirken.

*

Die Fahrt verlief schweigsam. Elke kam sie unendlich lang vor. Sie saß hinten im Fond, während Pfarrer Trenker Reinhard, der am Steuer saß, den Weg wies. Endlich hielt der Wagen an.

»Hier ist der Eingang zum Stadtpark«, sagte Sebastian.

Sie stiegen aus und gingen den von Rasen und Blumen gesäumten Weg entlang.

»Dort steht die Bank«, deutete Elke nach vorne, und ihre Augen weiteten sich. »Und da sitzt Carsten!«

Sebastian und Reinhard sahen die nach vorne gebeugte Gestalt.

»Lassen S' mich erst einmal mit ihm alleine reden«, schlug der Geistliche vor.

Die beiden nickten, und Sebastian schritt schneller aus, während Elke und ihr Bruder ihm langsam folgten.

»Grüß' Gott, Herr Henning«, sagte Pfarrer Trenker, als er vor der Bank stand.

Carsten, der ihn nicht hatte kommen sehen, schaute erstaunt auf, als er mit seinem Namen angesprochen wurde.

»Hochwürden? Was machen Sie denn hier?«

»Das wollt' ich Sie fragen, Herr Henning. In St. Johann werden Sie schrecklich vermißt.«

Carsten sah ihn ungläubig an. Sebastian stand so, daß der Hamburger nicht sehen konnte, wer da den Weg heraufkam.

»Ich?« fragte er und lächelte müde. »Wer sollte mich schon vermissen?«

Der Geistliche sah, daß der Mann sich aufgegeben hatte, ihm schien alles egal zu sein. Es war ein Wunder, daß er sich nicht aus lauter Kummer betrunken hatte. Sebastian rüttelte ihn an der Schulter.

»Hören Sie, Herr Henning, ich weiß, was heute morgen geschehen ist, was Sie auf dem Parkplatz gesehen haben. Und ich weiß auch, daß das alles ein schreckliches Mißverständ-

nis ist. Frau Kerners Bruder ist überraschend bereits heute morgen eingetroffen und nicht, wie geplant, am Freitag. Er war es, den Ihre Verlobte so stürmisch begrüßte.«
Carsten schaute ihn nicht verstehend an. Sebastian nickte.
»Es ist so, wie ich sage, Herr Henning. Ihrem Brief an Frau Kerner entnehmen wir, daß Sie vor nicht all zu langer Zeit eine schlimme Enttäuschung erlebt haben. Vermutlich hat eine Frau Sie hintergangen. Daher ist Ihre heutige Reaktion nur zu verständlich. Die Wunden sind tief und noch recht frisch, und da haben Sie vermutet, ein weiteres Mal betrogen worden zu sein. Glauben Sie mir, Elke liebt Sie von ganzem Herzen.«
Carsten griff nach Sebastians Hand.
»Ist da wirklich wahr?« flüsterte er.
»Ja, Carsten«, sagte Elke in diesem Moment. »Ich liebe dich.«
Schon beim Klang ihrer Stimme war er aufgesprungen und hatte sie in seine Arme gerissen. Seine Hände glitten über ihren Rücken, und er roch den vertrauten Duft ihres Haars.
»Ich... ich war so dumm«, sagte er, kaum hörbar. »Kannst du mir verzeihen?«
Elke trocknete ihre Tränen. Es sollten die letzten sein, die sie heute geweint hatte. Aber dieses Mal vor Glück.
»Natürlich verzeihe ich dir. Es war ja auch meine Schuld – ich hätt' vielleicht gleich mit Reinhard zu dir hochkommen sollen, und net erst wegfahren. Dann wär alles net so kompliziert geworden.«
»Es ist ja ausgestanden, Gott sei Dank«, sagte er und zog sie mit sich fort.
Pfarrer Trenker und Elkes Bruder schauten ihnen hinterher.
»Ich denk', wir sollten ihnen etwas Zeit lassen«, sagte der Geistliche. »Die beiden haben viel zu bereden.«
Reinhard Kerner nickte erleichtert.

*

Sophie Trenker setzte das Wasser mit den Zwiebeln und Gewürzen auf, in dem sie den Fisch kochen wollte. Sie hatte den Sud kräftig gesalzen. Nebenan stand eine Mehlschwitze bereit, mit der sie später einen Teil der Fischbrühe zur Sauce verkochen wollte. Mit einem guten Löffel Senf und einem Schuß Sahne würde daraus die leckerste Senfsauce, wonach sich sogar die »Fischköpf« im hohen Norden die Finger lecken würden, wie Maximilian Trenker sich auszudrücken pflegte.
Die Haushälterin regulierte die Hitze unter den kochenden Kartoffeln, und nachdem sie den Kopfsalat gewaschen und geschleudert hatte, machte sie sich daran, die Zeit bis das Essen fertig war, zum Aufräumen des Küchenschranks zu nutzen.
Zuerst nahm sie sich das linke obere Fach vor, Himmel, das wurde wirklich höchste Zeit! Sophie verstand überhaupt nicht, wieso schon wieder solch ein Chaos darin herrschte. Sie hatte erst vor ein paar Wochen darin Ordnung geschaffen.
Die Haushälterin nahm die Kaffee- und Teedosen heraus. Ein angebrochenes Päckchen Kakao stand darin, und etliche Päckchen Puddingpulver. Sophie überlegte, daß es schon ewig her war, daß sie einen Pudding zum Nachtisch gekocht hatte. Zur Zeit gab es soviel frisches Obst, Äpfel und Birnen, das sie zu Kompott verkochte oder einweckte, so daß die Süßspeisen, wie Cremes und Puddings ein wenig vernachlässigt wurde. Aber vielleicht würde sie am Sonntag mal wieder einen Schokoladenpudding servieren. Hochwürden aß ihn ebenso gerne, wie sein Bruder. Besonders mit Vanillesauce.
Von draußen hörte sie das Krachen und Splittern von Holz. Dadurch wurde sie daran erinnert, daß es noch einen Gast im Pfarrhaus gab. Der Moislinger-Karl war damit beschäf-

tigt, Holz für den Kamin zu hacken. Das würde zwar erst im Herbst gebraucht, aber einen Vorrat zu haben, sei nicht schlecht, hatte Hochwürden gesagt und dem Haderlump die Axt in die Hand gedrückt.

Bei dem Anblick war der Haushälterin angst und bang' geworden.

In Gedanken ein Kreuz schlagend, nahm sie die Puddingpäckchen aus dem Fach – und erstarrte.

Eingeklemmt zwischen Schokolade- und Vanillegeschmack steckten zwei Geldscheine!

Mit zitternden Fingern nahm Sophie Tappert das Geld und faltete die Scheine auseinander. Verblüfft starrte sie auf das so schmerzlich vermißte Geld.

Sophie spürte, wie es ihr heiß und kalt wurde. Diese Blamage, dachte sie. Herr im Himmel, ich hab' ihn zu Unrecht verdächtigt.

Mit klopfendem Herzen wartete sie auf die Männer, die nacheinander herein kamen. Die Haushälterin trug wie gewohnt das Essen auf, diesmal ohne auf Max' Kommentare einzugehen. Bevor Pfarrer Trenker jedoch das Tischgebet sprechen konnte, legte Sophie Tappert das Geld auf den Tisch. Alle Augen richteten sich darauf, dann schauten die Männer sie an. Die Haushälterin schluckte, dann wandte sie sich an den Obdachlosen.

»Herr Moislinger, ich hab' Ihnen Unrecht getan«, sagte sie leise. »Ich hab' Sie des Diebstahls bezichtigt, obwohl Sie unschuldig waren. Das Geld ist gefunden. Offenbar war meine eigene Schusseligkeit schuld daran, daß ich es net gleich gesehen hab', als ich danach suchte. Ich bitt' Sie herzlich um Verzeihung, und hoff', daß Sie einer uneinsichtigen Frau vergeben können.«

Pfarrer Trenker war erstaunt. Dies war eine ungewöhnlich lange Rede für seine Perle, die ansonsten eher schweigsam war. Die Sache mußte ihr recht peinlich sein, daß sie sich so breit ausgelassen hatte.

Karl Moislinger indes schüttelte den Kopf, und dabei überzog ein breites Grinsen sein Gesicht.

»Gnädige –, ah, ich mein natürlich, liebe Frau Tappert, es gibt nichts, was ich Ihnen verzeihen müßt«, antwortete er. »Seh'n Sie, unsereins ist's gewohnt, daß man zuerst auf die Schale schaut, aber sich net für den Kern interessiert. Auch ich bin schuld, denn ich hab' ja gestohlen. Zwar kein Geld, aber Schinken und Wurst. Sie mußten also glauben, daß ich auch das Packerl an mich genommen habe. Ich gebe zu, ich hab's dort liegen seh'n, aber Geld macht net glücklich, wenn man's net durch ehrliche Arbeit verdient. D'rum bin ich ja auch nach Engelsbach rüber und hab' die Schein' im Schrank gelassen. Ich hätt's ja schon früher gesagt, aber ich bin ja net so recht zu Wort gekommen, bei Ihnen.«

Er schaute treuherzig in die Runde.

»Und nun laßt uns endlich den Fisch essen. Er wird ja ganz kalt, der Arme!«

»Amen«, sagte Pfarrer Trenker.

*

Es war ihr letzter gemeinsamer Tag. Morgen würde Elke zurück nach München fahren, und Carsten seine lange Reise nach Hamburg antreten.

Ein letztes Mal wanderten sie die Berge hinauf. Gleich nach der Frühmesse, die sie besuchten, brachen sie auf, einen Rucksack voller Proviant im Gepäck.

Gegen Mittag lagerten sie auf einer Almwiese. Die Sonne schien herrlich, und um sie herum dufteten Blumen und Kräuter.

Carsten hatte seine Arme um Elke geschlungen. Sie saßen auf dem Boden und schauten sich in die Augen.

»Ich bin so glücklich, daß alles nur ein tragischer Irrtum war«, sagte Carsten. »Ich glaube, ich habe mich wie ein Dummkopf benommen.«
Elke schüttelte den Kopf.
»Nein«, erwiderte sie. »Vielleicht werde ich eines Tages erfahren, was dir geschehen ist, daß du so reagiert hast. Ich würde mich freuen, wenn du es mir einmal erzählen wolltest.«
»Das will ich«, nickte Carsten. »Du wirst meine Frau, und es wird keine Geheimnisse zwischen uns geben.«
»Ja, das wollen wir uns versprechen. Und, daß wir immer für einander da sind. Ich hab' in dir die Liebe meines Lebens gefunden.«
Zärtlich küßte er ihren Mund.
»Das war die schönste Liebeserklärung, die ein Mann je bekommen hat«, sagte er. »Auch ich habe sie gefunden, die große Liebe. Du bist sie. Du bist mein ganzes Glück.«

– ENDE –

Wohin das Schicksal dich trägt

Maria, fürchte dich nicht vor der Liebe!

Sepp Reisinger, der Wirt vom Hotel »Zum Löwen«, in St. Johann, schaute verwundert auf das Schreiben, das der Briefträger eben mit den anderen Postsendungen hereingebracht hatte. Da es sich offenbar nicht um einen der üblichen Reklamebriefe handelte, hatte Sepp den Umschlag gleich aufgerissen und den Brief gelesen. Immer noch erstaunt über dessen Inhalt, ging er an die Küchendurchreiche hinter dem Tresen und rief nach seiner Frau.
»Komm doch mal. Das mußt dir ansehen!«
Irma Reisinger steckte ihren Kopf durch die Durchreiche.
»Was gibt's denn?« fragte sie ungeduldig. »Ich hab' alle Hände voll zu tun.«
»Ja, ja«, wiegelte ihr Mann ab. »Aber das hier mußt' einfach lesen. Maria Devei kommt zu uns.«
»Wer?«
Irma kam durch die Tür, die Küche und Gastraum trennte.
»Maria Devei, die bekannte Sängerin. Hier steht's schwarz auf weiß. Mei, das wird eine Bombenreklame für unser Hotel.«
Seine Frau hatte ihm den Brief aus der Hand genommen und gelesen. Er kam von der Münchner Agentur der Künstlerin.
»Ich weiß net«, schüttelte sie den Kopf. »Hier steht doch ausdrücklich, daß um Diskretion gebeten wird.«
Irma Reisinger machte ein nachdenkliches Gesicht.
»Was die bloß bei uns will?«
»Urlaub wird's machen wollen, die Frau Devei«, erwiderte ihr Mann. »Allmählich zahlt's sich aus, was ich alles an Geld in die Werbung gesteckt hab'. Die Leut' kommen endlich d'rauf, wie schön es hier bei uns in den Bergen ist.«

»Du meine Güte«, meinte Irma. »Was koch' ich denn da bloß? So eine Künstlerin, die überall in der Welt herumkommt, ist doch bestimmt sehr verwöhnt.«
»Ja, mei«, wischte Sepp die Bedenken seiner Frau fort. »Da brauchst' bei deinen Kochkünsten keine Bedenken zu haben. Du hörst doch immer wieder, daß sogar Sternköche noch etwas bei dir lernen können. Glaubst', die Gäste sagen so 'was nur zum Spaß? Da wird's auch eine verwöhnte Künstlerin zufrieden stellen. Und überhaupt, woanders wird auch nur mit Wasser gekocht. Darum brauchst dir wirklich keine Gedanken net machen.«
Irma bedachte ihren Sepp mit einem liebevollen Blick für dieses Kompliment.
»Dann wird's aber höchste Zeit, das Edelweißzimmer herzurichten«, sagte sie. »Da müssen unbedingt neue Vorhänge an die Fenster. Ich frag' nachher gleich die Traudel Burger. Bis zur nächsten Woch' schafft sie es bestimmt, welche zu nähen.«
»Muß das sein?« fragte ihr Mann brummig. »Die alten tun's doch auch noch.«
Eben hatte Sepp noch das tolle Geschäft gesehen, das er mit dem Besuch der Sängerin, und der damit verbundenen Reklame machen würde. Doch daraus würde ja nun nichts, – im Brief stand ausdrücklich, daß der Aufenthalt geheimgehalten werden müsse – und nun sollte er auch noch Geld investieren, bevor er etwas verdiente!
»Nix da!« bestimmte Irma Reisinger. »Wir wollen uns doch net blamieren.
Grummelnd stimmte der Löwenwirt schließlich zu.
»Es werden aber net die teuersten genommen«, rief er seiner Frau noch hinterher.
Aber da war Irma schon wieder in der Küche.

*

Hubert Ratinger, der Wirt vom Hotel »Goldene Traube« in Engelsbach, hatte andere Sorgen. Nervös bis unter den Hemdkragen lief er am Empfang hin und her. Dabei wischte er sich ständig die dicken Schweißperlen ab, die auf seiner Stirn standen. Er atmete erst erleichtert auf, als er den Wagen des Arztes aus St. Johann auf den Parkplatz fahren sah. Eilig lief er Dr. Wiesinger entgegen.
»Gott sei Dank, daß Sie kommen, Herr Doktor«, sagte er.
Toni Wiesinger nickte grüßend.
»Wie geht's dem Mann?«
»Er ist auf seinem Zimmer«, erwiderte der Wirt, während sie in das Hotel gingen. »Ich hoff' bloß, daß es net an unserem Essen liegt. Eine Schadensersatzklage können wir uns net leisten. Das wär' unser Ruin!«
»Was hat er denn zu sich genommen?«
Hubert Ratinger zählte auf, was der Gast am Vorabend alles bestellt und gegessen hatte. Toni Wiesinger staunte nur. Kein Wunder, daß der Mann heute morgen nicht aus dem Bett kam und über fürchterliche Magenschmerzen klagte. Sie standen vor dem Zimmer, das der Kranke bewohnte. Der Wirt klopfte an die Tür.
»Herein«, klang es jämmerlich von innen.
Der Arzt betrat das Zimmer. Auf dem Bett lag, mit einem seidenen Morgenmantel bekleidet, ein nicht gerade schlanker Mann.
»Sind Sie der Arzt?« fragte er, nach Luft japsend. »Helfen Sie mir, ich sterbe!«
Toni Wiesinger schüttelte den Kopf.
»So schnell stirbt's sich net«, sagte er und begann mit der Untersuchung.
Dabei ließ er sich von dem Gast erzählen, was dieser gegessen hatte. Der Mann bestätigte nur, was auch schon Hubert Ratinger berichtet hatte. Der Arzt nickte verstehend, obwohl

er über soviel Unverstand beinahe eher den Kopf geschüttelt hätte.
Nach einer Vorspeise, einer Suppe, einem Fisch- und Fleischgang, waren es noch ein Käsegericht und eine Süßspeise gewesen. Dazu hatte der Mann eine Flasche Wein, drei Schnäpse und zwei Tassen Espresso getrunken!
Toni setzte sich an den Tisch und schrieb ein Rezept aus.
»Was fehlt mir denn?« fragte der Mann im Bett.
Der Arzt sah auf.
»Was Ihnen fehlt? Gar nichts«, antwortete er. »Ganz im Gegenteil – Sie haben etwas zuviel. Nämlich Gewicht. Nach solch einem Essen müssen Sie sich net wundern, wenn Sie sich kaum noch rühren können. Sie haben Ihrem Magen einfach zuviel zugemutet. Ich verordne Ihnen eine strenge Diät. Heute sollten Sie nur Mineralwasser oder Kräutertee trinken und überhaupt nichts essen. Außerdem lassen Sie sich dieses Mittel besorgen. Davon nehmen Sie zweimal täglich zwanzig Tropfen. Selbstverständlich sollten Sie mindestens zwei Tage im Bett bleiben. Und jetzt sagen Sie mir bitte Ihren Namen und Ihre Krankenkasse für meine Unterlagen.«
Der Mann winkte ab.
»Brauchen wir nicht«, sagte er. »Ich bin selbständig und bezahle gleich bar. Ach ja, mein Name ist Otto Hövermann.«
»Schön, Herr Hövermann, ich stelle Ihnen dann gleich meine Rechnung aus.«
Der Kranke richtete sich auf.
»Sagen S' mal, Herr Doktor, das mit der Bettruhe – also, das haben S' doch net ernst gemeint, oder?«
Toni Wiesinger sah ihn erstaunt an.
»Doch«, sagte er. »Ziemlich ernst. So, wie Sie Ihren Magen malträtiert haben, braucht er unbedingt Ruhe. Außerdem leidet durch Ihr Übergewicht Ihr gesamter Organismus.«
»Ach, das ist aber dumm«, meinte Hövermann. »Gerad'

heut' steh' ich vor einem wichtigen Geschäftsabschluß. Wissen Sie, ich will drüben, in St. Johann, eine alte Sägemühle kaufen und zu einer Diskothek umbauen. Das ist heutzutage der absolute Knüller, sag' ich Ihnen. Die jungen Leut' haben ja die Romantik wieder entdeckt, und was paßt da besser, als ihnen hier etwas zu bieten. Ich mein', in dieser idyllischen Umgebung. Die werden von nah und fern kommen!«
Dr. Wiesinger glaubte seinen Ohren nicht zu trauen. Ungläubig sah er Herrn Hövermann an, sagte aber nichts.
Toni war ein Menschenfreund, der keine Vorurteile kannte, aber dieser Mann war ihm von Kopf bis Fuß unsympathisch, und der Arzt wollte nur noch weg aus diesem Zimmer. Er verabschiedete sich schnell, nachdem die Rechnung beglichen war.

*

Die Frau saß am Fenster des Zugabteils und blickte hinaus. Die vorbeirauschende Landschaft nahm sie aber gar nicht wahr. Felder, Wiesen, Ortschaften – der Hochgeschwindigkeitszug passierte sie in Sekunden.
Maria Devei lehnte sich in das Polster zurück und schaute auf den Mann, der ihr gegenüber saß. Er nickte ihr freundlich zu. Maria erwiderte den Gruß. Sie war so mit ihren Gedanken beschäftigt gewesen, daß sie gar nicht bemerkt hatte, wie der Fremde beim letzten Halt zustieg.
Richard Anzinger konnte den Blick nicht von ihr wenden, so sehr nahm ihn ihr anmutiges Gesicht gefangen. Dunkle Augen, die in einem seltsamen Glanz strahlten, die wohlgeformte Nase, die geschwungenen Lippen, all das wurde von elegant frisierten Haaren umrahmt, die einen leichten rötlichen Schimmer hatten. Dem eleganten Kostüm sah man an, daß es nicht aus einem Kaufhaus stammte, und der wenige Schmuck, den sie trug, zeugte von einem erlesenen Ge-

schmack. Zu gerne hätte Richard die Frau angesprochen, doch etwas hielt ihn davon ab.

Er überlegte, seit er auf seinem Platz saß, was es war, das ihn daran hinderte. Es mußte dieser unendlich traurige Zug sein, der um ihren Mund lag. So hielt er sich zurück und betrachtete die Mitreisende unauffällig.

Über den Lautsprecher kam die Durchsage, daß der Zug in wenigen Minuten in München halten werde. Die Sängerin stand auf und griff nach ihrem Mantel. Im selben Moment stand Richard Anzinger hinter ihr.

»Darf ich?« fragte er galant und half ihr in den Mantel.

Maria bedankte sich mit einem Kopfnicken.

Richard Anzinger war ihr auch beim Gepäck behilflich. Er trug den Koffer, der im Gepäcknetz über dem Platz der Sängerin gelegen hatte, bis zum Ausgang. Dort stellte er ihn auf den Boden.

»Das ist wirklich sehr freundlich«, sagte Maria Devei, und es schien, als wische ein leises Lächeln die Traurigkeit aus ihrem Gesicht fort.

Richard Anzinger eilte zurück ins Abteil, um sein eigenes Gepäck zu holen. Dabei hoffte er, die Frau, die ihn so faszinierte, noch anzutreffen, wenn er gleich aus dem Zug stieg. Enttäuschung machte sich auf seinem Gesicht breit, als er auf dem Bahnsteig stand, weit und breit war nichts von ihr zu sehen. Seine Augen suchten umher, glitten über das Treiben, das auf dem Bahnhof herrschte, die Züge, die Menschen und die bunten Plakate mit den Reklamen darauf.

Dort! Drüben auf dem Nachbargleis, war sie es nicht?

Richard stellte sich auf die Zehenspitzen, um besser sehen zu können. Er erhaschte einen winzigen Blick auf den Mantel aus dunkelblauem Stoff, das schimmernde Rot ihrer Haare.

Ja, kein Zweifel, dort drüben stieg die Frau in einen anderen Zug ein.

Richard Anzinger ließ sein Gepäck stehen und hastete die Treppe hoch. Auf der anderen Seite mußte er wieder hinunter. Menschen standen und gingen vor ihm, Richard spürte die Ungeduld und die Angst, der Zug könne abfahren bevor er...

Auf halber Höhe der Treppe hörte er das Signal des Zugführers, gleichzeitig schlossen die Türen, und der Zug rollte langsam an.

Richard sprang die letzten Stufen hinunter, als der Zug an Geschwindigkeit gewann und aus dem Bahnhof fuhr. Enttäuscht und erschöpft blieb er stehen. Die Anzeige über ihm, auf der eben noch gestanden hatte, wohin der Zug fährt, war nun leer.

Langsam ging Richard Anzinger zurück auf den Bahnsteig, auf dem er ausgestiegen war. Einsam und verloren stand sein eigenes Gepäck noch dort. Auch der ICE war inzwischen wieder abgefahren.

Schade, dachte er, es hat nicht sollen sein. Natürlich hätte er sich erkundigen können, wohin der Regionalexpress, in den die unbekannte Frau gestiegen war, fuhr. Doch viel weiter hätte es ihn auch nicht gebracht. Wer konnte sagen, an welchem der vielen kleinen Bahnhöfe, die der Zug passierte, die Frau ausstieg?

Er nahm die Reisetasche und den Koffer auf und ging hinüber zum Ausgang. Draußen stieg er in ein Taxi und ließ sich nach Hause fahren.

Der Münchner Kaufmann, Chef einer alteingesessenen Im- und Exportfirma, war völlig durcheinander.

War das Liebe auf den ersten Blick?

Richard Anzinger hatte sie bisher noch nicht erlebt. Gewiß, ein Mann in seiner Position litt keinen Mangel an Verehrerinnen. Doch all diese Frauen verblaßten vor dem Bild dieser einen!

»Irma, ich glaub' sie kommt«, rief Sepp Reisinger seiner Frau zu.
Eben hatte ein Taxi vor dem Hotel gehalten. Der Wirt sah durch das Fenster eine Frau aussteigen. Eiligst trommelte er die Haustöchter und die Kellner zusammen.
Draußen öffnete der Fahrer die Heckklappe und nahm einen Koffer heraus. Irma und Sepp Reisinger gingen hinaus, um den prominenten Gast zu begrüßen.
»Herzlich willkommen«, sagte der Löwenwirt, und nahm dem Taxifahrer den Koffer ab.
Das Personal stand im Foyer des Hotels Spaler, der Hausdiener übernahm den Koffer und folgte dem Gast und Sepp Reisinger, der es sich nicht nehmen ließ, die Sängerin persönlich auf das Zimmer zu führen.
»Wir hoffen, Sie fühlen sich wohl in unserem Haus.«
Maria Devei nickte ihm lächelnd zu.
»Es ist sehr schön«, sagte sie, nachdem sie sich im Edelweißzimmer umgesehen hatte.
Sepp Reisinger erkärte ihr die Telefonanlage.
»Möchten Sie etwas essen?« fragte er. »Wir servieren Ihnen auch gerne Essen und Getränke auf dem Zimmer.«
Maria Devei zögerte. Nein, richtigen Appetit hatte sie nicht. Schon seit Wochen nicht mehr. Allerdings wußte sie auch, daß sie ihrem Körper schon etwas zuführen mußte. Ganz ohne Essen ging es nun mal nicht.
»Eine Brühe vielleicht, und ein Mineralwasser«, sagte sie schließlich.
Sepp nahm die Bestellung dankend entgegen, und ging hinunter in die Küche. Dabei grübelte er. Irgendwie kam die Frau ihm bekannt vor. Nicht als Sängerin aus der Presse oder dem Fernsehen – nein, er wurde das Gefühl nicht los, Maria Devei von irgendwo anders her zu kennen. Sie erinnerte ihn an eine ganz bestimmte Frau, aber er wußte nicht, wohin er

sie stecken sollte. So sehr er sich auch bemühte, es wollte ihm nicht einfallen.
Irma Reisinger machte ein enttäuschtes Gesicht. Im Herd schmorte Rehkeule, Forellen warteten darauf, in würzigem Fischfond gekocht zu werden, frisches Gemüse war vorbereitet worden.
Und ihr Gast bestellte eine Brühe!
»Wart's ab!« meinte Sepp. »Sie ist ja g'rad erst angekommen. Wirst' schon sehen. In ein paar Tagen wird die Frau Devei deine Kochkünste schon zu schätzen wissen.«
Die Worte ihres Mannes stimmten die Wirtin wieder versöhnlich, und sie füllte schnell Fleischklöße und Eierstich in eine Suppentasse. Dann die kochend heiße Brühe darauf, frische Kräuter rundeten alles ab.
»Sag«, wandte Sepp sich an seine Frau, nachdem eine der Haustöchter die Bestellung aus der Küche geholt hatte.
»Kommt die Frau Devei dir net auch bekannt vor? Ich mein', ich kenn' sie von früher, weiß aber net, woher genau.«
»Ach geh«, schüttelte Irma den Kopf. »Das bild'st dir ein. Woher solltest du solch eine berühmte Frau kennen?«
Der Löwenwirt ging zur Tür. Dort drehte er sich noch einmal um.
»Vielleicht hast' recht«, meinte er achselzuckend.

*

Richard Anzinger lief unruhig in seinem Büro auf und ab. Es lag im obersten Stockwerk eines Hauses, mit Blick auf die Maximilienstraße. Von hier oben hatte man einen herrlichen Rundblick.
Der Kaufmann schaute zwar aus einem der großen Fenster seines Büros, etwas wirklich sehen konnte er allerdings nicht. Dazu war er in Gedanken mit ganz anderen Dingen beschäftigt.

Seit er gestern von seiner Geschäftsreise zurückgekehrt war, schien er merkwürdig verändert, wie Ilse Brandner, seine langjährige Sekretärin, feststellte. Sie hatte ja auch keine Ahnung, was in ihrem Chef vorging.

Der Kaufmann setzte sich endlich wieder an seinen Schreibtisch und sah die Geschäftsbriefe durch, die seit einer Woche liegen geblieben waren. Doch immer wieder wurden seine Gedanken abgelenkt. Das Bild jener unbekannten Frau, die er im Zug gesehen hatte, stand deutlicher in seinem Gedächtnis, als er es bei einer flüchtigen Begegnung für möglich gehalten hätte.

Nervös legte er die Mappe mit den Briefen wieder aus der Hand. Er überlegte, ob es nicht besser sei, für ein paar Tage Urlaub zu machen. In der Firma würde alles von alleine laufen, er war also durchaus entbehrlich. Da meldete sich Frau Brandner über die Sprechanlage.

»Herr Anzinger, Sie haben Besuch. Herr Winkler ist eben gekommen.«

Über die Miene des Kaufmannes ging ein strahlendes Lächeln.

»Wolfgang?« rief er erfreut. »Herein mit ihm!«

Im selben Moment öffnete sich die Bürotür, und Wolfgang Winkler trat ein.

»Mensch, Wewe, bist du auch mal wieder im Lande!« begrüßte Richard den alten Freund, und benutzte dabei dessen Spitzname.

Die beiden Männer umarmten sich, und Richard Anzinger bestellte Kaffee und Cognac bei seiner Sekretärin. Er und Wolfgang kannten sich schon seit ihrer Schulzeit. Später hatten sich zwar ihre Wege getrennt, doch waren sie immer gute Freunde geblieben. Während Richard Anzinger das Geschäft von seinem Vater übernahm, war Wolfgang Winkler ausgezogen, die weite Welt zu erobern. Er hatte eine steile

Karriere als Fotograf gemacht. Seine Bilder erschienen in den bekanntesten Magazinen im In- und Ausland. Immer wenn er in München war, ließ er es sich nicht nehmen, den Freund zu besuchen.
»Sag', wie geht's dir, mein Alter?« fragte Richard, als sie beim Kaffee saßen. »Was treibt dich nach München? Das letzte, was ich von dir hörte, war ein Kartengruß aus Rio.«
Wolfgang lehnte sich behaglich in seinen Sessel zurück und genoß die angebotene Zigarre.
»Ich hab' morgen einen Termin in Nürnberg. Ein großes Frauenjournal möchte Bilder von der neuesten Trachtenmode«, antwortete er. »Naja, gestern hatte ich noch in London zu tun, und ich hab' heut schon den Flieger genommen, um dich vorher noch zu sehen. Wie sieht's heut' abend aus? Kannst du dich freimachen?«
»Für dich doch immer!«
Wolfgang rieb sich das Kinn.
»Ich hatte mir da auch schon etwas ausgedacht«, sagte er. »Weißt du, vor einigen Wochen hab' ich in New York ein Konzert einer phantastischen Sängerin gehört. Gestern lese ich zufällig in einem deutschen Magazin, daß Maria Devei, so heißt die Sängerin, heute abend hier in München auftreten soll.«
Er machte ein bedauerndes Gesicht.
»Tja, und heut' morgen, auf dem Flughafen, hör ich, daß das Konzert abgesagt werden mußte. Die Sängerin ist erkrankt. Wirklich schade. Die Frau hat eine Stimme, sag ich dir.«
»Ja, schade«, pflichtete Richard Anzinger ihm bei. »Aber ich denk', wir werden den Abend auch so rumkriegen. Ich laß gleich einen Tisch im ›Münchener Hof‹ reservieren. Du wohnst doch sicher wieder dort?«
»Schon geschehen«, winkte Wolfgang ab.
Der Fotograf rieb sich wieder über das Kinn.

»Sag' mal, Richard, ist mit dir alles in Ordnung?« fragte er forschend.
Richard Anzinger sah ihn verblüfft an. Konnte man es ihm jetzt schon ansehen, wie es um ihn stand, oder hatte Frau Brandner etwa...?
»Gib's zu, meine Sekretärin hat dir was gesteckt«, antwortete er.
Wolfgang lachte.
»Stimmt. Die gute Seele macht sich Sorgen um dich«, gab er zu. »Seit du gestern von einer Geschäftsreise zurückgekommen bist, sollst du dich sehr verändert haben. War die Reise denn solch ein Mißerfolg?«
»Nein, nein. Ganz im Gegenteil. Aber, ich muß dir ein Geständnis machen, Wewe. Mich hat's erwischt!«
So, nun war's heraus.
Wolfgang machte große Augen.
»Was?« rief er erstaunt. »Auf deine alten Tage hast du dich verliebt?«
»Na hör mal! Ich bin im Januar erst zweiunddreißig geworden«, gab Richard Anzinger in gespielter Empörung zurück.
»Wer ist es denn? Mensch, spann mich doch net so auf die Folter!«
Der Kaufmann seufzte.
»Wenn ich das nur wüßt...!«
Sein Freund sah ihn verständnislos an.
»Was soll das heißen? Das mußt du mir näher erklären.«
Richard Anzinger nickte.
»Ich bin ja schon dabei.«
Er erzählte, wie er die unbekannte Schöne im ICE gesehen und sich in sie verliebt hatte, so daß er seitdem nur noch an sie denken konnte.
»Das muß ja eine Traumfrau sein«, meinte der Freund.

»Wenn du gleich so hin und weg bist! Beschreib sie doch mal.«
Richard tat ihm den Gefallen.
Wolfgang hörte ihm zu – und wurde immer nachdenklicher.
»Ich kann mir nicht helfen«, sagte er dann. »Irgendwie kommt mir diese Frau bekannt vor. Was du da gesagt hast, von den Haaren und der eleganten Erscheinung..., laß mich mal nachdenken... Ja, ich glaub', ich hab's. Hast du das ›JOURNAL‹ von der letzten Woche noch hier?«
Richard Anzinger sah ihn nicht verstehend an.
»Ja, ich glaub' schon. Ich hab's net gelesen, weil ich ja unterwegs war. Aber, warum fragst?«
»Weil ich dir etwas zeigen will, was uns – oder besser gesagt dir – weiterhilft.«
Sie fanden das Magazin in einem Stapel anderer Zeitungen und Illustrierter. Wolfgang schlug es auf und blätterte es durch.
»Wußt' ich's doch«, sagte er triumphierend und zeigte auf einen Artikel über die Sängerin Maria Devei.
Neben der Reportage waren mehrere Bilder abgedruckt.
»Das ist sie. Mein Gott, ja, das ist die Frau!«
Richard Anzinger war vollkommen aus dem Häuschen. Immer wieder blickte er auf die Fotos. Dann ließ er sich in seinen Sessel sinken.
»Du sagtest, das Konzert mußte abgesagt werden, weil sie erkrankt ist«, stellte er fest. »Hoffentlich ist es nichts Schlimmes. Eigentlich sah sie so krank gar nicht aus.«
Der traurige Zug um ihren Mund, der ihn so nachdenklich gemacht hatte, fiel ihm wieder ein. Er sprang auf und lief, wie ein eingesperrter Tiger in seinem Käfig, hin und her.
»Ich muß zu ihr!« sagte er immer wieder.
»Nun setz' dich erst mal wieder.«
Wolfgang drückte den Freund sanft in den Sessel.

»Weißt du denn überhaupt, wo du nach ihr suchen sollst? Nein! Also, beruhig' dich erst einmal.«
Richard hob hilflos die Hände.
»Du hast recht«, sagte er entmutigt. »Ich hab' ja überhaupt keine Ahnung, wo sie sein könnte.«
»Das überlaß mal mir«, beruhigte Wolfgang ihn. »Laß uns erst einmal feststellen, was wir wissen. Also, sie ist Maria Devei, und du hast sie im Zug gesehen. Ihr seid zusammen hier in München ausgestiegen, und sie ist mit einem anderen Zug weitergefahren. So weit, so gut. Was wir net wissen, ist, wohin sie wollte, aber das bekomm' ich schon noch raus!«
Er hatte es plötzlich sehr eilig, sich zu verabschieden. Richard sah ihn entgeistert an.
»Aber, wie willst du denn …?«
»Ich muß ein paar Leute anrufen«, erklärte der Freund. »Ein paar Verbindungen spielen lassen. Wir sehen uns heut' abend im Hotel. Zwanzig Uhr. Dann wissen wir mehr.«
Er ließ einen ratlosen Richard Anzinger zurück.
Der Kaufmann setzte sich und nahm das Magazin in die Hand. Lange blickte er auf die Bilder der Sängerin, dann nahm er eine Schere von seinem Schreibtisch und schnitt das schönste von ihnen aus. Ein Porträtfoto. Er steckte es in die Brusttasche seines Anzugs. Ganz nahe an seinem Herzen.

*

Sebastian Trenker stand im Pfarrgarten und sah überhaupt nicht wie ein Geistlicher aus. Er trug eine derbe, alte Hose, eine blaue Schlosserjacke und Gummistiefel. So ausgerüstet war er, zusammen mit Alois Kammeler, dem Mesner von St. Johann, damit beschäftigt, das Gartenstück zwischen Kirche und Friedhof in Ordnung zu bringen.
Es hatte bis vor zwei Tagen heftig geregnet, und nun wurde es höchste Zeit, das wuchernde Unkraut zu jäten, und von

der Ernte zu retten, was noch nicht durch die Nässe verfault war. Drinnen, im Pfarrhaus, hatte Sophie Tappert den großen Wecktopf auf den Herd gestellt und bereits die dritte Partie Birnen fertig eingeweckt. Auf dem Küchentisch stand eine Batterie Gläser, in denen sich das »leckerste Apfelmus der Welt« befand, wie Max Trenker behauptete. Der Bruder des Pfarrers kannte keine Zurückhaltung, wenn die Haushälterin das Apfelmus zu ihren berühmten Kartoffelpuffern servierte...
Nebenbei hatte Sophie noch einen Napfkuchen gebacken, der auf einem Rost abkühlte. Den sollte es zum Nachmittagskaffee geben.
Pfarrer Trenker brachte einen weiteren Korb Birnen herein.
»So, Frau Tappert, das sind die letzten«, sagte er. »Das war ja heuer eine prächtige Ernte.«
Die Haushälterin nahm den Korb und begutachtete das Obst.
»Ich denk', die werd' ich net mehr einwecken«, meinte sie. »Die sind so schön, da ist's besser, wenn wir sie so essen.«
»Ist's recht, Frau Tappert«, nickte Sebastian. »Der Herr Kammeler und ich sind gleich fertig, da draußen. In einer halben Stund' könnten wir zum Kaffee kommen.«
Sebastian ging wieder hinaus. Es waren nur noch die Gartengeräte wegzuräumen, und die Wege zu harken, dann waren sie mit ihrer Arbeit fertig.
Der Geistliche war gerade damit beschäftigt, eine letzte Karre Gartenabfälle auf den Kompost zu bringen, als er auf eine Frau aufmerksam wurde, die über den angrenzenden Friedhof ging. Sie war elegant gekleidet. Sebastian hatte sie noch nie hier gesehen und wurde neugierig. Er klopfte sich den Schmutz von der Hose und öffnete die kleine Pforte, durch die er auf den Gottesacker gelangte. Die Frau war schon ein gutes Stück zum hinteren Teil des Friedhofs ge-

gangen. Jetzt stand sie vor einem Grab und hatte die Hände gefaltet. Der Beschreibung nach, die Sepp Reisinger von Maria Devei gegeben hatte, konnte es sich nur um die berühmte Sängerin handeln.

Welches Grab mochte sie wohl ausgerechnet hier auf dem Friedhof besuchen?

Pfarrer Trenker wartete ab, bis die Frau ihr stilles Gebet beendet hatte. Dann näherte er sich ihr, wobei er sich vernehmlich räusperte. Die Frau drehte sich um. Als sie ihn erkannte, lächelte sie.

»Grüß' Gott, Hochwürden«, sagte sie. »Schön, daß ich Sie hier treffe. Ich wollte Sie sowieso besuchen.«

Sebastian war erstaunt, daß die Frau ihn als den Pfarrer erkannt hatte, obwohl er im Moment wahrlich nicht so aussah.

»Entschuldigen Sie, Frau... Devei? Sie sind doch die Sängerin Maria Devei?«

Die Frau nickte.

Der Geistliche sah sie forschend an. Er kannte sie, aber unter anderem Namen. Sein Blick fiel auf den Grabstein – Ruhestätte Familie Großmayr – stand darauf. Im selben Moment wußte er es.

»Maria Großmayr. Du..., Sie sind Maria Großmayr«, sagte er zu seinem einstigen Pfarrkind.

Er reichte ihr die Hand.

»Aber wieso heißen Sie Devei?«

Sebastian schüttelte den Kopf.

»Natürlich, Sie haben geheiratet und tragen den Namen Ihres Mannes. Entschuldigen S', ich bin völlig überrascht, Sie hier zu sehen.«

»Nein«, erwiderte Maria. »Ich bin net verheiratet. Devei ist mein Künstlername.«

»Du meine Güte, wie lange ist's denn her, daß Sie von uns fortgegangen sind, Frau Devei?«

Die Frau schaute nachdenklich zur Kirche hinüber, und als würde sie in Gedanken die Zeit zurückdrehen, lächelte sie.
»Mehr als zehn Jahre werden es schon sein.«
Sie sah ihn wieder an.
»Bitt' schön, Hochwürden, sagen S' doch einfach Maria zu mir, so wie Sie es früher getan haben.«
»Gerne, Maria. Sie wollten mich besuchen?«
Auf ihrem Gesicht lag ein düsterer Schatten, als sie antwortete.
»Ja. Es gibt da etwas, das ich Ihnen sagen wollte..., verstehen Sie, ich brauche einen Menschen zum Reden...«
Sebastian nahm ihren Arm.
»Kommen Sie. Wir gehen ins Pfarrhaus hinüber. Frau Tappert wird uns einen Kaffee oder Tee kochen.«
Er sah an sich hinunter.
»Es wird nur einen Moment dauern«, meinte er schmunzelnd. »Ich muß mich erst einmal umziehen.«

*

»Zehn Jahre! Himmel, wie die Zeit vergeht«, sinnierte Pfarrer Trenker. »Aber ich erinnere mich gut. Sie waren erst achtzehn geworden, als Sie fortgegangen sind. Ich hab' mich in diesen Jahren oft gefragt, was aus Ihnen geworden ist.«
Sie saßen im Arbeitszimmer des Geistlichen. Sophie Tappert hatte Kaffee und Kuchen hereingebracht. Zuvor hatten sich die beiden Frauen herzlich begrüßt.
»Ja. Damals hielt mich einfach nichts mehr in dieser, wie ich meinte, kleinen und altmodischen Welt«, sagte Maria. »Ich wollte hinaus in die große, weite Welt. Wollte fremde Länder sehen, wunderbare Reisen machen.«
»Nun, das ist Ihnen ja auch gelungen. Ich hatte wirklich keine Ahnung, daß Sie, Maria Großmayr, identisch sind mit der bekannten Sängerin Maria Devei. Natürlich hab' ich Bil-

der von Ihnen gesehen, Auftritte im Fernsehen. Aber Sie haben sich ja auch verändert in all den Jahren. So sind Sie also das geworden, was man einen großen Star nennt.«
Ein wehmütiges Lächeln glitt über das aparte Gesicht der Frau.
»Ja, aber zu welchem Preis«, sagte sie leise, mit tiefer Resignation in der Stimme.
Sebastian Trenker horchte auf. »So, wie Sie es sagen, könnt' man meinen, es ist ein sehr hoher Preis.«
Maria Devei schaute ihn an. In ihrem Gesicht zuckte es.
»Ja, Hochwürden. Der Preis ist – mein Leben.«
Der Geistliche sah sie fassungslos an.
»Was sagen Sie da, Maria?«
Die Sängerin richtete sich auf und wischte eine Träne aus dem Gesicht. Es schien, als wolle sie Stärke beweisen.
»Ich bin nach Sankt Johann zurückgekehrt, um hier zu sterben«, sagte sie leise.
Einen Moment herrschte Stille im Zimmer, die nur durch das Ticken der alten Wanduhr gestört wurde. Sebastian Trenker schluckte.
»Was ist geschehen?« fragte er sanft.
Maria Devei erzählte es. In nüchternen, sachlichen Worten schilderte sie immer wiederkehrende Erschöpfungszustände, die Zusammenbrüche nach ihren Auftritten, einmal sogar unmittelbar vor einem Konzert. Schließlich sprach sie von der Untersuchung durch Professor Bernhard, einer Kapazität auf dem Gebiet der inneren Medizin, und dem vernichtenden Urteil.
»Ich habe nur noch ein paar Wochen zu leben«, schloß die Sängerin.
Pfarrer Trenker war erschüttert.
»Und es gibt wirklich keine Rettung?« forschte er nach.
Maria Devei schüttelte stumm den Kopf.

»Professor Bernhard hat es mir nicht gesagt«, antwortete sie nach einer Weile. »Aber ich bin dem Schicksal dankbar, daß es mich zufällig mit anhören ließ, als der Arzt mit seinem Assistenten darüber sprach.«

»Ja – aber was hat er Ihnen denn gesagt? Er muß doch irgend etwas...«

»Nichts«, erwiderte die Frau. »Es war bei der zweiten Untersuchung. Ich war gerade in der Umkleidekabine, als ich die beiden sprechen hörte. Ich war so durcheinander, daß ich nur noch fortlaufen wollte. Ich habe dann sämtliche Termine absagen lassen und bin hierher gefahren, weil ich mich an etwas erinnerte...«

»Woran haben Sie sich erinnert, Maria?«

Die Sängerin lächelte still.

»An ein Gedicht, über das wir bei Ihnen im Kommunionsunterricht gesprochen haben. Vielleicht erinnern Sie sich auch daran. Die erste Zeile lautet: Wohin das Schicksal dich auch trägt...«

»...so kehrst du doch zurück, nur hier in deiner Heimat liegt das wahre Glück.«

Natürlich erinnerte Sebastian Trenker sich daran. Er hatte es nicht nur mit Generationen von Kommunionskindern eingeübt und darüber gesprochen, welche Bedeutung das Wort »Heimat« heute noch hat, die Verse stammten von ihm selbst.

»Sie sprachen mit uns über den Begriff Heimat, und darüber, welche Bedeutung die Heimat für einen Menschen hat. Damals waren es nicht wenige, die darüber gelacht und gespottet haben. Ich selber gehörte auch dazu. Heimat – was für ein großes Wort für Enge und Kleingeistigkeit, die um uns herum zu bestehen schienen. Heute weiß ich, wie wahr Ihre Worte von damals auch heute noch sind. Ich ging fort und machte Karriere. An das kleine Dorf in den Bergen dachte

ich selten. Eigentlich nur dann, wenn meine Buchhaltung die Rechnungen für die Pflege des Grabes meiner Eltern überweisen mußte.« Maria Devei hielt kurz inne, wie von Erinnerungen angeweht.
»Gewiß, es quälte mich schon, daß ich net hier war, um es selber zu pflegen. Aber da waren Termine und Verträge, die es galt, einzuhalten, und irgendwie beruhigte ich mein schlechtes Gewissen dadurch, daß ich ja dafür bezahlte, damit sich jemand um das Grab kümmert. Inzwischen weiß ich, daß man mit Geld net alles kaufen kann. Gesundheit schon gar net.«
Pfarrer Trenker hatte wortlos zugehört. Das Geständnis seines einstigen Pfarrkindes erschütterte ihn.
»Maria, was immer ich für Sie tun kann, soll geschehen«, sagte er. »Aber, ich bitt' Sie von Herzen, geben S' sich net auf. Für alle Probleme gibt's eine Lösung.«
Maria Devei seufzte.
»Net für mein's, Hochwürden, dafür net.«

*

So ganz hatte es sich doch nicht vermeiden lassen, daß die Ankunft der Sängerin in St. Johann bekannt wurde. Sepp Reisinger hatte zwar gehörig mit seinem Personal geschimpft, nachdem er mehrfach auf Maria Devei angesprochen wurde, aber insgeheim war es ihm schon recht, daß man darüber sprach. So kam er doch noch zu seiner Reklame.
Auch beim abendlichen Stammtisch kam die Sprache auf den prominenten Gast. Man spekulierte über die Gründe der Sängerin, ausgerechnet in St. Johann Urlaub zu machen. Sebastian enthielt sich dabei jeglichen Kommentars. Er wußte es ja besser als jeder andere.
Das Gespräch nahm erst einen anderen Verlauf, als Max

Trenker eintraf. Der Gendarm war noch dienstlich unterwegs gewesen.
»Sagt mal, weiß einer von euch, wo der alte Valentin steckt?« fragte der Beamte die anderen.
Außer dem Pfarrer saßen noch der Bäckermeister, Josef Terzinger, und Bürgermeister Bruckner am Tisch. Sie verneinten.
»Warum fragst?« wollte Sebastian von seinem Bruder wissen.
Maximilian Trenker machte eine ratlose Geste.
»Ich weiß net, was da los ist«, sagte er schließlich. »Vor vier Tagen war ich schon mal d'roben, bei der alten Mühle. Der Valentin hatte mich angerufen und gebeten, daß ich einmal vorbeikomm'. Er hätt' da ein paar Fragen. Na, gestern bin ich noch mal dagewesen, und heut' am Nachmittag. Es ist alles verschlossen und verrammelt, und von Valentin keine Spur.«
»Das ist wirklich sehr merkwürdig«, meinte Sebastian.
»Find' ich net«, mischte sich Markus Bruckner in das Gespräch.
Alle Augen richteten sich auf ihn.
»Ja, wenn ich es recht verstanden hab', dann ist der Valentin Hoftaler ein reicher Mann«, fuhr der Bügermeister fort.
Damit machte er ein verschmitztes Gesicht.
»Komm schon, Bürgermeister, das mußt' uns schon näher erklären«, forderte der Pfarrer ihn auf.
»Tja, also, ihr wißt das Neueste ja noch net«, begann der Bruckner-Markus geheimnisvoll. »Die alte Mühle ist verkauft, und Valentin befindet sich bereits auf einer Reise, rund um die Welt.«
Am Stammtisch herrschte atemlose Stille, wie gebannt hingen die Männer an Markus' Lippen. Selbst Sepp Reisinger kam vom Tresen herüber und lauschte.

Wie der Bürgermeister zu berichten wußte, hatte der Alte die Sägemühle an einen Mann aus München verkauft. Valentin selbst hatte keine Kinder, nur einen Neffen, Sohn seiner verstorbenen Schwester, zu dem ein loser Kontakt bestand. Er wolle mit dem Geld endlich einmal das machen, was er sich seit seiner Kindheit wünschte – die weite Welt kennenlernen.
»Und woher weißt du das alles?« forschte Sebastian Trenker nach.
»Von dem Mann, der ihm die Mühle abgekauft hat. Der war nämlich auf der Gemeinde und hat einen Bauantrag gestellt. Er will aus der alten Sägemühle eine Diskothek machen.«
»Was?«
»Das kann doch net wahr sein!«
»Völlig unmöglich. Ausgerechnet bei uns.«
So, und so ähnlich klangen die Kommentare. Pfarrer Trenker schüttelte ungläubig den Kopf.
»Wer ist denn dieser Herr aus München?« wollte er wissen.
Markus Bruckner wand sich ein wenig.
»Ich weiß net, ob ich das so ohne weiteres sagen darf«, antwortete er ausweichend. »Ich mein', wegen dem Datenschutz.«
»Unsinn«, fuhr der Geistliche ihn an. »Du weißt doch genau, daß ich gleich morgen früh den Namen auf der Gemeinde erfahren kann. Also?«
»Tja, also, der Mann heißt Otto Hövermann«, gab der Bürgermeister sich geschlagen. »Den Namen habt's aber net von mir. Warum wollen S' den denn überhaupt wissen?«
»Damit ich rechtzeitig 'was gegen die dummen Pläne des Herrn Hövermann unternehmen kann«, lautete die entschiedene Antwort des Geistlichen.

*

Pfarrer Trenker war schon bei Sonnenaufgang unterwegs in seinen geliebten Bergen. In den vergangenen Wochen hatte er darauf verzichten müssen. Zum einen, weil es das Wetter nicht zuließ, zum anderen aus wirklichem Zeitmangel.
Worüber allerdings nur seine Haushälterin glücklich war. Sophie Tappert sah es gar nicht gerne, daß Hochwürden in den Bergen »herumkraxelte«, wie sie es nannte. Die gute Frau hatte furchtbare Angst, Sebastian könne bei seinen luftigen Ausflügen abstürzen und sich ein Bein brechen, wenn nicht gar Schlimmeres.
Der Geistliche konnte darüber nur schmunzeln. Er war schließlich ein geübter und sicherer Kletterer – Freunde hatten ihm den Spitznamen »Bergpfarrer« gegeben –, der niemals ein Risiko einging. Es gehörte einfach zu seinem Leben. Wenn andere sich mit Dingen beschäftigten, die ihnen Spaß und Freude machten, so war es für Sebastian das Schönste, von irgendeinem Punkt aus die majestätische Schönheit der Bergwelt zu schauen. Hoch oben auf dem Gipfel, dort fand er Ruhe und Zufriedenheit, und nicht selten die Lösung eines Problems.
Das Problem, das Pfarrer Trenker heute allerdings mit sich trug, war vielleicht eines der schwersten, das er je hatte.
Natürlich waren seine Gedanken bei Maria Devei. Seit ihrem gestrigen Besuch dachte Sebastian darüber nach, wie er der jungen Frau helfen konnte. Er erinnerte sich noch gut daran, wie sie früher gewesen war. Auch an die Eltern dachte er.
Franz Großmayr und seine Familie lebten in einer Hütte auf der Spitzer-Alm. Franz arbeitete hier und da als Knecht, und brachte Frau und Tochter mehr schlecht als recht über die Runden. Elisabeth, Marias Mutter, war oft kränkelnd. Sie flocht Körbe, die sie an Touristen verkaufte. Maria war das einzige Kind der beiden.
Die Hütte – sie müßte eigentlich noch stehen. Oder zumin-

dest das, was der Zahn der Zeit von ihr übrig gelassen hatte. Sebastian nahm sich vor, bei einem seiner nächsten Ausflüge, auf die Alm, dort einmal nachzuschauen.

Doch welche Möglichkeiten gab es, Maria bei ihrem akuten Problem zu helfen? Pfarrer Trenker mochte es nicht einfach hinnehmen, daß die junge, blühende Frau sterben sollte. Ihr Leben begann doch erst!

Sie war auf dem Höhepunkt ihrer Karriere, eines Tages sollten Mann und Kinder hinzukommen. Das konnte doch nicht einfach so durch die Diagnose eines Arztes fortgewischt werden. Mochte er auch noch so eine Kapazität auf seinem Gebiet sein!

Ob Dr. Wiesinger Rat wußte?

Sebastian schätzte den jungen Arzt, der erst vor kurzer Zeit die Praxis in St. Johann übernommen hatte, sehr. Viele der Dorfbewohner argwöhnten zwar, Toni Wiesinger könne gar kein richtiger Arzt sein, dazu sei er noch viel zu jung. Sebastian hatte sich allerdings mehr als einmal vom Können des Mediziners überzeugt. Zumal Dr. Wiesinger nicht bedingungslos der Schulmedizin gehorchte. Er sah immer den ganzen Menschen, nicht nur die Krankheit, und setzte dort an. Ganzheitliche Medizin war für den Arzt nicht nur eine Modeerscheinung. Er praktizierte sie. Wo immer es möglich war, setzte er auf rein pflanzliche Heilmittel und zog sie den chemischen vor. Vor allem gehörte bei ihm Leib und Seele noch zusammen und er beachtete beides in seinen Diagnosen.

Dennoch hatte er keinen leichten Stand bei den Dörflern. Es gab in St. Johann einen selbsternannten Wunderheiler, den Brandhuber-Loisl, der mit seinen selbstgebrauten Tinkturen und Salben den Leuten das Geld aus der Tasche zog. Immer wieder schimpfte Pfarrer Trenker von der Kanzlei herunter, über die Narren, die sich beim Brandhuber Rat holten, an-

statt zu Dr. Wiesinger zu gehen. Aber es schien vergebene Liebesmüh'.
Sebastian nahm sich vor, den jungen Arzt zumindest auf den Fall anzusprechen. Vielleicht sogar schon am Abend. Er hatte ihn schon ein paar Tage nicht mehr gesehen und sich für heut' abend vorgenommen, Toni Wiesinger auf ein Glaserl Wein ins Pfarrhaus einzuladen.
Für den Nachmittag hatte der Pfarrer schon etwas anderes vor – der wöchentliche Besuch des Altenheimes in Waldeck stand auf dem Programm.
Der Geistliche packte die Reste des Frühstücks zusammen und verstaute sie in seinem Rucksack. Irgendwie mochte es heut' nicht so recht schmecken, was seine Haushälterin ihm da mitgegeben hatte. Nicht nur Marias Schicksal schlug ihm auf den Magen. Da war ja auch noch die leidige Geschichte mit Valentin Hofthaler und dem Verkauf seiner Sägemühle an diesen ominösen Herrn Hövermann aus München.
Was mochte da noch alles auf St. Johann und seinen Pfarrer zukommen?

*

Mit klopfendem Herzen hielt Richard Anzinger auf dem Parkplatz des Hotels »Zum Löwen« und stieg aus. Er warf einen Blick in die Runde, und was er sah, gefiel ihm. Ein hübsches, kleines Dorf, fernab der Großstadt mit all ihrem Lärm und Hektik. Ruhe und Beschaulichkeit strahlte der Ort aus.
Der Kaufmann ging erwartungsvoll durch die Eingangstür. Auf der Fahrt hierher hatte er sich hundertmal gefragt, wie es sein würde, wenn er ihr gegenüber stand. Würde er es wirklich wagen, sich ihr zu offenbaren?
Richard war Wolfgang unendlich dankbar. Der Freund hatte seine Verbindungen spielen lassen und innerhalb kürzester Zeit den Aufenthaltsort der Sängerin in Erfahrung gebracht.

Einem anderen wäre dies wahrscheinlich nie gelungen. Wolfgang Winkler jedoch, der auch in der Musikbranche einen Namen als »Starfotograf«, im wahrsten Sinne des Wortes, hatte, kannte genug Leute, die ihm einen Gefallen schuldeten. Und so konnte er einem bis über beide Ohren verliebten Richard Anzinger beim Abendessen im »Münchener Hof«, den Ort nennen, wohin die Sängerin sich geflüchtet hatte.

Das junge Madel am Empfang begrüßte ihn freundlich und bestätigte die Zimmerreservierung. Seine Sekretärin Ilse Brandner hatte es gleich am Morgen telefonisch gebucht. Der Hausdiener brachte Richard Anzinger nach oben. Als er sein Zimmer betrat – es hieß »Enzianzimmer« – hatte er keine Ahnung, daß die Frau, die er so sehr anbetete, im Zimmer gegenüber wohnte.

Am liebsten hätte er den Hausdiener sofort nach Maria Devei befragt, doch er unterließ es. Er hoffte darauf, sie beim Abendessen, unten im Restaurant, zu treffen. Zunächst ging er ins Bad und erfrischte sich. Für das Abendessen war es noch zu früh. Richard beschloß, ein wenig auszuruhen.

Später wachte er durch das Klappen einer Tür auf dem Flur auf. Er war also doch eingeschlafen. Seit dem Morgen hatte er nichts mehr gegessen und verspürte allmählich Hunger. Wie er es gewohnt war, zog er sich zum Essen um und ging hinunter ins Restaurant.

Sepp Reisinger begrüßte den neuen Gast und führte ihn an einen freien Tisch. Er stand in einer Ecke, und man konnte von dort aus das ganze Lokal überblicken. Richard ließ sich die Speisekarte bringen, bestellte einen trockenen Sherry als Aperitif, und ließ sich Zeit mit der Auswahl. Schließlich wählte er ein Wildgericht. Während er auf das Essen wartete, ließ er seinen Blick durch das Restaurant schweifen, so wie er es schon beim Betreten getan hatte. Von Maria Devei war nichts zu sehen.

Schade, dachte er. Ob sie vielleicht schon gegessen hat? Vielleicht ließ sie sich die Mahlzeiten ja auch auf dem Zimmer servieren.
Das Essen war köstlich, und Richard ließ es sich schmecken. Allmählich wurde es immer voller, doch die Sängerin war nicht unter den Neuankömmlingen. Um sich abzulenken, hatte Richard in den ausliegenden Zeitschriften geblättert. Es war schon gegen zehn, als er sich erhob. Daß Maria Devei jetzt noch herunterkommen würde, daran glaubte er nicht mehr. Er sollte besser schlafen gehen, der Tag war anstrengend.
Auf dem Treppenabsatz begegnete ihm Sepp Reisinger. Der Wirt trug ein Tablett mit benutztem Geschirr darauf. Er kam von dem Flur, auf dem Richards Zimmer lag.
Sepp trat beiseite, um den Gast durchzulassen, und wünschte eine gute Nacht. Richard nickte ihm freundlich zu.
»Sie haben ja richtig viel zu tun«, sagte er. »Wenn selbst der Chef mit anpacken muß.«
»Das ist eigentlich eine Ausnahme«, antwortete Sepp Reisinger.
Er machte ein wichtiges Gesicht und sah sich um, ob ihn womöglich noch jemand hören konnte.
»Wissen S'«, vertraute er dem Kaufmann an, »wir haben da eine bekannte Sängerin bei uns wohnen, die net wünscht, daß dies an die große Glocke gehängt wird. D'rum bedien' ich selbst.«
»Tatsächlich? Eine bekannte Sängerin, sagen Sie?«
Richard bemühte sich, seiner Stimme einen unbefangenen Klang zu geben, obwohl sein Herz rasend klopfte.
Der Löwenwirt nickte.
»Bestimmt kennen S' die Dame«, fuhr er fort. »Es ist Maria Devei. Sie wohnt Ihnen gegenüber, im Edelweißzimmer.«
Er entschuldigte sich mit dem Hinweis, unbedingt wieder hinunter zu müssen.

Richard Anzinger stand vor dem Edelweißzimmer und lauschte auf die Geräusche darin. Leise Musik erklang. Er wußte nicht, wie lange er dort gestanden hatte. Am liebsten hätte er angeklopft und Maria in die Arme geschlossen. Aber er wußte natürlich, daß es nicht ging. So blieb ihm nichts anderes übrig, als in sein Zimmer zu gehen und das Bild anzuschauen, das er seit gestern bei sich trug.

*

Toni Wiesinger und Sebastian saßen im Wohnzimmer des Pfarrhauses. Der junge Arzt war eben von einem späten Patientenbesuch gekommen und freute sich darauf, einen Schluck mit dem Geistlichen zu trinken. Pfarrer Trenker brachte das Gespräch auf Valentin Hofthaler und den Verkauf der Mühle.
»Davon weiß ich schon seit ein paar Tagen«, meinte Toni und berichtete von dem Krankenbesuch im Nachbarort.
»Ein unsympathischer Kerl, dieser Herr Hövermann«, sagte er. »Man sieht ihm förmlich an, daß er nur das Geld im Kopf hat. Dazu treibt er einen derartigen Raubbau mit seinem Körper, daß es zum Himmel schreit.«
Der Arzt trank von dem ausgezeichneten Roten.
»Wird sich denn der Bau der Diskothek verhindern lassen?« fragte er.
Sebastian Trenker machte ein energisches Gesicht.
»Mit allen Mitteln werd' ich dagegen ankämpfen. Eine Diskothek ist das letzte, was wir in St. Johann brauchen. Aber, wie ich den Bruckner-Markus kenn', würd' ihm so ein Laden gerad' recht in den Kram passen. Der mit seinen Ideen vom Tourismusboom, der endlich auch hierher kommen müsse!«
Damit hatte der Geistliche ein Thema angeschnitten, das seit geraumer Zeit die Gemüter des kleinen Bergdorfes erhitzte.

Bürgermeister Bruckner ließ nichts unversucht, das Fremdenverkehrsgeschäft in St. Johann anzukurbeln. Dabei schoß er oft übers Ziel hinaus. Sehr zum Leidwesen einiger Besonnener, die eher auf sanften Tourismus setzten, der keine gigantischen Hotelneubauten verlangte, oder gefährliche Eingriffe in die Natur. Zu diesen Leuten gehörte vor allem Sebastian Trenker, der oftmals Mühe hatte, die ausufernden Pläne des Bürgermeisters und dessen Fraktion in den Schranken zu halten.

»Also, meine Unterstützung haben S', Hochwürden«, bekräftigte Toni Wiesinger seinen Standpunkt.

Dann beugte er sich vor.

»Sagen S', was ist denn an dem Gerücht, daß eine berühmte Sängerin unter uns weilt?« fragte er. »Die Maria Erbling war heut' morgen in der Praxis. Na, was sie g'wollt hat, können S' sich denken – nix, außer den neuesten Tratsch verbreiten. Sie hat breit und lang von dieser Künstlerin geredet.«

Sebastian konnte es sich bildlich vorstellen. Maria Erbling war die Witwe des ehemaligen Poststellenleiters, und die gefürchteste Klatschtante von St. Johann. Wollte man eine Neuigkeit schnell unter die Leute bringen, so brauchte man es Maria nur unter dem Siegel der Verschwiegenheit anvertrauen und konnte sicher sein, daß kurze Zeit später der ganze Ort davon wußte.

»Es ist kein Gerücht«, sagte der Pfarrer. »Maria Devei hat ein Zimmer im ›Löwen‹ genommen. Ich hab' gestern mit ihr gesprochen. Es ist eine schlimme Sache, über die ich mit Ihnen noch reden wollt'.«

Sebastian schilderte die ganze tragische Geschichte. Toni Wiesinger hörte aufmerksam zu.

»Wir müssen etwas unternehmen«, schloß der Geistliche.

»Natürlich«, antwortete der Arzt, »ich kann sie untersuchen und eine Diagnose stellen. Wenn sie es will. Und mit dem

Arzt, der sie untersucht hat, könnte ich auch sprechen. Wissen Sie den Namen?«
»Ein Professor Bernhard aus Frankfurt.«
Tonis Augen weiteten sich.
»Georg Bernhard?« rief er.
»Ob er Georg heißt, weiß ich net«, entgegnete Sebastian. »Nur, daß er eine ziemliche Kapazität sein soll. Kennen Sie ihn etwa?«
Dr. Wiesinger nickte begeistert.
»Aber ja. Ich habe bei ihm studiert. Er war mein Doktorvater.«
Im selben Moment verdüsterte sich seine Miene.
»Wenn Professor Bernhard so eine Diagnose stellt, dann ist daran nicht zu rütteln. Der Mann ist eine Koryphäe auf seinem Gebiet!«
»Kann es sich net doch um einen Irrtum handeln?« fragte Pfarrer Trenker hoffnungsvoll. »Schließlich ist er auch nur ein Mensch.«
Toni schüttelte den Kopf.
»Aber ein außergewöhnlicher«, sagte er, und deutlich war die Bewunderung herauszuhören, die in seinen Worten mitschwang.
»Ich werd' trotzdem gleich morgen früh' mit ihm telefonieren«, fuhr er fort. »Und mir die Befunde kommen lassen. Sofern Frau Devei damit einverstanden ist.«
Sebastian schöpfte neue Hoffnung. Wie oft hatte er es erlebt, daß in scheinbar aussichtslosen Situationen doch noch Rettung nahte.
Sein abendliches Gebet würde nicht nur den Bewohnern von St. Johann gelten. Ganz besonders auch Maria Devei.

*

»Frau Devei hat wohl auf ihrem Zimmer gefrühstückt?« fragte Richard Anzinger den Löwenwirt, nachdem die Sängerin auch am Morgen nicht im Gastraum gewesen war.
Sepp Reisinger war an Richards Tisch getreten, um den Gast nach seinen Frühstückswünschen zu fragen. Es war eine nette Geste des Hoteliers, und die Gäste hatten den Eindruck, daß der Chef sich selbst um jeden einzelnen bemühte.
Der Münchner Kaufmann war als letzter heruntergekommen. Die anderen Gäste hatten längst mit dem Frühstück begonnen und ließen sich schmecken, was die Küche schon am Morgen zu bieten hatte. Außer dem Büffet, konnte man noch von einer kleinen Karte verschiedene Eierspeisen wählen.
Sepp Reisinger beugte sich zu Richard Anzinger hinunter.
»Nein, die Dame ist schon früh aus dem Haus gegangen. Ohne zu frühstücken«, raunte er ihm zu.
»Wissen S' zufällig, wohin?«
Der Löwenwirt zuckte mit der Schulter.
»Wahrscheinlich denselben Weg, den's immer nimmt, seit sie hier ist.«
Er konnte es zwar nicht genau sagen, vermutete aber, daß Maria Devei jeden Tag zur Spitzer-Alm hinaufwanderte. Zumindest führte der Weg, den die Sängerin nahm, in diese Richtung.
»Wie weit ist es denn, bis zur Alm?« erkundigte Richard sich.
»Na, bis zur Alm hinauf müssen S' eine gute Stund' rechnen«, erklärte Sepp. »Wobei es net allzuviel zu sehen gibt. Außer einer verfallenen Hütte. Net einmal eine Sennerei ist mehr dort.«
Richard Anzinger beeilte sich mit seinem Frühstück und eilte auf sein Zimmer. Er war heilfroh, daß zumindest Wanderschuhe und etwas legere Kleidung dabei waren. Zwar hatte er noch in der Nacht vor seiner Abreise den Koffer gepackt, dabei jedoch, ohne großes Nachdenken, wahllos alles

hineingesteckt, was ihm in die Hände kam. Es hätte schon ziemlich merkwürdig ausgesehen, würde er im grauen Anzug und schwarzen Slippern eine Almwanderung machen. Sepp Reisinger hatte eher untertrieben. Der Münchner, der große Wanderungen nicht gewohnt war, brauchte alleine mehr als eine halbe Stunde, um bis an den Weg zu kommen, der auf die Spitzer-Alm hinaufführte. Richard hoffte nur, daß der Löwenwirt mit seiner Vermutung richtig lag, und Maria Devei wirklich zur Alm unterwegs war. Er schaute den Weg hoch, der vor ihm lag – da hatte er noch einiges vor! Der Kaufmann legte eine kurze Rast ein, bevor er weitermarschierte. Eine wunderbare Gegend, kam es ihm in den Sinn. Er selber wohnte in einer riesigen Villa – viel zu groß, für ihn alleine – im vornehmen Stadtteil Bogenhausen. Außerdem besaß er ein Wochenendhaus am Starnberger See, das er viel zu selten nutzte. Richard schaute sich um. Er konnte sich nicht erinnern, sehr oft in den Bergen gewesen zu sein – bestenfalls im Winter zum Skifahren. Jetzt mußte er feststellen, daß diese Landschaft auch im Sommer ihre Reize hatte. Vielleicht wäre es wirklich einmal eine Abwechslung, den Urlaub hier zu verbringen.

Doch eigentlich wollte er jetzt gar nicht daran denken. Dazu beherrschte ihn viel zu sehr seine Liebe zu der Sängerin. Er wußte immer noch nicht, wie er es anstellen würde, ihr diese Liebe zu gestehen, wenn er ihr gegenüberstand. Aber, das würde sich schon zeigen.

*

Richard Anzinger setzte sich wieder in Bewegung, folgte einem schmalen Pfad, der in die Höhe führte und schritt kräftig dabei aus. Tief sog er die würzige Bergluft in seine Lungen ein. Seine Sehnsucht trieb ihn voran, und es ging besser, als er schon befürchtet hatte.

Und dann sah er sie plötzlich.
In weniger als hundert Metern sah er ihre Gestalt vor einer baufälligen Hütte stehen. Das mußte jene sein, von der der Löwenwirt gesprochen hatte. Die Sängerin trug Jeans und Anorak. Sie lehnte an dem Balken, der das brüchige Vordach abstützte, unter dem wohl einst Tisch und Bank gestanden hatten.
Das Dach der Hütte hatte große Löcher, die Fenster waren ohne Glas, und die Tür hing in den Angeln. Rechts von der Ruine mußte es einmal einen Garten gegeben haben. Jetzt war er verwildert.
Wildkräuter und Gras wuchsen mannshoch.
Richard Anzinger näherte sich langsam. Als er nur noch wenige Schritte hinter der Frau war, räusperte er sich vernehmlich. Die Sängerin drehte sich um, und ein fragender Blick stand in ihren Augen.
»Grüß Gott, Frau Devei«, sagte Richard mit belegter Stimme.
Sie erwiderte den Gruß.
»Kennen wir uns?« fragte sie dann.
»Ja... das heißt, wir sind uns vor kurzem begegnet. Im Zug nach München.«
Maria lächelte.
»Ich erinnere mich«, sagte sie. »Welch ein Zufall.«
Tatsächlich war ihr da das markante Gesicht des Kaufmanns aufgefallen, wenngleich es unter dem Eindruck ihrer persönlichen Probleme wieder verblaßte. In ihrem Unterbewußtsein schien es jedoch gespeichert zu sein.
Richard Anzinger stand jetzt vor ihr. Er schüttelte den Kopf.
»Nein, gnädige Frau, kein Zufall«, sagte er.
Maria verstand nicht.
Er wußte nicht, wie er beginnen sollte und kam sich vor, wie ein Primaner bei seinem ersten Rendezvous.

»Ich habe Sie gesucht«, gestand er, hilflos die Hände hebend.
»Ich habe Sie gesucht und, Gott sei Dank, gefunden.«
Maria lächelte unwillkürlich. In der Stadt kam es öfter vor, daß sie erkannt und um ein Autogramm gebeten wurde. Aber hier, in den Bergen?
»Es tut mir leid«, sagte sie. »Ich habe keine Autogrammkarte bei mir.«
»Nein, nein. Sie verstehen mich nicht.«
Der Kaufmann kam völlig aus dem Konzept. Wie konnte er einer Frau, der er wildfremd war, erklären, daß er sie liebte?
»Verzeihen Sie, ich habe mich noch gar net vorgestellt«, sagte er. »Mein Name ist Anzinger, Richard Anzinger. Ich... ich weiß gar net, wie ich es anfangen soll...«
Die Sängerin war amüsiert. Der Mann gefiel ihr. Abgesehen davon, daß er gut aussah, machte er in seiner Hilflosigkeit den Eindruck eines großen Jungen, den man einfach gern haben mußte.
Richard war eingefallen, daß der Löwenwirt davon gesprochen hatte, daß Maria Devei jeden Tag hier heraufging. Welche Beziehung mochte sie wohl zu diesem verfallenen Haus haben? Er deutete darauf.
»Eigentlich ein romantisches Plätzchen«, meinte er. »Kannten Sie die Leute, die hier einmal gewohnt haben?«
Marias Blick wurde traurig. Sie sah zu der alten Hütte hinüber und spürte die Tränen in den Augen. Richard war bestürzt, als er es bemerkte.
»Es tut mir leid, wenn ich Sie...«
»Nein«, unterbrach die Sängerin ihn. »Es ist net Ihre Schuld.«
Sie zeigte auf die Ruine, in der sie einst gewohnt hatte.
»Ja, ich kannte diese Menschen. Das hier sind die Überreste meines Elternhauses.«
Richard glaubte zu verstehen, warum sie nicht nur jetzt so

traurig war. Auch schon im Zug mußte sie an ihre Eltern gedacht haben. Er nahm allen Mut zusammen.
»Maria, ich habe Sie gesehen und mich in Sie verliebt«, sagte er, entschlossen alles auf eine Karte zu setzen. »Ich habe Himmel und Hölle in Bewegung gesetzt, um Sie wiederzufinden, und ich habe meine Firma im Stich gelassen, um Ihnen hierher zu folgen und Ihnen dies alles zu sagen. Ich liebe Sie aufrichtig und von ganzem Herzen, wie ich noch nie eine Frau zuvor geliebt habe!«
Die Sängerin starrte ihn fassungslos an. Mit allem hatte sie gerechnet, aber nicht mit solch einem Geständnis.
»Ich... ich weiß gar net, was ich sagen soll.«
Richard ergriff ihre Hände.
»Sie müssen nichts sagen. Noch nicht. Aber lassen Sie Ihr Herz sprechen«, bat er.
Maria sah in seine Augen. Sie leuchteten voller Liebe.
Ihr Herz sprechen lassen? Es klopfte bis zum Hals hinauf. Liebe auf den ersten Blick – gab es die denn wirklich?
Aber es durfte ja net sein. Sie, eine Todgeweihte, durfte sich net binden, selbst wenn sie für diesen Mann große Sympathie empfand, wie sie überrascht feststellte. Richard Anzinger schien so anders, als die Männer, die ihr bisher begegnet waren. Seine ganze Art strahlte zurückhaltende Eleganz aus. Für ihn mußte die Rolle des Kavaliers eine Selbstverständlichkeit sein, kein bloßes Getue. Selbstsicherheit war bei ihm nicht gespielt.
Ja, sie würde ihn lieben können, dessen war sie sicher, doch... es war unmöglich.
»Ihr Liebesgeständnis ehrt mich, Richard«, sagte sie, ihn beim Vornamen nennend. »Aber..., es geht nicht...«
Er nickte verstehend.
»Ich weiß, daß ich Sie überrumpelt' habe«, antwortete er. »Aber ich bin bereit, zu warten. Ich weiß, daß wir uns erst

richtig kennenlernen müssen, Maria. Aber ich bin sicher, mit der Zeit...«
»Richard, bitte...«, unterbrach sie ihn.
Maria konnte es nicht länger ertragen. Sie lief davon. Richard Anzinger sah ihr bestürzt hinterher.
»Du Esel, Narr, du Dummkopf«, beschimpfte er sich selber. Natürlich mußte die Frau von seinem Geständnis völlig überrascht und durcheinander sein! Wie anders hätte sie reagieren sollen, als die Flucht zu ergreifen?
Mit hängenden Schultern machte er sich auf den Weg zurück ins Dorf. Er würde sich bei ihr entschuldigen und abreisen. Das war das einzige, was er tun konnte. Hoffentlich nahm sie seine Entschuldigung überhaupt an.

*

»Gibt's immer noch keine Spur von Valentin?« fragte Pfarrer Trenker seinen Bruder, der wieder mal rechtzeitig zum Mittagessen im Pfarrhaus eingetroffen war.
Max schüttelte den Kopf. Antworten konnte er nicht, weil er damit beschäftigt war, das Stückchen Kuchen zu verdrücken, das vom Vortag übriggeblieben war. Sophie Tappert hatte es nicht erst in die Speisekammer gestellt, sie kannte ja den Dorfpolizisten...
»Nein«, sagte er schließlich, nachdem der letzte Bissen geschluckt war. »Ich war auch heut noch mal in der Mühle. Außer einem Gerüst, das jetzt davor steht, gibt's nichts Neues dort, und vom alten Hofthaler schon gar net.«
Sebastian schüttelte den Kopf. Er mochte einfach net glauben, daß Valentin die Sägemühle so mir nichts, dir nichts verkauft und eine Weltreise angetreten hatte. Das paßte überhaupt nicht zu ihm.
»Ein Gerüst, sagst'. Fangen die etwa schon mit dem Umbau an?«

»Es schaut beinah' so aus«, bestätigte der Polizist.
»Die können doch noch gar keine Genehmigung haben«, meinte der Geistliche nachdenklich. »Ich glaub net, daß der Antrag schon durch ist.«
»Arbeiter hab' ich keine g'sehen«, sagte Max. »Ich werd' morgen noch einmal hinfahren. Sollten sie dann dort arbeiten, laß' ich mir auf jeden Fall die erforderlichen Papiere zeigen. Den Bauantrag und so weiter.«
Die Haushälterin hatte die Suppe aufgetragen. Ein herrlich duftender Gemüseeintopf mit Grießklößchen und frischen Kräutern stand auf dem Tisch.
Sophie Tappert war eher schweigsam veranlagt, als redselig. Wenn sie aber einmal etwas sagte, dann hatten ihre Worte Gewicht.
»Den Berthold hat er aber net mitgenommen, auf seine Weltreise, der Valentin«, meinte sie, nachdem das Tischgebet gesprochen, und die Suppe aufgefüllt war.
Sebastian und Max sahen sie fragend an.
»Sie meinen Valentins Neffen? Den Berthold Siebler?« fragte der Geistliche.
Seine Haushälterin nickte.
»Ich hab' ihn heut' morgen gsehen, als ich drüben im Supermarkt war.«
»Seltsam«, meinte Pfarrer. Trenker. »Der hat doch sonst seinen Onkel kaum besucht. Was macht er denn hier, wenn der alte Valentin auf Reisen ist?«
»Das haben Hertha und ich uns auch gefragt«, sagte Sophie Tappert und schwieg für den Rest des Mittagessens.
Nach dem Essen ging Sebastian zum Hotel hinüber. Er mußte unbedingt mit Maria sprechen, sie davon überzeugen, sich noch einmal, diesmal von Dr. Wiesinger, untersuchen zu lassen.
Im Eingang kam ihm der Löwenwirt entgegen.

»Grüß Gott, Reisinger«, sagte der Geistliche. »Ist die Frau Devei im Haus?«
»Freilich«, nickte Sepp. »Sie ist auf ihrem Zimmer. Möchten S' sie sprechen?«
»Ja, das auch, aber sag' mal, Sepp, du und der Bruckner, ihr seid's doch von der gleichen Fraktion. Kannst du eigentlich zustimmen, wenn unser schönes Tal durch eine Diskothek verschandelt werden soll?«
Der Wirt machte ein verlegenes Gesicht. Sebastian wußte natürlich genau, daß der Arme unter dem Zwang der Fraktionsdisziplin stand. Bei einer Abstimmung mußte er so stimmen, wie es die Mehrheit der eigenen Leute es vorher beschloß.
»Naja...«, druckste er herum. »Es ist ja auch so, daß da mit den jungen Leuten auch Geld hereinfließt. Denken S' doch nur an die ganzen Steuern.«
»In erster Linie denk' ich an die Menschen, die hier wohnen, und an die Umwelt. Was glaubst' wohl, wie sich deine Gäste wohl fühlen werden, wenn jedes Wochenend' Hunderte von Autos und Motorrädern unsere saubere Luft verpesten – vom Lärm mal ganz abgesehen.«
Das war ein Argument, dem der Hotelier sich nicht verschließen konnte.
»Ich hab' nix gegen junge Leut'«, fuhr Pfarrer Trenker fort. »Im Gegenteil, ich freu mich, wenn's ihre Gaudi haben. Aber net, wenn's auf Kosten der Gesundheit anderer Leut' geht. Denk' mal daran, wenn die Abstimmung im Gemeinderat ist.«
Er ging durch die Tür und ließ einen nachdenklichen Sepp Reisinger zurück.

*

Maria Devei empfing den Geistlichen in ihrem Zimmer. Sebastian fand, daß sie wesentlich besser aussah, als am Tag

ihrer Ankunft. Das lag in erster Linie daran, daß Marias Miene deutlich froher und entspannter war. Der Pfarrer fragte sich, woran es liegen mochte. Alleine das Wiedersehen mit der alten Heimat konnte diesen Umschwung im Gemüt der Sängerin nicht bewirkt haben.
»Wie ich seh', scheint's Ihnen besserzugehen, als vor zwei Tag'«, sagte er zur Begrüßung.
Maria schmunzelte und bot ihm einen Platz an.
»Ich fühle mich seit Wochen erstmals wieder besser«, bekannte sie. »Die Ruhe tut mir gut, der Streß ist regelrecht von mir abgefallen.«
Sie setzten sich.
»Das ist doch wunderbar, Maria. Wissen S', ich hab' mir schon Gedanken gemacht, und überlegt, wie man Ihnen helfen könnt'.« Er sah ihr aufmerksam ins Gesicht und nickte unmerklich, bevor er fortfuhr.
»Wir haben hier, in Sankt Johann, einen sehr fähigen, jungen Arzt, und stellen S' sich vor, er hat bei Ihrem Professor Bernhard seine Ausbildung gemacht.«
Die Sängerin war erstaunt.
»Wirklich...?«
»Ja«, nickte Sebastian Trenker. »Ich möcht' Sie bitten, sich noch einmal untersuchen zu lassen. Von unserem Dr. Wiesinger. Ich hab' schon mit ihm gesprochen, und selbstverständlich ist er dazu bereit, wenn Sie einverstanden sind. Er würd' sich dann auch die Befunde aus Frankfurt kommen lassen. Bitte, Maria, sprechen S' mit ihm.«
Sie saßen sich gegenüber. Der Pfarrer spürte, wie die junge Frau mit sich kämpfte.
Nervös knetete sie die Hände, während ihre Augen unstet durch den Raum huschten.
»Warum?« fragte sie schließlich. »Warum noch einmal diese endlosen Untersuchungen, die Tests, das Blutabnehmen, die

quälende Warterei auf die Ergebnisse? Es würd' doch nichts an den Tatsachen ändern.«

Sie richtete sich auf und sah den Geistlichen an.

»Sie freuten sich vorhin über meinen Gemütszustand«, sagte sie. »Es ist net nur die Ruhe, die ich hier genieße, und die dafür verantwortlich ist. Ich hatte heut' morgen ein Erlebnis, das ich, solange ich noch lebe, net vergessen werd'. Ein Mann, den ich nur ganz kurz gesehen hab' – es war in der Bahn, auf dem Weg hierher – hat sich in mich verliebt. Er setzte alles in Bewegung, um herauszufinden, wer und wo ich bin. Er ist mir hierher gefolgt, und heut' morgen hat er mir eine Liebeserklärung gemacht. Dieser Mann ist mir ungeheuer sympathisch. Ja, ich glaub sogar, ich hab' mich ein wenig in ihn verliebt. Und auch das ist ein Grund für meinen momentanen Zustand.

Doch ich habe ihn abgewiesen. Wie kann ich einen Mann an mich binden, in dem Wissen, daß er mich von heut' auf morgen wieder verlieren kann. Ich muß und werde alleine mit meiner Situation fertig.«

»Aber das ist doch das schönste, was einer Frau widerfahren kann, daß ein Mann ihr sagt, daß er sie liebt«, wandte Pfarrer Trenker ein. »Maria, glauben S' net, daß es sich dafür lohnt, die Strapazen der Untersuchung noch einmal auf sich zu nehmen? Meinen S' net, daß es sich dafür lohnt, zu leben?«

Die Frau schaute ihn an, Tränen liefen über das schöne Gesicht, und die Hände waren zu Fäusten geballt.

»Es gibt keine Hoffnung, hat der Professor gesagt«, flüsterte sie. »Keine Hoffnung.«

»Nein, nein, nein«, widersprach Sebastian Trenker energisch. »Es gibt immer Hoffnung. Wo blieben wir denn alle, wenn es net so wär?«

Maria Devei blieb die Antwort schuldig.

*

Max Trenker hielt unten am Weg, der zur Mühle hinaufführte. Aus seinem Dienstwagen heraus schaute er zur Sägemühle hoch. Sie war sehr alt und schon lange nicht mehr in Betrieb. Valentin Hofthaler hatte sich vor einigen Jahren zur Ruhe gesetzt, nachdem das Geschäft mit dem Holz durch Billigimporte aus den östlichen Nachbarländern immer mehr zurückging. Der Alte war in der kleinen Wohnung geblieben, obwohl sein Neffe immer wieder versucht hatte, ihn zu einem Umzug in ein Altenheim zu bewegen. Berthold Siebler war der einzige Verwandte des Sägemüllers. Allerdings kümmerte er sich recht wenig um seinen Onkel. Max hatte läuten hören, daß Berthold nur dann zu Besuch kam, wenn er knapp bei Kasse war.
Der Polizist von St. Johann sah einen Kastenwagen oben an der Mühle stehen, und zwei, drei Männer, die etwas ausluden. Max startete den Wagen und fuhr den Weg hinauf. Zwei Männer standen an dem Kleinlaster, ein dritter verschwand gerade in der Sägemühle. Auf der Plane des Lasters stand der Name eines Baubetriebes aus Waldeck. Die beiden Männer, sie trugen Arbeitskleidung, schauten neugierig, als der Polizeiwagen herangefahren kam.
Der Beamte stieg aus und setzte seine Dienstmütze auf. Er ging auf die Männer zu und hob grüßend die Hand an den Mützenschirm.
»Pfüat euch, miteinand«, sagte er. »Hauptwachtmeister Trenker, vom Polizeiposten Sankt Johann. Wer ist denn der verantwortliche Bauleiter?«
Einer der Männer deutete auf die Mühle.
»Der Joseph«, sagte er. »Er ist gerad in der Mühle drin.«
Im gleichen Augenblick kam der Mann wieder heraus. Max begrüßte auch ihn und fragte nach dem Namen.
»Raitmayr, Joseph Raitmayr«, antwortete der Mann. »Was gibt's denn eigentlich?«

Max kratzte sich am Kinn.
»Tja, ich hätt' gern gewußt, in wessen Auftrag Sie hier arbeiten.«
»Warum fragen S' uns das? Ist etwas net in Ordnung?«
»Gerad' das möcht' ich ja herausfinden. Sehen S', die Mühle gehört dem Valentin Hofthaler, der seit ein paar Tagen verschwunden ist, obwohl er mich vorher angerufen hat, um mich herzubestellen, weil er etwas Wichtiges bereden wollt'. Nun komm' ich schon das vierte Mal her, und vom Valentin keine Spur, dafür seid's ihr da.«
Die beiden anderen Arbeiter hatten sich dazu gesellt. Die drei sahen sich ratlos an. Schließlich ging der Bauführer zum Wagen und holte eine schwarze Ledermappe aus dem Führerhaus. Er öffnete sie und nahm einen Auftragsbogen heraus.
»Also, der Bauherr heißt Otto Hövermann.«
Er zeigte Max den schriftlichen Auftrag.
»Ja, den Herrn kenn' ich. Vom Namen her«, sagte der Polizist. »Was mich wundert – soweit ich informiert bin, liegt noch gar keine Baugenehmigung vor.«
Joseph Reitmayr zuckte die Schultern.
»Das mag sein. Aber, wir wollen auch noch gar net bauen«, erklärte er. »Es ist nur so, daß der Herr Hövermann es sehr eilig hat. Er rechnet jeden Tag mit der Genehmigung durch die Gemeinde. D'rum hat unser Chef, was der Herr Brunnengräber ist, g'sagt, wir sollen schon mal Material hier anliefern, damit Herr Hövermann zufrieden ist.«
Er beugte sich zu Max vor.
»Wissen S', Herr Wachtmeister, die alte Mühle zu einer Diskothek umzubauen, das kost' schon eine hübsche Stange Geld. Das will der Chef sich natürlich net durch die Lappen gehen lassen.«
»Das kann ich mir denken«, nickte Max Trenker. »Ich fürcht'

nur, das Material könnt' ihr in den nächsten Tagen wieder abholen.«
Die drei sahen ihn mit offenen Mündern an.
»Wieso...?«
Max machte eine skeptische Handbewegung.
»Ich hab' da so meine Zweifel, was den Bauantrag betrifft«, sagte er. »Außerdem, so lange der Verbleib des Herrn Hofthaler net geklärt ist, wird der Herr Hövermann hier keinen einz'gen Stein versetzen lassen. Das dürfen S' mir glauben, meine Herren.«
Damit drehte er sich um und ging zu seinem Wagen zurück. Die Arbeiter schauten ihm ratlos hinterher.

*

Sebastian war erstaunt, als er von seinem Bruder hörte, daß bereits die ersten Handwerker ihre Materialien und Werkzeuge bei der alten Sägemühle anlieferten.
»Ich glaub' schon, daß der Herr Brunnengräber den Auftrag net verlieren möcht«, meinte Max.
Der Pfarrer nickte. Natürlich, der ganze Umbau mußte ein kleines Vermögen kosten. Da schnitt sich jeder gerne eine Scheibe von ab. Was sonderbar auf ihn wirkte, war die Tatsache, daß der ortsansässige Bauunternehmer den Auftrag nicht erhalten hatte. Möglicherweise wollte man dadurch verhindern, daß allzu früh über die ganze Angelegenheit spekuliert wurde.
»Na, dem Reisinger hab' ich jedenfalls schon ins Gewissen geredet«, sagte der Geistliche. »Und dem Bruckner-Markus werd' ich bei Gelegenheit einen Besuch abstatten.«
Sophie Tappert kam in das Wohnzimmer, wo die beiden Brüder saßen, und brachte Kaffee und Gebäck herein. Es waren nur ein paar Kekse, weil sie wußte, daß Hochwürden am Nachmittag nach Waldeck ins Altenheim fuhr.

»So, Herr Pfarrer, ich geh' dann zum Friseur«, verabschiedete sie sich. »Es kann gut zwei Stunden dauern. Zum Abendessen bin ich aber rechtzeitig wieder daheim.«
»Lassen S' sich Zeit«, antwortete Sebastian. »Zu essen ist ja genug da.«
Der letzte Satz war eigentlich mehr an seinen Bruder gerichtet, der die Kochkünste der Haushälterin über alles liebte.
»Warum suchen S' sich net ein nettes Madel und heiraten?« Diese Frage hatte Sophie Tappert ihm schon oft gestellt. Die Antwort war immer dieselbe.
»Weil's keines mit Ihren Kochkünsten aufnehmen kann«, antwortete der Polizeibeamte dann mit einem hinreißenden Lächeln, das Eisberge schmelzen ließ.
Dabei wußte die Haushälterin genau, daß das nicht der einzige Grund war, warum Max Trenker noch nicht in den Hafen der Ehe eingelaufen war. Der Schlawiner liebte seine Freiheit als Junggeselle viel zu sehr, als daß er sich binden würde. Außerdem hatte er leichtes Spiel bei den Madeln. Einen Tanzabend ließ er nur aus, wenn der Dienst es verhinderte, und überall wo eine Gaudi war, konnte man ihn finden.
Sein Bruder hatte zwar schon oft ein mahnendes Wort gesprochen, mußte aber immer wieder feststellen, daß es vergebens war. Zumindest konnte der Geistliche aber feststellen, daß Max ein gewissenhaft arbeitender Polizeibeamter war, der seinen Beruf liebte und seinen Dienst ernsthaft versah. Dabei vergaß er nicht die menschliche Seite. Wie sein Bruder, der Pfarrer, es als eine Aufgabe ansah, den Menschen nicht nur das Evangelium zu predigen, sondern darüber hinaus für alle Sorgen und Nöte seiner Schäfchen ein offenes Ohr zu haben und mit Rat und Tat zur Seite zu stehen, so empfand es auch Max Trenker als seine Aufgabe, den Leuten immer dort zu helfen, wo Not am Mann war. Er war

niemals ein sturer Beamter, der seinen Dienst nach Vorschrift versah. Sein mitfühlendes Wesen würde dies niemals zulassen.
»Wie geht's denn der Maria?« fragte er, nachdem die Haushälterin das Wohnzimmer verlassen hatte.
Sebastian berichtete von seinem Besuch bei der Sängerin.
»Ich hab' kein gutes Gefühl«, sagte er. »Ich hoff', daß sie es sich doch noch überlegt, und unseren Doktor aufsucht.«
Er trank seinen Kaffee aus und stand auf.
»Es wird Zeit«, sagte er. »In Waldeck warten's schon.«

*

Pfarrer Trenker saß in dem gemütlich eingerichteten Speiseraum des Waldecker Altenheims, zusammen mit den Bewohnern und den Pflegekräften. Es gab Kaffee und Kuchen, und vom Band erklangen Vivaldis »Die Vier Jahreszeiten«.
Es war immer ein schöner Nachmittag für die alten Leute, denn Sebastian organisierte immer wieder mal eine Überraschung für sie. Mal war es jemand, der etwas vorlas, ein anderer spielte Gitarre und musizierte mit ihnen, oder eine Laienspielgruppe führte ein kleines Stück auf. Und natürlich nahm der Geistliche auch die Beichte ab, wenn es gewünscht wurde. Es waren nicht wenige unter den Heimbewohnern und -bewohnerinnen, die aufgrund eines Gebrechens nicht mehr so ohne weiteres an der Messe in der Kirche teilnehmen konnten.
Die Leiterin des Altenheims, Frau Burgsmüller, nahm Sebastian Trenker nach dem Kaffeetrinken beiseite.
»Ich hab' da noch ein Problem, Herr Pfarrer, das ich gern mit Ihnen besprechen möcht'«, erklärte sie. »Können wir einen Moment in mein Büro gehen?«
»Aber natürlich«, nickte Sebastian und folgte ihr.
»Wir haben einen Neuzugang«, begann Frau Burgsmüller,

als sie in ihrem kleinen Büro saßen. »Ein schwieriger Fall. Irgendwie kommen wir an den Mann net heran. Er weigert sich, auch nur ein Wort, mit uns zu sprechen. Ich wollt' Sie bitten, ob Sie vielleicht versuchen, mit ihm zu reden?«
»Selbstverständlich«, antwortete der Geistliche. »Dem Mann fällt's wahrscheinlich schwer, sich einzugewöhnen. Es ist ja auch net einfach, für einen Menschen, aus seiner gewohnten Umgebung herausgenommen und woanders untergebracht zu werden. Bekommt er denn keinen Besuch? Hat er keine Angehörigen mehr?«
»Doch, einen Neffen. Der hat den Herrn Hofthaler auch zu uns gebracht, sich dann aber net wieder sehen lassen. Und eine Adresse, oder wenigstens Telefonnummer, haben wir von dem Herrn Siebler auch net«, sagte die Heimleiterin.
Pfarrer Trenker machte große Augen, als er die beiden Namen hörte.
»Was sagen Sie? Der Mann heißt Hofthaler, und sein Neffe Siebler?«
»Ja, ich dacht' mir, daß Sie ihn kennen. Er stammt ja aus Sankt Johann. Darum bat ich Sie ja auch, mit ihm zu sprechen. Zu Ihnen hat er doch bestimmt Vertrauen.«
»Freilich kenn' ich den Valentin, und der ist hier bei Ihnen. Wir haben uns schon gewundert, wo er abgeblieben ist.«
Frau Burgsmüller nickte.
»Ja, es ist schon ein schlimmes Schicksal mit ihm.«
Sebastian war ratlos.
»Von welchem Schicksal sprechen Sie? Ist der Valentin etwa krank?«
»Körperlich? Nein, aber sein Geist. Wußten S' das denn net? Herr Hofthaler wurde entmündigt, man hat ihn mit einem Gerichtsbeschluß bei uns eingewiesen.«
Pfarrer Trenker kam aus dem Staunen nicht heraus. Das war ja ein starkes Stück, das er da zu hören bekam!

»Also, meine liebe Frau Burgsmüller, entweder ist das alles nur ein tragischer Irrtum – oder ein ausgekochtes Gaunerstück«, erklärte er der sichtlich irritierten Heimleiterin. »Der alte Valentin ist geistig so gesund, wie Sie und ich!«
Die Frau war fassungslos. Ratlos hob sie die Hände.
»Ja, aber da ist doch das Gutachten, das dem Beschluß beiliegt«, sagte sie.
»Das möcht ich gern' einmal sehen«, antwortete der Geistliche. »Und den Arzt, der es erstellt hat. Aber zuerst bringen S' mich zum Valentin.«
»Natürlich. Kommen S' nur. Er wird sich bestimmt freuen, Sie zu sehen.«
Auf dem Weg zum Zimmer, in dem der alte Hofthaler wohnte, überlegte Sebastian Trenker, wie er am geschicktesten vorgehen sollte. Es war keine Frage für ihn, daß an der Sache etwas faul sein mußte. Genauso war es keine Frage, daß er Valentin wieder mit nach Hause nehmen würde.
Aber etwas anderes machte ihm Sorge, und das war das Gutachten über den Geisteszustand des Alten.

*

Valentin Hofthaler saß auf einem Stuhl am Fenster, und starrte hinaus. Frau Burgsmüller hatte zunächst angeklopft und, als keine Antwort kam, die Tür geöffnet.
»Herr Hofthaler, hier ist Besuch für Sie«, sagte sie.
Der alte Mann drehte langsam den Kopf. Ein freudiges Lächeln huschte über das faltige Gesicht, als er den Besucher erkannte.
Sebastian schüttelte ihm die Hand.
»Du liebe Güte, Valentin, was macht's denn hier?« fragte er. »Wir vermissen dich schon zu Haus'.«
»Hochwürden, Sie schickt der Himmel. Holen S' mich jetzt hier wieder 'raus?«

Seine Stimme klang hoffnungsvoll und erleichtert zugleich. Sebastian zog sich einen Stuhl heran und setzte sich. Die ganze Zeit über hatte Valentin die Hand des Geistlichen nicht losgelassen.

»Wollen mal sehen, wie wir das am besten anstellen«, antwortete Pfarrer Trenker. »Nun erzähl' erstmal, was eigentlich passiert ist.«

Valentin Hofthaler atmete tief durch.

»Da gibt's eigentlich net viel zu erzählen«, meinte er und berichtete dann.

Was der Pfarrer und die Heimleiterin zu hören bekamen, war schier unglaublich!

Valentin ahnte schon nichts Gutes, als sein Neffe ihn wieder einmal besuchte. Wenn es geschah – selten genug –, dann kam Berthold Siebler nicht, um sich nach dem Befinden des Onkels zu erkundigen, sondern weil ihn wieder einmal finanzielle Engpässe plagten.

Einmal war es die Miete, die er nicht zahlen konnte, ein anderes Mal gab er vor, krank gewesen zu sein und aus diesem Grund nicht arbeiten zu können.

Valentin Hofthaler wußte net mehr aus, noch ein. Berthold war der Sohn seiner einzigen Schwester. Nachdem der Junge schon früh den Vater verloren hatte, fehlte ihm die ordnende Hand. Die Mutter hatte genug damit zu tun, durch drei, vier Putzstellen, das nötige Geld heranzuschaffen, um sich und den Jungen über Wasser zu halten. Nach ihrem Tod ging es dann mit Berthold immer weiter bergab.

»Bub, sei g'scheit«, ermahnte Valentin seinen Neffen immer wieder. »Man kann net einfach Geld ausgeben, das man net hat!«

Alle Vorwürfe und Ermahnungen fruchteten nichts. Berthold kam, aß sich satt und zog nicht eher wieder von dannen, bevor er seinem Onkel nicht ein paar Mark abgebettelt hatte. Bei seinem letzten Besuch machte er einen Vorschlag, der Valentin die Sprache verschlug.

Der alte Hofthaler solle die Sägemühle verkaufen – einen Käufer hätte er, Berthold, schon an der Hand – und in ein Altenheim ziehen. Von dem Geld sollte er dem Neffen schon mal einen Teil von dem auszahlen, was dieser sowieso einmal erben würde.

Bei diesem Vorschlag trat Valentin Hofthaler die Zornesröte ins Gesicht. Er verwies Berthold Siebler des Hauses, ohne auch nur mit einem Wort auf dessen infames Verlangen einzugehen. Allerdings hatte er nicht mit der Verschlagenheit seines Neffen gerechnet.

Einen Tag später erschien der wieder in der Sägemühle und entschuldigte sich für sein Verhalten. Valentin ging es an diesem Tag nicht besonders gut. Wahrscheinlich hatte ihn die ganze Sache doch mehr aufgeregt, als er annahm.

Berthold Siebler spielte den besorgten Neffen und blieb bei dem Kranken, um ihn zu pflegen. Während dieser Zeit führte er mehrere Telefongespräche. Mit wem, das konnte Valentin Hofthaler nicht sagen. Allerdings hatte er mehrmals mitbekommen, daß diese Gespräche sich um ihn drehten. Als er Berthold darauf ansprach, gab dieser an, mit verschiedenen Ärzten telefoniert zu haben, aus Sorge um den kranken, alten Mann.

Sollte er sich wirklich geändert haben?

Valentin freute sich über den scheinbaren Sinneswandel seines Neffen, und ließ sich überreden, einen Facharzt, wie Berthold ihn nannte, aufzusuchen.

»Und dann ging alles ganz schnell«, berichtete Valentin weiter. »Der Arzt stellte mir so komische Fragen, und einen Test sollte ich machen. Allmählich kam ich dahinter, daß man mich für verrückt hielt.«

Der alte Mann holte ein Taschentuch hervor und wischte

sich die Tränen ab, die während seiner Erzählung immer wieder über sein Gesicht liefen.
»Ich hatte den Max angerufen und wollt' ihn um Rat fragen. Aber da hat der Berthold mich schon zu diesem Arzt gebracht und war dann verschwunden, obwohl er gesagt hatte, er würd' auf mich warten. Ich kam in eine Klinik, fragen S' mich bitt' schön net wo, Hochwürden, und später fand ich mich in einem Gerichtssaal wieder.«
Da hatte der Alte schon auf stur geschaltet. Er beantwortete keine Fragen, und ehe er sich versah, hatte man ihn entmündigt, aufgrund eines Gutachtens, das dieser unbekannte Arzt erstellt hatte.
Pfarrer Trenker und die Heimleiterin waren fassungslos.
»Gell, Hochwürden, Sie nehmen mich wieder mit?« fragte Valentin Hofthaler bittend. »Ich hab' doch meine Mühle. Was soll ich dann hier?«
Herr im Himmel, dachte Sebastian. Der arme Kerl hatte ja keine Ahnung, daß schon die ersten Handwerker angerückt waren.
»Auf jeden Fall nehm' ich dich wieder mit«, sagte er bestimmt.
»Ich weiß net, ob das so einfach geht, Hochwürden«, wagte Frau Burgsmüller einzuwenden. »Der Herr Hofthaler befindet sich aufgrund eines Gerichtsbeschlusses in unserer Obhut.«
»Der aufgrund eines dubiosen Gutachtens eines noch dubioseren Arztes gefaßt wurde«, antwortete der Geistliche. »Liebe Frau Burgsmüller, Sie kennen mich, und ich kenn' Valentin. Seien Sie versichert, daß ich ihm jedes Wort glaube. Ich bin bereit, die volle Verantwortung zu übernehmen.«
Die Heimleiterin sah von einem zum anderen.
»Also gut«, seufzte sie. »Aber das müssen S' mir schriftlich

geben. Irgendwie muß ich mich ja absichern, das werden S' doch verstehen. Schließlich ist es der Vormund, der darüber zu bestimmen hat, wo der Herr Hofthaler sich aufhält.«
»Natürlich«, nickte Pfarrer Trenker. »Das versteh' ich voll und ganz.«

*

Richard Anzinger nahm allen Mut zusammen und klopfte an die Tür des Edelweißzimmers. Lange Zeit hatte er davor gestanden und mit sich gerungen. Er hatte gezögert, aus Angst, sie könne ihm die Tür vor der Nase zuschlagen, dennoch mußte er es tun. Richard wußte, daß er Maria Devei eine Erklärung schuldig war.
Die Sängerin öffnete sofort. Sie lächelte, als sie ihn erkannte. Der Kaufmann blieb unschlüssig stehen.
»Richard, kommen Sie doch herein«, lud Maria ihn ein.
Das Edelweißzimmer war ähnlich eingerichtet, wie das Enzianzimmer gegenüber. Maria bot ihm einen Sessel, der, zusammen mit einem kleinen Tisch, am Fenster stand. Sie selber zog sich einen Stuhl heran und setzte sich.
»Maria... ich bin gekommen, um mich bei Ihnen zu entschuldigen«, begann er. »Ich weiß, ich hätt' Sie so einfach nicht überfallen dürfen.«
Die junge Frau lächelte wieder. Ein Lächeln, das sie besonders attraktiv machte. Richard hörte sein Herz laut schlagen. Maria sah sich um.
»Ich habe leider nichts anzubieten. Sollen wir uns etwas kommen lassen?«
»Nein, das ist net nötig«, wehrte der Kaufmann ab.
»Sie wollten mir etwas sagen?«
Richard Anzinger rutschte auf seinem Stuhl hin und her. Ein wenig verlegen hob er die Hände.
»Ja, Maria, ich hab' mich wie ein Dummkopf benommen

und ich bitte Sie dafür um Entschuldigung. Ich hab' alles, was man nur falsch machen kann, falsch gemacht.«
»Aber wieso denn?«
Richard schaute sie ratlos an. Er verstand nicht, was sie mit ihrer Frage meinte.
»Es ist doch die natürlichste Sache der Welt, daß ein Mann, der eine Frau liebt, es ihr auch sagt. Ich hab' mich über Ihren Antrag sehr gefreut.«
»Ja, wirklich? Aber warum…?«
»Sie meinen, warum ich fortgelaufen bin?«
Der Kaufmann nickte. Das Lächeln in Marias Augen war verschwunden. Trauer und Wehmut standen nun darin geschrieben.
»Ich muß Ihnen etwas erklären«, sagte sie.
Die Sängerin hatte die ganze Zeit an Richard Anzinger gedacht. Zwar hatte er sie mit seinem Geständnis überrumpelt, doch sie war ihm nicht böse deswegen. Im Gegenteil – sie konnte sich durchaus vorstellen, unter anderen Voraussetzungen, seine Frau zu werden. Auch wenn sie sich erst heute kennengelernt haben.
Doch diese Voraussetzungen waren die falschen.
Die Zeit lief ihr davon, und das wollte sie ihm sagen. Denn er hatte ein Recht darauf, alles zu erfahren.
Leise und behutsam sprach sie zu ihm. Richard sah sie erst ungläubig an, dann schlug er seine Hände vor die Augen.
»Und es gibt keine Hoffnung?« fragte er mit tonloser Stimme.
»Ich fürchte nein…«
Jetzt hielt es ihn nicht länger auf seinem Platz. Er sprang auf und zog sie zu sich heran. Ganz dicht waren ihre Gesichter aneinander.
»Maria, ich liebe dich«, sagte er mit rauher Stimme. »Mehr, als je einen Menschen zuvor, und ich lasse net zu, daß du stirbst.«

»Ach, Richard...«
Er verschloß die Lippen mit einem Kuß, und sie ließ es geschehen.
»Wir müssen etwas unternehmen«, sagte er, nachdem er sie wieder freigegeben hatte. »Wir werden die besten Ärzte aufsuchen. Ganz egal, was es kostet!«
Maria Devei schüttelte den Kopf.
»Ach, Richard, meinst du net, daß ich alle Möglichkeiten bedacht habe? Ich war bei dem besten Arzt.«
»Dann muß eben noch einer her!«
Diesmal küßte sie ihn.
»Du bist so lieb«, sagte sie. »Aber es ist sinnlos.«
»Nein, nein, nein«, protestierte er. »Damit gebe ich mich net zufrieden!«
Maria erzählte von Pfarrer Trenkers Besuch, und daß der Geistliche von dem Dorfarzt gesprochen hatte, der ein Schüler Professor Bernhards war.
»Bitte, Maria, nutze diese eine Chance«, flehte Richard Anzinger. »Wenn du net mehr bist... dann, dann ist mein Leben sinnlos!«
Mit tränengefüllten Augen küßten sie sich innigst. Es schien, als gebe dieser Kuß Maria neuen Lebensmut. Sie schaute den Mann an, den sie erst so kurz kannte und dennoch von Herzen liebte.
»Ja, Richard, ich will leben«, sagte sie. »Für dich.«

*

Wieder folgte die verhaßte Prozedur der Untersuchung, des Blutabnehmens, des Wiegens und des Messens. Unzählige Fragen wurden beantwortet. Vom Blutbild bis zum EKG war nichts ausgelassen worden.
All dies ließ Maria Devei geduldig über sich ergehen. Ihre Liebe zu Richard gab ihr die nötige Kraft dazu.

Und dann war der Tag da, an dem das Ergebnis der Untersuchung vorliegen sollte. Maria und Richard saßen im Sprechzimmer des Arztes. Sie hielten sich an den Händen und sahen Toni Wiesinger erwartungsvoll an.
»Also, Frau Devei, ich hab' jetzt alle Ergebnisse zusammen«, begann Dr. Wiesinger. »Und ich freu' mich, Ihnen sagen zu können, daß Sie absolut gesund sind.«
»Ja, aber...«
Toni hob die Hände.
»Kein aber, Frau Devei«, sagte er. »Das einzige, was Ihnen fehlte, waren Ruhe und Erholung. Aber beides bekommen S' ja im Moment. In einigen Wochen werden S' wieder vor Ihrem Publikum stehen.«
Richard Anzinger strahlte ob dieser Eröffnung über das ganze Gesicht. Nicht so Maria Devei.
»Aber Professor Bernhard, der mich untersucht hat – er kann sich doch net so geirrt haben«, wandte sie ein.
Dr. Wiesinger runzelte die Stirn.
»Ich muß zugeben, daß dieser Umstand mich irritiert«, gestand er. »Ich hab' schon versucht, mit dem Professor zu sprechen. Leider ist er zur Zeit in den Vereinigten Staaten, und nimmt dort an einem Kongreß teil. Ich werd', sobald er zurück ist, mit ihm Kontakt aufnehmen. Bis dahin machen S' sich bitte keine Sorgen. Es ist, wie ich sag', Sie sind gesund.«
Maria und Richard sahen sich an.
»Ist das nicht wunderbar?« flüsterte der Kaufmann.
Die Sängerin schluckte, sie konnte es immer noch nicht glauben.
»Maria, du bist gesund«, sagte Richard Anzinger eindringlich und schüttelte sie sanft, als müsse er sie aus einem Traum erwecken.
Toni Wiesinger war aufgestanden. Er ging zu dem Paar und legte der Frau seine Hand auf die Schulter.

»Liebe Frau Devei«, sagte er. »Seien Sie versichert, daß es so ist, wie ich es sage. An der Diagnose ist net zu rütteln, und wäre es anders – glauben S' mir – ich würd's Ihnen sagen.«
Die junge Frau hob beide Hände und schaute vom Arzt zu Richard Anzinger und wieder zurück.
»Dann muß ich's wohl glauben«, sagte sie leise.
»So ist recht«, meinte der Arzt. »Am besten machen S' sich ein paar schöne Tag'. Gehen Sie spazieren, lesen S', faulenzen S', was immer Sie möchten. In ein paar Tagen ist der Professor zurück. Wenn ich dann mit ihm gesprochen habe, sehen wir uns hier wieder.«

*

Sebastian Trenker schickte ein Dankesgebet zum Himmel, als er die gute Nachricht bekam. Der Pfarrer saß beim Toni Wiesinger in der Praxis, als die Sprechstunde schon zu Ende war.
»Ich hatte es gehofft, daß die Maria sich irrt«, sagte der Geistliche. »Bestimmt wollte sie es gar net glauben.«
Dr. Wiesinger bestätigte Sebastians Vermutung.
»Nachdem ich die Werte aus dem Labor hatte, war ich mir ganz sicher, daß der Frau Devei nichts fehlt. Ich weiß net, woraus sie auf ihre angebliche Krankheit geschlossen hat, aber das wird das Gespräch mit Professor Bernhard klären.«
Der Arzt sah den Pfarrer an, der trotz der positiven Entwicklung, einen nachdenklichen Eindruck machte. Man sah, daß er noch etwas auf dem Herzen hatte.
»Gibt's noch etwas, das Sie beschäftigt?«
Sebastian nickte. Er berichtete, was er im Waldecker Altenheim erlebt hatte. Toni Wiesingers Miene wurde immer ungläubiger, je mehr er davon hörte. Schließlich zog der Pfarrer das Gutachten hervor und reichte es dem Arzt.
Dr. Wiesinger las und schüttelte zwischendurch immer wieder den Kopf. Er ließ die Papiere sinken.

»Das ist ja ein tolldreistes Ding!« meinte er. »Einfach unglaublich.«
»Wie sehen Sie die Angelegenheit?« fragte Sebastian Trenker. »Meinen S', daß man da noch 'was machen könnt'?«
Toni lehnte sich in seinen Sessel zurück.
»Ich kenn' einen Arzt in der Kreisstadt, der ist net nur Spezialist für die Krankheiten der Leute, darüber hinaus ist er als Gutachter bei Gericht zugelassen. Ich denk', ich werd' den Kollegen mal anrufen. Bestimmt wird er sich für den Fall interessieren. Wo steckt der Valentin denn jetzt?«
Pfarrer Trenker berichtete, daß der alte Hofthaler sich in seiner Sägemühle eingeschlossen habe. Der Geistliche hatte ihn zuvor dort abgesetzt. Valentin hatte darauf bestanden, zur Mühle zu fahren, schließlich war sie sein Zuhause.
Dort angekommen, hatte der Alte alles verriegelt und verrammelt.
»Der läßt keinen hinein!« sagte Sebastian. »Und seinen Neffen schon gar net.«
»Und genau der macht mir ein bissel Sorge«, meinte Toni Wiesinger. »Der Berthold Siebler ist Vormund vom Valentin, und wie die Frau Burgsmüller ganz richtig gesagt hat, kann der Vormund darüber bestimmen, wo sein Mündel sich aufhält.«
Der Geistliche strich sich nachdenklich über das Kinn.
»Vielleicht haben wir da ein bissel Glück«, sagte er hoffnungsvoll. »Frau Burgsmüller schimpfte über den Siebler, weil er sich net mehr um Valentin gekümmert hat, seit er ihn ins Heim brachte. Ich kann' mir vorstellen, daß der Bursche erstmal genug damit zu tun hat, das Geld auszugeben, das er von diesem Herrn Hövermann bekommen hat. Vorläufig wird er sich net im Heim nach dem Befinden seines Onkels erkundigen.«
»Das mag sein«, nickte der Arzt. »Trotzdem müssen wir

schnell handeln. Gleich morgen, in der Früh', werd' ich den Kollegen Marner anrufen – oder nein, besser noch, ich fahr' zu ihm hin. Lassen S' mir das Gutachten hier.«
»Natürlich«, erwiderte Sebastian. »Und ich werd' mich um einen Rechtsanwalt für den Valentin kümmern, der die ganze Sache in die Hand nimmt.«
»Was passiert denn, wenn der Hövermann die Baugenehmigung bekommt, und die Handwerker anrücken, bevor in der Sache etwas entschieden ist?« meinte Toni Wiesinger plötzlich. »Rein rechtlich ist Valentin net mehr Besitzer der Sägemühle.«
»Aber die Umstände, unter denen es zum Verkauf gekommen ist, die sind sittenwidrig«, sagte der Geistliche erbost.
»Aber, Sie haben natürlich recht. Gegen einen Trupp Bauleute wird der Valentin nichts ausrichten können. Und wer weiß, ob der Hövermann net noch andere Geschütze auffährt. Am besten wär's, wenn er keine Baugenehmigung bekäme.«
Er erhob sich.
»Ich werd' gleich mal dem Bruckner-Markus einen Besuch machen. Gottlob ist unser Bürgermeister net ganz mit Blindheit geschlagen, auch wenn man manchmal den Eindruck haben könnt...«

*

Maria Devei und Richard Anzinger saßen in der kleinen Weinstube des Hotels. Hier war der Rahmen intimer, es war nicht so viel Trubel, wie im großen Restaurant, und es hätte der erste, unbeschwerte Abend seit langem werden können. Der Münchner Kaufmann hatte allerdings das Gefühl, daß Maria immer noch nicht glaubte, was der Arzt ihr am Nachmittag mitgeteilt hatte. Nach dem Besuch in der Praxis des Dr. Wiesinger, hatte sie sich vor dem Hotel von Richard verabschiedet. Sie müsse sich hinlegen und ausruhen, obwohl sie zuvor verabredet hatten, bis zum Abendessen einen Spaziergang zur Hütte hinauf zu machen. Dabei wirkte die Sängerin keineswegs erschöpft. Lediglich ihre Gedanken schienen immer wieder abzuschweifen. Sie hörte kaum zu, wenn Richard sie ansprach, und ihr Blick schien in die weite Ferne zu schweifen.

Das war auch der Grund, warum der Kaufmann die Tische in der Weinstube reserviert hatte. Schon, als er sie von ihrem Zimmer abholte, hatte er den Eindruck, daß sich ihr Zustand nicht geändert hatte. Maria wirkte fahrig, zerstreut und schenkte dem Mann an ihrer Seite kaum Aufmerksamkeit. Selbst das Essen, ein wirklich schmackhaftes Fischgericht, verschmähte sie. Nach zwei, drei Bissen, schob sie den Teller beiseite und starrte vor sich hin.

Richard legte sanft seine Hand auf ihren Arm.

»Liebes, was ist mit dir?« fragte er sacht.

Maria Devei atmete schwer. Dabei schaute sie ihn aus seltsam müden Augen an. Müde, obwohl sie geruht hatte. Der Mann fühlte, daß er sich weiterhin Sorgen um sie machen mußte. Marias Ängste waren immer noch da.

In der Weinstube standen fünf Tische, von denen nur noch zwei weitere besetzt waren. Es saßen jeweils zwei Personen dort, die sich nicht darum kümmerten, was an den anderen Tischen geredet wurde. So fiel nicht auf, daß Richard Anzinger verzweifelt auf die Sängerin einredete.

»Maria, bitte, sag' was los ist.« fragte er. »Kannst du denn net glauben, was der Doktor gesagt hat?«

Die Frau schüttelte den Kopf.

»Ich möcht' ja gern«, sagte sie leise. »Aber ich kann mich net so geirrt haben. Ich weiß doch, was ich gehört hab'. Das kann doch niemand bestreiten!«

Die junge Servierin kam und fragte, ob sie abräumen dürfe. Richard nickte.

»Hat's der gnädigen Frau net geschmeckt?« erkundigte sich das Madel.
»O doch. Es war sehr gut«, versicherte der Kaufmann. »Frau Devei fühlt sich net ganz wohl. Sagen S' der Frau Reisinger, daß der Fisch ganz ausgezeichnet war.«
Maria erhob sich.
»Bitte, bring mich nach oben«, bat sie. »Ich bin müd'.«
Richard erfüllte ihr den Wunsch, so schwer er ihm auch fiel. Wie gerne wäre er noch mit ihr zusammen geblieben. Hoffentlich kommt der Professor bald wieder zurück, betete er inständig, als er sich von der geliebten Frau verabschiedete.

*

Pfarrer Trenker saß nachdenklich in seinem Arbeitszimmer. Der Besuch beim Bürgermeister war so verlaufen, wie er erhofft hatte. Der Bruckner-Markus hatte ein Einsehen gezeigt, nachdem Sebastian ihm die Sachlage schilderte.
»Das soll man gar net glauben, wozu die Leut' fähig sind, wenn's um's liebe Geld geht«, sagte er kopfschüttelnd. »Natürlich werd' ich dem Herrn Hövermann einen abschlägigen Bescheid erteilen.«
Sebastian wiegte nachdenklich den Kopf.
»Vielleicht net so schnell«, meinte er.
Der Bürgermeister schaute ein wenig verständnislos.
»Wie meinen S' das, Hochwürden, net so schnell?«
»Ich mein', wenn der Bauantrag abgelehnt wird, was wird der Herr Hövermann dann machen? Er wird sich an Berthold Siebler wenden, um zu erfahren, was dahinter steckt. Sie werden ihm ja mitteilen müssen, daß er net der rechtmäßige Besitzer der Sägemühle ist. Und g'rad das möcht' ich verhindern. Vorläufig zumindest. Ich denk', es reicht, wenn der gute Mann erst seinen Bescheid bekommt, wenn Valentin wieder über sich selbst bestimmen kann.«

Bruckner grinste.

»Ah, ich versteh', Herr Pfarrer. Werd' ich den Herrn also noch ein bissel vertrösten. Allerdings – all zu lang kann ich's auch net hinausschieben. Sonst wird er mißtrauisch.«

»Schon morgen geh'n wir die Sache an«, erklärte der Geistliche. »Dr. Wiesinger kümmert sich um das Gutachten, und ich werd' einen Rechtsanwalt beauftragen, bei Gericht eine vorläufige Aufhebung des Beschlusses zu erwirken. Wenn alles glattläuft, dann ist die Angelegenheit in ein paar Wochen ausgestanden.«

Beim Abendessen, an dem, wie immer, auch Max teilnahm, war die Geschichte um Valentin Hofthaler natürlich Thema des Tischgespräches.

»Angezeigt gehört der Bursche«, schäumte der Gendarm. »Hoffentlich hat der Valentin kein Mitleid mit seinem sauberen Neffen. Einsperren müßt' man den!«

»Wer weiß?« meinte sein Bruder. »Er hat ja keine anderen Verwandten mehr. Bestimmt tut der Berthold ihm auch ein wenig leid.«

»Also, wenn's der Valentin net macht, ich tu' es bestimmt«, erklärte der Max. »Dazu bin ich verpflichtet, wenn ich Kenntnis von einer Straftat erhalte. Und was der Siebler da gemacht hat, ist Betrug, Freiheitsberaubung, und was weiß ich noch alles!«

Pfarrer Trenker nickte. Natürlich hatte sein Bruder recht. Als Polizeibeamter war er gezwungen, so zu handeln.

»Mach' deine Anzeige bloß net zu früh«, mahnte er. »Warten wir erstmal ab, was bei diesem Dr. Marner herauskommt. Wenn dessen Gutachten besser ist – wovon ich eigentlich ausgehe – dann haben wir gute Chancen vor Gericht. Das hat zumindest der Rechtsanwalt gesagt, mit dem ich vor dem Abendessen telefoniert habe. Morgen früh' treffe ich ihn, anschließend fahre ich zur Sägemühle.«

Max hatte sich mit dem Versprechen verabschiedet, noch zu warten, bevor er weitere Schritte unternahm. Sophie Tappert hatte das allabendliche Teekännchen hereingebracht, und sich dann zur Ruhe begeben. Pfarrer Trenker blieb noch eine gute Stunde sitzen, bis er sein Schlafzimmer aufsuchte. Dann lag der Geistliche noch lange wach. Seine Gedanken kamen einfach nicht zur Ruhe. Und immer wieder tauchte das Bild der Sängerin vor seinem geistigen Auge auf. So, wie Toni Wiesinger es ihm geschildert hatte, mochte Maria Devei dem Arzt nicht so recht glauben. Sebastian hatte das unbestimmte Gefühl, daß in dieser Angelegenheit sich doch noch nicht alles so harmonisch aufgeklärt hatte, wie es zuerst den Anschein hatte. Es dauerte jedenfalls sehr lange, bis sich bei dem Geistlichen der Schlaf endlich einstellen wollte.

*

Valentin Hofthaler sah mißtrauisch durch die Scheibe in der Tür. Es hatte eben geklopft. Der Alte atmete erleichtert auf, als er Pfarrer Trenker erkannte.
»Pfüat dich, Valentin«, begrüßte er den Hofthaler, nachdem er ihn hereingelassen hatte.
Der ehemalige Sägemüller hatte sich eingeschlossen und niemanden, außer den Geistlichen und Dr. Wiesinger, hereingelassen. Die beiden hatten abwechselnd nach ihm geschaut, sich über seinen Zustand informiert und ihn mit Lebensmitteln versorgt. Seit drei Tagen war er wieder daheim, und wenn es nach ihm ginge, würde er nie wieder einen Fuß über die Schwelle eines Altenheimes setzen.
»Grüß Gott, Hochwürden«, sagte Valentin. »Gibt's was Neues?«
Der Geistliche wedelte mit einem Briefumschlag.
»Der ist heut' morgen mit der Post gekommen«, sagte er. »Vom Gericht in der Kreisstadt. Nächste Woche ist Termin.«

Valentin Hofthaler schluckte.

»Keine Bange«, munterte Sebastian ihn auf, »Dr. Wiesinger und ich kommen natürlich mit.«

Der Pfarrer berichtete, was er und der Arzt inzwischen alles in die Wege geleitet hatten.

Zunächst hatten sie durch den Rechtsanwalt eine Aussetzung des Entmündigungsbeschlusses beim Gericht erwirkt, und einen neuen Termin anberaumen lassen. Dabei hatte er ziemlichen Druck gemacht, damit dieser Termin schnell anberaumt wird. Gleichzeitig hatten sie gegen den Gutachter Anzeige erstattet. Nun sollte Valentin noch einmal untersucht werden.

»Der Doktor hat gesagt, daß der Kollege, der dich untersucht, ein wirklicher Fachmann ist«, beruhigte Sebastian den Alten. »Er ist als Gutachter bei Gericht zugelassen. Dieser Dr. Marner konnte es kaum glauben, als Toni Wiesinger ihm erzählte, unter welchen Umständen du in diesem Heim gelandet bist. Ich denk', wir können die ganze Sache wieder rückgängig machen.«

Valentin wischte sich eine Träne aus dem Auge. Er war sichtlich gerührt.

»Ich weiß gar net, wie ich das wiedergutmachen soll, Hochwürden.«

»Indem du dafür sorgst, daß wir hier in St. Johann keine Diskothek bekommen«, lachte Pfarrer Trenker.

*

Der Termin war schneller heran, als Valentin Hofthaler es sich gewünscht hatte. Trotz der seelischen Unterstützung durch den Pfarrer und den Arzt, fühlte er sich ziemlich mulmig. Aber, es ging besser, als gedacht. Dr. Marner bescheinigte ihm, trotz seines relativ hohen Alters, geistig und körperlich gesund zu sein. Durchaus in der Lage, für sich selbst

zu sorgen und Geschäfte zu tätigen. Der Arzt war erstaunt über Valentins Gedächtnis, und darüber, zu welchen körperlichen Anstrengungen er in der Lage war.
»So sind wir eben in den Bergen«, schmunzelte Valentin. »Alpenmilch, ab und zu ein Enzian, halten jeden fit.«
»Dann werde ich schnellstens mit solch einer Kur beginnen«, stimmte Dr. Marner in das Lachen ein und verabschiedete den alten Mann und seine Begleiter.
Mit Hilfe seines Gutachtens würde Valentin Hofthaler rehabilitiert werden können. Dr. Marner selber wollte beim Termin vor dem Gericht zugegen sein.
»Was wirst du jetzt gegen Berthold unternehmen?« fragte Sebastian Trenker auf der Heimfahrt.
»Ach, dieser Bengel«, schimpfte Valentin. »Am liebsten tät ich ihn übers Knie legen. Ich weiß bloß net, wo er steckt.«
»Auf jeden Fall wird Max die Sache der Staatsanwaltschaft übergeben«
»Sei froh, wenn du net wieder von ihm hörst«, meinte Toni Wiesinger.
Valentin nickte. Aber insgeheim gab er die Hoffnung nicht auf, daß der einzige Sohn seiner verstorbenen Schwester eines Tages doch noch auf den rechten Pfad kommen würde.

*

»Grüß Gott, Frau Erbling«, begrüßte Toni Wiesinger die gefürchtete Klatschbase von St. Johann. »Was kann ich für Sie tun?«
Maria Erbling setzte sich auf den Stuhl vor Tonis Tisch und schaute den Arzt durch ihre randlose Brille an. Wie stets, war sie auch heute ganz in Schwarz gekleidet.
»Die Frage, ob ich etwas für Sie tun könnt«, gab sie zurück.
Der Arzt sah sie erstaunt an.
»Wie soll ich das verstehen?«

Maria Erbling lehnte sich zurück und schnaufte hörbar.
»Also, es ist ja kein Geheimnis, daß die Frau Devei todsterbenskrank ist«, begann sie. »Genau so hat's bei meinem verstorbenen Mann – Gott hab' ihn selig – auch angefangen.«
»Was Sie net sagen. Wie denn?«
»Was?«
»Wie hat's bei Ihrem Mann angefangen?«
»Naja, eben, wie bei der Sängerin. Was hat sie nun davon, daß sie so berühmt ist? Die Gesundheit ist hin.«
Toni Wiesinger schaute geduldig auf eine Krankenakte, dann sah er wieder die Witwe an.
»Sie wollten mir erzählen, was Sie für mich tun können«, erinnerte der Arzt die Frau.
»Ich könnt' für Sie ein gutes Wort einlegen«, antwortete sie mit einem gewissen Triumph in der Stimme.
Toni hustete plötzlich, als habe er sich verschluckt.
»Bei wem denn, bitt'schön?«
Die Witwe schaute ihn an und schüttelte den Kopf, als wäre es sonnenklar, wovon sie sprach, und nur der Arzt habe keine Ahnung.
»Beim Brandhuber natürlich. Der hat seine Diagnose schon gestellt.«
»So. War die Frau Devei denn bei ihm in der ›Sprechstunde‹?«
»Das braucht's net. Der Alois hat die Dame von weitem gesehen und gewußt, was mit ihr los ist. Wenn S' mir sagen täten, was Sie herausgefunden haben, könnt' ich's dem Alois mitteilen, und der hätt' dann schon das rechte Mittel.«
Toni Wiesinger schaute sie einen Moment lang an.
»Bitt'schön, Frau Erbling, sein S' net bös', aber ich hab' wirklich keine Zeit für solche Dummheiten. Und im übrigen spreche ich mit niemandem über meine Patienten, außer, es handelt sich um einen Kollegen, und als solchen möcht' ich den Herrn Brandhuber wirklich net bezeichnen.«

Er schaute auf seine Uhr.

»Gibt's noch etwas, was Sie mir sagen wollten?« erkundigte er sich.

Maria Erbling sah ihn mit blitzenden Augen an.

»Soll das heißen, daß Sie mich hinauswerfen?«

»Natürlich net, Frau Erbling, ich werfe niemanden hinaus. Allerdings ist meine Zeit begrenzt. Sie haben ja gesehen, daß noch ein paar Patienten im Wartezimmer sitzen. Sie werden verstehen, daß ich jetzt keine Zeit habe, mich über Dinge zu unterhalten, die nicht medizinischer Natur sind, und was die Frau Devei angeht – vielleicht fragen S' sie selbst nach ihrem Befinden.«

Maria Erbling antwortete nicht. Sie erhob sich mit einer schnippischen Bewegung und ging hinaus. Toni Wiesinger schaute ihr kopfschüttelnd hinterher. Ihm war natürlich klar, daß das Gerede über den Brandhuber-Loisl nur vorgeschoben war, um so etwas über den Gesundheitszustand der Sängerin zu erfahren. Es war ja nicht das erste Mal, daß diese Klatschtante in der Praxis auftauchte, ohne wirklich Beschwerden zu haben.

Dr. Wiesinger drückte seufzend den Knopf der Sprechanlage und bat darum, den nächsten Patienten herein zu schicken.

*

Der Arzt hatte gerade seine Sprechstunde beendet, als das Telefon klingelte. Toni nahm den Hörer ab.

»Dr. Wiesinger?« fragte der Anrufer. »Sind Sie Dr. Toni Wiesinger?«

Die Stimme des Mannes klang ungläubig. Toni erkannte sie sofort.

»Ja, Professor Bernhard«, lachte er. »Schön, daß Sie sich melden. Ich hab' schon auf Ihren Rückruf gewartet.«

»Was machen Sie denn in diesem... wie heißt das? Sankt Johann? Wo ist das denn überhaupt?«
»Richtig, Herr Professor, Sankt Johann. Das ist ein kleines Dorf in den bayerischen Alpen.«
»Ich dachte, ich höre nicht richtig, als mir meine Sekretärin von Ihrem Anruf berichtete. Aber es muß ja wohl stimmen. Was, um alles in der Welt, machen Sie denn dort?«
Toni erzählte von seiner Praxis, der schönen Umgebung, in der er wohnte, und von den Menschen hier. Kurz, von einem Ort, der ihm zur Heimat geworden war. Professor Bernhard staunte nicht schlecht, als er hörte, daß einer seiner besten Schüler es vorgezogen hatte, als einfacher Dorfarzt in den Bergen zu leben, anstatt eine Karriere als Chef eines großen Klinikums anzustreben, wozu Toni nach Meinung seines alten Mentors durchaus das Zeug gehabt hätte.
Schließlich kam Dr. Wiesinger auf den Grund seines früheren Anrufs zu sprechen. Sein Doktorvater fiel aus allen Wolken, als ihm klar wurde, wie tragisch die Angelegenheit war.
»Um Gottes willen, nein, Frau Devei ist kerngesund«, rief er aus. »Ich habe mich schon gewundert, warum sie nicht noch einmal mit mir gesprochen hat. Sie war damals ganz schnell verschwunden, noch bevor ich Gelegenheit dazu hatte. Jetzt ist es mir natürlich klar. Wenn sie wirklich ein Gespräch mit angehört hat, so hat sich das niemals auf sie bezogen. Frau Devei war lediglich psychisch und körperlich erschöpft und brauchte dringend eine Ruhepause. Sagen Sie ihr das, bitte.«
»Das habe ich schon«, erwiderte der Arzt. »So etwas Ähnliches dachte ich mir nämlich, nachdem ich sie untersucht hatte.«
»Also, ich schicke Ihnen gerne meine Untersuchungsergebnisse«, bot der Professor an. »Sie müssen mir nur Ihre genaue Anschrift durchsagen.«
»Sie können mir die Unterlagen auch per Fax schicken«,

lachte Toni. »So ganz hinterm Mond leben wir hier nämlich auch nicht.«
Professor Bernhard stimmte in das Lachen ein.
»Nun, es klingt ja auch ganz hübsch, was Sie da über Ihr Sankt Johann erzählt haben. Muß wohl ein kleines Idyll sein.«
»Ist es auch, und wenn Sie einmal Urlaub machen wollen, fernab von der Großstadt mit ihrem Verkehr und der ganzen Hektik, dann sind Sie herzlich eingeladen.«
»Vielen Dank, Toni, vielleicht komme ich wirklich einmal darauf zurück.«
Sie unterhielten sich noch eine Weile, und der Professor versprach zum Abschied, die Unterlagen sofort herüberzusenden. Schon nach wenigen Minuten hielt der Arzt sie in den Händen und las sie durch. Die Untersuchungsergebnisse aus Frankfurt deckten sich mit seinen eigenen. Maria Devei war absolut gesund. Toni Wiesinger machte sich auf den Weg zum Hotel. Er wollte der Frau so schnell wie möglich beide Untersuchungsergebnisse vorlegen und damit jeden Zweifel aus der Welt räumen.

*

Er traf Richard Anzinger vor der Tür zum Restaurant. Der Kaufmann war gerade von seinem Zimmer heruntergekommen und auf dem Weg zum Abendessen.
»Dann kommt Frau Devei sicher auch gleich«, vermutete der Arzt.
Richard schüttelte betrübt den Kopf.
»Ich fürchte, es handelt sich um einen Rückfall«, sagte er. »Maria steht dieselben Ängste aus, wie zuvor. Seit Tagen kommt sie net mehr aus ihrem Zimmer heraus.«
Toni Wiesinger schwenkte die Mappe mit den Unterlagen.
»Aber wieso denn?« rief er aus. »Ich habe eben mit dem Pro-

fessor in Frankfurt telefoniert. Er hat mir seine Ergebnisse gefaxt, und ich habe sie mit meinen verglichen. Frau Devei ist kerngesund. Sie muß es einfach glauben.«

»Kommen Sie!«

Richard Anzinger eilte die Treppe hinauf.

»Maria muß das sofort sehen.«

Vor dem Edelweißzimmer blieben sie stehen. Der Kaufmann klopfte an die Tür. Einmal, zweimal, keine Antwort.

»Maria? Ich bin's, Richard. Der Doktor ist auch da. Bitte, Maria, mach' die Tür auf. Die Ergebnisse aus Frankfurt sind da. Du mußt sie unbedingt lesen!«

Hinter der Tür blieb es still. Richard Anzinger drückte die Klinke herunter. Es war zugesperrt.

War Maria nicht auf ihrem Zimmer?

»Merkwürdig«, murmelte der Kaufmann. »Ich hätt' schwören können, daß...«

»Frau Devei ist net im Haus«, hörten da die beiden Männer die Stimme Sepp Reisingers.

Sie drehten sich um. Der Löwenwirt war vom ersten Stock gekommen und hatte sie vor der Zimmertür stehen sehen.

»Nicht im Hotel?« fragte Richard Anzinger. »Wissen Sie, wohin Frau Devei gegangen ist?«

Sepp schüttelte den Kopf. Richard und der Arzt schauten sich ratlos an.

»Was machen wir denn jetzt?« fragte der Kaufmann verzweifelt. »Ich weiß gar net, wo wir suchen könnten. Zur Alm wird sie doch net hochgegangen sein. Es ist ja schon finster.«

Sepp Reisinger war genauso ratlos.

»Geh'n wir zum Pfarrhaus«, schlug Toni Wiesinger vor. »Vielleicht hat der Pfarrer eine Ahnung...«

Pfarrer Trenker verließ gerade die Kirche, als Richard und der Arzt von der Straße heraufkamen.

»Maria ist fort«, sagte der Kaufmann. »Haben Sie sie gesehen?«
Sebastian schüttelte den Kopf, »Der Professor hat seine Ergebnisse gefaxt«, erklärte Toni. »Sie decken sich mit meinen. Das wollt' ich Frau Devei mitteilen. Als ich ins Hotel kam, war sie net mehr da.«
»Ich hab' geglaubt, sie wäre auf ihrem Zimmer geblieben«, sagte Richard.
Er schaute sich um. Die Abenddämmerung hatte vollends eingesetzt.
»Es ist doch auch schon dunkel«, fuhr er fort. »Sie wird doch hoffentlich nicht so weit gegangen sein.«
Pfarrer Trenker hatte eine Idee.
»Kommen Sie, Herr Anzinger.«
Der Geistliche deutete in Richtung des Friedhofs.
»Dort ist das Grab ihrer Eltern. Maria war in den letzten Tagen öfter hier. Vielleicht haben wir Glück...«
Auf dem Gottesacker, der im Schatten der hohen Kirchenmauern lag, war es schon richtig dunkel. Daran änderten auch die vereinzelt brennenden »Ewigen Lichter« nichts, die auf den Gräbern standen. Trotzdem erkannte Richard sofort die Gestalt, die in der hinteren Ecke vor einem Grab stand. Er eilte zu ihr. Maria drehte sich überrascht um.
»Eigentlich bin ich dir ein wenig bös«, sagte der Kaufmann.
Maria lächelte verlegen.
»Weil ich ohne ein Wort zu sagen fortgegangen bin?«
»Das auch. Aber vielmehr, weil du ohne mich hierher gegangen bist«, antwortete er. »Ich möchte an deinem Leben teilhaben, in Freud' und Leid. Ich möchte wissen, was du denkst und fühlst, und ich will dir deine Ängste nehmen. Ich will für dich da sein, wann immer du mich brauchst.«
Maria schmiegte sich an ihn.
»Du bist ein wunderbarer Mann«, flüsterte sie.

»Und du bist die wunderbarste Frau, die mir je begegnet ist«, sagte Richard Anzinger und zog sie mit sich. »Komm, Dr. Wiesinger ist da. Er hat mit Professor Bernhard gesprochen, der alles das bestätigt, was schon vermutet wurde. Er hat damals nicht über dich gesprochen. Und ab jetzt gibt es keine trübsinnigen Gedanken mehr. Das Leben hat dich wieder, und es ist schön!«
Maria blieb stehen, küßte ihn zärtlich und wischte eine kleine Träne aus ihrem Auge fort.
»Das war die letzte«, sagte sie. »Denn das Leben ist schön, wunderschön.«

*

Markus Bruckner hatte ein ungutes Gefühl, als seine Sekretärin ihm mitteilte, daß Otto Hövermann ihn zu sprechen wünsche.
»Halten Sie ihn noch ein bissel hin«, sagte er. »Ich muß erst überlegen, was ich ihm sag'.«
»Ich tu', was ich kann«, antwortete Katja Hardlacher und ging wieder hinaus.
Markus hörte sie sagen, daß der Herr Bürgermeister telefoniere, und der Besucher sich noch etwas gedulden müsse.
Tja, was sag' ich dem Herrn bloß, fragte der Bruckner sich und blätterte nervös in einem Berg Akten, die auf seinem Schreibtisch lagen.
Nach fünf Minuten erschien Katja erneut und zog eine Grimasse. Sie deutete mit dem Daumen hinter sich.
»Langsam wird er ungeduldig.«
»Also schön«, seufzte Markus ergeben. »Lassen S' ihn herein.«
Die junge Frau öffnete die Tür.
»Der Herr Bürgermeister hat jetzt Zeit für Sie.«
Sie trat beiseite und machte Platz für den beleibten Herrn.

»Grüß Gott, Herr Hövermann«, begrüßte Markus den Mann.
Der Besucher war sichtlich erregt.
»Sagen S' mal, wie lange dauert es denn noch, mit dieser Genehmigung?« fragte er, schwer atmend, als wenn er sehr schlecht Luft bekommen würde.
Markus bot ihm einen Stuhl an. »Setzen S' sich doch erstmal. Da redet's sich leichter.«
Er selber nahm hinter seinem Schreibtisch Platz. Dabei dachte er an das, was Pfarrer Trenker ihm über diesen Herrn, Hofthalers Neffen, und die alte Sägemühle erzählt hatte.
Alt…! Natürlich, das war die Lösung.
»Die Sache ist so«, begann der Bürgermeister von St. Johann. »Ich hab' Ihren Bauantrag im Gemeinderat vorgelegt, und der Bauausschuß wird in Kürze darüber beraten.«
»Was heißt denn das, in Kürze?« wollte Hövermann wissen. »Seit vierzehn Tagen warte ich nun schon.«
»Die Sägemühle ist ein sehr altes Gebäude«, antwortete Markus Bruckner und beglückwünschte sich, daß ihm das noch rechtzeitig eingefallen war. »Es gibt da ein paar Leute im Ausschuß, die wollen erst einmal überprüfen, ob sie nicht unter Denkmalschutz steht. Ihr Antrag ist eine Nutzungsänderung. Das bedeutet, daß der ursprüngliche Zustand nicht mehr gegeben ist, sind die Umbaumaßnahmen erst einmal durchgeführt.«
Otto Hövermann sah ihn stirnrunzelnd an.
»Was heißt denn das alles, was Sie mir hier erzählen?« fragte er erbost. »Menschenskinder, ich will aus der ollen Bude ein Lokal machen. Das kann doch net so schwierig sein, das zu genehmigen.«
»Doch, leider, Herr Hövermann, wegen dem Denkmalschutz und den damit verbundenen Auflagen.«
Das sah der Herr ein, wenn auch widerwillig.

»Was glauben S' denn, wie lang' es noch dauern wird?«
Markus Bruckner wiegte den Kopf hin und her.
»Na, ich will nix versprechen«, meinte er. »Aber so zwei bis drei Wochen müssen S' sich noch gedulden.«
Otto Hövermann seufzte noch einmal vernehmlich und stand auf.
»Na, also dann in Gottes Namen«, sagte er und ging zur Tür.
»Der hat bestimmt ein Aug' d'rauf«, meinte der Bürgermeister.
Sein Besucher sah ihn an, sagte aber nichts dazu.
»Auf Wiederschau'n«, rief Markus ihm hinterher.
Dabei dachte er schmunzelnd an Pfarrer Trenker.

*

Richard Anzinger war aufgeregt, wie ein Kind am Weihnachtsabend. Vier lange Wochen hatten er und Maria sich nicht gesehen. Nach ihrer Genesung hatte die Sängerin ihre Tournee wieder aufgenommen. Zwar hatte man einige Abstriche machen müssen – so wurden die Auftritte in Übersee gestrichen – dennoch führte die Konzertreise in etliche Städte Süd- und Osteuropas. Und überall konnte Maria Devei glänzende Erfolge feiern. Die Fans lagen ihr zu Füßen, und die Kritik überschlug sich mit begeistertem Lob.
Heute, endlich, würde sie wieder in München ankommen, und das war auch der Grund, für Richards Aufregung. Schon Stunden vor ihrer Ankunft, war er auf dem Flughafen, wo die Maschine gegen Mittag landen sollte. Als es dann endlich soweit war, stand der Kaufmann ungeduldig an der Sperre. Er sah sie schon von weitem und winkte ihr zu. Maria erkannte ihn und winkte lachend zurück.
Welch eine wunderschöne Frau, mußte Richard denken. Er erinnerte sich an ihre erste Begegnung im Zug und war sei-

nem Freund, Wewe, unendlich dankbar für dessen Hilfe. Ohne sie wäre er heute nicht hier.
Endlich waren die Formalitäten erledigt. Richard überreichte ihr einen Strauß wunderschöner roter Rosen und schloß Maria in seine Arme.
»Endlich!« flüsterte er ihr ins Ohr.
Die Sängerin drückte sich an ihn.
»Ich konnte es auch nicht mehr erwarten«, gestand sie und erwiderte seinen Kuß.
Sie hatten jeden Abend, vor und nach Marias Auftritten, lange telefoniert und sich ihre Liebe versichert. Doch das war kein Ersatz, für das glückliche Gefühl, den anderen in den Armen zu halten.
»Komm«, sagte Richard, »laß uns schnell dein Gepäck holen, und dann geht's los.«
Kurze Zeit später saßen sie in Richards Wagen.
»Wohin fahren wir?« fragte Maria. »Du sagtest gestern am Telefon nur, du hättest eine Überraschung für mich.«
»Stimmt«, antwortete er und lachte dabei, wie ein Lausbub. »Aber davon wird noch nichts verraten. Nur soviel – wir fahren dorthin, wo unser Glück begann.«
»Nach Sankt Johann? Wie schön«, freute Maria sich. »Es kommt mir beinahe wie eine Ewigkeit vor, daß ich dort gewesen bin. Die Tournee hat viel zu lang' gedauert.«
»Du hast dich hoffentlich net überanstrengt?« fragte Richard besorgt.
Sie lächelte. Diese Frage hatte er ihr jedesmal gestellt, wenn sie telefonierten.
»Nein, keine Sorge«, erwiderte sie. »Ich fühle mich wunderbar.«
Sie sah ihn an.
»Mit solch einem Mann an meiner Seite, muß es mir doch gutgehen«, setzte sie hinzu.

Im Hotel »Zum Löwen« bezogen sie dieselben Zimmer, wie zuvor. Richard hatte ausdrücklich darum gebeten, als er bei Sepp Reisinger reservierte. Und dann wurde Marias Geduld auf eine harte Probe gestellt.

Sie hatten nach ihrer Ankunft in St. Johann eben eine Kleinigkeit gegessen, als Richard sich schon wieder verabschiedete.

»Wohin willst du denn?« fragte die Sängerin erstaunt.

Der Kaufmann machte ein geheimnisvolles Gesicht.

»Das wird net verraten«, antwortete er und lachte dabei spitzbübisch. »Vorerst jedenfalls net.«

Maria hob hilflos die Arme.

»Und die Überraschung…?«

Er gab ihr einen zärtlichen Kuß.

»Geduld, mein Herz. Nur Geduld!«

Sprach's und war zur Tür hinaus.

Kopfschüttelnd blieb Maria Devei im Restaurant sitzen. Sie lächelte, denn böse sein konnte sie ihm nicht.

»Grüß Gott, Maria«, sagte Pfarrer Trenker im selben Moment.

Die Sängerin war so in Gedanken versunken gewesen, daß sie gar nicht bemerkt hatte, daß der Geistliche das Lokal betreten hatte. Sie entschuldigte sich.

»Das ist net nötig«, winkte Sebastian Trenker ab. »Ihrem Lächeln nach, muß es etwas sehr Schönes gewesen sein, an das Sie g'rad gedacht haben.«

Maria nickte und lud ihn ein, sich zu setzen.

»Schön, daß Sie so bald wieder hergekommen sind«, begann der Seelsorger das Gespräch. »Ist der Herr Anzinger auch hier?«

»Ja, Hochwürden, das ist ja der Grund, warum ich so glücklich bin. Wir haben es beide einrichten können, ein paar Tag' herzukommen.

Sie erzählte von der Tournee, den fremden Städten und ihren Menschen, die sie so begeistert gefeiert hatten. Und von den abendlichen Telefonaten, die ihr immer wieder neue Kraft gegeben hatten.
»Ich freu' mich für euch und bin sehr glücklich, daß alles so ein gutes Ende gefunden hat.«
»Ohne Sie wäre vielleicht alles anders gekommen«, erwiderte Maria. »Wenn Sie mir net so zugesetzt hätten, mich noch einmal von Dr. Wiesinger untersuchen zu lassen...«
»Na, ich glaub', dein Verlobter hat da net weniger Anteil. Aber sag' mal, wann soll denn eure Hochzeit sein?«
»Richard und ich sind uns einig, daß wir im Herbst heiraten wollen.«
»Ich hoffe doch, hier bei uns?«
Maria nickte.
»Freilich. Das ist ja auch der Grund für den späten Termin. Wir wollen abwarten, bis die Touristen weg sind, und ein wenig Ruhe eingekehrt ist.«
»Natürlich, das versteh' ich.«
Der Geistliche sah sich um.
»Wo ist der Herr Anzinger denn?« fragte er. »Ich hätt' ihn gerne begrüßt.«
Maria hob die Schulter.
»Ich weiß net«, antwortete sie. »Kurz, bevor Sie hereingekommen sind, stand er auf und ging. Er tat sehr geheimnisvoll und sprach von einer Überraschung.«
»Na, dann dürfen wir ja gespannt sein.«
Pfarrer Trenker ahnte, welche Überraschung Richard Anzinger sich ausgedacht hatte, hütete sich aber, auch nur ein Sterbenswörtchen darüber verlauten zu lassen.
Er war vor einigen Tagen zur Spitzer-Alm hinauf gewandert und hatte gesehen, welche rasanten Veränderungen es mit der baufälligen Hütte dort oben gegeben hatte.

Sebastian verabschiedete sich von der Sängerin.
»Grüßen S' mir den Herrn Anzinger. Und laßt's euch mal drüben in der Kirche sehen.«
»Ganz bestimmt«, versprach Maria. »Wir müssen ja noch den Hochzeitstermin mit Ihnen absprechen.«

*

Richard Anzinger war in seinen Wagen gestiegen und heimlich zur Spitzer-Alm hinaufgefahren. Dazu benutzte er den alten Wirtschaftsweg, der schon seit Jahren nicht mehr so viele Autos gesehen hatte, wie in den letzten Wochen.
Als der Kaufmann bei der Hütte ankam, staunte er nicht schlecht. Alles war so instand gesetzt worden, wie er es mit dem Bauunternehmer, aus St. Johann, abgesprochen hatte. Franz Gruber kam eben um die Ecke, als Richard ausstieg.
»Grüß Gott, Herr Anzinger«, begrüßte er seinen Auftraggeber. »Sie kommen sicher, um zu sehen, wie weit wir sind.«
Die Männer schüttelten sich die Hände.
»Das sieht ja schon großartig aus«, sagte Richard anerkennend. »Es wird doch rechtzeitig fertig?«
Der Bauunternehmer nickte.
»Da können S' sich darauf verlassen«, versicherte er. »Kommen S', wir sind gerad' dabei, die Rückseite fertig zu machen.«
Die Männer gingen durch den Garten. Dort hatten die Arbeiter der Firma Gruber die alten Stallgebäude hergerichtet und wieder instandgesetzt, was der Zahn der Zeit abgenagt hatte.
»Es war net so einfach«, meinte Franz Gruber. »Aber eine reizvolle Aufgabe. Es geschieht viel zu selten, daß wir ein altes Gebäude renovieren lassen. Das ist natürlich auch für meine Lehrbuben interessant.«
Richard Anzinger war mit dem, was er sah, zufrieden. In der

Hütte war alles in den ursprünglichen Zustand versetzt worden. Die vier Zimmer hatten neue Wände und Türen erhalten, und am nächsten Tag sollten die Fenster eingebaut werden.
Der Kaufmann rieb sich in freudiger Erwartung die Hände. Himmel, was würde Maria für Augen machen!
Aber noch war es nicht soweit.
»Bis zum Wochenend müssen S' sich noch gedulden«, meinte der Bauunternehmer. »Aber dann steht Ihrer Einweihungsfeier nichts mehr im Wege.«
»Ich hoff' nur, daß Frau Devei net schon vorher herkommen will«, argwöhnte Richard und strich sich übers Kinn. »Dann wär' die ganze Überraschung dahin.«
Er beendete seinen Rundgang durch die Hütte, aus der inzwischen ein ansehnliches Häuschen geworden war. Zusammen mit einem befreundeten Architekten war Richard oft hier oben gewesen, nachdem die Idee, Marias Geburtsstätte renovieren zu lassen, konkrete Formen angenommen hatte. Der Architekt hatte sich alles angesehen und dann ans Zeichenbrett gesetzt. Schon nach kurzer Zeit hatte Richard erste Entwürfe begutachten können. Und je konkreter alles wurde, um so zappeliger war er dabei geworden. Er kam sich wirklich wie ein Bub vor, der sich aufs Christkindl' freut. Mehr als einmal war er nahe d'ran gewesen, Maria davon zu erzählen, wenn sie telefonierten.
Doch jedesmal riß er sich zusammen und schwieg, so schwer es ihm auch fiel.
Der Kaufmann sah auf die Uhr. Er mußte sehen, daß er wieder hinunter kam. Ohnehin würde Maria ihn fragen, wo er gewesen sei.
Er verabschiedete sich von Franz Gruber und fuhr ins Tal hinunter, sehnsüchtig von der geliebten Frau erwartet.
»Wo warst du nur?« begrüßte die Sängerin ihn.

Richard lächelte wieder so geheimnisvoll.
»Das wird net verraten. Noch net.«
»Ach, Richard.«
Maria wußte nicht, ob sie lachen, oder ihm ernsthaft böse sein sollte.
»Manchmal benimmst' dich wirklich wie ein kleiner Bub«, tadelte sie ihn.
Er rieb sich die Hände.
»Bald, bald, mein Liebes, ist es soweit«, sagte er gutgelaunt. »Und jetzt, liebste Maria, zieh' dir eine Jacke über. Ich hab' Lust, einen Spaziergang zu machen.«
»Eine gute Idee«, meinte die Sängerin. »Vielleicht können wir zur Spitzer-Alm hinaufgehen?«
Es war, als durchlaufe ihn ein eisiger Schock. Richard Anzinger wurde blaß, er schluckte.
»Ach, weißt du«, antwortete er ausweichend, »vielleicht laufen wir einfach nur ein bissel durch's Dorf. Die Fahrt war doch anstrengend, und nach der Tournee und dem Flug solltest du dich am ersten Tag etwas schonen. Meinst' net auch?«
»Na gut, dann aber morgen«, willige Maria ein.
Richard atmete unmerklich aus. Das war noch einmal gutgegangen. Er mußte sich wirklich etwas einfallen lassen, um Maria von dem Gedanken abzubringen, ihr Geburtshaus besuchen zu wollen.

*

Pfarrer Trenker klopfte an die Tür der Sägemühle. Valentin Hofthaler öffnete sofort. Er empfing den Seelsorger mit einem breiten Lächeln.
»Schön, daß Sie herg'kommen sind, Hochwürden«, sagte er. »Gestern früh hab' ich das Schreiben vom Gericht zugestellt bekommen. Jetzt ist alles wieder so wie früher.«

»Gratuliere«, freute Sebastian Trenker sich.
Der Pfarrer und Toni Wiesinger hatten den alten Mann zu seinem Gerichtstermin begleitet. Dr. Marner war ebenfalls gekommen, er wurde noch einmal als Gutachter angehört. Nicht zuletzt wegen seiner Aussage, wurde Valentin Hofthalers Entmündigung rückgängig gemacht, und gegen den Arzt, der in Berthold Sieblers Namen die Einweisung in ein Heim durchgesetzt hat, ein Strafverfahren eingeleitet.
Valentin lud ihn auf einen Schnaps ein.
»Na gut, aber nur einen, weil du's bist«, nickte der Geistliche.
»Ohne Sie und den Doktor – Himmel, ich mag gar net daran denken...«
»Hast' denn 'was vom Berthold gehört?« erkundigte der Pfarrer sich.
Valentin schüttelte den Kopf. Der alte Sägemüller machte einen betrübten Eindruck. Natürlich ging ihm das Schicksal seines einzigen Verwandten – mochte er auch noch so ein Schuft sein – ans Herz. Sebastian tröstete den Alten und sprach ihm Mut zu. Mit der Zeit würde alles vergessen sein.
»Ich hab's ihm ja schon verziehen, dem dummen Buben«, meinte der Hofthaler.
»Recht so«, nickte der Seelsorger. »Wollen wir hoffen, daß der Herr dem Berthold die Einsicht schenkt, daß er so net weitermachen kann.«
Beim Mittagessen erzählte Sebastian von seinem Besuch in der Sägemühle. Max Trenker hatte dazu Neuigkeiten beizusteuern.
»Den Siebler haben's geschnappt«, erzählte er.
»Wirklich?«
»Ja. Der Bursch' ist noch einmal in der Wohnung aufgetaucht, in der er zuletzt gewohnt hat. Dabei ist er von den Kollegen festgenommen worden. Jetzt sitzt er in Untersu-

chungshaft. Und das tollste ist, der Hövermann hat ebenfalls Anzeige gegen Siebler erstattet, wegen Betrugs. Er hat ihm die Mühle verkauft, obwohl er gar net der Eigentümer war.«
»Na, ich weiß net«, meinte Sebastian. »Wenn die beiden man net gemeinsame Sache gemacht haben…«
Max nickte.
»Das vermuten die Kollegen auch. Der Hövermann betreibt mehrere Diskotheken und Gaststätten, und der Siebler hat für ihn gearbeitet. Frag' mich net was, auf jeden Fall waren es keine sauberen Geschäfte – der Neffe vom alten Hofthaler ist nämlich kein Unbekannter bei der Kripo. Bloß mit der Sägemühle, da will der Hövermann nix mit zu tun gehabt haben. Er habe im guten Glauben gekauft, behauptet er. Es wird schwer sein, ihm das Gegenteil zu beweisen.«
»Na, die Hauptsache ist, daß der Valentin die ganze Aufregung gut überstanden hat«, sagte Pfarrer Trenker. »Und was den Herrn Hövermann angeht – wenn er wirklich was auf'm Kerbholz hat, dann wird er eines Tages schon seine gerechte Strafe erhalten.«

*

Es klingelte an der Haustür, und das Gespräch der beiden Männer wurde unterbrochen, als Sophie Tappert einen Besucher ankündigte. Richard Anzinger betrat hinter ihr die Küche.
»Bleiben S' nur sitzen«, sagte der Kaufmann während er Sebastian und Max begrüßte. »Ich will auch net lang' stören.«
Er wandte sich an die Haushälterin.
»Eigentlich gilt mein Besuch ja Ihnen, Frau Tappert.«
Die Perle des Pfarrhaushaltes sah den Mann erstaunt an.
»Mir? Ja, bitt'schön, setzen S' sich erst einmal.«
Richard nahm Platz und atmete tief durch.
»Also, Sie wissen ja, daß ich das Haus hab' renovieren las-

sen, in dem die Maria geboren und aufgewachsen ist. Morgen abend soll nun endlich die Einweihung stattfinden.«
Er machte eine verzweifelte Handbewegung.
»Und nun droht meine schöne Überraschung zu scheitern.«
»Ja, warum denn?« fragte Pfarrer Trenker.
»Ich wollt' Sie alle einladen, außerdem kommen ein Freund und meine Sekretärin. Aber die Einladung ist net der einzige Grund, warum ich hier bin. Im Hotel haben s' morgen so viel zu tun, zwei große Feiern, daß die Frau Reisinger net noch Essen außer Haus liefen kann.«
Er sah die drei verzweifelt an.
»Was soll ich denn nur machen? Ich wollt' Sie, Frau Tappert, fragen, ob Sie net, eventuell...«
Sophies Augen leuchteten auf. »Sie meinen, ob ich das Essen machen könnt'?«
Sie schaute den Pfarrer an.
»Freilich, wenn Hochwürden nichts dagegen haben...«
»Natürlich net«, schmunzelte Sebastian, der genau wußte, wie sehr seine Haushälterin sich über Richard Anzingers Anfrage freute.
»Mir fällt ein Stein vom Herzen«, bekannte der Kaufmann. »Natürlich werd' ich die Kosten übernehmen. Aber, was Sie alles einkaufen müssen, wissen S' natürlich am besten selbst.«
»Da lassen S' sich mal keine grauen Haare wachsen«, meinte Pfarrer Trenker. »Die Menüplanung ist bei Frau Tappert in den besten Händen.«
»Genau!« bestätigte sein Bruder Max.
»So, nun muß ich mich aber sputen«, sagte Richard. »Maria ist ohnehin schon mißtrauisch, weil ich in den letzten Tagen so oft verschwunden bin. Aber es gibt ja auch soviel zu erledigen. Ich hoff' nur, daß Maria mir net allzu böse sein wird, wenn ich mich jetzt schon wieder verspäte.«
»Na, spätestens morgen abend wird sie für alles Verständ-

nis haben«, lachte Pfarrer Trenker. »Vielen Dank für die Einladung. Wir freuen uns und kommen natürlich gerne.«
Schmunzelnd schaute er auf Sophie Tappert. Die Haushälterin hatte sich in eine Ecke gesetzt und schrieb schon fleißig auf, was alles einzukaufen war.

*

»Heute abend mußt du dein schönstes Kleid anziehen«, sagte Richard zu Maria, als sie am nächsten Tag beim Mittagessen zusammen saßen.
Die Sängerin sah ihn verwundert an.
»Was ist denn so besonders, heute abend?« erkundigte sie sich.
Der Kaufmann schmunzelte.
»Wart's ab«, antwortete er nur und widmete sich wieder seinem Essen.
»Nun sag' schon«, drängte Maria ihn.
Sie konnte mit dem Verhalten des geliebten Mannes überhaupt nichts anfangen. Seit sie hier waren, tat er so geheimnisvoll. Dann schien er offenbar über etwas bekümmert und machte, wenn er sich unbeobachtet glaubte, ein sorgenvolles Gesicht.
Maria befürchtete schon, es könne etwas in seinem Geschäft in München sein, das ihn beunruhigte. Aber das schien es doch nicht zu sein, denn seit zwei Tagen machte er nur Andeutungen und erging sich in Rätseln.
»Richard Anzinger«, sagte die Sängerin eindringlich. »Wenn du mir net sofort sagst, was los ist, dann reise ich auf der Stelle ab.«
Erschrocken ließ er die Gabel fallen.
»Das meinst' net ernst...«
»O doch! Seit wir hier sind, kenne ich dich net wieder. Und bei der Hütte waren wir auch noch net.«

Richard nahm ihre Hand.

»Da kann ich dich beruhigen. D'roben bei der Hütte ist alles in Ordnung. Ich schlag' vor, wir ziehen uns nachher um und fahren dann mit dem Wagen hinauf. Am besten noch vor dem Abendessen. Was meinst?«

»Davon red' ich die ganze Zeit«, antwortete sie und schaute ihn mit einem nicht ganz bös' gemeinten Blick an.

Richard Anzinger nahm seine Gabel wieder und aß weiter, so, als wäre nichts geschehen.

Hätte Maria geahnt, was sie bei der Hütte erwartete, sie wäre wahrscheinlich in Ohnmacht gefallen.

Unter der Leitung von Sophie Tappert waren Ilse Brandner, Max Trenker und Wolfgang Winkler dabei, die Räume mit Lampions und Girlanden zu schmücken. Da noch keine Möbel vorhanden waren, hatte Sepp Reisinger Festzelttische und Bänke zur Verfügung gestellt. Dr. Wiesinger brachte sie mit seinem Wagen auf die Alm.

Und natürlich hatte Pfarrer Trenkers Haushälterin seit dem Vortag gekocht, gegrillt und gebacken, damit die Feier zur Einweihung des Hauses ein voller Erfolg werden konnte.

Richard Anzinger hatte mit den Gästen verabredet, sich mucksmäuschenstill zu verhalten, damit die Überraschung nicht vorher platzte. Jetzt stand er in seinem Zimmer und band sich eine Krawatte um, als es an der Tür klopfte.

»Richard, ich bin soweit«, hörte er Maria rufen und öffnete die Tür.

»Ich auch«, sagte er, während er seine Jacke überzog. »Wir können.«

Draußen war es herrlich mild. Die junge Frau bedauerte, daß sie nicht zu Fuß gingen.

»Na, wer weiß, wie schnell es dunkel wird«, erwiderte Richard und hielt ihr die Tür seines Wagens auf.

»Ist es net herrlich hier?« fragte Maria, während sie langsam

auf den alten Wirtschaftsweg zufuhren. »Eigentlich schade, daß man net so viel Zeit hat, um öfter herzukommen.«
»Ja, es ist wirklich wunderschön«, bestätigte der Kaufmann.
»Könntest du dir vorstellen, für immer hier zu wohnen?«
»Net sofort, du weißt ja, die Firma. Aber als kleines Domizil, wo man mal ein langes Wochenende verbringt, oder einen kleinen Urlaub – das kann ich mir gut vorstellen. Später würd' ich sogar hier wohnen wollen.«
»Ja, vielleicht wäre es gar net so verkehrt, wenn wir uns, hier in der Gegend, rechtzeitig nach einem kleinen Häuschen umsehen«, überlegte die Sängerin.
»Du wärst also auch einverstanden?«
»Hier zu wohnen? Aber ja. Natürlich – es gibt noch viele Verpflichtungen für mich, mein Manager hat Verträge abgeschlossen, an die ich zumindest die nächsten zwei Jahre gebunden bin. Aber dann werd' ich auf jeden Fall kürzer treten.« Richard drückte ihre Hand.
»Das ist eine wunderbare Perspektive«, sagte er.

*

Er hielt plötzlich an, obwohl es bis zur Hütte noch ein gutes Stück war. Richard zog einen Seidenschal aus der Jackentasche.
»Was soll denn das?« fragte Maria lachend, als er ihr die Augen zuband.
»Das wird meine Überraschung für dich«, sagte er. »Aber du darfst net schummeln.«
Maria ließ ihn gewähren. Natürlich hatte sie sich so ihre Gedanken gemacht, als ihr mehrfacher Vorschlag, die Hütte aufzusuchen, immer wieder von Richard hinausgeschoben wurde. Sie dachte sich, daß es etwas mit der Überraschung zu tun haben müsse, von der er immer wieder in geheimnis-

vollen Andeutungen sprach. Aber sie wollte ihm den Spaß nicht verderben und hatte sich mit Geduld gewappnet.
Langsam führte er sie den Weg entlang. Maria verließ sich ganz auf ihn. Richard würde aufpassen, daß sie nicht hinfiel.
»Jetzt«, sagte er und nahm ihr die Augenbinde ab.
Maria blinzelte einen Moment, bis ihre Augen sich wieder an die Helligkeit gewöhnt hatten, dann riß sie den Mund auf.
»Richard!« entfuhr es ihr.
Sie stand vor der Hütte, die unter fachkundigen Händen zu einem Schmuckstück geworden war. Alles hatte sie erwartet – ein romantisches Dinner unter freiem Himmel, vielleicht sogar ein Ständchen durch einen Stehgeiger – aber das nicht!
»Das hast du gemacht?« stammelte sie unter Tränen. »Danke, Liebster, danke!«
Sie küßte ihn innig.
»Komm', schau es dir von innen an«, sagte Richard Anzinger und führte sie zur Eingangstür.
Von den Gästen war noch nichts zu sehen, erst als sie den großen Raum betraten, die frühere Wohnküche, da schallte ihnen ein lautes »Herzlich willkommen!« entgegen.
Fassungslos starrte Maria auf die Menschen, die an den Festzelttischen saßen und auf sie warteten.
»Willkommen in deinem Haus«, sagte Richard feierlich und drückte sie fest an sich. »Das jetzt unser Haus werden wird. Ich freue mich auf die Jahre, die wir hier zusammen verbringen.«
Maria war sprachlos. Hilflos hob sie die Arme und ließ sie wieder sinken.
»Ich... ich weiß wirklich net, was ich sagen soll.«
Sie schaute die Menschen an, von denen sie zwei noch net kannte.
»Ich freu' mich jedenfalls, daß ihr alle da seid.«
Richard nahm sie bei der Hand und zog sie an den Tisch.

»Das hier, liebe Maria, ist Ilse Brandner«, sagte er und deutete auf eine Frau mittleren Alters. »Sie ist meine Sekretärin und die gute Seele meiner Firma. Ohne sie wüßt ich net einmal, wo die Portokasse steht.«
Ilse Brandner stand auf und gab Maria die Hand.
»Der Chef übertreibt mal wieder«, sagte sie mit einem Lachen. »Aber ich hör' ganz gern, daß ich unentbehrlich bin.«
»Und das hier«, zeigte Richard auf einen hochgewachsenen Mann, »das ist Wewe, Wolfgang Winkler, mein bester Freund seit der Schulzeit.«
Er wandte sich Maria zu.
»Ich weiß, du hast bemerkt, daß ich in den letzten Tagen bedrückt war«, sagte er. »Der Bursche da ist schuld. Ihm haben wir nämlich zu verdanken, daß wir hier heut' zusammen sind. Wewe hat damals herausgefunden, daß du unterwegs nach Sankt Johann warst. Na, und da mußte er natürlich heute abend dabei sein. Um die halbe Welt hab' ich ihm hinterher telefoniert, und bis vorgestern sah es net so aus, als könne er es möglich machen, darum meine Kummerstirn. Aber nun hat es ja, Gott sei Dank, geklappt.«
Wolfgang machte eine Verbeugung.
»Ich freue mich, Ihre Bekanntschaft zu machen, gnädige Frau.«
»Gnädige Frau?«
Richard glaubte nicht richtig zu hören.
»Ihr werdet doch wohl hoffentlich du zueinander sagen.«
»Ich bin einverstanden«, nickte Maria und reichte Wolfgang die Hand.
»Nun aber los, das ganze schöne Essen steht hier rum. Davon wird's auch net besser«, rief eine drängelnde Stimme.
Es war niemand anderer als Max Trenker.

*

Irgendwann später vermißte Richard Anzinger seine Verlobte. In keinem der Räume konnte er sie entdecken. Pfarrer Trenker bemerkte seinen suchenden Blick. Er ging zu ihm.
»Wenn S' Maria suchen, ich glaub', sie ist vor ein paar Minuten hinausgegangen.«
Der Kaufmann nickte ihm dankend zu und verließ den Raum.
Draußen war es inzwischen dunkel geworden. Über den Bergen stand ein sternenübersäter Himmel.
»Maria?«
»Ich bin hier, Richard«, hörte er die Stimme von der Rückseite des Hauses.
Die Sängerin lehnte an dem Zaun des kleinen Pferches, der natürlich auch wieder instand gesetzt worden war.
»Geht es dir gut?« erkundigte Richard sich.
»Es ist mir nie besser gegangen«, antwortete sie lächelnd. »Ich mußte halt ein bißchen dem Trubel da drinnen entgehen.«
Sie deutete auf das Haus.
»Weißt', als junges Madel bin ich von hier fortgegangen. Jung, arm und unerfahren. Nie wieder wollt' ich zurück. Als scheinbar kranke Frau bin ich dann doch zurückgekehrt, und jetzt ist alles so wunderbar. Ich kann mein Glück gar net fassen.«
Richard hatte seinen Arm um sie gelegt.
»Das mußt du aber«, sagte er. »Du mußt es fassen und nie wieder loslassen. Halt es fest, wie ich dich festhalte, ein ganzes Leben lang.«
»Oh, Richard, womit habe ich das verdient?« fragte sie leise und schaute ihm in die Augen.
»Weil jeder einmal d'ran ist, etwas Glück zu haben«, sagte er und küßte sie voller Liebe und Zärtlichkeit.

Und diesmal war ich an der Reihe, dachte Maria und hielt sich an dem geliebten Mann fest.

*

»Grüß' Gott, Hochwürden«, sagte der Wirthof-Bauer. »Schon so früh unterwegs?«
»Pfüat dich, Anton«, grüßte Sebastian zurück. »Jetzt ist die schönste Tageszeit.«
»Da haben S' recht«, nickte der Bauer, der ebenfalls schon so früh auf den Beinen war. »Möchten S' a' Stückerl mitfahren?«
»Dank' schön, für dein Angebot«, nickte der Geistliche und schwang sich auf den Nebensitz im Führerhaus des Traktors.
»Wohin soll's denn gehen?« fragte Anton, der natürlich die Ausrüstung bemerkt hatte, die Sebastian mit sich trug. »Zur Himmelspitz, oder Wintermaid?«
»Wenn's mich unterm Höllenbruch 'rausläßt, ist's schon recht«, rief Pfarrer Trenker durch den Motorenlärm. »Heuer will ich die kleine Wand in der Wintermaid aufsteigen.«
Bis zum Höllenbruch unterhielten sich die beiden Männer, so gut es eben ging. Sebastian erkundigte sich nach der Familie und freute sich, zu hören, daß alle wohlauf waren.
»So, da wären wir.«
Anton Wirth hielt den Traktor an, und der Pfarrer sprang herunter.
»Dank' dir recht schön«, winkte er zum Abschied und ging den Weg entlang, der zum Fuße des Bergmassivs führte.

*

Sebastian Trenker war mit sich und der Welt zufrieden. Hoch oben in der Südwand der Wintermaid hing der Geistliche in einem Seil und zog sich langsam, aber stetig seinem Ziel näher.

Es war endlich wieder einmal an der Zeit gewesen, eine richtige Bergtour zu unternehmen, nicht nur eine Wanderung. In wetterfeste Kleidung gehüllt, den Rucksack auf dem Rücken, und das Seil um den Körper geschlungen, so hatte er sich auf den Weg gemacht. Es war nur eine kleine Tour, die der Geistliche heute machen wollte. Für eine größere Besteigung, die auch schwieriger war, hätte er sich einen zuverlässigen Bergkameraden mitgenommen.
Weit über seinem Kopf schlug er den letzten Haken in die Wand, ließ den Karabiner einschnappen und zog sich das letzte Stück hinauf.
Mit einem lauten Jauchzer begrüßte er den heranbrechenden Tag. Sebastian gönnte sich eine kleine Atempause, dann ließ er sich ein zweites Frühstück schmecken. Dabei überdachte er die Ereignisse der vergangenen Tage und lächelte.
Die Affäre um den alten Hofthaler und seine Mühle war glücklich überstanden, wenngleich es doch erschütternd war, festzustellen, zu welchen Gemeinheiten Menschen fähig waren, wenn es darum ging, einem anderen das Geld aus der Tasche zu ziehen, oder irgendwie zu übervorteilen.
Ganz besonders freute sich Sebastian über Marias Schicksal. Nach ihrem ersten Zusammentreffen auf dem Friedhof, hätte der Geistliche diese glückliche Wendung nicht für möglich gehalten. Um so dankbarer war er, daß er mit dazu hatte beitragen können. Es war ein wunderbares Gefühl, einem Menschen zur Seite zu stehen, ihn vor Fehlern zu bewahren und neue Wege aufzuzeigen, die aus einer Sackgasse herausführten.
Wieder einmal wurde Sebastian Trenker bewußt, daß er sich richtig entschieden hatte, als er damals das Theologiestudium begann. Da hatte er noch nicht geahnt, wie schwer

diese Aufgabe manchmal sein konnte. Aber er wußte auch nicht, wie schön sie war.
Diese Erfahrung brachte erst seine Zeit als Bergpfarrer mit sich.

– ENDE –

Irrweg ins Glück

Unsere Liebe kann doch nichts erschüttern?

„Grüß' dich, Xaver«, nickte Sebastian Trenker dem Förster Anreuther zu, der eiligen Schrittes aus dem Ainringer Forst kam. Brutus, der Jagdhund, lief nebenher.
Der alte Förster lüftete seinen Hut und erwiderte den Gruß. »Was machen S' denn hier in aller Frühe, Hochwürden?« erkundigte er sich. »Es ist ja grad' erst Tag geworden.«
Pfarrer Trenker schmunzelte. Es kam immer wieder vor, daß die Leute sich wunderten, ihn am frühen Morgen durch die Gegend wandern zu sehen. Meistens war es der Beginn einer Bergtour, und jemand, der Sebastian nicht kannte, würde ihn unmöglich für einen Geistlichen gehalten haben. Pfarrer Trenker entsprach so ganz und gar nicht der landläufigen Vorstellung, die die Menschen von einem Diener Gottes hatten.
Das begann bei der sportlichen, durchtrainierten Figur, und endete bei der Kleidung, die Sebastian zu seinen Touren trug. Man hatte ihn schon für einen professionellen Bergführer gehalten, oder für einen Hochleistungssportler. Pfarrer Trenker indes liebte sportliche Betätigung jeglicher Art, betrieb diese aber nicht, um in einer Disziplin Weltmeister zu werden. Es war mehr ein Ausgleich für die nicht immer leichte Arbeit als Seelsorger seiner Gemeinde.
»Ich war schon lang' net mehr oben«, antwortete der Geistliche und deutete mit dem Kopf auf die Almspitze, oberhalb des Waldes, aus dem Xaver Anreuther gerade herausgekommen war. »Und du? Ist etwas net in Ordnung?«
Sebastian sah den Förster forschend an, der einen finsteren Eindruck auf ihn machte.

»Die hab' ich grad' entdeckt«, erwiderte er und hielt dem Pfarrer drei Drahtschlingen hin. »Wenn ich den Burschen erwische, dann gnade ihm Gott!«
Sebastian konnte den Zorn des Försters verstehen. Drahtschlingen zu legen, war die gemeinste Art der Wilderei. Das arme Tier, das sich darin verfing, wurde zu Tode gewürgt und verendete jämmerlich.
»Hast du eine Vermutung, wer Fallen gelegt haben könnt'?«
Der Revierförster strich seinem Hund über den Kopf. Das Tier, eine Irish-Setter-Mischung, hatte sich ohne Aufforderung neben seinen Herrn gesetzt und beobachtete die beiden Männer aufmerksam.
»Wenn ich's net besser wüßt', dann würd' ich sagen, das ist ganz die Handschrift vom alten Breithammer, aber der sitzt ja im Gefängnis.«
Sebastian nickte. Er kannte natürlich die Geschichte um Joseph Breithammer, der, zusammen mit seiner Tochter, in einer Waldhütte hauste und nächtens auf Jagd ging. Xaver hatte ihn vor zwei Jahren auf frischer Tat ertappt und gestellt. Nach dem Prozeß, bei dem der Wilderer wüste Drohungen gegen den Förster ausstieß, weil er ihm den Arm steif schoß, wurde Breithammer zu einer mehrjährigen Gefängnisstrafe verurteilt, die er immer noch absaß. Als Täter schied er also aus.
»Auf jeden Fall werd' ich verstärkt meine Rundgänge durchs Revier machen«, versicherte der Forstbeamte.
»Dann geb' nur acht. Der Bursche ist gewiß net ungefährlich«, mahnte der Pfarrer. »Und du bist auch net mehr der Jüngste.«
Xaver Anreuther nickte. Er wußte, daß der Geistliche recht hatte, immerhin war er schon im Pensionsalter.
»Keine Sorge«, meinte er und tätschelte dem Hund den Hals. »Der Brutus paßt schon auf mich auf.«

»Na, dann pfüat dich, Xaver«, verabschiedete Sebastian sich. »Ich werd' auf jeden Fall die Augen offenhalten, und wenn ich etwas bemerk', geb' ich dir Bescheid.«
Die Männer winkten sich zu, und der Geistliche lenkte seine Schritte zum Waldweg hinüber, der ein gutes Stück durch das Forstrevier führte. Dahinter war ein Pfad, der führte direkt hinauf zur Alm. Diesen Weg ging Sebastian am liebsten, führte er doch an blumenübersäten Wiesen und klaren Gebirgsbächen vorbei.
Natürlich waren seine Gedanken bei dem, was er eben gehört hatte. Pfarrer Trenker hoffte, daß der Wilddieb bald möglichst gefaßt würde, bevor der Schaden, den er mit seinen Schlingen anrichtete, noch größer wurde. Er würde später mit seinem Bruder darüber sprechen. Max Trenker, der Dorfpolizist von St. Johann, kannte durch seine Tätigkeit als Ordnungshüter bestimmt ein paar Leute, die als Täter in Frage kamen.

*

»...und dann wünsche ich euch noch schöne Ferien, und hoffe, daß wir uns in ein paar Wochen alle gesund und munter wiedersehen.«
Das schrille Läuten der Pausenglocke beendete die Unterrichtsstunde. Mit lautem Gejohle drängten die Kinder der 3a aus dem Klassenraum. Verena Berger packte lächelnd ihre Tasche und räumte ein paar Dinge aus dem Schreibtisch.
»Schöne Ferien«, rief jemand durch die offene Klassentür. Die junge Lehrerin sah auf. Es war Gerald Hoffmann, ein Kollege, der da seinen Kopf hereinstreckte und ihr zuwinkte.
»Die wünsch' ich dir auch«, antwortete sie. »Wo soll's denn hingehen?«
Gerald kam hereingeschlendert. Seine Aktentasche trug er unter dem Arm. Er war leger in Jeans und Pulli gekleidet.

»Ich weiß noch net«, bekannte er. »Vielleicht bleib ich daheim, es sei denn...«
Verena sah ihn neugierig an.
»Ja? Es sei was?«
Der junge blonde Mann sah sie treuherzig an.
»Es sei denn, wir beide verreisen zusammen«, antwortete er.
»Ach, Gerald!«
Die Lehrerin lachte. Sie wußte, daß Gerald in sie verliebt war. Immer wieder lud er sie zum Essen ein, oder ins Kino. Ein, zweimal war sie auch mit ihm ausgegangen, doch mehr war – von ihrer Seite – nicht drin. Sie mochte Gerald Hoffmann, als netten Kollegen und guten Freund, aber etwas anderes als Freundschaft würde sie für ihn nie empfinden.
»Ich weiß, ich weiß«, winkte er resignierend ab. »Du hast es mir ja oft genug gesagt. Und du? Wohin fährst du?«
»Gleich morgen geht's in die Berge«, sagte Verena, während sie gemeinsam den Klassenraum verließen und zur Aula hinüber gingen.
»Was willst' denn in den Bergen?« fragte ihr Kollege erstaunt. »Jetzt ist doch gar keine Saison zum Skifahren.«
»Man muß ja in den Bergen net unbedingt skifahren. Was glaubst', wie herrlich man da wandern kann. Es gibt wunderschöne Touren, und unterwegs kehrt man zur Jause in einer Sennwirtschaft ein. Das ist Sport und Erholung zugleich.«
»Du lieber Himmel, wie du davon schwärmst! Ich hab' ja gar net gewußt, daß du so begeistert davon bist.«
Sie hatten den Parkplatz erreicht. Ihre beiden Wagen standen nebeneinander.
»Ich bin früher, mit meinen Eltern, sehr oft in den Bergen gewesen. Und jetzt freue ich mich, es nach langer Zeit mal wieder zu tun«, erklärte sie und schloß ihr Auto auf. »Also, dann

bis in sechs Wochen. Ich schreib' dir mal 'ne Karte aus Sankt Johann.«
»Wie heißt das, wohin du willst?«
Beide standen schon mit einem Bein in ihren Fahrzeugen.
»Sankt Johann. Ein kleines Dorf in den Alpen. Ich kenn's von früher und bin schon ganz gespannt, was sich dort alles verändert hat.«
Sie winkten sich ein letztes Mal zu. Verena atmete auf – endlich Ferien!

*

Bert Fortmann schaute ärgerlich auf das Telefon. Seit einer Viertelstunde klingelte es. Gloria ließ wirklich nicht locker. Dabei waren seine Worte eigentlich unmißverständlich gewesen.
Es war Schluß, aus und vorbei!
Der dreißigjährige Rechtsanwalt aus Neuburg ignorierte das hartnäckige Läuten und machte sich weiter daran, eine große schwarze Reisetasche zu packen. Sie lag auf dem Bett, während Bert vor dem offenen Kleiderschrank stand und überlegte, was er alles mitnehmen müsse. Es war seit Jahren sein erster Urlaub, und er merkte, daß er nicht darin geübt war, Reisetaschen und Koffer zu packen. Bisher war es auch nicht notwendig gewesen. Die längste Zeit waren drei Tage gewesen, die Bert in München verbracht hatte, um einen Mandanten dort vor Gericht zu vertreten.
Unschlüssig nahm er dieses und jenes Teil heraus, betrachtete es prüfend und hing es wieder weg. Schließlich setzte er sich zu der Tasche auf das Bett und versuchte, einen klaren Gedanken zu fassen. Was ihm allerdings nicht gelingen wollte, denn immer wieder stand das Bild der Frau vor seinen Augen, mit der er bis vor ein paar Tagen eng befreundet gewesen war.

Sehr eng, sogar von Hochzeit war die Rede gewesen.

Bert Fortmann hatte sehr lange gebraucht, um dahinter zu kommen, welch ein Wesen hinter der schönen Fassade der Gloria von Haiden steckte. Durchtrieben und intrigant, stets auf den eigenen Vorteil bedacht. Freunde, die das Spiel der umwerfend schönen Frau schneller durchschauten, als der durch die Liebe mit Blindheit geschlagene Anwalt, hatten Bert mehr als einmal gewarnt. Doch er hatte es nicht wahrhaben wollen, hatte beinahe sogar Freundschaften aufs Spiel gesetzt.

Ohne Zweifel – Gloria war eine bemerkenswerte Frau. Zu einer traumhaften Figur kam ein hinreißendes Gesicht, das klassische Schönheit und kühle Arroganz in sich vereinte. Auf jeder Gesellschaft war sie der strahlende Mittelpunkt, um den sich die Männer scharten, wie die sprichwörtlichen Motten um das Licht.

Und Gloria wußte ihre Reize geschickt einzusetzen, und die Dummheit mancher Männer auszunutzen. Skrupellos suchte sie ihren Vorteil. Sie konnte verführerischer Vamp oder anschmiegsames Kätzchen sein, je nachdem, wie die Situation es erforderte.

Bert hatte später gemerkt, wie sie wirklich war, und beinahe wäre es zu spät gewesen. Gloria von Haiden arbeitete im Börsengeschäft. Sie und Bert hatten sich durch einen Mandanten kennengelernt, der über Gloria Aktiengeschäfte tätigte. Schnell waren sie und Bert sich nähergekommen. Natürlich blieb es nicht aus, daß sie über Aktien, Kurse und derlei Dinge sprachen. Und eigentlich hätte der Rechtsanwalt merken müssen, mit welcher Gefühlskälte die Frau über ihre Kunden redete, die mit irgendwelchen Spekulationen Geld, viel Geld verloren hatten.

Dabei wurde sie immer reicher, und natürlich empfahl sie dem Mann, dem sie Liebe geschworen hatte, selber Geld in

bestimmte Werte anzulegen. Ahnungslos überließ der verliebte Anwalt es ihr, diese Geschäfte zu tätigen. Bis eines Tages das böse Erwachen kam.
Mitten in der Nacht durchsuchten Beamte der Steuerfahndung Haus und Büro des Anwalts, und Bert hatte alle Mühe, ein Verfahren wegen Steuerhinterziehung und illegaler Aktiengeschäfte abzuwenden.
Es war eine schlimme Zeit. Zwar konnte er nachweisen, mit Glorias Machenschaften nichts zu tun zu haben, doch sein Ruf als integrer Rechtsanwalt war angekratzt. Immerhin hatte die Frau, mit seiner Finanzkraft und ihrem Wissen, auf verbotene Art und Weise Unmengen Geld verdient.
Was blieb, war einen Schlußstrich zu ziehen. Er wollte und konnte Gloria nie mehr wiedersehen!
Daß die Frau nicht von ihm lassen wollte, bewiesen das wiederholte Klingeln des Telefons und endlose Nachrichten auf dem Anrufbeantworter. Schließlich hatte der Anwalt alle Termine an seinen Sozius abgegeben und beschlossen, erst einmal in Urlaub zu fahren. Irgendwohin, wo er Ruhe und Erholung fand, möglichst weit weg von jeder Großstadt und vor allem weit weg von jeder Börse.

*

»Das ist schon eine schlimme Geschichte«, stimmte Max Trenker seinem Bruder zu.
Es war Mittagszeit, und die beiden Brüder saßen in der gemütlichen Wohnküche des Pfarrerhauses und warteten auf das, was Sophie Tappert heute auf den Tisch zauberte. Während die Haushälterin noch damit beschäftigt war, das Essen anzurichten, hatte Sebastian dem Polizeibeamten seine Begegnung mit dem Revierförster geschildert.
»Einen Verdacht hat der Xaver aber net?«
»Keinen konkreten«, verneinte Pfarrer Trenker und berich-

tete von Förster Anreuthers Mutmaßung, der alte Breithammer habe eine ähnliche Art, Drahtschlingen zu legen.
»Naja, der sitzt ja noch«, meinte Max.
Sophie Tappert stellte zwei Schüsseln mit dampfendem Inhalt auf den Tisch. In der einen befanden sich Semmelknödel – die die Perle des Pfarrhaushaltes natürlich selber gemacht hatte! – In der anderen ein herrlich duftendes Pilzragout. Dazu gab es einen knackigen Salat.
»Hast du eine Vermutung, wer da in Frage käme?« wollte der Geistliche wissen, nachdem das Tischgebet gesprochen, und die Teller gefüllt waren.
Max überlegte einen Moment, dann wiegte er den Kopf hin und her.
»Ein paar fallen mir schon ein«, antwortete er. »Allerdings muß man da mit Verdächtigungen vorsichtig sein. Auf jeden Fall werd' ich mit Xaver darüber sprechen.«
Sie sprach über dieses und jenes, und wie meistens enthielt sich die Haushälterin jeglichen Wortes. Sie war an sich eine eher schweigsame Person, die ganz in ihrer Arbeit aufging. Aber wenn sie wirklich einmal etwas zu sagen hatte, dann besaßen ihre Worte auch gehöriges Gewicht.
Nicht selten zielten ihre knappen Kommentare auf den Bruder des Pfarrers ab. Max Trenker war ihr ans Herz gewachsen, wie ein eigener Sohn, und Sophie war selig, wenn sie ihn verwöhnen konnte. Max war ein begeisterter Anhänger ihrer Kochkünste und ließ ohne Not keine Mahlzeit im Pfarrhaus aus. Dennoch glaubte die Haushälterin dann und wann ein ernstes Wort mit dem Polizeibeamten reden zu müssen. Das geschah meistens, wenn wieder einmal ein Madel sein Herz bei Sophie ausgeschüttet hatte – denn dann hatte der gutaussehende junge Mann wieder einmal eines gebrochen.
»Am besten fahr' ich gleich mal ins Forsthaus«, sagte Max

nach dem Essen. »Bestimmt wär's auch gut, wenn ich den Xaver nachts auf seinen Rundgängen begleite. Net, daß ihm noch etwas zustößt, ein paar Monate bevor er in Pension geht.«

»Eine gute Idee«, stimmte Sebastian zu. »Wir können uns da ablösen. Eine Nacht gehst du mit, die andere ich.«

»Wollen S' sich da etwa erschießen lassen?« fragte Sophie Tappert erschrocken. »Das ist doch viel zu gefährlich!«

»Naja, ich hoff', daß nichts Schlimmes passiert«, beruhigte der Pfarrer seine Haushälterin. »Immerhin hat der Xaver vierzig Jahre seinen Dienst versehen, ohne auch nur einmal von einem Wilderer gekratzt worden zu sein.«

Daß Sebastian seine Hilfe anbot, hatte natürlich einen Grund. Er erinnerte sich nur zu gut an den Zorn, der den Förster angesichts der Drahtschlingen gepackt hatte. Mit seiner Anwesenheit wollte der Pfarrer verhindern – sollte der Wilddieb gestellt werden – daß es zu einer gewalttätigen Auseinandersetzung zwischen Xaver Anreuther und dem Gesetzesbrecher kam. In diesem Sinne sprach er auch mit seinem Bruder. Max nickte verstehend, und Sebastian wußte, daß er sich auf den besonnenen Polizeibeamten verlassen konnte.

*

Verena hatte das Autoradio eingeschaltet und nach kurzem Suchen einen Sender gefunden, der Schlager spielte. In richtiger Urlaubsstimmung sang die junge Lehrerin die Texte mit. Auf der Rückbank ihrer »Ente« lagen zwei Koffer, im Fußraum stand ein inzwischen leerer Proviantkorb für unterwegs. Verena wollte während der Fahrt nicht irgendwo einkehren müssen. Sie verdiente zwar nicht schlecht, hatte aber gerade ihr Auto generalüberholen lassen und einen gehörigen Schrecken bekommen, als sie die Rechnung sah.

Unter anderen Umständen hätte das Geld, das die Reparatur kostete, für einen gut erhaltenen Gebrauchtwagen ausgereicht. Doch Verena hing an ihrem Citroën, den die Eltern ihr zum bestandenen Staatsexamen geschenkt hatten, und sie wollte ihn so lange fahren, bis er wirklich für den Autofriedhof reif war. So hatte sie kurzerhand Abstriche machen müssen, um die Reisekosten so gering wie möglich zu halten. Glücklicherweise hatte sie, trotz der Ferienzeit, ein Zimmer in der Pension bekommen, in der sie früher immer mit den Eltern gewohnt hatte. Die Vermieterin, Christel Rathmacher, erinnerte sich sofort, als die junge Frau anrief und reservieren wollte. Das fand Verena erstaunlich. Immerhin war es mehr als zehn Jahre her, daß sie in St. Johann Urlaub gemacht hatte. Jedenfalls war sie froh, daß es dort mit dem Zimmer geklappt hatte, das recht preiswert war.
Außerdem erinnerte sie sich an das Frühstück, das immer sehr gut und reichhaltig war.
Es war herrlich warm draußen. Verena hatte das Verdeck geöffnet, und der Fahrtwind spielte mit ihren dunklen Haaren. Wenn sie zum Dienst fuhr, legte sie immer Wert darauf, perfekt gekleidet und geschminkt zu sein. Auf der Fahrt in den Urlaub hatte sie auf beides verzichtet. Jeans und eine sportliche Bluse reichten ihr völlig aus. Die Lederjacke hatte sie vor Antritt der Reise auf den Beifahrersitz gelegt, wo auch die Handtasche mit Geldbörse und Papieren lag. Von einem Make-up hatte sie ebenfalls abgesehen und lediglich etwas Lippenstift aufgetragen. So fühlte sie sich wohler.
Verena fuhr bereits die Bergstraße entlang, die sie noch von früher kannte. Bis zu ihrem Urlaubsort waren es kaum mehr als acht oder neun Kilometer. Voller Vorfreude drehte sie das Radio noch lauter – und im nächsten Augenblick wieder leise.

Irgend etwas stimmte mit dem Wagen nicht. Der Motor ruckte und machte merkwürdige Geräusche. Verena schaltete das Radio ganz aus und lauschte. Dabei verlangsamte sie die Geschwindigkeit. Der Motor stotterte, der Wagen wurde von sich aus langsamer.
Du lieber Himmel, das net auch noch!
Verena war der Verzweiflung nahe. Sie schaltete einen Gang runter und gab Gas. Der Motor heulte auf. Ängstlich nahm sie den Fuß vom Gaspedal, immer langsamer rollte sie über die Straße. Zum Glück war kaum Verkehr. Ein, zwei Wagen überholten sie hupend.
Schlaumeier, dachte die Lehrerin, ich möcht' euch mal sehen, wenn das Auto streikt!
Dabei hatte sie erst soviel Geld hineingesteckt!
Sie erinnerte sich an einen Parkplatz, den sie schon bald erreichen müßte. Hoffentlich schaffte sie es bis dahin...
Verena atmete auf, vor sich sah sie das blaue Schild, das den Parkplatz in hundert Metern Entfernung ankündigte. Es war, als schiebe eine gnädige Hand die Ente im Schrittempo darauf zu. Kaum war der Wagen von der Straße herunter, blieb er auch schon stehen.
Die junge Frau entriegelte die Motorhaube und stieg aus. Irgendwo zischte es, als sie die Haube öffnete und nachschaute, was die Ursache für die Panne sein könnte.
Ein Gewirr aus Schläuchen, Leitungen und Drähten schaute ihr entgegen, und Verena merkte, daß sie überhaupt keine Ahnung von dem Innenleben eines Autos hatte.
Wie auch? Sie war Lehrerin, das konnte sie, dafür hatte sie schließlich studiert. Wenn sie etwas von Autos hätte verstehen wollen, dann wäre sie Mechanikerin geworden!
Ratlos hob sie die Hände und schaute sich um. Ein paar Wagen fuhren vorüber, aber keiner der Fahrer dachte daran, auf dem Parkplatz anzuhalten, obwohl jeder das Auto mit

der offenen Motorhaube, und die Frau davor sehen mußte. Und das noch, bevor sie St. Johann erreicht hatte!

*

Bert Fortmann lenkte seinen Wagen über die herrlich gelegene Bergstraße, die ihn seinem Ziel näher bringen sollte. Er hatte im Autoatlas geblättert und, auf gut Glück, einen Ort ausgewählt. Zwar war er in Gedanken noch mit einem Rechtsstreit beschäftigt, den er an seinen Sozius in der Kanzlei abgegeben hatte, doch er wußte, daß der Fall bei seinem Kollegen in besten Händen war, und er seinen Urlaub bitter nötig hatte.

Er mußte unbedingt fort aus Neuburg, dem kleinen Städtchen an der Donau, fort von Gloria von Haiden!

Trotz seines schnellen Wagens, fuhr Bert eher eine beschauliche Geschwindigkeit. Es herrschte strahlender Sonnenschein an einem wolkenlosen Himmel, und angesichts der Tatsache, daß gerade die Ferien begonnen hatten, herrschte recht wenig Verkehr.

Ein Schild am Straßenrand wies auf einen Parkplatz hin. Der Rechtsanwalt steuerte ihn an. Er wollte sich ein wenig die Beine vertreten und noch einen Blick in den Straßenatlas werfen. Bis nach St. Johann, dem Reiseziel, konnte es nicht mehr allzu weit sein.

Schon von der Straße aus konnte er den Kleinwagen auf dem Parkplatz stehen sehen. Eine knallgelbe Ente, die Motorhaube geöffnet, davor eine Frau, die unruhig auf und ab ging. Ausgerechnet eine Frau, schoß es ihm durch den Kopf. Natürlich hatte er nichts gegen sie, doch im Moment war die Bekanntschaft mit einer Frau das letzte, was er suchte. Immerhin hatte er gerade am eigenen Leib erfahren, wie gefährlich sie sein konnten.

Trotzdem – Bert Fortmann war ein zivilisierter junger Mann,

mit guten Manieren, und ihm war klar, daß er hier helfen mußte. Er blinkte rechts und fuhr den Parkplatz an. Mit einem skeptischen Blick stieg er aus. Na, dann wollen wir mal sehen, was das Wägelchen hat, dachte er. Wahrscheinlich kein Benzin mehr – das kannte man ja!
Die junge Frau war recht attraktiv, wie er nebenbei registrierte. Der Anwalt nickte ihr zu.
»Grüß' Gott. Was hat er denn?«
»Tja, wenn ich das wüßte...«
Er ging um sie herum und stieg ein, der Zündschlüssel steckte.
»Sind Sie sicher, daß der Tank nicht leer ist?« fragte er, bevor er den Schlüssel drehte.
Verena Berger verschränkte die Arme und sah ihn beinahe mitleidig an. Für wie doof hält der mich eigentlich, ging es ihr durch den Kopf, allerdings sagte sie es nicht. Dafür schmunzelte sie, als der Motor zwar ruckte, aber sofort ansprang.
Bert hatte den Gang herausgenommen und die Handbremse angezogen. Er gab richtig Gas, der Motor heulte auf, und aus dem Auspuff stieg eine graue Qualmwolke.
Na, also! hatte er gerade sagen wollen, als der Wagen wieder ausging.
»Am Benzin liegt's nicht«, stellte er fest und stieg aus.
Er schaute unter die geöffnete Haube. Verena beobachtete, wie er hier einen Stecker zog und dort ein Kabel löste, alles begutachtete und wieder an seinen Platz tat. Dann schaute er sie an.
»Also, wenn Sie mich fragen – die Karre gehört auf den Schrott!«
Die Lehrerin riß die Augen auf. Was hatte der da eben gesagt? Auf den Schrott? Niemals! Jedenfalls nicht, nachdem sie erst einen Haufen Geld für die Reparatur ausgegeben hatte.

Irgendwie mußte ihr Blick sein Mitleid erregt haben.
»Naja«, lenkte er ein, »vielleicht kann man da ja noch was machen. Dazu müßte er aber erst in die Werkstatt.«
Er sah auf das Kennzeichen.
»Ach, Sie sind auch nicht von hier«, stellte er fest. »Wohin wollten Sie denn?«
»Nach Sankt Johann.«
»Nein, welch ein Zufall. Genau da fahre ich hin.«
Er deutete auf seinen Wagen.
»Kommen Sie, wir laden Ihr Gepäck um, und Sie fahren mit mir. Bestimmt gibt's in Sankt Johann jemand, der den Wagen in eine Werkstatt abschleppt.«
Das Angebot stimmte Verena wieder versöhnlicher.
»Vielen Dank, Herr...«
Er schlug sich vor die Stirn.
»Entschuldigen Sie, mein Name ist Bert Fortmann«, stellte er sich vor.
»Verena Berger. Vielen Dank für Ihr Angebot, Herr Fortmann. Ich nehme es gerne an.«
»Na, dann los.«
Schnell waren Koffer und Korb in dem schwarzen Kombi untergebracht, und Verena setzte sich auf den Beifahrersitz. Die Handtasche und ihre Lederjacke legte sie auf den Schoß. Bert fuhr von dem Parkplatz herunter. Sein Wagen mußte relativ neu sein. Innen rochen noch die Ledersitze, und der Motor schnurrte wie eine zufriedene Katze. Nicht so laut wie der in ihrer Ente.

*

»Zum Glück ist es nicht mehr weit«, sagte die Lehrerin.
Bert sah sie von der Seite her an.
»Sie kennen sich hier in der Gegend aus?« fragte er.
»Ja, ein wenig. Ich bin früher oft mit den Eltern hiergewesen.«

»Ach, dann machen Sie immer wieder hier Urlaub?«
»Nein, ich war seit mehr als zehn Jahren nicht mehr in Sankt Johann.«
»Hm, da Sie den Ort nicht vergessen haben, muß es Ihnen dort gefallen haben.«
»In der Tat. Es ist ein reizendes Dorf, mit lieben, urigen Menschen. Mitten drin steht eine wunderschöne Kirche, und manchmal hat man den Eindruck, die Zeit wäre stehengeblieben. Im Gegensatz zu anderen Urlaubsorten, in den Bergen, hat man in Sankt Johann noch das Ursprüngliche bewahrt und auf alles Moderne verzichtet, das diesen Reiz zerstören könnte.«
»Na, wenn man Sie so reden hört, könnt' man glatt meinen, Sie wären dort geboren worden. Sie schwärmen ja richtig.« Verena lachte.
»Ich hoff' jedenfalls, alles noch so vorzufinden, wie es damals war. Wie gesagt, es ist zehn Jahre her.«
Sie warf einen Blick auf ihn und versuchte den Mann einzuschätzen. Dem teuren Wagen nach, schien er nicht gerade arm zu sein. Dafür sprach auch seine Kleidung, sportlich leger zwar, aber gewiß nicht aus dem Versandhauskatalog. Was er wohl ausgerechnet in St. Johann wollte? Leute aus seinem Umfeld verbrachten ihren Urlaub doch eher in viel bekannteren Orten.
»Bis gestern abend wußte ich gar nicht, daß es dieses Dorf überhaupt gibt«, setzte Bert die Unterhaltung fort. »Es war mehr ein Zufall, daß ich ihn auf der Karte entdeckt habe.«
»Und warum haben Sie sich dann für ihn entschieden?«
Der Anwalt hob eine Hand und ließ sie wieder sinken.
»Ehrlich, ich habe keine Ahnung«, gestand er. »Wer weiß, was das Schicksal mit mir vorhat, daß es mich ausgerechnet hier herfahren ließ.«

»Ich glaub' jedenfalls, daß Sie net enttäuscht sein werden.«
Bert lachte auf.
»Ich bin jedenfalls gespannt. Wenn man Sie reden hört, könnt' man glauben, die Chefin des Tourismusbüros vor sich zu haben. Wenn Ihre Vorhersage eintrifft, und es mir dort wirklich so gut gefällt, werde ich Sie für diesen Posten vorschlagen.«
»Besser nicht«, gab Verena zurück. »Ich bin Lehrerin und hänge an meinem Beruf.«
Das meinte sie ehrlich. Verena hatte sich dafür entschieden, das Lehramt zu studieren, obwohl sie wußte, daß es nicht immer ein leichter Beruf war. Auf der anderen Seite empfand sie eine große Befriedigung dabei. Es war etwas sehr Schönes, junge Menschen auf das künftige Leben vorzubereiten, sie zu formen und ihnen das nötige Rüstzeug mitzugeben. Sie war wirklich mit Leib und Seele Lehrerin.
»Gleich sind wir da«, deutete sie nach vorn.
Nach einer langgezogenen Kurve tauchte zwischen den Bergen das Tal auf, in dem St. Johann lag. Bert Fortmann stieß einen Pfiff aus. Offensichtlich beeindruckte ihn, was er da sah.
»Also, der erste Eindruck ist ja immer der wichtigste«, meinte er. »Und dieser hier ist wirklich nicht schlecht!«
Verena sah ihn von der Seite an. Er hatte ein markantes Profil, die dunklen Haare waren modisch kurzgeschnitten. Doch, er sah wirklich gut aus, und er war gar nicht so ein »typischer Mann«, wie sie zuerst gedacht hatte, als er so abfällig über ihren geliebten Wagen sprach. Ihr erster Eindruck von ihm war nicht der beste gewesen, doch auf den zweiten Blick…
Viele Männer gab es bisher in ihrem Leben nicht. Das Studium, das sie sehr ernsthaft betrieben hatte, ließ ihr keine Zeit dafür. Eigentlich war Gerald der erste Mann, der sie

wirklich ernsthaft umwarb. Aber erst jetzt spürte sie ihr Herz schneller klopfen.
»Wohnen Sie auch im Hotel?« riß Bert Fortmann sie aus ihren Gedanken.
Sie hatte gar nicht bemerkt, daß er angehalten hatte.
»Wie bitte? Oh, nein, das kann ich mir nicht leisten«, antwortete sie. »Ich habe ein Zimmer in der Pension gemietet, in der ich früher immer mit meinen Eltern abgestiegen bin.«
»Gut, dann setze ich Sie dort ab«, sagte er und startete den Motor. »Sie müssen mir nur den Weg sagen.«
»Aber, das ist doch gar nicht nötig«, widersprach sie, weil sie seine Hilfsbereitschaft nicht weiter ausnutzen wollte. »Die paar Schritte kann ich doch laufen.«
Bert deutete mit dem Daumen hinter sich.
»Und Ihr Gepäck? Das wollen Sie doch wohl nicht alles alleine schleppen.«
Da hatte er natürlich recht.
»Aber nur, wenn es Ihnen nichts ausmacht.«
»Natürlich nicht«, winkte er ab. »Also, sagen Sie, wo's langgeht.«
Verena erklärte ihm, wie er zu fahren hatte, und zwei Minuten später standen sie vor der Pension Rathmacher. Es war ein großes weißes Haus, mit umlaufendem Balkon, und wunderschönen Lüftlmalereien auf der Giebelseite.
Bert trug die beiden Koffer bis vor die Eingangstür. Dort stellte er sie ab und reichte Verena zum Abschied die Hand.
»Dann wünsche ich Ihnen einen schönen Urlaub«, sagte er, wobei er sympathisch lächelte und ihr in die Augen schaute.
»Den wünsche ich Ihnen auch«, erwiderte sie. »Und herzlichen Dank für Ihre Hilfe. Ich weiß gar nicht, was ich ohne Sie angefangen hätte. Wahrscheinlich würd' ich jetzt noch auf dem Parkplatz stehen.«

»Aber, das war doch selbstverständlich«, wehrte er ab. »Hoffen wir, daß jemand Ihren Wagen reparieren kann.«
»Ja, ich werde mich gleich darum kümmern. Also, nochmals, vielen Dank.«
Verena drückte den Klingelknopf, während Bert in seinen Wagen stieg und zum Hotel fuhr.
Christel Rathmacher öffnete selbst. Ein strahlendes Lächeln glitt über ihr Gesicht, als sie die Lehrerin erkannte.
»Herzlich willkommen, Frau Berger«, sagte Sie. »Schön, Sie wiederzusehen.«
»Grüß' Gott, Frau Rathmacher«, lachte auch Verena und reichte ihr die Hand. »Ich freu' mich auch.«
»Kommen S', ich nehm' Ihre Koffer. Wo die Zimmer sind, wissen S' doch bestimmt noch. Gehen S' ruhig schon vor. Ihr Schlüssel steckt natürlich auf der Sieben.«
Verena durchquerte den langen Flur, an dessen Ende eine Treppe nach oben führte. Die Fremdenzimmer lagen alle in der ersten und zweiten Etage. Verena war sofort wieder alles vertraut – die helle Holztäfelung, die Bilder an den Wänden, und die Geweihe der erlegten Hirsche und Rehe, vor denen sie als Kind immer Angst gehabt hatte. Sie schmunzelte in Erinnerung daran, als sie die Treppe hochging. Das Zimmer war dasselbe, in dem sie früher gewohnt hatte, nur die Einrichtung war modernisiert worden. Das Doppelzimmer, das die Eltern damals gehabt hatten, lag auf dem Flur gegenüber.
Die Pensionswirtin stellte die Koffer ab.
»Ist's recht so?« erkundigte sie sich.
Verena nickte.
»Ja, danke. Es ist alles wunderbar. Schön, daß es mein altes Zimmer ist.«
»Ich hab's extra freigehalten, als Sie anriefen«, sagte sie. »Und wenn S' sich ein biss'l eingerichtet haben, dann kom-

men S' herunter. Ich hab' Kaffee gekocht, und frisches Rosinenbrot gibt's auch dazu.«
»Mit Almbutter und der guten Erdbeermarmelade?« fragte Verena begeistert. »Machen S' die noch immer selber?«
»Freilich«, antwortete Christel Rathmacher stolz.
»Dann bin ich in fünf Minuten bei Ihnen.«

*

Max Trenker lenkte seinen Dienstwagen langsam über den Weg, der durch den Ainringer Wald führte. Sein Ziel war das Forsthaus, das am südlichen Ende lag, zwischen einem Gehölz alter Kiefern, die wohl noch in diesem Jahr zum Schlagen freigegeben wurden, und dem Anfang einer weit hinauf reichenden Almwiese. Es war vor mehr als hundert Jahren errichtet worden, und im Laufe der Zeit hatten die jeweiligen Bewohner immer mal wieder etwas angebaut und das Haus so vergrößert. Inzwischen gab es dort sogar einen Tagungssaal, in dem angehende Forstgehilfen auf ihren Beruf im theoretischen und praktischen Unterricht vorbereitet wurden. Dies geschah dreimal im Jahr in einem Block von jeweils sechs Wochen, und außer Xaver Anreuther, der für die Praxis zuständig war, kam ein Lehrer von der Fachschule in der Kreisstadt dazu, der den theoretischen Teil übernahm.
Nun würde Xaver in einigen Wochen in Pension gehen. Bestimmt wird ihm der Abschied von seinem Wald nicht leicht fallen, dachte Max, als er vor dem Forsthaus hielt und ausstieg. Und schon gar nicht, wenn er wußte, daß sich da immer noch ein gemeiner Wilddieb im Revier herumtrieb.
Brutus, Xavers Hund, lag vor der Haustür in der Sonne und döste vor sich hin. Er hatte nur einmal kurz den Kopf gehoben, als der Polizeiwagen durch das offene Tor fuhr. Er kannte das Fahrzeug und wußte, wer der Besucher war. Max

kraulte ihn hinter den Ohren und ging dann die drei Stufen zur Tür hinauf.
Die wurde im selben Moment geöffnete. Xaver Anreuther stand auf der Schwelle.
»Ich hab' dich kommen sehen«, begrüßte er den Beamten. »Magst' einen Kaffee mittrinken? Ich hab' grad' welchen frisch gebrüht.«
»Da sag' ich net nein«, nickte Max.
Xaver deutete auf den Tisch und die Bank vor dem Haus.
»Hock' dich schon mal hin. Ich hol' den Kaffee.«
Max Trenker nahm seine Dienstmütze ab und setzte sich. Der Förster kam kurz darauf zurück. Er trug ein Tablett mit Kaffeekanne, Tassen, Milch und Zucker darauf. Xaver stellte es auf den Tisch und schenkte ein.
»Den Kaffee könnt' keine Hausfrau besser machen«, lobte Max, nachdem er den ersten Schluck getrunken hatte.
»Darum kommt mir ja auch keine ins Haus«, grinste Xaver und zog seinen Tabaksbeutel.
Gemächlich stopfte er die Pfeife und entzündete sie. Dann blies er grauweiße Rauchwolken in die Luft.
»Sebastian hat von deinem Fund berichtet«, begann der Polizeibeamte das Gespräch. »Eine ziemlich böse Geschichte.«
»Ich hoff', daß ich den Schuft bald fassen kann«, meinte der Förster grimmig. »Der Kerl gehört hinter Schloß und Riegel. Und ich geh' net eher in Pension, bis ich ihn hab'.«
»Auf jeden Fall werden Sebastian und ich dir helfen. Heut' auf die Nacht geh' ich mit Streife. Morgen dann mein Bruder. Es wäre doch gelacht, wenn wir den Lumpenhund net schnappen täten! Hast du schon einen bestimmten Verdacht?«
Xaver wiegte nachdenklich seinen Kopf hin und her.
»Vom Breithammer hat der Pfarrer ja wohl auch erzählt«, meinte er. »Aber der scheidet ja aus. Der Moosbacher-Willi

fällt mir noch ein. Er wohnt drüben in Waldeck. Früher hat er oft mit dem Breithammer unter einer Decke gesteckt, war sein einziger Spezi. Jetzt hab' ich lang' nix mehr von ihm g'hört.«

»Kann vielleicht net schaden, wenn ich mal rüberfahre und ihn mir vorknöpf«, schlug Max vor. »Natürlich wird er abstreiten, etwas mit den Fallen zu tun zu haben. Aber vielleicht wird er auch ein bissl nervös, wenn er der Wilddieb ist und merkt, daß wir bei ihm nachforschen.«

»Eine gute Idee«, stimmte Xaver Anreuther zu. »Zumindest weiß er dann, daß wir ein Aug' auf ihn haben.«

Sie besprachen ihr weiteres Vorgehen, und Max versicherte, rechtzeitig, vor Einbruch der Dunkelheit, wieder am Forsthaus zu sein. Vorher würde es keinen Zweck haben, den Streifengang zu beginnen. Wilddiebe waren lichtscheues Gesindel. Sie kamen in der Nacht, wenn ehrbare Leute schliefen.

Der Polizeibeamte verabschiedete sich und stieg in seinen Wagen. Der Förster sah ihm nach, bis er verschwunden war, dann ging er ins Haus zurück. Er war gespannt auf die nächtliche Pirsch, die heute einem ganz besonderen Wild galt. Einem gemeinen Tierquäler!

*

Bert Fortmann hatte sein Zimmer im Hotel »Zum Löwen« bezogen. Der Rechtsanwalt war mit dem gebotenen Komfort zufrieden, und als er am weit geöffneten Fenster stand und in der Ferne das malerische Panorama der Berge sah, fühlte er sich schon wesentlich entspannter. Ein ungeheurer Druck war von ihm abgefallen, seit er Neuburg hinter sich gelassen hatte und damit auch Gloria von Haiden.

Einige Male noch hatte am Abend das Telefon geklingelt, bis Bert endlich den Stecker aus der Buchse zog. Dann war

Ruhe. Erst unmittelbar vor seiner Abreise hatte er das Telefon wieder angeschlossen, und den Anrufbeantworter eingeschaltet.

Doch jetzt wollte er erst einmal seinen Urlaub genießen und keinen Gedanken mehr an die Kanzlei oder Gloria verschwenden. Außer seinem Sozius wußte niemand, wo er sich aufhielt, und der hatte versprochen, nur im Hotel anzurufen, wenn es wirklich nicht anders ging. Doch es war eher unwahrscheinlich, daß solch ein Notfall eintrat.

Bert erfrischte sich von der Reise und zog sich um. Dann ging er hinunter und setzte sich auf die Sonnenterrasse des Hotels. Bei einer der freundlichen Serviererinnen bestellte er ein kühles Weißbier und blätterte nebenbei in einer Zeitung, die er auf der Fahrt hierher gekauft hatte. Allerdings stand nicht viel Neues darin, so daß er sie schon bald aus der Hand legte und sich umschaute. Die acht Tische auf der Terrasse waren beinahe alle besetzt. Offenbar war das Hotel gut belegt. Der Ort war offenbar ein Anziehungspunkt für Besucher und Gäste, die die Ruhe und Beschaulichkeit suchten. Wie hatte die junge Dame, der er behilflich gewesen war, noch gleich gesagt?

»In St. Johann hatte man das Ursprüngliche bewahrt.«

So war es in der Tat. In dem Hausprospekt, der auf allen Tischen auslag, stand Ähnliches zu lesen. Dazu gab es Hinweise auf Sehenswürdigkeiten und lohnenswerte Ausflugsziele in der näheren Umgebung. Bert, der ein ausgesprochener Feinschmecker war, interessierte sich besonders für das Angebot einer Sennerei, bei der Käseherstellung zuzusehen. Käse jeglicher Art gehörten für den Anwalt zu einem guten Essen, wie das Glas Wein. Er war schon auf die Küche gespannt, die das Hotel zu bieten hatte. Aber er wollte auch unbedingt, morgen oder übermorgen die Alm mit der Sennerei besuchen.

Er trank sein Bier aus, zahlte und machte sich auf, den kleinen Ort durch einen ersten Spaziergang kennenzulernen. Ihm war die Kirche aufgefallen, die dem Hotel schräg gegenüber lag. Auf der anderen Seite, das mußte wohl das Rathaus sein. Bert konnte sehen, daß dort auch die Touristeninformation untergebracht war. Bestimmt bekam er da weitere Tips und Karten, um seinen Urlaub zu gestalten. Eine Woche hatte er eingeplant, doch wenn es ihm wirklich so gut gefiel, würde es kein Problem sein, noch zu verlängern.

Er schlenderte über den Platz und ging den Kirchweg hinauf. Vor dem Gotteshaus war ein Mann damit beschäftigt, das erste fallende Laub zusammen zu harken.

»Grüß' Gott. Ist die Kirche geöffnet?« erkundigte sich der Anwalt.

Der Mann hielt in seiner Tätigkeit inne.

»Freilich, gehen S' nur hinein. Wenn S' etwas wissen wollen, dann fragen S' nur. Ich bin der Mesner.«

Bert Fortmann bedankte sich und trat durch das Portal. In der Kirche war es angenehm kühl. Der Besucher blieb einen Moment stehen und ließ den Eindruck auf sich wirken. Blau und rot waren die vorherrschenden Farben, das Blattgold, mit dem Figuren und Bilder belegt waren. Die bleiverglasten Fenster zeigten Motive aus biblischen Geschichten, und über dem Altar hing das Kreuz mit dem Erlöser.

An der linken Wand befand sich die Kanzel. Eine reich verzierte Treppe führte nach oben. Die Bänke, auf denen die Gemeinde saß, waren ebenfalls mit Schnitzereien geschmückt. Langsam ging Bert durch das hohe Kirchenschiff. Er ließ sich Zeit beim Betrachten, und es wurde ihm bewußt, daß er diesmal wirklich Zeit dazu hatte.

Aus einer Tür, die sich unter der Galerie befand, trat ein Mann heraus und schaute zu dem Besucher hinüber. Bert nickte ihm grüßend zu. Der Mann kam näher.

»Seien Sie in unserer Kirche herzlich willkommen«, sagte er. »Ich bin Pfarrer Trenker. Schön, daß Sie einen Moment Zeit gefunden haben, sich hier umzusehen. Ich freue mich über jeden Besucher.«

Bert Fortmann stellte sich höflich vor.

»Ich habe selber gerade gemerkt, daß ich wirklich Zeit dazu habe«, antwortete er. »Leider findet man sie erst im Urlaub. Dabei würde es im Alltag bestimmt hilfreich sein, wenn man sich für ein paar Minuten Besinnung an solch einen Ort flüchtet.«

»Sie machen Urlaub in Sankt Johann?« erkundigte sich der Geistliche.

Bert machte ein nachdenkliches Gesicht.

»Ich weiß net, ob es wirklich ein Urlaub ist, oder vielleicht doch eher eine Flucht«, antwortete er.

Sebastian Trenker sah ihn aufmerksam an. Er spürte, daß diesen Mann etwas bewegte, wenn nicht gar bedrückte. Hatte er sich deshalb hierher »geflüchtet«, wie er es nannte?

»Vor dem Leben kann man nicht fliehen«, meinte er. »Es holt einen immer wieder ein.«

Bert Fortmann lächelte.

»Aber manchmal darf man sich eine kleine Auszeit nehmen«, erwiderte er.

»Vom Leben? Unmöglich!«

»Ja, da haben Sie recht, Hochwürden. Aber von den widrigen Umständen, die einem das Leben oft genug schwer machen.«

Während ihrer Unterhaltung waren sie langsam zum Ausgang zurückgegangen. Sebastian hatte das Gefühl, Bert Fortmann seine Hilfe anbieten zu müssen. Er wurde das Gefühl nicht los, daß der Mann etwas mit sich herumtrug. Etwas, das an ihm nagte. Äußerlich gab er sich zwar gelassen, ja sogar heiter, doch das, was er sagte, hatte den Pfarrer aufhorchen lassen.

»Wenn Sie einmal glauben, über etwas reden zu müssen, dann bin ich gerne bereit, Ihnen zuzuhören«, bot er an. »Natürlich nur, wenn Sie es wirklich möchten.«
»Vielen Dank, Herr Pfarrer. Vielleicht nehme ich Ihr Angebot sogar an.«
»Nun, ich würd' mich freuen, Ihnen helfen zu können.«
Sie verabschiedeten sich. Während der Geistliche zum Pfarrhaus hinüberging, schlenderte Bert Fortmann zur Straße hinunter und bummelte weiter durch das kleine Dorf.
Das Gespräch mit dem Geistlichen hatte ihm noch einmal gezeigt, daß er Gloria von Haiden und die Umstände der Trennung von ihr, noch lange nicht vergessen würde.

*

»Hm, das schmeckt einfach himmlisch«, sagte Verena Berger zu der Pensionswirtin.
Ein großes Glas von der selbstgekochten Erdbeermarmelade stand auf dem Tisch. Daneben lag ein Brett mit dicken Scheiben, die die Wirtin von dem frischen Rosinenbrot abgeschnitten hatte.
»Greifen S' nur tüchtig zu«, forderte Christel Rathmacher sie auf.
»Vielen Dank, aber es reicht wirklich.«
Die beiden Frauen saßen in der Küche. Es gab auch einen Frühstücksraum für die Gäste, aber Verena hatte schon früher immer gerne im Kreise der Familie gesessen. Dazu gehörte der Mann, Walter Rathmacher, der in der Kreisstadt arbeitete, und ein Sohn, Tobias, der ein paar Jahre jünger war als Verena. Sie hatten damals oft zusammen gespielt. Die Lehrerin erkundigte sich nach dem alten Spielkameraden.
»Der Tobi, der hat Automechaniker gelernt«, erzählte seine Mutter. »Der war ja immer schon ganz vernarrt in Autos und Traktoren.«

»Automechaniker?«
Verena faßte sich an den Kopf.
»Um Himmels willen, das hätt' ich ja beinahe vergessen!«
Christel Rathmacher sah sie fragend an, und die junge Frau erzählte ihr von dem Pech mit ihrem Wagen.
»Das bringt der Tobi schon in Ordnung«, sagte sie zuversichtlich. »Um fünf hat er Feierabend. Er ist drüben beim Wallinger angestellt. Wenn er hier ist, könnt ich gleich das Auto abschleppen. Dann kann er vielleicht heut' abend noch nachsehen, was mit Ihrem Wagen ist.«
»Das wäre sehr schön«, nickte Verena. »Obwohl, mit der Reparatur kann er sich Zeit lassen. Ich möcht' ihn nur net über die Nacht auf dem Parkplatz stehen lassen.«
Sie erzählte, daß der Wagen sie gerade erst viel Geld gekostet hatte.
»Hoffentlich bekommt Tobias ihn überhaupt wieder hin«, sagte sie hoffnungsvoll. »Ich häng' schon an ihm.«
»Da machen S' sich mal keine Gedanken«, munterte die Wirtin sie auf. »Der Bub hat seinen Beruf gut gelernt und die Prüfung hat er mit einer Eins bestanden. Der gibt net auf, bevor er den Fehler net gefunden hat.«
Christel Rathmacher erhob sich.
»Wenn S' wirklich net mehr wollen, dann räum' ich jetzt ab.«
»Ich helfe Ihnen natürlich.«
Schnell war der Tisch abgeräumt, und das Geschirr in die Spülmaschine gestellt. Verena ging in ihr Zimmer hinauf und packte die Koffer aus. Dann legte sie sich auf das Bett und schloß für einen Moment die Augen. Die Fahrt hierher war schon anstrengend gewesen, und dazu die Aufregung wegen der Panne mit dem Wagen.
Zum Glück war da ja der hilfsbereite Mann gewesen, der sie mitgenommen hatte. Bert Fortmann – fiel ihr der Name wieder ein.

Gut sah er aus, sympathisch war er – ob er auch verheiratet war...? Ganz deutlich sah sie sein Gesicht vor sich. Bestimmt war er verheiratet, oder sonst irgendwie gebunden. Allerdings – hatte er einen Ehering getragen? Verena versuchte, sich zu erinnern und lachte plötzlich auf. Sie schüttelte über sich selbst den Kopf. Warum nur machte sie sich so viele Gedanken über ihn?
Sie brauchte keine Minute, um sich diese Frage zu beantworten – sie hatte sich in diesen »Kavalier der Landstraße« verliebt!
Diese Erkenntnis trieb sie jäh aus dem Bett. Verwirrt setzte sie sich auf die Kante und versuchte, ihre Gedanken zu ordnen.
Stimmte es wirklich, oder bildete sie sich das nur ein?
Verena lauschte auf ihre innere Stimme, ihr Herz pochte bis zum Hals hinauf. Sie stand auf und ging im Zimmer hin und her.
Über dem Waschbecken, in der Ecke, hing ein Spiegel. Sie schaute hinein, sah ihr Spiegelbild, die leichte Röte, die ihr Gesicht überzogen hatte.
Dabei kreisten ihre Gedanken nur um ihn.
So mußte sie wohl sein, die große, wahre Liebe. Lange hatte es gedauert, doch nun hatte Verena sie kennengelernt. Sie kam sich vor, als schwebe sie auf einer Wolke.
Christel Rathmachers Stimme holte sie in die Wirklichkeit zurück. Tobias war heimgekommen. Schnell fuhr Verena sich über das Gesicht, zupfte die Haare zurecht. Sah man es ihr an?
Beschwingt lief sie die Treppe hinunter und begrüßte den alten Freund. Tobias Rathmacher, er war einundzwanzig Jahre alt, freute sich Verena wiederzusehen. Natürlich war er sofort bereit, zusammen mit ihr den Wagen abzuholen.
»Wirst' schon sehen, gleich nach dem Abendbrot mache ich

mich d'ran«, sagte der Blondschopf. »Wenn's nix Gravierendes ist, dann läuft sie morgen wieder, deine Ente.«
Die Lehrerin umarmte ihn.
»Mensch, Tobi, das wäre toll.«
»Laß' mich nur machen«, winkte er ab. »Jetzt fahren wir erstmal los und schleppen das Auto ab.«

*

Die Abenddämmerung hatte gerade eingesetzt, als Max Trenker wieder beim Forsthaus eintraf. Xaver Anreuther erwartete ihn schon. Max hatte seine Uniform gegen bequeme Freizeitkleidung eingetauscht, die auch einem nächtlichen Waldspaziergang gewachsen war. Der Gendarm übernahm es, den Rucksack zu tragen, den der Förster zu seinen Füßen stehen hatte. Darin befanden sich ein paar belegte Brote, sowie eine Thermoskanne mit heißem Kaffee und zwei Bechern. Xaver trug sein Gewehr an einem Riemen über der Schulter. Max hingegen hatte auf seine Dienstwaffe verzichtet. Es genügte ihm, wenn der Förster bewaffnet war und dadurch dem Wilddieb Respekt einflößte. Er selber war ein viel zu friedfertiger Mensch und gebrauchte seine Waffe wirklich nur im äußersten Notfall.
Statt der Pistole, hatte er eine Taschenflasche Enzian an seinen Gürtel gehängt. Der Schnaps würde schön wärmen, denn die Nächte waren doch schon empfindlich kalt.
»Ich denk', wir gehen die erste Runde zu der Stelle, wo ich die Schlingen g'funden hab'«, schlug Xaver Anreuther vor.
Max Trenker war einverstanden. Zwar war es unwahrscheinlich, daß der Wilderer schon so früh am Abend auftauchte, aber man wußte ja nie!
Langsam machten sie sich auf den Weg. Xaver ließ Brutus frei herumlaufen. Der Hund gehorchte ihm aufs Wort. Während sie durch den abendlichen Wald gingen, unterhielten

sie sich mit gedämpften Stimmen. Sollte sich wirklich ein Unbefugter hier herumtreiben, so sollte er nicht zu früh gewarnt werden.
Über einen Waldweg ging es bis nahe an eine Kieferschonung. Hier hatte der Förster die meisten Drahtschlingen gefunden, was besonders verheerend war. Schonungen wurden bevorzugt von Wildtieren genutzt, um dort ihre Jungen zu verstecken. Ahnungslose Kitze wurden so ein leichtes Opfer der hinterhältigen Schlingen.
Die beiden Männer suchten sorgfältig den Boden ab. Aber es gab weder Hinweise darauf, daß neue Schlingen ausgelegt waren, noch daß der Übeltäter seine alten kontrolliert hatte. Zwar gab es Reifenspuren, doch nicht mehr so gut erhalten, als daß man sie hätte mit Gips ausgießen und für einen Vergleich heranziehen können.
Inzwischen war es schon fast dunkel geworden. Xaver deutete auf einen Hochsitz, der in einiger Entfernung stand.
»Von dort oben können wir den Weg bis zur Kreuzung überblicken«, sagte er.
Sie gingen hinüber und kletterten die Leiter hinauf. Brutus legte sich an die unterste Sprosse und sah seinem Herrn hinterher.
»Bist ein braver Kerl«, rief Xaver Anreuther leise hinunter. »Paß gut auf!«
Brutus spitzte die Ohren und schaute aufmerksam hin und her. Schließlich legte er seinen Kopf auf die Vorderpfoten und schloß die Augen. Allerdings schlief er nicht. Die zuckenden Ohren zeigten an, daß er jedes Geräusch wahrnahm. Sollte er wirklich Schritte vernehmen, so würde er sofort hellwach sein und ein leises Knurren von sich geben.

*

Die beiden Männer hatten sich auf dem Hochsitz häuslich eingerichtet. Xaver hatte Brote und Kaffee ausgepackt, und während sie es sich schmecken ließen, unterhielten sie sich leise.

»Was wirst' machen, wenn du in Pension gehst?« erkundigte sich Max.

Der Förster biß von seinem Brot ab und trank einen Schluck.

»Ich hab' noch eine Schwester, drüben in Engelsbach«, erzählte er. »Die möcht', daß ich zu ihr ziehe. Mit ihrem Mann hab' ich mich net besonders verstanden, aber der ist schon drei Jahr' tot. Ich denk' schon, daß ich's machen werd'. Die Burgi ist schon ein gutes Madel.«

»Und der Wald? Wird er dir net fehlen?«

»Das mag schon sein«, gab Xaver zu. »Aber erst einmal werd' ich meinen Nachfolger einarbeiten, und dann kann ich ja immer mal wieder herkommen. Engelsbach ist ja net aus der Welt.«

Max schenkte von dem Schnaps aus.

»Der ist gut für die Verdauung«, meinte er dabei fröhlich.

Der Förster und er prosteten sich zu.

»Und du?« fragte Xaver, nachdem sie getrunken hatten. »Bist immer noch Junggeselle. Gibt's keine, die du willst, oder will dich keine?«

Der Gendarm lachte leise.

»Das mußt ausgerechnet du fragen«, sagte er. »Bist doch selber net verheiratet. Hast dich ja erfolgreich vor dem Traualtar gedrückt.«

»Wer weiß«, sinnierte Xaver. »Wenn die richtige gekommen wär...«

»Dann hättest wirklich geheiratet?« forschte Max erstaunt nach.

»Ich hätt schon wollen«, gab der alte Förster zu. »Da war bloß keine, die hier mit mir in der Einsamkeit hätte leben

wollen. Und einsam ist es schon manchmal. Vor allem wenn keine Seminare sind.«
Max nickte verstehend. Natürlich, wenn die angehenden Forstgehilfen ihren Unterricht im Forsthaus hatten, dann war es mit der Ruhe vorbei. Sie lebten ja hier, in den sechs Wochen.
»Naja, und jetzt ist es eh' zu spät«, meinte Xaver.
Sie schwiegen eine Weile, und jeder hing seinen eigenen Gedanken nach. Max Trenker überlegte dabei, ob er auch bereit wäre, zu heiraten, wenn die Richtige käme. Er war erstaunt gewesen, dieses Geständnis von Xaver Anreuther zu hören. Dann dachte er an ein paar Madeln, denen er schöne Augen gemacht hatte. Es hatte schon welche darunter gegeben, die bereit gewesen wäre, seine Frau zu werden. Max indes hatte sich nicht so recht mit diesem Gedanken anfreunden können, dazu liebte er seine Freiheit viel zu sehr.
Zwar hatte er sich deswegen schon mehr als einmal eine eigens für ihn geschriebene »Predigt« seines Bruders anhören müssen. Aber viel gefruchtet hatten die mahnenden Worte Pfarrer Trenkers nichts...
Ein Ellenbogenstoß des Försters riß ihn aus seinen Gedanken.
»Was ist...?« fuhr er auf.
»Still!« mahnte Xaver und hob lauschend den Kopf.
Max horchte ebenfalls. Von unten drang ein leises Knurren herauf.
»Ruhig, Brutus!« befahl der Förster und lobte das Tier gleich darauf. »Bist wirklich ein braver Junge.«
Offenbar hatte der Hund etwas gehört und die Männer durch sein Knurren gewarnt. Angespannt lauschten sie in die Nacht. Den Weg konnten sie bis zu der Stelle einsehen, wo er einen anderen kreuzte. Nur von dort konnte jemand kommen, die andere Seite führte zum Hohen Riest hinauf.

Da ging es weiter auf die Berge hinauf. Es war kaum anzunehmen, daß der Wilddieb von dort herkam.

»Da war doch etwas«, zischte Xaver Anreuther und nahm die Büchse in die Hand.

Es gab ein metallisches Geräusch, als er den Sicherungshebel umlegte.

»Ich hab' nix g'hört«, flüsterte der Max.

Xaver hob eine Hand.

»Jetzt«, sagte er. »Horch'.«

Max lauschte mit angestrengten Sinnen. Da, jetzt hörte er es auch. Aus der Ferne erklang Motorengeräusch, das immer näher kam. Dann schlug eine Autotür. Schließlich wurde es für einen Moment still. Die beiden Männer im Hochsitz sahen sich an. Sollte das wirklich der Wilderer sein? Mit soviel Glück in der ersten Nacht hatten sie gar nicht gerechnet.

Ein deutliches Knacken im Unterholz war zu hören, dann Schritte, die sich näherten.

Der Gendarm gab dem Förster ein Zeichen. Vorsichtig, jedes Geräusch vermeidend, kletterten sie die Leiter hinunter. Brutus hatte sich aufgestellt. Angespannt wartete er auf ein Zeichen seines Herrn, daß der die Jagd eröffnete.

»Ich gehe einen Bogen, dann haben wir ihn in der Zange«, wisperte Max seinem Begleiter zu.

Xaver nickte. Während der Polizeibeamte einen Bogen schlug, um sich dem Unbekannten von der Rückseite her zu nähern, pirschte sich der Förster durch die Büsche an den Weg heran. Bis auf ein paar Metern war er heran, als er die dunkle Gestalt den Weg heraufkommen sah. Er riß die Büchse hoch und legte an. Dabei machte er einen Schritt nach vorn und trat mit dem Fuß in einen Kaninchenbau. Mit einem gurgelnden Schrei fiel er zu Boden. Dabei löste sich ein Schuß aus dem Gewehr.

»Max, paß' auf, daß er net entwischt!« rief der Förster in den Knall hinein.
Er drehte sich im Liegen herum. Der verstauchte Fuß tat fürchterlich weh. Xaver biß sich auf die Lippen, um den Schmerz zu unterdrücken. Dabei robbte er sich bis auf den Weg. Gerade eben noch sah er die Gestalt den Weg hinunterrennen und dann nach links abbiegen. Kurz darauf kam Max Trenker von der anderen Seite.
»Nach links, Max!« rief Xaver. »Er ist nach links gelaufen.«
Der Polizist lief hinterher. Der andere hatte einen guten Vorsprung, und obwohl der Beamte alles andere als unsportlich war, merkte er doch, wie es ihn in die Seite stach.
Nur net aufgeben, sagte er sich und spurtete weiter. Doch nach ein paar Metern blieb er stehen. Vor sich in der Dunkelheit hörte er wieder eine Autotür klappen. Der Wilddieb – er mußte es sein, ein anderer würde net so weggerannt sein – war schneller gewesen. Außerdem war er wohl so schlau gewesen, den Wagen gleich in Fluchtrichtung zu drehen, so daß er nicht erst umständlich wenden mußte. Er war offensichtlich mit allen Wassern gewaschen! Max schaute sich die Reifenspuren an. Das Profil war abgefahren und somit unbrauchbar. Er drehte um und ging langsam zurück. In einiger Entfernung kam ihm Xaver Anreuther humpelnd entgegen. Der Förster war wütend.
»Ich hab's vermasselt«, schimpfte er mit sich selbst. »Dieser vermaldedeite Kaninchenbau war schuld. Jetzt ist der Kerl natürlich gewarnt.«
Er erzählte, wie es zu dem Unglück gekommen war. Brutus, der erst hatte losstürmen wollen, war zurückgekehrt, als er seinen Herrn hatte fallen sehen.
»Der Bursche war ziemlich schnell«, tröstete Max den Förster. »Wahrscheinlich hätte selbst der Hund Mühe gehabt, ihn zu schnappen.«

Er bückte sich und tastete Xavers Bein ab. Der linke Fuß war leicht geschwollen.

»Wirst' es bis nach Hause schaffen, wenn ich dich stütz?« fragte er.

»Wird schon gehen«, gab der Förster zurück, dem man immer noch ansah, wie wütend er über sein Mißgeschick war.

»Laß gut sein«, meinte Max. »Für's erste haben wir den Kerl ja verscheucht. So bald wird er net wiederkommen.«

»Und gerad' das macht mir Sorgen«, erwiderte Xaver, während er sich auf Max's Schulter stützte. »Wer weiß, wo er jetzt sein Unwesen treibt. Gleich morgen früh werd' ich die anderen Revierförster anrufen und ihnen erzählen, was hier los ist.«

»Also, laß uns erstmal im Forsthaus sein«, sagte der Polizist. »Du mußt dich hinlegen. Der Fuß braucht Ruhe. Ich werd' dir einen kalten Umschlag machen, und morgen früh schick' ich gleich den Dr. Wiesinger vorbei. Der soll sich den Fuß mal ansehen. Alles weitere werden wir entscheiden, wenn's dir wieder besser geht. Außerdem hab' ich immer noch den Moosbacher auf'm Zettel. Morgen vormittag werd' ich ihm einen Besuch abstatten. Mal sehen, was dabei herauskommt.«

Der Weg zum Forsthaus schien unendlich lang zu sein. Dabei waren sie vorher kaum eine halbe Stunde gegangen. Jetzt dauerte es fast eine ganze Stunde. Aufatmend ließ sich Xaver erst einmal draußen auf der Bank nieder, während Max drinnen alles vorbereitete.

In der Küche fand er eine Flasche mit essigsaurer Tonerde. Er tränkte ein Handtuch damit. Dann holte er Xaver herein und half ihm, sich auf das Bett zu legen. Vorsichtig öffnete er ihm den Schuh, und zog den Strumpf aus. Durch den Rückweg hatte der Fuß noch mehr gelitten. Er war jetzt viel stärker angeschwollen als vorher. Max legte den kühlenden

Umschlag darum und schob ein Kissen unter das Bein. Bevor er sich auf den Heimweg machte, erkundigte er sich, ob Xaver noch etwas brauchte und verabschiedete sich, als der Förster verneinte.
»Schön ruhig halten, den Fuß«, ermahnte er. »Der Doktor kommt gleich morgen früh heraus. Ich schau' am Nachmittag wieder vorbei.«
»Ist schon recht«, nickte Xaver. »Vielen Dank auch für deine Hilfe.«
»Dafür net«, winkte Max ab und schloß die Tür hinter sich. Draußen graute schon langsam der Morgen. Max sah auf die Uhr und stellte erstaunt fest, daß es schon weit nach drei war. Wenn er sich beeilte, dann konnte er noch ein paar Stunden schlafen. Er setzte sich in seinen Wagen und fuhr nach St. Johann zurück.
Als er zu Hause ausstieg und den Dienstwagen abschloß, begrüßte gerade irgendwo ein krähender Hahn den neuen Tag.

*

Man merkte schon, daß es Urlaubszeit war. Das Hotel war nahezu ausgebucht, und wie Bert beim Frühstück hörte, waren auch die Pensionen in und um St. Johann herum gut belegt.
Der junge Anwalt, aus der Stadt an der Donau, saß an einem Einzeltisch und ließ sich das Frühstück schmecken. Am Abend zuvor hatte er hervorragend im Restaurant des Hotels gegessen, und auch das morgendliche Speisenangebot ließ keine Wünsche offen.
Bert Fortmann genoß es, endlich einmal Zeit zu haben, ohne den Druck eines Termins bei Gericht, oder mit einem Mandanten im Nacken zu spüren. Nachher wollte er eine erste Tour unternehmen. Sepp Reisinger, der Löwenwirt, hatte ihm Wanderkarten und Informationsmaterial gegeben, so daß er

nicht ins Touristencenter mußte. Bert studierte die Unterlagen während des Frühstücks. Er entschied sich für eine Wanderung auf die Kanderer-Alm. Das war ganz in der Nähe und schien eine Strecke zu sein, die er leicht schaffen konnte. Regelmäßiger Sport gehörte nicht unbedingt zu seinen Leidenschaften, doch ganz unsportlich war er auch nicht.
Mit einem leichten Blouson und bequemen Schuhen ausgerüstet, machte er sich auf den Weg. Es war ein sonniger Morgen, und die Temperaturen sollten noch weit über zwanzig Grad klettern. Obwohl es in der Nacht schon recht kalt war, wie der Löwenwirt erzählte.
Draußen vor dem Hotel herrschte reger Betrieb. Zahlreiche Urlauber waren in Gruppen angereist, die sich jetzt sammelten, um zu ihren Touren aufzubrechen. Erstaunlich viele junge Leute waren darunter, wie Bert feststellte. Dabei hatte er angenommen, daß sie eher die bekannteren Urlaubsziele bevorzugten.
Der Anwalt orientierte sich anhand seiner Karte und marschierte los. St. Johann schien ein typisches, oberbayerisches Dorf zu sein. Die Häuser und die Gärten machten alle einen gepflegten Eindruck. Kaum ein Giebel war ohne die kunstvollen Lüftlmalereien.
Bert hatte zwei Straßen durchquert, war an einem kleinen Brunnen vorbeigekommen und fand schließlich den Wegweiser, der die Richtung angab, in der es auf die Kanderer-Alm ging. Langsam aber stetig führte der breite Weg bergan. Offenbar hatten mehrere Leute dieselbe Idee gehabt, wie er, denn vor und hinter ihm waren etliche unterwegs. Der Anwalt blieb einen Moment stehen und schaute zu den beiden Gipfeln hinüber, die auf der anderen Seite des Tales in die Höhe ragten. Himmelsspitz und Wintermaid hießen sie, wie er einem Prospekt entnommen hatte. Ein herrlicher, imposanter Anblick. Bert bedauerte, keinen Fotoapparat dabei zu

haben, aber der war in der Wohnung in Neuburg geblieben. In der Eile seines Aufbruches, hatte er an Fotografieren überhaupt nicht gedacht. Er tröstete sich mit dem Gedanken, daß man unten im Dorf bestimmt Ansichtskarten kaufen könne, auf denen garantiert auch das Motiv der Zwillingsgipfel zu finden war.
Der junge Rechtsanwalt atmete tief durch. Die frische Bergluft schien mit dem Duft wilder Kräuter getränkt. Bert war bestimmt nicht sonderlich naturverbunden – sein Leben spielte sich in der Stadt zwischen Wohnung, Kanzlei und Gericht ab – doch auch er spürte das Besondere, das diese Welt ausmachte. Es war wirklich so, wie die Lehrerin gestern gesagt hatte. Rein und unverfälscht. Diesen Eindruck hatte er auch von den Menschen gewonnen, denen er im Hotel begegnet war. Sepp Reisinger und dessen Frau, Irma, das Personal, das fast ausschließlich aus der Gegend hier kam. Ihr ehrliches Wesen, der eigenartige Dialekt in dem sie manchmal sprachen, spiegelten eine heile Welt wider. Bestimmt gab es auch hier Probleme, wie anderswo auch, aber Bert glaubte, daß die Menschen in St. Johann anders mit ihnen umgingen. Das war vielleicht auch der Grund für die Zufriedenheit, die er auf den Gesichtern las.

*

Während ihm all dieses durch den Kopf ging, war er weiter gewandert. Schließlich stand er an einer Stelle, wo der Weg sich teilte. Ein Schild zeigte jedoch die Richtung an, in der er gehen mußte. Die Gegend war immer steiler geworden. Als er einen Blick zurück warf, stellte er fest, daß er sich schon in einer beachtlichen Höhe befand. Über ihm zogen Greifvögel ihre Bahnen, Gemsen und Wildhasen zeigten sich hier und da, um gleich wieder zu verschwinden, wenn sie des Menschen ansichtig wurden.

Nach eineinhalb Stunden hatte er es geschafft. In einer kleinen Senke sah er die Almwirtschaft liegen. Dort herrschte ein munteres Kommen und Gehen. Bert hatte sich mit dem Aufstieg Zeit gelassen und mehrere Pausen eingelegt, so daß die ersten Leute, die zugleich mit ihm losgegangen waren, die Sennerei schon wieder talabwärts verließen.
Der Anwalt blieb noch einen Moment stehen und genoß das Bild, das sich ihm da bot.
Ein großes Holzhaus mit mehreren Nebengebäuden stand in der Senke. Dahinter ein eingezäunter Pferch. Weiter rechts weidete eine Herde Kühe, auf der anderen Seite machte sich eine ganze Anzahl Ziegen über das saftige Gras und die Wildkräuter her. Vor der Almwirtschaft standen Tische und Bänke, aus Holz grob gezimmert. Viele Wanderer zogen es vor, bei dem schönen Wetter draußen zu sitzen. Bert suchte sich einen freien Platz und wartete gespannt darauf, was es zum Essen geben würde. Nach kurzer Zeit kam ein junger Bursche, dem man den Senner schon von weitem ansah. Er trug ein kariertes Hemd und dreiviertellange Krachlederne. Die Füße steckten in derben Bergschuhen.
»Pfüat di', ich bin der Thurecker-Franz«, begrüßte er den Gast. »Was magst' trinken?«
Bert bestellte ein Glas Milch, obwohl es auch Bier und Limonade im Angebot gab, und fragte nach einer Brotzeit.
»Freilich«, nickte Franz. »Da hätten wir ein gutes Brot mit Butter und Kas', oder ein Pilzragout mit Knödeln.«
Der Anwalt entschied sich für das Pilzragout, das der Senner schon kurze Zeit später brachte. Es war eine Riesenportion und duftete köstlich. An seinem Tisch saßen noch ein paar andere Leute, die wohl aus dem Berliner Raum kamen, wie man an der Sprache, hören konnte. Es war eine Gruppe junger Leute, drei Männer und vier Mädeln. Sie unterhielten sich über einen See, den es in der Gegend geben müsse. Sie

wußten allerdings nicht genau, wo er sich befand. Bert erinnerte sich, ihn auf der Karte gesehen zu haben.
»Ich glaube, ich kann Ihnen da weiterhelfen«, bot er an. »Wenn Sie den Achsteiner-See suchen, der befindet sich auf der anderen Seite des Tales. Warten S' einen Moment.«
Er holte die Karte heraus und faltete sie dann ganz auseinander. Neugierig rückten die anderen heran.
»Hier«, deutete Bert auf die Stelle. »Zwischen Sankt Johann und Waldeck geht eine Straße nach Osten an. Die führt genau zum See.«
»Det isser«, berlinerte einer der jungen Männer. »Hoffentlich kann man da surfen. Immer nur die Berje ruff und wieder runta, det wird off die Dauer zu langweilig.«
»Wieso?« protestierten zwei der Madeln. »Bloß auf'm Brett 'rumstehen, det bringst' aber och nich'.«
»In einem Prospekt las ich, daß der See als Surfrevier ausgewiesen ist«, meinte Bert Fortmann und zog damit das Interesse eines der Madeln auf sich.
Die junge Frau war etwa Mitte zwanzig, hatte kurze blonde Haare und ein niedliches Gesicht. Sie rückte noch näher an ihn heran.
»Ich heiße Bettina. Surfst du auch?« fragte sie.
Bert schmunzelte. Es war Jahre her, daß er auf einem Brett gestanden hatte. Er wußte nicht, ob er die Technik überhaupt noch beherrschte.
»Ich glaub', ich müßt erst einmal wieder einen Kurs mitmachen«, gestand er. »Es ist einfach zu lange her.«
»Das wäre kein Problem«, meinte sie unbekümmert und deutete auf die Runde. »Wir sind alle erfahrene Surfer. Ich könnt's dir wieder beibringen.«
Dabei sah sie ihm ganz tief in die Augen. Es war ganz offensichtlich, daß sie einem Flirt nicht abgeneigt war. Vermutlich war das Madel in der Gruppe, das keinen Partner hatte.

Die anderen Männer und Frauen gehörten offenbar zusammen.

»Vielen Dank, aber ich glaub' net, daß es noch viel Zweck hat«, lehnte er ihr Angebot ab.

Die anderen waren schon zum Aufbruch bereit.

»Bettina, kommst du?« rief einer von ihnen.

Die junge Frau machte ein bedauerndes Gesicht.

»Schade«, sagte sie lächelnd und winkte ihm zum Abschied zu.

Bert lächelte und winkte zurück. Er schaute ihnen nach, bis sie außer Sicht waren. Dabei schmunzelte er immer noch. Niedlich war sie schon gewesen, diese Bettina, und unter anderen Umständen wäre er durchaus auf ihren Flirtversuch eingegangen. Doch er war nicht vor einer Frau davongelaufen, um sich gleich der nächsten an den Hals zu werfen. Er mußte und wollte zur Ruhe und Besinnung kommen. Er spürte wieder, daß Gloria von Haiden immer noch wie ein Schatten um ihn herum war. Selbst dann, wenn er meinte, sie vergessen zu haben, dachte er an sie. Dabei war es das einzige, was er wollte – sie vergessen.

Es war keine Liebe, die er fühlte. Auch kein Haß – es war Verachtung. Sie hatte mit ihm und seinen Gefühlen gespielt, seine Liebe schamlos ausgenutzt, um sich auf seine Kosten zu bereichern.

Er konnte sie gar nicht mehr lieben. Würde er sie eines Tages endlich vergessen können?

*

Verena Berger hatte beschlossen, ihren ersten Tag im Garten der Pension im Liegestuhl zu verbringen. Nach dem Frühstück war sie zu dem kleinen Zigarrenladen gegangen, der neben Tabakwaren auch Zeitschriften und Bücher führte. Dort deckte sie sich mit einem Schwung illustrierter Magazine und einigen Taschenbüchern ein. Allerdings blätterte sie mehr gedankenlos darin, als daß sie sie wirklich ernsthaft las. In Gedanken war Verena ständig bei dem Mann, den sie erst gestern kennengelernt hatte, von dem sie aber nicht mehr los kam. Träumend lag sie da und hörte kaum, daß ihre Wirtin zum Mittag rief.

Da es in der Pension nur Frühstück, aber sonst kein Essen gab, hatte die Lehrerin ursprünglich vorgehabt, die Mahlzeiten im Hotel einzunehmen. Als Christel Rathmacher davon hörte, protestierte sie sofort.

»Natürlich essen S' mit uns«, sagte sie energisch. »Sie gehör'n doch schon fast zur Familie.«

Verena war dankbar für dieses Angebot, schonte sie doch dadurch ihre Reisekasse erheblich. Außerdem kochte die Wirtin unglaublich gut.

Heute gab es einen herzhaften Eintopf, in dem alles d'rin war, was der Garten an Gemüsen hergab. Tobias Rathmacher kam mittags zum Essen immer aus der Werkstatt herüber, die nur ein paar Straßen weiter war, so daß sie zu dritt am Tisch saßen.

Auch wenn sie für die Mahlzeiten bezahlte, so war es für Verena selbstverständlich, daß sie mit abdeckte oder die Spülmaschine einräumte. Es war auch ein bißchen als Gegenleistung für Tobias' Hilfe gedacht, daß sie sich nützlich machte. Der Bursche hatte es tatsächlich geschafft, noch am Abend, ihren Wagen wieder flott zu machen.

»Warst' schon unterwegs, heut?« erkundigte Tobi sich, während des Essens.

Verena verneinte und erklärte, daß sie erst einmal faul herumliegen und sich sonnen wollte. Vielleicht würde sie an einem der nächsten Tage in den Bergen wandern.

»Aber am Samstag gehst' mit zum Tanz' beim Löwenwirt«, bestimmte Tobias. »Diesmal aber drinnen.«

Verena lachte. Sie erinnerte sich, wie sie und Tobi früher, oft waren noch andere Kinder dabei gewesen, draußen vor dem Eingang zum Saal gestanden waren und der Musik zugehört hatten.
»Gibt's den Tanzabend denn immer noch?« fragte sie.
»Na freilich«, gab er zurück. »Das ist schließlich das kulturelle Ereignis in Sankt Johann – einmal die Woch'.«
»Red' net so abfällig über den Tanzabend«, ermahnte seine Mutter ihn. »Schließlich wird damit eine Tradition bewahrt, und du hast immerhin auf einem der Abende die Sonja kennengelernt.«
»Was, du hast eine Freundin?« erkundigte Verena sich neugierig. »Erzähl' doch mal. Wer ist sie denn?«
»Naja«, schmunzelte Tobias Rathmacher ein wenig verlegen. »Die Sonja Ruhlinger, die Tochter von unserem Metzger. Ich glaub', die kennst du noch von früher.«
Die Lehrerin versuchte, sich zu erinnern. Zehn Jahre waren eine lange Zeit, da konnte man schon mal ein Gesicht vergessen.
»Wenn ich sie wiederseh', kenn' ich sie bestimmt«, meinte Verena. »Natürlich komm' ich mit zum Löwenwirt. Danke, für die Einladung.«
»Da net für«, grinste Tobias. »Das gehört zum Service des Hauses, daß wir uns um unsere weiblichen Gäste kümmern, wenn sie allein reisen.«
Seine Mutter gab ihm eine spielerische Kopfnuß.
»Laß das mal net die Sonja hören«, sagte sie, während sie mit dem Zeigefinger drohte. »Und jetzt sieh zu, daß du zur Arbeit kommst. Deine Mittagspause ist längst um.«
»Ach, das macht nichts, wenn ich ein biss'l später komm'«, meinte er unbekümmert. »Der Meister weiß, was er an mir hat.«
Schließlich bequemte er sich aber doch, aufzustehen.

»Pfüat euch«, sagte er zum Abschied. »Der beste Mechaniker von Sankt Johann geht wieder ans Werk.«
Dabei hob er stolz den Kopf und drehte ihn in alle Richtungen.
»Dieser Lauser«, schimpfte seine Mutter, als er zur Tür hinaus war. »Das Schlimme ist, daß er recht hat. Der Meister läßt ihm mehr durchgehen, als es gut ist. Er weiß wirklich, was er am Tobias hat.«
Dabei schwang ein bißchen Stolz in ihren Worten mit.

*

Sebastian Trenker schob den leeren Teller von sich. Sein Bruder hingegen, langte noch einmal tüchtig zu. Der Geistliche sah es mit einem Schmunzeln. Er fragte sich, wo Max das alles ließ. Man sah dem Polizeibeamten keineswegs an, was er so verdrücken konnte.
»Hast' was vom Förster gehört?« erkundigte sich Max zwischen zwei Happen.
»Ich hab' mit dem Doktor gesprochen«, antwortete Sebastian. »Xaver wird ein paar Tag' stramm liegen müssen. Ich werd' nachher zu ihm rausfahren und schauen, wie's ihm geht. Vielleicht braucht er das eine oder andere.«
»Das ist gut«, nickte Max. »Ich werd' nämlich kaum vorm Abend bei ihm sein können. Heut' nachmittag will ich nach Waldreck 'rüber. Dem alten Spezi vom Breithammer ein biss'l auf den Zahn fühlen.«
Er erzählte von Xaver Anreuthers Verdacht, der Moosbacher könne etwas mit den Wilddiebereien zu tun haben.
»Weiß man eigentlich etwas über die Tochter vom alten Breithammer?« fragte der Pfarrer.
»Also, ich weiß nix«, gab sein Bruder zurück. »Seit dem Prozeß damals, gegen ihren Vater, hab' ich sie net mehr gesehen.«

»Ich auch net«, meinte Sebastian. »Ob sie wohl immer noch in der Hütte lebt? So ganz alleine.«

»Ich könnt' ja mal nachschauen, wenn ich beim Xaver war«, schlug Max vor.

»Gut«, nickte Sebastian. »Auf Streife willst aber net, in der Nacht.«

»Ich glaub' net, daß es viel Zweck hat«, schüttelte der jüngere den Kopf. »Der Bursche ist erst einmal gewarnt. Mal sehen, was bei meinem Besuch beim Moosbacher-Willi herauskommt. Leider waren die Reifenspuren von gestern unbrauchbar. Sonst hätten die uns vielleicht weitergeholfen.«

Sophie Tappert hatte bisher schweigend zugehört.

»Es ist wirklich schad', daß das Madel mit solch einem Vater geschlagen ist«, ließ die Haushälterin sich jetzt vernehmen. »Die Kathrin ist eine bildhübsche Frau und hätte sicher etwas Besseres verdient, als in einer Waldhütte zu hausen.«

»So, bildhübsch ist sie«, sagte Max schmunzelnd. »Stimmt, das hatte ich ja ganz vergessen.«

Sophie Tapperts Augen schossen Blitze auf ihn ab.

»Max Trenker, kommen S' net auf dumme Gedanken«, sagte sie mit strengem Blick.

Pfarrer Trenker lachte, während Max entrüstet tat.

»Ich? Frau Tappert – wo werd' ich? Sie kennen mich doch.«

»Eben«, nickte die Haushälterin. »Eben!«

*

Wilhelm Moosbacher hauste auf einem heruntergekommenen Bauernhof kurz vor Waldeck. Max Trenker glaubte, seinen Augen nicht zu trauen, als er den Dienstwagen durch die Einfahrt lenkte. Vor der großen Scheune hielt er an. Das Gebäude machte den Eindruck, als würde es beim nächsten Sturm zusammenfallen. Überall stapelte sich Schrott und Sperrmüll. Zwei alte Traktoren rosteten vor sich hin. Ebenso

eine Egge und ein Pflug. Dem ehemals schmucken Bauernhaus fehlte eine ganze Anzahl Schindeln auf dem Dach. Statt dessen war das Loch darunter mit einer Plane abgedeckt. Die Wände hätten einen neuen Anstrich bitter nötig gehabt. Der Polizist stieg aus und setzte seine Dienstmütze auf. In einem der ungeputzten Fenster sah er den Kopf einer Frau. Mißtrauisch schaute sie den Beamten an. Max klopfte an die Haustür und wartete ab. Nach einer guten Weile klopfte er ein zweites Mal, erst dann wurde die Tür geöffnet. Ein kleiner, untersetzter Mann sah heraus. Er war unrasiert, Hemd und Hose zerschlissen.
»Was gibt's?« fragte er mürrisch.
»Pfüat dich, Moosbacher«, sagte Max Trenker. »Ich war g'rad in der Nähe und wollt' halt einmal vorbeischauen.«
»Nur so? Das glaub' ich net.«
»Heißt das, daß die Kollegen immer einen Grund haben, wenn sie dich aufsuchen?«
»Sag', was von mir willst«, raunzte der Bauer statt einer Antwort. »Und wenn's nix Offizielles ist, dann schleich dich wieder!«
»Nun sei mal net so unfreundlich«, sagte Max in einem schärferen Ton. »Sonst nehm' ich dich gleich mit aufs Revier. Ich ermittel in einem Fall von Wilderei, und hab' da ein paar Fragen an dich. Die kannst mir gleich hier beantworten, oder du gehst mit, wenn's dir lieber ist.«
»Wilderei?« rief der Moosbacher erregt. »Was hab' ich mit Wilderei zu schaffen?«
Dabei flackerten seine Augen, der Blick wurde unstet und huschte hin und her. Dazu schluckte er nervös.
»Um das herauszufinden, bin ich ja hier. Wo warst' denn gestern abend, zwischen einundzwanzig Uhr und Mitternacht.«
»Wo soll ich g'wesen sein? Hier war ich.«
»Gibt es irgendwelche Zeugen?«

»Frag' meine Frau, wenn's net glaubst.«
Max ließ sich nicht anmerken, was er dachte. Es hatte wenig Zweck, die Frau zu befragen. Sie würde die Aussage ihres Mannes stützen. Statt dessen sah er sich auf dem Hof um. Vor einem Schuppen lag eine Rolle Draht, wie sie für Hühnerställe verwendet wurden. Die von Xaver Anreuther sichergestellten Schlingen konnten durchaus davon stammen. Allerdings war das kein Beweis. Solche Drahtrollen lagen in Haufen auf den Bauernhöfen der ganzen Gegend.
»Wo steht denn dein Wagen?« fragte der Beamte.
»Ich hab' keinen Wagen«, erwiderte der Bauer. »Den kann ich mir nämlich net leisten. Aber sag' doch mal, wo wird denn gewildert?«
»Drüben, im Ainringer-Forst. Mit Drahtschlingen. Und ich wünsch' dem Kerl, wer immer es ist, daß er net dem Xaver vor die Flinte kommt. Der hat nämlich eine Mordswut im Bauch.«
Max Trenker sah ein, daß eine weitere Befragung sinnlos war. Er konnte ohne handfeste Beweise nichts unternehmen. Ein solcher Beweis wäre vielleicht das Auto mit den abgefahrenen Reifen. Doch wenn der Moosbacher behauptete, er besitze keines, dann mußte Max dies zunächst glauben. Ohne einen Durchsuchungsbefehl durfte er noch nicht einmal die Scheune betreten, um nachzusehen, ob dort eventuell doch ein Fahrzeug versteckt wurde.
Auf jeden Fall würde er eine Überprüfung bei der KFZ-Stelle in der Kreisstadt vornehmen. Hatte der Moosbacher doch ein Auto, so mußte es dort registriert sein.
Der Polizeibeamte fuhr mit einem ungutem Gefühl davon. Zum einen hatte er den Eindruck gewonnen, daß der Bauer nervös geworden war und nicht ganz die Wahrheit sagte. Zum anderen mochte er nicht recht glauben, daß der Moosbacher der Täter war. Die Gestalt, die er in der Nacht verfolgt hatte, war größer und schlanker gewesen.

Max war eben von der kleinen Straße auf die Hauptstraße abgebogen, als von der anderen Seite ein alter Geländewagen kam und auf den Moosbacherhof fuhr. Aber das konnte der Polizist schon nicht mehr sehen.

*

Entgegen ihrem Vorhaben, hielt es Verena am Nachmittag nicht mehr im Liegestuhl aus. Ihre Gedanken kreisten ständig um den Mann, der ihr Herz so im Sturm erobert hatte. Sie mußte etwas unternehmen, um sich abzulenken. Ihr gefiel der Gedanke, auf der Terrasse des Hotels ein Eis zu essen. Früher, mit den Eltern, hatte sie oft dort oder im Biergarten gesessen. Schnell zog sie sich um, fuhr mit der Bürste durch die Haare und nahm ihre Handtasche.
Die Terrasse war auch von der Straße her zu erreichen, so daß man nicht durch das Gebäude gehen mußte. Ein Kiesweg führte von der Seite um das Hotel herum zum Biergarten. Verena konnte sich nicht erinnern, es dort jemals so voll gesehen zu haben. Beinahe alle Tische waren belegt. Die Menschen labten sich an Kaffee und Kuchen, Eisbecher wurden herumgetragen und Bier und Mineralwasser fanden reißenden Absatz.
Die junge Lehrerin hatte Glück und fand noch einen freien Tisch. Er stand im Windschatten unter einem riesigen Sonnenschirm. Schnell setzte sie sich und schlug die Karte auf. Verführerische Eisbecher wurden darin angeboten, mit oder ohne Sahne, mit Früchten oder Likören, heißer Schokoladensauce oder gar mit brennendem Enzian flambiert. Verena entschied sich für ein gemischtes Eis. Auf Schlagsahne verzichtete sie lieber. Die Sommerhose, die sie trug, hatte beim Anziehen verdächtig im Bund gekniffen...
Die freundliche Bedienung, brachte das Gewünschte sehr schnell, und während Verena langsam und genüßlich ihr

Eis verzehrte, fiel ihr ein, daß Bert Fortmann ja in diesem Haus wohnte... Ein siedendheißer Schrecken durchfuhr sie. Was, wenn er jetzt, in diesem Moment, durch die Eingangstür des Hotels kam?
Sie warf einen Blick zur Tür – und glaubte, ihr Herz bliebe stehen. Da stand er! Beige Hose, hellblaues Hemd, die dunklen Haare ein wenig zerzaust, und über dem Arm einen Blouson, so stand er in der offenen Tür und hielt nach einem freien Platz Ausschau. Unwillkürlich rutschte sie in ihrem Korbsessel ein wenig tiefer. Aber, natürlich war es zwecklos, er mußte sie doch sehen! Ihr Tisch war der einzige, an dem es noch freie Plätze gab.
Da kam er auch schon heran. Ein Lächeln glitt über sein Gesicht, als er sie erkannte.
»Grüß' Gott«, sagte er. »Ist noch ein Platz bei Ihnen frei?«
Für dich immer, hätte sie ihm am liebsten gesagt. Statt dessen nickte sie nur. »Bitte, setzen Sie sich«, gelang es ihr endlich zu sagen.
»Vielen Dank.«
Bert Fortmann setzte sich.
»Ah, das tut gut. Jetzt bräuchte ich noch ein kühles Bier, dann ist die Welt wieder in Ordnung.«
»War sie denn in Unordnung?« fragte Verena keck.
Irgendwie hatte sie ihre plötzliche Verlegenheit wieder verloren. Nur ihr Herz klopfte deutlich schneller, so sehr freute sie sich über dieses unerwartete Zusammentreffen.
»Was...? Ach so, nein, natürlich nicht«, lachte Bert. »Ich wollte sagen, daß es mir dann wieder besser ginge. Wissen Sie, ich habe gerade eine lange Wanderung hinter mir. Ich war auf der Kanderer-Alm. Kennen Sie sie?«
Verena wußte, welche Alm er meinte, von der Spitzer-Alm, bis zur Kanderer, kannte die Lehrerin sie alle. Sie nickte.
»Es war zwar anstrengend, aber schön«, erzählte Bert wei-

ter, nachdem er ein Bier bestellt hatte. »Aber sagen Sie, was macht Ihr Auto. Ist es wieder heil?«
»Ja, Gott sei Dank. Der Sohn meiner Zimmerwirtin ist Automechaniker. Er hat den Wagen gestern abend noch repariert.«
»Na, da haben S' ja noch mal Glück gehabt.«
Sie unterhielten sich über eine ganze Menge anderer Dinge, und je länger sie plauderten, um so freier und unbefangener wurde die junge Frau. Sie hatte das Gefühl, sie würde Bert Fortmann schon lange kennen. Der Anwalt ließ es sich nicht nehmen, Verena zu einem Getränk einzuladen, und schließlich erzählte er von sich selbst. Er wußte ja, daß Verena Lehrerin war, und sprach zuerst von seinem Beruf als Anwalt. Aber auch von seiner Vorliebe für gutes Essen, Theaterbesuche und lauschige Winterabende am knisternden Kamin. Dabei war es eine so vertraute Atmosphäre zwischen ihnen, daß Verena es bedauerte, sich verabschieden zu müssen. Mittlerweile hatten sie über zwei Stunden zusammengesessen, und Christel Rathmacher würde schon bald mit dem Abendessen auf sie warten.
Sie reichte Bert Fortmann zum Abschied die Hand, und als er sie nahm, da war es, als durchfahre sie ein elektrischer Schlag.
»Vielen Dank für die Einladung«, sagte sie.
Selbstverständlich war er aufgestanden, als sie sich erhob. Jetzt deutete er eine Verbeugung an.
»Es war mir ein Vergnügen. Ich würde mich freuen, wenn wir unsere Plauderei einmal fortsetzen. Schließlich sind wir ja fast so etwas, wie Reisegefährten.«
Verena stimmte in sein Lachen ein.
»Herzlich gern, Herr Fortmann. Vielleicht morgen schon.«
Er sah ihr nach, bis sie die Terrasse verlassen und durch den Biergarten gegangen war. Dann setzte er sich nachdenklich

wieder auf seinen Platz. Es waren zwei herzerfrischende Stunden gewesen, die er in angenehmer Atmosphäre verbracht hatte. Bert mußte zugeben, daß Verena Berger eine ganz andere Frau war, als die kühle berechnende Gloria von Haiden. Offen und ehrlich, lustig und gleichzeitig von reizvollem und anziehendem Wesen. Während Gloria der verführerische Vamp gewesen war, zeigte sich Verenas Anziehungskraft in eleganter Zurückhaltung. Sie würde sich bestimmt nie einem Mann an den Hals werfen. Schon gar nicht aus Berechnung!
Bert lehnte sich in seinem Sessel zurück und stützte gedankenverloren das Kinn auf seine rechte Hand. Doch während sein Blick scheinbar in die Ferne schweifte, sah er zwei Gesichter vor sich. Das eine, mit dem kalten Blick aus den stolzen Augen, gehörte Gloria, seiner Vergangenheit. Das andere, mit dem warmen Lächeln und den voller Lebensfreude sprühenden Augen, gehörte Verena Berger. Der Frau, die er erst seit gestern kannte, und die ihm doch so vertraut schien. War sie seine Zukunft?

*

Das kleine Haus stand auf einer Lichtung hinter dem Ainringer Forst. Max Trenker hatte, gut fünfhundert Meter vorher, seinen Wagen stehen lassen und den Rest zu Fuß gehen müssen. Der Weg war hier so eng, daß er nicht mehr befahrbar war.
Der Polizeibeamte war noch nie hier draußen gewesen, und schaute erstaunt, als er das Haus sah.
Man erzählte, der alte Breithammer habe es mit eigenen Händen erbaut. Offenbar verstand er was davon.
Rechts war ein kleiner Schrebergarten, in dem verschiedene Gemüse und Blumen wuchsen, links ein Hühnerhof. Max stand vor dem Haus und schaute sich um. Von der Frau, die

hier wohnte, war nichts zu sehen, bis er plötzlich ein Geräusch in seinem Rücken vernahm und sich umdrehte. Da stand sie vor ihm, ein Gewehr im Anschlag. Sie ließ die Waffe sinken, als sie in ihm den Polizisten erkannte. Offenbar hatte sie den Wagen gehört und sich in den Büschen versteckt, um zu sehen, wer der Besucher war.
Die Frau trug ein einfaches, aber sauberes Kleid, das ihre formvollendete Figur betonte. Sie hatte ein schönes Gesicht, das von langen schwarzen Haaren umrahmt wurde. Die vollen Lippen war ungeschminkt, und außer einem silbernen Kreuz, das an einem kleinen Kettchen um ihren Hals hing, trug sie weiter keinen Schmuck. Die dunklen Augen schienen ihn zu durchdringen, als sie ihn ansah.
»Was wollen S' hier?« fragte sie mit fester Stimme, die keine Unsicherheit erkennen ließ.
»Grüß Gott, Hauptwachtmeister Trenker, vom Polizeiposten in Sankt Johann«, sagte Max und tippte mit zwei Fingern an den Schirm seiner Mütze.
»Das seh' ich, daß Sie von der Polizei sind«, entgegnete sie. »Und, was wollen S', Herr Hauptwachtmeister?«
Der Beamte machte eine belanglose Handbewegung.
»Eigentlich gar nichts«, antwortete er. »Ich wollt' nur schauen, wie's Ihnen geht. Ob alles in Ordnung ist.«
Kathrin Breithammer warf ihm einen Blick zu, den er nicht deuten konnte. Eine Mischung aus Belustigung und Stolz lag darin.
»Kommen S' da net ein biss'l zu spät?« fragte sie. »Sie waren es doch, der meinen Vater verhaftet hat, zusammen mit dem Förster Anreuther. Da wissen S' doch, daß ich all die Jahre allein hier draußen leb'.«
Sie machte einen Schritt vor. Dabei hob sie das Gewehr, das sie die ganze Zeit gesenkt gehalten hatte.
»Und zu wehren weiß ich mich auch.«

»Einen Waffenschein haben S' doch sicher, oder?«
»Freilich. Wollen S' ihn sehen?«
»Nicht nötig«, winkte der Beamte ab.
Sie würde ihm, dem Polizisten, nicht so offen mit dem Gewehr gegenübertreten, wenn die Waffe nicht gemeldet gewesen wäre.
»Eine Frage hätt' ich noch«, sagte Max. »Ist Ihnen in den letzten Tagen oder Wochen jemand aufgefallen, der sich abends oder nachts hier herumgetrieben hat?«
Kathrin schüttelte den Kopf.
»Net, daß ich wüßt'. Warum fragen S' danach?«
Dem Beamten fiel es schwer, diese Frage zu beantworten.
»Tja, also – irgend jemand legt Drahtschlingen aus. Der Förster hat welche gefunden.«
Der jungen Frau stand die Zornesröte im Gesicht.
»Ah, daher weht der Wind. Sie meinen, weil mein Vater deswegen im Gefängnis sitzt, bin ich net besser als er. Sie verdächtigen mich, die Schlingen gelegt zu haben!«
»Nein, um Himmels willen, nein! So hab' ich das net gemeint«, beteuerte Max Trenker. »Ich wollt' wirklich nur fragen, ob Ihnen etwas aufgefallen ist.«
»Ich weiß nix«, antwortete sie barsch und ging an ihm vorbei zur Haustür. »Und jetzt lassen S' mir meine Ruh'!«
Sie trat ein und warf die Tür mit einem heftigen Stoß ins Schloß.
Der Polizist blieb einen Moment unschlüssig stehen, dann drehte er sich um und ging zu seinem Wagen. Er konnte nichts anderes tun, als unverrichteter Dinge wieder zu fahren.
Max hielt sie wirklich nicht für die Täterin. Da kam schon eher der Moosbacher-Willi in Betracht. Natürlich konnte Kathrin Breithammer in die Sache verwickelt sein, schließlich waren ihr Vater und der Moosbacher dicke Freunde.

Allerdings mochte er es dem Madel nicht so recht zutrauen. Was ihn jedoch mehr beschäftigte, war der Umstand, daß Kathrin so ganz alleine hier draußen lebte.
Er hoffte sehr, daß sie sich eines Tages wieder für die Welt draußen interessieren würde...

*

Von der Kirche klang das Läuten der Abendglocken herüber. Bert Fortmann stand am Fenster seines Zimmers und schaute in die Dämmerung hinaus. Das, was er da draußen sah, nahm er aber eigentlich gar nicht wahr, denn mit seinen Gedanken war er ganz woanders. Seit dem Nachmittag war nichts mehr, wie zuvor. Wie im Traum war er von der Terrasse des Biergartens in sein Hotelzimmer gegangen. Dort hatte er unschlüssig in einer Zeitschrift geblättert, ohne auf die Artikel oder Bilder zu achten. Immer wieder fragte er sich, ob es möglich war, daß er sich in Verena Berger verliebt hatte. Schon bei ihrem Anblick, als er in der Hoteltür stand, hatte sein Herz merklich schneller geklopft. Dann war da diese angenehme Unterhaltung gewesen, in deren Verlauf er immer stärker merkte, daß ihm diese Frau mehr als nur sympathisch war. Eigentlich verkörperte sie alles, was er je von der Frau, mit der er sein Leben verbringen wollte, erträumt hatte.
Einmal hatte er geglaubt, es gefunden zu haben, doch er wurde bitter enttäuscht. Sollte er jetzt wirklich so schnell seine selbst auferlegten Schwüre, nie wieder eine Frau so nahe an sich heranzulassen, brechen?
Bert Fortmann wußte nicht mehr weiter. Vielleicht wäre es das beste, wenn er sofort abreiste und sie niemals wiedersah! Im selben Atemzug wurde ihm klar, daß das unmöglich war. Aber er wußte auch, daß er nicht alleine mit dieser Situation fertig würde.

»Ich bin gerne bereit, Ihnen zuzuhören«, hatte der freundliche Pfarrer angeboten.

Der junge Anwalt zog seine Jacke über. Ja, bestimmt würde es ihm helfen, mit dem Geistlichen zu reden. Er hoffte, daß Pfarrer Trenker ein paar Minuten Zeit haben würde.

Das Glockengeläut hatte das Ende der Abendmesse angezeigt. Sebastian Trenker stand in der Kirchentür und verabschiedete die Gläubigen. Es waren nur noch wenige, als Bert den Kirchweg heraufkam. Der Pfarrer erkannte ihn wieder und nickte ihm freundlich zu.

»Ich wollte Ihr Angebot in Anspruch nehmen, Hochwürden«, sagte Bert Fortmann, nachdem die beiden Männer sich begrüßt hatten.

»Kommen S', gehen wir in die Sakristei«, nickte Sebastian und machte eine einladende Handbewegung.

Drinnen war Alois Kammeler, der Mesner, bereits mit dem Aufräumen fertig und verabschiedete sich. Sebastian und Bert gingen in den kleinen Raum unterhalb der umlaufenden Galerie.

»Bitte, setzen S' sich«, zeigte der Geistliche auf einen der beiden Stühle, die an dem Tisch standen.

Er legte die Soutane ab und zog sein Sakko über, das an der Garderobe hing. Dann setzte er sich zu seinem Besucher.

»Sagen S' mir, wie ich Ihnen helfen kann«, bat er.

Bert Fortmann hatte befürchtet, daß es ihm schwerfallen würde, sich einem Fremden gegenüber zu offenbaren. Doch er stellte erleichtert fest, daß es viel einfacher war, als er glaubte. Ausführlich schilderte er alles, von der ersten Begegnung mit Gloria von Haiden, über deren verbotenen Aktiengeschäfte, bis zu dem eisernen Schwur, nie wieder eine Frau lieben zu wollen.

Und schließlich seine augenblickliche Seelenlage.

Pfarrer Trenker hörte zu, ohne den Anwalt auch nur einmal zu unterbrechen. Schließlich lehnte er sich zurück und nickte.

»Ich kann Sie durchaus verstehen«, sagte er. »Wer, so wie Sie, von einer Frau enttäuscht wurde, dem ist es leicht, alle Frauen zu verdammen. Dabei wissen Sie natürlich, daß längst nicht alle wirklich so sind, wie Sie es erlebt haben. Ihnen ist Schlimmes widerfahren und nun wollen Sie die Konsequenz daraus ziehen. Aber es wäre eine falsche, von nun an alleine leben zu wollen. Daß das auch gar net geht, haben S' ja selbst gemerkt. Ich kann Ihnen wirklich nur raten, sich dieser Frau, von der Sie mir erzählt haben, zu offenbaren.«

Bert rang mit sich. Konnte er es wirklich wagen? Würde er nicht ein zweitesmal enttäuscht werden?

»Diese Gefahr besteht immer«, antwortete der Geistliche auf Berts Frage. »Aber wie wollen Sie es herausfinden, wenn Ihnen der Mut fehlt, es zu wagen? Weil ein Mensch Ihnen übel mitspielte, müssen S' net befürchten, daß es immer wieder geschehen wird.«

Er stand auf und legte dem jungen Anwalt seine Hand auf die Schulter.

»Sagen S' ihr«, ermunterte er ihn. »Sagen S' ihr, was Sie für sie empfinden, und warten S' ab, was Ihnen die Zeit bringen wird.«

Bert Fortmann erhob sich ebenfalls. Er reichte dem Pfarrer die Hand.

»Sie haben mir sehr viel Mut gemacht«, bedankte er sich. »Ich werde Ihren Rat befolgen.«

Vor der Kirche verabschiedeten sie sich. Erleichtert ging Bert zum Hotel zurück. Irgendwann morgen würde er Verena wiedersehen. Er sehnte den Augenblick herbei, in dem er ihr sagen konnte, daß er mit ihr den Weg ins Glück gehen wollte.

Bert ahnte noch nicht, daß es viele Wege gab, die ins Glück führten, leider aber auch viele Irrwege ...

*

Noch bevor der Wecker klingelte, war Verena Berger auf den Beinen. In der Nacht hatte sie kaum ein Auge zugemacht, und in ihrem Bauch tanzten immer noch die Schmetterlinge. Wiedersehen wollte er sie. Das hatte er gestern gesagt, und nur zu gerne hätte Verena sich gleich mit ihm verabredet. Aber das ging natürlich nicht. Deshalb hatte sie vage vom nächsten Tag gesprochen. So groß war St. Johann nun auch wieder nicht, daß sie sich nicht zufällig begegnen konnten.
»Na, Sie haben wohl richtig ausgeschlafen«, meinte Christel Rathmacher beim Frühstück. »So gut gelaunt, wie Sie sind!« Verena schmunzelte, sagte aber nicht, was der Grund für ihre Fröhlichkeit war. Die beiden Frauen frühstückten zusammen, nachdem Verena der Pensionswirtin geholfen hatte, das Frühstück für die anderen Gäste zu bereiten.
»Das sollen S' doch net«, wehrte Christel ab. »Sie sind doch auch Gast.«
»Ich tu's gerne, Frau Rathmacher«, beteuerte die Lehrerin. Das Telefon klingelte, als sie selber gerade mit dem Frühstück fertig waren. Die Zimmerwirtin nahm ab und meldete sich. Dann reichte sie den Hörer an Verena weiter.
»Für Sie.«
Die junge Frau machte ein erstauntes Gesicht. Wer wußte denn, daß sie hier wohnte, außer ...!
»Fortmann hier. Guten Morgen«, vernahm sie die vertraute Stimme. »Ich hoffe, ich habe Sie nicht geweckt. Aber dann wären Sie wahrscheinlich nicht so schnell am Telefon.«
Verenas Herz klopfte bis zum Hals hinauf, und ihr Mund war vor Aufregung ganz trocken.

»Nein, nein, Sie haben mich net geweckt«, versicherte sie mit belegter Stimme.
»Ja also, ich wollt' Sie fragen, ob wir unsere nette Unterhaltung von gestern nicht heute fortsetzen wollen? Vielleicht bei einer Wanderung in die Berge. Was halten Sie davon?«
»Sehr gerne«, antwortete sie freudig.
Bert fragte, wann er sie abholen dürfe, und sie verabredeten sich noch für den Vormittag. Verena eilte auf ihr Zimmer, und Christel Rathmacher sah ihr schmunzelnd hinterher. Sie ahnte jetzt den Grund, warum ihr Gast so fröhlich war.

*

Sie waren bis zum Höllenbruch in Berts Wagen gefahren. Dort stiegen sie aus und machten sich auf den Weg zur Hohen Riest hinauf. Es war ein ausgezeichneter Wanderweg, der viele Sehenswürdigkeiten bot, darunter auch die Zwillingsgipfel. Diesmal von der anderen Seite, als Bert sie gestern gesehen hatte.
Jeder von ihnen trug einen Rucksack, in dem sich jeweils Proviant und heißer Tee befand. Sie hatten darauf verzichtet, Wasser mitzunehmen, denn hier oben fanden sich genug klare Gebirgsbäche, deren Wasser so klar und rein war, daß die Mühe, eigenes mitzunehmen, nicht lohnte.
Gegen Mittag rasteten sie auf einer Wiese. Von dort hatten sie einen herrlichen Blick ins Tal hinunter.
»Schauen S', Verena, dort steht ein Gamsbock«, deutete Bert zu den Felsen, die über ihnen in die Höhe ragten.
Schon bei der Begrüßung am Morgen, hatten sie verabredet, sich mit den Vornamen anzureden, so wie es unter Bergkameraden üblich war.
Die Lehrerin nahm ihren Fotoapparat zur Hand, der um ihren Hals hing. Doch bevor sie abdrücken konnte, war das Tier wieder verschwunden.

»Schade«, bedauerte sie.
»Kommen S', ich mach' ein Foto von Ihnen«, bot Bert an.
»Auf den meisten Urlaubsfotos ist man selbst nie zu sehen. Immer nur andere.«
Verena stellte sich in Position, und er schoß zwei Bilder von ihr.
Dann kletterten sie weiter. Bald wurde es steiler, der Weg war nicht mehr so befestigt, wie zuvor. Einmal rutschte Verena aus und wäre gestürzt, hätte Bert nicht geistesgegenwärtig zugegriffen und sie gepackt. Danach blieb er dicht hinter ihr, sorgsam darauf bedacht, daß sie nicht noch einmal stolperte.
Schließlich hatten sie ihr Ziel erreicht. Die Hohe Riest war ein steiniges Plateau, von dem zwei Wege weiterführten. Der eine zum östlichen Talausgang, von dort konnte man auf Umwegen nach St. Johann zurückwandern. Der andere Weg führte weiter zu einer Alm hinauf. Bis dorthin waren es noch gut zwei Stunden zu marschieren.
»Ist das net ein herrlicher Anblick?« deutete Verena auf die Almwiesen, die Steilhänge der Berge, und ins Tal hinunter. »Am liebsten möcht' man immer hier oben bleiben.«
Bert Fortmann konnte ihre Begeisterung verstehen.
»Ja«, nickte er. »Es ist wirklich wunderschön.«
Dann sah er sie an. Verena spürte, wie sie unter seinem Blick unsicher wurde. Sie schluckte.
»Ganz bezaubernd«, sagte Bert lächelnd.
»Was meinen Sie...?.«
Er kam einen Schritt näher und zog sie in seine Arme.
»Kannst du dir das nicht denken?« fragte er. »Du bist bezaubernd. Du bist überhaupt das bezauberndste Wesen, das ich kenne.«
Um sie herum schien sich alles zu drehen, als sein Mund ihre Lippen fand. Der Kuß war fordernd und zärtlich zu-

gleich, und nichts auf der Welt hätte sie dafür eintauschen mögen.

Lange standen sie stumm da, hielten sich in den Armen und hatten die Augen geschlossen. Dann nahm Bert ihren Kopf in seine Hände und schaute sie liebevoll an.

»Ich liebe dich, Verena«, sagte er. »Ich habe lange gebraucht, um es herauszufinden, aber jetzt weiß ich es. Du bist die Erfüllung eines Traums.«

Heiß und kalt durchfuhr es sie bei diesen Worten, und sie wartete auf den Augenblick, in dem sie erwachen und in ihrem Bett in der Pension lag.

Aber es war wirklich und wahrhaftig. Sie lag in seinen Armen und hörte seine liebevollen Worte, und keine Macht der Welt konnte sie trennen.

*

Der rote Sportwagen hielt mit quietschenden Reifen vor dem Hotel. Verwundert schauten einige Passanten auf die rassige Frau in dem kurzen Rock und der eleganten Bluse, die dem Wagen auf hohen Stöckelschuhen entstieg. Ohne auf die Leute zu achten, schlug sie die Autotür zu und ging erhobenen Hauptes in das Hotel hinein.

Natürlich hatte Gloria von Haiden die Blicke gespürt, die sie da auf sich zog.

Sie war solche Auftritte gewöhnt, sie gehörten zu ihrem Leben, wie die goldene Uhr am Handgelenk, und der teure Wagen vor der Tür.

Sepp Reisinger, der Löwenwirt, stand gerade an der Rezeption und ging mit einer Angestellten die Zimmerreservierungen durch, als die Frau durch die Tür kam.

»Grüß Gott, im Hotel ›Zum Löwen‹«, begrüßte er sie. »Sie haben ein Zimmer reserviert?«

Ein wenig von oben herab, sah Gloria ihn an.

»Nein, habe ich nicht«, antwortete sie. »Haben Sie nichts mehr frei?«
Sepp hob bedauernd die Schulter. Natürlich, es gab noch ein kleines Zimmer, oben, unterm Dach, ein Notbehelf. Aber das konnte man unmöglich so einer Frau zumuten.
»Es tut mir leid«, sagte er. »Wir haben Hochsaison. Wenn Sie vorher angerufen hätten, vielleicht wäre dann noch etwas zu machen gewesen. Aber so…«
Ärgerlich verzog Gloria von Haiden das Gesicht. Daran hatte sie gar nicht gedacht. Es hatte sie schon genug Zeit und Mühe gekostet, herauszufinden, wo Bert sich aufhielt. Da hatte sie natürlich keinen Gedanken daran verschwendet, ein Hotelzimmer zu buchen. Und jetzt sollte sie unter dem Dach wohnen?«
»Ich nehme das Notzimmer«, sagte sie widerwillig.
Sie wußte, daß sie keine andere Wahl hatte. Vielleicht ergab sich ja in den nächsten Tagen etwas anderes. Es kam immer wieder vor, daß ein Gast vorzeitig abreiste, oder ein anderer seine Reservierung stornierte. Auf solch einen Zufall baute sie.
»Aber bitt' schön, gnädige Frau, wenn S' sich hier eintragen möchten!«
Der Löwenwirt reichte ihr den Anmeldebogen. Gloria warf den Autoschlüssel auf den Tresen.
»Lassen Sie mein Gepäck holen«, sagte sie, während sie das Formular ausfüllte.
Schließlich begleitete der Hausdiener den neuen Gast nach oben. Das Zimmer lag im obersten Stock, und war wirklich nicht mehr als ein Notbehelf. Es hatte kein eigenes Bad, das lag eine halbe Treppe darunter. Natürlich war solch eine Unterkunft unter dem Niveau dieser Frau, die den Luxus teurer Hotelsuiten gewöhnt war. Im Moment aber war es Gloria egal. Hauptsache sie war endlich dort, wo auch Bert sich aufhielt.

Sie gab dem Hausdiener ein derart großzügiges Trinkgeld, daß er vor Erstaunen den Mund aufriß, und sich mehrmals bedankte, bevor er das Zimmer verließ. Gloria war überzeugt davon, daß er mit dem Geld vor den anderen prahlen würde – und das war auch die Absicht, die dahintersteckte. Ziehe die Angestellten auf deine Seite, dann hast du leichtes Spiel, war ihre Devise. Mit Geld erreichst du alles! Es würde sich schnell beim Hotelpersonal herumsprechen, was für ein großzügiger Gast sie war.
Obwohl sie eine lange Fahrt hinter sich hatte, wollte sie sich nicht ausruhen. Unablässig ging sie in dem kleinen Zimmer auf und ab. Dabei kreisten ihre Gedanken ständig um den Mann, der der Grund für ihre Reise in dieses »Hintertupfingen« war.
Noch vor einer Woche hatte sie im Untersuchungsgefängnis in Regensburg gesessen. Ihrem Anwalt, Hans Willert, dem Sozius von Bert Fortmann, hatte sie es zu verdanken, daß sie sich, bis zum Beginn des Prozesses gegen sie, auf freiem Fuß befand.
Willert hatte sich lange gesträubt, das Mandat zu übernehmen, er glaubte, es wegen seines Kollegen nicht tun zu dürfen. Daß er es schließlich doch tat, verdankte Gloria der lockeren Freundschaft, die sie und Willert verband. Nachdem er sie dann endlich aus dem Gefängnis herausgeholt hatte, war es der Frau gelungen, aus dem Anwalt auch den Aufenthaltsort von Bert herauszulocken. In der Kanzlei war er nämlich seit Tagen nicht mehr gewesen, und Glorias ständige Anrufe in Berts Wohnung waren vergeblich gewesen. Erst ein inszenierter Abend bei Kerzenlicht und Rotwein brachte Hans Willert dazu, sich zu verplaudern. Ganz gegen seine Absicht sprach er von St. Johann und bat, daß Gloria, um Himmels willen, nichts davon bei Bert verlauten ließ.
Diese Information war es, die sie haben wollte. Danach en-

dete der Abend schneller, als Willert es sich vorgestellt hatte.
Am nächsten Morgen stieg Gloria von Haiden in ihren Sportwagen und raste Bert Fortmann hinterher.
Dabei war es nicht etwa Liebe, die sie dazu antrieb. Sie war sich nicht sicher, ob sie ihn jemals geliebt hatte, nicht einmal, ob sie überhaupt dazu fähig war, jemanden zu lieben.
Sie hatte ihn begehrt. Seinen Charme, sein sicheres Auftreten, die intelligenten Gespräche, und ganz bestimmt sein nicht unbeträchtliches Vermögen, das ihr neue Möglichkeiten bot, sich ihrem Lieblingsspiel hinzugeben. Dem Spekulieren mit Aktien und Kursgewinnen.
Jetzt brauchte sie ihn wieder. Bert Fortmann mußte vor Gericht so aussagen, daß sie noch einmal mit heiler Haut davonkam. Die Wochen in der Untersuchungshaft hatten ihr gereicht. Weitere Erfahrungen mit Gefängnissen wollte sie nicht machen. Mit einem Freispruch konnte sie zwar nicht rechnen, doch wenn es so klappte, wie sie es sich vorstellte, dann bekam sie schlimmstenfalls eine Geldstrafe.
So richteten sich all ihre Hoffnungen auf die Begegnung mit dem Mann, den sie so schändlich hintergangen hatte.

*

Bert Fortmann ahnte nicht, was auf ihn zukam, als er das Hotel betrat. Er war bester Laune. Die Wanderung mit Verena hatte sich bis zum späten Nachmittag hingezogen, und der Abschied fiel beiden schwer. Sie trösteten sich damit, daß sie sich zum Abendessen im Hotel treffen wollten. Nachdem er geduscht und sich umgezogen hatte, ging der junge Anwalt in aufgeräumter Stimmung hinunter. Er wollte schnell in die Gärtnerei am Ende der Straße laufen und einen Blumenstrauß kaufen. Zuvor reservierte er einen Tisch im Restaurant. Sepp Reisinger, der am Tresen stand, notierte die Uhrzeit. Bert und Verena hatten zwanzig Uhr ausgemacht.

In der Gärtnerei erstand er einen wunderschönen Strauß roter Rosen. Damit ging er ins Hotel zurück. Er ließ die Blumen in eine Vase stellen und an den reservierten Tisch bringen. Dann zog er sich in eine stille Ecke zurück und vertrieb sich die Zeit mit dem Lesen der ausgelegten Zeitschriften. Kurz vor acht stand er auf und trat vor die Tür. Verena überquerte gerade die Straße. Sie lächelte, als sie ihn erkannte. Bert ging ihr entgegen und umarmte sie.

Ihre Augen schienen noch mehr zu strahlen, als er ihr ins Ohr flüsterte, wie sehr er sie liebte. Galant reichte er ihr den Arm und führte sie ins Restaurant.

»Sind die schön!« flüsterte Verena entzückt, beim Anblick der Rosen.

Sie sah ihn bewegt an.

»Danke.«

Bert half ihr aus der Jacke und reichte das Kleidungsstück an den Ober weiter. Eine Haustochter brachte die Speisekarte und zwei Gläser Champagner, die der Anwalt zuvor geordert hatte.

»Auf einen wunderschönen Abend«, sagte er, als sie sich zuprosteten.

Vorspeise, Hauptgang, Dessert – alles schmeckte großartig. Dazu herrlicher Wein.

Nach und nach füllte sich das Restaurant. Obwohl es ein gewöhnlicher Wochentag war, herrschte großer Andrang. Irma Reisingers Kochkünste hatten sich weit über die Grenzen von St. Johann herumgesprochen.

Doch die vielen Leute kümmerten das verliebte Paar nicht, das nur Augen und Ohren für sich hatte. Es gab so vieles, was sie von einander wissen wollten, und so vieles, was es noch zu entdecken gab. So merkten sie auch nicht, daß die Gespräche rings herum für einen Moment verstummten, als ein neuer Gast eintrat. Beinahe alle Augen richteten sich auf Gloria von Haiden. Alle, bis auf die von Verena und Bert.

*

Gloria stand in der Tür des Restaurants und ließ ihren Blick schweifen. Sie erkannte sofort, wer da mit der jungen attraktiven Frau in einer Ecke saß, und sie registrierte den Rosenstrauß. Natürlich ahnte sie, welche Bedeutung der Strauß haben mußte. Offenbar hatte Bert eine neue Liebe. Das warf ihre gesamte Planung über den Haufen.
Bis zu diesem Augenblick hatte sie noch überlegt, wie sie vorgehen sollte, wenn sie auf ihn traf. Hatte es Zweck, die liebende Frau zu spielen, die reumütig zu dem Mann zurückkehrte, den sie so arg getäuscht hatte?
Nach reiflicher Überlegung war sie zu dem Schluß gekommen, daß Bert wohl nicht darauf reagieren würde. Also mußte sie zwar die reumütig Zerknirschte spielen, aber gleichzeitig an sein Mitgefühl appellieren. Sie mußte ihn dazu bringen, in ihrem Sinne auszusagen, koste es, was es wolle. Und wer weiß – vielleicht würde sich später alles andere auch wieder einrenken.
Bert Fortmann war ein gutaussehender Mann, und sie, Gloria, war nicht die Frau, die sich solch einen Mann einfach wegnehmen ließ!
Doch im Augenblick konnte sie ihre geplante Taktik nicht anwenden.
Es dauerte nur die wenigen Sekunden, in denen sie dies alles überlegte, bis der Ober sie begrüßte und sie an einen Tisch geleitete. Gloria atmete auf, als sie feststellte, daß sie in Berts Rücken sitzen würde. Er sah sie nicht, sie hingegen, konnte alles an seinem Tisch beobachten. Ganz besonders die Frau.
Der Tisch, an dem sie saß, stand zudem in einer Nische.

Sollte Bert überraschend aufstehen, bräuchte Gloria sich nur etwas zur Seite wenden und sie war für ihn unsichtbar.
Während sie die Speisekarte studierte, schaute sie hin und wieder zu den beiden hinüber. Einen guten Geschmack hatte Bert, das mußte man ihm lassen. Wo, fragte Gloria sich, hatte er diese Frau bloß kennengelernt? Aus Neuburg war sie sicher nicht. So groß war die Stadt auch wieder nicht, daß die Fremde Gloria nicht aufgefallen wäre. Allerdings gab es gewisse Kreise, in denen diese Frau, im Gegensatz zu Gloria, bestimmt nicht verkehrte.
Egal. Sie würde es schon noch herausbekommen.
Die Haustochter kam und nahm die Bestellung auf. Gloria wählte ein leichtes Gericht, und ein Mineralwasser. Dann beugte sie sich vor, und schob diskret einen Geldschein über den Tisch. Dabei winkte sie das junge Madel vertraulich zu sich heran.
»Sagen Sie bitte, die junge Frau dort an dem Tisch in der Ecke, ich bin mir nicht sicher, ob ich sie kenne«, sagte sie. »Aber ich könnte schwören, daß es Heide Laurenz ist, eine alte Schulkameradin. Kennen Sie die Dame?«
Das Madel hatte zu dem Tisch hinübergeschaut, an dem Verena und Bert saßen, die immer noch nur füreinander Augen hatten.
»Ich weiß net, gnädige Frau«, antwortete die Haustochter. »Ich hab' sie noch nie hier gesehen. Aber ich werd' mich gern' erkundigen.«
»Tun Sie das«, nickte Gloria und lehnte sich zurück.
Der Geldschein war nicht unbeträchtlich gewesen, bestimmt würde sie gleich eine Antwort auf ihre Frage bekommen.
Schon nach kurzer Zeit kam das Madel und brachte das Mineralwasser.
»Tut mir leid, gnädige Frau. Die Dame ist unbekannt im

Hotel. Man weiß nur, daß es sich um einen Gast von Herrn Fortmann handelt, die Dame wohnt aber net bei uns.«
Daß sie mehr als nur ein Gast war, hatte Gloria auf den ersten Blick gesehen. Es war schade. Sie hatte sich mehr von der Investition ihres Geldscheines erhofft. Nun mußte sie sehen, daß sie auf anderem Wege an ihre Information kam.

*

Der Abend zog sich länger hin, als es Glorias Geduld ertrug. Endlich, es war nicht mehr lange bis Mitternacht, machte Bert Fortmann dem Ober ein Zeichen und verlangte nach der Rechnung. Gloria war auf diesen Moment vorbereitet und hatte bereits gezahlt. Sie erhob sich und ging schnell zum Ausgang. Bestimmt würde Bert, der Kavalier, die Dame nicht alleine nach Hause gehen lassen. Egal, wo das war, Gloria von Haiden würde ihnen folgen. Schnell lief sie auf ihr Zimmer, wechselte die Kleidung und zog flache Schuhe mit einer Gummisohle an.
Draußen überquerte sie die Straße und stellte sich in den Schatten eines Hauses. In der Dunkelheit würde man sie von der anderen Straßenseite aus nicht sehen können. Sie aber hatte den erleuchteten Hoteleingang im Blick. Sie brauchte auch nicht lange zu warten, bis Bert und die Unbekannte herauskamen. Die Frau hakte sich bei dem Anwalt ein, und langsam schritten sie die Straße hinunter. Gloria folgte ihnen unauffällig. Sie beglückwünschte sich zu ihrem Entschluß, sich umgezogen zu haben. Ihr Kleid wäre nicht nur zu teuer für diese Unternehmung gewesen, sondern auch zu unpraktisch. Außerdem hätte das Klappern der hohen Absätze ihrer Schuhe sie längst verraten. So aber ahnten die beiden vor ihr nichts von der Verfolgerin.
Verena kam sich immer noch wie in einem Traum gefangen

vor. Leicht und beschwingt ging sie an Berts Seite und schaute ihn immer wieder verliebt an.

»Ich kann's noch immer net glauben«, lachte sie leise.

»Was meinst du?« fragte Bert amüsiert.

»Daß ich den Mann liebe, der meine heißgeliebte Ente so beleidigt hat.«

»Was hab' ich getan? Deine Ente beleidigt? Niemals!«

»Doch, das hast du getan. Du hast gesagt, sie gehöre auf den Schrottplatz, jawohl. Streite es nicht ab, sonst haben wir gleich hier unseren ersten Krach!«

Bert lachte.

»Du hast recht«, gab er zu. »Ich entschuldige mich bei dir und deiner Ente.«

Er gab ihr einen Kuß.

»Außerdem glaub' ich, daß du einen kleinen Schwips hast. Es wird höchste Zeit, daß du ins Bett kommst.«

»Ich einen Schwips?« fragte sie in gespielter Empörung. »Ich kann immer noch geradeaus gehen. Hier, sieh' selbst!«

Sie machte einen Schritt nach vorn und rutschte mit dem rechten Fuß von der Bordsteinkante. Bert griff zu und verhinderte, daß sie stürzte.

»Hoppla«, sagte Verena und schmunzelte. »Ich glaub', du hast recht. Ich muß ins Bett.«

»Naja, wir sind ja schon da.«

Verena suchte in ihrer Handtasche nach dem Hausschlüssel, und Bert übernahm es, die Tür aufzusperren.

»Schlaf schön, mein Herz«, sagte er. »Es war ein wunderschöner Abend.«

Natürlich war Verena längst nicht so beschwipst, wie sie getan hatte. Mit liebevollem Blick sah sie ihn an und bot ihm ihren Mund dar.

»Bis morgen«, hauchte sie zum Abschied und schloß die Tür.

Bert stand noch einen Moment vor dem Haus, dann drehte

er sich um und ging langsam zum Hotel zurück. Als er die Hälfte des Weges hinter sich hatte, trat aus der Dunkelheit eine Gestalt auf ihn zu.
Gloria von Haiden war, als sie wußte, in welchem Haus die Frau wohnte, leise zurückgeschlichen. Eine Pension also. Sie durchschaute die Zusammenhänge nicht, nahm aber an, daß die beiden sich hier in St. Johann kennengelernt hatten. Offenbar war es sehr schnell mit ihnen gegangen. Bei ihr, Gloria, hatte es wesentlich länger gedauert, bis Bert anbiß. Sie stellte sich an die Ecke eines Hauses und wartete ab. Bald darauf hörte sie Berts Schritte. Als sie seinen Schatten sah, der von der Straßenlaterne auf das Pflaster geworfen wurde, stellte sie sich ihm in den Weg.
»Du?«
Bert war von ihrem Anblick völlig überrascht. Mit allem hätte er gerechnet, aber nicht, daß ihm hier Gloria von Haiden über den Weg laufen würde.
»Was machst du denn hier?« fragte er, nachdem er sich von der Überraschung erholt hatte.
Gloria machte ein leidendes Gesicht. Da die Straße nur spärlich beleuchtet wurde, konnte Bert nicht erkennen, ob es gespielt war, oder ob sie wirklich litt.
»Ich... ich brauche deine Hilfe, Bert«, flüsterte sie beinahe.
»Bitte, du mußt mir helfen!«
Dabei klammerte sie sich an seinen Arm.
Mit einer unwirschen Bewegung schüttelte der Anwalt sie ab.
»Du hast vielleicht Nerven«, sagte er. »Nach allem, was du mir angetan hast, kommst du hierher und bittest mich um Hilfe? Woher weißt du überhaupt, daß ich hier bin?«
»Hans... er hat mir...«
»Natürlich, ich hätt's mir denken können«, unterbrach er sie.
Hans Willert – war er also auch ihren Reizen erlegen. Nicht

nur, daß er ihre Verteidigung übernommen hatte, auch den Freund und Kollegen verriet er.
»Du hast doch einen guten Anwalt«, sagte er sarkastisch. »Was willst du da von mir?«
»Bert, bitte, du weißt es doch am besten. Ohne deine richtige Aussage komme ich ins Gefängnis. Bert, das halte ich nicht aus! Es war jetzt schon so schlimm.«
Mit einer theatralischen Bewegung schlug sie die Hände vors Gesicht. Bert Fortmann, der jetzt ahnte, was sie von ihm wollte, schaute mit versteinerter Miene zu.
»Falsch, Gloria, mit meiner richtigen Aussage kommst du ins Gefängnis. Du glaubst doch wohl nicht im Ernst, daß ich von dem, was ich vor der Staatsanwaltschaft ausgesagt habe, auch nur einen Millimeter abweiche. Was bist du bloß für ein Mensch? Du hast mich belogen und hintergangen, hast mit meinem guten Namen schmutzige Geschäfte gemacht, und erwartest jetzt von mir, daß ich dich vor der gerechten Strafe bewahre? Du forderst, daß ich für dich lüge, vielleicht sogar einen Meineid schwöre und es riskiere, meine Zulassung als Anwalt zu verlieren?«
Er lachte auf.
»Gloria, du mußt den Verstand verloren haben!«
Sie hatte die Hände längst wieder herunter genommen. Wütend sah sie ihn an, Haß sprühte aus ihren Augen.
»Du willst mir also nicht helfen? Gut, Bert Fortmann, dann geh' zum Teufel! Aber du wirst mich noch kennenlernen. Du wirst den Tag bereuen, an dem du mich getroffen hast!«
Den letzten Satz hatte sie herausgeschrien.
Bert sah sie verächtlich an.
»Du glaubst gar nicht, wie oft ich diesen Tag schon bereut habe«, sagte er leise und ließ sie stehen.

*

»Ah, da schau' her!«, Max Trenker schmunzelte, als er das Papier aus dem Faxgerät riß. Er hatte eine KFZ-Halter-Abfrage gemacht, und schon nach wenigen Minuten das Ergebnis bekommen.
Ein Willi Moosbacher war nicht als Halter eines Kraftfahrzeuges gemeldet – aber ein Hubert Moosbacher, und dem Geburtsdatum nach, konnte es sich eigentlich nur um einen Sohn vom Willi handeln, hatte einen Geländewagen angemeldet.
Na, da werd' ich dem Moosbacher-Willi wohl noch mal einen Besuch abstatten müssen, dachte der Hauptwachtmeister und heftete das Blatt Papier an eine Akte, die er inzwischen über den Sachverhalt »Wilddieberei« angelegt hatte.
»Ich wett' ein Monatsgehalt, daß der Willi da d'rin steckt«, meinte er beim Mittagessen.
»Behalt' dein Geld ruhig«, erwiderte Sebastian Trenker. »Aber wahrscheinlich hast du recht. Gibt's was Neues vom Anreuther?«
»Der Doktor sagt, daß der Förster morgen wieder aufsteh'n darf. Aber, so wie ich den Xaver kenne, tut er's heut' schon. Ich fahr' am Nachmittag zu ihm raus.«
»Dann bestell' ihm schöne Grüße, und wenn er wieder auf Streife geht, soll er vorher Bescheid sagen.«
»Mach' ich«, nickte Max Trenker und schaufelte eine zweite Portion Buchteln mit Vanillesoße auf seinen Teller.
Nach dem Essen machte Sebastian sich auf den Weg zu seinem wöchentlichen Besuch im Waldecker Altenheim. Max hingegen setzte sich in seinen Dienstwagen und fuhr zum Ainringer Forst hinaus. So wie er es vermutet hatte, war Xaver Anreuther natürlich längst wieder auf den Beinen. Zwar humpelte er noch ein wenig, aber die Schmerzen waren so gut wie gar nicht mehr da. Behauptete er zumindest. Toni Wiesinger, der Dorfarzt, hatte gute Arbeit geleistet.

»Was hast' denn beim Moosbacher 'rausbekommen?« wollte der Förster begierig wissen.
Sie hatten sich an den Tisch gesetzt, der draußen vor dem Haus stand.
»Er hat natürlich bestritten, etwas mit den Drahtschlingen zu tun zu haben«, erzählte der Gendarm. »Aber, etwas anderes hätt' ich auch gar net erwartet.«
Er berichtete von dem Geländewagen, der Hubert Moosbacher gehörte.
»Ich werd' ihn mir bei Gelegenheit ansehen.«
»Glaubst', die werden dir den Wagen freiwillig zeigen?« zweifelte Xaver.
Max wiegte seinen Kopf hin und her.
»Ich hab' da schon eine Idee«, meinte er. »Wenn ich's geschickt anstelle, dann könnt's klappen.«
Er sah den Förster an.
»Und du, wann willst wieder auf Streife gehen? Der Sebastian möcht' dich begleiten.«
Xaver Anreuther verzog das Gesicht.
»Ein, zwei Tag' wird's wohl noch dauern, bis ich wieder richtig laufen kann«, antwortete er. »Aber ich denk', daß der Schuft sich so schnell net wieder hier sehen läßt. Wir haben ihm schon einen gehörigen Schrecken eingejagt.«
»Der Meinung bin ich auch«, nickte der Gendarm und erhob sich. »So, ich muß wieder. Auf dem Revier wartet noch eine Menge Arbeit auf mich.«
»Dank schön' für deinen Besuch«, sagte der Förster. »Und richt' deinem Bruder Grüße aus.«
»Mach' ich, pfüat di' Xaver.«

*

Anstatt zurück nach St. Johann, schlug Max die Richtung nach Waldeck ein. Vor der Straße, die zum Moosbacherhof

führte, hielt er an. Nachdenklich saß er in seinem Wagen und überdachte noch einmal seinen Plan. Xaver hatte recht, freiwillig würde ihm niemand den Wagen zeigen. Natürlich konnte Max in seiner Funktion als Polizeibeamter auftreten, doch dann wußten die Moosbacher, daß sie unter Verdacht standen, und Max wollte Vater und Sohn noch ein wenig in Sicherheit wiegen.
Also mußte er auf andere Weise den Geländewagen in Augenschein nehmen.
Max fuhr seinen Dienstwagen hinter einen Busch, so daß er von der Straße aus nicht sofort zu erkennen war. Dann faßte er sich in Geduld und wurde schon bald belohnt. Aus der Seitenstraße kam das Auto herausgefahren. Hubert Moosbacher saß am Steuer. Er blinkte links und gab Gas. Als er nicht mehr zu sehen war, folgte Max ihm in gebührendem Abstand.
Die Straße war sehr kurvenreich. Der Polizeibeamte wartete, bis sie eine recht gerade Strecke vor sich hatten, dann überholte er den Geländewagen. Gleichzeitig erschien auf dem Dach des Dienstfahrzeuges ein blinkendes Laufband mit der Aufschrift: POLIZEI! BITTE ANHALTEN!
Hubert Moosbacher fluchte, als er das sah, fuhr aber brav an den rechten Straßenrand. Ausgerechnet Polizei! Der Vater hatte ihn gewarnt, vorsichtig zu sein. Hubert war ärgerlich, weil er nicht auf den Alten gehört hatte.
Max hatte vor dem anderen Fahrzeug gehalten und war ausgestiegen, der Fahrer hatte die Seitenscheibe heruntergelassen. Dem Beamten fiel die große Ähnlichkeit mit dem alten Moosbacher auf. Der junge wirkte genauso ungepflegt.
»Grüß Gott, Hauptwachtmeister Trenker vom Polizeiposten Sankt Johann. Ich mach' eine Verkehrskontrolle. Bitte Ihren Führerschein und die Wagenpapiere.«

Hubert Moosbacher gab sich jovial. Er grinste den Beamten an, als er die gewünschten Papiere aus dem Fenster reichte.
»Aber natürlich, Herr Hauptwachtmeister. Bitt'schön.«
Max nickte und nahm die Unterlagen entgegen. Lange und sorgfältig studierte er sie, während Hubert gelangweilt tat. Dabei war er vor Aufregung angespannt.
War es wirklich nur eine einfache Verkehrskontrolle?
Max Trenker ging um den Wagen herum, prüfte das Kennzeichen, die TÜV-Plakette, die Reifen...
Leise pfiff der Beamte durch die Zähne. Der Reifen des rechten Hinterrades war abgefahren, hatte kaum noch Profil. Das konnte zu der Spur passen, die der Wilderer im Ainringer Forst hinterlassen hatte. Max ließ sich nichts anmerken, als er wieder nach vorn kam.
»Tja, tut mir leid, Herr Moosbacher, so kann ich Sie net weiterfahren lassen«, sagte er mit bedauernder Miene. »Der rechte Hinterreifen ist ja total abgefahren. Das ist eine Verkehrsgefährdung. Ich muß Ihr Fahrzeug stillegen.«
Hubert Moosbacher tat entsetzt.
»Du liebe Zeit! Das hab' ich ja überhaupt net gemerkt.«
Max Trenker runzelte die Stirn.
»Als Führer eines Kraftfahrzeuges sind Sie verpflichtet, sich vor Fahrtbeginn vom ordnungsgemäßen Zustand des Fahrzeugs zu überzeugen, und vorhandene Mängel gegebenenfalls abzustellen«, bat er amtlich. »Um so mehr, wenn Sie gleichzeitig der Halter sind.«
»Also, das tut mir leid...«
Der Polizist zwinkerte dem Fahrer zu.
»Wissen S' was? Wenn S' einen Reifen dabei haben, der in Ordnung ist, dann wechseln S' das Rad eben, und ich laß die Sach' auf sich beruhen.«
Hubert Moosbacher strahlte ihn an.
»Das würden S' wirklich tun, Herr Wachtmeister?«

Max hob den Zeigefinger.
»Hauptwachtmeister«, betonte er. »Ordnung muß sein!«
»Natürlich, Herr Hauptwachtmeister«, beeilte sich Hubert zu sagen und sprang aus dem Auto. »Und vielen Dank auch. Ich mach' mich gleich an die Arbeit.«
Etwa fünfunddreißig Minuten brauchte er, um das Rad zu wechseln. Er stöhnte und schwitzte, manchmal unterdrückte er auch einen Fluch, und er mühte sich redlich ab. Max Trenker stand derweil daneben, gab gute Ratschläge und dachte, daß es bestimmt das erste Mal war, daß der Hubert Moosbacher durchs Arbeiten richtig schwitzte. Endlich hatte er es doch geschafft. Hubert warf das alte Rad hinten in den Wagen und stieg wieder ein.
»Vielen Dank noch mal«, rief er, bevor er losfuhr.
Max tippte an den Schirm seiner Mütze und sah dem Davonfahrenden schmunzelnd nach.
Hubert Moosbacher würde nun bestimmt nicht mehr annehmen, daß die Polizei ihn und den Vater verdächtigten. Dann, so mußte er vermuten, wäre der Beamte doch bestimmt anders mit ihm umgegangen!

*

Verena hatte das unbestimmte Gefühl, daß Bert etwas bedrückte. Im Gegensatz zum gestrigen Tag und Abend, gab er sich jetzt eher wortkarg, achtete nicht auf das, was sie sagte, und schien überhaupt mit seinen Gedanken ganz woanders zu sein.
Gleich nach dem Frühstück hatten sie sich getroffen. Bert hatte am Abend vorgeschlagen, zum Achsteinsee hinauszufahren. Mit seinem Wagen dauerte es keine Viertelstunde, und sie hatten ihr Ziel erreicht.
Der See war gut zwei Quadratkilometer groß und ein beliebtes Urlaubsgebiet. Es gab zahlreiche Hotels, Gastwirtschaf-

ten und Cafés rund um den See, ebenso Bootsverleiher und eine Surfschule. In einem abgetrennten Teil des Sees und des Ufers, badeten und sonnten sich schon viele Urlauber. Neben etlichen Pensionen hatten die Feriengäste auch die Möglichkeit, auf einem großen Campingplatz zu zelten oder ihre Wohnwagen dort zu parken. Ein recht gut ausgebauter Rad- und Wanderweg führte ganz rund um den See, an dessen Südseite zahlreiche Villen standen.

Bert hatte seinen Wagen auf einem großen Parkplatz abgestellt, der Tagesgästen vorbehalten war. Hand in Hand schlenderten er und Verena über die Uferpromenade. Der Anwalt achtete allerdings kaum auf das, was es an Sehenswürdigkeiten gab. Mit seinen Gedanken war er bei Gloria von Haiden und ihrem »Überfall« am späten Abend.

Ihre Befürchtungen waren berechtigt. Durch seine, Berts Aussage, konnte das Gericht gar nicht anders, als sie zu bestrafen.

Und angesichts der Schadenshöhe, die Gloria durch ihre verbotenen Spekulation angerichtet hatte, war eine Freiheitsstrafe kaum zu umgehen.

So war es nur an ihm, sie davor zu bewahren...

Aber, konnte sie das wirklich verlangen? Nur mit Mühe war es ihm gelungen, den Verdacht, der auf ihm lastete, zu entkräften. Sollte er nun seine eigene Aussage revidieren und dadurch selbst in Gefahr geraten? Wenn es zum Äußersten kam, dann mußte er damit rechnen, vereidigt zu werden, und eines Meineids überführt zu werden, bedeutete nicht nur eine Haftstrafe, es war gleichzeitig das Ende seiner beruflichen Karriere. Seine Zulassung als Rechtsanwalt würde ihm sofort entzogen.

»He, du hörst mir überhaupt nicht zu!« beschwerte sich Verena.

Sie war abrupt stehengeblieben, als Bert wieder nicht rea-

gierte. Zum wiederholten Male hatte die Lehrerin auf das eine oder andere Boot gezeigt, mit dem Leute über den See ruderten.
»Das möchte ich auch machen«, sagte sie.
Bert ruckte herum und sah sie erstaunt an. »Entschuldige, bitte. Was hast du gesagt?« fragte er.
Verena packte ihn bei der Schulter und schüttelte ihn durch. »Bert, was ist los mit dir?« rief sie erregt. »Seit wir uns getroffen haben, werd' ich das Gefühl net los, daß du an alles Mögliche denkst, nur net an mich!«
»Verena, es tut mir wirklich leid«, entschuldigte er sich noch einmal. »Ich weiß, ich benehme mich fürchterlich. Aber, da ist etwas, das mich beschäftigt hat. Doch jetzt widme ich mich nur noch dir.«
Er zog sie in seine Arme und küßte sie.
»Willst du mir nicht sagen, was dich so beschäftigt?«
»Nicht so wichtig«, schüttelte er den Kopf. »Ich denk' einfach net mehr dran.«
Er zog sie mit sich.
»Komm, wir mieten ein Boot.«
Verena akzeptierte, daß er sich ihr nicht offenbaren wollte. Er war ja auch schon wieder ganz der Mann, den sie kennengelernt hatte. Liebevoll und aufmerksam. Wahrscheinlich war es ein berufliches Problem, das er da mit sich herumtrug. Dann konnte er sowieso nicht mit ihr darüber reden. Ein Anwalt unterlag ja ebenso der Schweigepflicht, wie ein Arzt oder ein Geistlicher.
Sie mieteten ein Tretboot und fuhren damit auf den See hinauf. Als sie gerade vom Ufer weg waren, dachte Verena schon nicht mehr an Berts merkwürdiges Verhalten.
Es wurde ein herrlicher Tag am See, den sie bis zum frühen Abend ausdehnten. Bert setzte Verena vor der Pension Rathmacher ab, bevor er zum Hotel zurückfuhr. Sie wollten, sich

ein wenig frisch machen, bevor sie sich dann zum Essen wiedertrafen.

*

Xaver Anreuther glaubte seinen Augen nicht zu trauen. Brutus hatte angeschlagen, als der Förster gerade beim Abendessen saß. Er hob den Kopf und schaute aus dem Fenster. Vor dem Forsthaus stand Kathrin Breithammer. In der Hand hielt sie etwas, das Xaver nicht erkennen konnte. Hinkend kam er vor die Tür.
»Pfüat dich, Kathrin«, sagte er. »Was führt dich denn hierher?«
Die junge Frau musterte ihn stumm. Dann warf sie mit einer Handbewegung mehrere Drahtschlingen ihm vor die Füße.
»Die Liebe ist's gewiß net«, meinte sie. »Die Schlingen hab' ich d'roben, nahe der Birkenschonung gefunden. Ich bring' sie dir, damit's später net heißt, ich wär's gewesen.«
Xaver Anreuther hob die Hand.
»Das hab' ich nie behauptet, Kathrin«, beteuerte er.
»Warum hast dann den Gendarm zu mir g'schickt?«
Sie wandte sich um.
»Ist ja auch egal. Der Apfel fällt net weit vom Stamm, so denkt ihr doch«, sagte sie im Gehen.
»Nein, ich denk' net so«, rief er hinterher. »Und das mit deinem Vater tut mir leid. Aber ich hatte keine andere Wahl. Besser so, als daß er tot wäre...«
Sie drehte sich noch einmal um.
»Vielleicht wünscht er es sich aber genau umgekehrt«, sagte sie düster und verschwand in der anbrechenden Dunkelheit.
Xaver bückte sich und hob die Schlingen auf. Hatte der Lumpenhund doch wieder zugeschlagen!
Der Förster humpelte ins Haus zurück und griff zum Tele-

fon. Wenn der Kerl so dreist war, bereits schon wieder Schlingen anzulegen, dann würde er auch in der Nacht kommen und nach der Beute sehen. Und diesmal würde er net entkommen!

*

Gloria von Haiden hatte den ganzen Tag auf ihrem winzigen Zimmer verbracht. Die Hoffnung, daß schon bald ein größeres frei wurde, erfüllte sich offenbar nicht. Im Moment war es ihr auch egal. Sie überlegte krampfhaft, wie sie Bert doch noch dazu bringen konnte, in ihrem Sinne auszusagen. Allerdings ahnte sie in ihrem Innersten, daß ihr das nicht gelingen würde. Sie war sich ja dessen bewußt, was sie ihm angetan hatte. Darum dachte sie darüber nach, wie sie sich an ihm rächen konnte. Es mußte etwas sein, das ihm weh tat. Fürchterlich weh!
Mit einer Mischung aus Neid und Eifersucht hatte Gloria ihn und die unbekannte Frau beobachtet. Bert schien diese Frau zu lieben. Mehr, als er sie, Gloria, geliebt hatte. Das war der Hebel, wo sie ansetzen mußte!
Gloria ließ sich eine kleine Mahlzeit auf dem Zimmer servieren – die erste seit dem Frühstück – und machte sich dann auf zu einem Abendspaziergang. Nicht von ungefähr führte sie ihr Weg zu der Pension, in der die ihr unbekannte Frau wohnte. Lange Zeit stand sie vor dem Haus und beobachtete es. Leute gingen und kamen, doch die Frau war nicht darunter. Irgendwann gab Gloria es auf und ging zum Hotel zurück. Als sie am Restaurant vorbeikam, schaute sie durch die Scheibe und entdeckte Bert und die Fremde am selben Tisch sitzend, wie gestern abend. Das Glück stand den beiden buchstäblich ins Gesicht geschrieben. Gloria haßte sie dafür. Schnell ging sie auf ihr Zimmer. Das Glück der beiden mit anzusehen, war ihr unerträglich. Rauchend stand sie am

offenen Fenster und sann darüber nach, wie sie sich rächen würde.
Als sie dann spät, sehr spät, ins Bett ging, hatte sie einen Plan gefaßt.

*

Max Trenker hatte gleich nach Xavers Anruf seinen Bruder alarmiert. Zusammen fuhren sie zum Ainringer Forst hinaus. Unterwegs erzählte der Gendarm von Hubert Moosbacher und dem abgefahrenen Reifen.
»Dann scheint der Verdacht ja bestätigt«, sagte der Pfarrer. »Ich frag' mich nur, warum der Hubert so dumm ist, und gleich wieder Schlingen auslegt.«
»Er wird's net alleine sein«, meinte Max. »Wenn ich's recht überlege, dann müssen es auch neulich schon zwei gewesen sein. So schnell, wie der Wagen wegfuhr – da muß ein zweiter Mann am Steuer gesessen und gewartet haben. Offenbar hab' ich sie mit meiner freundlichen Art in Sicherheit gewogen.«
Xaver wartete ungeduldig. Als Max vor dem Forsthaus hielt, stand er schon draußen mit seinem Hund und schritt unablässig auf und ab.
»Du sollst den Fuß doch noch schonen«, ermahnte der Geistliche ihn.
»Dafür ist noch Zeit, wenn der Kerl endlich hinter Schloß und Riegel sitzt«, winkte der alte Förster ab. »Vorher werd' ich gewiß auch net den Pensionsantrag unterschreiben.«
Ausgerüstet, wie beim ersten Streifengang, machten sie sich auf den Weg. Von der Birkenschonung, die Kathrin Breithammer meinte, führte ein breiter Waldweg bis zu der Landstraße, die nach Engelsbach führte. Von dort gab es eine Querverbindung hinüber nach Waldeck. Aus dieser Richtung mußten der oder die Täter herauffahren.

Voller Angst, bereits zu spät zu kommen, trieb Xaver zur Eile an. Sie postierten sich so, daß der Wagen zwar durchfahren konnte, sie den Rückweg aber mit Buschwerk und Stämmen verbarrikadierten. In Abständen von einigen Metern lagen sie auf der Lauer, und ihre Geduld wurde auf eine harte Probe gestellt.

Mitternacht kam und ging vorüber, schließlich die erste, zweite und dritte Stunde des neuen Tages. Aber von Wilddieben war nichts zu sehen. Schon überlegten sie, ihre Wache abzubrechen, als fernes Motorengeräusch sie aufhorchen ließ. Gleichzeitig ruckte Brutus auf, der auf dem Waldboden gelegen und scheinbar geschlafen hatte. Er stellte die Ohren auf und ließ ein leises Knurren vernehmen. Im Osten graute schon langsam der Morgen.

»Sie kommen«, rief Xaver den beiden anderen zu.

Pfarrer Trenker richtete sich in seinem Versteck auf und gab zu verstehen, daß er es gehört hatte. Ebenso Max. Der Gendarm hatte sich unter einem tief hängenden Busch verkrochen.

An ihm mußte der Wagen zuerst vorbei. Dann würde er den Weg versperren.

Wenig später wurde der Motorenlärm lauter, und kurz darauf sahen sie die Lichtkegel der Scheinwerfer. Bis zur Birkenschonung war es etwa noch einen Kilometer. Das Auto fuhr an Max' Versteck vorbei. Der Beamte wartete ein paar Sekunden und begann dann in Windeseile, den Weg mit Sträuchern und Astwerk zu verbarrikadieren. Der oder die Wilddiebe bekamen davon nichts mit, weil der Weg eine leichte Kurve beschrieb.

Der Fahrer des Wagens, es war das Fahrzeug, das Hubert Moosbacher gehörte, hielt an und wendete auf dem breiten Weg. Dann stellte er den Motor ab, und eine Autotür klappte.

Gespannt warteten Sebastian und Xaver auf die dunkle Gestalt, die sich langsam näherte. Sie ließen sie passieren und richteten sich dann auf. Pfarrer Trenker hatte einen Handscheinwerfer aus seinem Rucksack genommen und ließ ihn aufflammen.
»Rühr' dich net' Bursche, sonst druck' ich ab!« schrie Xaver Anreuther.
Er hatte auf den Dunkelgekleideten angelegt. Der Mann schrak zusammen und blieb stehen.
»Jetzt dreh' dich langsam um!« befahl der Förster. »Und nimm die Kapuze ab.«
Der Mann tat, wie ihm geheißen. Langsam glitt die Kapuze von seinem Kopf. Im Licht des Scheinwerfers erkannten sie Willi Moosbacher.
»Na, da wird der Sohn net weit sein«, sagte Xaver.
Sebastian schaute nach seinem Bruder. Max näherte sich langsam dem Geländewagen. Wahrscheinlich saß Hubert am Steuer und wartete auf seinen Vater.
Der Gendarm riß die Tür auf. Hubert Moosbacher schreckte hoch. Offenbar war er vor Müdigkeit eingenickt und hatte von der Verhaftung seines Vaters gar nichts mitbekommen.
»Das ist keine Verkehrskontrolle«, meinte der Polizeibeamte trocken. »Du bist vorläufig festgenommen.«
Xaver und der Pfarrer brachten Willi Moosbacher zum Auto. Der Alte war völlig durcheinander. Er und sein Sohn mußten sich ihrer Sache wirklich sehr sicher gewesen sein, und überhaupt nicht mit der Möglichkeit gerechnet haben, daß schon jemand auf sie wartete.
Bei der Durchsuchung des Geländewagens fanden sie, neben etlichen Drahtschlingen, die als Beweis schon ausgereicht hätten, auch zwei tote Rehe. Die Tiere waren eindeutig Opfer der fürchterlichen Fallen geworden, wie man an den Wunden unschwer erkennen konnte.

Damit war die Schuld der beiden Männer eindeutig erwiesen.
Xaver Anreuther sah Vater und Sohn lange an.
»Nun wirst bald deinem Spezi im Gefängnis Gesellschaft leisten können«, meinte er zu Willi Moosbacher, nachdem Max ihnen Handschellen angelegt hatte.

*

Früher, als sie es gewöhnt war, stand Gloria von Haiden auf und kleidete sich an. Sie frühstückte sehr schnell und vertiefte sich dann in die Morgenzeitung. Als Bert Fortmann das Frühstückszimmer betrat, nahm er sie unter all den anderen Gästen nicht wahr.
Gloria wartete ab, bis der Anwalt sich am Büffet bedient hatte, dann verließ sie schnell den Raum und ging hinaus auf die Straße. Ihr Ziel war die Pension Rathmacher. Wenn ihr Plan gelingen sollte, dann mußte sie diese fremde Frau noch vor Bert treffen. Wenn sie ihr das sagte, was sie sich überlegt hatte, dann würden Bert und die Frau sich niemals wiedersehen.
Kurz nach zehn Uhr öffnete sich die Tür, und Berts neue Freundin trat auf die Straße. Gloria, die gegenüber gewartet hatte, lief auf die andere Seite und stellte sich der anderen in den Weg.
»Guten Morgen«, grüßte sie freundlich. »Entschuldigen Sie, wenn ich Sie so einfach anspreche, aber Sie sind doch mit Bert befreundet, nicht wahr? Bert Fortmann.«
Verena durchfuhr ein siedendheißer Blutstrom. Warum fragte diese Frau sie nach Bert?
»Ja. Warum? Ist etwas mit ihm?« fragte sie aufgeregt.
»Wie? Nein, nein«, winkte die Frau ab. »Sie brauchen sich keine Sorgen zu machen. Wahrscheinlich sitzt er gerade beim Frühstück. Da saß er jedenfalls eben noch, als ich ihn verließ.«

Die Lehrerin stutzte.
»Sie haben mit Bert gefrühstückt? Frau...«
Gloria lächelte.
»Mein Name ist Heide Laurenz«, antwortete sie. »Ja, ich habe mit ihm gefrühstückt. Ich bin mit Herrn Fortmann verlobt.«
Verenas Herz krampfte sich zusammen. Sie glaubte, sich verhört zu haben.
»Verlobt...?« sagte sie ungläubig.
Gloria nahm ihren Arm und zog sie an die Seite. Dabei schaute sie beinahe freundschaftlich. Sie bemerkte den Schock, den ihre Worte ausgelöst hatten.
»Sehen Sie, Frau...«
»Berger.«
»Frau Berger, Sie dürfen die Sache nicht so tragisch sehen. Es ist so, Bert hat manchmal eine Art, da kann eine Frau schlecht nein sagen. Sie sind nicht die erste, der das passiert. Und hinterher kann ich die Sache wieder ausbügeln. Das wäre alles nicht passiert, wenn ich gleich mitgefahren wäre. Aber es gab da noch eine geschäftliche Angelegenheit, durch die ich aufgehalten wurde...«
Verena schien alles wie durch einen dicken Wattebausch wahrzunehmen.
»Sie müssen es wieder ausbügeln?« echote sie, wie in Trance, und ein dichter Tränenschleier nahm ihr die Sicht.
Gloria reichte ihr ein Taschentuch.
»Hier, nehmen Sie«, sagte sie in gespielter Fürsorge. »Und bitte, nehmen Sie die Angelegenheit, als das, was sie für Bert auch war – ein kleiner Urlaubsflirt, mehr nicht.«
Damit wandte sie sich um und ging davon. Verena blieb hilflos stehen. Die Worte der Frau hämmerten in ihrem Kopf. Es war, als wäre sie vom Himmel in die tiefste Hölle gestürzt. Jetzt wurde ihr auch sein gestriges Verhalten klar. Er wußte

ja, daß heute seine Verlobte anreiste. Kein Wunder, daß er mit seinen Gedanken woanders war, und sie hatte geglaubt, ein berufliches Problem beschäftigte ihn. Wahrscheinlich hatte er da nach Worten gesucht, mit denen er ihr klarmachen konnte, daß alles zu Ende war, noch bevor es richtig begonnen hatte.

Nein, nicht einmal das hatte er überlegt, denn wie Heide Laurenz sagte, mußte sie die Sache immer wieder ausbügeln. Also war er auch noch zu feige, einzugestehen, daß er mit ihr nur gespielt hatte.

Das zerknüllte Taschentuch in den Händen, ging Verena in die Pension zurück. Christel Rathmacher war schon am frühen Morgen in die Kreisstadt gefahren, und Verena war froh darüber. So brauchte sie niemandem gegenüber Rechenschaft ablegen.

Sie ging in ihr Zimmer und packte. Schnell waren die Koffer in der Ente verstaut, die hinten im Hof stand. Verena schrieb ein paar Zeilen auf ein Stück Papier und teilte mit, daß sie sofort abreisen mußte. Dazu legte sie den Betrag, den ihre Rechnung ausmachte.

Als sie an dem Hotel vorbeifuhr, schaute sie stur geradeaus. Sie sah nicht, daß Gloria von Haiden im Eingang stand und ihr hämisch grinsend nachschaute.

*

Bert Fortmann ging ungeduldig vor dem Hotel auf und ab. Verena hätte doch längst hier sein müssen. Er sah auf die Uhr. Schon mehr als zwanzig Minuten über die verabredete Zeit. Ob sie verschlafen hatte? Oder verplauderte sie sich mit ihrer Pensionswirtin.

Sie hatte ihm ja erzählt, welch herzliches Verhältnis die beiden Frauen verband. Schließlich beschloß er, ihr entgegen zu gehen.

Auf dem Weg zur Pension hoffte er vergeblich, daß sie ihm entgegenkam. Noch einmal schaute er auf die Uhr und klingelte dann.

Einmal, zweimal – niemand öffnete. War die Wirtin denn nicht im Haus? Aber dann mußten doch andere Gäste das Klingeln hören!

Verena hatte erzählt, daß die meisten zu einer Reisegruppe gehörten, die am Morgen eine Almwanderung unternahm. Die Leute waren bestimmt schon unterwegs. Und da Verena nicht öffnete, schien sie ebenfalls nicht mehr in der Pension zu sein.

Unschlüssig ging er vor dem Haus auf und ab. Daß sie an einander vorbeigelaufen waren, schien auch aus. Es gab nur zwei Straßen vom Hotel hierher. Da mußten sie sich begegnet sein.

Er wollte gerade zum Hotel zurückgehen, als er einen Kleinwagen auf den Hof der Pension fahren sah. Sofort lief er hinterher. Eine Frau mittleren Alters stieg aus, als der Anwalt durch die Einfahrt kam. Der Beschreibung nach mußte es sich bei ihr um die Pensionswirtin handeln.

»Guten Morgen«, rief er ihr zu. »Sind Sie Frau Rathmacher?« Die Wirtin nickte.

»Ja, was kann ich für Sie tun?«

»Mein Name ist Fortmann. Bert Fortmann«, sagte er mit einer kurzen Verbeugung. »Ich bin ein Bekannter von Verena Berger.«

Ein strahlendes Lächeln glitt über Christel Rathmachers Gesicht.

»Verena hat mir von Ihnen erzählt. Es freut mich, Ihre Bekanntschaft zu machen.«

»Ganz meinerseits. Frau Rathmacher, ich bin etwas in Sorge. Verena und ich waren vor beinahe einer Stunde drüben im Hotel verabredet. Aber sie ist nicht gekommen. Und als ich

eben vorne an der Tür klingelte, öffnete niemand. Haben Sie eine Vermutung, wo Verena sein könnte?«
Die Pensionswirtin schüttelte den Kopf.
»Ich hab' nur kurz heut' morgen mit ihr gesprochen«, antwortete sie. »Ich bin ja schon sehr früh in die Stadt gefahren.«
Sie sah sich auf dem Hof um. Verenas Ente hatte neben der alten Waschküche gestanden. Jetzt war der Platz leer.
»Das Auto ist fort«, sagte Christel Rathmacher. »Der Wagen von der Verena hat dort drüben gestanden. Vielleicht ist sie irgendwohin gefahren.«
Im selben Moment fiel ihr ein, daß Verena ja verabredet gewesen war. Da würd' sie doch net so einfach fortfahren, ohne eine Nachricht zu hinterlassen.
»Wissen S' was?« meinte sie kurzerhand. »Kommen S' erstmal ins Haus. Vielleicht hat sie eine Nachricht hinterlassen, wohin sie ist und wann sie wiederkommt.«
Bert nickte dankbar und folgte ihr durch den Hintereingang. Die ganze Sache war ihm äußerst rätselhaft. Jetzt war auch noch das Auto verschwunden!
Sie fanden den Zettel und das Geld in der Küche. Christel Rathmacher las die kurzen Zeilen und schüttelte verständnislos den Kopf.
»Was steht denn da?« fragte Bert Fortmann ungeduldig.
»Sie ist fort«, antwortete die Pensionswirtin. »Verena ist abgereist!«
»Was?«
Bert riß ihr den Zettel aus der Hand und las es mit eigenen Augen. Private Gründe zwingen sie, ihren Urlaub sofort abzubrechen. Das Geld reichte, um das Zimmer für die reservierte Zeit zu bezahlen.
»Verstehen Sie das?« fragte Christel ihn.
Der Anwalt schüttelte den Kopf. Er verstand überhaupt

nichts mehr. Er wußte nur, daß Verena fort war, und er hatte nicht einmal eine Telefonnummer von ihr.

*

Verena fuhr wie im Traum. Es war ein Wunder, daß es zu keiner gefährlichen Situation kam, was zum großen Teil dann lag, daß wenig Verkehr herrschte.
Warum nur? Warum? Diese Frage beherrschte ihr ganzes Denken. Konnte ein Mensch wirklich so niederträchtig und gemein sein, auf den Gefühlen eines anderen so herumzutrampeln? Dabei hatte es doch so wunderschön begonnen! Oder hatte er damals, auf dem Parkplatz, schon den Entschluß gefaßt und sie als kurzen Zeitvertreib ausgewählt, bis seine Verlobte kam, die dann wieder alles »ausbügelte«?
Es war ihr unfaßbar, wie sie sich so hatte in diesem Mann täuschen können, und jetzt wollte sie nur fort von hier. Fort von dem Menschen, der sie so bitter enttäuschte.
Mit einer energischen Handbewegung ergriff sie den Schaltknüppel und trieb den Gang weiter hoch. Es gab ein knirschendes Geräusch, und der Motor erstarb langsam.
»O nein, nicht schon wieder«, entfuhr es ihr.
Verena erinnerte sich im selben Augenblick an Tobias Rathmachers mahnende Worte, gefühlvoll mit dem Schalthebel umzugehen, denn mit dem Getriebe stehe es nicht zum besten.
Offenbar kam die Erinnerung zu spät.
Sie schaltete die Warnblinkanlage ein und stieg aus. Mit einer Hand drehte sie das Lenkrad, mit der anderen stieß sie den Wagen vorwärts. Zum Glück ging es bergab, so daß es nicht so mühsam war. Trotzdem kam sie ins Schwitzen. Jetzt kam es nicht so sehr darauf an, die Ente zu schieben, als vielmehr sie zurückzuhalten, damit das nicht den Berg hinun-

ter zu schnell wurde. Schließlich sprang sie wieder in den Wagen und ließ ihn im Leerlauf rollen. So schaffte sie es immerhin bis zu einer Parkbucht am Straßenrand. Sie zog die Handbremse an, lehnte sich in ihren Sitz zurück und ließ ihren Tränen freien Lauf.
War es wirklich gerecht, so viel Pech auf einmal zu haben? Sie hatte doch nichts getan, daß sie solch eine Strafe verdiente!
Und was sollte sie jetzt anfangen? Hier, mutterseelenalleine auf der Landstraße, mit einem Auto, das auf den Schrottplatz gehörte. Wütend hieb sie auf das Lenkrad.
Selbst da hatte Bert Fortmann noch recht gehabt. Und sie würde den Verlust ihres geliebten Wagens immer mit dem Verlust des geliebten Mannes verbinden...

*

Unschlüssig stand Bert vor dem Hotel. Er, der brillante Anwalt, der Analytiker, der vor Gericht für seine Mandanten wie eine Löwin für ihre Jungen kämpfte, war völlig ratlos. Was war nur geschehen? Das war die entscheidende Frage. Welche privaten Gründe gab es, die Verenas Verhalten rechtfertigten? Sie lebte alleine, hatte weiter keine Verwandten, wie sie ihm erzählt hatte. Also mußte ihre übereilte Abreise doch mit ihm zusammenhängen.
Er ging ein paar Schritte weiter, bis er vor dem Parkplatz des Hotels stand. Glorias Wagen fiel ihm auf, der rote Sportwagen, den er kannte. Natürlich, es konnte gar nicht anders sein... Ihre Drohung fiel ihm wieder ein.
Bert stürmte durch die Hoteltür und drängte zur Rezeption.
»Welches Zimmer bewohnt Frau von Haiden?« fragte er das junge Mädel hinter dem Tresen.
»Vierhundertvier, unser Notzimmer«, antwortete es. »Ganz oben unter dem Dach.«

Bert rannte schon die Treppe hinauf, immer zwei Stufen auf einmal nehmend. Ohne anzuklopfen riß er die Zimmertür auf und trat ein. Gloria war gerade dabei, ihren Koffer zu packen.
»Oh, lá lá, so stürmisch warst du ja noch nie«, sagte sie und ließ sich auf das Bett sinken. »Hast du solche Sehnsucht nach mir, daß du beinahe die Tür eintrittst?«
Der Anwalt packte sie bei den Handgelenken und riß sie hoch.
»Au, du tust mir weh«, klagte Gloria.
Bert lockerte den Griff, obwohl er zu ganz anderem fähig gewesen wäre. Mit kalten Augen sah er sie an.
»Du hast mit Verena gesprochen«, sagte er mit eisiger Stimme. »Leugne es nicht. Du bist schuld, daß sie fortgefahren ist. Welche Lügen hast du ihr erzählt?«
Gloria wand sich in seinen Armen. In ihren Augen spiegelte sich Furcht. Sie ahnte instinktiv, daß sie zu weit gegangen war.
»Nichts weiter«, log sie.
Erst als sich sein Griff um ihre Arme verstärkte, sagte sie die ganze Wahrheit – oder fast die ganze.
»Ich betrachte mich eben immer noch als deine Verlobte«, schloß sie trotzig.
»Diese Verbindung habe ich schon lange gelöst.«
Er hatte sie losgelassen und, beinahe verächtlich, zurückgestoßen.
»Komm mir nie wieder unter die Augen«, sagte er. »Du hast so viele Menschen ins Unglück gestürzt, aber eines Tages wirst du deine gerechte Strafe dafür erhalten. Und wenn dies nicht auf Erden geschieht, dann ganz bestimmt anderswo.«
Er ging hinaus und schloß die Tür. Als er ein paar Schritte gegangen war, riß Gloria die Tür wieder auf.

»Du hättest Pfarrer werden sollen«, schrie sie ihm hinterher.
»Du mit deinen weisen Sprüchen!«
Bert Fortmann drehte sich zu ihm um.
»Pfarrer?« fragte er und nickte mit dem Kopf. »Eine gute Idee.«
Verständnislos sah Gloria von Haiden ihm hinterher.

*

Sebastian Trenker befand sich gerade in der Kirche, als Bert das Gotteshaus betrat.
»Herr Fortmann, ich freue mich, Sie wiederzusehen«, begrüßte der Geistliche den Rechtsanwalt.
Er sah dem Besucher an, daß etwas nicht in Ordnung war.
»Worum geht's?« fragte er. »Kann ich Ihnen helfen?«
Bert schilderte mit knappen Worten, was sich ereignet hatte.
»Ich frage mich, wie ich diese Frau nur lieben konnte. Ich muß blind gewesen sein, daß ich nicht erkannt habe, was für ein Mensch Gloria von Haiden wirklich ist. Eiskalt, zynisch, und nur auf einen Vorteil bedacht.«
Sebastian legte ihm beruhigend die Hand auf die Schulter.
»Zerfleischen Sie sich nicht mit Selbstvorwürfen. Was geschehen ist, läßt sich net mehr ändern. Wir Menschen können nur aufpassen, daß wir dieselben Fehler nicht ein zweites Mal machen. Aber diese Frau, die Sie nun verlassen hat, war ja auch kein Fehler, wie ich Ihren Worten entnehme.
Diese Verena, die Sie hier kennengelernt haben, und der Ihre Liebe gilt, wenn sie Sie auch liebt, dann wird sich noch alles zum Guten wenden. Setzen Sie sich in Ihren Wagen und fahren Sie hinterher. So weit kann sie noch net sein, daß Sie sie nicht einholen können. Und wer weiß – vielleicht sorgt das Schicksal dafür, daß es noch einmal eine Panne gibt…«

»Gebe es Gott«, antwortete Bert und reichte dem Geistlichen die Hand.
Wie weit mochte sie schon gekommen sein, fragte er sich, als er auf der Bergstraße fuhr. Vielleicht hundert Kilometer – eher weniger. Die Straße war ja keine Autobahn, und teilweise gab es Geschwindigkeitsbegrenzungen auf siebzig Stundenkilometer.
Wenn alles glattgegangen war, und wenig Verkehr herrschte, dann mochte Verena in diesem Augenblick vielleicht auf dem Autobahnzubringer sein.
Bert trat das Gaspedal durch. Das konnte er schaffen. Wenn er Glück hatte, dann holte er sie sogar noch ein, bevor sie die Autobahn erreichte.
Es waren kaum Autos unterwegs, und immer wieder gab es die Möglichkeit, langsamere Fahrzeuge zu überholen, so daß er gut vorankam.
Wie hatte Pfarrer Trenker gesagt, vielleicht sorgt das Schicksal für eine neue Panne. Ja, das wär's! Warum gab das alte Auto nicht einfach seinen Geist auf, so daß Verena gezwungen war, anzuhalten?
Diese vermaledeite Schrottkarre!
Bert riß die Augen auf. Da stand sie, in ihrer ganzen Schönheit, diese wunderbare Schrottkarre!
Nein, er irrte sich nicht. In einer kleinen Parkbucht stand Verenas Ente. Bert hielt dahinter an und sprang aus seinem Wagen. Mit zwei, drei Schritten war er bei dem Wagen und riß die Tür auf.
»Ich hab' doch gesagt, die Karre gehört auf den Schrottplatz«, sagte er.
Verena starrte ihn mit großen Augen an.
»Du?« fragte sie ungläubig.
Sie hatte überhaupt nicht bemerkt, daß er hinter ihr gehalten hatte.

»Was machst du denn hier?«
»Was ich mache? Na, du bist gut! Was glaubst du denn wohl?«
»Ich... ich weiß net, was ich glauben soll. Ich versteh' überhaupt net, was du hier machst – deine Verlobte...«
»Blödsinn, Verlobte!« schnaubte er und zog sie aus dem Auto. »Es gibt keine Verlobte. Für wen hältst du mich eigentlich? Wenn ich mich verlobe, dann höchstens mit dir.«
»Aber Heide Laurenz hat doch gesagt...«
»Wer, um alles in der Welt, ist Heide Laurenz?«
Er sah sie verständnislos an.
»Na, deine Verlobte – oder, ich meine die Frau, die gesagt hat, daß sie deine Verlobte ist.«
Bert verstand. Gloria hatte nicht nur gelogen, sie hatte auch einen falschen Namen benutzt. Wahrscheinlich, weil sie nicht wissen konnte, wieviel Bert Verena über sie erzählt hatte.
Es dauerte mehr als eine halbe Stunde, bis der Anwalt der jungen Lehrerin alles berichtet hatte. Er verschwieg nichts und fügte nichts hinzu. Als er geendet hatte, sahen sie sich beide an. Verena kämpfte wieder mit den Tränen.
»Es tut mir so leid, daß ich an deiner Ehrlichkeit gezweifelt habe«, sagte sie. »Ich schäme mich dafür.«
Bert nahm ihr Gesicht in seine Hände.
»Das ist das letzte, was ich will«, erwiderte er. »Nur eines mußt du mir versprechen...«
»Ja?«
»Wenn du jemals wieder Zweifel an meiner Liebe hast, dann sprich mit mir darüber. Geh' nicht einfach fort. Ich könnte es nicht noch einmal ertragen.«
»Nie, nie wieder werde ich so etwas tun«, versprach sie. »Es war ja so schrecklich für mich, ohne ein Wort von dir zu gehen. Ich will immer an dich glauben!«

Ganz fest nahm er sie in seine Arme, und ihr Kuß besiegelte ihr Versprechen.
Gab es auch viele Irrwege, Verena und Bert hatten den richtigen gefunden – den ins Glück!

– ENDE –

Dein Bild in meinem Herzen

...aber auf Liebe darf ich nicht hoffen

Mit einer wütenden Bewegung führte Robert Demant den Pinsel über das Bild. Es gab ein knirschendes Geräusch, als der Druck seiner Hand die Leinwand zerriß. Noch wütender schlug er mit der Faust darauf und verschmierte die Farben, so daß das Motiv, das zuvor ein Stilleben dargestellt hatte, nun aussah, als wäre es das Experiment eines modernen Künstlers. Dabei stieß er einen gequälten Schrei aus.
Der Maler ließ Pinsel und Palette fallen, und stützte seinen Arm an ein Regal, das an der Wand des Ateliers stand. Dort wurden Töpfe und Tuben mit Farben, Pinsel und Lösungsmittel aufbewahrt. Außerdem stand eine halbvolle Ginflasche darin. Robert nahm die Flasche und schaute sie nachdenklich an. Nein, ging es ihm durch den Kopf, sich zu betrinken war keine Lösung.
Sein Blick schweifte durch das Atelier. Es war der größte Raum in der Wohnung, die Robert vor mehr als zehn Jahren im Münchener Stadtteil Schwabing gemietet hatte. Sie befand sich im obersten Stock des Hauses. Für den Arbeitsraum hatte der Kunstmaler ein riesiges Fenster in das Dach einbauen lassen, um genügend Licht hereinzulassen. Überall standen Bilder, Leinwände, Rahmen und Staffeleien herum. Es roch nach Farbe und Terpentin, und es war seiner Zugehfrau strengstens verboten, das Atelier, außer zum Fensterputzen, zu betreten. Robert war der einzige, der sich in diesem Chaos auskannte.
Nun sah er sich um und dachte darüber nach, was mit ihm geschehen war.

Robert Demant galt seit Jahren als der führende malende Künstler. Nur zu gut erinnerte er sich an die Zeit davor. Mit Aufträgen von Banken und Versicherungen, die irgendwelche Bilder für ihre »Paläste« kauften, hielt er sich über Wasser. Aber, das war nicht das, was er eigentlich malen wollte. Seine Bilder sollten etwas mitteilen, eine Botschaft haben, den Menschen etwas Schönes bieten. Er entwickelte sich vom Expressionisten zum Naturalisten, bildete seine Umwelt naturgetreu in ihrer ganzen Schönheit ab. Offenbar traf er damit den Nerv der Zeit, seine Bilder verkauften sich schneller, als er malen konnte, und Robert war ein begehrter Gast auf allen möglichen Festen und Empfängen.
So ging es eine lange Zeit, doch seit Monaten schon spürte der Maler, daß »die Luft raus war«. Er mußte sich regelrecht dazu zwingen, Pinsel und Palette in die Hände zu nehmen, und mit Sorge beobachtete sein Galerist, wie der Künstler offensichtlich in eine Schaffenskrise geriet. Hinzu kam, daß eine große Ausstellung mit Werken von Robert Demant keinen besonderen Anklang fand. Das Publikum hatte sich anderen Stilrichtungen zugewandt, und die Kritiker fanden nur Worte der Häme für den Maler.
Er habe sich nicht weiter entwickelt, hieß es, seine Bilder wirkten auf den Betrachter wie das Spätwerk eines Hobbymalers, und überhaupt sei der Stil, den Robert Demant male, nicht mehr länger gefragt.
All dies führte dazu, daß der Maler sich mehr zurückzog, Einladungen ablehnte und, außer zu seinem Galeristen und der Putzfrau, jeden Kontakt vermied.
Robert wischte sich die Hände an einem alten Lappen ab, dessen ursprüngliche Farbe unter all den Farbtupfen nicht mehr zu erkennen war. Dann verließ er das Atelier und ging hinüber ins Wohnzimmer. Auch hier hingen und standen überall Bilder, Zeichnungen und Skizzen. Robert setzte sich

in einen großen, alten Ohrensessel, den er vor Jahren, als er noch nicht so bekannt gewesen war, vom Sperrmüll gerettet hatte. Seither war es sein Lieblingssessel, in den sich außer ihm niemand setzen durfte. Obwohl der Maler inzwischen in der finanziellen Lage gewesen wäre, sich zehn solcher Sessel zu kaufen, mochte er sich doch nicht von dem guten, alten Stück trennen. Es erinnerte ihn immer wieder an die Zeit, als er vor der Frage stand, ob er das wenige Geld, das er hatte, für Farben oder Brot ausgeben sollte. Meistens hatte er sich für die Farben entschieden, denn Robert Demant war ein von seiner Kunst Besessener gewesen, der eher auf Essen verzichten konnte, als auf seine künstlerische Arbeit.
Mein Gott, wie lange war das schon her! Es kam ihm vor, als wäre es in einem anderen Leben gewesen.
Robert erinnerte sich an das letzte Gespräch mit Walter Murrer, dem Mann, dem er so viel zu verdanken hatte. Walters Galerie befand sich nahe dem Stachus in bester Lage. Seine Kunden kamen aus dem Adel und der Hochfinanz. Darunter waren etliche, die es als ihre Pflicht ansahen, junge Künstler als deren Mäzen zu unterstützen. Hatte Walter Murrer einmal einen Maler unter seine Fittiche genommen, so hatte dieser gute Chancen, eines Tages von seiner Kunst leben zu können. Das war auch bei Robert der Fall gewesen. Walter, der immer an ihn geglaubt hatte, vermittelte die Bekanntschaft eines reichen Geschäftsmannes, der den jungen Maler förderte. Damit begann sein Aufstieg.
»Du mußt fort aus München«, hatte Walter bei ihrem letzten Treffen gesagt. »Wann war dein letzter Urlaub? Vor beinahe drei Jahren. Also, setz' dich in deinen Wagen und fahre irgendwohin. Spanne endlich einmal aus, tanke neue Kraft und komm mit neuen Ideen zurück!«
Warum nicht, dachte Robert. Es wäre wirklich einmal an der

Zeit, alles hinter sich zu lassen. Etwas anderes zu sehen, andere Menschen kennenzulernen.
Am besten setzte er die Idee sofort in die Tat um, wenn er noch damit wartete – vielleicht überlegte er es sich dann doch wieder ...

*

Sophie Tappert summte leise vor sich hin, während sie mit dem Staubsauger durch das Pfarrbüro fuhrwerkte. Wie alles, was sie tat, verrichtete Sophie auch diese Tätigkeit mit äußerster Sorgfalt. Dabei achtete sie darauf, ja nicht den Stapel Papiere durcheinander zu bringen, den Hochwürden auf seinem Schreibtisch liegen hatte. In der Küche simmerte unterdessen eine kräftige Fleischbrühe auf dem Herd. Frau Tappert warf einen Blick auf die Uhr. Gleich zwölf. Es würde nicht mehr lange dauern, und dann kam Max Trenker zum Essen. Eigentlich müßte er schon in der Tür stehen.
Der Bruder des Geistlichen, und Gendarm in St. Johann, war ein gern gesehener Gast im Pfarrhaus, der die Kochkünste der Haushälterin über alles zu schätzen wußte. Er ließ kaum eine Gelegenheit aus, an den Mahlzeiten teilzunehmen.
Nachdem auch das letzte Staubkörnchen im Sauger verschwunden war, schaltete Sophie Tappert das Gerät ab. Im gleichen Augenblick steckte Sebastian Trenker den Kopf durch die Tür.
»Ist mein Bruder noch net da?« fragte er.
Die Haushälterin hob die Schulter.
»Ich weiß auch net, wo er bleibt. Er müßt' doch schon da sein.«
»Wie weit sind S' denn mit dem Essen?« erkundigte Sebastian sich.
»Es ist alles soweit fertig. Bloß anrichten müßt' ich noch.«
»Gut, dann warten wir halt noch fünf Minuten.«
Maximillian Trenker verspätete sich schließlich um eine

geschlagene Viertelstunde. Als er endlich in der Pfarrküche am Tisch saß, machte er einen erschöpften Eindruck. Sophie Tappert hatte vorsorglich die Suppe auf kleiner Flamme gelassen, und füllte die Terrine neu.
»Was hat's denn gegeben?« wollte Sebastian Trenker wissen. Sein Bruder sah ihn an und rollte dabei mit den Augen.
»Ich komm' g'rad vom Moosingerhof. Dem Anton haben's in der Nacht sein nagelneues Auto gestohlen.«
»Was?« entfuhr es dem Pfarrer. »Schon wieder ein Autodiebstahl in unserer Gegend!«
»Der dritte in vierzehn Tagen, und alles Neuwagen. Der vom Moosinger war erst seit zwei Tagen zugelassen. Da steckt eine ganze Bande dahinter, die die Autos ins Ausland verschiebt. Die Kollegen von der Kripo sind sich da ziemlich sicher.«
»Vielleicht sollten S' Ihren Wagen net immer hinterm Kirchplatz stehen lassen«, mischte sich Sophie Tappert in das Gespräch. »Eines Tages ist der auch noch verschwunden.«
Pfarrer Trenker besaß tatsächlich ein noch recht neues Auto. Nachdem er jahrelang einem uralten Käfer die Treue gehalten hatte, entschloß er sich doch, schweren Herzens, das alte gegen ein neues, schadstoffarmes Fahrzeug einzutauschen. Hier hatte der Umweltgedanke über die Liebe zu seinem Käfer gesiegt. Ohnehin benutzte Sebastian den Wagen sowieso nur, wenn es unumgänglich war. Meistens bewegte er sich auf Schusters Rappen und wanderte in seinen geliebten Bergen.
»Das glaub' ich net«, erwiderte Max auf Sophie Tapperts ängstliche Einlassung. »Die Diebe stehlen nur Autos der Luxusklasse. Der vom Moosinger hat mehr als sechzigtausend Mark gekostet.«
»Was, soviel?«
Die Haushälterin war erschüttert. Wie konnte jemand so viel Geld für ein Auto ausgeben?

»Na ja, der hat's ja auch«, sinnierte sie und deckte den Tisch ab.
Freilich stimmte es. Anton Moosinger war einer der reichsten Bauern in der Gegend um St. Johann. Der Hof war seit Generationen im Familienbesitz, und neben etlichen Hektar Land, gehörten zwei Almwiesen und ein riesiges Waldgebiet dazu. Drei Söhne arbeiteten mit dem Vater zusammen auf dem Hof. Außerdem eine ganze Anzahl Knechte und Mägde, die teilweise schon seit Jahrzehnten zum Moosingerhof gehörten.
»Deswegen darf man ihm aber noch lange net das Auto stehlen«, schüttelte Sebastian Trenker den Kopf. »Wem gehören denn die anderen Fahrzeuge?«
»Der eine war der Wagen vom Dr. Hendrich, dem Kunsthändler aus Garmisch, der andere gehört einem Gast vom Reisinger.«
Dr. Hendrich war ein in Garmisch Partenkirchen ansässiger Kunsthändler, der in der Nähe von St. Johann ein Ferienhaus besaß, in dem er oft und gerne ein paar Tage verbrachte, wenn die Geschäfte es zuließen. Pfarrer Trenker erinnerte sich an einige nette Abende, die er in dem Haus verbracht hatte. Genau wie er auch, so schätzte Dr. Hendrich ebenfalls ein gutes Glas Wein und ein geistvolles Gespräch.
Der Gast vom Hotel »Zum Löwen«, stammte aus dem Rheinland. Er hatte ein paar erholsame Ferienwochen in der Bergen verbringen wollen, die doch so unschön endeten. Wohl oder übel war er gezwungen, mit einem Leihwagen wieder nach Hause zu fahren.
»Natürlich sprangen sofort die Versicherungen ein«, fuhr Max fort. »Aber das entschädigt natürlich net für den ganzen Ärger, den man durch den dreisten Diebstahl hat.«

*

Robert Demant war froh, seinen Urlaub sofort angetreten zu haben. Schon als er in München in den Zug stieg, spürte er ein Gefühl der Entspannung und Erleichterung in seiner Brust.
Viele Sachen hatte er nicht mitgenommen. Lediglich eine Reisetasche befand sich in der Gepäckablage über dem Sitz und ein kleines Köfferchen, in dem Robert ein paar Malutensilien mitnahm. Vielleicht gab es das eine oder andere Motiv, das lohnte, festgehalten zu werden.
Die Fahrt verlief ohne besondere Ereignisse. Von München aus ging es in Richtung Alpen. Der Maler hatte sich auf einen bestimmten Ort festlegen können, und erst die charmante Mitarbeiterin in einem Reisebüro hatte ihm den Hinweis auf ein kleines Dorf in den Bergen gegeben. St. Johann hieß es und war touristisch noch nicht so »heimgesucht« wie andere Orte. Robert war von der Beschreibung und von dem, was er in einem Prospekt las, angetan und zögerte nicht länger. Jetzt saß er in einem Regionalzug, der scheinbar unendlich langsam durch die kleinen Ortschaften fuhr und an jeder Milchkanne hielt.
Der Maler störte sich nicht daran. Im Gegenteil, er kostete jede Minute der Bahnfahrt aus, schaute dabei aus dem Fenster oder blätterte in den Zeitschriften, die er vor der Abfahrt gekauft hatte.
Schließlich schaute er auf die Uhr. Es war früher Nachmittag. Die übernächste Station war die letzte. Weiter fuhr der Zug nicht. Von dort aus ging ein Bus zu seinem Urlaubsziel. Robert war schon gespannt. Außerdem hatte er noch kein Quartier gebucht. Das hätte die junge Frau im Reisebüro zwar gerne für ihn übernommen, doch der Maler wollte sich erst einmal selbst in St. Johann umsehen. Ob er dann ein Zimmer in einem Hotel nahm, oder in einer kleinen Pension, hing von seiner jeweiligen Laune ab.

Der Zug hielt zum vorletzten Male, und nach kurzer Zeit wurde die Tür des Abteils geöffnet, in dem Robert Demant saß. Bisher hatte er ganz alleine gesessen, nun trat ein junges Madel ein. Es hatte nur eine kleine Tasche als Gepäck. Der Zug ruckelte wieder an.
»Grüß' Gott«, erwiderte der Mann auf den Gruß der Eintretenden.
Dabei schweifte sein Blick über ihre Gestalt und was er sah, gefiel dem Maler. Ein schlankes, hochgewachsenes Madel mit braunen Augen, das schulterlange Haar hatte die Farbe von Kastanien und in dem aparten Gesicht dominierte ein schwungvolles Lippenpaar.
Die junge Frau setzte sich ihm gegenüber. Sie schien ein wenig außer Atem zu sein.
»Glück gehabt«, sagte sie und holte tief Luft. »Beinah' hätt' ich ihn verpaßt.«
Sie lachte herzerfrischend, und Robert konnte nicht anders, als mit einzustimmen.
»Wissen S', ich war zu Besuch bei einer alten Schulfreundin, und wir hatten uns soviel zu erzählen, daß wir glatt die Zeit vergessen haben.«
»Und einen späteren Zug hätten S' net nehmen können?« fragte der Maler, dem die offene und freundliche Art der jungen Frau gefiel.
Das Madel schüttelte seinen Kopf.
»Von der Kreisstadt muß ich mit dem Bus weiter, und der fährt um Viertel vor fünf. Das ist der letzte. Wenn ich den verschwitze, kann ich zu Fuß nach St. Johann laufen.«
Robert horchte auf.
»Nach St. Johann wollen S'?«
»Ja«, nickte sie. »Sie etwa auch?«
»Ich mache Urlaub dort«, antwortete er und stellte sich dann vor. »Ich heiße übrigens Robert Demant.«

»Katharina Lehmbacher.«
»Wohnen Sie dort?«
»Inzwischen ja. Ursprünglich stamm' ich aus Engelsbach. Aber seit einem halben Jahr wohne ich in St. Johann. Ich arbeite als Saaltochter im Hotel ›Zum Löwen‹. Werden S' denn bei uns wohnen?«
Robert zuckte die Schulter.
»Ich weiß noch net. Mal schau'n, wie's mir überhaupt dort gefällt.«
Katharina hob den Kopf.
»Toll wird's Ihnen gefallen. Das kann ich jetzt schon sagen«, erwiderte sie im Brustton der Überzeugung.
Der Maler schmunzelte.
»Sie scheinen ja wirklich überzeugt zu sein.«
»Also, ich hab' bis jetzt nur nette Menschen dort kennengelernt«, antwortete die junge Frau. »Außerdem ist es ein ruhiges und beschauliches Dorf.«
»Sie machen mich wirklich neugierig.«
Der Zug lief in den Bahnhof der Kreisstadt ein. Die beiden Reisenden machten sich für den Ausstieg bereit.
»Kommen S', der Bus fährt von dort drüben«, sagte Katharina, als sie auf dem Bahnsteig standen.
Die Rückbank war noch frei und bot genügend Platz für Menschen und Gepäck. Sie setzten sich, während der Fahrt wurde Katharina Lehmbacher nicht müde, die Vorzüge von St. Johann und seiner Bewohner aufzuführen. Außerdem schwärmte sie von dem Hotel, in dem sie arbeitete, daß Robert gar nicht anders konnte, als zu erklären, daß er dort absteigen werde.
Freilich hatte es noch einen anderen Grund – der Maler spürte, daß das Madel eine Saite in ihm zum Klingen gebracht hatte. Er fühlte sich zu ihm hingezogen. Diese herzerfrischende offene Art – wie lange hatte er sie bei einem

Menschen nicht mehr gefunden! Robert wollte unbedingt dort sein, wo er Katharina in seiner Nähe wußte.
Wenn es nach ihm gegangen wäre, dann hätte die Fahrt noch Stunden dauern können, doch der Bus hielt nach knapp dreißig Minuten an der Haltestelle gegenüber vom Hotel.
»Wissen S' denn, ob noch ein Zimmer frei ist?« wollte Robert wissen.
Plötzlich hatte er Angst bekommen, das Hotel könne ausgebucht sein.
»Ganz bestimmt«, beruhigte sie ihn. »Die Saison hat ja noch net begonnen.«

*

Wie das junge Madel es gesagt hatte, war es überhaupt kein Problem, ein Zimmer zu bekommen.
»Wie lang' möchten S' denn bleiben?« erkundigte sich Sepp Reisinger.
Robert überlegte. Darüber hatte er sich noch gar keine Gedanken gemacht. Eine Woche? Oder zwei?
»Wissen S' was, nehmen S' erst mal eine Woch'«, schlug der Wirt vor. »Wenn S' dann noch bleiben wollen, verlängern S' eben.«
Damit war der Maler einverstanden. Er bezog ein geräumiges Einzelzimmer, das mehr als komfortabel eingerichtet war. Vom Fenster hatte er einen herrlichen Blick auf die Almwiesen und Berge. Zwei imposante Gipfel dominierten das Bild, deren schneebedeckte Spitzen hoch in den blauen Himmel ragten.
Robert packte seine Reisetasche aus und erfrischte sich im Bad. Dann ging er hinunter ins Restaurant. Er hatte zuletzt am Mittag ein belegtes Brot gegessen und bekam langsam Hunger. Er war froh darüber, wieder Appetit zu haben. In

den letzten Wochen hatte er sich regelrecht dazu zwingen müssen, etwas zu essen. Es war eben zuviel gewesen, was da auf ihn einstürmte, doch er glaubte fest daran, daß dieser Urlaub ihm half, die Krise zu überwinden.
Hatte er geglaubt, Katharina Lehmbacher schon heute abend wiederzusehen, so wurde er enttäuscht. Natürlich, fiel es ihm ein, nachdem er vergeblich nach ihr Ausschau gehalten hatte, es war ja ihr freier Tag, da würde sie nicht am Abend im Hotel sein.
Das junge Madel hatte sich lächelnd von ihm verabschiedet, nachdem sie aus dem Bus gestiegen waren.
»Auf Wiedersehen, Herr Demant, ich hoffe, Sie werden sich im Löwen wohl fühlen.«
»Ganz bestimmt«, hatte er geantwortet.
Inzwischen wußte er, daß er gut daran getan hatte, Katharinas Ratschlag, hier im Hotel abzusteigen, zu befolgen. Sepp Reisinger und seine Frau, die Robert ebenfalls kennengelernt hatte, waren freundliche Wirtsleute, und das Personal herzlich und zuvorkommend. Der Maler wählte ein leichtes Fischgericht zum Abendessen und bestellte ein Glas Weißwein dazu. Trotz des regen Abendbetriebs, der im Lokal herrschte, war von Hektik nichts zu spüren. Wie immer hatten Sepp und seine Angestellten alles im Griff, Essen und Getränke wurden prompt serviert.
Früher, als er vor der Frage stand, das wenige Geld, das er besaß, für Farben oder Verpflegung auszugeben, hatte Robert nie großen Wert auf das Essen gelegt. Die Nahrungsaufnahme war für ihn ein notwendiges Übel gewesen, zur Aufrechterhaltung der körperlichen Funktionen. Das änderte sich erst mit dem Erfolg, den der Maler mit seinen Bildern hatte. Er lernte den Wert eines guten Essens zu schätzen und nahm sich Zeit, die Mahlzeiten ausgiebig zu genießen. Von dem gebratenen Zander, der auf einem Gemüsebett serviert

wurde, war er geradezu begeistert und er bestellte einen weiteren Schoppen von dem leichten Weißwein.

Später saß er am offenen Fenster seines Zimmers und sah in die anbrechende Nacht hinaus. Die beiden Gipfel, es waren der Himmelsspitz und die Wintermaid, wie er inzwischen aus dem Hausprospekt erfahren hatte, konnte er nun nicht mehr erkennen. Allerdings hätte er dafür auch gar kein Auge gehabt, denn vor ihm in der Dunkelheit stand ein anderes Bild – das jener jungen Frau, die er am Nachmittag kennengelernt hatte.

Robert Demant konnte es sich so genau in Erinnerung rufen, als stände sie direkt vor ihm. Jede Einzelheit ihres Gesichts sah er – die braunen Augen, das kecke, kleine Näschen und die geschwungenen Lippen. Und er spürte eine tiefe Sehnsucht, diese Lippen zu küssen…

Diese Gefühle, bei denen er sich jetzt ertappte, waren tiefer, als er es jemals für eine Frau empfunden hatte.

Sein Beruf hatte es mit sich gebracht, daß Robert viele Frauen kennenlernte. Für ein paar von ihnen hatte der gutaussehende Mittdreißiger durchaus Interesse gezeigt, doch zu mehr als ein paar lockeren Verbindungen war es nie gekommen. Der Maler liebte seine Freiheit über alles und fürchtete, in seinem Schaffen eingeengt zu werden, sobald er sich zu sehr an einen anderen Menschen fesseln lassen würde.

Doch jetzt merkte er, daß dieser Freiheitsdrang gar nicht mehr so stark vorhanden war. Beinahe ungläubig gestand er sich ein, daß Katharina Lehmbacher ihm mehr bedeutete, als er bis jetzt geahnt hatte.

*

Wolfgang Lehmbacher blätterte in der Tageszeitung. Als er auf den Anzeigenteil stieß, schlug er die Seite interessiert auf. In Gedanken zählte er die paar Mark durch, die er noch in seiner Geldbörse hatte. Viel war es wirklich nicht, aber für das Bier und die Würste, die er bestellt hatte, würde es noch reichen.

Hoffnungsvoll las er die Anzeigen mit den Stellenangeboten durch. Er mußte unbedingt Arbeit finden. Das Geld war das letzte, und zu Kathie konnte er nicht schon wieder gehen. Er schuldete ihr ohnehin noch vierhundert Mark vom letzten Monat.

In der verräucherten Kneipe in Waldeck saßen nur wenige Gäste. Der Wirt lehnte müde hinter dem Tresen, während seine Frau in der Küche die bestellten Würstchen heiß machte. Wolfgang Lehmbacher ging jede Annonce durch. Alle möglichen Arbeiten wurden angeboten, doch für einen jungen Mann mit abgebrochenem BWL-Studium war nichts darunter. Der Wirt brachte die Würstchen, die lieblos neben einer trockenen Scheibe Brot und einem sparsamen Klecks Senf auf dem Teller lagen.

Wolfgang verzichtete auf das Besteck und aß gleich aus der Hand. Dabei las er weiter.

Da – diese Anzeige! Das konnte etwas sein.

»Junger Mann mit Führerschein Kl. 3 gesucht«, stand dort zu lesen. Es wurde viel Geld für eine leichte Tätigkeit geboten. Darunter stand eine Telefonnummer, hier aus Waldeck.

Wolfgang aß schnell auf und bezahlte. Dann fragte er nach einem Telefon. Zwar besaß er ein Handy, aber da er seit zwei Monaten die Rechnung nicht bezahlt hatte, war der Anschluß gesperrt worden. Der Wirt reichte ihm das Telefon, ein uralter schwarzer Apparat, der noch eine Wählscheibe besaß.

»Macht fünfzig Pfennig, die Einheit«, sagte er.

Wolfgang nickte und wählte die angegebene Nummer.

Nachdem es einige Male geläutet hatte, meldete sich eine männliche Stimme am anderen Ende der Leitung.
»Grüß' Gott. Entschuldigen S' die späte Störung«, sagte der junge Mann. »Ich hab' da g'rad' Ihre Anzeige gelesen und wollt' mal fragen, ob die Stelle noch frei ist.«
»Freilich«, antwortete der Mann. »Wenn S' wollen, können S' noch heut' abend anfangen.«
»Um was für eine Tätigkeit handelt es sich denn?«
»Das besprechen wir am besten, wenn S' hier sind.«
Er nannte die Adresse.
»Wissen S', wo das ist?«
Wolfgang bestätigte, sich auszukennen und hängte ein.
Er konnte sein Glück kaum fassen. Noch vor ein paar Minuten hatte er nicht gewußt, ob er so bald wieder warme Würstchen essen würde, und nun hatte er plötzlich eine neue Arbeitsstelle.
Wieviel sie wohl bezahlten? Hielten die Leute, was sie da in der Anzeige versprachen, oder war es nur Lockangebot? Nun, in ein paar Minuten würde er mehr wissen.

*

Die Adresse war eine noble Villa am Rande von Waldeck. Sie war von einer mannshohen Mauer umgeben, und neben der Toreinfahrt war eine Klingel mit Gegensprechanlage angebracht. Wolfgang drückte den Knopf und nannte seinen Namen, als dieselbe Stimme, wie eben am Telefon, fragte, wer da sei. Ein Summen zeigte an, daß er die Tür aufdrükken konnte.
Über einen sorgsam geharkten Kiesweg gelangte der Besucher zum Haus mit noblem gelbem Putz. Der Weg wurde alle paar Meter mit Laternen beleuchtet, irgendwo plätscherte ein Brunnen. Wolfgang hielt unwillkürlich die Luft an. Arm waren die Leute, die hier wohnten, gewiß nicht. Der

Garten ließ erahnen, daß da ein richtiger Gärtner seine Arbeit verrichtete. Rechts von der Villa befanden sich zwei weitere Gebäude, die aber weitgehend im Dunkeln lagen.
Noch bevor er die Haustür erreichte, wurde sie geöffnet und eine Frau stand im Lichtschein, der nach außen drang.
»Guten Abend, Herr Lehmbacher, mein Name ist Krammler. Mein Mann erwartet Sie in seinem Arbeitszimmer.«
Wolfgang nahm die dargebotene Hand. Frau Krammler war kaum älter als seine Schwester Kathie. Sie wirkte elegant. Mit einem Lächeln führte sie den Besucher durch die Eingangshalle zum Arbeitszimmer ihres Mannes.
Justus Krammler war weitaus älter als seine Frau. Er saß behäbig hinter seinem Schreibtisch und sah kaum von dem Stapel Papiere auf, den er in den Händen hielt. In seinem Mundwinkel qualmte eine Zigarre. Mit einem Kopfnicken winkte er Wolfgang heran.
»Setzen S' sich«, sagte er und schob eine Zigarrenschachtel herüber. »Bedienen S' sich.«
»Vielen Dank«, lehnte Wolfgang ab. »Ich bin Nichtraucher.«
»Sehr vernünftig«, meinte der Dicke in seinem Sessel. »Ich kann's leider net lassen, obwohl mein Arzt immer wieder den Zeigefinger hebt.«
Er warf den Papierstapel beiseite.
»Lassen wir das«, meinte er und sah endlich seinen Besucher direkt an. »Sie sind ja net hergekommen, um meine Krankengeschichte zu hören. Sie wollen einen Job, net wahr?«
»So ist es«, nickte Wolfgang, und überlegte, warum ihm der Mann so unsympathisch war. »Um was für eine Arbeit handelt es sich denn nun?«
Krammler lehnte sich in seinen Sessel zurück und stieß eine graue Rauchwolke aus.
»Folgendes, ich handle mit Autos. Meine Kunden kommen aus dem Ausland. Mal aus Österreich, mal aus Italien, aber

überwiegend aus dem östlichen Ausland. Tschechien, Slowenien und Bulgarien. Meine Kunden kaufen auf Empfehlung, das heißt, ich werde ihnen von anderen – zufriedenen – Kunden empfohlen, oder sie ordern ihre neuen Wagen übers Internet. Deshalb suche ich zuverlässige Fahrer, die diese Autos dann überführen.«
Wolfgang hatte schweigend zugehört. Das klang einleuchtend.
»Und wieviel kann man dabei verdienen?« fragte er.
Krammler nahm einen neuen Zug aus der Zigarre und grinste breit.
»Ich zahle für jedes überführte Fahrzeug dreitausend Mark«, antwortete er und grinste noch mehr, als er Wolfgangs überraschtes Gesicht sah. »Plus Spesen für Essen und Trinken, die Rückfahrt mit der Bahn, oder auch für eine Übernachtung, falls sie notwendig sein sollte.«
Dann forderte er den Besucher auf, von sich selber zu erzählen. Wolfgang tat es ohne Arg, Krammler hörte zu und machte sich zwischendurch ein paar Notizen.
»Warum ich soviel zahle? Das will ich Ihnen gern' erklären«, sagte er schließlich. »Die Autos sind neu und wertvoll, ausschließlich Wagen der Luxusklasse. Ich brauche Fahrer, auf die ich mich verlassen kann, und die ich gut bezahle, damit sie net auf dumme Gedanken kommen und mit den Autos durchbrennen. Das soll's alles schon gegeben haben. Darum leg' ich bei jedem fünften Wagen, den ein Mann überführt, einen Tausender d'rauf, als Prämie sozusagen.«
Er reichte Wolfgang die Hand und sah ihn fragend an.
»Also, wie schaut's aus? Wollen S' den Job übernehmen. Sie könnten gleich losfahren. Ich hab' da einen Mercedes in der Garage, der heut' noch nach Wien müßt'. Wie Sie gesagt haben, sind S' ja frei und unabhängig. Ich geb Ihnen einen Vorschuß von tausend Mark und dreihundert für die Spesen.«

Wolfgang ließ sich nicht lange bitten und schlug ein.
Eben noch Würstel mit trockenem Brot, jetzt würde er soviel Geld bekommen. Das war doch die Chance seines Lebens! Er müßte ein Dummkopf sein, sie auszuschlagen!
Justus Krammler stand auf und ging zu einem Bild an der Wand. Dahinter war ein Safe versteckt. Der Mann öffnete ihn und entnahm ein paar Banknoten, die er Wolfgang Lehmbacher auf den Tisch zählte. Er ließ sich den Betrag quittieren. Dann führte er ihn zu den Garagen. Es waren die dunklen Gebäude, die Wolfgang vorher nicht hatte erkennen können. Die beiden Gebäude waren miteinander fest verbunden und schienen mehr Werkstatt zu sein, als nur Unterstellplatz für Fahrzeuge. Es gab Werkzeuge, wie in einer Reparaturfirma, sogar eine komplette Hebebühne. In einer Ecke stand der Wagen, den Wolfgang überführen sollte. Ein dunkelblauer Mercedes der E-Klasse. Krammler übergab die Wagenpapiere und Schlüssel, sowie ein Blatt Papier mit der Routenbeschreibung und der Adresse in Wien, wo der Wagen abgeliefert werden sollte.
Krammler und seine Frau standen vor der Villa, als Wolfgang losfuhr. Sie winkten, als verabschiedeten sie einen guten Freund.
»Meinst', daß er der richtige ist?« fragte Manuela Krammler.
»Wir werden sehen«, erwiderte ihr Mann. »Wien ist ja die leichte Tour. Kaum noch Zöllner an den Grenzen.«
»Er weiß aber schon, was mit den Autos ist, oder?«
»Um Himmels willen, nein. Natürlich net. Das erfährt er erst nach der dritten Fahrt. Bis dahin hat er schon so angebissen, daß er net mehr auf das viele Geld verzichten will.«
Sie lachten beide, als das Tor elektrisch geschlossen wurde, und sie in das Haus hineingingen.

*

Katharina Lehmbacher bewohnte eine kleine Einliegerwohnung in einem Einfamilienhaus, das nur wenige Straßen vom Hotel entfernt war. Die Vermieter waren ein älteres Ehepaar, das sich durch die Mieteinnahme die Rente ein wenig aufbesserte. Kathie und die beiden alten Leute hatten ein herzliches Verhältnis. Die junge Frau war froh gewesen, so schnell eine bezahlbare Wohnung gefunden zu haben, nachdem sie die Stelle im Hotel »Zum Löwen« angetreten hatte. Mit Schaudern erinnerte sie sich an die erste Woche, die sie in der winzigen Dachkammer des Hotels hatte verbringen müssen. Sepp Reisinger vermittelte zwischen ihr und dem Ehepaar Strohlinger, so daß sie schnell wieder aus diesem Notbehelf ausziehen konnte.

Kathie saß in der kleinen Küche und ließ sich ihr Frühstück schmecken. Da die neue Arbeitswoche mit Spätdienst begann, konnte sie sich reichlich Zeit lassen, ausgiebig zu frühstücken und in der Morgenzeitung zu blättern, die Frau Strohlinger ihr immer vor die Tür legte, nachdem die beiden Alten sie gelesen hatten.

Anschließend machte sie sich daran, den Einkaufszettel zu vervollständigen. Schon bei der Zubereitung ihres Frühstücks hatte sie festgestellt, daß schon wieder vieles fehlte. Sie notierte, was ihr gerade einfiel und dachte darüber nach, was das wieder alles kosten würde. Du lieber Himmel, warum rann einem das Geld nur immer wieder so schnell durch die Finger! Es war einfach unglaublich, je mehr man sich abmühte, es zu sparen, um so knapper wurde es.

Allerdings war es auch kein Wunder wenn man, wie sie, eigentlich zwei Personen durchfütterte. Oft genug kam es nämlich vor, daß Wolfgang sich selbst bei ihr zum Essen einlud. Und als wäre es damit nicht genug, bettelte er immer wieder um Bargeld. Natürlich wußte Kathie, daß es nicht richtig war, doch sie brachte es einfach nicht übers Herz,

seine Bitte um Geld abzulehnen. Auch wenn sie genau wußte, daß es länger als die versprochene Woche dauerte, bis Wolfgang es ihr zurückzahlte.
Das junge Madel seufzte auf. Was sollte sie denn machen? Auch wenn er ein Leichtfuß war – er war immerhin ihr Bruder. Nach dem Tode der Eltern fühlte sie sich einfach für ihn verantwortlich, obwohl Wolfgang zwei Jahre älter war, als sie selbst.
Dennoch, das mit dem Geld würde ein Ende haben! Wolfgang mußte sich endlich eine Arbeit suchen. Schließlich war es nicht ihre Schuld, daß er sein Studium einfach abgebrochen hatte.
Seufzend stand sie auf und zog ihre Jacke an. Mit dem Einkaufskorb in der Hand verließ sie die Wohnung.

*

Beim Herrnbacher herrschte großer Andrang. Er war der einzige Kaufmann in St. Johann, und entsprechend groß war die Kundschaft. Besonders schlimm war es vor den Wochenenden. Der Laden war nicht besonders groß, und die Regale standen eng beieinander. Einkaufswagen gab es nicht, die Kunden konnten ihre Waren nur in Plastikkörben zur Kasse tragen, an der entweder Ignaz Herrnbacher, oder seine Frau Gertrud, saß.
Ignaz war um die sechzig, mit weißen Haaren, einem kleinen Bäuchlein und immer zu einem Scherz oder einem Schwatz aufgelegt. Seine Kunden kannten ihn nicht anders, als immer gut gelaunt.
Katharina Lehmbacher hatte sich geduldig in die Schlange vor der Kasse eingereiht. Nur das Notwendigste lag in ihrem Einkaufskorb. Während sie darauf wartete, an die Reihe zu kommen, schweifte ihr Blick umher. Plötzlich stutzte sie – da draußen, vor der Eingangstür – war das nicht der Mitrei-

sende von gestern abend? Natürlich, sie erkannte ihn sofort wieder. Robert Demant ging vor dem Laden auf und ab, als wartete er auf jemanden.
Aber, wer konnte dieser jemand sein? Er war doch ganz alleine gewesen, als sie sich im Zug begegneten.
Als Kathie schließlich bezahlt hatte und das Geschäft verließ, stand der Mann immer noch da. Mit einem strahlenden Lächeln kam er auf sie zu.
»Grüß' Gott«, sagte er. »Ich hab' Sie vorhin in den Laden gehen sehen und wollt' Sie doch gern' begrüßen. Ihr Rat mit dem Hotel war goldrichtig.«
»Gefällt es Ihnen?«
»Aber ja. Das Zimmer ist herrlich und erst das Essen!«
»Net wahr, unsere Chefin ist eine richtige Meisterköchin.«
»Das kann man wohl sagen.«
Robert sah sich um.
»Sagen S', hätten S' Lust, einen Kaffee mit mir zu trinken?«
Das Madel schaute nachdenklich.
»Hm, ich weiß net – der Herr Reisinger sieht's net gern, wenn jemand vom Personal mit einem Gast...«
»Ach, Unsinn«, schnitt Robert ihr das Wort ab. »Erstens sind S' net im Dienst, und zweitens kannten wir uns schon, bevor ich in das Hotel gezogen bin.«
»Da haben S' auch wieder recht«, lachte Kathie.
»Also, ich kenn mich noch net so gut aus. Wo gibt's denn hier ein Café?«
Es lag nur wenige Schritte weiter die Straße hinunter. Jetzt, am Vormittag, waren nur wenige Gäste da. Die beiden fanden schnell einen freien Tisch. Robert bestellte Kaffee und schaute Kathie an.
»Ich hab' Sie heut morgen beim Frühstück vermißt«, gestand er.
Das Madel schmunzelte.

»In dieser Woch' hab' ich Spätschicht. Ich fang erst am späten Nachmittag meinen Dienst an.«
»Das ist ja wunderbar«, meinte Robert. »Da können S' ja am Vormittag die Fremdenführerin für mich spielen.«
Er schaute sie mit treuen Augen an.
»Natürlich nur, wenn S' keine anderen Verpflichtungen haben. Ich will auf keinen Fall Ärger mit Ihrem Mann oder Verlobten bekommen.«
Kathie lachte.
»Da kann ich Sie beruhigen, es gibt weder den einen, noch den anderen.«
Robert atmete insgeheim auf. Das ist doch herrlich, dachte er, genau das, was ich hören wollte!
»Also, abgemacht?« fragte er.
Sie nickte.
»Gut, wenn die Zeit es zuläßt, zeige ich Ihnen gerne ein wenig von der Gegend hier. Was interessiert Sie denn am meisten?«
»Zeigen Sie mir einfach alles.«
»Na, ich werd' mir etwas überlegen«, nickte sie. »Jetzt muß ich aber los. Vielen Dank für den Kaffee.«
Er begleitete sie vor die Tür.
»Wenn S' Lust haben, dann schauen S' sich die Kirch' an«, schlug Kathie zum Abschied vor. »Sie ist wirklich sehenswert.«
»Mach' ich«, versprach Robert Demant. »Aber viel mehr freue ich mich auf unseren Ausflug!«

*

Sebastian Trenker kam gerade aus der Sakristei, als der Besucher die Kirche betrat. Staunend sah er sich um und kam näher, als er den Geistlichen an dessen Kragen erkannte.
»Grüß' Gott, Herr Pfarrer«, nickte er. »Ich hoff', ich störe net?«

»Nein, nein, seien Sie herzlich willkommen«, widersprach Sebastian. »Ich freue mich immer, wenn jemand unser Gotteshaus besucht. Ich bin Pfarrer Trenker. Sie machen Urlaub in unserem schönen St. Johann?«

»Angenehm, Robert Demant«, deutete der Besucher eine Verbeugung an. »Ja, ich will ein paar Tage ausspannen.«

Sebastians Miene erhellte sich, als er den Namen hörte.

»Robert Demant, sagen Sie? Etwa der Maler?«

»Sie kennen mich?«

Robert war überrascht.

»Ich habe ein paar Ihrer Bilder gesehen und war sehr beeindruckt«, nickte der Geistliche.

»Vielen Dank. Aber sagen Sie, wie kommen meine Bilder nach St. Johann?«

»Sagt Ihnen der Name Werner Hendrich etwas?«

»Natürlich. Dr. Hendrich ist ein bekannter Galerist und Kunsthändler.«

»Er besitzt hier bei uns ein Ferienhaus, in dem drei Ihrer Bilder hängen.«

»Ach, darum. Ich wußte gar net, daß er welche besitzt.«

»Kommen Sie, ich zeig' Ihnen erstmal die Kirche«, bot Sebastian an. »Deswegen sind S' ja hereingekommen.«

Der Pfarrer führte den Maler herum und erläuterte ihm diese und jene Besonderheit. Es gab viel zu sehen und zu bestaunen. Besonders imposant waren die Mengen an Blattgold, die in früheren Zeiten bei der Gestaltung des Kirchenschiffes Verwendung gefunden hatten. Figuren und Bilder waren damit verziert.

»Das könnt' man heutzutage gar net mehr bezahlen.«

Dem konnte Robert nur zustimmen. »Aber wunderschön ist's«, nickte er.

Es wurde ein ausgiebiger Exkurs in die Geschichte der Kirche zum heiligen Johannes, bei dem der Geistliche nicht

müde wurde, dem Besucher alles zu zeigen und zu erklären.
»Ich hoff', Sie fühlen sich bei uns wohl«, wünschte Sebastian, als sie sich später vor der Kirche verabschiedeten.
»Das glaube ich schon«, meinte der Maler nachdenklich. »Ich merke jedenfalls, wie dieser kleine Ort mir immer mehr gefällt.«

*

Daß der bekannte Kunstmaler als Feriengast in St. Johann weilte, war natürlich auch Gesprächsthema beim Mittagessen, an dem, wie immer, auch Maximilian Trenker teilnahm. Allerdings hatte der Polizeibeamte im Augenblick wenig Sinn für die schöne Kunst der Malerei. Die Autodiebstähle nahmen zu, und die Diebe wurden dabei immer dreister. Eigentlich war Max rund um die Uhr im Einsatz, weil er auch nachts noch Streife fuhr. Zwar wechselte er sich dabei mit Kollegen aus der Kreisstadt ab, dennoch waren die paar Stunden Schlaf einfach zu wenig.
»Kommen S', essen S' nur tüchtig. Das bringt Sie wieder auf die Beine«, sagte Sophie Tappert und füllte Max den Teller voll.
Es gab knusprige Fleischpflanzerl mit frischem Kohlrabigemüse und Kartoffelpüree, aber obwohl es zu Max' ausgesprochenen Lieblingsgerichten zählte, aß er heute doch deutlich weniger, als an den anderen Tagen.
»Drei Wagen in der letzten Nacht«, stöhnte er und schob den Teller beiseite. »Und immer gerade da, wo ich vorher Streife gefahren bin. Man könnt' meinen, die Kerle wüßten, wo sie freie Bahn haben.«
»Also, nach dem Essen legst' dich erst einmal eine Stunde hin«, schlug sein Bruder vor. »Danach geht's dir wieder besser.«

»Na, hoffentlich«, gab Max zurück. »Lang' halt ich das net mehr aus!«
Die Haushälterin trug den Nachtisch auf, Schokoladenpudding mit Vanillesauce.
»Bewahren S' mir 'was davon auf«, bat der junge Polizist und erhob sich. »Ich geh' wirklich erstmal ein Stündlein schlafen.«
Besorgt sah Sophie Tappert ihm hinterher. Auch Sebastian machte sich seine Gedanken. So niedergeschlagen hatte er den Bruder selten erlebt. Der Fall mußte ganz schön an Max' Nerven zerren.
»Und Sie sollten doch Ihren neuen Wagen irgendwo unterstellen«, beharrte die Haushälterin. »Wer weiß, ob er sonst net doch eines Tages gestohlen wird.«
»Ich kann mich ja mal nach einer Garage umsehen«, stimmte Sebastian schließlich, um des lieben Friedens willen, zu.
Sophie Tappert würde doch nicht eher Ruhe geben. Es war schon schade, daß es keine Garage beim Pfarrhaus gab, aber damals, als es gebaut wurde, gab es noch gar keine Autos, und später hatte niemand daran gedacht, daß ein Geistlicher vielleicht einmal ein Auto benötigen könnte.

*

Als Kathie wieder nach Hause kam, erlebte sie eine Überraschung. Vor der Wohnung wartete ihr Bruder. Sie hielt unwillkürlich die Luft an, als sie ihn sah.
Wolfgang trug einen neuen Anzug, dazu ein weißes Hemd und Krawatte. Kathie glaubte ihren Augen nicht zu trauen, so hatte sie ihn seit seiner Abiturfeier nicht mehr gesehen! Stolz wie ein Pfau drehte er sich und zeigte sich ihr von allen Seiten.
»Ja, sag' mal, hast' in der Lotterie gewonnen?« fragte sie, als sie in der kleinen Küche saßen.

»Viel besser, Schwesterherz«, antwortete er übermütig und zog ein Geldbündel aus der Jackentasche.
»Du lieber Himmel – woher hast du das viele Geld?«
Sie sah ihn mißtrauisch an. Sollte der Bursche etwa auf Abwege geraten sein…?
»Schau net so! Ich hab's net gestohlen, sondern ehrlich verdient.«
»Verdient? Ja, bei was denn?«
»Ich hab' endlich eine Arbeit«, sagte er, während er die vierhundert Mark abzählte, die er seiner Schwester schuldete.
»Und jetzt bin ich dabei, meine Schulden zu bezahlen, und über mein Handy kannst' mich auch wieder erreichen.«
Kathie setzte sich ihm gegenüber. Sie konnte es noch immer nicht glauben.
»Eine Arbeit, wirklich? Das ist ja wunderbar. Erzähl' doch mal, was ist es denn für eine Tätigkeit? Wart', ich koch' uns schnell eine Kleinigkeit zum Mittag. Beim Essen kannst mir dann ja alles erzählen. Ich bin schon so gespannt.«
Sie war aufgesprungen, um an den Kühlschrank zu gehen, doch ihr Bruder wehrte ab.
»Laß nur«, sagte er. »Ich bin nur gekommen, um dir dein Geld zu bringen. Ich hab' noch einen Termin, heut' nachmittag – einen geschäftlichen Termin.«
Noch ehe sie etwas sagen konnte, war er aufgestanden und aus der Küche.
»Ich meld' mich«, rief er ihr noch zu, dann klappte auch schon die Haustür.
Katharina Lehmbacher blieb ratlos zurück. Sie nahm die Geldscheine, die er ihr auf den Tisch gezählt hatte, und schaute sie kopfschüttelnd an. Zu gerne hätte sie gewußt, was das für eine Arbeit war. Offenbar wurde sie nicht schlecht bezahlt.
Sie spürte eine leichte Hoffnung. Vielleicht war das ja end-

lich die Arbeit, die Wolfgang sich immer gewünscht hatte und die er nicht gleich am dritten Tag wieder hinwarf. Sie wünschte es ihm, denn dann würde auch für sie vieles leichter sein.
Kathie steckte die vierhundert Mark – die sie insgeheim schon abgeschrieben hatte – in einen Briefumschlag und legte ihn zu ihrem Sparbuch. Später konnte sie, auf dem Weg zur Arbeit, bei der Bank vorbeigehen und das Geld einzahlen. Viel war es net, aber immerhin ein Notgroschen.
Erleichtert über die neue Lebenssituation ihres Bruders, bereitete sie sich auf den Spätdienst vor. Dazu gehörte, daß sie sich sorgfältig frisierte und ein wenig schminkte. Nicht zuviel, nur so, daß die gepflegte Erscheinung unterstrichen wurde.
Sie saß im Bad vor dem Spiegel und hielt plötzlich inne. Nach zwei freien Tagen freute sie sich wieder auf die Arbeit, doch eben, als sie an das Hotel und die Kollegen dachte, spürte sie ihr Herz heftig klopfen, denn in diese Gedanken schlich sich ein Name ein – Robert Demant.
Kathie hielt in ihrer Tätigkeit inne. Bis zu diesem Augenblick war er nicht mehr als eine flüchtige Bekanntschaft gewesen, doch nun merkte sie, daß sie plötzlich viel intensiver an ihn dachte, als zuvor...
Und ihr Herz schlug auf einmal viel schneller, sehr viel schneller!

*

Sie ahnte nicht, daß es Robert Demant nicht anders erging. Der Kunstmaler saß wieder am Fenster des Hotelzimmers, es war schon so etwas wie sein Lieblingsplatz geworden. Nachdem er zunächst gedankenverloren hinausgeschaut hatte, stand er schließlich auf und nahm das Köfferchen mit den Malutensilien zur Hand. Neben Farben, Pinseln und Lösungsmitteln befanden sich ein Skizzenblock und Zeichenkohle darin.

Robert verspürte seit langer Zeit wieder einmal den Drang, etwas aufs Papier zu bringen. Mit nur wenigen Strichen skizzierte er das Panorama des Zwillingsgipfels, das sich ihm so prächtig darbot. Doch bevor er daran ging, die Skizze auszuarbeiten, legte er die Kohle zur Seite. Wie so oft an diesem Tag mußte er an das junge Madel denken, in das er rettungslos verliebt war. Er sehnte den Abend herbei, wo er Kathie in seiner Nähe wußte, auch wenn sie dann nur arbeitete und für ihn kaum Zeit haben würde. Aber da war ja immer noch die Aussicht auf einen gemeinsamen Ausflug. Sie hatte doch versprochen, ihm alles zu zeigen.

Er riß das Blatt Papier vom Skizzenblock und verharrte einen kurzen Moment mit geschlossenen Augen. Einen Moment, in dem er sich das Gesicht, das er so sehr lieb gewonnen hatte, ins Gedächtnis rief. Dann warf er mit schnellen Bewegungen das Antlitz der geliebten Frau auf das Weiß. Das schmale Kinn, darüber die geschwungenen Lippen und die kleine Nase. Zuletzt die Augen, die so herrlich strahlten, in ihrem samtenen Braun.

Kritisch betrachtete er sein Werk, radierte hier und verbesserte da und nickte schließlich zufrieden. Ja, das war das Gesicht. Das war Katharina Lehmbacher. Die Augen waren so gezeichnet, laß der Betrachter meinte, der Blick des Madels würde immer ihm folgen, egal, wohin er sich auch wandte. Robert setzte sich auf das Bett und stellte den Skizzenblock so an die Nachttischlampe, daß er das Bild immer im Blick hatte. Dann schaute er es lange und intensiv an.

*

Wolfgang Lehmbacher fuhr den Wagen mit hohem Tempo über die Autobahn. Schon der zweite Auftrag in einer Wo-

che. Wenn das so weiterlief, dann brauchte er sich um seine Zukunft keine Gedanken machen.
Die heutige Tour ging nach Südtirol. Wenn alles glatt lief, würde er morgen mittag den Wagen abgeliefert haben und dann bequem mit dem Zug die Heimreise antreten. Gut gelaunt schaltete er das Radio ein und pfiff die Melodie des Schlagers mit, der gerade gesendet wurde. Dabei mußte er an Kathie denken. Die hatte vielleicht Augen gemacht. Und ihm hatte es gefallen, ihr endlich einmal Geld zu geben, anstatt es immer nur von ihr zu nehmen. Mal sehen, dachte er, vielleicht fand sich ein schönes Andenken, das er ihr mitbringen konnte. Eine Kette vielleicht, oder ein Armband. Wenn er das Auto seinem neuen Besitzer übergeben hatte, war noch genügend Zeit, um einen kleinen Einkaufsbummel zu machen. Auf jeden Fall sollte es eine Überraschung für die Schwester werden. Wolfgang wußte, daß sie es nicht immer leicht mit ihm gehabt hatte. Er mußte zugeben, daß es leichtsinnig und auch dumm gewesen war, das Studium einfach hinzuschmeißen, ohne zu wissen, wie es weitergehen sollte. Mit etlichen Aushilfsjobs hatte er versucht, sich über Wasser zu halten. Doch meistens hatte er nach nur wenigen Tagen wieder aufgehört. Entweder war ihm die Arbeit zu stumpfsinnig, oder sie wurde schlecht bezahlt. Da war sein neuer Job doch etwas ganz anderes. Der Herr Krammler zeigte sich äußerst großzügig. Wolfgang dachte an das viele Geld, das er in seiner Brieftasche trug. Obwohl er seine ganzen Schulden bezahlt und sich neu eingekleidet hatte, war es mehr, als er für gewöhnlich in der Tasche hatte. Dabei hatte er auch noch die Miete für das möblierte Zimmer, das er in Engelsbach bewohnte, für die nächsten drei Monate im voraus bezahlt. Ach ja, es ging ihm wirklich gut!

*

Das dachte auch Robert Demant, als er im Restaurant des Hotels saß und aus Kathies Hand die Speisekarte entgegennahm. Die junge Saaltochter hatte ihm zugelächelt, als er hereingekommen war, und ihn an den Tisch begleitet. Robert hätte alles darum gegeben, könnte das Madel neben ihm sitzen. Aber das ging natürlich nicht.
Er ließ sich bei der Auswahl seines Abendessens beraten und bestellte nach Kathies Vorschlägen.
»Ich vertraue Ihnen blind«, sagte er gut gelaunt.
Als sie ihm schließlich den Schoppen Wein brachte, heute war's ein roter, und er davon trank, wußte er, daß es auch diesmal die richtige Wahl war. Er nahm einen neuen Schluck und dachte, ja, es geht mir richtig gut!
»Wie lang' müssen S' denn arbeiten?« erkundigte er sich, als Kathie den Tisch abräumte.
Die junge Frau deutete auf die besetzten Tische.
»Eigentlich bis zehn«, antwortete sie. »Aber Sie sehen ja, was los ist, da kann es leicht sehr viel später werden. Außerdem ist drüben im Lokal Stammtischabend. Wenn die Brüder richtig in Fahrt kommen, wollens' gar net mehr nach Haus. Und ich muß die Kollegin später ablösen.«
»Haben S' sich denn schon Gedanken um unseren Ausflug gemacht.«
»Und ob«, nickte sie schmunzelnd. »Lassen S' sich überraschen. Aber eins kann ich Ihnen jetzt schon sagen – Sie werden ins Schwitzen kommen.«
»Wann soll's denn losgehen?«
»Morgen, so gegen elf«, schlug Kathie vor. »Wanderschuh' sind Pflicht, aber keine dicke Joppen, sonst werden S' wirklich schwitzen wie ein Ochs'.«
Lachend brachte sie das Geschirr zur Küche.
Sepp Reisinger, der das Gespräch zwar mitverfolgt, aber nicht verstanden hatte, kam an Roberts Tisch.

Er wußte inzwischen, daß seine Angestellte mit dem Gast bekannt war.
»Sie waren zufrieden?« fragte er.
»Wie immer«, antwortete der Kunstmaler. »Ihre Frau ist eine exzellente Köchin.«
»Wenn S' mögen, dann sind S' nachher zum Stammtisch eingeladen, läßt unser Herr Pfarrer Ihnen ausrichten.«
»Warum net«, nickte Robert Demant.
Der Geistliche war ihm gleich sympathisch gewesen, und es war lange her, daß der Maler an einem echten Männerstammtisch teilgenommen hatte.

*

Herrschten im Restaurant des Hotels edles Tafelsilber, Kerzenleuchter und gestärkte Tischdecken vor, so war es in der Wirtsstube ungleich rustikaler. Holzbänke und Tische standen darin, auf denen keine Decken lagen. Statt heller Kronleuchter hingen schwere Lampen darüber, die aus den Geweihen erlegter Hirsche gearbeitet waren. Die Wände schmückten Bilder und Schnitzereien, die Szenen aus dem Leben der einfachen Bergbauern wiedergaben und die Holzvertäfelung war von Generationen von Pfeifen- und Zigarrenrauchern wirklich schwarz gefärbt worden.
Rechts neben dem Tresen stand der runde Stammtisch, an dem bis zu zehn Personen sitzen konnten. Einmal in der Woche trafen sich dort die Honoratioren des Ortes zu einem gemütlichen Plausch, der auch schon mal – je nachdem, worüber man sich unterhielt – zu einem Streit, oft gar politischer Art, auswachsen konnte.
Heute saßen neben Sebastian Trenker und dessen Bruder Max auch der Bürgermeister von St. Johann sowie Dr. Toni Wiesinger, der junge Mediziner, dort, der vor nicht all zu langer Zeit die Praxis des verstorbenen Dorfarztes übernommen hatte.

Als Robert Demant in die Gaststube trat, stand Pfarrer Trenker auf und empfing ihn.
»Schön, daß Sie sich ein wenig zu uns gesellen wollen«, begrüßte er ihn.
Robert bedankte sich für die Einladung und überließ es dem Geistlichen, ihn vorzustellen.
»Also, das ist Herr Demant, ein bekannter Kunstmaler aus München«, erklärte Sebastian den anderen.
Er nannte die Namen der anderen, und Robert begrüßte sie mit einem Kopfnicken.
»Setzen S' sich«, forderte Sebastian auf und winkte die junge Bedienung heran.
»Vielen Dank für Ihre Einladung«, sagte Robert noch einmal.
»Wenn S' erlauben, dann geht die nächste Runde auf mich.«
Dagegen hatte niemand etwas einzuwenden. Man prostete sich zu, und als das Gespräch in Gange gekommen war, schien es, als gehöre Robert Demant schon seit ewigen Zeiten in die Stammtischrunde.
Thema war, wie so oft, der Ausbau des Fremdenverkehrs. Hier kamen Pfarrer Trenker und Bürgermeister Bruckner sich oft ins Gehege, denn Sebastian hatte mehr als einmal alle Hände voll zu tun, die hochtrabenden Pläne des Kommunalpolitikers in die Schranken zu weisen. Wäre es nach dem Bruckner-Markus gegangen, so müßte St. Johann in einer Reihe mit so bekannten Wintersport- und Kurorten, wie St. Moritz, Davos oder Kitzbühel stehen. Dazu bedurfte es natürlich enormer Um- und Neubauten, die nicht nur sehr viel Geld kosteten, sie bedeuteten auch schwerwiegende Eingriffe in die Natur, die gerade hier noch sehr intakt war.
»Leute, denkt doch nur einmal an die Steuereinnahmen«, gab Markus zu bedenken. »Ganz abgesehen von den Umsätzen, die die Geschäftsleute machen würden.«
»Aber zu welchem Preis?« wandte Dr. Wiesinger ein, der in

dieser Frage auf der Seite des Geistlichen stand. »Lohnt es sich wirklich, wegen einiger hundert Mark, die mehr in der Kasse klingeln, eine gesunde Umwelt durch den Massentourismus in Gefahr zu bringen?«

»Die Leut' kommen nur, wenn man ihnen Attraktionen anbietet«, beharrte Markus Bruckner auf seinem Standpunkt. »Und die haben wir nun einmal nicht.«

»Sag' das net, Bürgermeister«, widersprach Pfarrer Trenker. »Es gibt den herrlichen Wanderweg über die Hohe Riest, den Höllenbruch, schließlich den Ainringer Forst, als Naherholungsgebiet, und, schlußendlich, haben wir den Zwillingsgipfel, der eine Herausforderung für jeden Bergsteiger ist. Wenn das net Attraktionen genug sind, dann weiß ich auch net …«

»Net zu vergessen, der Achsteiner-See«, fügte Max Trenker hinzu. »Da gibt's reichlich Freizeitmöglichkeiten, vom Surfen bis zum Tretbootfahren. Sogar Camping.«

»Der gehört zur Gemeinde Waldeck, und davon haben wir gar nix«, konterte der Bürgermeister.

Robert Demant hatte dem Disput eine Weile zugehört. »Also, wenn mich jemand fragt«, mischte er sich ein, »mir gefällt an St. Johann gerade, daß es net so überlaufen ist. Ich kenn' die anderen Orte net so genau, aber ich könnt' mir vorstellen, daß es auch dort viele Menschen gibt, die froh wären, wenn es bei ihnen etwas ruhiger zuging.«

»Aber, finden S' denn net auch, daß zu einem modernen Ort ein modernes Tourismusangebot gehört?«

»Nein, im Gegenteil«, wandte der Maler sich direkt an den Bürgermeister. »Ich habe die Erfahrung gemacht, daß die Menschen sich nach Ruhe und Beschaulichkeit sehnen. Mit knapp über dreißig fühle ich mich den jungen Leuten durchaus noch zugehörig. Dennoch hat es mich nicht dorthin gezogen, wo ›alle Welt‹ Urlaub macht. Der Prospekt, den ich in München im Reisebüro zu lesen bekam, hat geradezu den Wunsch in mir geweckt, hierher zu fahren und net an den See oder in den Ort, der gerade ›in‹ ist.«

Doch damit war die Debatte noch lange nicht beendet. Bis in die Nacht zog sie sich hin. Katharina Lehmbacher hatte inzwischen den Dienst in der Wirtsstube übernommen, was von Robert mit einem Lächeln quittiert wurde.

Sebastian Trenker war dieses Lächeln nicht verborgen geblieben. Er ahnte, daß es ein unsichtbares Band gab, das den Maler und das junge Madel verband.

Der Pfarrer kannte Kathie und wußte um deren Bruder, der seiner Schwester oft Kummer machte, weil er keiner geregelten Arbeit nachging. Jetzt fiel ihm auf, daß das Madel fröhlicher als sonst schien. Der Grund dafür saß offenbar hier am Stammtisch. Sebastian beobachtete den Blick, den die beiden sich zuwarfen, und schmunzelte still in sich hinein.

*

Immer wieder schaute Robert Demant ungeduldig auf die Uhr. Er stand vor dem Hotel und wartete. Endlich war es soweit. Kurz vor elf sah er Kathie die Straße heraufkommen. Freudestrahlend ging er ihr entgegen. Das junge Madel trug Kniebundhosen, Wanderschuhe und einen leichten Anorak. Auf dem Rücken hing ein Rucksack. Kritisch nahm sie Roberts Äußeres unter die Lupe. Auch er hatte derbe Stiefel angezogen, trug eine Cordhose und ebenfalls einen Anorak. Irma Reisinger hatte ihm eine Brotzeit und eine Thermosflasche Tee eingepackt, die er in einem Rucksack untergebracht hatte, den die Wirtin ihm freundlicherweise auslieh.

»Nun, sind S' zufrieden, mit dem, was Sie sehen?« fragte er.

Kathie nickte.

»Absolut«, sagte sie. »Dann kann's losgehen.«

»Und wohin, wenn man fragen darf?«
»Man darf. Ich hab' mir für heut' eine kleine Tour ausgedacht, es geht auf die Kanderer-Alm. Es ist schon ein ganz schöner Marsch, dort hinauf. Aber es lohnt sich. Haben S' einen Fotoapparat dabei?«
»Ich besitze gar keinen«, gestand der Maler.
»Macht nix«, erwiderte das Madel. »Ich hab' einen, und später können S' die Abzüge bekommen.«
Der Aufstieg begann relativ leicht, wurde aber schwerer, je höher sie kamen. Robert bewunderte die Kondition der jungen Frau. Der Stammtisch hatte sich bis nach Mitternacht hingezogen, da war der Maler schon recht müde gewesen und sehr schnell eingeschlafen. Am Morgen hatte er sich aus dem Bett zwingen müssen. Erst der Gedanke an die Verabredung mit dem Madel hatte ihn munter gemacht.
Kathie hingegen wirkte frisch und ausgeruht. Dabei mußte es bei ihr ja noch später gewesen sein, bevor auch sie endlich Feierabend machen konnte. Schließlich mußte ja erst aufgeräumt und abgerechnet werden.
Nach eineinhalb Stunden gab Kathie das Zeichen zur ersten Pause. Sie hatten die Hohe Riest überquert, und vor ihnen erstreckte sich eine weite Almwiese.
Von der anderen Seite grüßte der Zwillingsgipfel.
»Tun wir's den Viechern gleich«, meinte sie fröhlich und zeigte auf eine Anzahl Kühe, die sich auf der Wiese Kräuter und Wildblumen schmecken ließen.
Sie setzten sich auf das Gras und holten die Verpflegung hervor. Robert ließ es sich besonderes schmecken. Hier in der freien Natur war es noch köstlicher als ohnehin.
»Kunstmaler sind S' also, wie ich g'hört hab'«, sagte Kathie zwischendurch. »Was für Bilder malen S' denn?«
Robert war zunächst erfreut, daß sie völlig unbedarft schien.

Von seiner Berühmtheit schien sie gar keine Ahnung zu haben.
»Es hat lange gedauert, bis ich meinen Stil gefunden habe«, erklärte er. »Früher waren meine Bilder wild und ungestüm, so, wie ich auch. Inzwischen bin ich viel ruhiger, die Bilder ebenfalls. Der Stil ist naturalistisch.«
Kathie spielte gedankenverloren mit einem Grashalm.
»Und wo kann man Ihre Bilder sehen?« fragte sie.
Robert hob die Schulter.
»Das weiß ich eigentlich gar net so genau«, erwiderte er. »In München gibt es einen Galeristen, der sie ausstellt und verkauft. Ein paar hängen in verschiedenen Museen, und die meisten sind in Privatbesitz.«
»In Museen sogar«, staunte Kathie. »Dann sind S' wohl sehr berühmt?«
Robert lachte.
»Das ist so eine Sache mit der Berühmtheit«, entgegnete er. »Solange man gut ist und Erfolg hat, ist es schön, berühmt zu sein, doch wehe, man befriedigt den Geschmack des Publikums net mehr, dann kann es auch ein Fluch sein, wenn man so bekannt ist.«
Das Madel sah ihn nachdenklich an.
»Und Sie hat dieser Fluch getroffen?«
Der Maler war überrascht, daß sie es sofort erkannt hatte.
»Ja«, nickte er. »Sehr plötzlich und sehr hart. Beinahe über Nacht geriet ich in eine Schaffenskrise. Meine Bilder wurden vom Publikum kaum noch wahrgenommen, und von der Kritik in Grund und Boden gestampft. Es hätte net viel gefehlt und aus der Schaffenskrise wäre eine Identitätskrise geworden. Ich zweifelte nicht nur an meiner Kunst, sondern an mir selbst. Mein Fortgang aus München glich einer regelrechten Flucht. Ich war sicher, nie wieder einen Pinsel in die Hand zu nehmen, nie wieder Farben zu mischen und auf die

Leinwand zu bringen, nie wieder das Glücksgefühl zu empfinden, das einen überfällt, wenn man ein Werk vollendet hat.«
Er hielt einen Moment inne und schaute sie beinahe zärtlich an. Kathie sah diesen Blick, und er verwirrte sie so, wie ihre Gedanken sie verwirrten, die sich seit gestern nur noch mit dem Mann beschäftigten, der jetzt neben ihr saß.
»Doch seit ich hier bin, geht es mir viel besser«, fuhr Robert fort. »Ich schöpfe neue Kraft und Hoffnung, und vielleicht schon bald werde ich ein neues Bild beginnen. Ich sehe es schon ganz genau vor mir, jede Einzelheit ...«
Wie gerne hätte er jetzt ihre Hand ergriffen und sie an sich gezogen. Doch irgend etwas hielt ihn davon ab. Vielleicht der Gedanke, das solch eine Handlung den Zauber des Augenblicks zerstört hätte. So ahnte jeder die Sehnsucht des anderen, doch noch blieb sie unerfüllt.

*

Wie aus einem Traum erwachend standen sie auf und setzten ihren Weg fort. Zur Kanderer-Alm war es noch ein gutes Stück zu gehen. Immer höher hinauf, über karges Gestein und schmale Pfade. Schließlich erreichten sie einen breiten Weg, der von der anderen Seite des Tales heraufführte.
»Jetzt wird's einfacher«, erklärte Kathie. »Das ist der Wirtschaftsweg zur Kanderer. Der wär' natürlich bequemer gewesen, aber längst net so schön.«
Robert holte tief Luft, bevor er antwortete.
»Schön war's wirklich«, prustete er. »Aber auch anstrengend.«
»Dafür werden S' gleich mit der besten Milch belohnt, die's überhaupt gibt. Da schmecken S' richtig die Blumen und Kräuter, die die Küh' gefressen haben.«
Kathie übertrieb nicht. Als sie vor der Sonnenwirtschaft auf

den Holzbänken saßen und zwei große Gläser kalte Milch vor sich stehen hatten, überkam sie beide ein wohliges Gefühl. Es war das Gefühl, etwas geschafft, der Anstrengung getrotzt zu haben. Kathie nahm ihr Glas und prostete dem Maler zu.
Es war einfach herrlich, das eiskalte Getränk die ausgedörrte Kehle hinunterfließen zu spüren. Und wie es schmeckte! Robert war sicher, nie zuvor solch eine Milch getrunken zu haben.
»Na, hab' ich zuviel versprochen?« fragte Kathie und wischte sich den weißen Milchbart vom Mund.
Robert schüttelte den Kopf.
»Nein, ganz gewiß net. Das ist net einfach nur Milch, das ist ein Getränk für die Götter!«
Lachend bestellten sie zwei neue Gläser und verzehrten dazu ein Brot, das mit herzhaftem Bergkäse belegt war, den der Senner seit Monaten gepflegt und erst am Morgen angeschnitten hatte.
»Ich denk', ich werd' auf jeden Fall länger als nur eine Woche bleiben«, sagte Robert Demant, als sie sich auf den Rückweg machten. »Es ist so schön hier, ich will es einfach noch genießen. Außerdem – bei solch einer netten Fremdenführerin… ich hoffe doch, daß dies net unser letzter Ausflug gewesen ist.«
»Es gibt noch viele schöne Ecken«, antwortete Katharina Lehmbacher. »Ich zeig' Sie Ihnen gern'.«
»Ich nehm' Sie beim Wort«, drohte er schmunzelnd.
Als sie am Nachmittag wieder im Tal angelangt waren, blieb Kathie gerade noch Zeit, sich auf den Dienst vorzubereiten. Kaum, daß sie ein paar Minuten hatte, um sich auszuruhen. Dennoch machte sie wie immer einen fröhlichen, ausgeglichenen Eindruck.
Robert, der geglaubt hatte, todmüde ins Bett zu fallen, war

indes viel zu aufgekratzt. Er nahm den Skizzenblock und setzte sich wieder an das Fenster. Kathies Gesicht lachte ihm entgegen, und der Maler spürte mit jeder Faser, wie sehr er das junge Madel begehrte.
Die Begegnung mit ihr hatte ihm wieder neuen Lebensmut gegeben. Vom ersten Augenblick ihres Kennenlernens war es ihr gelungen, die dunklen Gedanken, die ihn beherrschten, zu verdrängen, und die Krise war schneller überwunden, als er es zu hoffen gewagt hatte. Unbändig fühlte er den Drang, wieder zu Pinsel und Farben zu greifen. Einem ersten Impuls folgend, hatte der Maler eigentlich alles zu Hause lassen wollen, was mit seinem Beruf zusammenhing. Robert war froh, es nicht getan zu haben. In dem kleinen Koffer war alles, was er benötigte, um ein neues Bild zu beginnen. Lediglich eine Leinwand hatte er nicht mitgenommen. Doch die aufzutreiben, sollte keine Schwierigkeit sein. Er wollte wieder malen, und es würde wieder so sein, wie früher. Und zum ersten Mal würde er dazu keine Vorlage brauchen, kein Modell, denn was er malen wollte stand fest.
Das Bild der Frau, die er liebte, und das war ja schon fertig – fest eingebrannt in seinem Herzen.

*

Justus Krammler sah kurz von seinem Schreibtisch auf, als Manuela das Arbeitszimmer betrat.
»Was gibt's?« fragte er.
»Wolfgang Lehmbacher ist da.«
Krammlers Miene erhellte sich.
»Sehr gut«, nickte er. »Auf ihn ist Verlaß. Heut' könnt's zum ersten Mal ein wenig heikel werden.«
Seine Frau war an den Schreibtisch getreten. Sie legte ihren Arm um den Hals des Mannes.

»Glaubst' net, daß es noch zu früh ist, ihn für solch gefährliche Tour auszusuchen? Wenn nun etwas schiefgeht?«
Ihr Mann hob die Arme.
»Was soll ich denn machen?« fragte er. »Der Bichler fällt die nächsten Tage aus, und der Wagen muß morgen früh in Polen sein. Außerdem – ich möcht' ihn auch net länger auf dem Hof haben. Nein, nein, der Lehmbacher macht das schon.«
»Ich denk', wir sollten in der nächsten Zeit etwas kürzer treten«, meinte Manuela Krammler. »Es waren sehr viele Autos in den letzten Wochen. Die Polizei schläft auch net, und ich möcht' net die nächsten Jahre im Gefängnis verbringen.«
»Na schön«, lenkte ihr Mann ein. »Diesen einen noch, dann ist erst einmal Schluß. Mal sehen, vielleicht fahren wir ein paar Wochen in Urlaub. Leisten können wir's uns ja. Tät' dir die Karibik gefallen?«
Manuela stieß einen entzückten Schrei aus. Sie umarmte ihn und gab ihm einen dicken Kuß.
»Nun komm«, drängte Justus Krammler. »Wir wollen unseren Herrn Lehmbacher net zu lange warten lassen.«
Er ging an den Safe und nahm ein paar Geldscheine heraus, dann folgte er seiner Frau nach draußen.
Wolfgang Lehmbacher ging in der Halle auf und ab. Immer wieder schaute er bewundernd auf die wertvollen Bilder, Teppiche und Möbel. Der Herr Krammler mußte wohl ein Heidengeld mit seinem Autoexport verdienen! Na ja, dachte Wolfgang, wenn ich dabei bleibe, dann kann ich mir auch einigen Luxus leisten.
Heute sollte seine dritte Tour stattfinden. Er war gespannt, wohin sie ihn führen würde. Von dem Geld, daß er bisher verdient hatte, war der größte Teil tatsächlich von ihm zur Seite gelegt worden. Wolfgang hatte sich ernsthaft vorgenommen, sparsam damit umzugehen. Er hatte sich ausge-

rechnet, wieviel er verdiente, wenn er jede Woche drei solcher Touren hatte. Da würde im Monat mehr herauskommen, als er jemals zuvor für irgendeine Arbeit erhalten hatte. Und davon ließ sich prima leben.
Am Anfang hatte er leise Zweifel gehabt, ob denn bei seinem neuen Job alles mit rechten Dingen zugehe. Eine Exportfirma Krammler, die Autos ins Ausland verkaufte, war ihm bis dahin nicht bekannt gewesen. Doch der Hinweis seines neuen Chefs auf dessen Geschäfte im Internet, hatten Wolfgangs Bedenken zerstreut. Kathies Bruder kannte sich nur wenig mit diesen neuen Medien aus, es interessierte ihn nicht sonderlich, nächtelang vor dem Computer zu sitzen. Aber wer wußte schon, daß es solche Geschäfte gab, wie Krammler sie tätigte.
Was sollte daran unseriös sein?
»Ah, da sind S' ja, lieber Herr Lehmbacher«, rief Justus Krammler, als er in die Halle trat.
Er schüttelte Wolfgang die Hand.
»So, hier ist ein Vorschuß, wie immer«, sagte er dann und zählte ihm das Geld in die Hand. »Tausend Mark, plus dreihundert für die Spesen.«
»Wohin geht's denn diesmal?«
Krammler zog ihn mit sich zu der Tür, die die Villa mit der riesengroßen Garage verband.
»Nach Polen«, antwortete er. »Ihren Reisepaß haben S' doch dabei?«
»Natürlich. Sie hatten ja gesagt, daß ich ihn brauchen werde.«
»Sehr schön«, nickte sein Chef und schaltete das Licht ein.
Es war ein dunkelblauer Sportwagen. Der Schlüssel steckte. Wolfgang setzte sich hinein, und Krammler reichte ihm das Blatt Papier mit den Angaben über die Fahrtstrecke und die Adresse des Kunden.

»Passen S' gut auf ihn auf«, ermahnte Justus Krammler seinen Fahrer. »Und gute Fahrt.«
»Mach' ich, Chef«, antwortete Wolfgang und winkte Manuela Krammler zu, die das Garagentor geöffnet hatte und nun neben ihrem Mann stand.
Beide winkten zurück. Das Tor schloß wieder elektrisch, als der Sportwagen vom Hof gefahren war.
»Hoffentlich geht alles gut«, sagte die Frau. »Ich hab' ein ungutes Gefühl.«
»Nun unk' bloß net herum«, raunzte ihr Mann. »Der Bursche ist goldrichtig.
»Aber diesmal hat er einen Zöllner an der Grenze«, gab Manuela zu bedenken. »Du hättest ihm sagen sollen, was da unter Umständen auf ihn zukommen kann. Die Papiere sind in Ordnung?«
»Absolut«, antwortete ihr Mann. »Besser können sie gar net sein...«
Dabei grinste er.
Manuela schaute ihn einen Moment fragend an, dann weitete sich ihr Gesicht vor Entsetzen.
»Du hast ihm doch nicht etwa die Originalpapiere mitgegeben?«
Krammler zuckte die Schulter.
»Was hätt' ich denn machen sollen? Der Wagen ist erst in der letzten Nacht beschafft worden, und so schnell konnt' ich keine anderen Papiere besorgen. Der Kunde in Polen besteht nun mal darauf, daß der Wagen morgen früh da ist. Ich hatte doch gar keine andere Wahl, als die Originalpapiere zu nehmen.«
Er legte seinen Arm um ihre Schulter und zog sie mit ins Haus.
»Wird schon schiefgehen«, beruhigte er sie. »Und wenn nicht? Pech gehabt. Ich kenne den Herrn net, der da jetzt mit

einem blauen Sportwagen nach Polen unterwegs ist. Du etwa? Na, also. Auf meinem Schreibtisch liegen Kataloge aus dem Reisebüro. Such' dir etwas Schönes aus.«
Seine Frau schmiegte sich an ihn. Es war schon ein herrliches Gefühl, wenn man sich keine Gedanken um das Geld machen mußte, dachte sie.

*

Pfarrer Trenker hatte sich endlich einmal wieder die Zeit für seine Lieblingsbeschäftigung genommen – das Bergwandern. In den letzten Wochen war sein Hobby eindeutig zu kurz gekommen, zuviel war es gewesen, das den Geistlichen in Anspruch nahm und um das er sich in seiner Eigenschaft als Seelsorger kümmern mußte.
In aller Herrgottsfrühe machte Sebastian sich auf den Weg. Sophie Tappert hatte ihm den Rucksack, wie immer, gut gefüllt. Brot und Schinken befanden sich darin, außerdem Kaffee, heißgehalten in einer Thermoskanne. Natürlich hatte die Haushälterin ihn auch diesmal ermahnt, vorsichtig zu sein. Sie hatte eine Heidenangst, der Herr Pfarrer könne durch eine Unachtsamkeit in eine Schlucht stürzen, oder so etwas Ähnliches.
Dabei war diese Ermahnung bei Pfarrer Trenker mehr als überflüssig. Er kannte sich in den Bergen aus, wie kein zweiter. Jeder Hügel, jeder Strauch war ihm vertraut. Nicht umsonst nannte man ihn den »Bergpfarrer«, was weniger mit seinem Beruf zu tun hatte, als viel mehr mit seiner Leidenschaft fürs Wandern und Klettern. Manchen gut gemeinten Spott hatte er schon über sich ergehen lassen, weil seine engsten Freunde eine gewisse Ähnlichkeit zwischen ihm und seinem Namensvetter, dem Schauspieler und Regisseur, Luis Trenker sehen wollten, und, tatsächlich sah man Sebastian seinen Beruf nicht an. Besonders, wenn er seine

Wanderkleidung trug. Dann hatte er schon manchen, der ihn nicht kannte, durch sein sportliches, durchtrainiertes Aussehen verblüfft. Es war sogar schon vorgekommen, daß man ihn für einen Schauspieler gehalten hatte, was der Geistliche mit einem Lachen verneinte.

Sebastian hatte den Fuß der Hohen Riest erreicht und machte sich an den Aufstieg. Über dem Himmelsspitz und der Wintermaid stand schon die Sonne, als er schließlich eine erste Pause einlegte. Von dort oben hatte er einen herrlichen Rundblick, bis über den Ainringer Forst. Wieder einmal war der Geistliche von dem grandiosen Panorama gefesselt, und er war dankbar, Gottes Schöpfung so unmittelbar erleben zu dürfen.

Unter ihm bewegte sich ein dunkler Punkt, der sich beim Näherkommen als ein weiterer Wandersmann herausstellte. Sebastian indes setzte seinen Weg fort, bis er die Kanderer-Alm erreichte. Er schaute immer wieder gerne hier vorbei, wußte er doch, daß die Sennerfamilie sich darauf freute, wieder einmal ein Wort mit ihm zu wechseln. Außerdem kaufte er auf der Almhütte von dem Bergkäse ein gutes Stück, der im Pfarrhaushalt gerne gegessen wurde.

Der alte Lorenz hatte ihn schon von weitem kommen sehen. Trotz seiner weit über sechzig Jahre hatte der Alte immer noch Augen wie ein Adler.

»Grüß' Gott, Herr Pfarrer«, begrüßte er Sebastian.

Theresa, seine Frau, trat aus der Tür, gefolgt von einem wild umherspringenden Hund.

»Hochwürden, schön, daß S' uns wieder einmal besuchen«, rief sie.

»Pfüat euch, ihr zwei«, nickte Sebastian. »Ich wär' schon viel eher mal gekommen, wenn ich denn die Zeit dazu gehabt hätte.«

Resl eilte wieder in die Almhütte, um eine Brotzeit vorzubereiten, die natürlich aus Käse und Milch bestand.
»Euch geht's gut, hoff' ich?« erkundigte Pfarrer Trenker sich, während die drei es sich schmecken ließen.
»Wir können net klagen«, entgegnet Lorenz. »Jetzt ist's auch noch ein bissel ruhiger. Wenn die Touristen erst einmal kommen, geht's anders zu, bei uns hier d'roben.«
»Und wie schaut's d'runten im Tal aus?« wollte Resl wissen.
»Ist schon alles in Ordnung bei uns«, erzählte Sebastian. »Bis auf ein paar Kleinigkeiten. Nur eine Sache gibt's, die mir Sorge macht.«
Er berichtete von den sich häufenden Autodiebstählen.
»Na, da sind wir froh, daß wir hier oben nix damit zu tun haben«, meinte Lorenz. »Hier gibt's kein Auto, das man stehlen könnt'.«
Er wandte sich an seine Frau.
»Siehst, Mutter, es hat schon sein Gutes, daß wir uns für die Alm entschieden haben.«
Resl sah ihren Mann liebevoll an und nickte.
Der Seelsorger erhob sich.
»Ja, Leute, es wird Zeit, daß ich mich auf den Rückweg mach'«, sagte er. »Ach, bevor ich's vergeß, Resl, bitt'schön, pack mir noch was von eurem Käs' ein. Die Frau Tappert würd's mir net verzeihen, wenn ich keinen mit heimbrächte.«
Die Sennerin lief in die Hütte, um den Wunsch des Pfarrers zu erfüllen. Es war ein großes Stück Käse, das sie schließlich brachte. Die beiden alten Leute bestanden darauf, es dem Geistlichen zu schenken und ließen sich nicht davon abbringen.
»Dann vergelt's Gott«, bedankte Sebastian sich und packte das Käsestück in seinen Rucksack. »Bis zum nächsten Mal.«
Die Sennersleute winkten ihm hinterher, bis der Seelsorger nicht mehr zu sehen war.

Kurze Zeit später traf Sebastian auf jemanden, den er hier oben nicht erwartet hätte. Am Rande einer Almwiese hockte Robert Demant auf einem Felsbrocken. Vor ihm stand eine Staffelei im Gras, darauf eine Leinwand.

Der Kunstmaler war noch am Abend vorher in die Kreisstadt gefahren, nachdem es unmöglich war, in St. Johann eine Leinwand aufzutreiben. In einem Fachgeschäft fand er, was er suchte. Sogar die Staffelei erwarb er dort. Derart ausgerüstet hatte er sich gleich am Morgen auf den Weg gemacht. Da er sich nicht so gut auskannte, hatte er eine Stelle ausgesucht, an der er am Vortag mit Kathie gesessen hatte.

»Ich grüße Sie«, sagte Pfarrer Trenker, nachdem er den Maler erkannt hatte. »Wie ich seh', können S' auch im Urlaub net ohne Pinsel und Palette auskommen.«

Er warf einen Blick auf das Bild und erkannte das Gesicht einer jungen Frau, das mit wenigen Strichen skizziert war.

»Ja, es hat mich wieder gepackt«, bestätigte Robert. »Kommen S', setzen S' sich einen Augenblick zu mir.«

Sebastian nahm die Einladung gerne an. Er spürte, daß der Maler den Drang hatte, sich ihm mitzuteilen.

»Sehen S', Herr Pfarrer, noch vor ein paar Tagen, da hatte ich das entsetzliche Gefühl einer großen Leere in mir. Irgendwie trat ich auf der Stelle, kam einfach net voran. Meine Kunst interessierte mich net mehr, und die Menschen merkten das natürlich. Allen voran die Kritiker, die kein gutes Haar an mir ließen.

Dann lernte ich jemanden kennen, und diese Bekanntschaft veränderte mein Leben. Plötzlich wurde mir klar, wieviel mir die Malerei bedeutet, die ich noch vor kurzem so verdammt hatte. Und ich spürte die ungeheure Kraft, die von diesem Menschen ausgeht und mich erfüllt. Ja, ich kann und werde wieder malen. Dieses Bild ist erst der Anfang, aber ein

ganz besonderer, denn es ist der Frau gewidmet, die mir mehr bedeutet, als jeder Mensch zuvor.«
Er sah Sebastian an.
»Ich war innerlich gestorben, Hochwürden, jetzt können S' mich wieder unter den Lebenden begrüßen.«
Pfarrer Trenker hatte einen kurzen Blick auf die Leinwand geworfen. Trotz der wenigen Bleistiftstriche wußte er, wen das fertige Bild später einmal darstellen sollte.
»Ich freue mich für Sie und für Katharina Lehmbacher«, sagte er. »Sie ist wirklich ein wunderbarer Mensch.«
»Ja, das ist sie, denn sie hat ein Wunder an mir vollbracht.«
Er machte eine bittende Geste.
»Verzeihen S' mir, Hochwürden, ich weiß natürlich, daß Wunder eher in Ihr Ressort gehören, dennoch...«
Sebastian Trenker lachte.
»Wer weiß«, antwortete er, »ob unser Herrgott da net auch seine Finger mit im Spiel hatte. Es ist ja bekannt, daß er oft durch andere wirkt.«
Er erhob sich.
»Ich würd' gern' noch mit Ihnen plaudern, Herr Demant«, entschuldigte er sich. »Aber ich hab' noch einiges in der Kirche vorzubereiten für die Abendmesse. Aber bestimmt ergibt sich die eine oder andere Gelegenheit, unser Gespräch fortzusetzen.«
»Bestimmt, Hochwürden, ich freu' mich schon darauf.«

*

Wolfgang Lehmbacher spürte, daß er langsam müde wurde. Die ganze Nacht hindurch war er gefahren, hatte nur einmal eine kleine Pause gemacht, um etwas zu essen. Justus Krammler hatte die Sache dringend gemacht, und Wolfgang war daran gelegen, seinen Auftrag pünktlich zu erfüllen und bei seinem Chef einen guten Eindruck zu machen. Jetzt war er nur noch wenige Kilometer von der polnischen Grenze entfernt. Auf einem Rastplatz hielt er kurz an. Hier standen schon zahlreiche LKWs, die immer sehr lange an dem Grenzübergang warten mußten. Wolfgang Lehmbacher stieg kurz aus, machte ein paar Lockerungsübungen und setzte sich wieder in den Wagen. Er suchte seinen Reisepaß hervor und die Wagenpapiere, damit es vielleicht bei der Zollabfertigung etwas schneller ging.

Merkwürdig, dachte er, als er den Fahrzeugschein durchlas, der Wagen war erst in der letzten Woche zugelassen worden, und nun hatte der Besitzer ihn schon wieder verkauft. Na ja, manche Leute merkten erst später, daß der Wagen doch nicht der richtige war.

Er ordnete die Papiere und fuhr wieder los. Nach einigen Kilometern wurde die Autobahn mehrspurig, und er konnte die lange Schlange der LKWs überholen, die sich bereits seit einiger Zeit auf der rechten Fahrbahnseite gebildet hatte. Kurz darauf sah er die Grenzstation. Mehrere langgezogene graue Baracken und, direkt an der Straße, kleine Hütten, vor denen die Grenzposten und Zollbeamten standen.

Wolfgang befand sich in einer Reihe mit mehreren PKW, die langsam an die Grenzstation heranfuhren. Im Gegensatz zu den schweren Lastwagen, wurde hier schneller abgefertigt. Auf der deutschen Seite winkte man sie, nach einem kurzen Blick in das Wageninnere, durch.

Wolfgang wollte gerade eben durchfahren, als die Hand des Grenzpostens ihn zum Halten zwang. Er kurbelte die Scheibe hinunter.

»Ist 'was net in Ordnung?« fragte er.

Der Posten, ein junger Mann, sah ihn durchdringend an.

»Fahren Sie bitte dort drüben rechts ran und halten Sie Ihre Papiere bereit«, sagte er.

Wolfgang beschlich ein mulmiges Gefühl, als er der Aufforderung nachkam. Warum nur hatte der Mann so merkwürdig geschaut. Plötzlich wurde die Tür geöffnet.

»Steigen Sie bitte aus«, sagte eine Stimme zu ihm, und ehe er sich versah, war Kathies Bruder von drei, vier Grenzposten umringt. Zwei von ihnen hatten Gewehre auf ihn gerichtet.

»Was... was ist denn los?« fragte Wolfgang Lehmbacher überrascht.

Er verstand die Welt nicht mehr, wurde behandelt wie ein Schwerverbrecher. Das konnte doch nur ein Irrtum sein! Man mußte ihn mit jemandem verwechseln.

»Sie sind vorläufig festgenommen«, sagte der Beamte, der ihn schon zum Aussteigen aufgefordert hatte.

»Was? Aber, warum?«

»Das wird man Ihnen noch mitteilen«, lautete die Antwort. Die Grenzposten nahmen ihn in ihre Mitte und führten ihn, unter den neugierigen Blicken der anderen Autofahrer, denen die Aktion nicht verborgen geblieben war, zu einer der grauen Baracken. Dort sperrten sie ihn in eine Zelle, nachdem sie ihm zuvor die Krawatte, den Gürtel und sogar die Schnürsenkel aus seinen Schuhen abgenommen hatten.

Wolfgang Lehmbacher setzte sich auf die harte Pritsche, die an der Wand befestigt war, der einzigen Sitzmöglichkeit, die es in der Zelle gab. Er saß dort wie ein Häufchen Elend. Zum ersten Mal in seinem Leben war er verhaftet und eingesperrt worden und war sich doch keiner Schuld bewußt. Er zermarterte sich das Gehirn, was wohl der Grund für seine Festnahme sein konnte.

Ob es doch etwas mit dem Auto zu tun hatte, das er überführen sollte? Aber Justus Krammler hatte doch versichert, daß mit den Fahrzeugen alles in Ordnung war. Sie waren rechtmäßig erworben und weiterverkauft worden. Nach der ersten Tour hatte Wolfgang gefragt, warum der Fahrzeug-

brief, der den Besitzer des Wagens auswies, nicht bei den Unterlagen sei. Krammler hatte geantwortet, daß er den Brief als Sicherheit behalte, bis der neue Besitzer das Auto vollständig bezahlt habe, weil viele der Kunden lediglich eine Anzahlung machten und den Restbetrag überwiesen, wenn das Fahrzeug bei ihnen angekommen war.
Eine einleuchtende Erklärung, schließlich behielten Banken, die ein Auto finanzierten, ebenfalls den KFZ-Brief, bis die Schuld getilgt war. Wolfgang hatte sich also mit dieser Erklärung zufrieden gegeben.
Doch nun, in dieser kleinen engen Gefängniszelle kamen ihm ernsthafte Zweifel, ob bei der Firma Krammler wirklich alles mit rechten Dingen zuging…

*

»Sie werden beschuldigt, diesen Wagen gestohlen zu haben«, sagte der Beamte zu dem völlig verstörten Mann. »Es war ein Glücksfall, daß der Kollege gerade erst heute morgen das Kennzeichen in die Fahndungsliste übertragen hat. Dadurch merkte er es sich und erkannte es sofort wieder, als Sie versuchten, die Grenze zu überqueren.«
»Aber…, das ist alles ein furchtbares Mißverständnis!« beteuerte Wolfgang Lehmbacher.
Der Vernehmungsbeamte sah ihn mißtrauisch an.
Vor einer halben Stunde hatte man ihn aus dem Wagen gezerrt und in eine Zelle gesperrt. Jetzt saß er in einem kahlen Büro, in dem, außer einem Tisch und zwei Stühlen, nichts weiter stand, und wurde mit diesem Vorwurf konfrontiert.
»Sie leugnen also, das Auto gestohlen zu haben?«
Der junge Mann rang verzweifelt die Hände.
»Aber, wenn ich es Ihnen doch sage!«
»Der Besitzer sind Sie aber auch nicht«, stellte der Beamte fest. »Das Fahrzeug ist nicht auf Ihren Namen zugelassen.

Außerdem ist es seit vorgestern nacht als gestohlen gemeldet. Der Besitzer ist ein gewisser Franz Langner aus Engelsbach. Sie selber stammen doch auch von dort.«
Wolfgang schüttelte den Kopf.
»Hören Sie, das ist alles ganz anders«, sagte er. »Lassen Sie es mich Ihnen bitte erklären.«
»Nur zu«, nickte sein Gegenüber. »Ich bin schon ganz gespannt, was Sie zu erzählen haben.«
Katharinas Bruder lehnte sich zurück und berichtete von Anfang an. Der Beamte hörte zu, ohne ihn zu unterbrechen. Nur ab und an machte er sich Notizen auf einen Block. Als Wolfgang Lehmbacher mit seiner Schilderung der Sachlage zu Ende war, schaute der Mann ihn lange, beinahe mitleidig an.
»Also, wenn das stimmt, was Sie mir da erzählt haben, dann sind Sie ziemlich blindlings in eine Sache hineingeraten, die Sie teuer zu stehen kommen kann«, sagte er.
»Aber, wieso? Ich habe doch nur meine Arbeit gemacht...«
»Ja, merken Sie denn immer noch nicht, worauf Sie sich da eingelassen haben?« fragte der Beamte entgeistert. »Dieser Justus Krammler ist ein Krimineller höchsten Grades, der offenbar teure Autos stehlen läßt und sie dann ins Ausland verschiebt. Dazu benutzt er solche unbedarften Menschen wie Sie.«
Er schüttelte den Kopf.
»Haben Sie denn noch immer keinen blassen Schimmer, was da vonstatten gegangen ist? Was glauben Sie denn, warum der Mann Ihnen so viel Geld gezahlt hat? Damit Sie keine überflüssigen Fragen stellen!«
Er stand auf und ging in dem kleinen Büro auf und ab.
»Ich fürchte, es sieht nicht gut für Sie aus«, meinte er schließlich. »Kein Gericht der Welt wird Ihnen glauben, daß Sie von den Hintergründen dieses Autohandels nichts gewußt haben. Und selbst wenn, Unwissenheit schützt vor Strafe nicht.

Man wird Ihnen vorwerfen, sich nicht genügend über diesen Herrn Krammler und seine Firma informiert zu haben. Also, wenn Sie mich fragen – ein, bis zwei Jahre Gefängnis sind da für Sie d'rin.«

Blankes Entsetzen stand auf Wolfgangs Gesicht, als er dies hörte. Der Beamte sah ihn an.

»Na, Kopf hoch«, sagte er. »Vielleicht wird's ja auch 'ne Bewährungsstrafe, wenn Sie sonst noch nichts auf dem Kerbholz haben. Möchten Sie einen Kaffee? Der muntert Sie auf.«

Wolfgang nickte.

»Was geschieht denn jetzt weiter?« fragte er.

»Zunächst nehmen wir ein Protokoll auf, und dann werden Sie nach Frankfurt an der Oder überstellt. Dort haben Sie dann auch Gelegenheit, einen Rechtsanwalt hinzuzuziehen. Aber, erstmal hole ich Ihnen einen Kaffee. Kann nur einen Moment dauern. Ich muß dazu in die andere Baracke rüber.«

Wolfgang Lehmbacher hockte wie ein Häufchen Elend auf seinem Stuhl und starrte vor sich hin. Wie ein Schwerverbrecher kam er sich vor. Fehlte nur noch, daß man ihm Handschellen anlegte!

Dieser Krammler – wenn er den in die Finger bekam! Reingelegt hatte der ihn, und jetzt mußte er dem Gericht klarmachen, daß er unschuldig in die Sache hineingeraten war.

Wenn er wenigstens Katharina anrufen könnte. Aber sie hatten ihm ja alles abgenommen, auch sein Handy.

Wolfgang wußte nicht, wie lange er schon alleine in dem kleinen Büro saß. Der Beamte, der ihm den Kaffee holen wollte, war noch nicht wieder zurück.

Plötzlich kam ihm eine Idee...

Wenn er nun fliehen würde – dann konnte er Krammler stellen und ihn dazu zwingen, seine Unschuld zu bezeugen!

Noch ehe er diese Idee weiter ausspinnen konnte, hatte er sie auch schon in die Tat umgesetzt. Mit einem Sprung war

er an der Tür und lauschte. Auf dem Flur der Baracke waren Stimmen zu vernehmen, die aus den anderen Räumen kamen. Er probierte die Klinke und wurde enttäuscht. Der Beamte hatte von außen abgeschlossen.
Wolfgang sah sich um. Das Fenster in dem Büro war nicht vergittert. Bestimmt war es besser, dort hinaus zu springen, und zu fliehen, als abzuwarten, was weiter mit ihm geschah. Wenn er erst einmal in einem Gefangenentransporter saß, war die Chance, zu fliehen, gleich Null.
Mit einer schnellen Handbewegung hatte er den Fenstergriff umgelegt und die beiden Flügel aufgestoßen. Es war niemand zu sehen, als Wolfgang nach draußen schaute. Diese Barackenseite lag halbwegs im Dunkel der anbrechenden Nacht. Der Eingang auf der Vorderseite dagegen wurde von gleißenden Scheinwerfern in ein helles Licht getaucht.
Wolfgang Lehmbacher rannte, so schnell er konnte, ohne Senkel in den Schuhen. Einige Meter vor sich, sah er zwei, drei Lastwagen stehen, von denen soeben einer langsam anfuhr. Es war ein Laster mit Plane. Wolfgang gelang es, sich im letzten Augenblick hinaufzuschwingen. Während der Wagen an Fahrt gewann, nestelte der Flüchtende mit fliegenden Fingern die Schnüre los, mit denen die Plane gehalten wurde.
Als der Wagen die Autobahn erreichte und noch schneller wurde, schlüpfte Wolfgang Lehmbacher mit letzter Kraft hinein und ließ sich auf den Boden des Anhängers fallen.
Es war ihm ganz egal, wohin der Wagen fuhr, Hauptsache, er brachte ihn so weit wie möglich von hier fort!

*

Robert Demant betrachtete zufrieden sein Werk. Das Bild entsprach exakt seinen Vorstellungen, eine Fotografie von Kathie Lehmbacher hätte nicht treffender sein können.

Ein, zwei Tage wollte er es noch trocknen lassen, bevor es Katharina zu sehen bekommen sollte. Ein paar Monate würde es dauern, bis es dann ganz getrocknet war und fixiert werden konnte.

Doch bis dahin wollte Robert die Frau seiner Träume längst geheiratet haben... Er war selbst überrascht gewesen, als dieser Gedanke ihm kam. Bisher hatte er nie daran gedacht, in den Hafen der Ehe einzulaufen. Nun war er sogar bereit, seinen Wohnsitz von München nach St. Johann zu verlegen, sollte Kathie nicht bereit sein, von hier fortzuziehen.

Von all diesen Plänen wußte das Madel noch nichts. Mit Rücksicht auf ihre Arbeitszeiten hatte Robert Kathie nicht schon wieder um einen Ausflug bitten wollen und statt dessen vorgeschlagen, bis zu ihren nächsten freien Tagen zu warten. So kam es, daß der Maler immer häufiger alleine in der näheren Umgebung spazieren ging. Und jedesmal gefiel ihm der kleine Ort besser. Es mußte doch möglich sein, hier irgendwo ein Haus zu finden, in dem man auch ein Atelier einrichten konnte. Denn malen wollte er. Seit er hier war, hatte Robert so viele Ideen entwickelt und sah so viele Motive vor seinem geistigen Auge, daß er fast schon ungeduldig wurde. Er zwang sich regelrecht zum Nichtstun, weil er nichts überstürzen wollte. Zunächst wurde es höchste Zeit, Kathie zu gestehen, wie es um ihn stand. Robert glaubte zu wissen, daß es dem Madel nicht anders ging. Ihre Blicke und Gesten ließen keinen anderen Schluß zu, und beinahe wäre es ja schon zum ersten Kuß gekommen...

Der Maler warf einen Blick auf die Uhr. Schon war es wieder Abend geworden. Er zog sich zum Essen um und ging hinunter in das Restaurant, wo er von Katharina Lehmbacher mit einem freudigen Lächeln begrüßt wurde.

Nach dem Essen setzte er sich in die Wirtsstube hinüber, die besonders von den Einheimischen gerne besucht wurde. An einem der Tische saß Dr. Wiesinger beim Abendschoppen.

Der junge Arzt lud den Kunstmaler mit einer Handbewegung ein, an seinem Tisch Platz zu nehmen. Es war eine herzlich gemeinte Geste, die Robert da entgegengebracht wurde. Obwohl er nur Urlauber war, hatte er das Gefühl, in die Dorfgemeinschaft aufgenommen zu sein.

Mediziner und Künstler waren bald in eine angeregte Unterhaltung vertieft, die sich um beider Berufe drehte. Dabei vergaßen sie beinahe die Zeit. Gerade Toni Wiesinger hatte viel zu erzählen. Als Zugereister hatte er nicht immer einen leichten Stand in St. Johann. Die Einheimischen trauerten ihrem guten, alten Doktor nach, und dem jungen trauten sie noch net so recht zu, ein richtiger Arzt zu sein. Da ihm das Alter fehlte, meinten sie, fehle ihm auch die Erfahrung. Einzig Pfarrer Trenker stand dem Arzt immer wieder hilfreich zur Seite und versuchte, auf seine Schäflein einzuwirken, sich auf das Können des Doktors zu verlassen. Dennoch gab es Momente, in denen Toni Wiesinger der Meinung war, die Dörfler hätten sich gegen ihn verschworen.

Hinzu kam der Ärger, den Toni immer wieder mal mit dem alten Brandhuber-Loisl hatte. Der Alte, der von sich behauptete, ein Wunderheiler zu sein, stellte irgendwelche obskuren Tees, Salben und Mixturen her, wofür er in bestimmten Nächten Kräuter und Wildblumen sammelte und verarbeitete. Diese »Medikamente« verkaufte er dann für viel Geld an seine gutgläubigen Mitmenschen. Dabei konnte es unter Umständen lebensgefährlich sein, sich auf die Heilwirkung zu verlassen.

Sepp Reisinger trat an ihren Tisch, und die beiden sahen erstaunt auf. Der Wirt hatte ein Tablett mit drei Schnapsstamperl darauf.

»So, meine Herren, das ist der letzte, der geht aufs Haus«, sagte er und stellte das Tablett ab.
»Du lieber Himmel, ist's schon so spät?«
»Ja«, nickte Sepp. »Kurz vor Mitternacht.«
Dennoch setzte er sich für einen letzten Augenblick mit an den Tisch.
»Ich hab' gar net bemerkt, wie die Zeit dahin ist«, schüttelte Dr. Wiesinger den Kopf.
»Stimmt«, gab Robert Demant ihm recht. »Mir geht's ebenso.« Er lachte den Wirt an.
»Es ist aber auch saugemütlich in Ihrer Stuben!«
»Es freut mich, daß es Ihnen gefällt. Also, auf eine gute Nacht«, hob Sepp Reisinger sein Glas.
Der Enzian sorgte für einen guten Schlaf. Als Robert sich verabschiedete und auf sein Zimmer ging, da hatte Kathie längst Feierabend gemacht. Der Kunstmaler streckte sich in seinem Bett aus und löschte das Licht, nachdem er einen letzten Blick auf das Bild geworfen hatte. Dann schlief er mit einem seligen Lächeln ein.
»Ich wünsch' dir eine gute Nacht«, flüsterte er, bevor er in den Schlaf hinüberglitt.

*

Katharina Lehmbacher trat vor das Hotel und atmete tief durch. Es war eine angenehm frische Nachtluft.
Endlich Feierabend. Und endlich war es mal nicht so spät geworden. Heute hatte sie nur im Restaurant bedienen müssen. Die junge Frau freute sich auf ihre kleine Wohnung. Sie würde sich noch einen Tee kochen und dann mit einem guten Buch ins Bett gehen.
St. Johann lag weitgehend im Dunkeln, als sie nach Hause schlenderte. Es brannten nur noch wenige Straßenlaternen, und auch die würden bald verlöschen. Trotzdem hatte Kathie

keine Furcht, als sie mutterseelenallein durch die Straßen ging. Noch nie war ihr jemand begegnet, wenn sie vom Spätdienst kam, und sie hatte auch nie davon gehört, daß jemand nächtens überfallen wurde.
Allerdings hatte sie von den Autodiebstählen erfahren, die sich in der letzten Zeit häuften, und sie hielt schon Augen und Ohren offen, ob sie etwas Verdächtiges bemerkte.
Sie hatte nur noch wenige Schritte bis zu ihrer Wohnung zu gehen, als sich ihr überraschend jemand in den Weg stellte. Kathie stieß einen erstickten Schrei aus und hielt sich die Hand vor den Mund, als sie die Gestalt bemerkte.
»Wolfgang...!« entfuhr es ihr. »Wie siehst du denn aus?«
Beinahe hätte sie ihren Bruder nicht erkannt. Er war unrasiert, und die Haare hingen wirr an seinem Kopf. Die Hose schlotterte um die Hüfte, in den Schuhen fehlten die Schnürsenkel, und weder Sakko, noch Krawatte waren vorhanden. Ängstlich, ganz so, als würde er verfolgt, schaute Wolfgang Lehmbacher sich immer wieder um. Seine Schwester packte ihn am Arm und schüttelte ihn durch.
»Was ist denn passiert? Um Himmels willen, so red' doch endlich!«
»War... war die Polizei bei dir?« fragte er und schaute wieder mit unstetem Blick um sich.
»Die Polizei? Nein. Was soll denn die Polizei bei mir?«
Ihr Bruder rang hilflos die Hände.
»Sie sind hinter mir her. Sie suchen mich! Ich bin da in eine dumme Sache geschlittert.«
Lähmende Angst griff nach der jungen Frau. Sie sah Wolfgang kopfschüttelnd an. Worauf hatte er sich da nur wieder eingelassen? Sie hatte ja gleich ein ungutes Gefühl gehabt damals, als er mit dem vielen Geld in ihrer Küche saß.
»Jetzt komm' erstmal mit«, sagte sie. »Hier, auf der Straße können wir schlecht bereden, was geschehen ist.«

Sie zog ihn mit sich. Vor dem Haus, in dem sie wohnte, brannte eine kleine Lampe über der Eingangstür. Wolfgang blieb drei Schritte vor dem Haus stehen, so daß er sich noch im Halbdunkel befand.
»Mach erst das Licht aus«, forderte er seine Schwester auf.
Kathie tat, wie ihr geheißen. Mit zitternden Fingern führte sie den Hausschlüssel in das Schlüsselloch und sperrte auf. Dann drehte sie die Schalter für das Straßenlicht, der gleich hinter der Tür war. Sekunden später huschte Wolfgang in den Flur und schlich die Treppe hinauf.
Wie ein Dieb, dachte Kathie, als sie ihm folgte.
»Zieh erst die Vorhänge zu, bevor du Licht machst«, sagte er, als sie in der kleinen Wohnung standen.
»Warum? Wovor hast du denn solche Angst? Die Fenster gehen fast alle zum Hof hinaus. Von der Straße kann man kaum etwas sehen.«
»Aber das, was man sehen kann, ist vielleicht schon zuviel«, antwortete Wolfgang Lehmbacher und ließ sich erschöpft auf die Eckbank am Küchentisch sinken.
»Kannst du mir ein Brot machen?« bat er. »Ich hab' seit gestern abend nichts mehr gegessen.«
»Ja, natürlich. Aber jetzt sag' doch endlich, was passiert ist?«
Sie stellte ihm eine Mineralwasserflasche auf den Tisch und ein Glas. Wolfgang trank gleich aus der Flasche. Er leerte sie in zwei langen Zügen, während Kathie Wurst und Butter aus dem Kühlschrank holte. Dann schnitt sie Brot ab, legte Brett und Messer dazu, und setzte sich schließlich selbst.
»So, jetzt aber raus mit der Sprache!« forderte sie ihn auf.
Ihr Bruder schlang gierig zwei Scheiben Brot hinunter, bevor er sich zurücklehnte und die Augen schloß. Für Sekunden verharrte er so, dann öffnete er sie wieder und sah seine Schwester an.

*

»Ich bin der größte Trottel, der herumläuft«, sagte er dann mit leiser Stimme und berichtete, was sich ereignet hatte.
Katharina hörte zu, und je mehr sie zu hören bekam, um so verständnisloser schaute sie Wolfgang an.
Verhaftet, geflüchtet, von der Polizei gesucht! Gestohlene Autos – natürlich, das mußten die Wagen sein, die in den letzten Tagen und Wochen in St. Johann und Umgebung gestohlen wurden. Und ihr Bruder war in diese kriminellen Machenschaften verstrickt!
Entsetzt hob das Madel die Hände, und bittere Tränen rannen ihr übers Gesicht.
»Du mußt dich stellen«, sagte sie schließlich. »Du mußt zur Polizei, sonst macht's die Sach' nur noch schlimmer.«
»Auf keinen Fall! Net bevor ich diesen sauberen Herrn Krammler net gepackt und eigenhändig auf die Wach' geschleppt hab'!«
»Sei vernünftig, Wolfgang«, redete Kathie auf ihn ein. »Das ist Sache der Polizei. Du weißt ja gar net, wie gefährlich die Bande ist. Da gehören doch noch mehr dazu, als nur dieser Krammler und seine Frau.«
Wolfgang schüttelte den Kopf.
»Den Burschen hol' ich mir«, beharrte er. »Ich bin ja schon bei der Villa gewesen. Aber da ist niemand. Draußen ist ein Schild, daß sich der feine Herr in Urlaub befindet. Aber er wird ja zurückkommen, der Justus Krammler. Er ahnt ja net, daß sein letzter Coup geplatzt ist.«
»Aber, was willst denn so lange machen? Willst dich etwa hier verstecken? Das geht doch net.«
Wolfgang hob beruhigend die Hand.
»Nein, natürlich net. Verstecken werd' ich mich schon, aber net hier. Ich kenn da einen guten Platz in den Bergen. Da werden s' mich net so schnell finden. Ich brauch nur ein bißchen Verpflegung und ein paar andere Sachen zum Anzie-

hen. Meine alte Hose und der dunkle Anorak sind doch noch hier. Und ein paar Schnürsenkel werden sich bestimmt noch irgendwo finden.«

Er rieb sich müde über die Augen. Keine einzige Minute hatte er mehr geschlafen, seit er in der vergangenen Nacht aus dem Polizeigewahrsam geflohen war. Der Lastwagen war bis in die Nähe von Augsburg gefahren. Von dort hatte Wolfgang sich bis hierher durchgeschlagen. Zweimal hatten ihn mitleidige LKW-Fahrer mitgenommen, denen er eine haarsträubende Geschichte erzählte, die letzten Kilometer war er zu Fuß gegangen. Kathie war seine einzige Hoffnung gewesen. Bei ihr würde er Hilfe und Zuflucht finden. Er hoffte nur, daß die Polizei noch nicht bei ihr gewesen war. Gottlob hatte sich dann diese Befürchtung nicht bestätigt.

»Willst dich net erst einmal ein wenig hinlegen?« fragte seine Schwester. »Du mußt doch hundemüde sein!«

Wolfgang schaute auf die Küchenuhr über dem Herd. Beinahe Mitternacht. In wenigen Stunden würde es schon wieder hell werden. Aber die Verlockung, für eine kurze Zeit die Augen zu schließen, war einfach zu groß, zumal Hunger und Durst gestillt waren, und sich ein wohlig schläfriges Gefühl in ihm breit machte.

»Aber net lang«, stimmte er schließlich zu.

Kathie machte ihm ein Bett auf dem Sofa in der Wohnstube zurecht.

»Weck mich aber, bevor die Sonne aufgeht«, ermahnte ihr Bruder sie, bevor er die Augen schloß.

Die junge Frau räumte die Lebensmittel zusammen und stellte sie zurecht. Dann kochte sie eine große Thermoskanne Kaffee und packte alles in einen Rucksack, der sich in der Abstellkammer fand. Dort lagen auch die alten Kleider, von denen Wolfgang gesprochen hatte. Kathie nahm sie und legte sie zu den anderen Sachen.

Dann setzte sie sich in einen Sessel und schaute lange Zeit ihren schlafenden Bruder an. Sie selber fand keine Ruhe, viel zu aufgewühlt war sie, als daß sie auch nur eine Minute hätte schlafen können.

Ach, Wolfgang, dachte sie, wann wirst du endlich gescheit? Seit dem Tod der Eltern war es mit ihm nur noch bergab gegangen. Einfach das Studium geschmissen, zig Arbeitsstellen wieder aufgegeben und nie etwas Rechtes getan. Und immer wieder der Schwester auf der Tasche gelegen.

Jetzt hatte es beinahe so ausgesehen, als würde er endlich einen Glücksgriff getan haben, doch der erwies sich als Griff in einen Riesentopf, der bis an den Rand mit Pech gefüllt war. Sie hatte es auch nicht so recht glauben mögen, als er in der Küche gesessen war und ihr das Geld vorzählte.

Aber, daß es so schlimm kommen würde, hätte sie niemals geahnt.

Kurz vor vier Uhr weckte sie ihn. Schlaftrunken schreckte Wolfgang hoch, besann sich aber sogleich, wo er war, und zog sich um, während Kathie frischen Kaffee für ihn kochte und ihm zwei belegte Brote machte.

Wolfgang aß und trank im Stehen. Dann schnallte er den Rucksack um und umarmte seine Schwester.

»Dank' dir, für alles! Ich mach's wieder gut«, versprach er. »Und wenn die Polizei kommt – du hast mich net gesehen!«

»Wohin willst' denn eigentlich? Kann ich dich irgendwie erreichen?«

»Besser net«, schüttelte er den Kopf. »Auch wenn du's net willst – unabsichtlich könnt'st mich doch verraten. So, und jetzt muß ich los, bevor die Sonne richtig aufgeht.«

»Paß auf dich auf«, konnte Katharina gerade noch sagen, dann war er auch schon durch die Tür gehuscht.

Angstvoll stand sie ein paar Minuten da, dann sank sie in

sich zusammen und schleppte sich in ihr Schlafzimmer. Aufschluchzend ließ sie sich auf das Bett fallen. Ihr Körper zuckte, als sie sich endlich in den Schlaf weinte.

*

Maximilian Trenker las interessiert das Fernschreiben, das eben in seinem Büro angekommen war. Darin wurde ein gewisser Wolfgang Lehmbacher als möglicher Autodieb und Schieber gesucht. Eine Personenbeschreibung stand ebenfalls in der Mitteilung, sowie der Hinweis, daß der Gesuchte aus dem Polizeigewahrsam an der deutsch-polnischen Grenze geflohen sei.
Der Gendarm schüttelte den Kopf. Das war ja ein dolles Ding! Aber er hatte noch nicht zu Ende gelesen. Im letzten Absatz stand, daß Wolfgang Lehmbacher aus Engelsbach stammte und eine Schwester hatte, die in St. Johann wohnhaft sei. Hauptwachtmeister Trenker wurde angewiesen, die Schwester des Flüchtigen in der Angelegenheit zu vernehmen und über den möglichen Aufenthaltsort ihres Bruders zu befragen.
Max ließ das Blatt sinken. Darum also wurde er benachrichtigt, weil der Lehmbacher hier eine Schwester hatte. Der Beamte wußte sofort, wer sie war. Die Saaltochter aus dem Hotel »Zum Löwen«, Katharina Lehmbacher.
Der Mann war in der Nacht zu gestern geflüchtet, überlegte Max. Da war es durchaus denkbar, daß er sich bis hierher durchgeschlagen hatte, um bei der Schwester Zuflucht und Hilfe zu suchen. Komisch, dachte er, die Kathie war doch so ein patentes Madel, daß die solch einen mißratenen Bruder hatte!
Es war kurz nach acht. Max Trenker hatte gerade erst seinen Dienst begonnen, als der Fernschreiber losratterte. Er hätte gerne noch etwas gewartet, bevor er der Kathie einen Besuch

abstattete, aber das war unmöglich. Sollte der Bruder wirklich bei ihr sein, bestand Fluchtgefahr.
Seufzend setzte er seine Dienstmütze auf und schloß das Büro hinter sich zu. Wenig später hielt der Polizeiwagen vor dem Haus, in dem Katharina Lehmbacher wohnte. Max Trenker stieg aus und klingelte. Das Läuten war so laut, daß es im ganzen Haus gehört werden mußte.
Der Beamte wartete ab. Ein, zwei Minuten, dann klingelte er noch einmal. Diesmal länger. Die Klingel gab ein ohrenbetäubendes Geräusch von sich. Nach einer weiteren Minute, Max wollte gerade noch einmal den Klingelknopf drücken, wurde die Tür geöffnet, und eine kleine weißhaarige Frau steckte ihren Kopf heraus.
»Was machen S' denn für einen Lärm?« schimpfte sie und deutete mit dem Zeigefinger nach oben. »Die Frau Lehmbacher schläft bestimmt noch. Die hat doch Spätschicht gehabt. Sie kommt meist net vor Mitternacht nach Hause. Die braucht doch ihren Schlaf.«
Max Trenker tippte sich an den Mützenschirm.
»Grüß Gott, Frau Strohlinger«, sagte er. »Entschuldigen S' die Störung, aber ich müßt' die Frau Lehmbacher sprechen.«
Die alte Dame zuckte mit der Schulter.
»Wie ich g'sagt hab', sie wird noch schlafen. Warten S', ich geh' nachschau'n.«
Im selben Moment wurde die Tür oben geöffnet, und Kathie sah die Treppe hinunter.
»Guten Morgen, was gibt's denn?«
Von dort oben konnte sie nur ihre Vermieterin sehen, den Beamten, der draußen vor der Tür stand, hingegen nicht.
»Die Polizei, Kathi. Der Herr Trenker möcht' dich sprechen.«
Geahnt hatte sie es schon und war gefaßter, als sie zunächst vermutet hatte, als sie den Gedanken durchspielte, die Polizei könne sie befragen wollen. Sie war von dem energischen

Läuten wachgeworden, und eigentlich gab es niemanden – außer Wolfgang –, der so früh bei ihr klingelte. Es mußte also die Polizei sein.

Schnell war sie aufgestanden und hatte ihre Sachen glatt gestrichen. In der Nacht, als ihr Bruder das Haus verlassen hatte, war sie ins Bett gefallen, ohne sich zu entkleiden.

»Kommen S' herauf«, rief sie und fuhr sich noch einmal durch die Haare.

Max Trenker kam die Treppe herauf.

»Grüß Gott, Kathie«, sagte er und gab ihr die Hand.

Im Wirtshaus duzte er sie auch, und wenn die Angelegenheit hier auch amtlich war, blieb er doch dabei. So war der Besuch net ganz so offiziell.

»Pfüat dich, Max. Magst dich setzen?« bot sie ihm einen Platz in der Küche an. »Was führt dich denn hierher?«

Der Beamte setzte sich auf einen Stuhl. Kathie ging zur Kaffeemaschine und füllte Wasser und Kaffeepulver ein.

»Tja, also, ich hab' da ein paar Fragen an dich«, erklärte Max seinen Besuch. »Es handelt sich um deinen Bruder.«

Kathie tat überrascht und drehte sich um.

»Wolfgang?« rief sie. »Was ist mit ihm? Hatte er einen Unfall?«

»Nein, nein. Es ist etwas anderes.«

Sie griff sich ans Herz.

»Hat er gar etwas ausgefressen? Geh', Max, das glaub' ich net. Doch net der Wolfgang!«

Der Gendarm hatte seine Mütze abgesetzt und neben sich auf die Eckbank gelegt. Dann zog er das Fernschreiben aus der Jackentasche und strich es glatt. Das Madel schaute ihm reglos zu. Mit keiner Miene gab Kathie zu verstehen, daß sie längst wußte, worum es bei diesem Besuch eigentlich ging.

»Dein Bruder wird beschuldigt, Autos gestohlen und ins

Ausland verschoben zu haben«, sagte der Beamte mit ernster Stimme.
Er erzählte, was das Madel eigentlich schon von Wolfgang erfahren hatte. Katharina Lehmbacher hörte zu, ohne sich von der Stelle zu rühren. Erst als die Kaffeemaschine blubbernd anzeigte, daß der Brühvorgang beendet war, regte sie sich. Sie drehte sich um und öffnete eine Tür des Küchenschranks.
»Magst' auch einen Kaffee?«
Max Trenker verneinte. Irgendwie kam Kathie ihm merkwürdig vor. Sie tat, als ginge sie das alles gar nichts an. Oder hielt sie die Sache für einen dummen Scherz?
»Madel, das ist kein Spaß«, sagte er. »Ich muß dich jetzt offiziell fragen: War dein Bruder gestern abend, oder in der Nacht, hier bei dir? Weißt du, wo er sich jetzt aufhält?«
Sie schüttelte zaghaft den Kopf.
»Ich muß dich net erst darauf aufmerksam machen, daß es strafbar ist, einem entflohenen Straftäter zu helfen«, mahnte der Beamte.
»Ich weiß nix«, erwiderte Katharina Lehmbacher beinahe trotzig. »Und überhaupt – habt ihr denn Beweise? Hat jemand gesehen, daß der Wolfgang ein Auto gestohlen hat?«
»Das net. Aber er hat in einem gestohlenen Fahrzeug gesessen und wollte es über die Grenze schmuggeln. Das ist doch Beweis genug.«
Max Trenker schlug sein Dienstbuch zu, in das er einige Notizen eingetragen hatte und stand auf.
»Du bleibst also dabei, daß du net weißt, wo dein Bruder sich jetzt aufhält«, stellte er fest. »Gut, es kann sein, daß ich dich noch einmal zu einer weiteren Befragung vorladen muß. Sollte dein Bruder sich bei dir melden, dann versuch' ihn dazu zu bringen, daß er sich stellt. Sonst verschlimmert er die ganze Angelegenheit nur noch. Es ist zu seinem besten, glaub' mir, Madel.«

Er setzte seine Mütze wieder auf und griff nach dem Türgriff.
»Pfüat dich, Kathie«, sagte er im Gehen. »Wenn irgend was ist, wenn du Hilfe brauchst, oder mit jemandem reden möchst' – mein Bruder und ich, wir sind immer für dich da. Ich möcht', daß du das weißt.«
»Dank' dir, Max«, nickte Kathie und schloß die Tür.

*

Das Madel hörte noch den Beamten die Treppe hinunter gehen, als es auch schon zusammenbrach. Laut aufschluchzend sank Kathie auf einen Stuhl und weinte hemmungslos. Es dauert länger als eine Viertelstunde, bis sie sich etwas beruhigte und wieder einen klaren Gedanken fassen konnte.
Wie gerne hätte sie Max die Wahrheit gesagt, ihm gestanden, was sie wußte. Statt dessen hatte sie gelogen. Ausgerechnet sie, die Lügen mehr haßte, als alles andere auf der Welt. Strafbar hatte sie sich gemacht, indem sie dem Polizisten verschwieg, daß ihr Bruder in der Nacht hier gewesen war.
Kathie trocknete sich die Tränen. Wenigstens in einem Punkt hatte sie nicht gelogen. Sie wußte wirklich nicht, wo Wolfgang sich zur Zeit aufhielt, außer, daß er sich irgendwo in den Bergen versteckte.
Dennoch war alles schlimm genug, und sie hatte keinen Menschen, dem sie sich anvertrauen konnte. Selbst Pfarrer Trenker konnte sie nichts sagen, der würde ihr auch nur raten, seinen Bruder darüber informieren, und Max würde sofort eine Großfahndung einleiten.
Und Robert Demant? Kathie lachte auf, aber es war kein frohes Lachen, sondern verzweifelt und voller Trauer. Er würde sie verachten, wenn er die Wahrheit erfuhr. Ihr Bruder ein Verbrecher, und sie war nicht besser, weil sie ihn deckte.
Dabei hatte es so schön begonnen. Schon lange wußte

Katharina Lehmbacher, daß sie den Maler liebte, und sie glaubte, daß er diese Liebe erwiderte. Es waren wunderbare Augenblicke, wenn sie zusammen waren. Für morgen hatten sie einen Ausflug verabredet, doch daraus würde nun nichts mehr werden.

Überhaupt – es war ihr unmöglich, ihm noch einmal unter die Augen zu treten. Die Wahrheit konnte sie ihm nicht sagen, unter gar keinen Umständen, und anlügen wollte sie ihn nicht. Ihn ganz bestimmt nicht, auch nicht um ihres Bruders willen!

Also war es das beste, ihn nicht wiederzusehen. Sie würde sich krank melden. In der Lage zu arbeiten, war sie in diesem Zustand ohnehin nicht, und gleichzeitig bot sich ihr die Chance, so lange zu Hause zu bleiben, bis Robert abgereist war.

So schwer es ihr auch fallen würde, diese Idee erschien ihr die beste. So schlug sie zwei Fliegen mit einer Klappe. Ewig konnte der Maler ja nicht im Hotel wohnen bleiben.

Die junge Frau richtete sich wieder auf. Der Kaffeeduft durchzog die kleine Küche und weckte Kathies Lebensgeister. Sie stand auf und schenkte sich eine Tasse ein. Sie wollte noch einen Moment warten, bis sie ihre Nerven wieder unter Kontrolle hatte. Dann mußte sie im Hotel anrufen und Bescheid sagen, daß sie die nächsten Tage nicht zum Dienst kommen konnte. Anschließend würde sie Dr. Wiesinger bitten, sie nach seiner Sprechstunde zu besuchen. Ihm konnte sie vielleicht erklären, warum sie sich krank und elend fühlte, wenn sie ihm auch nicht die ganze Wahrheit sagen wollte.

Lieber Gott, betete sie stumm, bitte, laß alles wieder gut werden und beschütz' meinen Bruder. Er ist kein schlechter Kerl, nur manchmal ein bissel leichtsinnig...

Und wieder rannen ihr Tränen übers Gesicht.

*

»Was ist los? Hast keinen Hunger?«
Pfarrer Trenker sah seinen Bruder erstaunt an, der am Tisch in der Küche des Pfarrhauses saß und lustlos mit der Gabel auf seinem Teller herumfuhrwerkte. So kannte der Geistliche den Max gar nicht, der immer mit einem riesigen Appetit gesegnet war. Und schließlich gab's gesottenen Tafelspitz in Meerrettichsauce, mit Roten Beten, die Sophie Tappert selber eingelegt hatte. Eine von Max' Leib- und Magenspeisen.
Auch die Haushälterin betrachtete den jungen Mann eingehend.
»Stimmt was net mit der Ochsenbrust?« fragte sie. »Oder ist die Sauce net scharf genug?«
Max schaute auf.
»Wie? Nein, nein«, beeilte er sich zu versichern. »Es schmeckt prima, wie immer. Es ist nur...«
»Na los, heraus mit der Sprache«, forderte sein Bruder ihn zum Reden auf. »Man sieht's dir doch an der Nasenspitze an, daß dich etwas beschäftigt.«
Max legte die Gabel aus der Hand.
»Es geht um die Kathie«, begann er. »Katharina Lehmbacher, die Bedienung aus dem ›Löwen‹ und um ihren Bruder.«
Dann erzählte er von dem Fernschreiben und der Befragung.
»Ihr Bruder soll also einer der Autodiebe sein...«
Pfarrer Trenker schüttelte fassungslos den Kopf.
»Ja, irgendwie steckt er jedenfalls da mit drin«, sagte Max. »Der Wagen, mit dem er über die Grenze wollte, gehört einem Mann aus Engelsbach. Wolfgang Lehmbacher wohnt auch dort. Ich weiß net was, aber irgend etwas hat er damit zu tun. Was mir allerdings Kopfzerbrechen macht, ist die Kathie. Ich werd' das Gefühl net los, daß sie mich belogen hat, als ich sie fragte, ob ihr Bruder sich bei ihr gemeldet hätte, oder ob sie wüßte, wo er sich aufhält. Sie war so merk-

würdig – ach, ich weiß auch net. Es täte mir nur leid, wenn sie wegen ihres leichtsinnigen Bruders selber mit dem Gesetz in Konflikt käme.«
Sebastian nickte. Er verstand seinen Bruder genau, und das war auch das, was er an Max so bewunderte – er war kein sturer Beamter, der alles nur nach Gesetzen und Paragraphen machte. Ihm waren, ebenso wie dem Geistlichen, die Menschen wichtig. Max versuchte immer zuerst zu helfen.
»Ich hab' ihr natürlich deine und meine Hilfe angeboten«, fuhr er fort. »Aber ich glaub' net, daß die Kathie mich wirklich verstanden hat. Sie hat mir ja kaum zugehört. Jedenfalls hatte ich diesen Eindruck.«
»Ich werd' sie auf jeden Fall besuchen«, schlug Sebastian vor. »Vielleicht kann ich etwas erreichen.«

*

Robert Demant machte ein enttäuschtes Gesicht, als er am Abend das Restaurant betrat und statt des erwarteten Gesichts das einer anderen Bedienung erblickte.
»Die Kathie hat sich krank gemeldet«, sagte die andere Saaltochter auf seine Frage.
»Krank?« rief er bestürzt. »Was fehlt ihr denn?«
Das junge Madel zuckte die Schultern.
»Da bin ich leider überfragt«, lautete die Antwort.
Robert hielt es nicht länger im Restaurant.
»Der Chef ist drüben, in der Wirtsstube?«
Das Madel nickte.
Der Maler bedankte sich und ging hinüber. Sepp Reisinger stand hinter der Theke und zapfte Bier.
»Guten Abend, Herr Demant«, begrüßte er den Gast. »Haben S' schon gegessen? Meine Frau hat heut' taufrische Saiblinge aus dem Achsteinersee bekommen.«
Robert winkte ab.

»Vielen Dank, im Moment nicht«, antwortete er. »Aber ich hab' gehört, daß Kathie Lembacher krank ist. Was fehlt ihr denn?«
Sepp Reisinger wußte um die Bekanntschaft zwischen dem Kunstmaler und seiner Angestellten, und vielleicht ahnte er auch, daß da noch mehr war, als nur ein bloßes Kennen. Er beging also keinen Vertrauensbruch, wenn er Robert Demant etwas über Kathie erzählte. Allerdings wußte er auch nicht sehr viel zu berichten. Die junge Frau hatte am Morgen anrufen lassen und sich arbeitsunfähig gemeldet. Die Bestätigung durch Dr. Wiesinger war noch am Nachmittag vom Arzt selber hereingereicht worden, nachdem dieser einen Hausbesuch bei Katharina Lehmbacher gemacht hatte. Ein nervöser Erschöpfungszustand, ausgelöst durch eine persönliche Krise – so lautete die Diagnose. Dr. Wiesinger hatte Kathie gleich bis zum Ende der nächsten Woche krankgeschrieben.
»Fragen S' mich bitte net, was das eigentlich ist«, sagte Sepp Reisinger. »Ich hoff' nur, daß das Madel schnell wieder gesund wird. Schließlich ist die Kathie eine meiner besten Kräfte.«
Robert war verzweifelt. Kathie krank! Eine persönliche Krise – wodurch mochte die nur ausgelöst worden sein?
Er mußte sie sprechen, unbedingt!
»Sagen Sie, kann ich Kathie anrufen?« fragte er den Wirt.
Sepp schaute ihn ratlos an.
»Ich ... ich weiß net, ob das richtig ...«
»Bitte, Herr Reisinger, geben Sie mir die Telefonnummer. Sie wissen doch, wie gut Kathie und ich uns kennen. Ihnen kann ich es ja sagen – wir stehen uns nahe, sehr nahe. Bitte, lassen Sie mich mit ihr sprechen.«
»Also gut«, willigte Sepp Reisinger ein.
Was der Kunstmaler ihm da eben erzählte, hatte er sich ja so-

wieso schon gedacht. Er nahm das Telefon und wählte Kathies Nummer, dann reichte er Robert den Apparat.
Es läutete und läutete, doch am anderen Ende nahm niemand ab.
»Bitte, Kathie, geh' ran«, flüsterte der Maler vor sich hin.
Nach einer Weile endete der Klingelton und das Besetztzeichen war zu hören. Verzweifelt legte Robert auf und drückte die Wahlwiederholung.
So ging es noch zwei-, dreimal, dann gab er auf.
»Sie geht net ran, net wahr?«
Der Wirt sah den Maler mitfühlend an.
»Lassen S' ihr Zeit«, sagte er.
»Wenn's so um Sie beide steht, wie Sie's mir gesagt haben, dann wird sie früher oder später mit Ihnen sprechen wollen. Kommen S', trinken S' ein Schnapsl mit mir.«
Robert sah ein, daß der Wirt recht hatte. Es war zwecklos, stundenlang das Telefon klingeln zu lassen. Wahrscheinlich würde das dauernde Geräusch Kathies Nerven nur noch mehr beanspruchen, und was das Madel jetzt brauchte, war absolute Ruhe.
Der Maler beließ es bei einem Glas. Dann erbat er sich ein belegtes Brot, das er mit auf sein Zimmer nahm. Richtig zu speisen, so, wie er es sonst gerne tat, danach stand ihm der Sinn im Moment nicht.
Auch das Brot mochte ihm net so recht schmecken, wenngleich es appetitlich hergerichtet und bestimmt lecker war. Robert Demant saß am offenen Fenster, und seine Gedanken waren bei der Frau, dessen Bild er vor sich hatte. Beinahe zärtlich fuhren seine Finger darüber, streichelten das Gesicht, die Lippen, die er so gerne geküßt hätte.
»Bald«, sagte er zuversichtlich zu sich selbst. »Bald.«
Doch es sollte alles ganz anders kommen.

*

Kathie hörte das Klingeln des Telefons und ahnte, wer da anrief.
»Hör' auf. Bitte, hör' auf«, sagte sie leise. »Vielleicht hab' ich sonst net mehr die Kraft und nehme doch ab.«
Zehn Minuten, oder noch länger, ging es so. Dann war Ruhe in der kleinen Wohnung, nur das Ticken der Uhr in der Küche drang durch die offene Tür in das Wohnzimmer.
Kathie lag auf dem Sofa. Seit dem Morgen hatte sie es kaum verlassen. Nachdem Max Trenker gegangen war, klopfte es kurze Zeit später an der Wohnungstür. Kathie wußte, daß es ihre Vermieterin war. Frau Strohlinger stellte keine Fragen, sie sah, daß es der jungen Frau schlecht ging, und handelte.
»Sie legen sich erstmal hin«, befahl sie. »Wenn S' net ins Bett wollen, dann auf das Sofa.«
Sie warf einen Blick auf Kathies halbvolle Tasse.
»Kaffee ist ganz schlecht in Ihrem Zustand. Ich koch' Ihnen gleich einen Kräutertee, aber vorher ruf' ich den Doktor an. Der muß unbedingt herkommen und Sie anschau'n.«
Die kleine, resolute Person wirbelte so durch die Wohnung, daß Kathie gar keinen Widerspruch gewagt hatte. Außerdem war sie dankbar, daß Frau Strohlinger sich um sie kümmerte. Schließlich brachte sie den Tee und setzte sich zu der Kranken. Zuvor rief sie im Hotel an und meldete Kathie krank.
»So, den trinken S' jetzt schön langsam«, befahl sie sanft. »Und wenn S' mögen, dann können S' mir Ihr Herz ausschütten.«
Kathie sah sie dankbar an.
Ja, es tat so gut, sich einem Menschen anvertrauen zu können. Kathie berichtete mit langsamen, stockenden Worten, was geschehen war, und warum der Polizeibeamte sie aufgesucht hatte.
Frau Strohlinger strich ihr dabei immer wieder tröstend über die Wange.

»Mag ja sein, daß es net ganz richtig war, daß Sie dem Max Trenker net gesagt haben, wo Ihr Bruder sein könnte – aber, du lieber Himmel, ewig wird der Wolfgang sich ja net verstecken können. Und so richtig gelogen haben S' ja gar net, nur etwas verschwiegen. Also, Kopf hoch, Kathie, das wird schon wieder.«
»Glauben S' wirklich?« fragte sie zweifelnd.
»Bestimmt. Da bin ich sicher. Und wenn Ihr Bruder unschuldig in die Sache hineingeraten ist, dann wird er auch einen gnädigen Richter finden.«
Diese Worte waren es, die Katharina Lehmbacher wieder etwas aufrichteten, und an die sie sich klammerte. Dr. Wiesinger kam, und es war für den Arzt gar keine Frage, die junge Frau krank zu schreiben, nachdem er ihren Zustand überprüft hatte. Er erbot sich, die Krankmeldung persönlich im »Löwen« abzugeben und verschrieb ein Beruhigungsmittel auf pflanzlicher Basis, das Frau Strohlinger aus der Apotheke mitbrachte.
Am Nachmittag gelang es Kathie dann sogar, ein wenig zu schlafen. Sie wachte erst wieder auf, als das Telefon klingelte.
Gottlob, dachte sie, es hatte aufgehört.
Nein, sie wollte nicht mit ihm sprechen, denn dann hätte sie ihm alles sagen müssen. Belügen wollte sie ihn nicht, und die Wahrheit war so schrecklich, daß sie sie ihm nicht sagen konnte, denn dann mußte er sie verachten. Wie sie es auch drehte und wendete – sie war die Schwester eines Kriminellen, und als solche konnte sie niemals eine engere Verbindung mit Robert Demant eingehen.
So schwer es ihr auch fiel – sie mußte und wollte ihn vergessen!

*

Die beiden nächsten Tage waren für den Kunstmaler die schwersten seines Lebens. So sehr er auch darauf hoffte, Kathie ließ nichts von sich hören. Mehr als einmal war er drauf und dran gewesen, einfach zu ihrer Wohnung zu gehen und sie zu besuchen. Einzig der Gedanke, daß es ihrer Gesundheit schaden könnte, hielt ihn davon ab.
Schließlich hatte er versucht, durch Dr. Wiesinger etwas über die junge Frau in Erfahrung zu bringen, doch der Arzt schüttelte nur den Kopf. Er war noch zweimal zu einem Hausbesuch bei ihr gewesen, doch er durfte nichts darüber sagen. Seine ärztliche Schweigepflicht hinderte ihn daran, obwohl er gerne geholfen hätte. Inzwischen wußte auch er, daß Katharina dem Maler alles bedeutete.
»Sie ist auf dem Wege der Besserung, und es besteht absolut kein Grund zur Sorge«, war alles, was er dem Maler sagen konnte.
Die meiste Zeit verbrachte Robert auf seinem Zimmer, selbst die Mahlzeiten ließ er sich dort servieren. Die wenigen Male, in denen er es verließ, wanderte er einsam durch die Gegend, immer bemüht, den Menschen aus dem Wege zu gehen, um mit seinen Gedanken ganz bei der geliebten Frau zu sein.
Am dritten Tag, nachdem Kathie krank geworden war, hielt er es nicht mehr länger aus. Er brauchte endlich jemanden, mit dem er reden konnte, dem er seine Ängste und Sorgen mitteilen konnte. Der einzige Mensch, der dafür in Frage kam, war der Pfarrer des kleinen Ortes.
Robert fand Sebastian Trenker in der Kirche, wo der Geistliche zwei Buben in den Pflichten als Meßdiener unterrichtete. Der Pfarrer nickte dem Maler zu, der sich in eine Bank setzte und wartete.
Nach einer Weile entließ er die beiden Jungen und setzte sich zu Robert in die Kirchenbank.

»Grüß Gott, Herr Demant, geht's Ihnen net gut?«
Sebastian war gleich beim Eintreten des Malers dessen Gesichtsausdruck aufgefallen.
»Haben S' Kummer?«
Robert versuchte zu lächeln. Schließlich sprach er über das, was ihn bedrückte. Sebastian hörte ihm geduldig zu. Dann lehnte er sich zurück.
»Ich war gestern bei Frau Lehmbacher«, berichtete er.
Roberts Augen leuchteten auf.
»Und, wie geht es ihr?« fragte er hastig.
»Körperlich geht es ihr gut«, sagte Sebastian. »Zumindest hatte ich den Eindruck. Seelisch jedoch...«
Der Maler rang verzweifelt die Hände.
»Aber, was ist denn nur geschehen, das diesen Zusammenbruch auslöste? Als ich Kathie das letzte Mal sah, da ging es ihr doch ausgezeichnet.«
Der Pfarrer schaute den Maler prüfend an.
»Sie wissen nichts über die Hintergründe?«
»Nein. Woher denn? Mir darf ja niemand etwas sagen. Der Herr Reisinger weiß selber nichts, und der Dr. Wiesinger stützt sich auf seine Schweigepflicht.«
Sebastian strich sich nachdenklich über das Kinn.
»Das müßt' ich eigentlich auch«, meinte er.
Robert Demant hob bittend die Hände.
»Bitte, Hochwürden, wenn Sie etwas wissen – Sie müssen's mir sagen«, flehte er. »Vielleicht kann ich ja helfen.«
Diese Bitte brachte den Geistlichen in einen echten Zwiespalt. Natürlich mußte er sich an seine Schweigepflicht halten, aber vielleicht konnte er auch abwägen, ob er sie brach, wenn er nicht alles erzählte, was er wußte.
»Ich glaub' net, daß Sie da helfen können«, sagte er schließlich nach langem Zögern. »Es geht um den Bruder von Frau Lehmbacher, der in Schwierigkeiten steckt. Wissen S', die

Kathie hat sich nach dem Tode der Eltern um den Wolfgang gekümmert, doch der Bursche ist ein leichtsinniger Vogel. Er ist da in eine dumme Sache hineingeschlittert, und das macht der Kathie zu schaffen.«
»Ja, aber kann man denn da gar net helfen?«
Jetzt hob Pfarrer Trenker hilflos die Arme.
»Dazu müßt' man wissen, wo Wolfgang Lehmbacher steckt«, meinte er.
Er berichtete, wie er eindringlich mit Kathie über die Angelegenheit gesprochen hatte, doch das Madel konnte, oder wollte, nichts über den Aufenthaltsort seines Bruders sagen. Robert Demant war aufgestanden. Nervös ging er zwischen den Bankreihen auf und ab. Zwar hatte er nicht darüber gesprochen, doch Sebastian wußte ja längst, wie es um ihn und das Madel stand.
»Sie lieben die Kathie wohl sehr?« sagte er zu dem Maler.
Robert drehte sich um und schaute ihm in die Augen.
»Ja«, nickte er. »Sie bedeutet mir alles!«
Pfarrer Trenker legte ihm tröstend den Arm um die Schulter.
»Ich wollt' heut nachmittag die Kathie noch einmal besuchen. Soll ich ihr von Ihnen etwas ausrichten?«
Roberts Augen leuchteten hoffnungsvoll.
»Ja, bitte, sagen Sie ihr, daß ich sie liebe. Ich wünsche ihr gute Besserung, und ich freue mich auf unseren Ausflug. Bitte, sagen Sie ihr das.«
»Das will ich gerne tun«, antwortete Sebastian Trenker.

*

Wolfgang Lehmbacher hatte sich in ein unwirtliches Berggebiet zurückgezogen, das oberhalb der Jenner-Alm lag. Seit drei Tagen versteckte er sich nun, und allmählich gingen seine Vorräte zu Ende. Er mußte sich überlegen, wie es wei-

tergehen sollte. Durst würde er nicht leiden, unweit seines Versteckes floß ein munterer Bergbach ins Tal hinunter.
Kopfzerbrechen bereitete ihm das Essen. Es war nur noch wenig Käse und Schinken in dem alten Rucksack, und das Brot wurde allmählich hart.
Der Flüchtige hatte sich so gut es eben ging in einer Höhle eingerichtet, in der er nachts etwas Schutz vor Regen und Kälte hatte. Tagsüber waren die Temperaturen angenehm, doch die Nächte wurden immer noch empfindlich kalt.
Zu dem Essenproblem kam die Angst, Kathie könne doch etwas verraten haben. Den ganzen Tag streifte Wolfgang in der Nähe seines Versteckes umher und beobachtete die Gegend. Doch bisher hatte er noch nichts Verdächtiges entdeckt.
Trotzdem – die Angst blieb. Krammler würde erst am Ende der Woche aus dem Urlaub zurückkehren. So lange mußte er durchhalten, wenn er den Mann zur Strecke bringen wollte. Und bis dahin mußte er etwas zu essen aufgetrieben haben.
Wenn es denn sein mußte, würde er nicht zögern, sich etwas von der Alm zu holen, die unter ihm lag. Nachts, wenn es niemand bemerkte. Er wußte, daß er damit zum Dieb wurde, aber das war ihm jetzt auch egal. Später, wenn er die Sache durchgestanden und seine Unschuld bewiesen hatte, dann konnte er den Schaden ja wieder gutmachen.
Noch einmal schaute er ins Tal hinunter, bevor er sich in seine Höhle zurückziehen wollte. Sorgfältig suchten seine Augen den Hang und den steinernen Weg ab, der nach unten führte – und gewahrte den kleinen dunklen Punkt, der offenbar näher kam…
Plötzlich stieg Panik in ihm auf. Es konnte nicht mehr lange dauern, und wer immer da auf dem Weg herauf war – er würde auf Wolfgang Lehmbacher stoßen.
Er überlegte hastig. Sollte er sich in der Höhle verstecken,

oder besser noch weiter hinaufklettern. Wolfgang sah nach oben. Es schien ihm nicht ungefährlich und er war kein geübter Kletterer, dennoch – er hatte keine andere Wahl. Vielleicht war es ja nur ein Zufall, daß dort jemand herauf kam... Bestimmt war es so, beruhigte er sich. Die Polizei würde doch mit einem größeren Aufgebot nach ihm suchen.
Wolfgang machte sich nicht die Mühe, den Rucksack aus dem Versteck zu holen. Wer auch immer das war – Wanderer oder Bergsteiger – er kam rein zufällig hierher und würde schon bald wieder verschwinden.
Mit diesem Gedanken begann er den Aufstieg, der ihn noch höher bringen sollte, als er ohnehin schon war. Darüber, daß er gar keine Ausrüstung für solch eine Klettertour hatte, darüber dachte er gar nicht nach.

*

»Gibt's denn neue Nachrichten über Wolfgang Lehmbacher?« fragte Sebastian seinen Bruder beim Mittagessen.
»Net viel«, antwortete der Polizeibeamte. »Die Fahndung konzentriert sich zwar auf den Raum hier, zwischen St. Johann, Engelsbach und Waldeck, aber mehr als ein paar Straßenkontrollen sind net drin. Es sind einfach zu wenig Beamte im Einsatz.
Man hat inzwischen ein paar Zeugen, die Wolfgang gesehen haben, als er hierher unterwegs war. Er muß also irgendwo hier in der Gegend sein.«
Max Trenker legte sein Besteck beiseite.
»Er wird jetzt übrigens als Hauptverdächtiger gesucht. Die Fahrzeugdiebstähle haben schlagartig aufgehört, seit er vor drei Tagen zum ersten Mal geschnappt wurde. Die Kollegen von der Kripo machen sich natürlich ihren Reim darauf. Und dieser mysteriöse Herr Krammler ist in Urlaub«, fuhr er fort.

»Sie vermuten, daß Wolfgangs Komplicen kalte Füße bekommen haben.«
»Richtig. Ich denk' auch, daß jetzt erst einmal eine Weile Ruhe ist. Allerdings net für mich. Solange Wolfgang Lehmbacher net gefaßt ist, gibt's keinen freien Tag mehr für mich. Ich werd' heut nachmittag noch einmal die Kathie befragen. Das Madel weiß etwas, da bin ich mir ganz sicher.«
Pfarrer Trenker runzelte die Stirn.
»Laß mich erst einmal mit ihr reden«, schlug er vor. »Ich wollt' sowieso heut' zu ihr. Vielleicht hat sie ja jetzt, nach ein paar Tagen, Abstand gefunden und sieht die Angelegenheit net mehr so dramatisch. Sie ist doch eine kluge Frau, die weiß, daß ihr Bruder seinen Fehler bezahlen muß. Bestimmt kann ich sie überzeugen, mir zu sagen, was sie weiß.«
»Also gut«, stimmte Max Trenker zu. »Versuch' dein Glück. Wenn es aber net klappt, dann muß ich die Kathie offiziell vorladen.«
Gleich nach dem Mittagessen machte sich Sebastian auf den Weg. Im Garten des Hauses waren Kathies Vermieter damit beschäftigt, die ersten Salate und Radies auszusäen.
»Grüßt euch«, sagte Pfarrer Trenker. »Geht's gut?«
Die beiden alten Leute sahen von ihrer Arbeit auf.
»Wir können net klagen«, erwiderte Hubert Strohlinger. »In unserem Alter ist man für jeden Tag dankbar, den man ohne Zipperlein übersteht.«
»Na, ihr schaut doch beide noch ganz rüstig aus. Und Gartenarbeit hält jung.«
»Sie wollen sicher zur Kathie«, stellte Frau Strohlinger fest.
»Ja«, bestätigte der Geistliche. »Wie geht es ihr denn?«
»Sehr viel besser«, bekundete die alte Frau. »Wenigstens weint sie net mehr so viel.«
»Schön, daß Sie sich ein bissel um sie kümmern«, sagte Sebastian.

»Na ja, sie ist ja auch ein liebes Madel. Könnt' ja fast unsere Tochter sein. Schade nur, daß sie solch einen mißratenen Bruder hat.«
Pfarrer Trenker hob beide Hände.
»Wer weiß, wie der in die Sach' hineingeschlittert ist«, meinte er. »Vielleicht ist er gar net so schlecht, wie er jetzt erscheint.«
Dieser Satz war typisch für den Seelsorger, der in den Menschen zunächst einmal nur das Gute sah.
»Ich geh' dann mal hinauf«, nickte er den beiden alten Leuten zu.
Katharina Lehmbacher öffnete sofort auf sein Klingeln. Sie lächelte, als sie den Besucher erkannte.
»Darf ich eintreten?« fragte Sebastian.
»Bitt'schön«, lud sie ihn ein. »Setzen S' sich.«
Sie hatten in Kathies Wohnzimmer Platz genommen.
»Ich hab' grade Tee gekocht – Frau Strohlinger meint, Kaffee wäre nichts in meinem Zustand – möchten S' eine Tasse?«
»Sehr gerne. Kathie. Wie ist denn dein Zustand?«
Die junge Frau holte eine zweite Tasse und stellte sie vor Pfarrer Trenker auf den Tisch.
»Es geht so«, antwortete sie, während sie eingoß. »So langsam beruhige ich mich wieder.«
Sie reichte Zucker und Sahne und stellte einen Teller mit Plätzchen dazu. Sebastian bediente sich.
»Hm, schmeckt herrlich, der Tee.«
Er lehnte sich in seinem Sessel zurück.
»Kathie, du kannst dir denken, warum ich hier bin«, begann er das Gespräch. »Natürlich zum einen, weil ich mich erkundigen will, wie es dir geht. Zum anderen natürlich wegen deines Bruders. Du weißt, daß er da eine große Dummheit gemacht hat. Aber alles auf der Welt läßt sich wieder ausbügeln. Nur, dazu muß er sich stellen.«

»Aber er ist doch unschuldig in diese Sache hineingeraten«, begehrte das Madel auf. »Man hat ihn hereingelegt. Wolfgang wußte doch gar net, daß die Autos gestohlen waren!«

»Das mag sein, aber warum stellt er sich dann nicht den Behörden und macht seine Aussage?«

»Weil... weil er den Kopf der Bande überführen will. Und das kann er nur, wenn er net im Gefängnis sitzt, sagt er.«

»Du meinst diesen Herrn Krammler?«

»Ja. Er hat doch Wolfgang dafür bezahlt, daß er die Autos überführt. Sogar sehr gut bezahlt.«

»Und den will dein Bruder zur Rede stellen? Ja, Herr im Himmel, ist er denn ganz narrisch geworden? Was glaubt der denn, was der Krammler macht, wenn Wolfgang bei ihm auftaucht? Zum Schweigen wird er ihn bringen! Der Mann ist – wenn es stimmt, was Wolfgang ausgesagt hat – der Chef einer ganzen Bande, die keine Rücksicht nimmt, wenn sie in die Enge getrieben wird.«

Kathie war bei diesen Worten leichenblaß geworden.

»Ich will dir keine Angst machen, Madel, aber ich fürchte um deinen Bruder... Weißt' wirklich net, wo er steckt?«

Kathie wand sich hin und her. Von dieser Seite aus hatte sie die Angelegenheit noch gar nicht betrachtet, sondern nur Wolfgangs Plan gesehen, der so einfach schien. Daß ihr Bruder sich dabei in Gefahr bringen könnte, hatte sie gar nicht bedacht.

»Nicht genau...«, erwiderte sie schließlich. »Er wollte in die Berge, sich dort irgendwo verstecken, bis dieser Krammler aus dem Urlaub zurück ist.«

Pfarrer Trenker holte tief Luft. Irgendwo in den Bergen war ein weiter Begriff.

»Hast du keine Vorstellung, wo genau er sich verstecken könnte? Kennt er sich denn da oben aus?«

»Net besonders gut. Eigentlich waren wir nur einmal zusammen droben, bis zur Jenner-Alm.«
»Jenner-Alm – da drüber ist doch die Höhle im Berg.«
Sebastian war aufgesprungen.
»Ist der Bursche etwa da hochgeklettert?« fragte er erregt.
»Hat er denn überhaupt eine Ausrüstung dabei? Seile und Haken?«
Kathie schüttelte den Kopf.
»Nein, soviel ich weiß, net...«
»Dann muß ich so schnell wie möglich hinauf«, entschied der Geistliche. »Hoffentlich finde ich ihn, bevor...«
Er sprach nicht aus, was er befürchtete.
»Madel, mach' dir keine Gedanken«, sagte er statt dessen. »Ich find ihn und bring' ihn heil wieder runter.«

*

»Wollen S' jetzt etwa in die Berge?« fragte Sophie Tappert entgeistert, als sie den Pfarrer in seinen Wandersachen sah.
»Ja, aber net zum Vergnügen«, antwortete er. »Wolfgang Lehmbacher ist irgendwo da oben.«
Die Haushälterin hielt sich erschreckt die Hand vor den Mund.
»Und da wollen S' ganz allein hinauf? Ganz allein einem Verbrecher gegenüberstehen?«
»Na, na, Frau Tappert, Sie wissen doch, wie ich darüber denk'. Erst wenn jemand wirklich überführt ist, dann ist er auch schuldig. Außerdem glaub' ich net, daß der Wolfgang ein gefährlicher Verbrecher ist, sondern eher ein irre geleitetes Schaf, das auf den rechten Weg zurückgebracht werden muß.«
»Wollen S' net trotzdem dem Max Bescheid sagen?«
»Dazu ist jetzt keine Zeit. Wer weiß, wo ich ihn überhaupt erreiche. Meinetwegen können S' es versuchen. Wenn es klappt, soll er mich bei der Jennerhütte treffen.«

Mit dem Wagen fuhr Sebastian bis zur Alm hinauf. Dies entsprach überhaupt nicht seiner Gewohnheit, aber er wollte keine Zeit verlieren. Über den Wirtschaftsweg erreichte er die Almhütte in wenigen Minuten und stellte den Wagen dort ab. Von hier an ging es wirklich nur noch zu Fuß weiter.
Der Geistliche warf einen prüfenden Blick zum Himmel. Im Osten standen graue Wolken. Hoffentlich kommt kein Wetter, dachte er. Ein Unwetter war das letzte, das er jetzt gebrauchen konnte.
Als er dann mit dem Aufstieg begann, spürte er doch schon die ersten Regentropfen.
Sebastian kannte die Lage der Höhle, in der er Wolfgang Lehmbacher vermutete, recht genau. Wenn er sich beeilte, konnte er sie erreichen, bevor der Regen vollends einsetzte. Allerdings durfte er dabei keine Vorsichtsmaßnahme außer acht lassen. Sicherheit war das oberste Gebot.
Allmählich wurde der Regen stärker. Der Geistliche hatte die Kapuze seines Anoraks über den Kopf gezogen, und am Kinn fest zusammengebunden. Stetig kam er voran. Endlich sah er den Eingang der Berghöhle vor sich.
Sie war aus vorgeschichtlicher Zeit, und Archäologen vermuteten, daß sie einst von Urzeitmenschen bewohnt worden war. Nur knapp drei Meter führte sie in den Berg hinein, schützte aber gut vor Wind und Wetter. Ein ideales Versteck für jemanden, der auf der Flucht war. Sebastian vermutete, daß Wolfgang ihn längst gesehen hatte – wenn er sich denn dort drinnen versteckt hielt.
Ein schmaler Pfad führte zum Höhleneingang. Pfarrer Trenker verschnaufte einen Moment, dann schaute er hinein.
Die Höhle war leer!
Zumindest der Teil, den man vom Eingang aus sehen konnte. Sebastian ließ seine Taschenlampe aufleuchten.

»Wolfgang Lehmbacher, sind Sie hier drinnen?« rief er in die Höhle hinein. »Ich bin Pfarrer Trenker, aus St. Johann. Ich möchte mit Ihnen sprechen.«
Wie er es beinahe erwartet hatte, erhielt der Seelsorger keine Antwort. Er ließ den Schein der Lampe umherwandern und entdeckte in der hintersten Ecke ein Bündel, das sich als Rucksack entpuppte, als Sebastian näher trat und es in Augenschein nahm.
Das war also der Beweis. Kathies Bruder hielt sich wirklich hier oben versteckt. Doch wo war er jetzt?
Sebastian ging zum Ausgang zurück.
Wolfgang mußte ihn gesehen haben, als er heraufkletterte, und war noch weiter heraufgeklettert. Anders konnte es nicht sein. Auf dem Weg nach unten hätten die beiden sich begegnen müssen.
Pfarrer Trenker sah die Wand hinauf. Für einen geübten Kletterer stellte sie keine großen Anforderung dar, doch ohne entsprechende Ausrüstung... Wolfgang konnte sich nur mit den Händen und Füßen in irgendwelchen Felsspalten halten und so versuchen, die Wand zu nehmen. Das war zwar schwierig, aber nicht unmöglich – wenn denn anderes Wetter herrschte.
Als habe Petrus seine Überlegung geteilt, entlud sich im selben Augenblick ein krachendes Gewitter über dem Berg.
Hilft nix, dachte Sebastian und kletterte los. Er kam besser voran, als er gedacht hatte, lediglich der Regen störte ein wenig. Nach einer Viertelstunde erreichte er ein schmales Plateau. Dort hockte, wie ein Häufchen Elend, Wolfgang Lehmbacher, die Jacke über den Kopf gezogen, um so etwas Schutz vor dem Regen zu finden.

*

Kathies Bruder war, so gut er konnte, die Wand hochgeklettert. Bei ihm war es pure Not, die ihn dazu zwang, von Leidenschaft konnte keine Rede sein. Er erinnerte sich, wie er damals mit seiner Schwester auf der Jenner-Alm gewesen war. Da war er aus lauter Neugierde ein Stück höher geklettert und hatte dabei die Höhle entdeckt. Aber wirklich Freude würde er am Bergsteigen niemals haben. Dazu war er auch viel zu unsportlich, wie er sich selbst eingestand.
Wolfgang erreichte das schmale Plateau, als der Regen einsetzte. Zwar hätte er noch höher klettern können, doch das wagte er nicht. Schließlich war er nicht lebensmüde. Also hockte er sich eng an die Wand und zog die Jacke über den Kopf.
Hoffentlich regnet es nicht zu doll, dachte er, und hoffentlich verschwindet dieser andere Wanderer bald wieder!
Von seinem Platz aus konnte Wolfgang nicht sehen, was sich bei der Höhle abspielte, aber es schien, als riefe jemand seinen Namen. Er lauschte. Oder hatte er sich verhört? Jetzt war alles ruhig.
»Verhört«, sagte er zu sich selbst.
Der Regen weitete sich zu einem Gewitter aus. Wolfgang fluchte still vor sich hin. Er schimpfte auf das Wetter, die Polizei und auf Krammler, der ihn in diese Lage gebracht hatte.
»Wart' nur, Bursche, wenn ich dich in die Finger krieg'!«
Er hatte diese Drohung fast laut ausgestoßen. Auch wenn Krammler ihn im Moment überhaupt nicht hören konnte.
»Herr Lehmbacher«, rief plötzlich eine Stimme.
Wolfgang fuhr hoch. Über den Rand des Plateaus lugte ein Kopf. Sie waren also doch hinter ihm her. Kathie hatte nicht dicht gehalten!
Ohne zu überlegen versuchte er weiter aufzusteigen. Einen guten Meter hatte er schon geschafft, ohne auf die Rufe des anderen zu achten.

»Herr Lehmbacher, kommen S', um Himmels willen, wieder runter!« rief Sebastian Trenker, der das Unglück kommen sah und doch nicht verhindern konnte.

Wolfgangs rechter Fuß rutschte aus dem Spalt, und seine Finger glitten an dem nassen Gestein ab. Vergeblich suchte er nach einem Halt. Er fiel auf das Plateau und rollte auf den Abgrund zu.

Im letzten Moment griffen seine Hände und hielten sich an der Kante fest, während seine Beine in der Luft baumelten. Pfarrer Trenker hatte sich hochgezogen. Mit drei Schritten war er bei Wolfgang Lehmbacher, der ihn aus angstvoll geweiteten Augen ansah. Sebastian packte ihn bei den Handgelenken.

»Versuchen S', daß die Füße Halt finden«, rief er.

Jetzt, wo er die sichernden Hände spürte, wurde Kathies Bruder ruhiger. Er stützte die Füße ab und arbeitete mit, als Sebastian ihn langsam hochzog. Dann rollten sie vom Abgrund weg und blieben erschöpft liegen.

»Das war in letzter Minute. Vielen Dank, Herr...«

»Trenker. Ich bin Pfarrer Trenker, aus St. Johann. Hören Sie mir jetzt mal einen Moment zu.«

Aus dem Moment wurde eine gute halbe Stunde, in der der Geistliche auf den jungen Mann einredete. Zunächst schien Wolfgang den Worten des Pfarrers nicht zu trauen, doch dann nickte er.

»Ich weiß, ich hab' ziemlichen Mist gebaut«, sah er ein. »Doch daß die Wagen geklaut waren, das hab ich net gewußt.«

»Ich glaub' Ihnen, genauso, wie Ihre Schwester Ihnen geglaubt hat. Sie hat nur aus Sorge um Sie preisgegeben, wo Sie sich aufhalten. Also, seien Sie ihr net bös'.«

»Der Kathie? Bestimmt net. Aber, ein bissel mulmig ist mir schon, wenn ich daran denk', daß ich jetzt ins Gefängnis gehen muß.«

»Es ist ja net für immer«, tröstete Sebastian ihn. »Außerdem warten wir erstmal den Prozeß ab. Bis dahin kommen S' bestimmt wieder auf freien Fuß, wenn Sie Ihre Aussage gemacht haben.«

»Na, Ihr Wort in Gottes Ohr«, meinte Wolfgang Lehmbacher keck.

Pfarrer Trenker schmunzelte.

»Da sind S' bei mir an der richtigen Stelle. Ich werd's vermitteln.«

*

»Wann wird Frau Lehmbacher denn wieder ihren Dienst antreten?« fragte Robert Demant immer wieder.

»Heut' mittag ist's soweit«, lachte Sepp Reisinger, der den Maler verstehen konnte.

Seit Tagen hatte Robert nichts von Kathie gehört, und seine Geduld wurde auf eine harte Probe gestellt. Die Zeit hatte er sich damit vertrieben, das Bild, das er von der geliebten Frau gemalt hatte, zu vervollkommnen und kleine Korrekturen vorzunehmen. Jetzt stand es in seinem Zimmer auf der Staffelei und wartete darauf, von der Dargestellten bewundert zu werden.

Pünktlich zur Mittagszeit war Robert unten. Er begegnete Kathie im Vorraum des Restaurants.

»Da sind Sie ja endlich wieder«, sagte er und streckte eine Hand nach ihr aus.

Die junge Frau zuckte unwillkürlich zurück.

»Grüß' Gott«, sagte sie, aber es klang sehr förmlich.

So, wie wenn sie irgendeinen Gast begrüßte und nicht ihn. Robert wußte nicht, was er davon halten sollte. Kathie stand an einem Schränkchen und sortierte Servietten in eines der Fächer.

»Kathie, was ist geschehen?« fragte Robert Demant. »Hab'

ich etwas getan, das Sie verletzt hat? Sagen Sie es mir. Es war gewiß nicht meine Absicht.«

Sie schaute ihn traurig an, und wenn er sich nicht täuschte, dann sah er in ihren Augen Tränen glitzern.

»Es ist nichts, Herr Demant«, antwortete sie. »Entschuldigen S' mich, ich hab' zu tun.«

Mit diesen Worten ließ sie ihn stehen.

Völlig durcheinander ging Robert wieder auf sein Zimmer. So hatte er sich das Wiedersehen mit der Frau, die er liebte, nicht vorgestellt. Im Gegenteil, wie oft hatte er es sich ausgemalt, wie es sein würde, wenn sie zusammenträfen, und er ihr seine Liebe gestehen konnte.

Doch dieses Wiedersehen war wie eine eiskalte Dusche gewesen.

Kathie indes hatte sich in den Personalraum geflüchtet, wo sie ihren Tränen freien Lauf ließ. Sie hatte nicht damit gerechnet, Robert Demant noch anzutreffen, hatte vielmehr geglaubt, er wäre abgereist.

Nein, sagte sie zu sich, reiß' dich zusammen. Du hast in den letzten Tagen genug geweint. Die Sache mit ihrem Bruder war überstanden. Dank der Hilfe von Pfarrer Trenker hatte er sich der Polizei gestellt und seine Aussage gemacht. Daraufhin waren Justus Krammler und seine Frau verhaftet worden, gleich, nachdem sie in München aus dem Flugzeug gestiegen waren, das sie aus dem Urlaub nach Deutschland zurückbrachte. Wegen Verdunklungsgefahr hatte das Gericht für beide Untersuchungshaft angeordnet. Wolfgang hingegen, der einen festen Wohnsitz nachweisen konnte, wurde, unter der Auflage sich wöchentlich auf dem Revier zu melden, tatsächlich bis zum Prozeßbeginn freigelassen.

Außerdem waren weitere drei Mitglieder der Bande verhaftet worden, nachdem Manuela Krammler ein volles Geständnis abgelegt hatte.

Insofern konnte Katharina Lehmbacher beruhigt sein. Und alles wäre in bester Ordnung gewesen, wenn sie nicht eben auf Robert getroffen wäre. Sie hatte ihn schon beinahe vergessen...
Nein, dachte sie, vergessen würde sie diesen Mann nie. Dazu liebte sie ihn doch viel zu sehr.
»Hier bist du«, sagte ihre Kollegin zu ihr, die eben durch die Tür kam. »Hier ist ein Brief für dich. Er lag an der Rezeption.«
Sie gab Kathie den Brief.
»Mach' schnell«, sagte sie. »Die ersten Mittagsgäste sind schon da.«
»Ich komm' gleich«, nickte Kathie und riß den Umschlag auf.
Sie ahnte, von wem der Brief war...
Robert bat um ein Treffen. Er schrieb, daß er etwas habe, das er ihr geben wollte, bevor er abreiste. Außerdem, so schrieb er weiter, sei sie ihm eine Erklärung schuldig.
Kathie ließ den Brief sinken. Ja, das war sie ihm wirklich. Sie mußte ihm sagen, was geschehen war, und sich für ihren Bruder entschuldigen. Robert bat um ein Treffen am Abend, dort, wo sie zur Alm hinaufgestiegen war. Sie war gewillt, dort hinzugehen.
Auch wenn es ihr schwerfallen würde.

*

Robert saß an der Stelle, wo Kathie und er ihre erste Rast gemacht hatten. Nach dem enttäuschenden Wiedersehen hatte er den Brief geschrieben und gehofft, daß sie mit diesem Treffen einverstanden sein würde.
Das Bild hatte er, in braunes Packpapier eingeschlagen, neben sich auf dem Boden liegen. Es sollte ein Geschenk an sie sein. So lange hatte er sich daran erfreut, jetzt sollte es

Kathie immer an ihn erinnern. Er selber brauchte es nicht mehr, denn er trug ja ihr Bild in seinem Herzen.
Endlich war es soweit. Schon von weitem sah er die Gestalt und erkannte die geliebte Frau in ihr. Kurz bevor sie ihn erreichte, stand Robert auf.
»Guten Abend«, sagte er und reichte ihr die Hand. »Ich freue mich, daß Sie gekommen sind.«
»Robert, ich...«
Auf dem Weg hierher hatte Kathie überlegt, was sie ihm sagen wollte, doch jetzt, in diesem Augenblick, wäre jedes Wort unangebracht gewesen. Robert legte seinen Finger auf ihre Lippen.
»Sag' nix, Madel, hör mir nur zu«, bat er.
Kathie nickte. Sie zitterte vor Aufregung. Robert nahm das Paket und wickelte es aus.
»Schau' hier«, sagte er. »Daß ich dieses Bild gemalt habe, ist dein Verdienst, denn durch dich habe ich neuen Mut gefunden. Du hast mir geholfen, eine schlimme Krise zu überwinden.«
Kathie schaute auf das Bild, das sie darstellte, und war sprachlos. Sie sah vom Bild zum Maler und wieder zurück.
»Ich möchte es dir schenken«, sprach Robert weiter. »Zur Erinnerung an eine schöne Zeit. Zwar habe ich mir mehr von dieser Zeit versprochen, aber, vielleicht ist es auch zuviel, was ich von dir verlange. Du kennst mich kaum, und ich weiß so wenig von dir. Dennoch, Kathie, laß mich dir sagen, daß ich dich liebe, mehr liebe, als jemals einen Menschen zuvor.«
Kathie sah ihn an, sie wußte nicht, ob sie lachen oder weinen sollte.
»Ich..., ich liebe dich doch auch Robert, aber... das, was da geschehen ist...«
Endlich riß er sie in seine Arme.

»Du liebes Dummchen«, rief er aus. »Hast du denn wirklich geglaubt, daß das, was dein Bruder getan hat, meine Gefühle zu dir beeinträchtigen könnte?«
»Du weißt davon?« fragte Kathie erstaunt.
»Alles. Die ganze Geschichte. Ich war heilfroh, als Pfarrer Trenker mir alles erzählte. Ich hatte nämlich schon Angst, daß ich etwas gesagt oder getan haben könnte, das Schuld daran sei, daß du …«
»Du? Niemals! Wie kommst du nur darauf? Ich habe mich fürchterlich für meinen Bruder geschämt und hätte nie zu hoffen gewagt, daß …«
»Daß ich die Schwester eines Kriminellen lieben könnte?«
Kathie nickte zaghaft, während Robert befreit auflachte.
»Nichts, was auf der Welt geschieht, kann meine Liebe zu dir schmälern«, sagte er dann, wobei er sie liebevoll ansah.
»Denn du bist die Frau, auf die ich ein Leben lang gewartet habe. Sag' mir nur eines – willst du mich heiraten?«
Katharina schluckte und nickte stumm. Robert zog sie vollends an sich und küßte sie zärtlich, während die untergehende Sonne auf Kathies Bild schien.

– ENDE –